LANA ROTARU

Seven SINS

BITTERSÜSSES BEGEHREN

IMPRESS

© Photo Home Studio

Lana Rotaru lebt zur Zeit mit ihrem Ehemann in Aachen. Der Lesewahnsinn begann bei ihr bereits in früher Jugend, die sie Stunde um Stunde in einer öffentlichen Leihbibliothek verbrachte. Nun füllen Hunderte von Büchern und E-Books ihre Wohnzimmer- und E-Reader-Regale und ein Ende ist nicht in Sicht. Eine Lesepause legt sie nur ein, wenn sie gerade selbst an einem neuen Roman schreibt.

Die Wollust zu bändigen, ist Tugend,
und nicht, keine zu empfinden.
Erasmus von Rotterdam († 1536)

WAS BISHER GESCHAH …

Mein Name ist Avery Marie Harper und dem Teufel gehört meine Seele. Mein erfolgsgeiler Erzeuger, der meine Mom und mich vor zwölf Jahren verließ, verkaufte sie, um seine Schauspielkarriere voranzutreiben.

Der Vertrag sollte an meinem achtzehnten Geburtstag durch meinen Tod in Erfüllung gehen, doch Adam, mein bester Freund und mir persönlich zugeteilter Schutzengel, eröffnete mir eine Möglichkeit, um meine Freiheit zu kämpfen. Dafür muss ich *nur* acht Prüfungen bestehen. Die ersten Sieben stehen mit je einer Todsünde in Verbindung, den Abschluss bildet ein persönliches Treffen mit Luzifer.

Zum Glück muss ich mich den Aufgaben nicht allein stellen. Sowohl Adam als auch Nox, der höllische Kopfgeldjäger, der geschickt wurde, um meine Seele einzukassieren, sind durch meine Entscheidung an die Prüfungen gebunden und verspüren einen gewissen Anreiz, mir zu helfen. Schließlich bedeutet mein Scheitern auch ihr Scheitern. Mein Tod bedeutet ihren Tod.

Zumindest hatten wir das angenommen. Denn nach unserem grandiosen Versagen im Feenreich, wo wir die erste Prüfung absolvieren mussten, wurden wir nicht in die Hölle verbannt, sondern erwachten in San Francisco. Meinem Zuhause.

Doch das sollte nicht die einzige Frage bleiben, die uns in Zukunft beschäftigen würde. Nox behauptete, dass der fremde, blond gelockte Typ an seiner Seite mein bester Freund Adam sei. Bedauerlicherweise hatte ich diesen Kerl noch nie zuvor gesehen.

TEIL 1

EINS

»Nox?«

»Ja, Kleines?«

»Wer ist dieser Adam, der gerade meine Mom tröstet?« Diese Frage hatte ich soeben dem Höllendiener gestellt, doch anstatt einer Antwort kassierte ich nur einen Blick, als hätte ich den Verstand verloren.

»Was?« Nox runzelte die Stirn. In seinen Augen las ich Verwirrung, aber bereits im nächsten Moment wurde diese von einem amüsierten Funkeln und dem vertrauten schiefen Grinsen abgelöst, das meinen Herzschlag regelmäßig aus dem Takt brachte. »Witzig, Kleines. Ja, ehrlich. Fast hätte ich dir abgekauft, dass du nicht weißt, wer Goldlöckchen ist.«

Nun war ich es, die irritiert dreinblickte. Doch bevor ich die Chance hatte, Nox zu sagen, dass ich meine Worte sehr wohl ernst gemeint und tatsächlich keine Ahnung hatte, wer dieser Adam sein sollte, wurden wir unterbrochen und ich drehte mich zu der Störquelle herum.

»Geh schon mal nach Hause, Nox.« Die Stimme gehörte Adam. Ihr Tenor war so weich und warm, dass er mir ein wohliges Schaudern entlockte.

Mit gerunzelter Stirn und gemischten Gefühlen beobachtete ich, wie Adam einen Arm um meine Mom geschlungen hielt und sie ins Haus bugsierte, während sie sich schluchzend an ihn schmiegte. Ich wusste nicht, was ich davon halten sollte, aber es behagte mir nicht, sie in diesem Zustand mit einer mir fremden Person allein zu lassen.

»Nox«, begann ich und wandte mich wieder dem Höllendiener zu. Doch kaum blickte ich in seine funkelnden grünen Augen, vergaß ich prompt, was ich eigentlich hatte sagen wollen. Stattdessen spürte ich den allzu vertrauten Sog, der nach mir greifen und mich in seinen Bann ziehen wollte.

Mein Körper begann zu kribbeln und mein Blick huschte automatisch ein weiteres Mal zu Nox' Lippen. Auch wenn es völlig unangebracht war, wünschte ich mir in diesem Moment nichts sehnlicher, als ihn ein weiteres Mal zu küssen.

Der Höllendiener erwiderte meinen Blick mit einer Miene, die es mir unmöglich machte seine Gedanken zu erraten. Erst als er ein gefluchtes »Zur Hölle!« ausstieß, mit jeweils einer Hand meinen Nacken und meine Hüfte packte und mich mit einem Ruck fest an sich zog, wurde mir bewusst, dass ich nicht die Einzige war, die sich diese Vereinigung ersehnt hatte.

Der Kuss war hart, fordernd und zugleich voller Hingabe und Zuneigung. Er spiegelte all das wider, was ich fühlte, mir wünschte und erhoffte.

Dieser Kuss war ein Meilenstein.

Ein Neubeginn für Nox und mich.

Wir hatten so viel durchgemacht, dass es an ein Wunder grenzte, dass wir diesen Moment hier tatsächlich erleben durften.

Mir entfloh ein widerwilliges Stöhnen, als Nox diesen alles verändernden Kuss beendete. Ein Teil von mir fragte sich, wie der Höllendiener die Selbstbeherrschung für diese Tat aufbringen konnte, während der Rest von mir den gefallenen Engel für sein Handeln am liebsten umgebracht hätte.

»Das nächste Mal lasse ich dich nicht so einfach davonkommen, Kleines!« Nox' Blick glühte vor Lust, als er seine Hände sinken ließ und einen Schritt von mir wegtrat. Begierde strahlte aus jeder seiner Poren. »Es wird Zeit, dir zu zeigen, weshalb ich in deiner Gegenwart immer so dreckige Fantasien habe.«

Nox' Worte ließen mich erzittern, während meine prickelnden Lippen sich zu einem breiten Strahlen verzogen.

»Ich kann es kaum erwarten.« Mit langsamen Schritten begab ich mich rückwärts die Stufen zum Haus hinauf, während ich wie ein Honigkuchenpferd grinste. Die Vorfreude auf Nox' Versprechen überstrahlte selbst meine Glücksgefühle bezüglich des Umstandes, dass wir die erste Prüfung überlebt hatten.

Nox' Erwiderung bestand aus einem animalischen Knurren, während er mich mit besitzergreifendem Blick fokussierte und dabei jeden Zentimeter meines Körpers in Flammen aufgehen ließ.

Das erregende Gefühl ebbte selbst dann nicht ab, als ich mich ins Haus rettete und die Eingangstür geräuschvoll hinter mir schloss.

***

Was zur Hölle ist hier passiert?, war der erste Gedanke, der mir durch den Kopf schoss, als ich mit schreckgeweiteten Augen die Küche betrat. Der Anblick war so verstörend, dass sich sämtliche unanständige Empfindungen, die soeben noch meinen Körper dominiert hatten, schlagartig in Luft auflösten. Rund um meine Mom, die schluchzend am Tisch saß, herrschte ein derartiges Chaos, dass ich einen Augenblick lang ernsthaft glaubte, mich im falschen Haus zu befinden. Auf dem Tisch, den Arbeitsflächen, ja sogar auf dem Fußboden standen dreckige Teller mit angetrockneten Essensresten sowie leere Weingläser und -flaschen herum. Dazu gesellten sich achtlos hingeworfene Kleidungsstücke, die dem verströmenden Geruch nach von einer ganzen Horde Footballspieler getragen worden sein mussten. Zumindest würde das den heftigen Gestank nach Schweiß erklären, der sich mit Alkoholausdünstungen mischte und meinen Würgereflex herausforderte.

Bitte nicht, Mom! Bitte sag mir, dass du nicht wieder mit dem Trinken angefangen hast!

Ich hatte angenommen, dass die Zeiten vorbei waren, in denen sie ihre Probleme in Unmengen von Wodka ertränkte.

Dem Schock war es geschuldet, dass ich Adam völlig vergessen hatte und mich erst wieder an seine Anwesenheit erinnerte, als er aus dem Wohnzimmer kam, im Schlepptau unsere alte Fleecedecke, die er in einer liebevollen Geste um Moms bebenden Körper legte und ihr anschließend sanft über den Rücken strich. Danach sah er auf, als hätte er meinen Blick gespürt. Der warme Karamellton seiner Iriden strahlte etwas zutiefst Reines und Aufrichtiges aus, was meinen Körper heftiger reagieren ließ, als mir lieb war.

»Du solltest dich umziehen, Ave. Es bringt nichts, eine Lungenentzündung zu riskieren«, sagte Adam in liebevoller Strenge und begab sich mit überraschender Selbstverständlichkeit an den Wandschrank, wo er eine Taschentuchbox herausholte und diese neben meiner Mom auf dem Küchentisch abstellte, ehe er sich an der Kaffeemaschine zu schaffen machte.

Irritiert beobachtete ich sein Handeln und fragte mich, wer dieser Typ war. Dass sowohl meine Mom als auch Nox ihn kannten und ihm zu vertrauen schienen, war unübersehbar. Leider brachte mich das auf der Suche nach einer Antwort keinen Schritt weiter.

Vielleicht ist er ein neuer Nachbar. Oder der Sohn eines Arbeitskollegen.

Diese Möglichkeiten waren ebenso plausibel wie unwahrscheinlich. Selbst wenn Adam tatsächlich ein Teil von Moms Leben war, gab es keine logische Erklärung, warum Nox ihn kennen sollte und ich nicht.

Die Grübelei verstärkte das Pochen in meinem Kopf. Ich beschloss dem drängenden Wunsch meines Körpers nachzugehen und eine heiße Dusche zu nehmen. Auch wenn es mir schwerfiel, meine Mom jetzt allein zu lassen, musste ich auf ihre und Nox' Menschenkenntnis vertrauen.

Gerade als ich das Obergeschoss erreicht und die Tür zum Badezimmer geöffnet hatte, eilte mir jemand schnellen Schrittes hinterher. Ein Blick über meine Schulter bestätigte mir, dass es sich dabei um Adam handelte.

»Ave, warte!« Er übersprang die Stufen wie ein Athlet und stellte sich vor mich. Mit derselben Souveränität, mit der er sich hier im Haus bewegte, ergriff er meine Hände und trat noch näher an mich heran. Ich spürte seinen Atem auf meinem Gesicht, als er mit leiser, aber eindringlicher Stimme sprach. »Das, was du vorhin zu Nox gesagt hast, war nur ein blöder Witz, oder? Du weißt, wer ich bin, nicht wahr?« Sein Blick war so intensiv, dass es schien, als wollte er bis auf den Grund meiner Seele schauen.

Normalerweise würden an diesem Punkt meine Alarmglocken losschrillen und mein Bewusstsein in den Abwehrmodus schalten. Doch Adams Nähe und seine Frage hatten mich eiskalt erwischt und machten es mir unmöglich, auch nur einen Muskel zu bewegen. Wie ein Schaf vor dem Schlachter starrte ich in seine hellbraunen Augen, die von blonden Locken und einem ebenmäßigen Gesicht umgeben waren.

Mit jeder schweigsamen Sekunde änderte sich Adams Miene. Hatte er zuvor Ernsthaftigkeit ausgestrahlt, wirkte er nun irritiert, wenn nicht gar besorgt. Doch als er den Mund öffnete, um etwas zu sagen, unterbrach ihn ein lautes Scheppern aus dem Erdgeschoss.

Als hätte man uns bei etwas Verbotenem erwischt, stoben wir auseinander und blickten in Richtung Treppe. Aber weder hörten wir weitere Geräusche noch tauchte meine Mom auf den Stufen auf.

Adam seufzte. »Geh duschen, ich sehe nach Joleen.« Mit hängenden Schultern wollte er sich zum Gehen wenden, hielt jedoch in der Bewegung inne und drehte sich mit traurigem Blick ein weiteres Mal zu mir herum. »Mach bitte nie wieder einen so makabren Scherz. Allein die Vorstellung, du könntest dich nicht mehr an mich erinnern, ist …« Er beendete den Satz mit einem Kopfschütteln, ehe er mir endgültig den Rücken kehrte und die Stufen ins Erdgeschoss hinuntertrabte.

Erstarrt blickte ich ihm nach, bis ich von ihm nichts mehr sah und hörte. Erst als ich mir sicher war, dass er nicht zurückkommen würde, wagte ich es, mich zu bewegen und ins Badezimmer zu flüchten. Ich hoffte, ein paar Minuten unter dem kochend heißen Wasserstrahl würden genügen, um die eisige Kälte in meinem Inneren zu vertreiben, die die Begegnung mit Adam in mir ausgelöst hatte. Doch selbst als meine Fingerkuppen längst Rosinen ähnelten und der gesamte Raum in dichten Nebel gehüllt war, fröstelte es mich noch immer, wenn ich an seine Worte zurückdachte. Der Schmerz in seinem Blick sowie die Art und Weise, wie er mit mir gesprochen und mich berührt hatte, ließen mich wie Espenlaub erzittern.

Er tut ja gerade so, als würden wir uns schon ewig kennen. Als wären wir Freunde oder so.

Ich schauderte. Adams Emotionen waren so rein und intensiv gewesen, dass es mir vorkam, als hätte ich sie selbst gespürt. In dem Moment, als er sich vorgestellt hatte, ich würde ihn nicht kennen, war in meiner Brust ein riesiges schwarzes Loch aufgeklafft, das alle positiven Empfindungen in sich aufgesogen hatte, bis nichts als deprimierende Leere übrig geblieben war.

Erneut schüttelte es mich und ich versuchte die Erinnerung an dieses Gefühl zu verdrängen. Erfolglos.

Aber wie kann das sein? Wieso denkt Adam, dass wir uns kennen, wenn ich ihn noch nie in meinem Leben gesehen habe?

Diese Frage bereitete mir ebenso Kopfzerbrechen wie der Umstand, dass ich überraschend intensiv auf ihn reagierte. Selbst Nox war es nicht gelungen, nach so kurzer Zeit des Kennens derartige Emotionen in mir auszulösen.

Als das heiße Wasser aufgebraucht war, verließ ich das Bad und schlich in mein Zimmer, um mich anzuziehen. Am liebsten hätte ich den kuscheligen Bademantel angelassen, aber stattdessen schlüpfte ich in eine bequeme Jogginghose und ein XXL-Sweatshirt.

Zurück im Erdgeschoß stellte ich erleichtert fest, dass es meiner Mom besser ging. Sie hatte aufgehört zu weinen und saß nun aufrecht. In ihren Händen hielt sie eine dampfende Tasse, auf deren Inhalt sie mit leerem Blick starrte. Adam entdeckte ich an die Arbeitstheke gelehnt. Er hatte die Arme vor der Brust verschränkt und seine Beine an den Knöcheln gekreuzt, während er meine Mom mit gerunzelter Stirn beobachtete.

Möglichst unauffällig setzte ich mich an meinen Platz, an dem ich einen Becher mit heißer Schokolade, Sahne und Mini-Marshmallows vorfand. Mein liebstes Alles-wird-gut-Getränk.

Die Stille im Raum dehnte sich aus und meine Schuldgefühle wurden immer stärker. Am liebsten hätte ich etwas gesagt, um die Situation erträglicher zu machen, aber mir wollte nichts Passendes einfallen.

Nach einer gefühlten Ewigkeit unterbrach Adam das Schweigen mit einem Räuspern. Gleichzeitig stieß er sich von der Theke ab und trat auf meine Mom zu.

»Ich gehe jetzt besser, damit ihr zwei euch in Ruhe unterhalten könnt.« Er drückte sie kurz aber herzlich an sich, bevor er sich von ihr löste und mir zuwandte. »Immerhin gibt es viel zu bereden, nicht wahr?« So, wie er mich ansah, erweckte er den Eindruck, als wollte er mir eine Botschaft übermitteln. Leider hatte ich keine Ahnung, welche das sein sollte. »Wenn was ist, wisst ihr ja, wo ihr mich findet.« Er beugte sich zu mir herunter und schlang seine Arme um mich. »Lass heute Nacht dein Zimmerfenster auf«, wisperte er mir ins Ohr und drückte mir einen Kuss auf die Schläfe. All das geschah in so kurzer Zeit, dass ich keine Möglichkeit zum Reagieren hatte, und wenig später hatte Adam die Küche bereits wieder verlassen. Gleich darauf fiel die Haustür ins Schloss.

Perplex sah ich Adam hinterher, während meine Mom aus ihrer Lethargie erwachte. Schwerfällig hob sie den Kopf und blickte mich aus trüben Augen an, wie ich bemerkte, als ich mich ihr mechanisch zuwandte. Von dem einstigen Blau ihrer normalerweise strahlenden Iriden war nichts mehr zu sehen und auch sonst war von der attraktiven Frau, als die ich meine Mom in Erinnerung hatte, nicht viel übrig. Mit der kränklich anmutenden Haut und den spröden Lippen, die sie missbilligend zusammenpresste, wirkte sie um Jahre gealtert.

»Wo warst du, Avery? Und wieso hast du dich nicht ein einziges Mal gemeldet?« Jetzt, da Mom sicher sein konnte, dass es mir den Umständen entsprechend gut ging, war ihre Sorge um mich vergessen und sie konzentrierte sich voll und ganz auf ihren Groll.

Ich versuchte gar nicht erst, ihrem Blick standzuhalten, und sah stattdessen auf die Tischplatte. Da ich ihr unmöglich die Wahrheit sagen konnte, schwieg ich lieber.

»Avery«, sagte Mom warnend. Sie erwartete eine Antwort. Und zwar sofort.

»Die Sache ist höllisch kompliziert«, erwiderte ich widerwillig und hob den Kopf. »Aber du musst mir glauben, es ging nicht anders! Ich musste gehen. Ich hatte keine Wahl. Und wenn ich gekonnt hätte, hätte ich mich gemeldet. Das schwöre ich!«

Mom schnaubte. »Du hattest keine Wahl? Was redest du denn da? Man hat immer eine Wahl! Selbst …« Schlagartig veränderte sich ihre Mimik. Die Wut war einem Ausdruck von Sorge gewichen. »Steckst du etwa in der Klemme? Wirst du bedroht oder ist jemand hinter dir her?« Hektisch sah sie sich um, als erwarte sie jeden Augenblick einen heimtückischen Angriff.

»Nein, Mom, ich werde nicht bedroht. Und es ist auch niemand hinter mir her«, antwortete ich hastig und hoffte, damit die Wahrheit zu sagen.

»Was ist es dann, Avery? Sag es mir! Was ist los? Was verschweigst du mir?« Moms Augen wurden feucht und ihre Lippen begannen zu beben. »Bitte rede mit mir, Spätzchen! Die letzten Tage bin ich durch die Hölle gegangen! Du hast dich so verändert, seit dieser *Nox* hier aufgetaucht ist.« Sie spie den Namen wie eine wüste Beschimpfung aus. »Plötzlich hast du Geheimnisse, lässt dich tätowieren und verschwindest tagelang, ohne ein Lebenszeichen von dir zu geben. Selbst dein langjähriger und bester Freund wusste nicht, wo du warst!« Tränen stahlen sich aus ihren Augenwinkeln und rannen ihr über die Wangen. »Du weißt gar nicht, wie sehr Adam unter deinem Verschwinden gelitten hat. Ich habe den armen Kerl kaum wiedererkannt. Er war nicht mehr er selbst!« Sie schüttelte den Kopf, als würde sie die Geister der Vergangenheit vertreiben wollen. »Und dann steht auch noch auf einmal die Polizei vor unserer Tür und will mit dir über diesen völlig absurden Vorwurf reden, dass du Harmony entführt haben sollst. Zum Glück hat Mrs Jaramango Monys Abschiedsbrief gefunden«, fügte sie in leisem Ton hinzu, als wäre der Nachtrag mehr an sie selbst gerichtet.

Jedes ihrer Worte fühlte sich wie eine schallende Ohrfeige an und ich hatte Mühe, meine eigenen Tränen unter Kontrolle zu halten. Vor allem die Erinnerung an meine Freundin Harmony und ihren Bruder Killian, dem ich Schreckliches angetan hatte, ließen meine Kehle eng werden. Aber die Information, dass Monys Verschwinden als Entführung eingestuft wurde und die Polizei mich deswegen auf dem Radar hatte, überschattete alles. Sogar den winzigen Silberstreif, dass Harmony in weiser Voraussicht ihres baldigen Verschwindens einen Abschiedsbrief fingiert hatte, um ihrer Familie Kummer zu ersparen.

»Ich sagte doch schon, die Sache ist nicht so einfach zu erklären«, erwiderte ich hilflos. Es war unmöglich, all die Fragen zu beantworten, ohne die Wahrheit preiszugeben oder Mom irgendwelche Lügen aufzutischen.

»Was ist denn so kompliziert, Avery?« Ihre Stimme war erneut in Wut umgeschlagen und ihre Augen verengten sich vor Groll. »Der Teil, dass du rücksichtslos und ohne ein erklärendes Wort mit Harmony nach Los Angeles abgehauen bist, oder dass euch dieser Kriminelle dabei geholfen haben muss? Wie sonst hättet ihr euch die Flugtickets und den Aufenthalt dort leisten können?« Sie blickte mich einen Moment lang an, ehe sie entrüstet den Kopf schüttelte. »Ich will mir gar nicht vorstellen, was dieser Verbrecher dafür von euch verlangt hat!«

Perplex aufgrund der plötzlichen Gesprächswendung starrte ich meine Mom mit geöffnetem Mund an. Ich war so verwirrt, dass ich nicht einmal Anstoß an ihrer kränkenden Andeutung nahm.

Wovon zum Teufel redet sie? Was sollten Mony und ich in L.A.?

»Sieh mich nicht so an, Avery! Ich weiß genau, wo du dich die letzten Tage aufgehalten hast.« Schützend verschränkte Mom ihre Arme vor der Brust. »Monys Schreiben war eindeutig. Zudem hat der Flughafen eure eingelösten Tickets und die Einreise bestätigt.«

Mit jedem Wort verstand ich weniger von dem, was meine Mom sagte. Bis auf die Tatsache, dass mein Auto verlassen irgendwo in der Pampa gefunden worden war, wie Mom vorhin draußen vor dem Haus erwähnt hatte, entsprach nichts der Realität.

Was zur Hölle ist hier los?

»Bitte erklär es mir, Avery!«, flehte Mom mit zerbrechlicher Stimme. Sie musste völlig mit den Nerven am Ende sein, wenn ihre Emotionen beinahe sekündlich wechselten. »Wieso bist du nicht zu mir gekommen und hast mir von euren Plänen erzählt? Seit wann können wir nicht mehr miteinander reden?«

Mit jeder zitternden Silbe, die aus ihrem Mund kam, verstärkte sich der Druck auf meinem Brustkorb, bis ich vor Schuldgefühlen kaum noch Luft bekam. Da ich ihr jedoch unter keinen Umständen die Wahrheit sagen konnte, aber auch nicht lügen wollte, blieb mir nichts anderes übrig, als möglichst ausweichend zu antworten.

»Es tut mir leid, Mom. Wirklich. Ich weiß, ich hätte mich dir anvertrauen sollen. Aber dazu blieb mir gar keine Zeit. An dem Abend der Strandparty ging alles ganz schnell und ich musste Entscheidungen treffen.«

»Und anstatt dich dafür zu entscheiden, mit mir zu reden, hast du beschlossen einfach wegzufliegen?«, unterbrach sie mich mit neuer Energie. »Mit dem Sexgeld eines Verbrechers?«

»Mom! Es reicht!«, stieß ich, nun ebenfalls wütend, hervor. Ich konnte nicht länger hinnehmen, dass sie Nox für einen Kriminellen und mich für sein geldgeiles Flittchen hielt. »Du hast keine Ahnung, wie es wirklich war! Nox ist weder ein Verbrecher, noch hat er Mony oder mich zu etwas gezwungen. Er hat uns geholfen und mir mehrfach das Leben gerettet. Ohne ihn ...« Ich schüttelte müde den Kopf. Mir fehlte die Kraft für eine derartige Unterhaltung. »Ohne ihn wären wir verloren gewesen.«

»Er hat euch also geholfen, hm?«, fasste Mom mit deutlich hörbarer Skepsis zusammen. Gleichzeitig erhob sie sich von ihrem Platz und stützte sich mit gestreckten Armen auf der Platte des Küchentisches ab. »Wenn das so ist, dann hast du bestimmt nichts dagegen, der Polizei die ganze Geschichte zu erzählen.« Sie wandte sich dem Festnetztelefon zu, das an der Küchenwand hing. »Ich werde Detective Barnes anrufen und uns ankündigen. Du gehst so lange auf dein Zimmer, junges Fräulein!«

»Junges Fräulein?« Ein überraschtes und völlig unpassendes Lachen perlte über meine Lippen. So hatte meine Mom mich nicht mehr seit der Junior High genannt. »Mom, ich bin achtzehn! Weder kannst du mich auf mein Zimmer schicken noch mich dazu zwingen, zur Polizei zu gehen. Ich habe keine Gesetze gebrochen.«

Ohne mich anzusehen, griff sie nach dem Hörer. Während sie wählte, sagte sie in einem eisigen Tonfall: »Vielleicht hast du gegen keine Bundesgesetze verstoßen, Avery Marie Harper, aber du bist meine Tochter und es ist mir egal, ob du acht, achtzehn oder achtundachtzig bist. Als deine Mutter ist es meine Aufgabe, dich zu beschützen. Wenn es sein muss auch gegen deinen Willen.«

Vor Fassungslosigkeit und Scham gelähmt, starrte ich Moms Hinterkopf an. Das Tuten des Freizeichens mischte sich mit meiner schnellen Atmung und meinem rasenden Herzschlag. Mir war bewusst, dass ich dieses Telefonat verhindern musste. Aber ich war unfähig mich zu bewegen.

»Hallo? Detective Barnes? Hier ist Joleen Harper.« Die Anstrengung, ihre Emotionen unter Kontrolle zu halten, ließ ihre Stimme erzittern. »Ja, ich weiß, wie spät es ist«, erwiderte sie nach einer kurzen Pause. »Es tut mir auch leid, Sie geweckt zu haben, aber dieser Anruf konnte nicht warten.«

Ich versuchte die Erwiderung des Polizisten am anderen Ende der Leitung zu verstehen, scheiterte jedoch. Dafür dröhnte jedes von Moms Worten unnatürlich laut durch die Küche.

»Es gibt Neuigkeiten über den Aufenthaltsort meiner Tochter.« Sie warf einen flüchtigen Blick über ihre Schulter, um sicherzugehen, dass ich mich nicht in Luft aufgelöst hatte. »Sie ist hier. Vor einer halben Stunde stand sie auf einmal halb nackt und völlig malträtiert vor der Tür.« Stille kehrte ein, während der Polizist etwas erwiderte. »Nein«, fuhr meine Mom fort, »angeblich geht es ihr gut. Aber dieser Mann, von dem ich Ihnen erzählt habe, ist auch wieder aufgetaucht. Ich bin mir sicher ...« Sie verstummte und warf einen weiteren Blick über ihre Schulter. Ich sah, dass sie auf ihrer Unterlippe kaute und die Augenbrauen hochzog. Offenbar gefiel ihr nicht, was auf der anderen Seite der Leitung gesagt wurde. »Nein, ich denke nicht, dass sie Anzeige erstatten will. Sie nimmt diesen Verbrecher sogar in Schutz. Deswegen denke ich ...« Erneut schien sie unterbrochen worden zu sein. »Ich weiß, dass sie volljährig ist, Detective, immerhin ist sie meine Tochter. Und mir ist auch bewusst, dass Ihnen der Fall glasklar erscheint und Sie ihn deswegen geschlossen haben, aber ...« Stille. »Sie verstehen nicht, Detective. Dieses Verhalten ist völlig untypisch für meine Tochter. Sie ist niemand, der einfach ohne Erklärung für mehrere Tage verschwindet. Bestimmt hat man sie unter Drogen gesetzt, vielleicht wird sie auch erpresst.« Erneute Stille. »Sie wollen mir also sagen, dass ich nichts unternehmen kann, außer Anzeige zu erstatten, die aufgrund mangelnder Beweise sowieso fallen gelassen wird?«

Obwohl meine Mom mit dem Rücken zu mir stand, erkannte ich an ihrer angespannten Haltung, dass das Gespräch nicht nach ihren Vorstellungen verlief. Zwar schmerzte es mich, dass ihr Kummer bereitet wurde, gleichzeitig verspürte ich jedoch Erleichterung. Es schien, als hätte sich wenigstens dieses Problem von selbst gelöst.

»Ja, mir tut es auch leid, dass Sie mir nicht helfen können, Detective.« Mit diesen Worten donnerte meine Mom den Hörer zurück in die Halterung. Einen Moment stand sie reglos vor dem Telefon, dann drehte sie sich zu mir um. Ihre Miene war eine Maske aus Zorn, Enttäuschung und Gram. »Vielleicht kann ich dich nicht dazu zwingen, mir die Wahrheit zu sagen oder zur

Polizei zu gehen und diesen Verbrecher anzuzeigen, aber solange du unter meinem Dach wohnst, hast du dich an meine Regeln zu halten. Und wenn in dir noch ein Funken von dem Mädchen steckt, das ich geboren, großgezogen und dem ich Liebe und Anstand beigebracht habe, dann erwarte ich, dass du mir den Respekt entgegenbringst, den ich als deine Mutter verdiene. Das bedeutet, ich dulde keine Lügen und Geheimnisse mehr. Stattdessen erwarte ich Gehorsam! Ansonsten …« Ihre Stimme, die immer dünner geworden war, brach und sie senkte den Kopf. »Ansonsten möchte ich dich morgen früh nicht mehr hier sehen.« Mit diesen Worten kehrte sie mir den Rücken, trat aus der Küche und ließ mich zurück, wie ich sie an dem Abend der Strandparty zurückgelassen hatte.

ZWEI

Nachdem meine Mom die Küche verlassen hatte, blieb ich noch auf meinem Platz sitzen und dachte über ihre Worte nach. Auch wenn mich die Härte ihrer Forderung getroffen hatte, konnte ich sie nachvollziehen. Die letzten Tage mussten für sie der blanke Horror gewesen sein und es war nicht fair, dass sie solche Qualen hatte durchleiden müssen.

Aber ich hatte keine andere Wahl! Ich musste Mony helfen und das Zepter finden! Sonst wäre ich jetzt tot!

Kraftlos sackte ich auf dem Tisch zusammen. Dieses Gespräch ebenso wie die Gewissheit, dass es in Zukunft nicht leichter werden würde, ließ den letzten Funken Energie in meinem Körper erlöschen.

Was soll ich nur machen? Ich kann doch nicht einfach abhauen und Mom allein lassen. Sie braucht mich genauso sehr wie ich sie! Aber wenn ich hierbleibe, ist sie in Gefahr!

Die Frage, welcher Weg der richtige war, schwebte wie ein Damoklesschwert über mir. Mir war bewusst, dass ich eine Entscheidung treffen musste, aber ich durfte diese Wahl unmöglich überstürzen. Zumindest die heutige Nacht sollte ich mir Zeit zum Nachdenken nehmen.

Schwerfällig machte ich mich auf den Weg in mein Zimmer. Ich sehnte mich nach der Vertrautheit meiner vier Wände und der Geborgenheit meines kuscheligen Bettes. Und in ebendieses ließ ich mich wie ein geschlagener Baum fallen, sobald ich mein Reich betreten hatte. Sehnsuchtsvoll schmiegte ich mein Gesicht in das kühle Laken und tastete mit einer Hand nach der Decke, um mich darunter zu verkriechen. Doch anstatt des mit Daunen gefüllten Überwurfs bekamen meine Finger etwas anderes zu fassen, weshalb ich mit einem Mal senkrecht auf der Matratze saß.

Mit schreckgeweiteten Augen starrte ich den überraschenden Besucher an, ehe ich den braunen Plüschbären mit den warmen Knopfaugen ergriff und näher in Augenschein nahm. Seine Verarbeitung wirkte hochwertig und obwohl ich keine Ahnung hatte, woher er kam und was er in meinem Bett zu suchen hatte, verspürte ich bei seinem Anblick ein wehmütiges Gefühl.

»Wer bist du denn?«, fragte ich den Bären, der mir glücklicherweise nicht antwortete. Auf diese Art von Dachschaden konnte ich gerne verzichten. Je länger ich ihn betrachtete, desto stärker wurde der Impuls, ihn in den Arm zu nehmen. Ich presste das flauschige Tierchen fest an meine Brust und vergrub mein Gesicht in seinem weichen Fell. Der schwache Duft nach Meeresluft und Sonnencreme stieg mir in die Nase und linderte ein wenig das Gefühl von Einsamkeit in meinem Inneren.

Leider hielt dieser wohltuende Effekt nur einen kurzen Moment an, ehe er sich ins Gegenteil umkehrte und das Gefühl verstärkte, als fehlte ein Teil meiner selbst.

Ich vermisse meine Freunde so sehr!

Zwar hätte ich rein theoretisch jetzt sofort mit Killian reden können, aber diese Möglichkeit bestand eben nur in der Theorie. Zum einen war es mitten in der Nacht, zum anderen hatte ich Angst vor seiner Reaktion, wenn ich plötzlich vor ihm auftauchte. Unsere letzte Begegnung war alles andere als glücklich verlaufen und wenn ich daran zurückdachte, wie er auf den Boden gelegen und mich ungläubig angestarrt hatte, weil ich gemeinsam mit einem wildfremden Mann seine Schwester entführt hatte, wurde mir übel.

Ganz egal, was Mony in ihrem Abschiedsbrief geschrieben hat, Ian wird mir die Schuld geben, dass sein Seelenzwilling weg ist. Das weiß ich genau.

Mein Bad in Selbstmitleid wurde von einem leisen *Klonk* unterbrochen, das von meinem Fenster zu kommen schien. Zuerst dachte ich, es mir eingebildet zu haben, doch als es sich binnen kurzer Zeit mehrfach wiederholte, war meine Neugier geweckt und ich zwang meinen ermatteten Körper vom Bett.

Möglichst leise zog ich die Vorhänge auf und warf einen Blick hinaus in die Nacht. Trotz des hellen Mondscheins, der unseren Garten in ein unheimliches Silberlicht hüllte, konnte ich nichts erkennen. Alles lag in nächtlicher Einsamkeit vor mir.

Merkwürdig. Hat mir mein Verstand etwa einen Streich gespielt?

Es sah ganz danach aus. Doch gerade als ich mich abwenden und zurück ins Bett schleichen wollte, tauchten wie aus dem Nichts zwei glühende Smaragde auf. Ihr Anblick versetzte mich in eine Schockstarre, sodass ich nicht einmal in der Lage war, einen Schrei auszustoßen. Erst als mein Verstand ein paar Sekunden später das dazugehörige Gesicht samt blonder Haarmähne registrierte und alles zu einem Bild zusammenfügte, fiel die Anspannung von mir ab.

»Nox?« Der Name war mir vor Überraschung und Freude viel zu laut über die Lippen gekommen. Prompt schlug ich beide Hände vor den Mund und drehte mich mit angehaltenem Atem zur offenen Zimmertür herum. Aber entweder schlief meine Mom bereits oder sie hörte Musik über ihre Kopfhörer. So oder so, meine Unachtsamkeit war unbemerkt geblieben.

Schnell öffnete ich das Fenster und trat einen Schritt zurück, um Nox hineinzulassen. Frische, klare Nachtluft begleitete den Höllendiener, als er galant in mein Zimmer stieg und trotz seiner schweren Bikerstiefel fast lautlos auf dem Holzboden landete.

»Was machst du hier?«, fragte ich im Flüsterton und schlich zur Zimmertür, um sie zu schließen.

Nox antwortete nicht, sondern strich sich ein paar verirrte Strähnen aus der Stirn und sah sich neugierig in meinem Zimmer um. Obwohl er sich umgezogen hatte, trug er wie immer schwarze Jeans, ein dunkles T-Shirt und seine geliebte Lederjacke, die den vertrauten Duft eines Lagerfeuers verströmte.

»Täusche ich mich oder hast du nicht einmal davon geträumt, dass wir beide in deinem Zimmer unaussprechliche Dinge miteinander treiben?« Nox näherte sich mir mit der Anmut einer Raubkatze auf der Pirsch. Seine Augen funkelten lüstern und ich war mir sicher, dass mir mein Herz gleich aus der Brust springen würde.

»Keine Ahnung, wovon du redest.« Meine Stimme klang heiser und ich wich schrittweise zurück, bis ich mit dem Rücken gegen die Tür stieß. Bilder eines längst vergessenen Traumes tauchten vor meinem geistigen Auge auf und verstärkten das Pochen in meinem Körper. Nox und ich waren allein in meinem Zimmer gewesen, hatten in meinem Bett gelegen und unsere Körper aneinandergeschmiegt, während uns nichts außer dünne Bettlaken umhüllten.

Auf Nox' Lippen breitete sich ein anzügliches Grinsen aus und er stellte sich so dicht vor mich, dass sein Oberkörper bei jedem Atemzug den meinen streifte. »Tze, tze, tze. Du wagst es, mich anzulügen, Kleines?« Er legte mir eine Hand an die Wange und strich mit dem Daumen über meine Unterlippe. Dabei sah er mir tief in die Augen. »Dafür werde ich dich bestrafen müssen.«

Hitze kroch meinen Hals empor und ließ meine Wangen vor Scham und Verlangen glühen, während sich alles in mir danach sehnte, dass er seine Drohung wahr machte. Und zwar jetzt sofort.

»Schade, dass wir nicht mehr lange allein sind. Sonst hätte ich mich umgehend darum gekümmert«, sprach Nox weiter, als hätte er meine Gedanken gelesen. Aber vermutlich war das gar nicht nötig. Wahrscheinlich stand mir meine Begierde ins Gesicht geschrieben.

»Nox«, wisperte ich und sein Name klang wie ein sehnsüchtiges Stöhnen, als es meinen Mund verließ. Mein gesamter Körper war von Aufregung und der Hoffnung erfüllt, dass wir dort weitermachten, wo wir vorhin aufhören mussten. Ganz egal, was er gerade gesagt hatte.

»Ja, Kleines?« Auch Nox' Stimme war nicht mehr als ein sinnliches Raunen.

»Ich …«, begann ich, ohne zu wissen, wie der Satz weitergehen sollte. Ich wollte nicht reden. Ich wollte beenden, was wir in Mabs Verlies begonnen hatten. Sämtliche Vernunft und Gedanken einfach ausblenden und stattdessen meinem Verlangen nachgeben.

Kurzum, ich wollte Nox.

Hier und jetzt.

Mit halb geschlossenen Lidern blickte ich auf seine Lippen. Das zarte Rosé, der sinnliche Schwung, all das lud regelrecht zum Küssen ein. Und ich war mehr als gewillt, dieser Einladung nachzukommen. Doch als ich meine Hände auf Nox' Brust legte und mich auf die Zehenspitzen stellte, um ihm näher zu kommen, ertönte ein dumpfes Geräusch auf der anderen Seite des Zimmers.

Schlagartig waren sämtliche unanständige Gedanken und Gelüste aus meinem Kopf verschwunden. Stattdessen dominierte die Frage meine Gedanken, wer uns ausgerechnet jetzt stören musste.

Der Höllendiener trat währenddessen von mir zurück und kehrte mir den Rücken. »An deinem Timing müssen wir noch arbeiten, Goldlöckchen!« Die deutlich vernehmbare Frustration in Nox' Stimme ließ mich trotz des Schreckens schmunzeln. Offenbar war ich nicht die Einzige, die sich über die Unterbrechung ärgerte.

»Ich weiß. Ich komme zu spät. Oder besser noch, ich hätte dich gar nicht erst allein vorgehen lassen dürfen.« Adam stand mit vor der Brust verschränkten Armen am Fenster und sah uns mit einer Mischung aus Groll und Enttäuschung an. Auch er hatte sich umgezogen und trug nun eine abgeschnittene Jogginghose und ein weißes T-Shirt mit einem kiffenden Kermit-der-Frosch-Motiv. »Aber ich musste erst sichergehen, dass es Joleen gut geht und sie uns nicht stören wird. Auch wenn ich es nicht gerne sage, aber die halbe Flasche Chardonnay, die sie vorhin in ihrem Zimmer getrunken hat, hat sie völlig ausgeknockt.« Er seufzte, löste seine Arme und trat näher. »Ich weiß, dass du keinerlei Moral und Anstand besitzt, Nox. Deswegen bin ich nicht sonderlich überrascht dich in einer solchen Situation zu erwischen. Mal wieder. Aber von dir, Ave, hatte ich mehr erwartet.« Mit einem flehenden Gesichtsausdruck sah er zu mir herüber. »Du hast es mir versprochen! Muss das sein? Ich weiß, ihr habt viel zusammen durchgemacht und er hat dir das Leben gerettet, aber …« Er kratzte sich am Kinn und senkte dabei den Kopf. Als er wieder aufsah, glitt sein Blick für den Bruchteil einer Sekunde zu Nox, ehe er mich abermals anschaute und sich der Anflug eines Lächelns zeigte. »Himmel, es ist Nox! Wieso ausgerechnet *er*?«

Auch wenn Adams Worte viele neue Frage aufwarfen, dominierte das Gefühl von Scham. Es war mir unangenehm, im Vorspann eines FSK18-Films erwischt worden zu sein.

»Jetzt reg dich nicht künstlich auf, Goldlöckchen«, sagte Nox leichthin und schlenderte auf mein Bett zu. In einer eleganten Drehung warf er sich auf die Matratze, streckte sich aus und schob seine Hände unter den Kopf. »Glaubst du wirklich, ich würde meine Belohnung einlösen, wenn ich weiß, dass du jeden Moment auftauchst? Von wegen! Wenn ich die Kleine vernasche, werde ich mir dafür sehr viel Zeit nehmen und jede einzelne Stunde genießen.« Er bedachte Adam mit einem frivolen Grinsen, woraufhin sich das Glühen meiner Wangen verstärkte.

Adam schien Nox' Erwiderung weniger amüsant zu finden. Mit geballten Fäusten und angespannten Muskeln wandte er sich dem Höllendiener zu, als würde er sich jeden Moment auf ihn stürzen wollen. »Sag so etwas noch einmal, du dreckiger Höllenhund, und ich vergesse unseren Waffenstillstand!«

Mit geweiteten Augen und offen stehendem Mund starrte ich Adam an. Dabei waren es weniger seine vor Aggressivität strotzenden Worte, die mich derart schockierten, sondern vielmehr der Umstand, dass seine Augen in einem unmenschlichen Weiß aufgeleuchtet waren. Etwas, was ich bisher nur bei dem Höllendiener gesehen hatte.

»Nox?«, sagte ich mit zitternder Stimme. »Kannst du mir bitte endlich verraten, wer oder was zum Henker Adam ist?«

***

»Das war schon beim ersten Mal nicht witzig, Kleines«, erwiderte Nox mit strenger Miene. Er sprang vom Bett auf und walzte auf mich zu. Erst dicht vor mir kam er zum Stehen. »Jetzt hör auf mit dem Mist und sag mir, dass du weißt, wer Goldlöckchen ist!« Seine Stimme klang ernst. Fordernd. Und eine Spur besorgt.

Ehe ich Gelegenheit hatte, auf seine Worte zu reagieren, gesellte sich Adam zu uns und ergriff meine Hand. Automatisch wandte ich mich ihm zu und blickte prompt in die gleiche sorgenbeladene Miene, die auch Nox präsentierte.

»Ave, bitte sag mir, dass du dir einen echt schlechten Witz mit uns erlaubst.« Die angespannte Hoffnung in Adams Stimme versetzte mir einen Stich.

Ich wollte den Mund öffnen, um etwas auf seine Worte zu erwidern, aber ich konnte es nicht. Eine Antwort war auch offenbar nicht nötig, denn mit einem lauten, qualvollen Stöhnen ließ Adam meine Hand los und taumelte mit gesenktem Kopf einige Schritte zurück. Ich sah ihm mit gerunzelter Stirn und einem Gefühl nach, als hätte mir soeben jemand das Herz aus der Brust gerissen.

Nox blickte zwischen Adam und mir hin und her. Seine anfängliche Irritation wich Fassungslosigkeit, die ihm aus sämtlichen Poren strahlte. »Was? Nein! Fuck, nein! Das ist doch nicht euer Ernst!«

Mit Augen so groß wie Untertassen schaute ich zwischen den beiden Männern hin und her. Auch wenn ich Angst vor der Antwort hatte, musste ich erfahren, was hier gerade passierte. »Könnt ihr mich bitte mal aufklären? Wieso sollte ich Adam kennen und wieso tue ich es nicht?«

»Wieso du den Harfenquäler kennen solltest?«, fragte Nox mit einer Stimme, die mir das Blut in den Adern gefrieren ließ. Wenn er derart ruhig und beherrscht sprach, machte er mir mehr Angst, als wenn er mich anschrie. »Weil er dein gottverdammter Schutzengel ist und wir nur wegen euer bizarren Freundschaft in diesen verfluchten Prüfungen stecken!«

DREI

»Was?«, rief ich und klang dabei wie ein erstickender Hund. »Er ist ein Engel? *Mein Schutzengel?*« Ungewollt flog mein Blick zu Adam, der noch immer wie ein getretenes Tier dastand und auf den Zimmerboden starrte.

Nein! Das kann nicht sein! Wenn das stimmen würde, müsste ich mich doch an ihn erinnern können!

Obwohl es mir schwerfiel, diese Neuigkeit zu glauben, wusste ich tief in meinem Inneren, dass sie der Wahrheit entsprach. Und zwar nicht nur aus dem Grund, weil Nox gar nicht in der Lage war zu lügen, sondern weil das die perfekte Erklärung für meine intensive Reaktion auf Adam war. Sicherlich waren wir durch irgendeinen Schutzengel-Schützling-Bund miteinander verwoben.

»Ja, er ist ein Himmelsdiener«, knurrte Nox und dehnte seinen Nacken, was ein Geräusch ähnlich dem von berstenden Knochen verursachte. »Genau wie ich, bevor ich rausgeworfen wurde. Du erinnerst dich doch noch an die Geschichte, die ich dir über meine Vergangenheit erzählt habe, oder?« Erneut schwang ein Hauch Sorge in seiner Stimme mit.

Ich nickte. Glücklicherweise waren Nox, unsere Gespräche und unsere gemeinsame Zeit fest in meinen Gedanken verankert.

»Dann weißt du bestimmt auch noch, dass ich neben Emilia einen anderen Engel erwähnt habe. Jemanden, der wie ein Bruder für mich gewesen war und mir alles bedeutet hat?« Sein Blick glitt bedeutungsschwanger zu Adam.

Meine Kinnlade klappte herunter und ich blickte erneut von Nox zu Adam, der wiederum mit großen Augen den Höllendiener anstarrte. Ich wusste nicht, wen von uns beiden Nox' Worte mehr überraschten. Adam, der offenbar nicht damit gerechnet hatte, etwas Derartiges von Nox zu hören, oder mich, die bis gerade eben sicher gewesen war jedes Detail dieser Geschichte zu kennen, und nun eines Besseren belehrt wurde.

»Du bist also mein Schutzengel, hm?«, fragte ich Adam, als ich die vorherrschende Spannung nicht länger aushielt. Obwohl ich jetzt Adams wahre Identität kannte, wusste ich immer noch nicht, wie ich mich ihm gegenüber verhalten sollte.

»Ja, das bin ich«, erwiderte er mit einem leisen Seufzen und drehte sich zu mir herum. Der Kummer in seinen Augen war grenzenlos und ich konnte mir unmöglich vorstellen, wie sehr er unter der Situation leiden musste. »Aber das ist nicht alles, Ave. Wir waren immer mehr füreinander. Beste Freunde. Geschwister. Seelenverwandte. Wir haben zusammen Sachen erlebt, die ...« Er verstummte und fuhr sich mit beiden Händen durch die Locken, gleichzeitig wandte er sich von mir ab. »Ich kann nicht fassen, dass ich dir ernsthaft erklären muss, was wir einander bedeuten«, fügte er murmelnd hinzu.

Den Blick auf den Boden gerichtet, steuerte ich mein Bett an und setzte mich auf die Kante. Gerne hätte ich Adams Schmerz mit ein paar tröstenden Worten gelindert, aber egal wie verzweifelt ich grübelte, mir wollte nichts Hilfreiches einfallen. Stattdessen fokussierte ich mich darauf, meine Emotionen und Gedanken unter Kontrolle zu bringen.

»Das ist echt harter Tobak«, sagte ich und sah auf. »Aber ich versteh nicht, wie das möglich sein kann. Wie können sämtliche Erinnerungen an eine einzelne Person verschwinden?«

»Das ist eine verdammt gute Frage, Kleines.« Nox verschränkte seine massigen Arme vor der Brust. Zwar stand er gerade mal einen halben Meter von mir entfernt, doch seine abweisende Haltung vermittelte mir ein Gefühl, als trennten uns Welten. »Bevor du in Galoai in den See gesprungen bist, war noch alles beim Alten. Also wird es wohl damit zusammenhängen.«

Ohne auf Nox' Schlussfolgerung einzugehen, blickte ich Adam an. »Warst du auch dort? Im Feenreich meine ich.«

Adam nickte, dann stieß er völlig unvermittelt einen Fluch aus und drehte sich wieder zu mir herum. Immer wieder ballte er seine Hände zu Fäusten, als versuchte er, auf diese Art mit seinen Gefühlen klarzukommen.

»Du weißt gar nichts mehr von dem, was mich betrifft, oder?«, fragte er und sah mich mit unergründlichem Blick an. »Für dich ist es, als wären wir uns zuvor nie begegnet, richtig?« Offenbar schien er nur allmählich das Ausmaß der Situation zu begreifen.

Wortlos erwiderte ich seinen Blick. Ich wollte nicht antworten, mochte seinen Kummer nicht verstärken. Doch mein Schweigen war Bestätigung genug.

Mit einem weiteren lauten Fluch trat Adam kraftvoll gegen einen Haufen Klamotten, der achtlos auf dem Boden lag. »Klasse! Das ist wirklich spitzenmäßig!«, rief er, ehe er mit einem freudlosen Lachen Schultern und Kopf hängen ließ und wie ein zum Tode Verurteilter auf das Bett zuschlich. »Dann wäre es wohl am besten, wenn du eine kurze Zusammenfassung unserer gemeinsamen Vergangenheit erhältst.« Er setzte sich neben mich und begann, ohne mich anzusehen, mit seiner Erzählung.

Ich erfuhr, dass er mir seit meiner Geburt zugeteilt war, dass er aber erst, nachdem mein Vater meine Seele verkauft hatte und abgehauen war, als reale Person in mein Leben getreten war. Wir kannten uns demnach seit dem Kindergarten und waren angeblich von Beginn an unzertrennlich gewesen. Des Weiteren erzählte er mir, dass er das letzte Jahr bei meiner Mom und mir gewohnt hatte, jedoch wegen Nox zurück in sein altes Haus gezogen war. Er beichtete mir, dass er es gewesen war, der mir am Vorabend meines Geburtstages die Wahrheit über den Vertrag und die Prüfungen erzählt hatte, und dass er ebenso wie Nox durch meine Zustimmung mit seinem Leben an deren Erfolg gebunden sei. Dadurch hatte er aber auch seine Engelskräfte, die er mir kurz nannte und erklärte, verloren.

Ich hörte Adam gespannt zu und versuchte gleichzeitig zu entscheiden, ob ich ihm glauben sollte. Die ganze Geschichte klang so abenteuerlich, dass sie Hollywood selbst kreiert haben könnte. Aber ebenso wie Nox war er als Engel unfähig zu lügen. Zudem strahlte er mit jedem Wort, jeder Geste und jedem Blick diesen alles verzehrenden Schmerz aus, sodass es mir unvorstellbar erschien, jemand könnte dieses Leid vortäuschen.

»Wow, das ist wirklich krass!«, war meine einzige Erwiderung, als ich nach dem Plüschbären griff und ihn fest an meine Brust drückte. Erneut stieg mir der vertraute Duft eines Sommertages am Strand in die Nase und half mir, mein wild pochendes Herz zu beruhigen. Aus dem Augenwinkel bemerkte ich, wie Adam mich mit einem melancholischen Lächeln beobachtete.

»Was ist?«, fragte ich unsicher. Auch wenn wir früher vielleicht eine besondere Beziehung zueinander gehabt hatten, fühlte es sich merkwürdig an, von ihm auf diese vertraute Art und Weise angesehen zu werden.

»Nichts. Ich musste nur gerade an den Tag zurückdenken, an dem ich dir den Bären geschenkt habe«, antwortete Adam und sein Blick bekam etwas Nostalgisches, als er gedanklich in der Zeit zurückzureisen schien. »Es war an dem Samstag vor deinem Geburtstag. Wir waren am Pier gewesen und du hattest gedacht, ich hätte ihn bei Ghirardelli gestohlen.« Ein leises Lachen entfloh seinen Lippen. »Der Tag war einer der schönsten, den ich je mit dir erleben durfte.«

Ich erwiderte Adams Blick. Das Braun seiner Iriden erinnerte mich an flüssiges Karamell und weckte in mir ein Gefühl von Sicherheit und Zuversicht. Es war verrückt, aber mit einem Mal schienen alle negativen Empfindungen, Gedanken und Ängste zu verblassen. Dafür kämpfte sich an deren Stelle ein längst vergessener Optimismus hervor, als könnte mir mit Adam an meiner Seite nichts passieren.

Doch ehe die Wandlung vollends abgeschlossen war, wandte er sich ab und die aufkeimende Hoffnung schnellte wie ein gerissenes Gummiband ins Nichts zurück. Stattdessen eroberten Einsamkeit, Leere und Angst mein Herz zurück.

»Das war das letzte Mal, dass wir unbeschwert Zeit miteinander verbracht haben«, sprach Adam mit hörbarer Resignation in der Stimme weiter. »Am selben Abend erfuhrst du die ganze Wahrheit über den Vertrag, mein wahres Wesen und die Prüfungen.«

Ich sah ihn an und wusste nicht, was ich sagen sollte. Die Situation erschien mir trotz all des bisher Erlebten völlig surreal.

»Ich unterbreche eure sentimentale Reise in die Vergangenheit ja nur ungern«, mischte sich Nox ein, »aber können wir uns darauf einigen, dass meine Zeit zu kostbar ist, um sie mit einem derart lapidaren Mist zu vergeuden?« Er marschierte zu meinem Schreibtisch, griff sich den Drehstuhl und setzte sich rittlings darauf. Seine Arme auf die Rückenlehne gelegt, schaute er gelangweilt zu Adam und mir. »Es ist immerhin nicht auszuschließen, dass die Kleine ihre Erinnerungen absichtlich verdrängt hat – so öde wie eure bisherige Beziehung war, könnte ihr das niemand verübeln.«

»Nox!« Empört stierte ich den gefallenen Engel an. Es war eine Sache, wenn er der Meinung war, wir würden seine ach so wertvolle Lebenszeit vergeuden. Doch die Unterstellung, ich hätte Adam absichtlich aus meinen Erinnerungen getilgt, war ein Schlag unter die Gürtellinie. »Wie kannst du so etwas Grausames nur sagen?« Schnell wandte ich mich an Adam, um ihm zu beteuern, dass Nox mit seinem Kommentar völlig falsch lag. Doch dieser beachtete mich gar nicht, sondern funkelte seinen ehemaligen Kollegen an, als wollte er ihn eigenhändig zurück in die Unterwelt befördern.

»Zur Hölle, jetzt stellt euch nicht so an. War doch nur ein Witz.« Nox rollte mit den Augen und stieß ein übertriebenes Seufzen aus. »Ihr habt echt kein Gespür für Humor.« Mit einem sachten Kopfschütteln wurde er wieder ernst. »Na schön. Dann lasst mal hören, was eurer Meinung nach der Grund für die plötzliche Amnesie der Kleinen sein könnte. Wie ich bereits sagte, gehe ich davon aus, dass ihr Tauchgang etwas damit zu tun hat.« Er fokussierte seine Aufmerksamkeit auf mich, ohne Adam und mir die Möglichkeit zu geben, ihm zu antworten. »Hast du dir im Wasser den Kopf angeschlagen oder hat dich irgendein Tier angeknabbert, ohne dass du es bisher für erwähnenswert gehalten hast?«

»Nein, weder das eine noch das andere ist passiert«, erwiderte ich angesäuert. Sein abscheulicher Kommentar wollte mir nicht aus dem Kopf gehen. »Nachdem ich abgetaucht war, entdeckte ich das Zepter auf dem Grund und wollte es wie besprochen bergen.« In knappen Sätzen berichtete ich, was während meiner Zeit im Wasser geschehen war. »Dann bekam ich auf einmal keine Luft mehr und ertrank. Zumindest habe ich das zu dem Zeitpunkt angenommen.«

Nox grunzte frustriert und strich sich mit einer Hand die blonden Strähnen aus der Stirn. »Tolle Story. Wirklich. Leider bringt sie uns keinen Schritt weiter.«

»Das zwar nicht«, erwiderte Adam mit ernster Stimme, während ich Nox wütend anfunkelte. Es war nicht meine Schuld, dass sich die Lösung für unser Problem nicht auf dem Silbertablett präsentieren ließ. »Aber es ist dennoch interessant zu erfahren, dass die Prüfung offenbar gar nicht darin bestand, das Zepter zur Dryade zu bringen. Vielleicht hilft uns dieses Wissen dabei, die künftigen Aufgaben besser einzuschätzen.«

Nox erwiderte Adams Blick mit einer Mimik, die deutlich zeigte, was er von dessen Worten hielt. Dankenswerterweise sparte er sich einen Kommentar und verbarg stattdessen sein Gesicht in den Handflächen, was zu einer erholsamen Stille führte.

Wenn ich mich an Adam erinnern konnte, bevor ich ins Wasser gestiegen bin, es aber nichts mit meinem Tauchgang zu tun hat, dann liegt es vielleicht an …

»Was ist bei euch los gewesen, als ich im Wasser war?«, fragte ich und sah aufgeregt zwischen den beiden Männern hin und her. Ohne es begründen zu können, hatte ich das Gefühl, auf dem richtigen Weg zu sein. »Ich meine, vielleicht liegt die Lösung des Problems nicht in dem, was *ich* getan habe, sondern hat mit etwas zu tun, was *euch* widerfahren ist.«

Adam und Nox wechselten einen langen Blick, bevor mein Schutzengel das Wort ergriff. »Wie du nicht mehr weißt, hatte es Alyssa geschafft, mich mit ihrem Zauber unter einen Bann zu knechten«, begann er einleitend und berichtete anschließend den anderen Teil der Geschichte.

»Ihr wurdet gleichzeitig von Alyssa, Mab und ihren Feenritterarmeen angegriffen? Das ist unfassbar! Wie konntet ihr euch retten?« Die Information, dass niemand etwas über den Verbleib von Harmony oder Marron wusste, nahm ich schweren Herzens zur Kenntnis. Ich konnte nur hoffen, dass es den beiden gelungen war, sich zu retten, und dass sie nun unversehrt in ihrer Heimat weiterlebten. Ich würde es nicht verkraften, wenn die ganze Mühe, die wir auf uns genommen hatten, um Monys Leben zu retten, umsonst gewesen wäre.

»Darum geht es doch gerade, Kleines!«, unterbrach Nox meine Gedanken. »Wir konnten uns nicht retten! Adam wurde von D…« Er stockte. Sein Blick wurde hart und er presste seine Lippen zornig aufeinander. Als er weitersprach, war seine Stimmlage um einige Nuancen kälter geworden. »Er wurde von einer Winterfee aufgespießt und wir sind auf dem Schlachtfeld verreckt!«

Nach Beendigung der Erzählung herrschte eisernes Schweigen und die Atmosphäre im Zimmer wurde immer unangenehmer. Zwar hatte ich mir bereits gedacht, dass wir bei unserer Rückkehr aus dem Feenreich auf neue Hürden und Probleme stoßen würden, doch die aktuelle Lage übertraf all meine Vorstellungen.

»Okay, lasst mich das Ganze noch mal zusammenfassen«, beendete Nox die Stille und erhob sich mit stoischer Miene von seinem Platz. Mit verschränkten Armen begann er in meinem Zimmer auf und ab zu schreiten, was ihm den Eindruck eines eingesperrten Tieres verlieh. »Wir überleben die erste Prüfung, obwohl wir gestorben sind, und keiner weiß wieso. Wir landen in der realen Welt, wo sich die Kleine plötzlich nicht mehr an Adam erinnert, und wieder weiß niemand wieso.« Er blieb stehen und sah Adam und mich an. Er gab sich keine Mühe seine Gereiztheit zu verbergen. »Und neben diesen Problemen müssen wir uns auch noch der nächsten Prüfung stellen, von der – welch Überraschung! – erneut keiner von uns auch nur den Hauch einer Ahnung hat.«

»Ja, die Lage sieht gerade nicht sonderlich gut für uns aus«, gab Adam zu und erhob sich ebenfalls, »aber im Moment können wir nichts daran ändern. Deshalb sollten wir jetzt nach Hause gehen und uns ausruhen. Wir werden unsere Kräfte sicherlich bald brauchen.« Mit strengem Blick und einem Kopfnicken in Richtung Fenster wandte er sich an Nox. »Nach dir.«

Der Höllendiener erwiderte Adams Blick mit einem sarkastischen Lächeln, ehe er sich dem offenen Fenster näherte und ohne Verabschiedung oder wenigstens einen letzten Blick in meine Richtung in die Nacht verschwand.

Verblüfft starrte ich Nox hinterher, obwohl er gar nicht mehr zu sehen war. Auch wenn ich Verständnis dafür hatte, dass die neue Situation für alle ziemlich überraschend kam und Nox sicherlich Zeit zum Nachdenken und Sackenlassen benötigte, hatte ich dennoch mit etwas mehr Empathie seinerseits gerechnet. Vor allem nach dem heftigen Knistern, das vorhin zwischen uns stattgefunden hatte.

Adams leises Seufzen erinnerte mich daran, dass ich nicht allein war. »Ich weiß, du kannst dich nicht mehr an unser Gespräch über Nox erinnern, deswegen spare ich mir ein ›Ich habe dich gewarnt‹ – auch wenn es mir nicht leichtfällt.« Er stellte sich vor mich und legte mir mit einem sanften Lächeln die Hände auf die Schultern. Doch bereits im nächsten Augenblick wurde er wieder ernst. Trauer stahl sich in seinen Blick. »Es tut mir ehrlich leid, wie alles gekommen ist, Ave. Aber ich verspreche dir, wir kriegen das schon wieder hin. Vertrau mir.«

Ich nickte, zu erschöpft für eine verbale Erwiderung. Auch wenn ich Adam überhaupt nicht kannte, fiel es mir nicht schwer, seinen Worten Glauben zu schenken.

Adam nickte ebenfalls und ließ seine Hände sinken. Er wollte sich bereits zum Gehen wenden, doch dann richtete er erneut das Wort an mich. »Wie geht es Joleen eigentlich? Hast du ihr erzählt, was passiert ist? Kennt sie jetzt die Wahrheit?«

»Nein, ich habe ihr nichts gesagt.« Ich blickte an Adam vorbei in den sternenlosen Himmel. Allein die Vorstellung, meine Mom in eine Welt hineinzuziehen, die ich selbst nicht richtig verstand, die aber Qual, Leid und Tod bereithielt, verursachte mir Übelkeit. »Sie war nicht in der Verfassung für irgendeine Art von Gespräch«, fügte ich erklärend hinzu und senkte den Blick. Einen Moment lang hatte ich überlegt, die Sache mit dem Abschiedsbrief anzusprechen, mich jedoch dagegen entschieden. Für den heutigen Abend hatten wir bereits genügend Probleme besprochen. Außerdem erschien mir dieses Thema im Augenblick nicht wirklich relevant.

»Das wird wieder, Ave«, sagte Adam mitfühlend. Vermutlich bezogen sich seine Worte auf Moms Alkoholproblem, das ihm nicht fremd sein dürfte, wenn er tatsächlich bereits so lange Teil unseres Lebens war. »Sie hat schon einmal die Kurve gekriegt und wird es wieder schaffen. Das weiß ich genau. Sie ist eine starke Frau und sie liebt dich. Das darfst du nie vergessen.«

VIER

Wie lange ich wach lag, bis ich die Hoffnung aufs Einschlafen aufgab, wusste ich nicht, aber die Morgendämmerung hatte bereits eingesetzt und verwandelte den Himmel vor meinem Fenster in ein farbenfrohes Spektakel aus verschiedenen Blau- und Orangetönen. Auch wenn ich völlig übermüdet war und mein Körper sich nach Regeneration sehnte, hatte es keinen Sinn, länger liegen zu bleiben und mich den Qualen meines auf Hochtouren arbeitenden Verstandes auszusetzen. Die Zeit konnte ich besser nutzen und mich dem einen Problem widmen, dessen Lösung in meiner Hand lag.

Die Beziehung zu meiner Mom.

Adams Worte, bevor er Nox in die Dunkelheit gefolgt war, hatten mich daran erinnert, wie egoistisch und feige es wäre, einfach abzuhauen. Mom und ich waren ein Team und gehörten zusammen. Und auch wenn es viel Zeit und Geduld bedurfte, bis unser Verhältnis auch nur im Ansatz wieder der Stärke und Verbundenheit entsprach wie vor meiner Abwesenheit, war ich bereit, diese Energie zu investieren.

Unter Aufbietung all meiner Kraft zwang ich mich aus dem Bett, um den ersten Teil meines Wiedergutmachungsplanes in die Tat umzusetzen. Dabei musste ich mich irgendwie blöd bewegt haben, denn ein stechender Schmerz schoss mir in die Seite, kaum dass meine Füße den Holzboden berührt hatten.

Was zur Hölle ist das denn schon wieder?, fragte ich mich, während ich meine Hand auf den Rippenbogen presste.

Es dauerte vielleicht zwei oder drei Sekunden, ehe mir ein Gedanke kam, der mich regelrecht aus dem Bett und vor den Spiegel an meiner Zimmertür katapultierte.

Oh nein! Nein, nein, nein!

Auf einmal ahnte ich, welche Art von Schmerz mich an diesem frühen Morgen heimsuchte, auch wenn ich hoffte mich zu täuschen.

Bevor ich meinem Verdacht nachgehen konnte, fiel mein Blick auf das Mädchen im Glas. Ihre Haut war blass und mit verkrusteten Wunden und blauen Flecken überzogen. Das wasserstoffblonde Haar war strohig und wirkte eher wie ein Vogelnest als eine Frisur. Trotz der besonderen Mischung aus Marineblau und Smaragdgrün wirkten ihre Augen stumpf und leblos, was die schwarzen Ringe ihrer Tränensäcke betonte und den ungewohnten Zombielook perfektionierte.

Wow, Kate Upton ist eine Vogelscheuche gegen mich!

Die Augen verdrehend griff ich an den Saum meines XXL-Snoopy-Schlaf-T-Shirts und hob den Stoff so weit an, dass mein halber Oberkörper frei lag. Es dauerte keinen Wimpernschlag, bis ich die frische Tinte entdeckte, die sich farbenfroh von meiner hellen Haut abhob und meine schlimmste Befürchtung bestätigte.

Vielen Dank für die großzügige Verschnaufpause, dachte ich mit einem Anflug von Groll und konzentrierte mich auf das untertassengroße Tattoo. Wie auch die Fee war dieses hier bildschön und detailreich. In der Mitte eines Kreises, der aus ineinander verschlungenen Wurzeln zu bestehen schien, wuchs ein Laubbaum, dessen Blätter in einem saftigen Grün leuchteten. Seine Rinde war braun und so exakt ausgearbeitet, dass ich jedes noch so unscheinbare Astloch erkennen konnte. In der Krone befanden sich ein halbes Dutzend goldener Äpfel, die den einen purpurglänzenden in ihrer Mitte umgaben. Links neben dem Baumstamm, versteckt zwischen hohen Grashalmen, lag eine Schlange. Ihr Schuppenkleid schimmerte in einem metallischen Bronzeton und sie hatte ihre purpurfarbene Zunge zischend auf eine Frau gerichtet, die sich auf der anderen Baumseite befand. Ihr gebeugter Körper, der vermutlich so etwas wie eine betende Haltung darstellen sollte, war in ein weißes Leinenkleid gehüllt, was einen starken Kontrast zu ihren langen, braunen Haaren darstellte.

Ist das Eva im Garten Eden?

Alles deutete darauf hin, dennoch wagte ich nicht mich darauf zu versteifen. Vielleicht wollte man uns mit dieser Offensichtlichkeit in die Irre führen. Dennoch konnte ich nicht verhindern, dass unzählige Gedanken auf mich einströmten. Welche Todsünde war mit dem Tattoo gemeint? Welches magische Wesen würde mir bei der zweiten Prüfung begegnen? Hatte die Zeit, die uns zum Bestehen der Aufgabe zur Verfügung stand, bereits zu laufen begonnen? Standen die Äpfel womöglich für die Anzahl der Tage, in denen wir erfolgreich sein mussten? Oder gab es dieses Mal keine zeitliche Begrenzung?

Auch wenn ich mal wieder nicht wusste, was das alles zu bedeuten hatte, war ich mir zumindest in einem Punkt sicher:

Ich muss mit Nox und Adam reden. Und zwar sofort!

Entschlossen, die beiden auf der Stelle aufzusuchen, kam mir ein weiterer Gedanke, der mich innehalten ließ.

Vielleicht hat das neue Tattoo das alte ersetzt? Womöglich ist die Fee verschwunden?

Auch wenn die Wahrscheinlichkeit äußerst gering war und ich kaum auf dieses Glück zu hoffen wagte, zog ich dennoch in Windeseile mein Schlafshirt aus. Leider verpuffte der kaum entstandene Lichtschimmer in dem Moment, als ich das handtellergroße Tattoo mit der einst lebendigen Fee auf meinem Schulterblatt entdeckte.

Verfluchter Dreck! Wenigstens diesen Gefallen hätte man mir tun können.

Leider war das hier kein Wunschkonzert und meine Hoffnungen hatten nichts zu melden. Einzig und allein der Gedanke, dass wir es höchstwahrscheinlich sowieso nicht bis zur dritten Prüfung schafften und ich mich deshalb mit keinem weiteren Tattoo würde rumärgern müssen, dämpfte ein wenig meinen Groll.

Mit diesem schwarzhumoristischen Gedanken schlurfte ich in Richtung Kleiderschrank und zog die erstbesten Klamotten hervor, die mir zwischen die Finger kamen. Meine Motivation, Nox und Adam auf der Stelle von dem Tattoo zu berichten, war gemeinsam mit meiner Hoffnung zerplatzt. Aber vermutlich war das auch besser so. Weder hatte ich Lust, mich den neuen

Fragen und Problemen zu stellen, die unweigerlich aufkommen würden, wenn die beiden von dem neuen Tattoo erfuhren, noch wollte ich meiner Mom mit meiner Abwesenheit eine falsche Botschaft vermitteln.

Nein, der Kampf um meine Seele musste einen Tag pausieren. Für heute hatte ich andere Pläne.

***

Zwei Stunden später trug ich vier prall gefüllte Einkaufstaschen ins Haus und lauschte nach verräterischen Geräuschen. Ich hatte zwar eine Notiz hinterlassen, dass ich einkaufen war, dennoch erleichterte es mich, dass meine Mom offenbar noch schlief und meine Abwesenheit unbemerkt geblieben war. So blieb mir Zeit, dem zweiten Teil meines Wiedergutmachungsplanes nachzukommen.

Nachdem ich die Einkäufe auf den Tisch gehievt hatte, atmete ich tief durch. Eigentlich hatte ich nur ein paar frische Zutaten besorgen wollen, aber nach einem Blick in unseren Vorratsschrank war mir nichts anderes übrig geblieben, als den halben Trader Joe's leerzukaufen.

Um mich von der Frage abzulenken, was wohl mit Mom geschehen wäre, wenn ich später oder im schlimmsten Fall gar nicht mehr nach Hause zurückgekehrt wäre, begann ich die Lebensmittel einzuräumen. Als das erledigt war, riss ich sämtliche Fenster im Erdgeschoss auf, um begleitet vom Duft des neuen Morgens leere Flaschen, dreckiges Geschirr und miefende Klamotten einzusammeln. Anschließend schrubbte ich die gesamte Küche, bis mein Geruchssinn nichts außer künstlicher Zitronenfrische wahrnahm.

Gerade als ich damit begonnen hatte, den Tisch einzudecken, vernahm ich Geräusche aus dem Obergeschoss. Meine Mom schien aufgewacht zu sein. Türen wurden geöffnet und geschlossen, und das Rauschen von Wasser erklang.

Mit beschleunigtem Puls widmete ich mich wieder meinem Vorhaben und wurde genau in dem Augenblick fertig, als meine Mom in die Küche kam. Sie trug dunkle Jeans und einen hellgrauen Cashmere-Pullover, war geschminkt und frisiert. Dennoch sah ich ihr die Strapazen der letzten Woche deutlich an.

»Du hast aufgeräumt«, sagte sie zur Begrüßung und schaute sich mit ausdrucksloser Miene im Zimmer um.

»Ja, ich konnte nicht schlafen und wollte etwas Produktives tun.« Ich bemühte mich um einen freundlichen Ton und zauberte mir ein Lächeln auf die Lippen, das erwiderungslos verblasste, als meine Mom sich auf ihren Platz setzte.

»Ich war auch einkaufen«, erzählte ich ihr und wandte mich der Kaffeemaschine zu, um die schwarze, dampfende Flüssigkeit in die beiden vorbereiteten Becher zu gießen. Normalerweise trank ich kein Koffein, aber um den Tag zu überstehen, musste ich eine Ausnahme machen.

Mom schwieg beharrlich, weshalb ich meine Small-Talk-Bemühungen einstellte und stattdessen die Kaffeetassen an den Tisch brachte, bevor ich mich ebenfalls hinsetzte. Neben O-Saft, Brötchen und Croissants hatte ich süße Aufstriche und herzhaften Aufschnitt sowie frisch gekochte Eier und gebratenen Speck aufgetischt. Leider genügte das nicht, um die Spannung im Zimmer aufzulösen.

»Da dein Wagen noch beim Polizeipräsidium steht, gehe ich davon aus, dass du meinen genommen hast«, sagte Mom nach einigen Minuten der Stille und nippte an ihrem Kaffee. »Hoffentlich hast du die Spritztour genossen. Denn das war für lange Zeit dein letzter Ausflug.« Sie hob den Kopf und sah mir zum ersten Mal am heutigen Morgen in die Augen. »Ab sofort hast du Hausarrest. Außerdem kannst du dich auf unbestimmte Zeit von deinem Handy verabschieden. Dein Auto erhältst du übrigens auch erst zurück, wenn du die Strafzettel in Höhe von dreihundert Dollar beglichen hast.«

Ich hatte bereits mit einer ordentlichen Strafe gerechnet, weshalb mich ihre Worte nicht überraschten. Dennoch musste ich angesichts ihrer Sanktionen schlucken.

Wie soll ich Nox und Adam kontaktieren, wenn ich weder telefonieren noch das Haus verlassen darf?

Doch über dieses Problem sowie die Frage, wie ich derart viel Geld zusammenbekommen sollte, dass ich mein Auto auslösen konnte, würde ich mir später Gedanken machen müssen. Das Klingeln an der Haustür lenkte meine Aufmerksamkeit auf sich und ließ mich vor Schreck erstarren.

»Ich hoffe, du erwartest keinen Besuch«, sagte meine Mom und erhob sich von ihrem Stuhl. »Deine Strafe ist selbstverständlich auf Einzelhaft ausgelegt.« Ohne eine Antwort abzuwarten, begab sie sich in den Flur, um die Tür zu öffnen.

Unbehagen machte sich in mir breit, während ich die Ohren spitzte. Die einzigen Besucher, mit denen ich momentan rechnen konnte, waren Adam und Nox. Aber instinktiv wusste ich, dass keiner der beiden vor unserem Haus stand.

»Gabe? Was machst du denn hier?«, hörte ich meine Mom fragen. Sie schien überrascht zu sein, was mein Unwohlsein nicht gerade schmälerte.

Gabe? Welcher Gabe? Ich kenne keinen Gabe!

Meine Sorgen verstärkten sich. Hoffentlich handelte es sich bei dem Besucher nicht um eine weitere Person, die auf unerklärliche Weise aus meinen Erinnerungen gelöscht worden war.

»Hallo, Jo. Ich hoffe, ich störe nicht.« Die Erwiderung kam von einer tiefen, männlichen Stimme.

»Ähm, nein. Ganz und gar nicht. Was kann ich für dich tun?«

»Ich wollte nach dir sehen. Betty sagte, dass du eine Grippe hast. Und da du auf keine meiner Nachrichten antwortest, dachte ich, ich sehe mal nach dir und bringe dir etwas Hühnersuppe vorbei.« Das leise Rascheln einer Plastiktüte mischte sich mit einem verlegenen Lachen. »Aber du siehst wie immer blendend aus, was wohl bedeutet, dass meine Genesungshilfe zu spät kommt.«

Meine Neugier wuchs mit jedem Wort und ich musste einfach einen Blick auf den unbekannten Besucher werfen. Unauffällig schlich ich mich in Richtung Flur und linste um die Ecke, wo ich einen Mann Ende dreißig entdeckte. Er war groß, von breiter Statur und wirkte sportlich. Sein dunkelblaues Polohemd betonte seine kurzen braunen Haare und das offene Lächeln auf den

Lippen brachte seine grauen Augen zum Leuchten. Alles in allem hatte er eine sympathische Ausstrahlung.

Wer ist dieser Kerl?, fragte ich mich und wollte mich gerade diskret zurückziehen, als Gabe mich ins Visier nahm. Seine Augen weiteten sich eine Spur.

»Ich wusste nicht, dass du Besuch hast«, sagte er an meine Mom gerichtet. »Tut mir leid, ich wollte nicht stören.«

Mit verdutzter Miene drehte sie sich herum. Als sie mich entdeckte, wandelte sich ihr Gesichtsausdruck von Verwirrung zu Missfallen. »Das ist meine Tochter, Avery«, sagte sie an ihr Gegenüber gerichtet und drehte sich wieder herum. »Avery, das ist Gabriel Bell. Ein Kollege aus dem Büro«, fügte sie hörbar widerwillig hinzu.

Vor Verlegenheit bekam ich nur ein tonloses »Hallo« heraus und kam mir vor wie der letzte Depp. Sicherlich hielt mich Moms Kollege jetzt für ein neugieriges Blondchen, das keine Manieren besaß.

»Es freut mich, dich kennenzulernen, Avery«, sagte Gabriel und musterte mich mit einer Intensität, die mir durch Mark und Bein ging. Irgendetwas an seinem Blick ließ die feinen Härchen in meinem Nacken strammstehen. »Deine Mom hat so viel von dir erzählt, dass ich das Gefühl habe, dich bereits zu kennen.«

Erneut war ich außerstande etwas zu erwidern, was mich nicht wie eine hirnlose Marionette wirken ließ. Deshalb stand ich einfach da, als hätte ich einen Schlaganfall erlitten, und wünschte mir nichts sehnlicher, als mich auf der Stelle in Luft aufzulösen.

»Na, wenn deine Tochter da ist, um sich um dich zu kümmern, wundert es mich nicht, dass es dir bereits besser geht.« Gabriel wandte sich mit einem warmen Lächeln an meine Mom. Auch wenn die Geste aufrichtig wirkte, verursachte sie mir ein ungutes Gefühl. Ich konnte es nicht genau erklären, aber ich verspürte den Gedanken, dass dieser Mann ein Geheimnis barg. »Dann möchte ich die Damen nicht länger behelligen. Wir sehen uns ja sicherlich morgen im Büro, Jo.« Mit einem Lächeln wandte er sich an mich. »Es hat mich wirklich gefreut, Avery. Sicherlich sehen wir uns bald wieder. Immerhin ist die Stadt kleiner, als man glauben mag.« Etwas blitzte in seinen Augen auf.

Etwas unheimlich Altes. Doch ehe ich die Chance hatte, länger darüber nachzudenken, sah Gabriel Mom an, nickte ein letztes Mal und verschwand mit der mitgebrachten Suppe in Richtung Straße.

FÜNF

Am nächsten Morgen stieg ich mit gemischten Gefühlen aus dem Bett. Einerseits hatte ich Angst vor der Rückkehr in die Schule, andererseits wollte ich nicht zu Hause bleiben und mich verstecken. Ich wollte mein Leben so normal wie möglich weiterführen. Und dazu gehörte nun mal auch die Schulpflicht.

Gähnend stapfte ich unter die Dusche und hoffte, dass das heiße Wasser nicht nur die Trägheit aus meinen Knochen, sondern auch die hartnäckigen Gedanken des gestrigen Tages aus meinem Verstand spülen würde. Doch es half nicht. Immer wieder musste ich an Moms Arbeitskollegen denken.

Wenn ich nicht bald mit der Hexenjagd aufhöre, verliere ich noch den Verstand!, schalt ich mich und schäumte meinen Körper mit Moms teurem Deluxe-Duschgel ein. Sofort stieg mir der vertraute Duft von Rosen und Vanille in die Nase. *Gabriel ist nur ein Kollege. Völlig harmlos. Das Einzige, was er vielleicht zu verbergen versucht, ist seine Sympathie für eine Frau, die streng nach der Devise lebt, Privates von Beruflichem zu trennen.*

Seufzend spülte ich den samtigen Schaum von meiner Haut und widmete mich meinen vernachlässigten Haarsträhnen. Egal wie sehr ich mich selbst davon überzeugen wollte, dass mir mein Verstand einen Streich gespielt hatte, es wollte mir nicht recht gelingen. Mein Bauchgefühl ließ sich einfach nicht austricksen, weshalb ich beschloss achtsam zu bleiben. Ich würde diesem Gabriel vielleicht nicht die oberste Priorität zuschreiben, aber ich würde ihn im Auge behalten. Sicher war sicher.

Nach dem Duschen tapste ich in mein Zimmer und trat an meinen Kleiderschrank. Normalerweise war ich nicht eitel und machte mir auch keine großartigen Gedanken über mein Aussehen, doch ich kehrte nach einer

Woche Abwesenheit mit blasser Gesichtsfarbe, unzähligen Schrammen und blauen Flecken an die Highschool zurück. Dadurch war ich ein gefundenes Fressen für sämtliche Klatschmäuler, die mich unweigerlich zur Tagesempfehlung der Gerüchteküche ernennen würden.

Um diesem Schicksal zu entfliehen, durchwühlte ich meine Garderobe, bis ich ein passendes Outfit zusammengestellt hatte. Mit der rostroten Bluse, die bisher ungetragen im Schrank gehangen hatte, und der dunkelblauen Caprihose, die meine Beine zum Großteil verdeckte, sah ich halbwegs gesund und munter aus. Als ich anschließend auch noch meine Haare und das Make-up zufriedenstellend hergerichtet hatte – ich musste meine unzähligen Blessuren kaschieren, ohne dabei wie eine Prostituierte auszusehen –, wagte ich die Hoffnung, dass der Kelch der Aufmerksamkeit an mir vorbeiziehen würde. Wenigstens dieses eine Mal musste das Glück doch auf meiner Seite stehen.

***

Dass dem nicht so war, wurde mir während der Schulbusfahrt bewusst. Anstatt wie gewöhnlich die zwanzig Minuten Wegzeit damit zu verbringen, aus dem Fenster zu schauen und meinen Gedanken nachzuhängen, musste ich mich mit den neugierigen Blicken und dem Getuschel meiner Mitschüler rumschlagen. Offenbar waren Harmonys und meine Abwesenheit Gesprächsthema Nummer eins an der George Washington High. Doch damit nicht genug. Unsere angebliche Flucht nach Los Angeles wurde mit den wildesten Gerüchten ausgeschmückt, was mich an der Zurechnungsfähigkeit meiner Mitschüler zweifeln ließ.

Wer, bitte schön, glaubt ernsthaft, wir wären nach Hollywood gereist, um dort Schauspielerinnen zu werden, haben stattdessen aber einen gemeinsamen Porno gedreht, weil wir uns in denselben verheirateten Regisseur verliebt haben? Also mal ehrlich! Geht's noch?

Seufzend schloss ich die Augen und kuschelte mich tiefer in meinen Sitz. Am liebsten hätte ich mich aus dem fahrenden Bus gestürzt! Da das leider nicht möglich war, fokussierte ich mich auf den positiven Aspekt des Ganzen.

Alyssas Fehlen war bislang unbemerkt geblieben und konnte deshalb nicht mit Harmony und mir in Verbindung gebracht werden.

Wenigstens etwas!

Dieser tröstliche Gedanke ermöglichte es mir, die Busfahrt ohne größere Hürden hinter mich zu bringen, bis ich Zuflucht in den labyrinthartigen Gängen des Schulgebäudes fand.

Mit gesenktem Blick bahnte ich mir zielstrebig einen Weg in Richtung meines Schließfachs, wo ich David Sinclaire, Schulschwarm Nummer eins, Sänger einer angesagten Indieband und Unterwäschemodel, an meinen Metallschrank gelehnt, entdeckte. Es hatte den Anschein, als warte er auf jemanden.

Hoffentlich will er nicht zu mir!

In über drei Jahren gemeinsamer Schulzeit hatten David und ich kaum mehr als zehn Sätze miteinander gewechselt. Wenn es nach mir ging, hätten wir es gerne dabei belassen können.

»Es stimmt also. Du bist wirklich zurück«, sagte David, kaum dass ich in Hörweite war, und löschte damit meine Hoffnung aus, dass jemand anderes der Grund für seine Anwesenheit war. »Ich muss zugeben, ich bin ehrlich überrascht. Soweit ich weiß, bist du der erste Mensch, der eine der Seelenprüfungen überlebt hat.«

Ich hatte gerade meinen Rucksack von den Schultern gleiten lassen und ihn auf den Boden gestellt, als mich Davids Worte wie eine Abrissbirne trafen. Mein Kopf schnellte nach oben und ich sah mein Gegenüber mit geweiteten Augen an.

»Was? Woher weißt du von den Prüfungen?«, fragte ich reflexartig, obwohl die Frage unsinnig war. David war kein Mensch, das hatte mir Nox bereits verraten. Nur wusste ich nicht, welches Geheimnis sich hinter Davids Wesen verbarg.

»Woher ich von den Prüfungen weiß?« Ein amüsiertes Lachen erklang und ließ Davids blaue Augen regelrecht erstrahlen. »Köstlich! Du tust ja gerade so, als hätten dich deine beiden Bodyguards nicht über die magische Welt aufgeklärt.« Weiterhin schmunzelnd schüttelte er den Kopf. Als ich jedoch nichts auf seine Worte erwiderte, wurde er schlagartig ernst und sah mich mit Überraschung im Blick an. »Wirklich? Du hast keine Ahnung? Wow! Damit habe ich nicht gerechnet. Zumindest dem Dämon hätte ich zugetraut, dass er die Regeln bricht und dich einweiht. Aber offenbar ist er doch nicht so ein harter Typ, wie er immer vorgibt zu sein.« Er zuckte mit den Schultern und steckte seine Hände in die Taschen seiner Jeans, während er mich mit unergründlichem Blick ansah. »Wie dem auch sei. Du solltest dich lieber an die Aufmerksamkeit gewöhnen. Dein unvorhergesehener Erfolg am Lichten Hof hat bereits die Runde gemacht und dir einige Fans beschert. Immerhin bist du seit hundertsiebzig Jahren die erste Seele, die sich an den Prüfungen versucht. Das ist verdammt spannend. Besonders, da die letzten Teilnehmer aus Asien und Europa stammten. Aus den Staaten ist seit über fünfhundert Jahren niemand mehr angetreten.« Er plauderte in einem Tonfall, als spräche er über das sonnige Wetter. Ich hingegen hatte große Mühe, die Übelkeit zu unterdrücken, die sich mit jedem seiner Worte verstärkte.

Um mir meinen empfindlichen Gemütszustand nicht anmerken zu lassen, kniete ich mich auf den Boden vor meinen Rucksack und kramte ein paar Bücher heraus als deutliches Zeichen, dass das Gespräch beendet war. »Danke für die Information, aber jetzt möchte ich gerne an mein Schließfach.«

Leider hatte David nicht vor meiner Bitte nachzukommen. Ohne sich auch nur einen Zentimeter zu bewegen, sprach er ungeniert weiter. »Das verstehe ich natürlich. Ich wollte dich auch gar nicht belästigen. Sorry. Ich war nur neugierig, wie es euch gelungen ist, die Feenprinzessin loszuwerden, ohne selbst draufzugehen. Diese Aufgabe hat bisher noch niemand gemeistert, und ich muss zugeben, ich bin ehrlich beeindruckt. Alyssa hatte selbst dem ein oder anderen mächtigen Dämonenblütler hin und wieder Kopfschmerzen bereitet.«

Entgegen meinem Willen flog mein Kopf erneut in den Nacken, damit ich David ansehen konnte. Es entbehrte nicht einer gewissen Ironie, dass er die Bewohner des Lichten Volks ansprach, wenn er zum Teil selbst wie eine Fee aussah. Mit dem markanten, ebenmäßigen Gesicht, den hohen Wangenknochen und vollen Lippen erinnerte er mich ein wenig an den Winterprinzen

Xantasan. Anstatt spitzer Ohren und einem farbigen Haarschopf jedoch trug David seine schwarzen Haarsträhnen zu Spitzen gestylt.

»Du weißt, wer Alyssa ist?«, fragte ich im Flüsterton, aus Sorge jemand könnte ausgerechnet diesen Teil unserer Unterhaltung mitbekommen und daraufhin Fragen stellen, auf die ich keine Antwort wusste.

»Ob ich weiß, wer Alyssa ist?«, erwiderte David in normaler Lautstärke und lachte erneut. »Oh, Avery! Es ist eine Tragödie, dass jemand derart Besonderes wie du ausgerechnet an die zwei unfähigsten Seraphe der gesamten magischen Welt geraten musste. Dieses Wissen schmerzt mich ungemein. Ja, ehrlich. Aber zum Glück bin ich jetzt da, um dir zu helfen und die unzähligen Fragen zu beantworten, die dir so deutlich in den Augen abzulesen sind.«

Ich widerstand dem Wunsch, den Blick abzuwenden, und musterte David stattdessen mit kritischer Miene. Auch wenn er den Anschein erweckte, als meinte er sein Angebot ernst, war ich nicht so dumm ihm einfach Glauben zu schenken. Daher steckte ich meine Bücher zurück in den Rucksack und erhob mich, um mit David auf Augenhöhe zu sein.

»Wieso willst du mir helfen, David? Was hast du davon?«

David erwiderte meinen Blick mit einem Funkeln in den Augen. Ein wissendes Lächeln umspielte seine Mundwinkel. »Ich bin gerne über Dinge informiert. Vor allem wenn es sich dabei um derart außergewöhnliche Situationen handelt wie die Seelenprüfungen. Aber was nützt einem der größte Wissensschatz, wenn man ihn mit niemandem teilt?« Er beugte sich mir entgegen, bis sein Gesicht eine halbe Armlänge über meinem schwebte. Gleichzeitig veränderte sich die Farbe seiner Augen und das Saphirblau wandelte sich in ein funkelndes Meer aus sattem Violett, das mich an Amethyste erinnerte. Auch seine Stimme veränderte sich und wurde zu einem leisen, sinnlichen Raunen, das seinen Atem wie eine sanfte Sommerbrise über meine Haut streichen ließ. »Niemand hätte es mehr verdient, die Prüfungen zu bestehen als du, Avery. Und es wäre mir eine Ehre, dich dabei zu unterstützen. Du musst es nur zulassen.«

Völlig gebannt starrte ich David in die Augen, unfähig auf seine Worte zu reagieren. Ich wusste nicht einmal mehr, worüber wir überhaupt sprachen. In diesem Moment hätte ich sogar an seinen Lippen gehangen, wenn er einen mehrstündigen Monolog über die Auswirkungen von Schneckenschleim auf Gartenerde gehalten hätte.

Unbewusst reckte ich mich David entgegen. Mit einem Mal wollte ich unbedingt herausfinden, ob der blumige Duft, der mir in der Nase kitzelte und meine Gedanken zum Erlahmen brachte, von ihm ausging – und was ich dafür tun musste, um ihn nie wieder missen zu müssen.

Davids Lippen verzogen sich zu einem Lächeln, das mit jedem meiner Herzschläge breiter wurde, bis es zwei Reihen perfekter weißer Zähne präsentierte. »Sag es, Avery«, wisperte er. »Sag, dass ich dir helfen soll. Sag, dass du mich brauchst.«

Wieder gelang es mir nicht, den Sinn seiner Worte zu verstehen. Aber das war im Grunde auch völlig egal. Allein der Klang seiner Stimme reichte bereits, um in mir ein Gefühl zu entfachen, das mich wie ein loderndes Feuer umgab.

Wieso ist mir früher nie aufgefallen, wie faszinierend David ist?

Als wäre sein Lächeln ansteckend, spürte ich, wie sich auch meine Mundwinkel hoben, bis ich dümmlich zu grinsen begann. Leider bekam ich keine Chance, die Silben auszusprechen, die sich auf meiner Zunge gebildet hatten, denn eine fremde Stimme unterbrach uns.

»Sinclaire. Was machst du hier? Ich dachte, Avery hätte dir deutlich gemacht, dass sie kein Interesse an deiner Gesellschaft hat.« Adam stellte sich mit vor der Brust verschränkten Armen neben mich. Seine Miene wirkte ausdruckslos, doch seine Augen sprühten vor Zorn.

David richtete sich lächelnd auf und wandte sich Adam zu, was den Nebel in meinem Kopf lichtete und meine Gedanken aus einer Art Trance erwachen ließen. Blinzelnd senkte ich den Kopf und massierte meinen Nasenrücken.

Was ist denn jetzt auf einmal los? Gerade noch haben wir über die Prüfungen gesprochen und dann plötzlich ...

Der Versuch, mich an den Rest unserer Unterhaltung zu erinnern, scheiterte an einem glühenden Schmerz, der mir durch den Kopf schoss. Es fühlte sich an, als würden meine Gehirnwindungen schmelzen.

Verdammt! Das ist nicht gut. Ganz und gar nicht.

Ehe ich mir jedoch Gedanken über dieses neue und herzlich unwillkommene Problem machen konnte, lenkte das Gespräch zwischen David und Adam meine Aufmerksamkeit auf sich.

»... nichts an. Außerdem, seit wann hast du wieder Interesse an Avery? Du schienst in letzter Zeit sehr abgelenkt gewesen zu sein. Apropos, wie geht es Alyssa?« Das Funkeln in Davids Augen, die sich wie immer in einem strahlenden Blau präsentierten, verströmte eine Kälte und Überheblichkeit, die mich frösteln ließ.

Adam schien diese Bemerkung nicht aus der Ruhe zu bringen. Mit stoischer Gelassenheit erwiderte er sowohl Davids Blick als auch das falsche Lächeln.

»Erstens geht es mich sehr wohl etwas an, wenn du mit meiner Freundin flirtest. Immerhin habe ich geschworen, Ave vor jeglicher Art von Gefahr zu beschützen – was vor allem Typen wie dich einbezieht. Und zweitens«, er legte mir demonstrativ einen Arm um die Schulter und zog mich nah an sich heran, »ist es völlig egal, mit welchen Frauen ich meine Zeit verbringe. Avery wird bei mir immer auf Platz eins stehen. Das solltest du dir für die Zukunft merken.«

David hielt an seinem Lächeln fest, doch es wirkte auf einmal zu steif und gewollt, als dass es glaubwürdig erschien. »Tja, wenn das so ist, kann sich Avery glücklich schätzen. Schließlich kann man nie genug Beschützer haben, nicht wahr?« Mit einem letzten Blick in meine Richtung wandte er sich ab und ging davon.

Kaum waren Adam und ich allein, stellte er sich vor mich und legte seine Hände auf meine Schultern. »Was wollte Sinclaire von dir?«

Verdutzt erwiderte ich seinen Blick. Seine zuvor präsentierte Show, die mich stark an Nox' Auftritt auf der Strandparty erinnerte, hatte mich eiskalt erwischt, weshalb ich nicht sofort in der Lage gewesen war zu reagieren. Doch jetzt, nachdem mein Verstand seine Arbeit wieder aufgenommen hatte, legte ich ein vor Sarkasmus triefendes Lächeln auf.

»Auch dir einen guten Morgen, Adam. Danke der Nachfrage, mir geht es bestens und ich habe sehr gut geschlafen. Ich hoffe, du konntest dich gestern ebenfalls ein wenig erholen.« Ohne ihm die Gelegenheit zu einer Antwort zu geben, schüttelte ich seine Hände ab, platzierte mich vor meine Spindtür und begann das Zahlenrädchen am Schloss zu drehen, bis die Tür aufsprang.

»Lass die blöden Witze, Ave!«, zischte Adam mit deutlich mitschwingender Schärfe und trat einen Schritt zurück. »Sag mir, was Sinclaire von dir wollte! Hat er dich angegraben?«

»Was? Du glaubst, David hat mich angemacht?« Bereits die bloße Vorstellung war derart lächerlich, dass ich mir nur mit Mühe ein Lachen verkneifen konnte. »Gott, Adam! Nein! Das hat er nicht! Wir haben bloß ...« Erneut versuchte ich mich an den Teil unseres Gesprächs zu erinnern, den Adam unterbrochen hatte. Doch auch dieses Mal stieß ich gegen eine Mauer aus Schwärze. »Er hat mir lediglich zum Bestehen der ersten Prüfung gratuliert«, beendete ich meinen Satz und widmete mich meinem Rucksack, um die darin befindlichen Bücher mit denen aus dem Spind zu tauschen.

»Er hat dir gratuliert?«, fragte Adam mit deutlich vernehmbarem Unglauben.

»So ungefähr, ja«, antwortete ich.

Adam musterte mich einen Moment lang, als würde er den Wahrheitsgehalt meiner Worte überprüfen. Als er der Meinung war, mir glauben zu können, glättete sich seine Miene und ihm entfloh ein Seufzen. »Tut mir leid, ich wollte dich nicht anfahren. Ich mache mir nur Sorgen. Unter den Nichtmenschen hat sich bereits rumgesprochen, dass es jemandem gelungen ist, die erste Seelenprüfung zu bestehen. Die gesamte magische Welt ist in Aufruhr.« Er strich sich mit beiden Händen übers Gesicht, ehe er seine Finger in den goldglänzenden Locken vergrub und die Schultern hängen ließ. »Ich wollte wirklich nicht den Schutzengel raushängen lassen. Sorry.«

Adams Entschuldigung dämpfte meinen Groll und auch ich stieß ein Seufzen aus. Es fühlte sich falsch an, mit ihm zu streiten.

»Schon gut. Ich versteh dich ja. Ich bin selbst ziemlich angespannt.« Unweigerlich musste ich an die Begegnung mit Moms Arbeitskollegen denken, verdrängte dieses Problem jedoch für den Moment. Jetzt war nicht der richtige Augenblick, um das Thema zu erwähnen.

Adam nickte dankbar und ließ seinen Blick schweifen. Es war eindeutig, dass ihm die Situation zwischen uns ebenso unangenehm war wie mir.

»Was machst du eigentlich hier?«, fragte ich, um einen Themenwechsel bemüht. Meine Highschool war der letzte Ort, an dem ich mit Adam gerechnet hatte.

Mein Gegenüber krauste die Stirn, als überraschte ihn meine Frage. Dann trübte sich sein Blick und ein trauriger Ausdruck erschien auf seinen Zügen. Doch Adam hatte sich schnell unter Kontrolle und zuckte mit neutraler Miene die Schultern.

»Normalerweise begleite ich dich in den Unterricht, um aufzupassen, dass du nicht vor Langeweile einschläfst. Aber jetzt«, er musterte eine Gruppe von Schülern, die an uns vorbeiging, ohne uns zu beachten. »Jetzt muss ich wohl aus anderen Gründen auf dich achtgeben.« Mit diesen Worten wandte er sich mir zu.

Da ich darauf nichts zu erwidern wusste, widmete ich mich wieder meinem Rucksack. Leider war ich mit dem Umpacken schneller fertig, als mir lieb war, und so blieb mir nichts anderes übrig, als meinen Spind zu schließen und mich erneut Adam zu stellen.

Unschlüssig standen wir da und mieden den Blick des jeweils anderen. Die Situation war so quälend, dass ich mir nichts sehnlicher wünschte, als dass die Schulglocke die Peinlichkeit endlich beendete.

»O Mann! Ich hätte niemals gedacht, dass es zwischen uns jemals so komisch werden würde«, sprach Adam meine eigenen Gedanken aus und lachte traurig. Er hatte die Hände in den Hosentaschen vergraben und den Kopf gesenkt, warf mir aber zwischen dichten Wimpern einen scheuen Blick zu. Prompt überkam mich ein Gefühl, eine Mischung aus Wärme, Vertrauen und Liebe, die mich so stark an die frühere Verbundenheit zwischen meiner Mom und mir erinnerte, dass ich ebenfalls lächeln musste.

»Ja, schade, dass es für unseren Fall kein Handbuch gibt, in dem wir uns Tipps für einen weniger verkrampften Umgang holen könnten.«

In Adams Augen trat ein Glanz, der mir einerseits vertraut erschien, andererseits jedoch eine völlig unbekannte Wirkung auf mich hatte. Wenn Nox mich auf diese spezielle Art ansah, verspürte ich eine Art Sog, der mich jedes Mal in einen Strudel zu reißen drohte, sodass ich mich nicht länger gegen seine Anziehung wehren konnte. Bei Adam hingegen schien es, als trügen mich sanfte Engelsflügel schützend gen Himmel, damit mich kein Leid der Welt jemals erreichen konnte.

»Na gut«, sagte Adam unvermittelt und räusperte sich verhalten. Es hatte den Anschein, als wäre er gerade ebenfalls gedanklich abgedriftet. »Wenn Sinclaire dir nur gratulieren wollte, hat das erst mal nichts zu bedeuten. Sollte er aber versuchen dich anzugraben, musst du mir das unbedingt sagen. Das ist verdammt wichtig!«

Ich nickte, ohne seine Forderung wirklich verstanden zu haben. Der Umstand, dass ein quasi Fremder derart intensive Gefühle in mir auslöste, verunsicherte mich noch immer.

»Danke«, sagte Adam erleichtert, doch im nächsten Moment wurde er wieder ernst. »Aber das gilt nicht nur für Sinclaire, das ist dir klar, oder? Sollte dir irgendjemand auffallen, egal ob Mitschüler, Lehrer oder sonst wer, der dir auf irgendeine Art ein ungutes Gefühl beschert, musst du mich unbedingt informieren. Solange wir keinen Anhaltspunkt bezüglich der nächsten Prüfung haben, müssen wir jeder möglichen Spur nachgehen.«

Adams Worte lenkten meine Gedanken zurück in die Realität und erinnerten mich an etwas, was ich wegen der Strapazen des Morgens völlig vergessen hatte.

»Aber wir haben einen Anhaltspunkt. Und zwar ein neues Tattoo.«

»Was?« Adams Ausruf peitschte in unüberhörbarer Lautstärke durch den Flur und ließ die Köpfe der Leute in unserer unmittelbaren Umgebung zu uns herumwirbeln. Doch das schien Adam nicht davon abzuhalten weiterzureden. »Du hast ein neues Tattoo? Wieso hast du das nicht sofort erwähnt?«, fügte er mit gesenkter, aber nicht minder angespannter Stimme hinzu. Er streckte seine Hände aus, als wollte er mich berühren. »Seit wann hast du es? Und wo befindet es sich dieses Mal?«

Reflexartig trat ich einen Schritt zurück. Es war keine bewusste Geste, aber es genügte, um Adam ein weiteres Mal ungewollt zu verletzen.

»Tut mir leid, ich wollte nicht …« Ein Seufzen beendete seinen Satz und seine Stimme klang kraftlos, als er die Arme sinken ließ. »Kannst du mir das Tattoo vielleicht zeigen?«

Unschlüssig biss ich mir auf die Lippe. Auch wenn mir meine Reaktion leidtat, änderte es nichts an der Situation. Zwar behauptete jeder in meinem Umfeld, dass Adam und ich beste Freunde seien, und ich fühlte mich auch irgendwie mit ihm verbunden, dennoch war er für mich ein Fremder. Und bei der Vorstellung, mich vor ihm auszuziehen, ballte sich mein Magen so schmerzhaft zusammen, dass ich kaum noch Luft bekam.

Glücklicherweise ertönte genau in diesem Augenblick die Schulglocke und schenkte mir etwas Zeit, um eine Lösung für dieses Dilemma zu finden.

»Das muss leider warten.« Ich zwang mich zu einem Lächeln und griff gleichzeitig nach meinem Rucksack. Nach dem ersten Klingeln hatten die Schüler fünf Minuten Zeit, um in den Klassenraum zu gelangen, ehe der Unterricht begann und die Nachzügler wegen Zuspätkommens nachsitzen mussten. »Lass uns nach dem Unterricht weiterreden. Am besten, wenn Nox auch dabei ist.«

Schlagartig wich sämtliche Wärme aus Adams Blick. Kränkung dominierte seine Mimik und mit verschränkten Armen trat er einen Schritt von mir weg. »Wie du möchtest. Ich bestell den Höllenhund hierher, damit wir keine unnötige Zeit vergeuden.«

Adams Reaktion irritierte mich, mir blieb jedoch keine Zeit, weiter darüber nachzudenken. Wenn ich mir nicht gleich am ersten Tag meiner Rückkehr Ärger einhandeln wollte, musste ich mich beeilen. Ich schulterte meinen Rucksack und wollte mich bereits zum Gehen wenden, als Adam ein weiteres Mal das Wort ergriff. Auch wenn er sich um einen sachlichen Ton bemühte, war der Schmerz in seiner Stimme nicht zu überhören.

»Vermutlich weißt du es bereits, aber Sinclaire ist kein Mensch. Und sein hartnäckiges Interesse an dir ist kein gutes Zeichen. Deswegen bitte ich dich in seiner Gegenwart besonders vorsichtig zu sein. Zwar bist du gegen magischen Glanz immun, weshalb du vor seinen Tricks in Sicherheit sein solltest, dennoch wäre es am besten, wenn du dich einfach von ihm fernhältst.«

»Folgender Kompromiss. Ich verspreche dir David nicht explizit aufzusuchen, ebenso wie ich ihn in kein Gespräch verwickeln werde. Falls es aber zu einer Situation kommt, in der ich mit ihm reden muss, stelle ich mich nicht tot. Einverstanden?«

Adam erwiderte meinen Blick und die unterschiedlichsten Emotionen blitzten in seinen Augen auf. Schließlich machte eine Mischung aus Ärger, Zuneigung und Resignation das Rennen und zauberte ein wehmütiges Lächeln auf seine Lippen.

»Einverstanden. Immerhin kenne ich dich lange genug, um zu wissen, dass dies das beste Angebot ist, das ich erwarten kann.«

SECHS

Der restliche Vormittag zog im Eiltempo an mir vorüber. Ich fokussierte mich zum einen auf den aktuellen Unterrichtsstoff, zum anderen darauf mir zu notieren, welche Themen ich verpasst hatte. Gleichzeitig versuchte ich, die bohrenden Blicke meiner Mitschüler auszublenden.

»Ignorier sie einfach«, sagte Adam, ohne seinen Blick von der Tafel zu wenden. Er saß neben mir in der letzten Reihe und wirkte wie ein strebsamer Schüler, der sich fleißig Notizen machte. Dabei konnte ich auf seinem Tisch anstelle von Büchern oder Schreibutensilien nur ein Handy mit schwarzem Display entdecken. »In ein paar Tagen gibt es ein neues Thema, über das sie sich das Maul zerreißen können, und sie werden die ganze Sache vergessen.«

Als es zur Mittagspause klingelte, packte ich die Grübeleien zusammen mit meinen Schulsachen in meinen Rucksack. Ich wollte mich unter das rege Treiben der Cafeteriabesucher mischen und für kurze Zeit meine Probleme vergessen. Doch so verlockend dieser Gedanke auch war, so unmöglich erschien er mir. Denn es gab eine Sache, die ich bisher erfolgreich verdrängt hatte, die mich jetzt jedoch einholte.

Killian.

Allein bei dem Gedanken an ihn verwandelte sich mein Magen in einen Bleiklumpen, während mein Puls dem Motor eines Rennwagens Konkurrenz machte. Meine Hände wurden schweißfeucht und ich umklammerte die Gurte meines Rucksacks, als hinge mein Leben davon ab. Auch wenn es mir bisher gelungen war, ihm aus dem Weg zu gehen, wäre das beim Mittagessen nicht länger möglich.

»Kommst du mit nach draußen?«, fragte ich Adam, als wir das Klassenzimmer verließen und uns dem Schülerstrom in Richtung Hauptgebäude anschlossen. Mir war bewusst, wie feige mein Plan war, aber ich konnte nichts dagegen tun. Der Vormittag war bereits kräftezehrend gewesen, sodass ich mich außerstande sah, heute auch noch Killian zu begegnen.

»Raus?«, fragte Adam abgelenkt, ohne den Blick von seinem Handy zu nehmen. Entweder erwartete er einen wichtigen Anruf oder er nutzte das Telefon als Vorwand, um mich nicht ansehen zu müssen. Seit unserer Unterhaltung heute Morgen hatte er mich kein einziges Mal mehr angesehen – was der ohnehin angespannten Stimmung zwischen uns nicht gerade zuträglich war.

»Ja, raus. Du weißt schon. Frische Luft, Sonnenschein und so ein Zeug.« Ich bemühte mich um einen unbeteiligten Ton, war damit aber nicht gerade erfolgreich. Adams Distanziertheit verunsicherte mich mehr, als ich mir eingestehen wollte. Und obwohl mein Vorschlag als eine Art Friedensangebot und Neuanfang gedacht gewesen war, bereute ich es inzwischen, ihn überhaupt gefragt zu haben.

Adam zuckte mit den Schultern und steckte das Handy in die Hosentasche. Ohne mich anzusehen, gab er ein »Von mir aus« von sich und schlug den Weg zum Pausenhof ein.

Ungewollt flammte Ärger in mir auf. Ich verstand zwar, dass die Situation nicht leicht für ihn war, und auch, dass ich ihn irgendwie gekränkt hatte, aber das war trotzdem kein Grund, mir die kalte Schulter zu zeigen.

»Wenn du keine Lust hast, musst du nicht mitkommen«, erwiderte ich patzig und beschleunigte meine Schritte. Auf einmal wollte ich nur noch raus, der Enge und den Menschen um mich herum entfliehen.

»Tut mir leid. Ich wollte dich nicht verärgern«, sagte Adam, der mühelos mit mir Schritt hielt. Dabei lag auf seinen Lippen ein warmes, aufrichtiges Lächeln, das sich sogar in seinen Augen widerspiegelte. »Natürlich will ich mit rauskommen. Denkst du etwa, nach dem ganzen Stress bist du die Einzige, die eine Extraportion Vitamin D gebrauchen kann?«

Die Leichtigkeit in seiner Stimme entlockte mir ein Grinsen und ich spürte, wie sich mein Groll in Luft auflöste. Mal wieder bemerkte ich, welch starken Einfluss Adam auf mich hatte.

»Keine Ahnung. Kann ja sein, dass ihr Engel zu Sonnenbrand neigt und du deshalb lieber im Schatten bleibst«, frotzelte ich und registrierte zufrieden Adams zuckende Mundwinkel. Mit einem Mal fiel es mir unsagbar leicht, mit ihm zu reden, und zum ersten Mal gewann ich einen Eindruck davon, warum alle behaupteten, wir wären Freunde. »Vermutlich hast du deswegen auch die ganze Zeit auf dein Handy gestarrt. Du erwartest einen Anruf von Petrus, der dir den Wetterbericht für die kommenden Tage mitteilt.«

Schlagartig verblasste Adams Lächeln. Ein scharfer Zug bildete sich um seinen Mund. Seine zusammengezogenen Augenbrauen bildeten eine kleine Falte über seinem Nasenrücken und sein Blick verfinsterte sich.

»Schön wär's. Leider ist die Wahrheit weniger angenehm.« Auf meinen irritierten Blick hin erklärte er: »Ich warte auf ein Lebenszeichen von Nox. Aber der Höllenhund ignoriert meine Nachrichten.«

»Was? Er meldet sich nicht?« Auf der Stelle erlosch der winzige Funken guter Laune und dunkle Gewitterwolken verdüsterten meine Gedanken. »Denkst du, ihm ist etwas passiert?« Ich konnte nicht verhindern, dass meine Stimme ängstlich klang. Zwar war der Höllendiener zäh und wusste sich zu verteidigen, trotzdem war er nicht unbesiegbar – auch wenn er selbst anderer Meinung war.

Adam schüttelte den Kopf und seine Miene wurde noch eine Spur grimmiger. »Nein, keine Sorge. So viel Glück habe ich nicht. Sicherlich ignoriert er mich absichtlich, weil er mit Dingen beschäftigt ist, die ich mir nicht mal in meinen schlimmsten Albträumen vorstellen will.«

Wie ein Schlag ins Gesicht trafen mich Adams Worte. Vor allem weil sie nicht völlig unrealistisch waren. Nox hatte nie einen Hehl aus seinem sündhaften Dasein gemacht und es war nicht auszuschließen, dass er jetzt, zurück in der realen Welt, genau dort weitermachte, wo er zuvor meinetwegen hatte aufhören müssen.

Nein!, versuchte ich mich selbst zu beruhigen. *Das würde er mir nicht antun! Er weiß, dass ich Gefühle für ihn habe. Und er empfindet auch etwas für mich. Das hat er selbst gesagt.*

Wie aufs Stichwort begannen meine Lippen zu kribbeln. Die Erinnerung an unseren letzten Kuss war so präsent, dass ich das Gefühl hatte, Nox' Lippen selbst jetzt noch auf meinen zu spüren.

»Tut mir leid, Ave, das hätte ich nicht sagen dürfen. Nicht in deiner Gegenwart.« Adam sah mich mit aufrichtiger Reue an. »Es ist nur, ich kenne Nox seit vielen Jahrhunderten. Und in all der Zeit hatte er sich nie geändert. Es fällt mir einfach schwer zu glauben, dass er auf einmal ...« Mit einem Kopfschütteln unterbrach er sich. »Lass uns einfach das Thema wechseln, okay?« Ohne meine Antwort abzuwarten, setzte er seinen Weg in Richtung Pausenhof fort, doch ich blieb wie angewurzelt stehen, unfähig seiner Bitte nachzukommen.

»Nein«, sagte ich energisch. Auch wenn Nox all die Jahrhunderte zuvor ein bewegtes Leben geführt hatte, bedeutete das nicht, dass es immer noch so war. Menschen, ebenso wie Engel, konnten sich ändern. Daran glaubte ich felsenfest. »Wir müssen ihn suchen«, fuhr ich fort, als Adam stehen geblieben war und sich zu mir herumgedreht hatte. »Du kennst seine große Klappe. Was ist, wenn er sich in Schwierigkeiten gebracht hat?«

Adam murmelte etwas, das sich wie »Schön wär's« anhörte, doch es war so leise, dass ich mir nicht sicher war es wirklich verstanden zu haben. Danach kam er zu mir zurück.

»Wenn ihn überhaupt jemand suchen geht, dann bin ich das allein«, sagte Adam mit zorniger Miene und Traurigkeit in der Stimme. »Aber dafür müsste ich dich allein lassen und das will ich auf keinen Fall. Beim letzten Mal, als ich nicht für dich da war, wurdest du ins Feenreich gelockt und wärst dort fast gestorben.«

Die Intensität seiner Worte und seines Blickes ließ mich schaudern. Wie von selbst legte sich meine Hand auf seine Wange.

»Du musst dir keine Vorwürfe machen, Adam. Auch wenn es dein Job ist, auf mich aufzupassen, kannst du mich nicht vor allen Gefahren beschützen.«

»Ich will dich nicht beschützen, weil es mein Job ist, Ave«, erwiderte Adam und legte seine Hand auf meine. Er verschränkte unsere Finger ineinander, ehe er seinen Arm gemeinsam mit meinem sinken ließ. »Aber das wirst du wohl nie verstehen.« Den Kopf gesenkt, trat er einen Schritt zurück und löste unsere Verbindung. Nach einem tiefen Atemzug sah er wieder auf, einen unergründlichen Blick in den Augen. »Gut, ich gehe Nox suchen. Aber ich bitte dich dein Versprechen nicht zu vergessen. Wenn dir irgendetwas merkwürdig vorkommt – und mag es noch so unwichtig erscheinen –, rufst du mich an, verstanden? Ich steh bei dir unter Kurzwahl eins.«

Da ich weder meinen Emotionen noch meiner Stimme traute, antwortete ich nur mit einem knappen Nicken, obwohl mir bewusst war, dass ich gar kein Handy besaß, mit dem ich Adam hätte kontaktieren können.

Adam erwiderte mein Nicken mit derselben Geste und ging anschließend ohne Verabschiedung davon.

Während ich ihm nachsah, fragte ich mich, ob es mir gelingen würde, ihn vor dem tödlichen Abgrund zu bewahren, dem er sich unaufhaltsam näherte, oder ob er mich bei einem Sturz mit in die Tiefe reißen würde.

***

Obwohl der sonnendurchflutete Schulhof von unzähligen Schülern besetzt war, fühlte ich mich einsamer denn je. Die heikle Stimmung zwischen Adam und mir war zwar nur eins meiner unzähligen Probleme, aber es fühlte sich wie das gravierendste an. Fast hatte es den Anschein, als hinge mein persönliches Glück von der Beziehung zu meinem Schutzengel ab.

Da ich jedoch mit niemandem über diese Empfindung reden konnte, verdrängte ich sie wie all die anderen Tragödien, die mein Leben beherrschten, und suchte mir stattdessen einen Rückzugsort, an dem ich mir eine kleine Auszeit gönnen konnte.

Ich entdeckte eine unbesetzte Holzbank unter einem Laubbaum und steuerte sie an. An meinem Ziel angekommen, machte ich es mir gemütlich. Ich legte den Kopf in den Nacken, schloss die Augen und dachte an meinen liebsten Platz auf der Welt: den Baker Beach. An diesem Ort war es mir bisher immer gelungen, zur Ruhe zu kommen. Da ich leider momentan keine Chance hatte, einen kleinen Abstecher dorthin zu machen, musste ich mit meinen Erinnerungen an den warmen, weichen Sand und das beruhigende Meeresrauschen vorliebnehmen.

Fast war es mir gelungen, meinen Verstand in einen sen-ähnlichen Zustand zu bringen, als ein lauter Ausruf quer über den gesamten Pausenhof dröhnte und mich aus meiner Trance riss. Wie bei einer unfreiwilligen Teilnahme an der Ice Bucket Challenge sprang ich mit weit aufgerissenen Augen und zitterndem Körper von der Bank und blickte mich hektisch nach allen Seiten um.

»Sag das noch mal, du Pisser, und sieh mir dabei gefälligst in die Augen! Oder bist du nur ein zwei Meter großer Schlappschwanz?« Die Stimme des Sprechers war mir ebenso vertraut wie meine eigene, was mich in akute Alarmbereitschaft versetzte. Noch nie hatte ich Killian so etwas sagen, geschweige denn lauthals brüllen hören.

Augenblicklich lief ich auf die Schüleransammlung zu, die sich einige Meter von mir entfernt zu bilden begann. Auch wenn ich normalerweise nicht zu der Sorte schaulustiger Gaffer gehörte, die ihre Aufmerksamkeit zwei streitenden Idioten widmete, kämpfte ich mich in die erste Reihe vor, in der ich prompt zwei Typen entdeckte, die sich anstierten, als wären sie bereit einander jeden Moment umzubringen. Dabei wurden sie von der erwartungsfreudigen Masse um sie herum angestachelt, die den Showdown kaum noch erwarten konnte.

»Ich habe gesagt, deine Schwester war eine billige Hure, die für einen Schuss alles mit sich machen ließ!«, höhnte Shawn Taylor, der nicht nur Kapitän des Footballteams war, sondern auch die Statur eines Bullen besaß.

Killian starrte Shawn mit mordlüsternem Blick an, ehe er seine Arme hochriss und einen Schritt auf seinen Gegner zu machte. Dabei rief er: »Dafür mache ich dich fertig!« Doch er sollte keine Chance bekommen, seine Drohung in die Tat umzusetzen. Zwei muskelbepackte Hünen waren aus der Gruppe Schaulustiger getreten und hatten ihn an beiden Armen gepackt, wodurch Killian schachmatt gesetzt wurde.

Die sich mir bietende Szene versetzte mich in Schockstarre, ähnlich wie nach einem schlimmen Autounfall. Mich durchfuhr eine Hitzewoge, als säße ich während der glühenden Mittagssonne in einem geschlossenen Wagen, während mein Körper wie Espenlaub zitterte.

O Gott! Bitte nicht!, war alles, was ich denken konnte, ehe Shawn ein diabolisches Lächeln aufsetzte, langsam auf Killian zuschritt und dabei die Knöchel seiner Finger knacken ließ.

»Noch ein paar letzte Worte, du Loser?«, fragte er mit dröhnender Stimme, was seine beiden Helfer wie Hyänen grinsen ließ. Vermutlich konnten sie die unfaire Prügelei kaum erwarten.

Alles in mir schrie danach, den Mund aufzumachen und für meinen Freund einzustehen, aber mein Körper war unfähig, auch nur einen einzigen Muskel zu bewegen.

Killian hingegen schien dieses Problem nicht zu haben. Obwohl er sich in der deutlich schlechteren Position befand, dachte er nicht einmal daran, den Mund zu halten.

»Rate mal, von wem sie das gelernt hat.« Nun war es Killian, der boshaft grinste. »Immerhin habe ich Harmony deiner Mutter vorgestellt.« Mit diesen Worten, die von lauten Buhrufen begleitet wurden, besiegelte er sein Schicksal.

Den ersten Schlag kassierte Killian in die Magengrube, was seinen Oberkörper hätte zusammenklappen lassen, wenn Shawns Teamkollegen ihn nicht weiterhin festgehalten hätten. Die nächsten zwei Schläge trafen Killians Kiefer. Sein Kopf schleuderte erst zur einen, dann zur anderen Seite. Blut flog durch die Luft. Der vierte Schlag hätte erneut den Torso erwischt, wenn Shawn nicht von seinem Tun abgehalten worden wäre.

»Hey! Was soll das?«, fragte der dunkelhaarige Riese und blickte mich an, als wäre ich ein Insekt. Ohne dass ich es bemerkt hatte, hatte sich mein Körper aus seiner Starre befreit und sich wie ein angriffswütiger Bullterrier auf den Footballkapitän gestürzt. Dabei hatte ich zwar nur seinen Arm erwischt, aber den umklammerte ich, als hinge mein Leben davon ab. »Was willst du von mir, Baby? Misch dich lieber nicht ein, sonst tu ich dir noch weh!«

»Lass ihn in Ruhe!«, keifte ich mit schriller Stimme. »Du bringst ihn noch um! Er kann sich nicht mal wehren!«

Als Shawn klar wurde, dass ich kein Fan war, sondern ihn an seiner Tat hindern wollte, wechselte seine Miene von amüsierter Irritation zu Groll.

»Verschwinde, du Schlampe!« Mit einem kräftigen Ruck befreite er sich aus meinem Griff. Die Wucht brachte mich ins Wanken, ich stolperte über meine Füße und fiel zu Boden. Das Ganze ging so schnell vonstatten, dass ich nicht einmal einen Schrei ausstoßen konnte. Erst als ich rücklings auf dem harten Asphalt lag, registrierte ich die Schmerzen und mein Scheitern.

Shawn baute sich währenddessen wieder vor seinem Prügelknaben auf, dessen Körper nur noch von fremden Händen aufrecht gehalten wurde. Es bedurfte nicht mehr viel und Killian würde das Bewusstsein verlieren.

»Das reicht, Taylor!« Wie aus dem Nichts tauchte David auf und stellte sich zwischen Shawn und Killian. Seine Arme hielt er locker vor der Brust verschränkt, doch seine Augen loderten und ließen seine folgenden Worte wie einen Befehl klingen. »Du bist zu weit gegangen! Es wird Zeit sich zu entschuldigen.«

»Sinclaire? Was willst du denn hier? Seit wann mischst du dich in solche Dinge ein?«, fragte Shawn und war damit nicht der Einzige, den Davids Einschreiten überraschte. Auch die grölende Masse um uns herum war verstummt und wirkte teils verwirrt, teils enttäuscht.

»Deine jämmerlichen Spielchen interessieren mich nicht, Taylor. Wenn dir einer abgeht, während du gemeinsam mit deinen Gorillas einen wehrlosen Typen fertigmachst, der nicht einmal gegen dich allein eine Chance hätte, ist das dein Bier. Aber wenn du anfängst Frauen zu verletzen, bekommst du es mit mir zu tun.« Davids eiskalter Blick glitt von Shawn in meine Richtung und wieder zurück.

Wie ein Reh, das vom Scheinwerferlicht erfasst wurde, blickte ich David an, ohne zu verstehen, was hier gerade geschah. Der Umstand, dass er öffentlich Partei für mich ergriff, warf mich völlig aus der Bahn.

Shawn sah deutlich irritiert in meine Richtung, ehe er sich wieder David zuwandte. »Ist das etwa ... O fuck! Ey, sorry! Das wusste ich nicht! Ehrlich! Es tut mir leid!« Mit erhobenen Händen trat Shawn einen Schritt zurück, als rechnete er jeden Moment damit, dass David sich auf ihn stürzen und ihn in der Luft zerfleischen würde.

Was hat das denn jetzt zu bedeuten?

Auch wenn David ebenfalls beachtliche Muskeln besaß, würde ich bei einem Kampf zwischen ihm und Shawn nicht unbedingt auf den Sänger wetten.

»Du sollst dich nicht bei *mir* entschuldigen, Taylor!« David sah demonstrativ zu mir herüber. Shawn folgte seinem Blick ein weiteres Mal und stand bereits in der nächsten Sekunde mit ausgestreckter Hand vor mir.

»Es tut mir leid, Avery! Ehrlich! Ich wollte dir nicht wehtun! Lass mich dir bitte aufhelfen.« Seine braunen Augen waren voller Reue und in diesem Moment erinnerte er mich an einen zu groß geratenen Labrador.

»Vergiss es!« Ohne seine Entschuldigung oder die dargebotene Hand anzunehmen, erhob ich mich vom Boden und wischte die aufgeschürften Handflächen an meiner Hose ab. Gleichzeitig wandte ich meine Aufmerksamkeit Killian zu, der wie ein Häufchen Elend auf dem Boden hockte. Shawns Kumpel hatten sich wie die größten Feiglinge aus dem Staub gemacht und ihn einfach zurückgelassen.

»Los, verschwindet! Die Party ist zu Ende!«, sagte David mit harschem Ton. Auch wenn seine Stimme nur gedämpft zu mir hervordrang, entging mir nicht, dass die Leute tatsächlich auf ihn hörten und sich vom Schauplatz entfernten.

Alle, bis auf einen.

Neben Killian stand ein Typ, der in etwa meine Größe und Statur besaß. Seine schulterlangen schwarzen Haare hatte er in einem Pferdeschwanz gebändigt und trug dazu eine abgewetzte Jeans, die sein T-Shirt mit der Aufschrift »Gegen dein Schicksal hast du keine Chance. Gib lieber gleich auf« komplementierte. Offenbar war der Penner-Chic gerade wieder angesagt.

Als hätte der Unbekannte gemerkt, dass er gemustert wurde, hob er den Kopf und unsere Blicke trafen sich. Seine Iriden waren so hellblau, dass sie beinahe mit dem Weiß drum herum verschmolzen und ihrem Besitzer den Eindruck eines Horrorkabinettdarstellers verliehen. Augenblicklich überkam mich ein unangenehmer Schauder.

»Yo, Mann, Kill, beweg dich! Die Pause ist fast zu Ende und ich hab den Mädels versprochen, dass wir uns noch auf einen Joint hinter der Turnhalle treffen. Oder bist du so fertig, dass ich allein gehen muss?« Der Typ – ich beschloss, ihn ab sofort nur noch ›Arschloch des Jahres‹ zu nennen – kramte in seiner Hosentasche, bis er eine verbeulte Packung Zigaretten hervorholte. Mit geübten Fingern fischte er einen lädierten Glimmstängel heraus und zündete diesen mit einem Zippofeuerzeug an, bevor er den blauen Dunst genussvoll inhalierte. Währenddessen ließ er mich keine Sekunde aus den Augen.

Anstatt mich mit der Frage zu beschäftigen, wer dieser aufgeblasene Möchtegernrebell war, eilte ich meinem Freund zu Hilfe.

»Killian! Hörst du mich? Hast du starke Schmerzen? Soll ich einen Krankenwagen rufen?« Ich kniete mich neben ihn und legte unbeholfen eine Hand auf seinen Rücken. Leider wusste ich nicht, wo ich ihn berühren konnte, ohne sein Leid zu vergrößern, aber er sollte spüren, dass er nicht allein war.

Einige Sekunden verstrichen, ohne dass Killian reagierte, und ich war im Begriff aufzuspringen, um ins Sekretariat zu laufen. Doch dann kam Leben in seinen malträtierten Körper und er hob endlich den Kopf. Seine sonst leicht gebräunte Haut war blass und von Blut überströmt, seine Lippe aufgeplatzt und geschwollen. Über seinen Wangenknochen befand sich eine Platzwunde und sein Blick wirkte leer und desorientiert. Dennoch waren das nicht die Gründe, weshalb mein Herz schlagartig aufhörte zu schlagen und mir die Luft wegblieb. Unter meinen Fingerspitzen konnte ich jede einzelne seiner Rippen spüren, als hätte er seit Monaten nichts mehr gegessen. Die tiefblauen Augenringe unter seinen sanften braunen Augen bestätigten diesen Eindruck.

»Fass mich nicht an«, fauchte Killian plötzlich. Die Worte kamen undeutlich und von einem Spucke-Blut-Gemisch begleitet über seine Lippen. Gleichzeitig wandelte sich der Ausdruck in seinen Augen. Brennender Hass, der so gar nicht zu dem ruhigen und sanften jungen Mann passte, den ich seit Jahren kannte, dominierte seinen Blick.

Erschrocken wich ich zurück, jedoch ohne meine Hand von Killian zu nehmen. »Ian, bitte, lass mich erkl…«

»Spar dir deine Lügen, du Hexe! Ich weiß Bescheid! Ich kenne die Wahrheit! Du hast meine Schwester auf dem Gewissen! Du und dein dämonischer Liebhaber! Wenn du also nicht auf direktem Weg in die Hölle fahren willst, wo du dreckiges Miststück hingehörst, dann lass mich gefälligst in Ruhe! Hast du mich verstanden? Fass mich nicht an. Sprich mich nicht an. Sieh mich nicht an. Und zwar nie wieder!«

SIEBEN

»Yo, Kill, kommst du endlich? Ich hab echt keinen Bock, länger auf dich zu warten!«, sagte der Unbekannte neben Killian und warf achtlos den Stummel seiner gerauchten Zigarette auf den Boden, ehe er ihn mit seinem Turnschuh austrat.

»Komme schon, Key.« Ohne mich aus den Augen zu lassen, erhob sich Killian mit schmerzverzerrtem Gesicht aus seiner Kauerhaltung. Als er stand, strich er sein Shirt mit dem Aufdruck »Das Leben ist die Wartehalle zur Hölle« glatt und sah dabei von oben auf mich herab. Dann, nach einem letzten vor Abscheu triefenden Blick, folgte er auf wackeligen Beinen seinem neuen Kumpel, der bereits vorgegangen war, ohne auf ihn zu warten oder auf seinen geschädigten Körper Rücksicht zu nehmen.

»Es ist wirklich traurig, wie sehr ihn der Verlust seiner Adoptivschwester mitnimmt«, sagte David und hockte sich neben mich. Gemeinsam schauten wir Killian nach, bis er nicht mehr zu sehen war. »Besonders die kursierenden Gerüchte müssen ihm zusetzen.«

Ich nahm Davids Worte kaum wahr. Das Wiedersehen mit Killian hatte mich aus der Bahn geworfen.

Was ist nur mit ihm passiert?

Zwar hatte ich mir bereits gedacht, dass Harmonys Verschwinden nicht spurlos an ihm vorbeigehen würde, doch niemals hätte ich mit einer solchen Tragweite gerechnet.

»Er hasst mich«, sagte ich mechanisch. Die Silben waren mir einfach aus dem Mund gepurzelt.

»Kannst du es ihm verübeln?« David legte mir einen Arm um die Taille, um mir auf die Beine zu helfen. Auch wenn ich es nicht gerne zugab, war ich dankbar für seine Unterstützung. Seine Wärme vertrieb die Kälte in meinem Inneren und sein blumig-herber Duft übertünchte den Blutgestank in meiner Nase. »Immerhin warst du diejenige, die ihm seine heiß geliebte Schwester genommen hat.«

»Das habe ich doch nur getan, um Monys Leben zu retten!«, verteidigte ich mich und sah David an. Schlagartig fühlte ich mich wie eine Angeklagte vor Gericht. Auch Davids Nähe, die sich eben noch erschreckend angenehm und wohltuend angefühlt hatte, war mir auf einmal zu viel. »Ich hatte keine Wahl!«, fügte ich weniger energisch hinzu und schälte mich aus seinem Griff, um stattdessen meine eigenen Arme um meinen Oberkörper zu schlingen.

Überraschung stahl sich auf Davids Mimik. Sicherlich war er es nicht gewohnt, von Frauen abgewiesen zu werden. »Das mag sein, Avery«, sagte er sanft. »Aber das weiß Killian nicht. In seiner Welt wurde seine Schwester bei einem satanistischen Ritual geopfert, das du und – ich zitiere – ›der heiße Typ von der Strandparty‹ vollzogen habt.«

Obwohl ich mir sicher gewesen war, dass mich am heutigen Tag nichts mehr umhauen konnte, bewiesen mir Davids Worte das Gegenteil. Als hätte mich eine tornadoähnliche Windböe erfasste, geriet ich ins Taumeln und musste mich mit einer Hand an meinem Mitschüler festhalten, um nicht erneut zu Boden zu gehen.

»Wie bitte?« Meine Stimme war kaum mehr als ein Flüstern. »*Das* glaubt Killian?« Am liebsten hätte ich über die Absurdität dieser Aussage gelacht. Doch die Vorstellung, dass mein ehemaliger Kumpel mir etwas derart Grausames überhaupt zutraute, erstickte sämtliche Heiterkeit im Keim.

»Sieht so aus.« David legte eine Hand auf meine, während er sich so positionierte, dass wir einander gegenüberstanden. Dann ergriff er mit seiner freien Hand meine Finger und verschränkte sie miteinander. Als ich aufsah, trafen sich unsere Blicke, und das Saphirblau seiner Iriden verwandelte sich in ein wunderschönes Violett. »Ich verstehe, dass dich dieser Verrat verletzt, Avery. Aber du musst nicht leiden. Es gibt eine Möglichkeit, wie du diesen quälenden Schmerz loswirst. Wie du all deine Probleme loswirst und dabei Emotionen verspürst, die du noch nie zuvor in deinem Leben erlebt hast. Du musst mir nur erlauben dir zu helfen.« Seine Stimme war zu einem leisen, sinnlichen Raunen geworden und seine Worte schlängelten sich wie Nebelschwaden durch meinen Verstand. Sie umwoben meine Gedanken, bis diese immer langsamer wurden und schließlich zum Erliegen kamen.

Ich nahm nichts mehr um mich herum wahr.

Nichts außer David.

Mein pochender Herzschlag beruhigte sich und wie in Trance schien mein Körper immer leichter zu werden, bis ich mich so unbeschwert fühlte wie seit Langem nicht mehr.

Ein verträumtes Lächeln schlich sich auf meine Lippen. »Du hast mir doch schon geholfen, David. Dank deines Einschreitens lebt Killian noch.«

David erwiderte mein Lächeln und ließ gleichzeitig meine Finger los. Ehe ich realisieren konnte, was er tat, landeten seine Hände auf meinen Hüften und er zog mich dicht an sich heran. Dabei kam sein Gesicht meinem so nah, dass ich seinen Atem auf meinen Lippen spürte. »Ich möchte aber noch mehr für dich tun. Mehr als dich nur unter meinen persönlichen Schutz zu stellen.«

Meine Lippen öffneten sich und mir entschlüpfte ein gehauchtes »Wieso?«. Gerne hätte ich meine Verwirrung in ganzen Sätzen zum Ausdruck gebracht, aber mir drehte sich der Kopf und auf einmal wurde mir flau im Magen. Ich fühlte mich, als wäre ich zu viele Runden Achterbahn gefahren.

»Wieso?« David schmunzelte, was seine Augen strahlen ließ. Gleichzeitig kam sein Kopf näher, bis unsere Lippen nur noch wenige Zentimeter voneinander entfernt waren. »Weil du etwas Besonderes bist, Avery. Und das meine ich nicht auf diese klischeehafte und abgedroschene Art, wie meine Worte vielleicht vermuten lassen. Nein, ich meine das buchstäblich. Denn abgesehen davon, dass du als erster Mensch eine Seelenprüfung überlebt hast – was dich bereits zu einer schützenswerten Seltenheit macht –, besitzt du auch noch diese gewisse Aura.« Er hob eine Hand an meine Wange und strich mit dem Daumen über meine Unterlippe, während sein Blick der Bewegung folgte. »Ich habe noch nie etwas Vergleichbares gesehen.« Eine Sekunde lang wirkte er gedankenversunken, doch dann sah er mir wieder in die Augen, ein verführerisches Lächeln auf den Lippen. »Dein Geheimnis – du, Avery! – raubt mir noch den Verstand.«

***

Jedes von Davids Worten ließ meine Mundwinkel ein Stück weiter nach oben wandern, bis ich so breit grinste, dass es wehtat. Aber bevor ich etwas erwidern konnte, erklang eine Stimme so klar wie Eis und so schneidend wie eine Dolchklinge.

»Dann solltest du dich schon mal von diesem mickrigen Haufen verabschieden, Dandy! Denn du bist gerade auf Platz eins meiner Dich-töte-ich-als-Nächstes-Liste gerutscht.«

In Windeseile überzog eine Gänsehaut meinen gesamten Körper, während mein Herz zunächst einen Schlag aussetzte, ehe es im doppelten Tempo weiterschlug.

Nox!

Davids Miene gefror und das satte Violett in seinen Augen begann zu verblassen, bis ein strahlendes Blau an seine Stelle trat. Gleichzeitig lächelte er resigniert, ließ die Arme sinken und trat demonstrativ einen Schritt von mir weg. Als er sich zu Nox herumdrehte, glich seine Miene einer gelangweilten Maske.

»Ist das so, Seelenfänger? Und womit habe ich die Ehre deiner Aufmerksamkeit verdient?«

Jetzt, da Davids Aufmerksamkeit jemand anderem galt, hatte ich das Gefühl, aus einem tiefen Schlaf zu erwachen. Zwar arbeiteten meine Gehirnwindungen weiterhin auf Sparflamme, aber zumindest hatte ich den Eindruck, wieder Herrin meiner Sinne zu sein.

»Du hast mein Mädchen angemacht. Zum wiederholten Mal«, antwortete Nox und trat mit vor der Brust verschränkten Armen auf uns zu. Seine Lippen bildeten eine schmale Linie und seine Augen funkelten in einem derart intensiven Grün, dass es mir die Sprache verschlug. »Offenbar habe ich dir bei unserer letzten Begegnung nicht deutlich genug klar gemacht, dass du die Finger von der Kleinen lassen sollst.« Begleitet von diesen Worten legte er mir besitzergreifend einen Arm um die Taille. Normalerweise verabscheute ich ein solch machohaftes Verhalten, aber in diesem Augenblick fühlte sich seine Nähe wie ein Bad in warmer, flüssiger Schokolade an.

David schien Nox' Gehabe nicht zu beeindrucken. Die Hände in den Hosentaschen vergraben, zuckte er schlicht mit den Schultern.

»Ich habe mich nur um eine Mitschülerin gekümmert, die Hilfe brauchte. Was kann ich dafür, wenn ihre«, David gluckste, »*Freunde* nicht für sie da waren?«

»Jetzt werden deine Dienste aber nicht länger benötigt«, mischte sich Adam ein. Ich hatte ihn zuvor gar nicht bemerkt, doch jetzt entdeckte ich ihn mit deutlichem Groll im Blick. »Ab hier kümmern wir uns um Avery.« Um seine Worte zu unterstreichen, trat er ebenfalls ein paar Schritte auf uns zu.

David und Adam lieferten sich ein stummes Blickduell. Dann, nach einigen Sekunden, zuckte David erneut mit den Schultern, als gäbe er sich geschlagen.

»Wie du meinst, Hill.« Er wollte sich bereits zum Gehen wenden, drehte sich jedoch zuvor noch einmal zu mir herum. Seine zuckenden Mundwinkel verrieten Erheiterung. »Schönen Tag noch, Avery. Und denk über mein Angebot nach. Ich verspreche dir eine unvergessliche Zeit.« Er zwinkerte mir zu, was Nox ein wildes Knurren entlockte und seinen Griff auf schmerzhafte Art verstärkte. David kommentierte dies mit einem hellen Lachen und musterte den Höllendiener abschätzig. »Was ist los, Seelenfänger? Angst vor ein bisschen Konkurrenz?« Mit einem Kopfschütteln trat er einen weiteren Schritt zurück. »Keine Angst, ich respektiere die Wahl einer Lady. Wenn Avery sich für dich entschieden hat, lasse ich sie in Ruhe. Jedoch«, er wandte sich erneut an mich, »solltest du lernen Dinge zu hinterfragen, meine Schöne. Es ist nicht immer alles so, wie es auf den ersten Blick scheint.«

***

Die Sekunden, die es bedurfte, bis David aus meinem Blickfeld verschwunden war, fühlten sich wie Stunden an. Doch sobald er weg war, hatte ich das Gefühl, als fiele eine schwere Last von meinem Brustkorb. Zum ersten Mal seit der Begegnung mit Killian konnte ich wieder aufatmen. Zumindest bis zu dem Moment, als Nox beschloss, dass ihm die Nähe zwischen uns körperliches Leid bereitete und er so schnell wie möglich mehrere Meter Abstand gewinnen musste.

Mit einer Mischung aus Verwunderung und Kränkung sah ich dem Höllendiener nach. Doch bevor ich Gelegenheit hatte, über sein Verhalten nachzudenken, stand Adam bereits vor mir und packte mich derart grob an den Oberarmen, dass ich mich ihm unvermittelt zuwandte.

»Was ist passiert, Ave? Wieso behauptet Sinclaire, dass du Hilfe brauchtest?« Sein Körper war zum Bersten gespannt und sein Blick wirkte gehetzt. Offenbar machte er sich Vorwürfe, weil er mich entgegen seinem Willen allein gelassen hatte.

Deine Anwesenheit hätte auch nichts an der Tragödie mit Ian geändert, dachte ich bitter und versuchte die Bilder von Killians blutüberströmtem Gesicht aus meinem Geist zu verdrängen. Erfolglos. Immer wieder sah ich seinen hasserfüllten Blick vor mir, mit dem er mich zum Teufel gewünscht hatte.

In dem Versuch, meine Gedanken und Emotionen zu sortieren, um auf Adams Frage zu antworten, glitt mein Blick zu Nox, der ein Stück abseits stand und deutlich gelangweilt in unsere Richtung sah. Erst jetzt bemerkte ich seine makellose Haut, die frische Kleidung und die ordentlich gestylten Haare.

Eigentlich hätte mich seine Unversehrtheit freuen müssen, doch ich war derart mit meinen Gefühlen überfordert, dass sich anstatt Erleichterung Wut in meinem Inneren bildete und die bisherige Kälte verdrängte.

Adam hatte recht! Ich habe mir völlig umsonst Sorgen gemacht. Nox geht es blendend! Gott, wie kann man nur so blöd sein?

Am liebsten hätte ich mich für meine Naivität geohrfeigt.

»Wo warst du, Nox?«, keifte ich und riss mich von Adam los, um mit geballten Fäusten auf den Höllendiener zuzustaksen. »Adam hat den ganzen Vormittag versucht, dich zu erreichen!«

Nox erwiderte meinen Blick emotionslos, während sich ein träges Lächeln auf seinen Lippen bildete und ein vertrauter Glanz in seine Augen trat.

»Buchclub«, lautete die zweisilbige Antwort.

»Buchclub?«, wiederholte ich perplex.

Ein knappes Nicken war die einzige Erwiderung. Anscheinend war Nox der Meinung, weitere Details seien unnötig.

Sprachlos starrte ich ihn an, während mein Zorn vor Verblüffung einen Dämpfer bekam und mein Herz im Begriff war, Nox' Anziehungskraft zu erliegen.

»Was ist, Kleines? Glaubst du mir etwa nicht?« Das Grün seiner Iriden intensivierte sich und der vertraute Sog wurde stärker. »Du weißt doch, dass ich nicht lügen kann.« Der letzte Satz war kaum mehr als ein sinnliches Raunen.

Gefangen in einem grünen Meer, das ebenso erbarmungslos und unberechenbar war wie sein Besitzer, drohte ich zu ertrinken.

Aber das durfte ich nicht zulassen!

Nicht hier und nicht jetzt!

Ich zwang meine fünf Sinne beisammen und verschränkte meine Arme vor der Brust, um das Pochen meines Herzens zu verbergen. Zudem erwiderte ich Nox' Lächeln in der Hoffnung, er sähe mir meine wahre Empfindung nicht an. Denn auch wenn ich es nicht gerne zugab, hatte ich unsere Wortgefechte vermisst. Sie vermittelten mir ein Gefühl von Beständigkeit und Normalität.

»Oh, doch! Natürlich glaube ich dir, Nox«, erwiderte ich spottend. »Und ich finde es ehrlich gesagt toll, dass du so offen mit deiner Leseschwäche umgehst und selbst in deinem hohen Alter noch etwas dagegen unternimmst.«

Nox' Mimik nahm einen überrascht-amüsierten Zug an und sein Lächeln wurde zu einem anerkennenden Grinsen. Doch dann setzte er, anstatt mit einem passenden Konter zu parieren, seine übliche Maske aus kalter Arroganz auf und wandte sich wortlos von mir ab.

Überrumpelt sah ich ihn an. Im ersten Moment dachte ich noch, dies gehöre zu seinem Gegenangriff, doch als die Sekunden verstrichen und Nox mich keines weiteren Blickes würdigte, realisierte ich die Wahrheit.

»Erzählst du mir jetzt endlich, was passiert ist, oder muss ich den Flurfunk abwarten, um dann irgendeine völlig übertriebene und sicherlich zu neunundneunzig Prozent erfundene Version der Wahrheit zu erfahren?«, fragte Adam zähneknirschend in die Stille hinein und rief sich mir dadurch ins Gedächtnis.

Automatisch öffnete ich den Mund, um zu antworten, schloss ihn jedoch wieder. Es war mir unmöglich, einen klaren Gedanken zu fassen, während meine Welt ein weiteres Stück auseinanderfiel.

Ich dachte, Nox und ich wären Freunde. Verbündete. Ich habe ihm vertraut. Habe zugelassen, dass er mir mein Herz stiehlt.

Und was hatte ich jetzt von meiner Blauäugigkeit?

Mony hat mich vor ihm gewarnt.

Auch Adam hat etwas in die Richtung angedeutet.

Sogar Nox selbst hat mehrfach betont, dass er sich niemals auf etwas Ernsthaftes einlässt. Vor allem nicht mit einem Menschen.

Beinahe verspürte ich den Drang zu lachen. Ich hatte mir geschworen niemals in eine solche Situation zu geraten. Einem Mann niemals derart viel Macht über mein Leben zu gewähren. Und doch stand ich hier, das Herz in Konfettischnipsel gerissen, und musste endlich das einsehen, was mein Verstand bereits von Anfang an gewusst hatte: Nox war ein Jäger. Er liebte die Pirsch, hatte jedoch keinerlei Interesse an der erlegten Beute.

Unter Aufbietung all meiner verbliebenen Kraftreserven zwang ich mich dazu, Adam anzusehen. Ich spürte, wie die toughe, selbstbewusste Fassade, die ich bereits den ganzen Tag wie ein Schutzschild trug, zu bröckeln begann und jeden Moment in sich zusammenfallen würde.

»Können wir das später besprechen? Der Unterricht fängt gleich an und ich kann es mir nicht erlauben, zu spät zu kommen.« Mit einem gezwungenen Lächeln, das sich wie eine grauenvoll verzerrte Maske anfühlte, rettete ich mich ins Schulgebäude.

ACHT

»Also? Womit fangen wir an?« Meinen Blick stur auf Adam gerichtet, verschränkte ich die Arme und legte sie vor mir auf dem Tisch ab. Wir saßen in einer Ecke der Schulbibliothek, wohin sich für gewöhnlich niemand verirrte, sodass wir uns ungestört unterhalten konnten.

»Wie wäre es, wenn du uns als Erstes erzählst, was tatsächlich in der Pause vorgefallen ist?«, schlug Adam vor. Er saß mir gegenüber und schien als Einziger Wert auf dieses Gespräch zu legen. »Ich weigere mich nämlich zu glauben, dass sich Shawn und Killian aus verschmähter Liebe zu dir geprügelt haben, weil du jetzt mit David zusammen bist.« Er verzog den Mund, als müsste er sich jeden Moment übergeben.

Adams Worte überraschten mich dermaßen, dass meine Mundwinkel zu zucken begannen. Natürlich hatte auch ich absurde Gerüchte über die Pausenschlägerei vernommen, doch diese Version war sogar mir neu. Leider hielt meine Erheiterung nicht lange an. Als ich mich daran erinnerte, was der wahre Grund für die Auseinandersetzung gewesen war, wer sich daran beteiligt hatte und wie die Situation schließlich aufgelöst worden war, hätte ich mich am liebsten in mein Bett verkrochen und wäre nie wieder aufgestanden.

Noch mehr Aufmerksamkeit, noch mehr Gerede. Ich könnte kotzen! Als hätte ich nicht genug andere Probleme.

Ungewollt glitt mein Blick zu Nox. Dieser saß mit vor der Brust verschränkten Armen, in den Nacken gelegtem Kopf und auf den Tisch gelegten Beinen neben Adam und gab sich größte Mühe, zu Tode gelangweilt zu wirken.

»Shawn und Killian hatten sich wegen Harmony in den Haaren«, korrigierte ich die Gerüchteküche und zwang meinen Blick zurück zu Adam. Auch wenn es mir in den letzten Stunden gelungen war, meine Gefühle für den Höllendiener in ein finster-modriges Verlies zu sperren, das dem der Feenkönigin Mab in nichts nachstand, wollte ich keinen Rückfall riskieren. Stattdessen gab ich mit bemüht emotionsloser Stimme die Geschehnisse der Pause wieder. Als ich zu der Begegnung mit Killian kam, stolperte ich immer wieder über meine Worte, weshalb ich den Fokus meiner Erzählung auf Killians neuen Freund lenkte, ehe ich auf David und sein überraschendes Einschreiten zu sprechen kam.

»Jetzt wünschte ich, die Gerüchte wären wahr.« Adam fuhr sich stöhnend mit beiden Händen durch die Haare. Er hatte mir die ganze Zeit aufmerksam zugehört, ohne mich ein einziges Mal zu unterbrechen. »Aber gut, auch das lässt sich klären. Immerhin ist Ian kein Idiot. Er ist wütend und verletzt, ja, trotzdem wird er selbst wissen, dass die Geschichte mit dem Sektenopfer Schwachsinn ist.« Der Engel schenkte mir ein aufmunterndes Lächeln. »Mach dir keinen Kopf, Ave, ich kümmere mich darum.«

Ich erwiderte Adams Lächeln mit einem dankbaren Nicken. »Versuch dabei bitte auch etwas über diesen dubiosen Typen herauszufinden, mit dem Ian jetzt rumhängt.« Bei der Erinnerung an diesen Key schüttelte es mich. Er hatte etwas an sich, was es mir unheimlich leicht machte, ihn zu verabscheuen.

»Ich halte die Ohren auf«, versprach Adam. »Aber ich glaube nicht, dass er ein ernst zu nehmendes Problem darstellt. Sobald Killian wieder zur Vernunft gekommen ist und er keinen Bock mehr auf diesen Pseudorebellen hat, verschwindet der Typ sicherlich genauso schnell, wie er zuvor aufgetaucht ist. Aus diesem Grund sollten wir unseren Fokus auf die wahren Probleme gerichtet halten.« Er runzelte die Stirn, was eine kleine Falte über seinem Nasenrücken verursachte. »Wie ich bereits erwähnt habe, bereitet uns Davids verstärktes Interesse an dir Kopfschmerzen. Es legt die Vermutung nahe, dass er ...«

»Dass der Clown etwas mit der zweiten Prüfung zu tun hat«, sagte Nox plötzlich und setzte sich aufrecht hin. Offenbar hatte er nur auf seinen Einsatz gewartet. »Das erfahren wir aber erst, wenn du uns endlich das neue

Tattoo zeigst, anstatt unsere Zeit mit den labilen Geisteszuständen irrelevanter Menschen zu verschwenden.«

Mein Mund klappte auf, als wären meine Kieferhälften nicht länger miteinander verbunden, und mein Kopf schnellte wie ein überspanntes Gummiband herum. Ich war niveaulose und verletzende Sprüche gewohnt, aber mit dieser Bemerkung hatte der Höllendiener sich selbst übertroffen.

Anstatt dem Drang nachzugeben und Nox mit einem scharfen Kommentar in seine Schranken zu verweisen, begnügte ich mich damit, ihn erbost anzufunkeln und mich wortlos von meinem Platz zu erheben, bevor ich den Saum meines Tops bis an den Rand meines BHs schob. Dabei sah ich Nox unumwunden in die Augen in der Hoffnung, der Anblick würde ihm eine wie auch immer geartete Reaktion entlocken.

Doch mein Wunsch blieb unerfüllt.

Ohne auch nur mit der Wimper zu zucken, wanderte Nox' Blick von meinem Gesicht über meinen Körper bis hin zu dem freigelegten Tattoo und verharrte dort in aller Seelenruhe.

Die Sekunden verstrichen, ohne dass einer von uns etwas sagte. Der Druck auf meinem Brustkorb verstärkte sich mit jedem meiner Herzschläge, bis ich kaum noch atmen konnte. Vor meinen tränenfeuchten Augen begannen sich schwarze Punkte zu bilden und ich verlor das Gespür für Raum und Zeit. Das Bedürfnis loszuschreien, mir sämtlichen Frust und Ärger von der Seele zu brüllen, war übermächtig. Aber irgendwie gelang es mir, diesem Drang zu widerstehen, mein T-Shirt glatt zu streichen und mich zurück auf meinen Stuhl zu setzen.

»Endlich wissen wir, um welche Todsünde es sich bei dieser Prüfung handelt.« Nox' tiefer Bariton durchbrach die Stille. Er hatte seine Arme hinter dem Kopf verschränkt und sich gemütlich auf seinen Stuhl gelümmelt, als hätte er soeben die Antwort auf sämtliche Fragen des Universums erhalten.

»Ach, wissen wir das?«, fragte Adam skeptisch und sah den Höllendiener mit erhobener Augenbraue an.

Nox erwiderte Adams Blick. »Das fragst du nicht ernsthaft, oder? Die

Schlange, der Apfelbaum, Eva, die Frau deines Namensvetters. Das Tattoo könnte nicht eindeutiger sein.« Nox' Blick glitt in meine Richtung und das Grün seiner Augen wurde eine Spur intensiver. »Es ist Luxuria. Wollust. Die verlockendste und zugleich heimtückischste aller Sünden.«

Auch wenn seine Worte als Warnung gemeint waren, schwang in ihnen der bittersüße Hauch eines unausgesprochenen Versprechens mit.

»Außerdem«, fuhr der Höllendiener in gelangweiltem Ton fort und wandte sich wieder an Adam, »erklärt das die penetrante Anwesenheit unseres Aushilfsgigolos.«

»Ich sage es nur ungern, aber du könntest recht haben.« Adam rieb sich nachdenklich das Kinn. »Aber wie sollen wir das überprüfen? Beim letzten Mal kam zeitgleich mit dem Tattoo Aves Blick fürs Lichte Volk. Inkuben nehmen ihre wah…« Er verstummte, als wäre ihm plötzlich seine Stimme abhandengekommen. Stattdessen weiteten sich seine Augen und er sah von Nox zu mir und wieder zurück.

Währenddessen breitete sich auf Nox' Lippen ein zufriedenes Grinsen aus. »Da hast du deinen Beweis, Goldlöckchen. Die zweite Prüfung gehört der Wollust, wie ich gesagt habe.«

»Könnte mir bitte jemand erklären, was hier gerade los ist?«, fragte ich und sah demonstrativ Adam an. »Was sind Inkuben und wieso seid ihr euch so sicher, dass es bei der zweiten Prüfung um Wollust geht?«

»Wir wissen es nicht hundertprozentig, Ave, aber die Zeichen deuten darauf hin.« Adam räusperte sich leise. »Bei der ersten Prüfung konnten wir dir alles über das Lichte Volk erzählen, sobald du das erste Tattoo bekommen hattest. Vorher war das unmöglich und bereits der Versuch mit großen Qualen verbunden. Jetzt jedoch kann ich die Inkuben erwähnen, ohne an dem Wort zu ersticken.«

Ich nickte verstehend. Noch bevor ich den Prüfungen zugestimmt und dadurch unser aller Schicksal besiegelt hatte, war Nox darauf erpicht gewesen, mich bei der Entscheidungsfindung zu manipulieren. Das hatte ihm jedoch so große Schmerzen bereitet, dass er seitdem nie wieder versucht hatte, mir etwas Unerlaubtes zu verraten.

»Okay, das klingt tatsächlich einleuchtend«, gab ich zu. »Aber was sind denn nun Inkuben?« Die Antwort auf diese Frage reizte mich genauso sehr, wie sie mich ängstigte. Wenn Adam und Nox wirklich recht hatten, waren wir gerade nicht nur einen großen Schritt bei der Seelenprüfung vorangekommen, sondern ich würde auch die Wahrheit über Davids wahres Wesen erfahren.

»Ein Inkubus – das ist die singuläre Bezeichnung – ist ein männlicher, nachtaktiver Lustdämon, der sich mit schlafenden Frauen paart«, sagte Adam und ein zartes Rosé bildete sich auf seinen Wangen. Anscheinend war ihm dieses Thema unangenehm. »Die Opfer bekommen davon nichts mit und können sich anschließend, wenn überhaupt, nur in Form eines erotischen Traumes an die gemeinsame Nacht erinnern.«

Mein Mund klappte ein weiteres Mal auf. Allein die Nachricht, dass es solche Dämonen überhaupt gab, war bereits verstörend. Doch die Vorstellung, dass einer von ihnen Interesse an *mir* hatte, ließ meinen Magen so stark rebellieren, dass ich mir auf die Faust beißen musste, um mich nicht zu übergeben.

»Mach dir keine Sorgen, Ave«, sagte Adam mit einem sanften Lächeln, als hätte er meine Gedanken erraten. »Lustdämonen besitzen keine nennenswerten Fähigkeiten. Im Gegensatz zu uns Engeln oder anderen magischen Wesen können sie keine Magie wirken. Einzig und allein dem magischen Glanz haben sie es zu verdanken, dass sie nicht bereits vor Jahrtausenden verhungert sind.« Auf meinen verwirrten Gesichtsausdruck hin wurde Adams Lächeln eine Spur breiter. »Sorry, ich habe vergessen, dass du dich nicht mehr an unsere früheren Unterhaltungen erinnern kannst.« Nach einem tiefen Atemzug setzte er seine Erklärung fort. »Alle übernatürlichen Wesen werden von magischem Glanz umgeben. Dieser macht uns für Menschen attraktiv und anziehend. Einige ernähren sich von den Gefühlen, die Menschen ihnen entgegenbringen, während …«

»Während sie euch Engel stärker macht«, beendete ich Adams Satz und nickte. »Ich weiß. Nox hat es mir mal erklärt.« Für den Bruchteil einer Sekunde huschte mein Blick zu dem Höllendiener und ich musste an die Situation denken, in der wir dieses Gespräch geführt hatten. »Aber du hast selbst gesagt, dass ich gegen diesen Glanz immun bin.«

Adam nickte und sein Lächeln wurde zu einem Grinsen. »Ganz genau. Deshalb musst du dir keine Sorgen wegen Sinclaire oder irgendeinem anderen Lustdämon machen. Sobald er merkt, dass sein vermeintlicher Charme bei dir nicht zieht, wird er aufgeben und dich in Ruhe lassen.«

Erleichtert atmete ich auf. Neben der Gewissheit, dass sich kein notgeiler Dämon ohne mein Wissen über mich hermachen würde, bestätigte Adams Erklärung, dass ich mir wegen der Blackouts bei den Gesprächen mit David keine Sorgen machen musste.

Er hat mich nicht verzaubert oder so. Mein Verstand ist einfach nur so völlig hinüber.

Unweigerlich musste ich lächeln. Gleichzeitig jedoch nahm ich mir vor David aus dem Weg zu gehen, um keine Wiederholung zu riskieren.

»Das klingt ja wirklich alles schön und gut«, sagte ich, als es mir gelungen war, die Neuigkeiten sacken zu lassen, »aber worin die eigentliche Aufgabe besteht, wissen wir trotzdem nicht, oder?«

»*Noch* wissen wir es nicht, Kleines«, erwiderte Nox mit einem selbstgefälligen Grinsen. Es schien, als hätte sich seine Laune schlagartig gebessert. »Aber das ist nur eine Frage der Zeit. Sobald ich den Dritte-Klasse-Bachelor in die Finger bekommen habe, wird er uns alles verraten, was er über die Prüfung weiß.«

Ungewollt wanderte mein Blick zu Nox. Irgendwas an seiner Aussage bereitete mir Unbehagen und ich hoffte, den Grund für diese Empfindung in seiner Mimik zu finden. Doch meine Hoffnung war vergebens, denn außer seiner üblichen Arroganz war in seinen Augen nichts zu lesen.

»Vergiss es, Nox. Du redest nicht allein mit Sinclaire«, sagte Adam in harschem Ton. »Wir haben beschlossen, dass es keine Alleingänge mehr geben wird! Schon vergessen? Die Sache mit Alyssa darf sich auf keinen Fall wiederholen.«

Mit einem verächtlichen Schnauben wandte sich Nox an Adam. »Zur Hölle, Goldlöckchen. Glaubst du etwa, ich komme mit diesem Dämonenfurunkel allein nicht klar?« Er stieß ein trockenes Lachen aus, ehe sich erneut sein selbstgefälliges Grinsen zeigte. »Du hast miterlebt, wie sich dieses Mikrohirn jedes Mal vor Angst in die Hose macht, wenn es mich sieht. Sogar bei dir trollt er sich mit eingekniffenem Minischwanz davon.«

Adam versuchte sein Grinsen hinter einer ernsten Miene zu verbergen. »Trotzdem, Nox. Wir reden gemeinsam mit ihm. Ende der Diskussion.«

Nox rollte theatralisch mit den Augen. »Spielverderber«, murmelte er, ehe er sich beleidigt abwandte. Manchmal erinnerte mich der Jahrhunderte alte Engel an ein Kleinkind in der Trotzphase.

»Erklärt ihr mir bitte, wieso ihr plötzlich so gute Laune habt?«, fragte ich und konnte nicht verhindern, dass ich genervt klang. Mal wieder war ich die einzige Person, die keine Ahnung hatte, während alle anderen eingeweiht zu sein schienen. »Ihr tut ja fast so, als hätten wir die zweite Prüfung bereits bestanden. Dabei wissen wir nicht einmal, ob uns David überhaupt etwas verraten wird oder welchen Preis er für sein Wissen verlangt.«

Ein trockenes Auflachen ertönte aus Nox' Richtung und er sah mich mit einem genervt-gelangweilten Blick an. »Du kapierst es echt nicht, oder Kleines? Zum ersten Mal befinden wir uns zu Beginn einer Prüfung auf der Sonnenseite. Denn ob der Inkubus uns helfen will oder nicht, ist scheißegal. Er wird es tun. Punkt. Und weißt du wieso? Weil er keine andere Wahl hat. Auf der Übernatürliche-Wesen-Hierarchieliste steht seine Art so ziemlich an letzter Stelle. Deshalb kann er es sich nicht leisten, uns zu verärgern.« Ein überhebliches Lächeln unterstrich seine Worte. »Allein in meinem linken Ringfinger besitze ich mehr Magie als dieser Frauenfrustrierer in seiner gesamten menschlichen Erscheinungsform – und das trotz meiner fehlenden Engelsfähigkeiten.«

»Was Nox dir zu sagen versucht, ist, dass Lustdämonen harmlos sind«, klinkte sich Adam ein. »Sie dienen Luzifer als Spione, weil ihre einzige Stärke darin besteht, Informationen zu sammeln. Sie entlocken ihren Opfern während des Beischlafs Geheimnisse und Wünsche, die Luzifer anschließend nutzt, um den Menschen ihre Seelen abzukaufen. Im Grunde kannst du sie mit magielosen Feen vergleichen. Sie sind ebenso doppelzüngig und verlogen, aber sehr viel ungefährlicher und zudem feige ohne Ende. Bei dem geringsten Anflug von Unterlegenheit räumen sie das Feld.«

Allmählich lichtete sich der Knoten in meinem Kopf und die zahlreichen Informationsbrocken fügten sich zu einem harmonischen Gesamtbild zusammen, das die positive Stimmung der beiden Engel erklärte.

Jetzt versteh ich, wieso sich die beiden in Davids Nähe so aufgespielt haben. Er soll denken, dass ich in festen Händen bin, damit er mich in Ruhe lässt.

Unweigerlich entflammte in meinem Inneren ein Licht. Auch wenn es winzig war und kaum eine Chance gegen die Dunkelheit in meinem Herzen bot, die sich in den letzten Tagen dort ausgebreitet hatte, verströmte es dennoch ein Gefühl von Hoffnung. Egal wie ich Nox momentan gegenüberstand, auf seine Einschätzung bezüglich anderer magischer Wesen konnte ich vertrauen. Ebenso wie Adam, der mir bisher keinen Grund gegeben hatte, an ihm oder seinen Worten zu zweifeln.

»Wow!«, stieß ich hervor und spürte, wie sich zum ersten Mal am heutigen Tag meine Lippen zu einem aufrichtigen Lächeln formten. »Ich weiß nicht, was ich sagen soll. Das Ganze klingt echt zu gut, um wahr zu sein.«

Adam erwiderte mein Lächeln mit einem warmen Glanz in seinen Augen. »Sieht so aus, nicht wahr? Aber nach all den Hürden, denen wir uns bisher stellen mussten, haben wir uns diesen kleinen Vorteil auch verdient. Und wenn du jetzt noch die anderen Dinge erzählst, die dir auf dem Herzen lasten, können wir vielleicht sogar noch weitere Probleme aufklären.«

Beschwingt von der Aussicht auf Erfolg überflog ich gedanklich meine Liste. Da wir bereits über das Tattoo, die Begegnung mit Killian und seinem neuen Kumpel sowie über David gesprochen hatten, blieb nicht mehr viel übrig. Ich hätte zwar Moms Arbeitskollegen ansprechen können, aber es gab ein Thema, das mir im Augenblick wichtiger erschien.

Harmony und ihr Abschiedsbrief.

»Samstagnacht, als ihr beiden weg wart, hat Mom mich mit Fragen über meine Abwesenheit gelöchert«, begann ich und wiederholte anschließend in aller Ausführlichkeit unsere Unterhaltung. Dabei ging ich vor allem auf den fingierten Abschiedsbrief, die angeblich eingelösten Flugtickets sowie das fehlende Interesse der Polizei an der ganzen Sache ein.

Erneut lauschte Adam aufmerksam und nickte nur gelegentlich mit ernster Miene. Erst als ich meine Erzählung beendet hatte, wechselte er einen langen, undeutbaren Blick mit Nox. »Das mit dem Abschiedsbrief lasse ich mir noch gefallen«, sagte er. »Aber der Rest verheißt nichts Gutes.« Er legte die Handflächen aneinander und tippte sich mit den Fingern gegen die Lippen. »Normalerweise würde ich sagen, dass jemand bei der Regierung die Strippen für uns gezogen hat. Aber das würde voraussetzen, dass die Leute dort oben über die Prüfungen und unsere Lage auf dem Laufenden gehalten werden – was äußerst unrealistisch ist. Außerdem würde das nur die Flugtickets und das vorzeitige Schließen der Polizeiakte erklären. Aber um Killian und seine Mutter von dieser Geschichte zu überzeugen, nachdem die beiden selbst mit angesehen haben, wie ihr Harmony entführt habt, bedarf es des Einsatzes von Magie. Ranghoher Magie.«

»Das Problem dabei ist nur«, übernahm Nox mit gereizter Stimme den Gesprächsfaden, »dass kein magisches Wesen, egal wie mächtig und einflussreich es auch sein mag, so dumm wäre, sich in den Verlauf der Prüfungen einzumischen. Das damit verbundene Erste-Klasse-Ticket für den tiefsten Höllenkreis, in dem man für den Rest der Ewigkeit von Luzifers persönlichem Lieblingsfolterknecht malträtiert wird, ist kein erstrebenswertes Lebensziel.«

Meine Augen weiteten sich bei jedem Satz ein Stück mehr. Zwar hatte ich damit gerechnet, dass uns im Zuge dieses Themas neue Unklarheiten begegnen würden, doch mit diesem Ausmaß hatte ich nicht gerechnet. Leider blieb mir keine Möglichkeit, meine Gedanken in Worte zu fassen, denn Adam setzte das Gespräch fort und schaffte es dabei tatsächlich, die Situation noch zu verschlimmern.

»Nox hat recht. Niemand würde es wagen, Gottes Zorn auf sich zu ziehen.« Die Furchen auf seiner Stirn vertieften sich. »Es sei denn, man hat diesen Fehler bereits vor Äonen von Jahren begangen und wurde deshalb in die Hölle verbannt. Und zwar als dessen Herrscher.«

***

»Was?« Das Wort schallte viel zu laut durch die ansonsten geräuschlose Bibliothek und handelte mir prompt einen bösen Blick und ein gezischtes »Ruhe!« der Bibliothekarin ein, die gerade mit einem Stapel Bücher durch die Regalreihen schritt.

Ich entschuldigte mich mit einem beschämten Lächeln und tat so, als würde ich mich auf die Bücher konzentrieren, die wir als Alibi vor uns auf dem Tisch platziert hatten.

Mit wild pochendem Herzen wartete ich einige Sekunden ab, bis ich mir sicher war, dass wir unsere Unterhaltung ungestört fortsetzen konnten. Anschließend nahm ich Adam ins Visier.

»Willst du damit etwa sagen, der Teufel persönlich hat die Erinnerungen von Killian und Mrs Jaramango manipuliert?«

»Natürlich nicht, Kleines«, antwortete Nox anstelle von Adam und bedachte mich mit einem Blick, als hätte ich die dümmste Frage seit Anbeginn der Zeit gestellt. »Für solche Sachen schickt er seine Dämonen los.«

Wenn Nox mich mit diesen Worten hatte trösten wollen, verfehlte er sein Ziel meilenweit. Noch immer starrte ich mit geöffnetem Mund und weit aufgerissenen Augen zwischen den beiden Männern hin und her.

»Es tut mir leid, Ave, aber das ist am wahrscheinlichsten.« Adam seufzte und lehnte sich auf seinem Stuhl zurück. Gleichzeitig fuhr er sich mit den Fingern durch die Haare. »Die Stärke, die es bedarf, um derart tief sitzende Erinnerungen wie Ians und die seiner Mutter zu verändern, besitzen nur sehr wenige Wesen. Und niemand von der himmlischen Seite würde es wagen, seine Kräfte gegen Gottes Willen einzusetzen.«

»Ganz im Gegensatz zu den Dämonen, die in Luzifers Dienst stehen und sich nichts sehnlicher wünschen, als der Gegenseite eins reinzuwürgen«, fügte Nox hinzu und ließ seinen Nacken geräuschvoll knacken. Der Laut dröhnte durch die Stille und verursachte mir eine Gänsehaut. Doch das war nichts im Vergleich zu dem Gefühl, das sich zeitgleich in mir ausbreitete. Nach unserem Fortschritt zu Beginn des Gesprächs fühlte sich die Mitteilung über einen mächtigen und unbekannten Dämon mit ungewissen Absichten an, als hätte uns eine Tsunamiwelle mit einem Schlag zurück zum Anfang unserer Probleme befördert.

Während wir schweigend dasaßen, musste ich immer wieder an diesen Key denken. Er hatte mir von der ersten Sekunde an ein ungutes Gefühl vermittelt und jetzt hatte ich eine Ahnung wieso.

Es kann kein Zufall sein, dass dieser Typ genau dann auftaucht, wenn Ian und seine Mutter von einem ranghohen Dämon verzaubert werden! Ganz sicher hat er etwas damit zu tun!

Normalerweise hätte ich Adam und Nox an dieser Überlegung teilhaben lassen, aber Adam hatte mir bereits versprochen, sich diesen Typen genauer anzusehen. So lange sollte ich mich in Geduld üben. Außerdem saßen wir bereits seit einer gefühlten Ewigkeit zusammen und mein Verstand ähnelte allmählich der Konsistenz von Apfelmus anstelle der eines funktionierenden Hirns.

»Jetzt, da wir wissen, wo wir mit der Suche nach weiteren Hinweisen beginnen können, sollten wir keine Zeit verlieren«, sagte Adam, als wüsste er genau, was ich gerade gedacht hatte. »Nox und ich werden uns Sinclaire vornehmen. Dann versuche ich Killian abzufangen und etwas über diesen neuen Typen herauszufinden. Nox hört sich währenddessen unter den Dämonenblütlern um. Vielleicht weiß der ein oder andere etwas Interessantes.«

»Okay, und was soll ich in der Zwischenzeit machen?«, fragte ich. Auch wenn ich nicht sonderlich scharf darauf war, mich mit irgendwelchen Dämonen auseinanderzusetzen, wollte ich die beiden Männer auf keinen Fall die ganze Drecksarbeit allein übernehmen lassen.

»Du könntest versuchen am Leben zu bleiben, Kleines.« Nox' Worte wurden von einem süffisanten Grinsen und einem funkelnden Blick begleitet. »Ich weiß natürlich, dass du darauf stehst, wenn ich deinen Arsch rette, aber für die Bodyguardnummer haben wir dieses Mal leider keine Zeit. Außerdem hängst du bereits mit der Bezahlung des letzten Jobs hinterher und da ich weiß, wie ernst du es mit Versprechen nimmst, würde ich ungern weiter in Vorkasse treten.«

Sprachlos starrte ich Nox an. Ich wusste nicht, was mich mehr entsetzte.

Dass er mühelos von kalter Ignoranz zu vertrauter Flirterei wechseln konnte, während ich noch damit beschäftigt war, mein Herz zu flicken, oder dass er ernsthaft glaubte, ich würde ihn nach dem heutigen Tag einfach so wieder an mich ranlassen – gerettetes Leben hin oder her.

»Ich weiß nicht, wie gut du dich mit menschlichen Sprichwörtern auskennst, Nox«, erwiderte ich mit bemüht unbeteiligter Miene, nachdem ich meinen Schock überwunden hatte. »Deswegen übersetze ich es am besten in eine Sprache, die du garantiert verstehst.« Mit einem zuckersüßen Lächeln beugte ich mich dem Höllendiener entgegen und klimperte übertrieben mit den Wimpern. »Wer vögeln will, sollte freundlich sein. Und bis du gelernt hast, wie man sich einer Frau gegenüber verhält, wird das Einzige, was du dir von mir erhoffen kannst, mein Mittelfinger sein.«

NEUN

Seit der Unterhaltung mit Adam und Nox in der Bibliothek waren fünf Tage vergangen. Fünf Tage, die so ruhig und unscheinbar verlaufen waren, dass ich mich tatsächlich ab und zu gefragt hatte, ob ich mir die ganze Sache mit dem Seelenvertrag, den Prüfungen und den übernatürlichen Wesen nur eingebildet hatte – wären da nicht die Feen mit ihren knallbunten Haarschöpfen gewesen, die mich mit ihren Blicken verfolgten. Aber auch Adams tägliche Fragen bezüglich meines neuen Tattoos hatten mich daran erinnert, dass die Ruhe trügerisch war. Zwar hatte sich seit Erscheinen des Bildes weder die Position oder die Haltung der Schlange noch die des Baumes oder der Frau verändert und auch die Anzahl der Äpfel hatte sich nicht reduziert, doch gerade dieser Stillstand beunruhigte mich.

Bei der letzten Prüfung wussten wir wenigstens dank der Blütenblätter, die die Fee abgezupft hat, wie viel Zeit uns für die Erledigung der Aufgabe zur Verfügung stand. Aber dieses Mal?

Dabei stand außer Frage, dass sich auch dieses Tattoo irgendwann verändern würde. Aber solange wir nicht wussten, wann dieser Zeitpunkt eintreten oder welchen Auslöser es dafür geben würde, sah unsere Lage noch prekärer aus, als sie es ohnehin schon war.

Hinzu kam, dass sich zu diesem Problem zwei weitere gesellten. Vorneweg Killian und sein neuer Kumpel, die beide wie vom Erdboden verschluckt zu sein schienen, weshalb Adam bisher keine Gelegenheit gehabt hatte, sich der beiden anzunehmen. Direkt danach kam David. Zwar waren wir dem Inkubus immer mal wieder auf einem der Gänge begegnet, aber ehe Adam die Gelegenheit ergreifen konnte, ihn anzusprechen, war er entweder in einem der Kursräume verschwunden oder hatte sich unter unsere Mitschüler gemischt und war auf diese Weise einem Gespräch entgangen.

Trotzdem hatte die Situation auch etwas Gutes: Nox hatte keinen Grund aufzutauchen, was mir eine wohltuende Pause von seiner Gegenwart bescherte.

Das Rascheln von Zeitungspapier riss mich aus meinen Gedanken und ich sah von meinem Müsli auf. Es war Samstag und der erste Morgen der Woche, den ich gemeinsam mit meiner Mom am Frühstückstisch verbrachte. Die letzten Tage war sie ungewöhnlich früh ins Büro aufgebrochen und abends erst so spät heimgekehrt, dass ich sie kaum zu Gesicht bekommen hatte. Hätte es nicht ihre täglichen Kontrollanrufe gegeben, um sicherzugehen, dass ich nach der Schule pünktlich nach Hause gekommen war, hätte ich ihre Stimme vermutlich die ganze Woche über nicht gehört.

»Heute beginnt das Sunset Festival.« Meine Mom warf mir über den Rand der Zeitung einen Blick zu. Sie hatte an diesem Tag ihr wöchentliches Sportprogramm ausfallen lassen und war zu Hause geblieben, weshalb sie ungeschminkt war und ihre Haare nach dem Duschen noch in einem Handtuchturban steckten. Trotzdem sah sie wunderschön aus. Ihre Augen strahlten und auf ihren Lippen lag ein kleines Lächeln. Unweigerlich fragte ich mich, ob es einen bestimmten Grund für ihre gute Laune gab.

»Ich weiß«, erwiderte ich emotionslos und fokussierte mich auf mein Frühstück. Die Erinnerung an das Musikfestival, das stets am ersten Samstag im Juni stattfand und das ich wegen meines Hausarrests sowieso nicht würde besuchen können, versetzte mir einen Stich. Seit die jährliche Veranstaltung vor fünf Jahren in der Nähe des Pier 39 ihren Anfang gefunden hatte, war ich jedes Jahr dort gewesen. Es fühlte sich merkwürdig an, es dieses Mal zu verpassen.

»Im Büro reden alle darüber«, fuhr Mom fort. Sie faltete die Zeitung zusammen, legte sie neben sich auf den Tisch und griff nach ihrem Kaffeebecher. »Ich hatte überlegt mal vorbeizuschauen. Immerhin schwärmen alle davon. Und dieses Jahr soll es besonders toll werden, weil sich viele neue Bands und DJs angekündigt haben.«

Ich nickte mit gesenktem Kopf, während sich mein Herz schmerzhaft zusammenzog. Mich interessierte weniger die Musik als vielmehr die Location und die Stimmung, die jedes Mal herrschte.

»Na ja, deswegen dachte ich«, plauderte Mom munter weiter, »wenn du nicht zu sehr mit Lernen beschäftigt bist, könnten wir vielleicht zusammen hingehen. Was meinst du?«

Völlig überrumpelt von ihrer Frage schnellte mein Kopf in die Höhe und ich verschluckte mich an meinem Frühstück.

»Was?«, brachte ich unter Husten hervor, was meiner Mom ein Schmunzeln entlockte. Erfolglos versuchte sie es hinter ihrer Kaffeetasse zu verbergen. »Aber ich hab doch Hausarrest«, schob ich nach, nachdem ich mich beruhigt hatte. Allein die Vorstellung, endlich wieder warmen Sand zwischen meinen Zehen zu spüren, salzige Meeresluft zu schnuppern und dem Klang der Wellen zu lauschen, ließ meinen gesamten Körper vor Aufregung kribbeln.

»Keine Angst, dein Hausarrest gilt auch weiterhin«, erwiderte Mom in wenig strengem Ton. »Aber du hast dich die ganze Woche über so vorbildlich verhalten, warst immer pünktlich zu Hause, hast gekocht und die Wohnung geputzt. Deswegen bin ich der Meinung, dass du dir eine kleine Belohnung verdient hast.« Sie schenkte mir ein herzerwärmendes Lächeln, ehe sie in bemüht ernster Tonlage weitersprach. »Außerdem werde ich die ganze Zeit an deiner Seite bleiben und aufpassen, dass du dich nicht allzu sehr amüsierst.« Ein Zwinkern unterstrich ihre Worte, was meine Glückshormone explodieren ließ. Die Aussicht, einen ganzen Tag allein mit meiner Mom am Pier zu verbringen, ließ mich so heftig grinsen, dass meine Wangen zu schmerzen begannen.

»Mom, ich weiß gar nicht, was ich sagen soll. Das klingt wirklich klasse. Danke! Ich gehe sehr gerne mit dir hin.« Ich hatte ganz vergessen, wie sich Glück und aufrichtige Freude anfühlten, weshalb ich gerade ein wenig mit meinen Emotionen überfordert war und sich dies prompt in feuchten Augen widerspiegelte.

»Schön, dann haben wir ein Date.« Ebenfalls sichtlich erfreut erhob sich meine Mom von ihrem Platz und begann den Tisch abzuräumen. »Wenn du magst, kannst du Adam gerne einladen. Ich weiß ja, dass dieses Festival eigentlich eure Tradition ist. Außerdem habe ich den Jungen in letzter Zeit kaum gesehen und hätte nichts dagegen, wenn wir den Tag gemeinsam verbringen.«

Meine Euphorie erhielt einen heftigen Dämpfer, den ich kaschierte, indem ich mich ebenfalls vom Platz erhob und mein Frühstücksgeschirr zur Spüle trug. Ich hatte mich darauf gefreut, den Tag allein mit meiner Mom zu verbringen, aber das hatte sich jetzt erledigt. Ich kannte sie gut genug, um zu wissen, dass ihre Worte kein nett gemeintes Angebot, sondern eine verkappte Aufforderung waren. Zwar glaubte ich, dass sie mir damit nur einen Gefallen tun wollte, dennoch verlor ich schlagartig die Lust auf den Ausflug.

Ich kann unmöglich einen ganzen Tag lang so tun, als wäre Adam mein bester Freund. Ich kenne ihn doch kaum. Mom wird sofort merken, dass etwas nicht stimmt, und uns mit Fragen löchern.

Aber welche Alternative hatte ich?

Klar, ich hätte behaupten können, dass Adam bereits Pläne hatte. Aber bei meinem Glück würden wir ihn zufällig am Pier treffen und schon wäre meine Lüge aufgeflogen. Dabei wollte ich um jedem Preis vermeiden, dass das zarte Band des Vertrauens, das sich gerade zwischen meiner Mom und mir bildete, wieder riss. Dafür nahm ich auch in Kauf, Adam außerhalb der Schulzeit zu sehen.

Mit einem möglichst überzeugenden Lächeln drehte ich mich zu meiner Mom um. Irgendwie würde ich den Tag schon hinter mich bringen, ohne Aufsehen zu erregen.

»Klasse. Dann rufe ich ihn gleich an und frage, ob er Lust hat«, sagte ich und schritt mit wild pochendem Herzen auf das Festnetztelefon zu, das sich hinter Moms Rücken an der Wand befand. Vielleicht war mir Fortuna dieses eine Mal gewogen und Adam würde tatsächlich keine Zeit haben.

Meine Mom nickte erfreut, machte mir Platz und widmete sich anschließend wieder dem Küchentisch.

Ich griff nach dem hellgrauen Telefonhörer, stockte jedoch, kaum dass sich meine Finger um das Plastik gelegt hatten.

Verdammt! Verdammt! Verdammt! Wie soll ich Adam anrufen, wenn ich seine Nummer nicht kenne?

Nervös warf ich meiner Mom einen kurzen Blick zu, doch sie war ganz auf ihre Tätigkeit fokussiert und beachtete mich nicht. Schnell wandte ich ihr wieder den Rücken zu.

Okay, ruhig bleiben, Avery. Lass dir was einfallen.

Nachdenklich biss ich mir auf die Lippe. Mom konnte ich nicht nach der Nummer fragen, weil sie sicherlich davon ausging, dass ich die Zahlenfolge auswendig kannte.

Aber was blieb mir übrig?

Mein Handy! Natürlich!

Adam hatte erwähnt, dass seine Nummer in meinem Telefon gespeichert war. Jetzt musste ich mir nur noch eine plausible Ausrede einfallen lassen, weshalb ich unbedingt an mein Handy musste, obwohl es konfisziert worden war.

Mit einem übertriebenen Seufzen schlug ich mir mit der flachen Hand gegen die Stirn und drehte mich zu meiner Mom herum. Dabei hoffte ich, dass meine schauspielerische Leistung weniger grauenvoll war als mein Talent zu lügen.

»Ach, Mom, ich habe ganz vergessen, dass Adam seit Kurzem eine neue Telefonnummer hat. Unter der alten ist er nicht mehr erreichbar. Ich müsste also mal an mein Handy, wenn du so lieb wärst.«

Meine Mom musterte mich, als wöge sie meine Worte ab. Es dauerte mehrere Sekunden, in denen ich fest daran glaubte, aufgeflogen zu sein. Aber dann antwortete sie und ich atmete innerlich auf.

»Es liegt in der obersten Schublade neben meinem Bett.« Daraufhin widmete sie sich wieder den Überresten unseres Frühstücks. Während sie den Wurst-Käse-Teller mit Folie zudeckte, sprach sie mit leiser, ruhiger Stimme weiter, ohne ein weiteres Mal den Blick zu heben. »Lass es mich nicht bereuen, dir eine zweite Chance gegeben zu haben, Avery.«

***

Das Schlafzimmer meiner Mom sah genauso aus, wie ich es in Erinnerung hatte. Cremefarbene Wände, weiße Holzmöbel und braune Vorhänge, die zum Bettüberwurf passten. Alles wirkte harmonisch und zueinanderpassend – was auch der Grund war, weshalb ich mir wie ein Fremdkörper vorkam, der nichts in dieser Oase zu suchen hatte. Trotzdem schloss ich leise die Tür hinter mir, setzte mich mit pochendem Herzschlag auf das Bett und vergrub mein Gesicht in den Händen.

Wann hört diese ganze Lügerei endlich auf?

Zwar war das gerade eben nur eine winzige Notlüge gewesen und nichts im Vergleich zu den Unwahrheiten, die ich meiner Mom in den vergangenen Wochen hatte auftischen müssen, dennoch lastete sie schwer auf meinen Schultern.

Um meine innerliche Unruhe unter Kontrolle zu zwingen, atmete ich mehrmals tief durch. Anschließend wischte ich meine schweißnassen Handflächen an meiner Jogginghose trocken und beugte mich über den Nachttisch, um mein Handy zu suchen. Am besten wäre es, wenn ich nicht allzu viel Zeit hier oben verbrachte.

Kaum hatte ich den Knauf der Nachttischschublade berührt, fiel mein Blick auf einen Dekorationsgegenstand, dessen Anwesenheit mich gleich aus mehreren Gründen überraschte. Von Neugier gepackt, griff ich nach der ungefähr fünfzehn Zentimeter großen, verblüffend leichten und detailreichen Figur, die bei genauerer Betrachtung aus zwei Personen und einem Plüschtier bestand.

Was ist das?

Meine Augenbrauen zogen sich zusammen und meine Stirn legte sich in Falten. Leider konnte ich mich nicht daran erinnern, wann die 3D-Abbildung von Adam, dem Plüschbären auf meinem Bett und mir gemacht worden war, aber unseren modellierten Gesichtern nach zu urteilen, waren wir an dem Tag glücklich gewesen. Ob wir wohl jemals wieder einen solch entspannten Umgang miteinander hegen würden?

Mit einem kleinen Lächeln stellte ich die Figur an ihren ursprünglichen

Platz zurück und begab mich abermals auf die Suche nach meinem Handy. Doch nachdem ich die Schublade geöffnet hatte, entdeckte ich erneut etwas, was mich von meinem eigentlichen Vorhaben ablenkte. Es war ein großes Album mit dunkelblauem Einband, dessen Front ein Foto von mir als kleines Mädchen zierte. Unter dem Bild stand in goldenen Buchstaben mein Name geschrieben: Avery Marie Harper.

Vorsichtig griff ich nach dem Album. Es war überraschend schwer, und obwohl ich mir sicher war, es zuvor noch nie gesehen zu haben, fühlte es sich merkwürdig vertraut an. Ähnlich wie der Teddybär in meinem Bett.

Aufgeregt legte ich das Album auf meinen Schoß und klappte den Deckel auf. Auf der ersten Seite war ein Foto von mir als Säugling im Krankenhaus zu sehen. Darunter standen in einer wunderschönen, ordentlichen Handschrift mein Geburtstag, meine Größe und mein Gewicht geschrieben. Auf der gegenüberliegenden Seite klebte ein kleiner Briefumschlag. Als ich die Lasche öffnete, entdeckte ich eine meiner damals hellbraunen Haarsträhnen.

Ich konnte nicht verhindern, dass mich ein wehmütiges Gefühl überkam. Mein Herz wurde schwer und meine Augen feucht.

Ach, Mom!

Es musste sie unzählige Zeit und Mühen gekostet haben, unseren Dachboden nach den Fotos zu durchforsten.

Mit tränenverschleiertem Blick blätterte ich weiter und entdeckte Bilder von mir als Kleinkind. Auf manchen war ich mit meiner Mom zu sehen, auf anderen leistete mir meine inzwischen verstorbene Grandma Gesellschaft.

Ich vermisse dich, Granny! Ich hoffe, du und Grandpa macht euch eine wundervolle Zeit im Himmel.

Ein paar Tränen stahlen sich aus meinen Augenwinkeln und rannen mir über die Wangen. Ich wischte sie mit dem Ärmel meines Shirts ab, ehe sie auf das Album fallen konnten. Anschließend blätterte ich weiter und sah Fotos von meinem ersten Tag im Kindergarten. Ich trug ein rotes Kleid, das mit Puffärmeln und weißer Klöppelspitze an Kragen und Saum verziert war. Mit den schwarzen Punkten sah ich aus wie ein riesiger Marienkäfer.

Wehmütig lächelnd blätterte ich weiter und entdeckte abermals Bilder meines Kindergarten-Ichs. Das Erste zeigte mich, wie ich mit einem breiten Zahnlückenlächeln in die Kamera grinste, während ich von oben bis unten mit Mehl bestäubt war. Auf dem nächsten präsentierte ich voller Stolz meinen eingegipsten Arm. Ich wusste nicht mehr, wie es dazu gekommen war, aber ich erinnerte mich sehr genau daran, dass nur wenige Tage, nachdem der Gips entfernt worden war, James abhaute.

Erneut überkam mich eine drückende Last und ich schluckte hart. Ich hatte sehr lange nicht mehr an meinen Erzeuger denken müssen und ärgerte mich, dass er es ausgerechnet jetzt in meine Gedanken geschafft hatte. Dabei wusste ich selbst nicht einmal genau, wie ich das Gefühlswirrwarr in meinem Inneren beschreiben sollte. War es Hass und Verbitterung, die ich empfand? Oder Enttäuschung? Vielleicht sogar Trauer?

Gedankenverloren klappte ich die nächste Doppelseite auf. Als ich jedoch die dortigen Fotos entdeckte, verstummten meine Überlegungen schlagartig. Stattdessen begann das Blut in meinen Adern zu rauschen, bis es in meinen Ohren klingelte.

Reflexartig blätterte ich weiter.

Und weiter.

Und weiter.

Doch egal wie viele Bilder ich zu verdecken versuchte, immer wieder tauchten neue auf, die den vorherigen ähnelten. Auf über zwanzig Doppelseiten zeigten verschiedene Fotos mein Heranwachsen in den letzten Jahren.

Und auf jedem war Adam an meiner Seite.

Sei es zum Kürbisschnitzen an Halloween, beim Auspacken der Geschenke am Weihnachtsmorgen, beim Thanksgivingessen, bei Schulbällen, Abschlussfeiern, Geburtstagspartys und vielen anderen Gelegenheiten.

Adam war jedes Mal dabei gewesen.

Das Gefühlschaos, das diese Fotos in mir auslösten, ließ sich mit keinem Wort der Welt beschreiben. Diese Schnappschüsse zeigten keine Kinder, die gemeinsam aufgewachsen waren, nein, sie zeigten zwei Personen, die viel mehr füreinander empfanden, als dass man es mit einem so banalen Begriff wie »Freundschaft« hätte betiteln können.

Mit zitternden Fingern blätterte ich an die Stelle zurück, an der das erste Bild von Adam und mir zu sehen war. Wir standen nebeneinander, Arm in Arm, im Schatten eines Baumes und strahlten in die Kamera. Adam trug eine braune Latzhose und ein gelbes T-Shirt. Seine Locken hatten damals einen warmen Braunton besessen, der mich an das Fell meines Plüschbären erinnerte. Ich hatte ein hellgrünes Kleid mit Sonnenblumenprint getragen und meine schulterlangen, dunkelblonden Strähnen wehten im Wind. Auf den ersten Blick sah es nach einem ganz normalen Sommerbild aus, aber bei genauerer Betrachtung entdeckte ich, dass Adam gar nicht in die Kamera sah, sondern mich aus den Augenwinkeln anschielte. Dabei lag in seinem Blick dieselbe Wärme, mit der er mich auch jetzt noch gelegentlich ansah.

Schnell betrachtete ich das nächste Foto. Wir waren kaum älter als auf dem ersten Bild und saßen nebeneinander an dem großen Esstisch, der auch jetzt noch in unserer Küche stand. Vor mir befand sich eine mit sechs brennenden Kerzen drapierte große Torte, daneben stapelte sich ein riesiger Berg eingepackter Geschenke. Adam grinste mit einer breiten Zahnlücke in Richtung des Fotografen, während ich meine Aufmerksamkeit auf den Jungen neben mir gerichtet hatte und ihn mit dem gleichen liebevollen Blick ansah, mit dem er mich auf dem Foto zuvor bedacht hatte.

Mein Puls beschleunigte sich, als ich die nächsten Seiten übersprang, was einen Zeitsprung von sechs oder sieben Jahren bedeutete. Auf dem darauffolgenden Bild befanden wir uns in der festlich geschmückten Turnhalle meiner alten Junior High. Adam trug einen schwarzen Anzug und ich ein mitternachtsblaues Kleid, das mir bis zu den Knien reichte und im Blitzlicht der Kamera violett schimmerte. Wir hielten uns in einer engen Umarmung und trotz der Entfernung erkannte ich ein deutlich verliebtes Lächeln auf meinen Lippen.

Das ist unmöglich!

Inzwischen hämmerte mein Herz wie eine Pressluftpistole und meine Finger zitterten so stark, dass ich das Fotoalbum kaum noch festhalten konnte. Immer wieder versuchte ich das Gesehene zu bestreiten. Erfolglos. Auf jedem einzelnen Bild war deutlich zu erkennen, wie viel Adam und ich einander bedeuteten.

Waren wir verliebt gewesen? Oder sogar ein Paar?

Die Vorstellung verursachte mir Übelkeit. Klar, Adam war attraktiv, fürsorglich und loyal, das war nicht abzustreiten. Aber bisher war ich mir sicher gewesen, dass Nox der erste Mann war, für den ich diese Art von Gefühlen empfand.

Aber was, wenn das nicht stimmt? Was, wenn ich meine Gefühle für Adam samt allen anderen Erinnerungen an ihn einfach vergessen habe?

Diese Möglichkeit ließ schwarze Punkte vor meinen Augen erscheinen. Gleichzeitig keimten neue Fragen in mir auf. Wie sollte ich mich Adam gegenüber jetzt verhalten? Sollte ich einfach so tun, als wüsste ich nichts von dem Album und den Fotos? Oder sollte ich ihn darauf ansprechen und ihn fragen, ob wir in der Vergangenheit ein Paar gewesen waren?

Nein, auf keinen Fall! Wenn dem so war, würde ich ihm mit der Frage nur erneut wehtun. Es muss eine andere Möglichkeit geben, die Wahrheit herauszufinden.

Aber welche sollte das sein?

Mir kam das Sunset Festival in den Sinn. Vielleicht wäre es doch keine schlechte Idee, wenn Adam mitkäme. Auf diese Weise hätte ich Gelegenheit, ihn in einem völlig anderen Umfeld zu erleben. Fernab von der Last all unserer Probleme.

Außerdem wäre dann auch kein nerviger Höllendiener dabei, der mich ständig provoziert und ablenkt.

Je länger ich darüber nachdachte, desto besser gefiel mir die Idee. Moms Anwesenheit würde verhindern, dass Themen angesprochen wurden, von denen ich dringend eine Pause brauchte. Und Adams Gegenwart würde hoffentlich dazu führen, dass meine Mom sich etwas entspannte und den Tag genießen konnte, anstatt wie ein Schießhund aufzupassen.

Entschlossenheit durchflutete mich und ich nahm mein Handy aus der offenen Schublade. Nachdem ich das Telefon eingeschaltet, den PIN-Code eingegeben und Adams Nummer im Telefonbuch gefunden hatte, drückte ich den grünen Hörer, um die Verbindung aufzubauen. Dabei wippte ich mit meinen Füßen hin und her, woraufhin das Album von meinem Schoß rutschte. Mit einem dumpfen Geräusch landete es auf dem Boden und öffnete sich. Mir präsentierte sich eine Doppelseite, die ich bisher nicht beachtet hatte.

Während ich mich bückte, um das Album aufzuheben, klingelte es in der Leitung. Ich nutzte die Wartezeit und betrachtete das aufgeschlagene Bild. Darauf war es Nacht. Adam und ich lagen gemeinsam in unserem Garten auf der Wiese. Am dunklen Himmelszelt waren weiße Streifen zu erkennen, die wir jedoch nicht beachteten. Stattdessen hielten wir uns an den Händen und lächelten einander glückselig an.

Ich erinnerte mich noch genau an diesen Abend. Zumindest daran, dass *ich* dort im Garten gelegen hatte. Es war erst vor wenigen Wochen gewesen, nachdem für jene Nacht ein Sternschnuppenschauer angekündigt worden war. Ich hatte mich auf die Lauer gelegt, um ein paar meiner Herzenswünsche loszuwerden.

Ich klappte das Album zu und legte es zurück an seinen ursprünglichen Platz. Im selben Moment nahm Adam das Gespräch an und seine hektische Stimme erklang.

»Ave? Was ist los? Ist alles in Ordnung?« Wie immer schien er in erhöhter Alarmbereitschaft zu sein, was mich ausnahmsweise zum Grinsen brachte. Ob es ihm wohl gelingen würde, einen Tag lang zu entspannen und vielleicht sogar so etwas wie Spaß zu empfinden? Mit etwas Glück würde ich die Antwort darauf in wenigen Stunden erfahren.

»Ja, hey. Ich bin's. Keine Angst, es ist alles okay.« Verlegen biss ich mir auf die Unterlippe und spielte mit meinen Haarsträhnen. Auf einmal war ich schrecklich nervös. »Ich wollte nur fragen, ob du heute schon irgendwelche Pläne hast oder Mom und mich zum Sunset Festival begleiten möchtest.«

ZEHN

»Und jetzt einmal ganz laut ›Cheeeese‹!«, forderte ich breit grinsend und löste mehrmals die Kamera am Handy meiner Mom aus. Wir standen vor einem Souvenirladen mit einer riesigen Auswahl an hässlichem Kitschkram wie Perücken, bunten Sonnenbrillen und Plastikblumenketten. Mom und Adam hatten sich einen Spaß daraus gemacht, einander mit den grauenvollsten Dingen zu dekorieren, bis sie beide wie eine Elton-John-Drag-Queen-Kreuzung aussahen.

Lachend kontrollierte ich, ob die Beweisfotos gelungen waren, während sich meine Begleiter in ihre bürgerlichen Identitäten zurückverwandelten. Anschließend steckte ich das Handy zurück in Moms Handtasche, ehe ich mich wieder dem Ladensortiment widmete.

Es war vier Uhr am Nachmittag, die Sonne strahlte vom Himmel und in der Luft lag der Duft von Freude, Freiheit und Fressbuden. Wir waren zwar bereits seit Stunden am Pier unterwegs, aber die Zeit war wie im Flug vergangen, was sicherlich an dem blonden Engel lag, der offenbar größten Spaß daran hatte, meine Mom und mich zu unterhalten, bis wir vor Lachen Bauchweh bekamen.

»Ich glaube, die hier nehme ich mit«, sagte Mom und hielt eine Perücke in die Höhe, deren feuerrote Synthetiksträhnen ihr bis zur Rückenmitte reichten. »Dann geh ich an Halloween als Feuerwehrfrau. Oder als Dämonin.« Grinsend zog sie ihre Handtasche von meiner Schulter und verschwand im Laden, um zu bezahlen.

Ich sah ihr nach, erschrocken von ihren unbedachten Worten. Den ganzen Tag über hatte ich an nichts denken müssen, was mit dem Seelenvertrag zu tun hatte, doch nun wurde ich unsanft in ebenjene Welt zurückkatapultiert.

»Sie hat es nicht so gemeint«, sagte Adam und legte mir einen Arm um die Schulter. Ich hatte nicht mitbekommen, wann er an mich herangetreten war, aber seine plötzliche Nähe löste mich aus meiner Starre. Automatisch suchte mein Blick den seinen und als ich erfolgreich war, entdeckte ich darin nichts außer Mitgefühl und Zuneigung.

Die Erinnerung an das Fotoalbum durchflutete meinen Verstand und ließ mein Herz schneller pochen.

Adam erwiderte meinen Blick einen Moment lang, ehe er mich losließ und von mir wegtrat. Zwar kehrte er mir sofort den Rücken, dennoch war mir der Schmerz in seiner Mimik nicht entgangen.

Ach, Adam!

Den ganzen Tag über waren wir so locker und ungezwungen miteinander umgegangen, dass sich dieser Augenblick wie ein gewaltiger Rückschritt anfühlte. Da ich dies jedoch unbedingt vermeiden wollte, ignorierte ich die rationale Stimme in meinem Kopf und handelte rein instinktiv. Ich überwand die Distanz zu Adam und schlang von hinten meine Arme um seinen Körper. Zwar hatte ich keine Ahnung, was ich hier tat oder was ich ihm antworten sollte, wenn er mich um eine Erklärung bat, aber ich wusste, dass er diese Umarmung brauchte, und auch, dass er sie mehr als verdient hatte. Heute hatte ich einen Adam Hill kennenlernen dürfen, der nichts mit dem sorgenbeladenen und melancholischen Engel zu tun hatte, dem ich bisher begegnet war. Er hatte mir einen Charakter präsentiert, der witzig, charmant, lebensfroh und so einzigartig war, dass es mir leichtfiel, die Vorstellung anzunehmen, dass uns einst etwas Besonderes miteinander verbunden hatte. Etwas wie eine enge und vertraute Freundschaft. Oder vielleicht auch mehr.

Als Adam meine Arme spürte, zuckte er überrascht zusammen, wich mir jedoch nicht aus. Stattdessen drehte er sich, ohne dass ich mich von ihm löste, zu mir herum und sah mich unsicher an. Offenbar wusste er ebenfalls nicht, was das hier sollte oder welche Reaktion angebracht war. Doch anstatt Fragen zu stellen, die alles kaputtmachen würden, erwiderte er meine Umarmung. Der Duft von Meer und Sonnencreme stieg mir in die Nase und vermittelte mir ein Gefühl von Zuversicht und Hoffnung.

»Ich weiß, ich kann mich nicht an unsere Vergangenheit erinnern«, sagte ich mit leiser und belegter Stimme, während ich meine Wange fest an seine Brust schmiegte. Auch wenn ich für gewöhnlich kein Freund von öffentlichen Zuneigungsbekundungen war, fühlte sich alles an diesem Moment richtig und gut an. Wie zwei Teile eines Ganzen, die endlich wieder zueinanderfanden. »Aber das bedeutet nicht, dass es für uns keine gemeinsame Zukunft geben muss.«

Adam hauchte mir einen Kuss auf den Scheitel, ehe er seine Wange auf meinen Kopf legte und lächelte. Dabei verstärkte er unsere Umarmung bis an die Grenze des Erträglichen.

»Ave, du bist wirklich ...«, begann er in liebevollem Ton, wurde jedoch jäh von mir unterbrochen.

»Hey! Was soll das?«, rief ich empört, löste reflexartig meine Arme und wirbelte herum. Mein Blick glitt suchend durch die Fußgängerzone in der Hoffnung, jemand Bekanntes zu entdecken, der sich einen Spaß mit mir erlaubt hatte.

»Was ist los?«, fragte Adam hörbar irritiert und ließ ebenfalls seine Arme sinken. Sicherlich dachte er, ich hätte den Verstand verloren. Oder schlimmer noch, ich hätte den intimen Augenblick zwischen uns absichtlich ruiniert.

»Mich hat jemand begrapscht«, antwortete ich. Im ersten Moment war ich selbst so überrascht gewesen, dass ich nicht richtig begriffen hatte, was geschehen war. Doch jetzt, nachdem ich die Worte laut ausgesprochen hatte, war das Pochen in meiner Pobacke nicht mehr zu leugnen und meine eigene Verwirrung wandelte sich in Zorn.

»Wie bitte?« Adam schien ebenso geschockt zu sein, wie ich mich fühlte. Seine Augen weiteten sich und er sah sich mit ruckendem Kopf in alle Richtungen um.

»Ja. Jemand hat mir in den Hintern gekniffen.« Verärgert rieb ich mir über den Po. Wie verkorkst musste man sein, um am helllichten Tag eine fremde Person sexuell zu belästigen?

Adams Blick glitt weiter umher, bis er eine Gruppe Männer ins Visier nahm, die wenige Meter von uns entfernt standen und sich lachend unterhielten. Es waren fünf Typen, die ich auf Anfang bis Mitte zwanzig schätzte und die uns nicht zu beachten schienen. Doch dann, als hätte einer von ihnen unsere Blicke gespürt, drehte er sich zu uns herum. Seine Statur erinnerte an die eines Profifootballspielers, sein Blick an den eines lüsternen Perverslings.

Sofort wusste ich, dass er der Grapscher war.

Adam musste denselben Gedanken gehabt haben, denn seine Miene veränderte sich schlagartig. Mit verengten Augen, fest aufeinandergepressten Lippen und geballten Fäusten marschierte er zielstrebig los.

O nein! Bitte nicht!

Zwar wusste ich Adams ritterliche Absicht zu schätzen, aber ich wollte nicht, dass er sich meinetwegen Ärger einhandelte. Und auch wenn ich mir sicher war, dass er sich im Gegensatz zu Nox zu benehmen wusste und keine Schlägerei anfangen würde, glaubte ich nicht, dass dies auch für den Schmierlappen dort vorne galt, der sich in diesem Augenblick wieder seinen Kumpels zuwandte.

»Hey!«, sagte Adam laut, kaum dass er hinter dem Typen stand. Obwohl der Engel ziemlich groß war, überragte der Fremde ihn um fast einen ganzen Kopf. Doch das hinderte Adam nicht daran, dem Riesen eine Hand auf die Schulter zu donnern, als dieser ihn einfach ignorierte. »Ich glaube, du hast vergessen dich bei meiner Freundin zu entschuldigen.«

Betont langsam drehte sich der Widerling herum. In einer Hand hielt er eine Bierflasche, die er wortlos an seinen Mund führte, während er auf Adam herunterblickte. »Was hast du gesagt?« Seine Stimme war tief und rau und kaum zu verstehen. Sicherlich war das nicht sein erstes Bier an diesem Tag.

Adam schien diese Aussicht nicht einzuschüchtern. Er wiederholte seine Worte langsam und betont. »Du sollst dich bei meiner Freundin entschuldigen. Sie mag es nicht, von Fremden angefasst zu werden.«

Die Augen des Riesen ruhten einen Moment lang auf Adam, dann wanderte sein Blick gelangweilt in meine Richtung. »Was willst du mit diesem Schlappschwanz hier, Baby? Vergiss den Clown und komm lieber zu uns.« Seine feuchten Lippen verzogen sich zu einem dreckigen Grinsen, was meinen Magen rebellieren ließ. »Meine Kumpels und ich werden uns angemessen um dich kümmern.«

Alles in mir zog sich auf schmerzhafte Art zusammen, als ein ekelerregendes Lachen ertönte. Am liebsten hätte ich mich in Luft aufgelöst. Ich wollte nicht diesen Kotzbrocken ansehen, nicht seine Stimme hören oder das Gefühl von Scham spüren müssen, das er in mir auslöste. Aber vor allem wollte ich nicht miterleben, was als Nächstes geschehen würde, als Adam in einer blitzschnellen Bewegung das Kinn des Perverslings packte und dessen Kopf zu sich herumdrehte.

»Ich gebe dir eine letzte Chance. Sollten die nächsten Worte aus deinem Mund keine aufrichtige Entschuldigung sein, werde ich dafür sorgen, dass du in Zukunft weder deine Hände noch deine Zunge benutzen kannst.« Adam sprach leise und in jeder einzelnen, gefährlich ruhig gesprochenen Silbe war deutlich zu vernehmen, wie ernst er seine Drohung meinte.

Die anfängliche Verwunderung über Adams Tat war aus den Augen des Typens verschwunden. Stattdessen wirkte er auf einmal wie in Trance. Sein Blick war getrübt und seine Körperspannung auf ein Minimum reduziert. Sie reichte gerade aus, um den Widerling auf den Beinen zu halten.

»Sorry, Bro, du hast recht.« Wie eine Marionette, die an unsichtbaren Fäden hing, drehte der Kerl erst seinen Kopf in meine Richtung, ehe der Rest seines Körpers folgte. Unter den irritierten Blicken seiner Freunde schritt er auf mich zu. »Tut mir leid, Baby. Ich hätte dich nicht anfassen dürfen. Das war respektlos.« Einen guten Meter vor mir blieb er stehen. »Ich versuche mit diesem Machogehabe zu vertuschen, dass ich seit Jahren in meinen besten Freund Jake verliebt bin.«

Sprachlos vor Überraschung starrte ich mein Gegenüber an. Ich wusste nicht, was mich mehr überforderte. Seine offensichtlich ernst gemeinte Entschuldigung oder seine unnötige Offenheit.

»S–s–schon gut.« Ich zwang die Silben über meine Lippen und warf Adam einen hilflosen Blick zu. Auch wenn ich keine Ahnung hatte, was hier gerade geschah, war ich mir sicher, dass es etwas mit meinem Schutzengel zu tun hatte.

»Danke«, sagte der Typ und lächelte mich an. Mit einem Mal wirkte er völlig harmlos. Wie eine Kobra, der man ihre Giftzähne gezogen hatte.

Da mir keine Erwiderung einfiel, nickte ich nur unbeholfen, was mein Gegenüber als Zeichen der Entlassung wertete. Als er zu seinen Freunden zurückkehrte, starrten diese ihn zunächst perplex an, ehe sie in grölendes und vor allem spottendes Gelächter ausbrachen.

Mit gerunzelter Stirn beobachtete Adam die Szenerie, während er näher an mich herantrat. Als er in Griffnähe war, packte ich seinen Arm und hakte mich bei ihm unter. Einerseits waren meine Knie so weich, dass ich dringend eine Stütze gebrauchen konnte, andererseits waren Adam und ich uns auf diese Art nah genug, sodass niemand meine folgenden Worte hören konnte.

»Was zur Hölle hast du mit ihm gemacht?«, fragte ich so leise, wie es meine bebende Stimme zuließ. Jetzt, nachdem sich die Situation in Wohlgefallen aufgelöst hatte, schwand das Adrenalin aus meinen Adern und ich begann zu frösteln.

»Auch wenn du es mir vermutlich nicht glauben wirst«, erwiderte Adam ebenfalls in gedämpftem Ton, »aber ich kann dir die Frage nicht beantworten. Ich habe selbst keine Ahnung.«

»Bitte?« Meine Stimme schrillte mehrere Oktaven in die Höhe und ich bohrte meine Finger in Adams Arm. »Was meinst du damit? Wieso hast du keine Ahnung? Du hast ihn doch verzaubert!« Ungewollt huschte mein Blick zurück zu der Männergruppe. Der vermeintliche Widerling stand mit hängenden Schultern und hochrotem Kopf in der Mitte seiner Kumpels und wurde von allen Seiten mit sexistischen Sprüchen und beleidigenden Kommentaren bombardiert. Fast tat er mir leid. »Auch wenn er sich wie ein Arsch benommen hat, musstest du ja nicht gleich dafür sorgen, dass er sich ungewollt outet«, sprach ich weiter und widmete mich wieder meinem Schutzengel.

»Ich habe ihn weder verzaubert noch dafür gesorgt, dass er sich outet«, verteidigte sich Adam mit strenger Miene, obwohl seine Mundwinkel verräterisch zuckten. »Dafür hätte ich eine meiner nicht mehr vorhandenen Engelskräfte einsetzen müssen.« Schlagartig hellte sich seine Miene auf und ein hoffnungsvolles Funkeln trat in seine Augen. Offenbar war ihm ein Gedanke gekommen, dem er prompt nachgehen musste. Mit konzentrierter Miene senkte er den Kopf und starrte auf seine Hände.

Unweigerlich tat ich es ihm gleich. Vor Aufregung hielt ich sogar die Luft an. Doch die Sekunden verstrichen, ohne dass etwas geschah. Und auch wenn die Neugier unaufhörlich an mir nagte, wagte ich es nicht, die spannungsgeladene Stille zu durchbrechen. Erst als Adam ein enttäuschtes Seufzen ausstieß und seine Hände sinken ließ, traute ich mich wieder zu atmen.

Ich nahm an, er würde mir erklären, was das gerade gewesen sein sollte, doch stattdessen schob Adam seine Finger kommentarlos in die Taschen seiner Hose und sah erneut zu den Männern hinüber. Diese hatten beschlossen einen anderen Ort mit ihrer Anwesenheit zu belästigen und mischten sich unter die Fußgänger.

»Sagst du mir jetzt bitte, was los ist?«, fragte ich mit angehobener Augenbraue. »Oder wäre es dir lieber, wenn ich so tue, als hättest du nicht gerade volle zehn Sekunden lang deine Hände angestarrt, als wären sie dir zum ersten Mal aufgefallen?«

Adam antwortete nicht sofort. Als er mich schließlich ansah, brach mir der Ausdruck in seinen Augen das Herz. Er wirkte nicht nur traurig, sondern regelrecht am Boden zerstört.

»Ich hatte den irrwitzigen Gedanken, dass meine Engelskräfte zurückgekehrt sind. Aber das ist natürlich Unsinn.«

»Wieso ist das denn Unsinn?«, fragte ich. Mir war sofort klar gewesen, dass irgendetwas mit diesem Typen geschehen sein musste. Niemals hätte sich so eine Art von Mann freiwillig entschuldigt – vor allem nicht mit einem Coming-out. Es musste etwas mit Adams Engelskräften zu tun haben. Das war die einzig logische Erklärung. »Dir ist doch selber aufgefallen, dass etwas mit dem Kerl nicht stimmt«, hakte ich nach. Die Vorstellung, Adam könnte etwas zurückerhalten haben, was ihm meinetwegen geraubt wurde, machte mich ganz kribbelig vor Aufregung.

Adam schnaubte abfällig. Seine Laune war in Wut und Resignation umgeschlagen. »Natürlich ist mir das aufgefallen. Aber das hat nichts mit mir zu tun. Meine himmlischen Fähigkeiten sind nicht zurückgekehrt. Glaub mir, ich habe es gerade eben getestet.«

»Na und?«, erwiderte ich aufgebracht. Bisher war mir Adam nicht wie jemand erschienen, der vorschnell die Flinte ins Korn warf. Ihn jetzt so reden zu hören, trübte mein Bild von ihm. »Dann hat dein Test eben nicht funktioniert. Das muss ja nicht gleich bedeuten, dass …«

»Doch! Genau das bedeutet es!«, unterbrach er mich mit harscher Stimme und wand seinen Arm aus meinem Griff. Seine Augen loderten gleißend hell auf und ich wich automatisch ein paar Schritte von ihm zurück. »Meine Engelskräfte sind weg. Versteh das endlich, Avery. Sie kommen nicht wieder! Nie! Mehr!«

Mit großen Augen starrte ich Adam an und konnte die aufsteigenden Tränen kaum zurückhalten. Auch wenn ich seine Emotionen nachvollziehen konnte, hatte mich seine Reaktion getroffen. Vor allem die Kälte und Härte seiner Worte passten nicht zu dem sonst so sanftmütigen Engel und verursachten meinem Herzen einen tiefen Riss.

»Ich wollte nicht …«, stammelte ich, ohne zu wissen, was ich eigentlich zu sagen versuchte. Daher begnügte ich mich damit, meine Arme um meinen Oberkörper zu schlingen und den Blick abzuwenden. Leider half das nicht, das schmerzhafte Pochen in meinem Brustkorb zu lindern.

»In aller Erzengel Namen, was bin ich für ein Idiot?!«, murmelte Adam nach einigen schweigsamen Sekunden, in denen ich seinen Blick auf mir gespürt hatte, und seufzte kraftlos. Als ich den Kopf hob und ihn ansah, entdeckte ich Reue in seinen Augen. »Es tut mir ehrlich leid, Ave. Du bist wirklich die letzte Person, die es verdient hat, meinen Frust abzubekommen.« Mit ausgestreckter Hand trat er auf mich zu, als wollte er mich berühren, entschied sich jedoch dagegen. »Es ist nur …«, begann er von Neuem, aber die Suche nach den passenden Worten schien ihn nur zu quälen, weshalb er seinen Satz mit einem trägen Kopfschütteln und hängenden Schultern beendete. »Vergiss es. Lass uns bitte einfach das Thema beenden und nie mehr davon anfangen. Meine Kräfte werden nicht wiederkommen. Das weiß ich ebenso sicher, wie es mir schwerfällt, diesen Fakt zu akzeptieren.«

Meine Beklommenheit löste sich in Luft auf und ich verspürte nur noch Mitgefühl und Scham. Ich konnte mir unmöglich vorstellen, wie es für einen Engel sein musste, etwas derart Elementarem beraubt zu werden. Zudem bedrückte mich die Gewissheit, dass ich der Grund für Adams Leid war. Mal wieder.

»Okay, wie du möchtest«, willigte ich widerstrebend ein. Vielleicht lag es an meinen Schuldgefühlen, aber ich wollte einfach nicht glauben, dass Adam nichts mit dem Handeln des Typen zu tun hatte. »Trotzdem bin ich der Meinung, dass es ein Fehler ist, einfach aufzugeben. Immerhin hast du erzählt, dass du früher drei Engelskräfte besessen hattest. Es besteht also die Möglichkeit, dass nicht alle zurückgekommen sind, sondern nur eine. Nämlich die, mit der du den Typen dazu gebracht hast sich bei mir zu entschuldigen.«

Adams Stirn runzelte sich, als dachte er ernsthaft über meine Worte nach.

Erleichtert darüber, dass er nicht ein weiteres Mal seinem Zorn erlag, ergriff ich meine Chance und trug ihm auch den Rest meiner Gedanken vor.

»Ich meine, du hast nichts zu verlieren, aber viel zu gewinnen. Und auch wenn ich dir keine falschen Hoffnungen machen will, *spüre* ich einfach, dass da etwas ist.« Ohne nachzudenken ergriff ich seine Hände. Zum wiederholten Mal war es mein Instinkt – mein Bauchgefühl –, der mich handeln ließ. »Was hältst du von folgendem Vorschlag? Du versuchst deinen Jedi-Trick bei einer anderen Person. Wenn es nicht funktioniert, verspreche ich dir dich nie wieder mit dieser Sache zu nerven. Sollte es dir aber gelingen, schuldest du mir eine Pizza von Luigi.«

Adam erwiderte meinen Blick und die Falten auf seiner Stirn glätteten sich, während sich ein ergebenes Lächeln auf seine Lippen schlich. »Du bist wirklich einmalig, Avery, weißt du das? Ich kenne niemanden, der so grenzenlos stur und gleichzeitig so entwaffnend liebenswert sein kann. Und das soll was heißen. Immerhin bin ich bereits sehr vielen Seelen begegnet.«

Ob es an Adams funkelndem Blick, unserem Körperkontakt oder seinen Worten lag, konnte ich nicht sagen, aber mein Puls verdoppelte seine Schlagzahl und mein Gesicht begann zu glühen als hätte ich Fieber. Gleichzeitig breitete sich in mir ein warmes, wohliges Gefühl aus, das ich nur mit Adam in Verbindung brachte.

»Na schön«, sagte mein Schutzengel nach einigen Sekunden des innigen Blickkontaktes mit deutlich hörbarer Erheiterung in der Stimme. »Dann versuche ich meinen *Jedi-Trick* eben ein weiteres Mal.« Das Schmunzeln auf seinen Lippen stand ihm ausgesprochen gut. »Aber dafür benötige ich ein williges Opfer.«

Immer noch beduselt von dem soeben erlebten intensiven Moment gelang es mir nicht sofort, Adams Worte zu verstehen. Erst als sein Lächeln einem breiten Grinsen wich, schaffte es mein Verstand, die Bedeutung hinter den Silben zu entschlüsseln.

»Was? Oh nein! Das kannst du gleich wieder vergessen!« Ich schüttelte den Kopf. Nachdrücklich. Gleichzeitig löste ich meine Finger aus Adams und steckte meine Hände in die Taschen meiner Shorts. »Ich fungiere hier nur als Augenzeuge. Als Schiedsrichter, wenn du so willst. Außerdem würde deine Engelskraft bei mir gar nicht funktionieren. Immerhin hast du selbst gesagt, dass ich gegen euren magischen Glanz immun bin.«

Adams Grinsen wurde noch eine Spur breiter. »Da hast du recht. Allerdings bezieht sich der magische Glanz nur auf unsere Anziehung auf Menschen. Gegen übernatürliche Kräfte jeglicher Art bist du ebenso schutzlos wie jede andere Seele auch. Deshalb konnte dich Nox zu Beginn auch mit seinen Fähigkeiten in den Wahnsinn treiben.«

»Oh«, sagte ich überrascht. Jetzt, da Adam es ansprach, fragte ich mich, warum mir dieser Gedanke bisher nicht selbst in den Sinn gekommen war. Neben all den beängstigenden Momenten, die ich wegen des Höllendieners hatte durchleben müssen, hatte ich auch häufiger die magischen Kräfte von Alyssa, dem Winterprinzen Xan sowie der Eiskönigin Mab am eigenen Leib spüren müssen.

Adam nickte, als wüsste er genau, woran ich dachte. Dabei wurde sein Grinsen zu einem warmen Lächeln. »Aber du musst jetzt keine Angst haben, Ave. Ich habe die letzten zwölf Jahre auf dich aufgepasst und werde das auch in Zukunft mit aller Leidenschaft tun.« Er hob eine Hand, legte sie an meine Wange und strich mir mit dem Daumen über den Mundwinkel. Die Berührung war so sanft und zärtlich, dass mein Körper erzitterte. »Deswegen hoffe ich auch, dass du dich jetzt nicht vor mir fürchtest. Denn selbst für den unwahrscheinlichen Fall, dass meine Engelszunge wiedergekehrt ist, werde ich sie niemals gegen dich anwenden. Das habe ich dir versprochen und daran werde ich mich in alle Ewigkeit halten.«

Ich erwiderte Adams Blick, unfähig etwas zu sagen oder auch nur zu denken. Auch wenn ich erhofft hatte Adam während unseres heutigen Ausflugs besser kennenzulernen, hätte ich niemals damit gerechnet, dass sich in so kurzer Zeit derart tiefe Gefühle entwickeln würden. Und dabei konnte ich nicht einmal genau sagen, um welche Art von Emotionen es sich handelte. Ich wusste nur, dass ich Adam nah sein, ihn berühren und ihn glücklich sehen wollte. Wenn er litt, spürte ich seine Qual, als wäre es meine eigene, und wenn er mich auf diese spezielle Art anlächelte, löste sich jedes negative Gefühl in Luft auf.

Nur was hatte das zu bedeuten? Freundschaft? Schwärmerei? Oder etwa Liebe?

Nachdem ich die Fotos unserer gemeinsamen Vergangenheit gesehen und die Verbundenheit zwischen den beiden Personen auf den Bildern gespürt hatte, hatte ich angenommen, dass sich diese Frage leichter beantworten lassen würde. Leider war genau das Gegenteil der Fall. Jetzt war ich nicht nur bezüglich unserer Beziehung im Unklaren, sondern auch noch wegen meiner eigenen Gefühle verunsichert.

»Tut mir leid, dass ihr so lange warten musstest. Meine Kreditkarte hat das Kassensystem gecrasht«, sagte Mom, als sie aus dem Laden trat. Sie war so lange weg gewesen, dass ich sie tatsächlich vergessen hatte. Doch jetzt, da sie wieder vor uns stand, kehrte ich in Schallgeschwindigkeit in die Realität zurück. In eine Realität, in der Adam offenbar nicht wollte, dass man uns in einer derart intimen Pose entdeckte.

In einer fließenden Bewegung ließ er seine Hand sinken, trat gleichzeitig einen Schritt zurück und wandte sich an meine Mom. Das Ganze war so schnell gegangen, dass ich es gar nicht richtig wahrgenommen hatte, sondern plötzlich Adams Rückseite anstarrte.

»Kein Problem. Ave und ich haben uns die Zeit mit ein paar Insidern vertrieben.« Adam warf mir einen flüchtigen Blick zu, den ich nicht richtig einordnen konnte, der mir aber ein ungutes Gefühl bescherte. Bevor ich jedoch Gelegenheit hatte, über die Botschaft nachzudenken, hatte er bereits die Distanz zu meiner Mom überbrückt und sich lässig vor sie positioniert. »Wollen wir dann weiter? Das Festival hat bereits angefangen und ich wollte noch schnell in ein Tattoostudio, um mir und Ave Freundschaftssymbole stechen zu lassen.«

Moms Kinnlade klappte in der gleichen Sekunde herunter wie meine. Sicher blickten wir Adam auch mit ähnlich entsetzter Miene an.

Das meint er doch hoffentlich nicht ernst!

Dabei bezog ich mich gar nicht auf die angeblichen Freundschaftstattoos, sondern auf seinen Plan, die Wiederkehr seiner Engelskraft ausgerechnet an meiner Mom auszutesten.

»Wie bitte?!« Mom schien ihre Sprache wiedergefunden, gleichzeitig jedoch ihre fröhliche Stimmung verloren zu haben. Mit geweiteten Augen und erhobenen Augenbrauen stemmte sie die Hände in die Hüften. »Ihr wollt euch tätowieren lassen? *Hier und jetzt?*« Ihre Stimme wurde stetig lauter und sie klang immer aufgebrachter, während sich ihr Gesicht in ein kräftiges Rosarot hüllte. »Seid ihr völlig übergeschnappt?« Mit Vehemenz schüttelte sie den Kopf. »Das könnt ihr vergessen! Auf keinen Fall lasse ich das zu!«

Wäre die ganze Situation nicht derart peinlich gewesen – ich meinte, so ziemlich jedes Augenpaar im Umkreis von mehreren Metern auf uns gerichtet zu spüren –, hätte ich vielleicht über die Ironie von Adams Worten gelacht. Doch leider war Erheiterung im Augenblick das Letzte, was ich empfand, und so blieb mir nichts anderes übrig, als Mom und Adam weiterhin mit einem mulmigen Gefühl anzustarren. Wenn ich mich täuschte und Adam seine Engelskraft tatsächlich nicht zurückbekommen hatte, wäre nicht nur das Festival für uns gestorben, sondern der anfängliche Waffenstillstand zwischen meiner Mom und mir ebenfalls.

O Gott! Was habe ich nur angerichtet?

Adam, der natürlich nichts von meiner innerlichen Anspannung bemerkte, zuckte nonchalant mit den Schultern und lächelte meine Mom auf unschuldige Kleinjungenart an.

»Wieso denn nicht? Ich habe Avery zwar noch nicht gefragt, aber sie will sicher auch eins. Ich dachte da an zwei ineinander verschlungene As. Nichts Großes. Meins soll auf die Innenseite meines Handgelenks.« Er hob seinen Arm und deutete auf die jungfräuliche Stelle. »Avery könnte ihres dann zum Beispiel in den Nacken bekommen.«

Moms Augen wurden immer größer. Gleichzeitig schien ihre Sprache erneut abhandengekommen zu sein, denn anstatt Adam weiter anzuschreien, presste sie ihre Lippen so fest aufeinander, dass sie regelrecht blutleer wirkten. Dabei blähten sich ihre Nasenflügel wie die Haube einer Kobra.

Ich kannte diesen Blick und zog automatisch den Kopf zwischen die Schultern. Wenn meine Mom dieses Wutlevel erreicht hatte, war sie kurz davor zu explodieren.

Adam hingegen schien die drohende Gefahr entweder nicht zu spüren oder sie war ihm egal. Anstatt die Flucht zu ergreifen, trat er näher an Mom heran und sah ihr fest in die Augen. Als er sprach, nahm seine Stimme einen ruhigen und wohlklingenden Ton an.

»Denk mal genau darüber nach, Joleen. Das ist doch eine tolle Idee, nicht wahr? Und sicherlich möchtest du uns die Tattoos spendieren.«

Gebannt verfolgte ich die Szenerie. Es dauerte zwar ein paar Sekunden, doch dann schien die Wut schlagartig aus Moms Körper zu weichen. Ähnlich einem zu prall gefüllten Luftballon, dessen Knoten man gelöst hatte, lockerte sich ihre Körperhaltung und sie wirkte mit einem Mal tiefenentspannt.

»Ja, du hast recht.« Mom lächelte Adam mit verklärtem Blick an. »Das ist wirklich eine wundervolle Idee und ich würde euch beiden die Tattoos liebend gerne bezahlen.« Sie griff nach ihrer Handtasche und begann darin zu wühlen.

Ich glaubte nicht, was ich da sah. Meine Mom, Joleen Colette Harper, Gegnerin von Körperverletzung jeglicher Art, war tatsächlich im Begriff, Geld springen zu lassen, damit Adam und ich uns tätowieren lassen konnten? Das konnte unmöglich passieren!

Innerhalb eines Atemzugs stand ich neben Adam. Erneut griff ich nach seinem Arm und klammerte mich an ihm fest, als hinge mein Leben davon ab. Meine Beine waren weich wie Butter und mein Blick huschte unentwegt zwischen Mom und ihm hin und her.

»Bedeutet das etwa …?«, fragte ich tonlos.

»Dass ich dir eine Pizza schulde?«, beendete Adam meine Frage und sah mich mit leerem Blick an. »Sieht ganz so aus.«

ELF

Im Laufe des Tages waren immer mehr Leute zum Pier gekommen, sodass ein Vorankommen nur noch möglich war, wenn man sich der Geschwindigkeit der Masse anpasste und wie zusammengepferchtes Vieh in gemächlichem Tempo vorwärts schlenderte.

»Wie geht's dir?«, fragte ich Adam nach einiger Zeit. Wir hatten den Souvenirladen vor ungefähr einer Viertelstunde hinter uns gelassen und seitdem kein Wort mehr miteinander gewechselt.

»Ich weiß es ehrlich gesagt nicht«, antwortete Adam und sah mich mit verlorenem Blick an. »Ich würde mich gerne freuen, aber irgendwie will mir das nicht recht gelingen. Die ganze Zeit frage ich mich, wieso meine Fähigkeit zurückgekehrt ist. Was der Auslöser dafür war.« Er zuckte mit den Schultern und blickte wieder nach vorne. »Aber vermutlich werde ich das nie erfahren.«

Da ich nicht wusste, was ich darauf erwidern sollte, ohne die Situation noch weiter zu verkomplizieren, hielt ich einfach den Mund.

»All die Zeit hatte ich angenommen, dass man uns während der Ausbildung alles Wichtige über die Seelenprüfungen erzählt hat«, nahm Adam das Gespräch nach einigen Augenblicken wieder auf. »Aber weder wurden wir darüber informiert, dass uns die Kräfte geraubt werden, sobald ein Mensch den Prüfungen zustimmt, noch hat irgendjemand über die Möglichkeit gesprochen, dass sie wiederkehren, wenn was auch immer geschieht.«

Die Niedergeschlagenheit in Adams Worten dämpfte meine eigene Freude über diese willkommene Überraschung. Trotzdem wollte ich nicht zulassen, dass der Rest des Nachmittags von dunklen Wolken überschattet wurde. Nach einem kurzen Blick zu meiner Mom stellte ich erleichtert fest, dass sie noch immer mit ihrem Handy beschäftigt war. Nachdem Adam seinen Jedi-

Trick mit einem falschen Lachen und einem halbherzigen »War nur ein Witz, Joleen« beendet hatte, hatte sie etwas desorientiert gewirkt. Da sie aber mindestens ebenso eitel wie stur war, hatte sie sich ihre Verwirrung nicht anmerken lassen und war mit einem ebenfalls künstlichen Lachen auf Adams vermeintlichen Spaß eingegangen. Anschließend hatte sie ihr Handy gezückt, kurz darauf herumgetippt und seitdem ihren Blick nicht mehr vom Display gewendet.

»Ich wusste gar nicht, dass du eine Ausbildung machen musstest«, sagte ich und wandte mich wieder Adam zu. Bisher hatte ich mir keine Gedanken über das Leben eines Engels gemacht, doch jetzt musste ich unweigerlich an blond gelockte Jungen in weißen Nachthemden denken, die auf einer weißen Wolke saßen und einem alten, bärtigen Mann lauschten.

»Manchmal bin ich wirklich froh, keinen Zugang zu deinem Kopf zu haben«, sagte Adam und ich hörte regelrecht, wie er schmunzelte. Offenbar hatte ihm mein amüsiertes Grinsen verraten, welche Bilder mir meine Fantasie vorgespielt hatte. »Aber um auf deinen wenig unauffälligen Themenwechsel einzugehen: Ja, auch als Engel muss man eine Ausbildung absolvieren. Sie hat zwar nichts mit dem Begriff hier auf Erden gemein, sondern bezeichnet allein die Spezialisierung unserer Aufgaben ab einem gewissen Alter, aber so fällt es dir vermutlich leichter, dir etwas darunter vorzustellen.«

»Welche Art von Ausbildungen gibt es denn so im Himmel?«, hakte ich nach. Auch wenn ich meine Frage einzig und allein aus dem Grund gestellt hatte, um Adam von seiner Schwermut abzulenken, war nun meine Neugier geweckt. »Und wie kam es, dass du dich ausgerechnet für die des Schutzengels entschieden hast?«

»Das ist nichts, was man sich aussucht, Ave. Wir werden anhand unseres Charakters und unserer Neigungen eingestuft. Wenn ich dir jetzt aber alle einzelnen Tätigkeiten auflisten würde, die es zu belegen gibt, wäre ich noch am Tag des Jüngsten Gerichts damit beschäftigt.« Adams warmes Lächeln ließ mein Herz schneller schlagen. »Stell dir einfach vor, dass es drei große Teilbereiche gibt: die Arbeit in der Goldenen Stadt, den Bereich des Schutzes und den der Verteidigung. In den ersten fallen unter anderem administrative Tätigkeiten. In den zweiten gehören wir Schutzengel. Und im letzten Bereich werden die Soldaten für den Krieg ausgebildet.«

»Krieg?«, fragte ich verdutzt und etwas zu laut, was jedoch niemand zu bemerken schien. Trotzdem senkte ich meine Stimme, bis ich mich selbst kaum noch hörte. »Von welchem Krieg redest du? Doch nicht von einem von denen, die wir im Geschichtsunterricht durchgenommen haben. Oder?« Ich konnte mir nicht vorstellen, dass himmlische Wesen sich in menschliche Feindschaften einmischten. Aber wie sich bereits mehrfach herausgestellt hatte, besaß meine Hollywood-Vorstellung von magischen Kreaturen keinerlei Ähnlichkeit mit der Realität.

»Nein, ich meine nicht die menschlichen Auseinandersetzungen, an die du gerade denkst«, erwiderte Adam. Seine Mundwinkel zuckten. »Ich rede hier von *dem einen* Krieg, der bereits seit Anbeginn der Zeit wütet und vermutlich noch bis ans Ende aller Tage andauernd wird. Aber du musst dir keine Sorgen machen. Bisher verlief die Schlacht fast ohne Auswirkungen auf euch Menschen. Und so wird es in Zukunft auch bleiben. Dafür sorgen meine Brüder und Schwestern.«

Trotz seines aufmunternden Lächelns beruhigten mich Adams Worte in keinster Weise. Das war auch der Grund, weshalb ich nicht über meine folgenden Worte nachdachte, sondern einfach das sagte, was mir gerade durch den Kopf schoss.

»Zum Glück hat man dich nicht als Soldat einberufen. Ich würde aus Sorge um dich den Verstand verlieren.«

Adams Augen weiteten sich eine Spur und Verblüffung trat in seinen Blick. Erst jetzt wurde mir bewusst, was ich soeben gesagt hatte. Umgehend schoss mir Blut in die Wangen und mein Gesicht wurde warm.

»Ich meine, also, klar, dein Leben ist auch jetzt in Gefahr wegen der Prüfungen, aber Krieg ist dann doch noch eine andere Sache, nicht wahr?« Verlegen wandte ich mich von ihm ab und sah nach vorne. Am liebsten hätte ich mir die Zunge abgebissen, aber stattdessen plapperte ich sinnlos weiter. »Außerdem hätten wir uns dann nicht kennengelernt, was ja auch blöd gewesen wäre. Ohne dich wäre ich sicherlich längst tot und hätte nie diese coole

Leuchtaugenshow miterlebt.« Ich rieb mir über die Arme, als würde mir die Erinnerung daran eine Gänsehaut bescheren. »Das ist schon ziemlich beeindruckend. Kein Wunder, dass David Angst vor dir hat, so einschüchternd, wie du manchmal auftrittst.«

Adam sah mich mit gerunzelter Stirn und einem verwirrten Lächeln an, wie ich aus den Augenwinkeln bemerkte. Dann erklang sein glockenhelles Lachen und nahm der Situation ein wenig die Peinlichkeit.

»Du findest mich einschüchternd? Aber doch nicht wegen des Kerls vorhin, oder?« Er schmunzelte und ein weiterer Teil meiner Verlegenheit schmolz dahin. »Dann lass mich dir ein Geheimnis verraten. Himmelsdiener sind gar nicht in der Lage, einem Menschen physisches Leid anzutun. Ich hätte dem Kerl nicht einmal ein Haar krümmen können, selbst wenn ich es gewollt hätte. Was ausnahmsweise tatsächlich der Fall war«, fügte er kaum hörbar hinzu und sah ebenfalls nach vorne.

»Heißt das etwa, du hast gelogen?«, fragte ich irritiert. »Ich dachte, Engel können das nicht.«

»Können wir auch nicht.« Adam schüttelte den Kopf. »Unser himmlisches Blut hindert uns daran, Unwahrheiten auszusprechen. Aber wir können Worte wählen, um einen gewünschten Effekt zu erzielen.« Ein feines Lächeln stahl sich auf seine Lippen. »Aus diesem Grund habe ich vorhin auch nicht gesagt, dass ich dem Kerl eigenständig die Zunge rausreißen werde, sondern dafür sorge, dass er sie nie wieder benutzen kann. Beides sagt dasselbe aus, aber der gewählte Wortlaut ist entscheidend.«

Verdutzt musterte ich Adam von der Seite. Seine Erklärung rief mir ins Gedächtnis, weshalb ich mir selbst versprochen hatte, nie wieder einem magischen Wesen zu vertrauen. Doch auch wenn mir Adam gerade bewiesen hatte, dass er ebenfalls das Talent besaß zu lügen, ohne die Unwahrheit zu sagen, war ich mir tief in meinem Inneren sicher, dass er diese Fähigkeit niemals für unlautere Zwecke ausnutzen würde.

Da wir inzwischen das Festivalgelände erreicht hatten, beendete ich das Thema erwiderungslos und sah mich stattdessen neugierig um. Wir befanden uns an dem Übergang zwischen Pier und Strand, wo sich die Festivalbesucher mit den gewöhnlichen Touristen mischten und das Meeresrauschen wegen der Rockmusik kaum wahrzunehmen war. Dafür wehten die Klänge eines Reggae-Songs von der knapp fünfzehn Meter entfernten Bühne zu uns herüber und untermalten die ausgelassene Stimmung.

»Danke für diesen Tag, Ave«, sagte Adam nach einigen Minuten des Zuhörens und griff nach meiner Hand. Seine Finger verschränkten sich mit meinen und als ich aufsah, lächelte er mich auf eine Art und Weise an, die mein Herz schneller schlagen ließ, mir aber gleichzeitig ein Gefühl von innerlicher Ruhe bescherte. »Du hast mich daran erinnert, dass man trotz all unserer Probleme auch mal Spaß haben darf – auch wenn das eigentlich meine Aufgabe gewesen wäre«, fügte er mit einem Zwinkern hinzu.

Ich erwiderte sein Lächeln bereitwillig. Nicht nur ihm hatte der bisherige Tag viel bedeutet, auch ich genoss die gemeinsame Zeit mit ihm und meiner Mom in vollen Zügen.

»Hättet ihr zwei etwas dagegen, wenn ich euch kurz allein lasse?«, fragte Mom und blickte von ihrem Handy auf. Auf ihren Wangen hatte sich eine dezente Röte gebildet und ihre Augen leuchteten regelrecht. »Ich möchte ein paar Arbeitskollegen begrüßen.« Mit einer vagen Handbewegung zeigte sie hinter sich.

Adam schüttelte den Kopf und auch ich verneinte, ließ jedoch gleichzeitig den Blick in die angedeutete Richtung schweifen. Mein Bauchgefühl sagte mir, dass es eine Verbindung zwischen ihrem Dauer-Handy-Anstarren, dem verzückten Grinsen auf ihren Lippen und dem zufälligen Antreffen ihrer Arbeitskollegen gab.

»Ich bin gleich wieder da!« Mit diesen Worten begab sie sich ins Getümmel. Ich folgte ihr mit den Augen, bis ich Becca, die alteingesessene Sekretärin der JPMorgan Chase Bank entdeckte. Sie stand neben Stephanie, Roy, Julian und Christina, die ich alle von den jährlichen Weihnachtsfeiern kannte, zu denen ich früher immer mitgeschleift worden war.

Doch wo war …

Wie aufs Stichwort stieß ein großer, gut gebauter Mann Ende dreißig zu der Gruppe, genau in dem Moment als auch Mom ihr Ziel erreichte.

»Adam!«, zischte ich und drückte die Hand meines Schutzengels. »Siehst du den Typen da vorne? Den mit dem grauen Shirt, der Mom so anstrahlt?« Mit der freien Hand deutete ich auf Gabriel, der meine Mom gerade mit einer Umarmung begrüßte.

»Ja. Was ist mit ihm?«

»Er ist ihr Kollege und war neulich bei uns«, sagte ich und wandte mich meinem Schutzengel zu. Mit Gabriels Auftauchen war prompt das ungute Gefühl zurückgekehrt, das ich bereits bei unserer ersten Begegnung verspürt hatte. Nun ärgerte ich mich, dass ich mich nicht schon früher um ihn gekümmert hatte. »Da hat er mich so komisch angesehen und ... ach, keine Ahnung! Ich misstraue ihm einfach. Aber weil ich glaube, dass Mom auf ihn steht, und ich inzwischen weiß, dass es Schlimmeres gibt als Machos oder verheiratete Player, will ich sichergehen, dass sie sich nicht in jemanden verguckt, der in der Lage ist, ihr das Herz buchstäblich aus der Brust zu reißen.«

»Ah!« Adams Miene hellte sich auf und seine vorherige Irritation schwand. »Du willst von mir wissen, ob er ein Mensch ist. Sag das doch gleich.« Mit einem Lächeln auf den Lippen lehnte er sich zur Seite und sah an mir vorbei. Einige Sekunden verstrichen, ohne dass etwas geschah. Doch dann verblasste sein Lächeln und er verengte die Augen, als könnte er nicht glauben, was er da sah.

»Was ist, Adam? Was ist los?«, fragte ich mit leiser Stimme und klammerte mich mit der freien Hand an seinen Arm. Meine Gedanken überschlugen sich und die damit verbundenen Schuldgefühle verursachten mir Übelkeit.

Ich wusste es! Verdammt, ich hab es von Anfang an gewusst! Der Kerl hat was zu verbergen! Gott! Wieso habe ich Adam nicht gleich von ihm erzählt? Mom hätte sonst was passieren können!

Adam antwortete nicht und mit jeder schweigsamen Sekunde wurde meine Angst größer, bis ich kaum noch atmen konnte. Stattdessen spürte ich die kaltschweißigen Klauen einer waschechten Panikattacke nach mir greifen.

»Adam!«, zischte ich und bohrte meine Fingernägel in seine Muskeln. Mein Puls dröhnte mir in den Ohren und meine Knie würden jeden Moment nachgeben. »Jetzt sag schon! Was siehst du?«

Nach einer gefühlten Ewigkeit sah Adam mich schließlich an. Seine Miene wirkte angespannt und besorgt. »Das ist nicht so einfach zu erklären, Ave.«

»Versuch es! *Bitte!*«, flehte ich. Auch wenn ich mich vor der Antwort fürchtete, musste ich wissen, mit wem wir es hier zu tun hatten. Meiner Mom zuliebe.

Adam erwiderte meinen Blick mit zusammengepressten Lippen, dann seufzte er ergeben. »Jede Seele, egal ob sie in einer sterblichen Hülle steckt oder ihre wahre Erscheinungsform zeigt, besitzt eine speziesspezifische Aura. Anhand dieser können wir einander erkennen.« Er rieb sich mit der freien Hand über den Nacken, während er mit gefurchter Stirn und verengten Augen erneut an mir vorbeisah. »Die Aura bei uns Engeln ist golden. Beim Lichten Volk ist sie grün und bei den meisten Dämonen bordeauxrot. Das ist allerdings ein anderes, komplexeres Thema.«

»Okay, verstanden. Und welche Farbe hat seine Aura?«, fragte ich unsicher. Wenn bereits mein Schutzengel derart angespannt war, musste es sich bei Gabriel – sofern dies sein echter Name war – um etwas wirklich Grauenerregendes handeln.

Adam wandte sich mir nur widerwillig zu. Als er mir in die Augen sah, ließ sein Blick das Blut in meinen Adern gefrieren. »Genau darin liegt das Problem, Ave. Diese Seele dort besitzt keine Aura. Ich kann nicht erkennen, welcher Spezies sie angehört.«

***

»Was?«, spie ich entsetzt hervor und betete gleichzeitig darum, mich wegen der Geräuschkulisse um uns herum verhört zu haben. Die Skeptikerin in mir hätte zudem gerne die Möglichkeit in Betracht gezogen, dass Adam sich nur einen dummen Spaß mit mir erlaubte. Leider wusste ich tief in meinem Inneren, dass dem nicht so war. In den letzten Tagen hatte ich einen ziemlich guten Eindruck von meinem Schutzengel gewinnen können. Und der zeigte deutlich, dass unangebrachte Scherze nicht Adams Art waren.

»Aber wie kann das sein?«, fragte ich.

»Das weiß ich selber nicht«, antwortete Adam. Ihn schien die Situation nicht weniger zu überfordern als mich. »So was habe ich noch nie erlebt.«

»Klasse!«, brachte ich hervor, nachdem der erste Schock überwunden war, und ließ meinen Blick ziellos über das Festivalgelände schweifen. Ich hätte vor Wut schreien können! Nicht nur, dass mein Leben bereits der Rocky Horror Picture Show glich, nein, jetzt wurde auch noch meine Mom in diesen verdammten Irrsinn hineingezogen.

Bevor ich meinem Zorn weiter Ausdruck verleihen konnte, bemerkte ich aus den Augenwinkeln, dass Adam sein Handy aus der Hosentasche zog und mit gerunzelter Stirn auf das Display sah, ehe er das eingehende Gespräch annahm.

»Nox«, sagte Adam zur Begrüßung und sah mich mit genervt-entschuldigender Miene an. »Was gibt's?«

Die Erwähnung des Höllendieners schob für einen winzigen Augenblick die Gabriel-Katastrophe beiseite und beförderte ein anderes Dilemma an die Oberfläche meines Bewusstseins: meine verdrängten Gefühle für den gefallenen Engel. Auch wenn es mir während der letzten Tage gelungen war, den Höllendiener aus meinen Gedanken zu verbannen, genügte bereits sein Name, um all die Arbeit zunichtezumachen und die Mauern um mein Herz zu erschüttern.

»Bist du dir sicher?«, fragte Adam. Sein angespannter Gesichtsausdruck deutete nicht gerade auf einen erfreulichen Anlass des Gesprächs hin. »Gut. Und was schlägst du vor? Okay. Ich mach mich sofort auf den Weg.« Ohne mich aus den Augen zu lassen, beendete er das Telefonat und ließ das Handy in seiner Hose verschwinden. »Ich muss gehen, Ave. Tut mir leid.« Seine Stimme klang auf einmal kalt und abweisend. Auch seine Körpersprache wirkte krampfhaft ruhig, weshalb ich mich fragte, worüber die beiden gesprochen hatten. »Ich erkläre dir später alles, okay?« Mit diesen Worten hauchte mir Adam einen flüchtigen Kuss auf die Wange und flüsterte mir ins Ohr: »Vertrau mir bitte.« Danach ließ er mich los, wandte sich ab und verschwand in der Menge.

Völlig überrumpelt von den sich überschlagenden Ereignissen des heutigen Nachmittags war ich unfähig, etwas anderes zu tun, als wie eine Schaufensterpuppe dazustehen und Adam nachzublicken, obwohl er gar nicht mehr zu sehen war. Gleichzeitig versuchte ich mein zu schnell schlagendes Herz und die durch Adams Kuss verursachte Gänsehaut zu ignorieren und stattdessen meinen nächsten Schritt zu planen.

Ich könnte zu Mom gehen und mir diesen Gabriel genauer ansehen. Vielleicht fällt mir etwas auf, was hilfreich sein könnte.

Oder ich gehe ihm damit direkt in die Falle!

Seufzend schlang ich die Arme um meinen Oberkörper. Auch wenn ich es nicht gerne zugab, ohne Adam oder Nox an meiner Seite fühlte ich mich schrecklich schutzlos – und im Moment wie auf einem Präsentierteller, umringt von Personen, von denen jede einen potenziellen Feind darstellen konnte.

Nach einer Antwort suchend, was die klügere Strategie für mein weiteres Vorgehen war, blickte ich mich erneut um. Dabei entdeckte ich einen vertrauten Haarschopf, der sich gerade einen Weg in Richtung Bühne bahnte.

Killian!

Auch wenn ich nur seine Rückseite sah, war ich mir sicher, dass es seine ausgemergelte Statur war, die unter dem dunklen und viel zu groß wirkenden T-Shirt steckte.

Alle vorherigen Überlegungen und Ängste waren wie weggeblasen, als ich, ohne nachzudenken, loslief. Ich musste einfach einen weiteren Versuch starten, mit ihm zu reden. Leider wurde mein Vorhaben schneller vereitelt, als es mir lieb war. Immer wieder stellten sich mir Leute in den Weg, als würden sie mich absichtlich von Killian fernhalten wollen.

»Ian!«, rief ich in meiner Verzweiflung, als die Distanz zwischen uns immer größer wurde und ich Gefahr lief, ihn aus den Augen zu verlieren. »Bitte bleib stehen! Lass uns reden!«

Aber Killian drehte sich nicht um. Und je größer der Abstand zwischen uns wurde, desto mehr schwand meine Hoffnung, trotz der Geräuschkulisse von ihm gehört zu werden.

»Warum rennst du einem Typen nach, der eindeutig nicht mit dir reden will, anstatt deine Zeit mit jemandem zu verbringen, der mehr als großes Interesse an dir hat?«, hörte ich David fragen, der wie aus dem Nichts unmittelbar vor mir auftauchte und mir damit endgültig die Sicht auf Killian versperrte.

Seufzend gestand ich mir meine Niederlage ein. Meine Chance, Killian einzuholen, hatte sich soeben in Luft aufgelöst.

»David«, begrüßte ich meinen dämonischen Mitschüler resigniert. »Was machst du hier?« Die Frage war rhetorischer Natur. David gehörte zum Sunset Festival wie Popcorn zu einem Kinoabend. Seine Band war fester Bestandteil der alljährlichen Veranstaltung und viele Besucher kamen nur her, um sie zu hören.

»Ich habe deine Bemühungen bemerkt, nach ganz vorne an die Bühne ranzukommen, und wollte dir meine Hilfe anbieten.« David grinste mich an und das Blau seiner Augen funkelte im Sonnenlicht. Er trug ein eng anliegendes, ärmelloses schwarzes Shirt, das seinen braun gebrannten muskulösen Körper betonte. Auf seiner Brust prangte in großen Lettern der Name seiner Band *A missdon' Kingdom*. »Oder wenn du meinen Auftritt aus nächster Nähe genießen möchtest, organisiere ich dir liebend gerne einen Backstage-Pass.« Sein Grinsen wich einem verführerischen Lächeln. »Für einen so einzigartigen Fan wie dich ist mir kein Aufwand zu groß.«

»Danke, aber ich verzichte«, gab ich angewidert zurück und wollte mich bereits zum Gehen wenden. Mom suchte sicherlich bereits nach Adam und mir. Doch Davids anzügliches Grinsen ließ mich dieses Vorhaben vergessen und stattdessen Folgendes sagen: »Und nur damit wir uns verstehen: Dies gilt für alle deine Angebote. Ab jetzt und bis in alle Ewigkeit. Ich weiß nämlich ganz genau, wer oder besser gesagt *was* du bist. Und auch wenn es dich jetzt enttäuschen mag, du kannst dir das Flirten sparen. Ich werde niemals eins deiner Opfer. Dein magischer Glanz ist bei mir wirkungslos.«

Davids Augen weiteten sich vor Überraschung, ohne dass sein Lächeln verblasste. »Ach, ist das so?«, fragte er. Ich vernahm Erheiterung in seiner Stimme.

Augenblicklich bereute ich es, den Mund aufgemacht zu haben. Ich hatte nicht geplant ihn auf meine Immunität hinzuweisen. Doch jetzt war es zu spät und ich konnte nur hoffen, dass es kein allzu großer Fehler gewesen war.

»Tja, dann haben wir wohl ein Problem«, sprach David weiter und beugte sich so weit zu mir herunter, dass unsere Gesichter nur noch eine halbe Armlänge voneinander entfernt waren. »Deine Zurückweisung verletzt mich im gleichen Maß, wie sie mein Interesse an deinem Geheimnis schürt. Deswegen hoffe ich, du überlegst es dir noch einmal und gibst mir eine Chance, deine Meinung über mich zu ändern.« Das Blau seiner Iriden begann sich zu verändern, doch plötzlich ertönte eine andere vertraute Stimme und ließ die Wandlung mitten im Übergang erstarren.

»Vergiss es, Dandy! Du wirst die Kleine nicht anfassen. Sonst ist sie hinterher auf sexuellem Gebiet völlig frustriert und lässt nur noch Frauen ran.«

David richtete sich mit eisblauen Augen auf und drehte sich zu Nox herum. Dabei gab er den Blick auf den Höllendiener frei, der ein paar Schritte von uns entfernt stand. Obwohl er seine Augen hinter einer verspiegelten Sonnenbrille verborgen hatte, spürte ich seinen Blick.

»Und das wäre äußerst schade«, sprach Nox weiter und trat mit einem feinen Lächeln auf uns zu. Da die Menschenmasse einen Ring um uns herum gebildet hatte und die Szenerie mit angespannter Neugier verfolgte, wirkte sein Auftritt noch dramatischer. »Ihre unanständigen Träume sollen sich nämlich einzig und allein um mich drehen.« Als er dicht vor David zum Stehen kam, fügte er mit gefährlich leiser Stimme hinzu: »Merk dir das, du Mikrohirn. Sie will mich. *Nur* mich!«

Die beiden Männer starrten einander wortlos an und ich rechnete jeden Augenblick damit, dass die Situation eskalierte. Doch dann trat auf einmal Adam hinter Nox hervor, als hätte er sich die ganze Zeit auf dessen Rücken versteckt gehalten, und entschärfte die Lage mit seiner unnachahmlichen Art.

»Wir wollen keinen Ärger machen, Sinclaire. Nicht vor all diesen Leuten. Wir möchten uns nur mit dir unterhalten. Von Mitschüler zu Mitschüler.«

Mit immer größer werdenden Augen beobachtete ich die beiden Engel, ohne glauben zu können, was sich hier gerade abspielte.

Hat mich Adam deswegen allein gelassen? Um David in eine Falle zu locken?

Es hatte ganz den Anschein. Doch ehe ich diese Information richtig einordnen konnte, lenkte David meine Aufmerksamkeit auf sich.

»Tut mir leid, ich habe jetzt keine Zeit für euch. Meine Band wartet auf mich. Vielleicht reden wir ein anderes Mal.« Er wandte sich bereits zum Gehen, als Nox seinen Arm packte und ihn daran hinderte.

»Es dauert nicht lange«, zischte er bedrohlich. »Und wenn du uns brav erzählst, was wir wissen wollen, lasse ich dir möglicherweise genügend Zähne übrig, damit du hinterher noch dein Gejaule vortragen kannst.«

ZWÖLF

»Ich weiß wirklich nicht, was ihr euch von diesem Gespräch erhofft«, sagte David mit verschränkten Armen und blickte Adam und Nox mit gelangweilter Miene an. Wir hatten uns einen Platz unweit der Bühne gesucht, wo wir zwar einigermaßen ungestört waren, die Musik aber so laut dröhnte, dass ich Schwierigkeiten hatte, der Unterhaltung zu folgen. Hoffentlich würde ich meine Mom später in dem ganzen Gewusel überhaupt noch wiederfinden. »Mein Wissen bezüglich der Seelenprüfungen ist begrenzt und womöglich bereits veraltet. Ich denke nicht, dass ich euch helfen kann.«

»Wie gut, dass wir dich nicht zum Denken hergebracht haben«, erwiderte Nox mit kalter Stimme und verschränkte ebenfalls seine breiten Arme vor der Brust. Er hatte seine Sonnenbrille abgenommen und sie an den Halsausschnitt seines T-Shirts gehängt, sodass ich seine vor Feindseligkeit funkelnden Augen sehen konnte. »Und jetzt erzähl uns, was du weißt, bevor ich die Geduld verliere und dir doch alle Zähne rausschlage!«

Ob David sich von Nox' Worten beeindrucken ließ, war schwer zu sagen. Seine Miene war undurchdringlich, aber in seinen Augen meinte ich eine winzige Regung zu bemerken.

»Du solltest aufpassen, was du sagst, Nightingale. Du bist weder im Besitz deiner magischen Kräfte, noch gehörst du länger zu Luzifers Lieblingen. Demnach wäre es selbst für deine Verhältnisse dumm, dir durch leere Drohungen weitere Feinde zu schaffen.«

Mit geballten Fäusten und Augen, die vor Zorn glühten, erwiderte Nox Davids Blick. Von daher war es besser, dass Adam das Wort ergriff.

»Wir wollen keinen Ärger, Sinclaire. Sag uns einfach, was du weißt, und niemand wird verletzt.«

»Und niemand wird verletzt?«, wiederholte David spottend und wandte sich träge an Adam. Einen Moment lang musterte er den Engel, ehe er gleichgültig die Schultern zuckte. »Gut, ich erzähle euch, was ich weiß. Aber vorher sollten wir klären, was euch meine Informationen wert sind.«

»Wie wäre es damit?«, mischte sich Nox voller zurückgedrängter Aggression ein und trat näher an David heran, um seinen Worten Nachdruck zu verleihen. »Wir verschonen dein jämmerliches Dasein, du Lakai eines Ghuls. Aber entscheide dich schnell. Wenn du noch länger unsere Zeit vergeudest, demonstriere ich dir sehr gerne, dass ich jede meiner Drohungen ernst meine, magische Kräfte hin oder her.«

David erwiderte Nox' verhassten Blick mit dem Anflug eines Lächelns. Es war so minimal, dass ich mir nicht einmal sicher war, es wirklich gesehen zu haben. Aber selbst wenn ich es mir eingebildet hatte, offenbarte es, was mir bereits neulich in der Bibliothek aufgefallen war, ich jedoch nicht richtig einzuordnen gewusst hatte.

David ist Nox' Kryptonit!

Der Höllendiener war stolzer, arroganter und überheblicher als jede andere Person, die ich kannte. Seine große Klappe war, wie ich inzwischen wusste, legendär. Trotzdem war er nicht dumm. Er hatte bereits mehrfach bewiesen, dass hinter seinen Worten ebenso große Taten steckten und dass er ein treffsicheres Gespür für seine Gegner besaß. Egal ob es sich dabei um adelige Feen oder Rebellenanführer handelte. Er wägte stets seine eigenen Kräfte gegen die seines Gegenübers ab. Und wenn er der Meinung war, dass derjenige ihm ebenbürtig war, zollte Nox ihm Respekt. Wenn auch auf seine eigene, verschrobene Art.

Aber nicht so bei David!

Für Nox war der Inkubus kein Gegner, sondern ein Sandsack. Eine minderwertige Kreatur, die kein Recht hatte, Forderungen an den Höllendiener zu stellen oder ihn auf seine Grenzen und Schwächen hinzuweisen.

Deswegen reagiert Nox so extrem auf David. Er fühlt sich in seinem Stolz angegriffen!

Adam seufzte und riss mich damit aus meinen Gedanken. Offenbar hatte ich einen Teil des Gesprächs verpasst.

»Schön. Dann sag uns einfach, was du für deine Informationen willst, Sinclaire. So langsam vergeht mir die Lust, dich vor Nox in Schutz zu nehmen.«

Auf Davids Zügen breitete sich ein feines Lächeln aus. Es war die Art von Lächeln, das einem einen Schauder über den Rücken jagte und sämtliche Haare zu Berge stehen ließ.

»Wie du möchtest, Hill. Bedenke jedoch vor deiner Entscheidung, in welcher verzwickten Lage ihr euch befindet. Euch läuft die Zeit davon. Zudem spricht sich euer Erfolg bei der ersten Prüfung immer schneller herum. Doch nicht alle Seelen sind euch wohlgesinnt. Feinde und Widersacher lauern in den dunkelsten Ecken und warten nur auf ihre Chance, euch zu Fall zu bringen. Ihr solltet daher abwägen, ob ihr es euch leisten könnt, auf meine Hilfe zu verzichten.« Bei dem letzten Satz sah David in meine Richtung, als wären die Worte speziell an mich gerichtet.

»Sag. Endlich. Was. Du. Willst!«, knurrte Nox, deutlich um Selbstbeherrschung bemüht. Er hatte seine Fäuste so fest zusammengeballt, dass Blut zwischen seinen Fingern hervorquoll.

»Wie ihr wollt.« David wandte sich an die beiden Engel. »Ich will eine gemeinsame Nacht mit Avery verbringen. Allein. Nur sie und ich.«

***

Vermutlich spielte mir mein Verstand einen Streich und die Zeit, die es benötigte, um Davids Worte zu hören, zu verarbeiten und in eine Reaktion umzuwandeln, dauerte gar keine Ewigkeit, sondern nur den Bruchteil einer Sekunde. Dennoch kam es mir so vor, als stände die Welt auf einmal still.

Im Zeitlupentempo nahm ich Adams »Nur über meine Leiche, Dämon!« wahr, während er David mit seinen beängstigenden Leuchtaugen anstierte. Gleichzeitig schlang ich einen Arm um meinen Bauch und presste die freie Hand vor den Mund, um mich nicht auf der Stelle zu übergeben.

Dennoch entging mir Nox' Reaktion nicht. Schneller, als es mein menschlicher Blick hatte wahrnehmen können, hatte der Höllendiener seine Faust auf Davids Gesicht zuschnellen lassen und dabei dessen Kopf um fast hundertachtzig Grad herumgewirbelt.

»Nox!«, schrie ich entsetzt und schlug beide Hände vor den Mund, als David sich mit blutiger Lippe nach vorne drehte.

»Das war ein Fehler, Seelenfänger«, sagte David und wischte sich mit dem Handrücken das Blut vom Kinn, während er mit zornerfüllter Miene sein Gegenüber anstarrte. »Dafür wirst du bezahlen. Das schwöre ich bei Luzifer!«

Nox erwiderte Davids Blick nicht minder leidenschaftlich. Seine Nasenflügel waren gebläht, seine Zähne wie bei einem tollwütigen Tier gefletscht und sein gesamter Körper stand unter Hochspannung. Selbst seiner Stimme war anzuhören, wie wenig es bedurfte, bis er endgültig die Kontrolle verlor und das mörderische Monster herausließ, das tief in ihm schlummerte.

»Komm der Kleinen noch einmal zu nahe und ich werde dich vernichten, du Parasit! Hast du mich verstanden? Dann wird dich nichts und niemand mehr vor mir retten können!«

Mit mörderischem Blick erwiderte David Nox' Zorn und die Spannung zwischen den beiden wurde mit jeder Sekunde intensiver. Wenn nicht umgehend ein Wunder geschah, würden sie sich an die Gurgel gehen und erst damit aufhören, wenn einer von ihnen nicht mehr atmete.

»David?!« Eine fremde Stimme lenkte sämtliche Aufmerksamkeit auf sich. Es war Ethan Goldmann, einer von Davids Bandkollegen, der auf uns zutrabte. Ich kannte ihn aus der Schule, hatte aber bisher nie mit ihm gesprochen. Weil er David stets wie ein Schoßhündchen hinterherlief, ging das Gerücht um, dass Ethan in ihn verliebt war. »Scheiße, Mann! Da bist du ja endlich! Ich habe dich schon überall gesucht. Wo warst du? Wir müssen zur Bühne. Wir sind die Nächsten.« Als er nah genug herangekommen war, blieb er schlagartig stehen und musterte uns mit kritischer Miene. »Was ist hier los? Gibt es ein Problem?«

»Nein, alles gut, Ethan. Geh schon mal vor. Ich komme sofort.« David wischte sich mit dem Saum seines Shirts über das Gesicht, bevor er mit einem letzten vor Mordlust gierenden Blick an Nox und Adam vorbeischritt und mich ansteuerte. »Mein Angebot steht, Avery. Überleg es dir. Es wäre wirklich schade, wenn du aus den falschen Gründen scheitern und sterben würdest.«

***

»Und was machen wir jetzt?«, fragte ich, nachdem David gemeinsam mit Ethan verschwunden war. Meine Stimme klang dünn und ich konnte nur mit Mühe ein Zittern unterdrücken. So ungern ich es auch zugab, Davids Worte hatten einen Nerv bei mir getroffen.

»Wir bleiben bei unserem Plan«, antwortete Adam mit angespannter Miene. »Sinclaire ist nicht der einzige Lustdämon, den wir befragen können.«

Ich nickte und blickte anschließend zu Nox. Es war keine bewusste Handlung, eher ein Reflex, doch dadurch entdeckte ich den Höllendiener mit malmendem Kiefer in Richtung Meer blicken.

»Okay, aber bitte beeilt euch«, sagte ich und wandte mich Adam zu. »Dass das Tattoo immer noch exakt genauso aussieht wie am ersten Tag, beunruhigt mich jeden Tag mehr. Ich denke nämlich nicht, dass wir unbegrenzt Zeit haben. Irgendwann wird sich die Schlange, der ein oder andere Apfel in der Baumkrone oder Eva bewegen. Und wenn es so weit ist, wäre es tröstlich, wenn wir wenigstens *irgendwas* in Erfahrung gebracht hätten.«

»Ja, du hast recht«, gab Adam zu. »Aber wir müssen auf der Hut sein. David handelt völlig untypisch, was wir nicht unterschätzen sollten. Ich werde den Verdacht nicht los, dass hier irgendetwas abläuft, von dem wir bislang nichts wissen. Aber ich bin nicht bereit dich zu einem Opferlamm mutieren zu lassen, nur um es herauszufinden.« Mit strenger Miene fügte er hinzu: »Und du wirst dir diese Rolle auch nicht aufbürden, also denk gar nicht erst daran!«

»Das hatte ich auch nicht vor«, erwiderte ich defensiv und konnte nicht verhindern, mich wie ein Kind vor dem Schuldirektor zu fühlen. »Aber vielleicht sollte ich mal mit David allein reden. Ohne euch zwei, die ihn bei jeder sich bietenden Gelegenheit beleidigen, bedrohen oder zusammenschlagen. Vielleicht bringe ich ihn dazu, seine Meinung zu ändern.«

»Hast du völlig den Verstand verloren?«, zischte Nox, der sich innerhalb eines Wimpernschlags aus seiner Starre gelöst und sich so dicht vor mir aufgestellt hatte, dass ich reflexartig zurückweichen musste. Doch Nox gestand mir keinen Freiraum zu und folgte mir. Er packte meine Oberarme und stierte mich mit zornverzerrter Maske an, die all den Hass widerspiegelte, den er für David empfand. »Adam sagt, dass sich der verdammte Wurm völlig atypisch verhält und wir noch besser aufpassen müssen. Und du hast nichts Besseres zu tun, als diesen Witz der Natur in Schutz zu nehmen und vorzuschlagen, dich allein mit ihm zu treffen?« Nox' Atem peitschte mir in heißen Wellen ins Gesicht. Das Grün seiner Augen hatte sich vor Zorn verdunkelt. »Bist du deines Lebens wirklich so überdrüssig, Mensch? Dann sag es einfach! Es wäre mir ein Vergnügen, dich von deiner Last zu befreien!«

Erstarrt von der Härte in Nox' Worten wusste ich nicht, wie ich reagieren oder was ich erwidern sollte. Eigentlich wäre es am klügsten, wenn ich mich einfach abwenden und den Höllendiener nicht weiter beachten würde. Aber das war unmöglich. Mein Innerstes glich bereits einem Schrottplatz mit ausgereizter Kapazität.

»Was ist dein verdammtes Problem?«, keifte ich ihn an und genoss das befreiende Gefühl, dem Druck in meinem Inneren endlich nachzugeben. »Du sagst, ich wäre eine Bürde und du würdest mich am liebsten selbst töten, aber sobald nur der Hauch von Gefahr im Verzug ist, bist du der Erste, der da ist, um mir das Leben zu retten! Wieso?« Anstatt mich aus Nox' Griff zu befreien, drückte ich sogar mit meinem Oberkörper gegen seinen. »Ich sage dir, wieso! Weil ich der einzige Mensch bin, der dir deine verdammte Arschlochshow nicht abkauft! Weil ich den echten Nicholas kennengelernt habe und deshalb nicht den bösartigen und mörderischen Dämon in dir sehe, dem du selbst jeden Tag im Spiegel begegnest! Aber weißt du was? Ich habe keinen Bock mehr auf diesen Job! Nur weil du Angst vor deinen Gefühlen hast, musst du meine nicht bei jeder Gelegenheit mit Füßen treten!« Mit jedem Wort ebbte die glühende Wut in mir etwas mehr ab, bis ich mich entsetzlich kraftlos und leer fühlte. Dennoch gelang es mir nicht, den Mund zu halten. »Herzlichen Glückwunsch, Nox. Du hast es geschafft, die eine letzte Person von dir zu stoßen, die in dir etwas Gutes und Reines gesehen und die dich vor allen anderen in Schutz genommen hat. Ab sofort kannst du dir deine Spielchen sparen. Es gibt keine *Kleine* mehr, kein Geflirte und keine anzüglichen Andeutungen. Nie wieder werde ich dich an mich ranlassen, dir erlauben mich zu küssen oder zulassen, dass du in mir Hoffnungen auf ein gemeinsames Happy End weckst. Mit alldem ist jetzt für immer Schluss!«

Nox erwiderte meinen Blick unnachgiebig, weshalb ich jede noch so winzige Regung und Änderung in seinen Augen bemerkte. Die Härte wich aus seinem Blick und das satte Waldgrün wandelte sich zurück in das leuchtende Smaragdgrün, das ich so gut kannte und das mir entgegen meiner vorherigen Worte Herzwummern verursachte.

»Darum geht es dir, Kleines?«, fragte Nox überraschend ruhig und lockerte seinen Griff. »Du denkst, ich würde dich aus Angst vor meinen Gefühlen von mir stoßen?« Mit minimal verengten Augen sah er mich an. Doch dann, ehe es mir gelang, seinen Blick zu deuten, verbarg er sich wieder hinter seiner Fassade aus Arroganz und Gleichgültigkeit. Er löste seine Finger von mir und verschränkte seine Arme vor der Brust. »Scheinbar hast du rein gar nichts von dem verstanden, was ich dir im Feenreich gesagt habe. Aber tun wir mal so, als hättest du recht. Wieso interessiert es dich überhaupt? Du hast doch jetzt den Harfenquäler für vergnügliche Stunden. Wozu brauchst du mich noch?«

»Was? Wovon redest du?«, erwiderte ich irritiert. Nox' Fähigkeit, ein Gespräch in Schallgeschwindigkeit zu übernehmen und es nach seinem Belieben zu drehen, verursachte mir immer wieder Schwindelgefühle.

»Hör nicht auf ihn, Ave«, klinkte sich Adam ein und funkelte Nox mit erbostem Blick an. »Der Höllenhund hat weder Ahnung, wovon er spricht, noch hat er das Recht, sich einzumischen!«

»Ach, ist das so?« Auf Nox' Zügen breitete sich ein amüsiertes Grinsen aus. »Heißt das etwa, du sträubst dich noch immer gegen deine Gefühle? Aber doch nicht, weil du denkst Hope zu hintergehen, oder?«

Adam stieß ein Knurren aus und trat mit geballten Fäusten auf Nox zu. »Noch ein Wort, Judas, und ich vergesse unseren Waffenstillstand ein für alle Mal.«

»Tu, was dich glücklich macht, Goldlöckchen.« Nox zuckte wenig beeindruckt mit den Schultern. »Aber das ändert nichts an der Wahrheit.«

Adam trat einen weiteren Schritt auf Nox zu und ich sah reine Mordlust in seinen Augen aufblitzen. Jeden Moment würde er sich auf seinen ehemaligen Freund stürzen und dort weitermachen, wo Nox bei David zuvor hatte aufhören müssen.

»Ich weiß nicht, worum es hier geht oder wer zum Teufel diese Hope sein soll«, sagte ich und stellte mich demonstrativ zwischen die beide Männer. »Aber ich bin mir sicher, dass nichts davon mit unserer aktuellen Lage zu tun hat!« Mit strenger Miene blickte ich von Adam zu Nox und zurück. Irgendwie musste es mir gelingen, das Gespräch zurück auf den eigentlichen Grund dieses ungeplanten Zusammentreffens zu lenken, wenn ich eine weitere Schlägerei verhindern wollte. »Aus diesem Grund wäre ich euch äußerst verbunden, wenn ihr eure Fehde für einen Augenblick vergessen und euch stattdessen wieder auf die wichtigen Dinge konzentrieren könntet.«

»Wozu denn, *Avery*?«, spottete Nox und funkelte mich höhnisch an. Die Art, wie er meinen Namen aussprach, versetzte mir einen schmerzhaften Stich. »Es ist doch alles glasklar. Erst werden die Erinnerungen irgendwelcher Menschen manipuliert, was einen eindeutigen Verstoß gegen die Spielregeln bedeutet. Dann taucht dieses extrem mächtige Wesen auf, das in der Lage ist, seine Aura abzuschirmen, was den Gedanken aufkommen lässt, dass es sich dabei vielleicht sogar um dasselbe Wesen handelt. Dann erhält der Harfenquäler eine Engelskraft zurück und zum krönenden Abschluss der Abartigkeiten benimmt sich das schwächste Glied der Dämonenblütlergemeinschaft, als wäre es der Höllenfürst persönlich.«

»Oder als hätte es einen mächtigen Beschützer, der hinter ihm steht«, fügte Adam nachdenklich hinzu, doch ich beachtete ihn gar nicht. Meine Konzentration war voll und ganz auf Nox fokussiert.

»Woher weißt du von Gabriel und Adams wiedergekehrter Fähigkeit?«, fragte ich tonlos, obwohl ich gar keine Antwort brauchte. Tief in meinem Inneren kannte ich den Grund bereits.

Er war da. Die ganze Zeit. Nox hat uns den ganzen Tag über verfolgt. Deswegen wusste er, wann David in der Nähe war und er Adam mit seinem Anruf wegholen musste.

Nox erwiderte meinen Blick mit ausdrucksloser Miene, aber seine Augen verrieten ihn.

Geh nicht. Verlass mich nicht!

Für die Dauer eines Wimpernschlags hatte ich in seinem Blick etwas gesehen, was meine Gedanken bestätigte. Es war ein Schmerz, der aus brüderlichem Verrat und heuchlerischer Liebe entsprungen war und der die arrogante Maske des Höllendieners in einem ganz anderen Licht erscheinen ließ.

Nox hat Adam und mich den ganzen Tag über beobachtet. Er hat jede Berührung, jeden neckischen Spruch und vor allem unsere intime Umarmung am Souvenirstand mitbekommen!

Schuld und Scham legten sich wie eine Zwangsjacke um mein Herz und schnürten es zu, bis es kaum noch Kraft zum Schlagen hatte. Auch wenn zwischen Adam und mir nichts passiert war und ich Nox keine Rechenschaft schuldete, fühlte ich mich dennoch wie eine Betrügerin.

Nox muss denken, dass alles, was ich über meine Gefühle für ihn gesagt habe, gelogen war!

Mit einem Mal verspürte ich den drängenden Wunsch, mich zu erklären. Doch ehe ich Gelegenheit dazu hatte, übernahm Nox ein weiteres Mal das Gespräch.

»Wie auch immer«, sagte er desinteressiert und wandte sich an Adam. »Zumindest sind wir uns in dem Punkt einig, dass hier Dinge vor sich gehen, von denen wir keinen blassen Schimmer haben. Mal wieder.«

»Deswegen ist es umso wichtiger, an unserem bisherigen Plan festzuhalten«, sagte Adam. »Wir brauchen Informationen, bevor wir über unseren nächsten Schritt nachdenken. Und vor allem müssen wir Sinclaire im Auge behalten. Ich habe ihm noch nie vertraut, aber jetzt hat er sich zu einer regelrechten Unberechenbarkeit gewandelt.«

»Von mir aus.« Nox zuckte mit den Schultern, während er in Richtung Meer schaute. »Aber dieses Mal mimst du den Babysitter. Ich hab genug von diesem Job.« Mit einem Grinsen wandte er sich wieder an Adam. »Währenddessen klappere ich meine alten Kontakte ab. Ich kenne da die ein oder andere Dämonin, die ich lange nicht mehr gesehen habe, die aber vielleicht etwas

Nützliches zu erzählen hat – obwohl sie vermutlich erst mal andere Dinge mit ihrem Mund tun wird als reden.« Mit diesen Worten, die eindeutig nur dazu dienten, mich zu verletzen, kehrte uns Nox den Rücken und ging davon.

DREIZEHN

»Wir beenden den heutigen Kurs mit der Verteilung der angekündigten Gruppenarbeiten«, sagte Mrs Fitzpatrick, meine Englischlehrerin, und begann in ihrer Tasche herumzuwühlen. Es war Mittwochnachmittag und in zehn Minuten würde ich endlich einen weiteren anstrengenden Schultag hinter mich gebracht haben.

»Normalerweise ist es ein ungeschriebenes Gesetz, dass wir solche Gruppenarbeiten zusammen machen«, sagte Adam mit leiser Stimme und beugte sich zu mir herüber. »Weil du aber seit Samstag kaum ein Wort mit mir gesprochen hast und mir auch nicht mehr in die Augen siehst, hege ich den Verdacht, dass du dieses Mal lieber einen anderen Gruppenpartner hättest.«

Ertappt zuckte ich zusammen und starrte auf den leeren Collegeblock vor mir auf dem Tisch. Bereits seit unserer Rückkehr aus Galoai hatte ich Schwierigkeiten, dem Unterrichtsstoff zu folgen, doch seit dem verhängnisvollen Festivalwochenende war es mir zudem auch noch unmöglich geworden, meine Gedanken auf irgendetwas zu konzentrieren, was nichts mit den jüngsten Ereignissen zu tun hatte.

»Wenn es wegen dem ist, was Nox am Samstag gesagt hat …«, sprach Adam weiter, doch ich hörte ihm nicht zu. Meine Gedanken waren zum Wochenende zurückgekehrt und hatten Erinnerungen und Gefühle an die Oberfläche geschwemmt, die ich eigentlich hatte vergessen wollen. Ganz vorne mit dabei Adams breites Lausbubengrinsen, das ihn unheimlich attraktiv machte, seine scheinbar zufälligen Berührungen, die mich jedes Mal schaudern ließen, und jeden verdammten Schmetterling, der bei unserer Umarmung vor dem Souvenirshop wie ein betrunkener Kamikazepilot in meinem Bauch Saltos geschlagen hatte.

Ja, ich wollte diese Momente für immer aus meinem Gedächtnis verbannen in der Hoffnung, dass dadurch auch das Gefühl von Verrat verschwand, das ich Nox gegenüber empfand. Denn egal was ich am Samstag in meiner blinden Wut gesagt hatte oder mir seitdem immer wieder selbst einzureden versuchte, es war gelogen. Mein Herz gehörte dem Höllendiener. Das hatte sich in dem Augenblick aufs Neue bestätigt, als Nox' Maske für den Bruchteil einer Sekunde verrutscht war und ich an etwas erinnert wurde, was ich eigentlich niemals hatte vergessen wollen: Nox war ein gefallener Engel. Aus dem Himmel verbannt, weil er Vergeltung für einen geliebten Menschen gefordert hatte. In seiner Welt glich Liebe Schmerz.

Und ich habe nichts Besseres zu tun, als ihn mit meinem Handeln in dieser Ansicht auch noch zu bestärken!

»Ave?!« Adam legte seine Hand auf meinen Unterarm und holte mich damit in die Gegenwart zurück. »Komm schon. Bitte rede mit mir.«

Mit einem innerlichen Kopfschütteln vertrieb ich die Nachwehen meiner Gedanken und konzentrierte mich auf das Hier und Jetzt. Niemandem wäre damit geholfen, wenn ich mich meinem Kummer hingab. Stattdessen sollte ich mich auf mein Leben und meine Zukunft konzentrieren. Und zumindest für den schulischen Aspekt war Adam der perfekte Partner.

»Es ist nichts«, sagte ich betont locker und wandte mich mit einem Lächeln an den Engel. »Ehrlich, du bildest dir etwas ein. Und klar arbeiten wir zusammen. Wieso denn nicht?«

Adam erwiderte meinen Blick mit verengten Augen. Dann seufzte er, nahm seine Hand von meinem Arm und setzte sich wieder aufrecht hin. Den Kopf nach vorne zur Tafel gerichtet, sagte er: »Du warst noch nie eine gute Lügnerin, Ave. Vor allem nicht, wenn es um uns beide ging.«

Die Traurigkeit in seiner Stimme machte mir das Herz schwer und ein dicker Kloß bildete sich in meinem Hals. Doch bevor ich etwas erwidern konnte, um die Situation zu entspannen, forderte Mrs Fitzpatrick meine Aufmerksamkeit.

»Da Sie kurz vor dem Abschluss stehen, wird es Zeit, Sie auf das wahre Leben vorzubereiten.« Mit einem Blätterstapel auf dem Arm trat sie vor das

Pult. »Zum Beispiel indem Sie lernen mit Personen zusammenzuarbeiten, die Sie vielleicht kaum kennen oder nicht mögen.« Sie leckte ihren pink manikürten Zeigefinger an und trat an die erste Tischreihe, um die zusammengehefteten Papierbögen zu verteilen. »Aus diesem Grund habe ich dieses Mal die Gruppen eigenhändig zusammengestellt.« Sie schritt zur zweiten Reihe weiter. »Auf der ersten Seite der Handouts finden Sie eine Übersicht der Gruppeneinteilungen sowie die dazugehörigen Themen. Und bevor Sie fragen: Nein, weder das eine noch das andere ist verhandelbar.« Mit einem weiteren Fingerlecken erreichte sie die vierte und letzte Reihe, in der Adam und ich uns gleichermaßen irritiert wie angespannt anblickten. »Auf der zweiten Seite stehen die Richtlinien dieser Arbeit. Stichwort Formatierung, Wörteranzahl und Quellenangaben.« Mit diesem Hinweis legte sie jeweils Adam und mir einen Bogen auf den Tisch. »Lesen Sie alles sorgfältig durch, ehe Sie mich mit Fragen löchern, die sich aus dem Inhalt der Aufgabenbeschreibung ergeben.«

Begleitet von den Geräuschen raschelnden Papiers und leisen Schülergemurmels trat Mrs Fitzpatrick zurück an den Schreibtisch und erwähnte dabei in einem Nebensatz, dass diese Arbeit zu fünfzig Prozent in unsere Abschlussnote einfloss. Diesen Hinweis nahm ich jedoch gar nicht mehr wahr. Wie gelähmt starrte ich auf die schwarze Tinte, die sich in das weiße Papier gefressen hatte.

Da stand er.

Mein Name.

Direkt neben Davids.

***

»Auf keinen Fall! Das lasse ich nicht zu!«, spie Adam wütend aus, kaum dass wir den Klassenraum verlassen hatten. Sein Gesicht glich einer Fratze des Zorns und seine Hände waren zu Fäusten geballt. Es schien, als wäre jeder Muskel in seinem Körper wie eine Sprungfeder angespannt und bereit bei der erstbesten Gelegenheit loszugehen.

»Und wie willst du das verhindern?«, fragte ich und schlug den Weg zu meinem Spind ein. Ich wollte nur noch meine Sachen verstauen und dann so schnell wie möglich nach Hause, um dort meiner schlechten Laune freien Lauf zu lassen.

»Was denkst du denn?«, knurrte Adam und warf mir einen düsteren Blick zu. »Noch einmal lasse ich den alten Drachen nicht einfach so verschwinden. Wenn es sein muss, verfolge ich sie bis zu ihrem Haus. Auf jeden Fall wirst du unter keinen Umständen mit Sinclaire zusammenarbeiten!«

Adams Worte entlockten mir ein Augenrollen und ich widmete mich, statt etwas zu erwidern, meinem Spind. Auch wenn ich Adams Zorn nachvollziehen konnte und diesen vielleicht sogar teilte, war ich der Meinung, dass er es mit seiner Bevormundung übertrieb. Wir sprachen hier von einem Schulprojekt und nicht vom Bund fürs Leben.

»Tu, was du nicht lassen kannst«, sagte ich und schloss die Metalltür auf. Ich hatte keine Lust, länger über dieses Thema zu reden. Doch als ich damit begann, meine Sachen wegzuräumen, musste ich trotzdem an Mrs Fitzpatricks seltsames Verhalten denken, als wir sie nach dem Unterrichtsende hatten abpassen wollen. Mithilfe von Adams Engelsfähigkeit sollte die Zusammenstellung der Gruppenpartner geändert werden, aber noch bevor wir die Gelegenheit gehabt hatten, den Mund aufzumachen, war unsere Englischlehrerin von ihrem Stuhl aufgesprungen und aus dem Klassenraum gestürmt, als wäre der leibhaftige Teufel hinter ihr her. Sie hatte sich nicht einmal die Mühe gemacht, ihre Tasche mitzunehmen.

»Ich weiß nicht, wie es ihm gelungen ist oder wer ihm geholfen hat, aber ich schwöre dir, Ave, Sinclaire ist für diesen Dreck verantwortlich! Er versucht auf diese Art an dich ranzukommen!«

Ich nickte ungewollt. Diesen Gedanken hatte ich ebenfalls bereits gehabt, doch im Gegensatz zu Adam verursachte mir die Vorstellung, einen Nachmittag gemeinsam mit David in der Bibliothek zu verbringen, keinen Herzinfarkt. Ganz im Gegenteil sogar. Ich sah darin eine Chance, mit dem Inkubus zu reden und ihn womöglich davon zu überzeugen, uns doch zu helfen. Und das, ohne dafür meinen Körper verkaufen zu müssen.

»Avery! Genau das Mädchen, das ich gesucht habe.« David erschien mit einem breiten Grinsen neben mir, was Adam ein gefährliches Knurren entlockte und seinen bereits unter Spannung stehenden Körper weiter anheizte. Man konnte fast denken, David hätte uns belauscht und wäre absichtlich zum denkbar schlechtesten Augenblick aufgekreuzt, nur um Adam zu ärgern.

»David.« Mit betont neutraler Miene wandte ich mich dem Dämon zu. Da ich unbedingt verhindern wollte, dass Adam die Nerven verlor und sich auf ihn stürzte, stellte ich mich unauffällig zwischen die beiden Männer. Mein Bedarf an testosterongesteuertem Ärger war für die nächste Zeit gedeckt. »Was kann ich für dich tun?«

»Da fällt mir eine ganze Menge ein.« David musterte mich mit einem anzüglichen Blick. »Aber für den Moment gebe ich mich mit einem Terminvorschlag für unser Date zufrieden.«

Reflexartig griff ich hinter meinen Rücken und packte, so fest ich konnte, Adams Handgelenk. Gerade noch rechtzeitig, wie sich herausstellte, denn der Engel war bereits im Begriff gewesen, sich auf den Dämon stürzen, begnügte sich nun jedoch damit, mir wie ein wild gewordener Stier in den Nacken zu atmen und seinen Oberkörper gegen meinen zu drücken, als warte er nur darauf, dass ich den Weg frei machte.

»Das ist kein Date, David«, sagte ich mit zusammengebissenen Zähnen und musste neben Adams auch meine eigene Wut im Zaum halten. Obwohl ich wusste, dass diese Show nur dazu diente, Adam zu provozieren, hatte sie bei mir einen Nerv getroffen. »Wir sollen nur ein gemeinsames Referat erarbeiten und präsentieren.«

»Und selbst das werde ich zu verhindern wissen«, zischte Adam wie eine Schlange, die sich bedroht fühlte.

»Ach ja? Und wie willst du das bewerkstelligen?«, fragte David mit deutlich vernehmbarem Spott in der Stimme und wandte sich träge an Adam. »So ganz ohne deine himmlischen Kräfte, meine ich.« Sein Grinsen wurde zu einem Feixen, als Adam nichts erwiderte. Auch ich musste mir auf die Lippe beißen, um mich nicht zu verplappern. Offenbar war der Inkubus nicht so gut informiert, wie er dachte. »Außerdem willst du doch keinen Ärger riskieren und wie Taylor und seine Gorillas suspendiert werden, oder? Sonst könntest du gar nicht mehr auf Avery aufpassen, nicht wahr?« Er blickte Adam voller Schadenfreude in die Augen, ehe er sich wieder mir widmete. »Wie dem auch sei, Avery. Du kannst diese glückliche Fügung nennen wie du willst, aber es lässt sich nicht leugnen, dass das Schicksal uns zusammen sehen will. Also? Wann passt es dir? Heute und morgen habe ich leider keine Zeit – Fotoshootingtermine. Aber ich kann die Bandprobe am Freitag ausfallen lassen, wenn du möchtest. Unser Date wäre es mir wert.«

Ich spürte Adams stetig schneller werdenden Puls unter meinen Fingern, so fest umklammerte ich sein Handgelenk. Trotzdem verstärkte ich meinen Griff, um ihm sowohl zu signalisieren, dass er mir vertrauen sollte, als auch um ihn von dummen Taten abzuhalten.

»Freitag passt. Wir treffen uns nach der letzten Stunde in der Bibliothek«, sagte ich.

»Abgemacht. Dann bis Freitag.« David verschwand mit einem äußerst zufriedenen Lächeln.

Als ich mir sicher war, dass der Inkubus weg war, wagte ich es, Adam loszulassen und mich wieder meinem Spind zuzuwenden.

»Bist du verrückt geworden?«, spie Adam hervor und ich spürte seinen bohrenden Blick wie die Spitze eines Dolchs an der Halsschlagader. Trotzdem ignorierte ich ihn, so gut es ging. Die Begegnung mit David hatte mir mental einiges abverlangt und ich brauchte ein paar Sekunden, um die Spuren aus meiner Mimik zu vertreiben. »Ich habe dir doch gesagt, dass ich mich darum kümmern werde!«, wütete er weiter und wurde immer lauter, je länger ich nicht reagierte. »Du wirst auf keinen Fall zu diesem Treffen gehen, Avery! Das kannst du vergessen! Hast du mich verstanden?«

Dass Adam es wagte, so mit mir zu reden, obwohl er als mein angeblich bester Freund wissen sollte, wie sehr ich solches Verhalten verabscheute, verdeutlichte mir, dass er seine Emotionen momentan ebenso wenig unter Kontrolle hatte wie ich. Aus diesem Grund schluckte ich die unendlich vielen Erwiderungen herunter, die mir bereits auf der Zunge lagen, und schloss meinen Spind. Anschließend hängte ich mir meinen Rucksack über die

Schulter und ging in Richtung Ausgang davon. All das, ohne Adam ein einziges Mal anzusehen.

Ich zählte sechs zügige Schritte, ehe ein ohrenbetäubender Knall ertönte, der von dem Angriffsschrei ähnlich dem einer Horde Hunnen begleitet wurde. Offenbar hatte Adam den Kampf gegen seine Selbstbeherrschung verloren. Ich konnte nur hoffen, dass nicht ausgerechnet mein Spind diesem Ausbruch zum Opfer gefallen war.

***

Am Freitagmorgen machte ich mich gerade für die Schule fertig, als meine Mom, ohne zu klopfen, in mein Zimmer stürmte. Dabei kreischte sie wie ein hysterisches Fangirl und wedelte mit einem Blatt Papier herum, als wäre es eine weiße Fahne.

Vor Schreck stach ich mich mit der Mascarabürste.

»Mom!«, rief ich aufgebracht und rieb mir das schmerzende Auge. Aufgrund der vermehrten Tränenproduktion ließ sich die schwarze Creme bestens verschmieren, sodass ich wie ein Halbseiten-Zombie-Panda aussehen musste. »Willst du, dass ich einen Herzinfarkt erleide?«

»Tut mir leid, Spätzchen, aber hier, schau mal!« Mom hielt mir das in Mitleidenschaft gezogene Blatt Papier unter die Nase. Vor Aufregung zitterte ihre Hand, sodass ich kaum etwas erkennen konnte. »Du hast den Studienplatz an der SFSU! Du gehst im Herbst auf die San Francisco State University!«

Immer noch völlig überrumpelt von dem Überfall verstand ich nicht sofort, wovon sie sprach, weshalb ich ihr das Schreiben entriss und die Zeilen überflog. Als die Neuigkeit endlich in meinem Verstand angekommen war, gab es kein Halten mehr. Wie ein hyperaktives Duracell-Kaninchen begann ich auf und ab zu hüpfen und vor Freude herumzukreischen.

Wegen all der Probleme der letzten Zeit und der lebensbedrohlichen Situationen, in denen ich mich befunden hatte, hatte ich meine ursprünglichen Zukunftspläne völlig aus den Augen verloren. Aber dieses Schreiben glich einem Silberstreifen am Horizont, für den es sich zu kämpfen lohnte.

Noch bin ich am Leben und habe eine Zukunft. Und ich werde alles dafür geben, damit das so bleibt!

Zwar dauerte das Schuljahr nur noch zwei Wochen und die meisten Klausuren waren bereits gelaufen, jedoch standen mir noch einige Prüfungen bevor, die ausreichten, um einen ordentlichen Abschluss zu erhalten und im Herbst mein Studium im Bereich Geisteswissenschaft antreten zu können.

»Ich bin so unglaublich stolz auf dich, Spätzchen«, sagte meine Mom mit belegter Stimme und drückte mich fest an sich. Nachdem wir uns ein wenig beruhigt hatten, wischte sie sich vorsichtig die Tränen aus den Augen, um ihr Make-up nicht zu ruinieren. »Mein Gott, wo ist nur die Zeit hin? Mein kleines Mädchen geht studieren. Ich kann es nicht glauben.«

»Das dauert noch, Mom«, erwiderte ich verlegen und begutachtete den Brief erneut. Ich wollte mir jedes Detail genauestens einprägen, um dieses Glücksgefühl immer wieder abrufen zu können.

»Das kommt dir jetzt nur so vor«, sagte Mom und ihre Augen wurden feucht. »Aber zwei Monate sind schneller vorbei, als du denkst.« Blinzelnd wandte sie sich zur Zimmertür. »Ich gehe jetzt besser, solange mein Make-up noch sitzt. Und vergiss nicht, ich komme heute erst spät nach Hause. Ein paar Kollegen und ich probieren endlich das neue Tapas-Restaurant aus. Hab dich lieb.«

Ich nickte, ohne ihr wirklich zugehört zu haben, aber Mom war sowieso nicht mehr im Zimmer, um es mitzubekommen.

Ich kann es nicht fassen! Ich habe wirklich einen Platz an der SFSU! Ab August …

Der Gedanke endete abrupt, als mir etwas anderes in den Sinn kam. Etwas, was sich wie die vergiftete Spitze eines Pfeils in meine Gehirnwindung bohrte und alles andere auslöschte. Achtlos ließ ich meine Studienzusage zu Boden segeln und stürmte aus dem Zimmer, um meine Mom noch zu erwischen, bevor sie das Haus verlassen konnte.

»Mit wem gehst du heute noch mal aus?«, rief ich bereits aus dem ersten Stock und polterte die Stufen ins Erdgeschoss hinunter. Glücklicherweise holte ich sie im Hausflur ein.

»Mit ein paar Kollegen aus dem Controlling. Das habe ich dir doch bereits letzte Woche erzählt.« Mom sah mich mit gerunzelter Stirn an. »Ist alles okay? Du wirkst auf einmal so gehetzt.«

»Jaja, alles bestens«, antwortete ich, obwohl es nicht der Wahrheit entsprach. Es stimmte zwar, dass sie mir bereits von diesem Abendessen erzählt hatte, aber zu dem Zeitpunkt hatte ich nicht über den heutigen Wissensstand verfügt. Und die Vorstellung, meine Mom mit einem mächtigen, unmenschlichen Wesen zu Abend essen gehen zu lassen, ohne seine genauen Absichten zu kennen, verursachte mir Übelkeit. »Ich habe mich nur gefragt, ob Gabriel heute Abend auch dabei sein wird«, hakte ich nach und versuchte möglichst beiläufig zu klingen. Doch selbst in meinen Ohren war die mitschwingende Neugier nicht zu überhören.

»Ja, ich denke schon. Wieso fragst du?«, erwiderte Mom und schlüpfte in ihren Blazer.

»Nur so. Es hat neulich so ausgesehen, als würdet ihr zwei euch gut verstehen. Und das nicht nur als Kollegen, meine ich.«

Das Rosé auf Moms Wangen wich einem kräftigen Pink, während sie sich ihrer Handtasche widmete und darin herumkramte. Dass sie mir nicht mehr in die Augen sehen konnte, bestätigte meine schlimmsten Befürchtungen.

»Ich denke nicht, dass das ein Thema ist, das wir jetzt zwischen Tür und Angel besprechen sollten.« Sie hob den Kopf und schenkte mir ein Lächeln, als wäre ich einer ihrer Kollegen. »Lass uns doch morgen in Ruhe darüber reden. Zum Beispiel bei einem Waffelfrühstück bei Lapisara. Was sagst du? Ich lade uns ein.«

So gut der Vorschlag auch klang, linderte er nicht mein Unbehagen. Aber da ich meiner Mom unmöglich sagen konnte, was mich bedrückte, blieb mir nichts anderes übrig, als widerstrebend zu nicken.

Sie warf mir einen Luftkuss zu und griff nach ihrer Tasche. Gerade als sie sich zum Gehen wenden wollte, hielt sie noch einmal inne und sah mich mit Unsicherheit im Blick an.

»Wäre es denn für dich okay, wenn es so wäre? Ich meine, wenn ich Interesse an einem Mann hätte, der nicht dein Vater ist?«

Ihre Frage versetzte meinem Herzen einen Stich. All die Jahre hatte es nur meine Mom und mich gegeben. Und obwohl ich nie einen Grund zur Beschwerde gehabt hatte, konnte ich nicht abstreiten, dass sich hin und wieder ein Gefühl eingeschlichen hatte, als würde unserer kleinen Familie etwas fehlen. Und in diesem Augenblick wurde mir bewusst, was es gewesen war. Die aufrichtige Zufriedenheit meiner Mom. Stets hatte sie ihr eigenes Leben zurückgestellt, nur um ganz für mich da zu sein. Doch jetzt war ich volljährig, würde in wenigen Monaten mit meinem Studium beginnen und an den Campus ziehen.

Und was würde aus ihr werden?

Ich will nicht, dass sie allein bleibt. Sie hat es verdient, glücklich zu sein.

Ich erwiderte ihr Lächeln aufrichtig. »Jeder Mann, dem du dein Interesse schenkst, ist ein verdammter Glückspilz, Mom. Und egal für wen du dich entscheidest, solange du zufrieden sein wirst, werde ich es auch sein.«

VIERZEHN

»Fertig!« Mit einem zufriedenen Lächeln setzte ich den abschließenden Punkt hinter unser Referat und lehnte mich auf meinem Stuhl zurück, bis die Wirbel in meinem schmerzenden Rücken knackten. Ich hatte keine Ahnung, wie spät es war oder wie lange David und ich gearbeitet hatten, aber die Anstrengung hatte sich gelohnt. An nur einem Nachmittag hatten wir sowohl unseren Aufsatz niedergeschrieben als auch die Präsentation vorbereitet.

»Endlich!«, erwiderte David, leerte seinen Kaffeebecher und stellte das Styroporgefäß zu dem restlichen Müll auf unserem Tisch. Für unseren gemeinsamen Nachmittag hatte der Inkubus ein beachtliches Care-Paket bestehend aus Kaffee, Energy Drinks, Wasser, Obst, Naschkram und belegten Brötchen mitgebracht, das wir komplett verspeist hatten. »Ich habe schon befürchtet, wir würden die ganze Nacht hier rumhocken.« Auch er lehnte sich zurück, schloss die Augen und begann seine Schläfen zu massieren. »Ich weiß echt nicht, wann ich das letzte Mal so hart arbeiten musste.«

Ich warf David einen amüsierten Blick zu. Obwohl er seine Worte weder anzüglich noch sarkastisch gemeint hatte, musste ich schmunzeln. Zu Beginn des Tages hatte ich mir noch Sorgen wegen dieses Treffens gemacht. Doch von der ersten Minute an hatte sich David als der perfekte Gruppenpartner erwiesen. Er hatte eine Effizienz an den Tag gelegt, die nicht nur meine Bedenken zerstreut, sondern mich auch nachhaltig beeindruckt hatte. Kein einziges Mal hatte er versucht mich abzulenken, mit mir zu flirten oder irgendetwas Unangebrachtes von sich zu geben. Er hatte ausschließlich konzentriert gearbeitet, was in mir den Verdacht aufkommen ließ, dass ihm diese Arbeit ebenso wichtig war wie mir.

»Jetzt hast du es ja überstanden«, sagte ich und richtete mich auf. Da wir die letzten Besucher der Bibliothek waren, ging ich davon aus, dass die Räumlichkeit bald schließen würde. Es war also an der Zeit, unsere Sachen zu packen und nach Hause zu gehen.

»Und wem habe ich das zu verdanken?«, erwiderte David und setzte sich ebenfalls auf. »Ohne dich wäre ich entweder noch immer mit der Recherche beschäftigt oder längst vor Langeweile eingeschlafen.«

Sein Kompliment bescherte mir warme Wangen. Um das jedoch nicht zu zeigen, überließ ich David die Aufgabe des Müllbeseitigens und machte mich selbst daran, die ausgeliehenen Bücher einzusammeln.

»Du übertreibst«, antwortete ich. »Immerhin bist du derjenige, der Jane Austen persönlich kannte. Dein Insiderwissen über ihren Roman ›Stolz und Vorurteil‹ hat uns ungemein viel Arbeit erspart. Ansonsten wären wir niemals so schnell fertig geworden.«

David zuckte mit den Schultern, ohne mich anzusehen. Dennoch meinte ich ein winziges Lächeln auf seinen Lippen gesehen zu haben.

»Wie auch immer. Ich bin nur froh, dass wir endlich fertig sind und noch etwas vom Abend übrig ist, um den Tag entspannt ausklingen zu lassen.« Er erhob sich von seinem Platz, warf den eingesammelten Müll in einen kleinen Container am Eingang und kam anschließend zurück. »Wir wär's mit Roam Burgers?«, schlug er vor und setzte sich wieder auf seinen Platz. »Warst du schon mal dort? Der Pacific Blue Burger ist der Wahnsinn! Und selbstverständlich bist du eingeladen, darüber diskutiere ich nicht!«

Ehe ich Gelegenheit hatte, Davids Worte zu verarbeiten, erklang ein drohendes Knurren aus dem hinteren Bereich der Bibliothek. Auch ohne mich nach der Quelle umzudrehen, wusste ich, wer für das Geräusch verantwortlich war.

Adam.

Er schlich bereits seit unserer Ankunft zwischen den Regalen umher und beobachtete David und mich mit Argusaugen. Und auch wenn mir seine penetrante Anwesenheit normalerweise nichts ausmachte, nervte sie mich in diesem Moment. Das lag insbesondere daran, dass Adam und ich seit unserem Streit am Mittwoch kein Wort miteinander gewechselt hatten.

Doch das hatte ihn nicht davon abgehalten, mir weiterhin wie ein Schatten zu folgen.

Ohne auf Adams Warnung einzugehen, wandte ich mich an David. »Danke, das ist wirklich sehr nett von dir, aber …«

»Aber du vertraust mir noch immer nicht, habe ich recht?«, unterbrach mich David und versuchte, seine Enttäuschung hinter einer ausdruckslosen Miene zu verbergen. Erfolglos. »Schade. Da habe ich mich wohl in dir getäuscht.« Sichtbar gekränkt begann er seine Sachen zu packen. »Ich hatte angenommen, du wärst klug genug, um auf deine eigenen Gefühle zu hören, anstatt die Meinung Dritter zu adaptieren.« Den Rucksack über die Schulter geschwungen, erhob er sich von seinem Stuhl. »Dann hab noch einen schönen Abend mit deinem *Engel*. Wir sehen uns nächste Woche im Unterricht.« David wandte sich in Richtung Ausgang und war vielleicht fünf Schritte weit gekommen, ehe er herumwirbelte und mich mit wütender Miene anfunkelte. »Weißt du was? Das nehme ich zurück. Du hast keinen schönen Abend verdient!« Sein Ausruf dröhnte durch die verlassene Bibliothek. »Ich habe dir nie einen Grund gegeben, an meiner Aufrichtigkeit zu zweifeln«, herrschte er mich weiter an und kam mit energischen Schritten zum Tisch zurück. Das rief auch Adam auf den Plan, der urplötzlich neben mir stand. »Ich habe dich beschützt, deinem Kumpel geholfen und mich heute regelrecht krumm gemacht, um dir zu beweisen, dass das Gerede deiner beiden Bodyguards über mich nicht der Wahrheit entspricht.« David stützte sich mit gestreckten Armen auf der Tischplatte ab und beugte sich zu mir herunter, als wäre Adam gar nicht anwesend. »Ich habe sogar entgegen den Regeln angeboten, dir bei den Prüfungen zu helfen. Aber das genügt dir offenbar nicht als Zeichen meines guten Willens. Und mittlerweile glaube ich auch zu wissen, warum das so ist.« Mit verengten Augen hob er den Kopf und blickte Adam an, bevor er mich wieder ins Visier nahm. »Leider können wir nicht alle für die Goldene Stadt arbeiten, Avery. Aber nur, weil ich nicht auf der himmlischen Seite geboren wurde, bedeutet das nicht, dass ich ein Abtrünniger bin. Nicht jeder Dämon ist von Grund auf schlecht. Gerade du solltest das wissen.«

Erneut ließ Adam ein warnendes Knurren ertönen, als wäre er mein Wachhund. Doch ich beachtete ihn nicht. Davids Worte hatten mich hart getroffen – vor allem weil sie der Wahrheit entsprachen.

»Es tut mir leid, David«, sagte ich leise und erhob mich ebenfalls, um mit dem Lustdämon auf Augenhöhe zu reden. »Du hast recht. Ich habe dich von Anfang an in eine Schublade gesteckt und all deine Bemühungen, mir das Gegenteil zu beweisen, einfach ignoriert. Aber kannst du mir das verübeln? Immerhin willst du uns nur helfen, wenn ich mit dir ins Bett gehe!«

Davids Miene entspannte sich und ich meinte, einen verlegenen Ausdruck in seinen Augen auszumachen. »Na ja, wenn man es genau nimmt, habe ich für meine Unterstützung nur eine gemeinsame Nacht mit dir gefordert. Aber mir gefällt die Art, wie du denkst.« Ein vorsichtiges Lächeln stahl sich auf seine Lippen, das jedoch nicht lange Bestand hatte und kurz darauf von einer ernsten Miene abgelöst wurde. »Aber es stimmt, meine Forderung war nicht fair. Ich habe mich provozieren lassen und es an dir ausgelassen. Das tut mir leid.«

Davids Eingeständnis und Entschuldigung überraschten mich so sehr, dass schlagartig sämtliche Anspannung aus meinem Körper wich und meine Mundwinkel ein kleines Lächeln zuließen.

»Dann sind wir jetzt wohl quitt«, sagte ich, was Adam ein qualvolles Stöhnen entlockte. Trotz seines spürbaren Widerwillens hielt er an seinem dickköpfigen Schweigegelübde fest. Würde mich sein Verhalten nicht derart verletzen, wäre ich von seinem Durchhaltevermögen beeindruckt.

»Sieht so aus«, erwiderte David ebenfalls lächelnd. »Und als Zeichen dafür, dass ich nicht nachtragend bin und immer noch zu meinem Wort stehe, bin ich bereit, über einen neuen Deal zu verhandeln.« Sein Blick huschte zu Adam. »Richte Nightingale aus, dass ihr Glück habt und Averys Leben mit euren verbunden ist. Ansonsten hätte ich euch längst in die Hölle geschickt. Aber der Bastard wird für seinen Schlag noch zahlen. Das verspreche ich.«

Adam knurrte erneut. Dieses Mal klang es noch aggressiver und wilder, weshalb ich beschloss dazwischenzugehen, ehe die Situation eskalieren konnte.

Ich drehte mich zu Adam herum und legte ihm eine Hand auf die Brust. Unter meinen Fingerspitzen spürte ich seinen donnernden Herzschlag und in seinen Augen sah ich brennenden Zorn.

»Wenn dir das, was ich dir vor dem Souvenirshop gesagt habe, auch nur einen Funken bedeutet hat, dann hältst du dich jetzt zurück und vertraust mir einfach«, wisperte ich und legte all meine verwirrenden Gefühle für ihn in diesen Blick.

Der Engel sah mir lange und unnachgiebig in die Augen und ich meinte, unter der feurigen Oberfläche seiner Iriden verschiedenste Emotionen aufblitzen zu sehen. Doch dann, als ich bereits dachte, er würde mich abweisen, stimmte Adam meiner Bitte mit einem kaum merklichen Kopfnicken zu.

Vor Erleichterung wurden meine Augen feucht und ich verspürte den Wunsch, Adam um den Hals zu fallen. Mir war gar nicht bewusst gewesen, wie sehr mich unser Streit belastet hatte. Doch zum ersten Mal seit Tagen hatte ich das Gefühl, wieder befreit atmen zu können.

Danke!, formte ich mit den Lippen und schenkte Adam mein aufrichtigstes Lächeln. Dann widmete ich mich wieder dem Inkubus.

»Wenn du mir wirklich helfen möchtest, David, sollten wir damit beginnen, dass ihr Männer euch nicht bei jeder Begegnung gegenseitig provoziert und bedroht.« Ich warf auch Adam einen Blick zu, damit er sich ebenfalls angesprochen fühlte.

»Gut«, antwortet David und nickte mit verschränkten Armen. »Ich werde mich zusammenreißen. Für dich.«

Ich nickte ebenfalls, darum bemüht, mir keine Reaktion auf seine Worte anmerken zu lassen. Dabei war das gar nicht so einfach. Seine offenkundige Zuneigung brachte mich immer wieder aus dem Konzept, obwohl ich gerade jetzt einen kühlen Kopf bewahren musste.

»Danke«, erwiderte ich mit sachlicher Stimmlage. »Und jetzt zum Geschäft. Was willst du für deine Unterstützung, David? Abgesehen von mir oder meinem Körper, meine ich.«

»Gute Frage. Normalerweise würde ich mir für eine solche Verhandlung etwas Zeit zum Nachdenken nehmen. Da es daran jedoch momentan mangelt, schlage ich Folgendes vor: Jeder von euch dreien erhält eine kleine Aufgabe von mir, die es zu erfüllen gilt. Wenn ihr erfolgreich wart, erfahrt ihr von mir alles, was ihr über die Seelenprüfungen wissen möchtet.«

Ich spürte Adams Aufbegehren gegen Davids Angebot und griff reflexartig hinter meinen Rücken, um ihn an sein Versprechen zu erinnern. Das hier war meine Show und es wurde Zeit zu beweisen, dass ich sehr wohl in der Lage war, mich gegen ein magisches Wesen zu behaupten.

»Okay, und was für Aufgaben sollen das sein?«, fragte ich und verschränkte ebenfalls die Arme vor der Brust.

»Das muss ich mir noch überlegen«, gestand David. »Aber es werden harmlose und leicht zu bewältigende Tätigkeiten sein. Ehrenwort.«

Ich musterte ihn mit kritischem Blick. Entgegen meinen vorherigen Worten traute ich David nicht zu hundert Prozent. Zu frisch waren die Wunden, die mir andere Dämonenblütler zugefügt hatten.

»Ich werde deinen Vorschlag mit Adam und Nox besprechen müssen«, sagte ich nach einem Moment. »Ich hoffe, das ist okay?«

»Natürlich. Lasst euch ruhig Zeit.« David lachte leise und in seinem Blick lag ein Funkeln, das ich nicht zu deuten vermochte. »Wobei, das solltet ihr vielleicht besser lassen. Und um euch die Entscheidung noch etwas zu erleichtern, verrate ich ein kleines Geheimnis.« Mit einem süffisanten Lächeln sah er Adam an. »Es kursieren Gerüchte, dass Averys Erfolg bei der ersten Prüfung einen Aufstand in der Unterwelt entfacht haben soll. Einige Dämonen sollen seitdem an Luzifers Macht und Regiment zweifeln. Sie fordern angeblich einen neuen Herrscher, was vor allem Luzifers Söhne auf den Plan ruft, die bereits seit Jahrtausenden auf eine solche Chance warten.«

Unbewusst klappte mein Mund auf und ich starrte David mit großen Augen an. Hoffentlich hatten diese Gerüchte einen ebenso großen Wahrheitsgehalt wie das Gerede über mich an meiner Highschool.

»Verstanden«, sagte Adam eiskalt, was David mit einem weiteren Nicken abtat.

»Gut, dann sehen wir uns nächste Woche.« David lächelte mich zum

Abschied an. »Und vergiss nicht, was ich dir neulich gesagt habe, Avery. Nicht alle, von denen du annimmst, sie wären auf deiner Seite, sind es auch. Feinde verbergen sich oftmals hinter vertrauten Gesichtern.«

***

Ich sah David hinterher, bis er die Bibliothek verlassen hatte. Mein Bauchgefühl sagte mir, dass Adams Schweigen jeden Augenblick von einer heftigen Standpauke abgelöst würde. Und darauf wollte ich mich vorbereiten.

»Avery?« Ms Moore, die Bibliothekarin, kam auf mich zu und reichte mir ein dunkles, rechteckiges Gerät, das ich erst auf den zweiten Blick als schnurloses Telefon erkannte. »Ein Gespräch für dich.«

Rein aus Reflex nahm ich den Hörer entgegen und führte ihn an mein Ohr.

»Hallo?«, sagte ich und sah Adam mit irritiertem Blick an.

»Hallo, hier ist Doktor Barnebes aus dem Saint Francis Memorial Hospital. Spreche ich mit Avery Harper?« Die Stimme des Doktors klang tief und rau, als wäre er heiser oder Kettenraucher.

»Ähm, ja?!« Ich umklammerte den Hörer, damit er nicht aus meinen schweißfeuchten Fingern rutschte. Mich beschlich ein ungutes Gefühl, was den Grund für diesen Anruf anging. »Was kann ich für Sie tun?«

»Es tut mir leid, Sie belästigen zu müssen, aber Ihre Mutter hatte einen Autounfall. Sie ...«

Die restlichen Worte hörte ich nicht mehr. Taubheit machte sich in meinen Körper breit und ich sah das Telefon in Zeitlupe zu Boden fallen. Stimmen erklangen, doch sie drangen nicht zu mir durch.

Mom hatte einen Autounfall? Das ist unmöglich! Sie ist eine exzellente Fahrerin und hatte noch nie in ihrem Leben einen Unfall!

Mir kamen Davids Worte in den Sinn und die Taubheit wich einer entsetzlichen Eiseskälte.

Das war kein Unfall! Unmöglich! Irgendjemand wollte ...

Ja, was eigentlich? Meine Mom umbringen? Mir eine Warnung schicken? Himmel, wann war mein Leben zu einem Agentenfilm geworden?

»Ich muss zu ihr«, sagte ich, ohne die Worte an jemanden zu richten.

Adam tauchte vor mir auf, packte meine Arme und sah mir fest in die Augen. Dabei sprach er mit eindringlicher Stimme auf mich ein.

»Wir fahren sofort zu ihr, das verspreche ich. Aber vorher muss ich uns ein Taxi organisieren. Okay? Ich kümmere mich um alles, aber bitte beruhige dich und vertrau mir!«

Ich nickte, obwohl ich nicht ein einziges Wort verstanden hatte. Deswegen nutzte ich auch meine Chance, als Adam langsam seine Hände von mir nahm und sich bückte, um das Telefon aufzuheben. Mit der Energie einer gedopten Profisportlerin lief ich aus der Bibliothek. Meine Füße trugen mich vorwärts und als ich das Schulgebäude verließ, schlug mir angenehm kühle Abendluft entgegen, die mir half, das Chaos in meinem Kopf zu sortieren.

Ich brauche ein Auto!

Kaum hatte sich dieser Gedanke gebildet, fiel mir ein, dass ich im Moment keinen Wagen zur Verfügung hatte.

»Verdammt, Ave, warte auf mich!«, ertönte Adams Stimme hinter mir, aber ich ignorierte sie. Warten war mit Abstand das Letzte, was ich jetzt tun wollte.

Ich musste zu meiner Mom.

Und zwar sofort!

Das Röhren eines Motors brachte mich aus meinem Laufrhythmus und ich drehte mich automatisch zu der Quelle herum. In meiner Fantasie sah ich bereits eine Horde magischer Wesen auf mich zurasen, die mir dasselbe Schicksal zuteilwerden lassen wollten, wie Mom es erlitten hatte. Aus diesem Grund war ich fast ein wenig enttäuscht, als nur ein einzelnes Motorrad vor mir zum Stehen kam. Der in schwarzes Leder gehüllte Fahrer lüftete das undurchsichtige Visier seines Helms und die dahinter befindlichen Augen bohrten sich mit glühender Intensität in meine Seele.

»Steig auf, Kleines«, befahl Nox und deutete mit einer Kopfbewegung auf den Platz hinter sich.

Perplex starrte ich den Höllendiener an. Sein überraschendes Auftauchen hatte mich derart überrumpelt, dass ich sogar für einen Moment die Sorge um meine Mom vergaß.

»Was machst du denn hier?«, fragte ich. Im ersten Moment hatte ich gedacht, Nox wäre gekommen, weil er herausgefunden hatte, dass ich mit David hier war. Doch wieso hätte ich mich dann auf seinen Bock setzen sollen? Unweigerlich glitt mein Blick vom Höllendiener zu seinem Bike. Ich hatte nicht gewusst, dass Nox eins besaß, aber es verwunderte mich auch nicht. Irgendwie musste der gefallene Engel sich ja fortbewegen, nun, da seine himmlischen Kräfte nicht mehr existierten. Und diese Art von Fortbewegungsmittel passte zu ihm.

»Ist das jetzt wichtig?«, konterte Nox genervt. »Du sollst aufsteigen, habe ich gesagt.«

Bevor ich Gelegenheit hatte, etwas zu erwidern, erreichte uns Adam. Er hatte meinen Rucksack und meine Sweatshirtjacke mitgenommen, die ich in der Bibliothek vergessen hatte.

»Nox«, sagte Adam und half mir, die Jacke anzuziehen. »Ausnahmsweise freue ich mich dich zu sehen. Es gibt eine Planänderung. Joleen hatte einen Autounfall und liegt im Saint Francis Memorial Hospital.«

»Ich weiß«, sagte Nox und sah Adam mit düsterem Blick an. »Ich war dabei, als es passierte.«

»Was?« Mit schreckgeweiteten Augen starrte ich den Höllendiener an. »Wieso warst du da? Nein, warte! Vergiss die Frage. Sag mir lieber, wie es meiner Mom geht. Ist sie schwer verletzt? Und wie zur Hölle ist es überhaupt zu dem Unfall gekommen?« Noch immer wurde ich den Gedanken nicht los, dass es sich dabei um keine zufällige Begegnung handelte.

Nox' Blick huschte von Adam zu mir und die Härte, die er dabei ausstrahlte, verursachte mir Übelkeit. »In der Zeit, in der du mich mit deinen Fragen löcherst, hätten wir längst im Krankenhaus sein können. Also halt endlich die Klappe und steig auf! Ich wiederhole mich kein weiteres Mal!«

Ich öffnete den Mund, um etwas zu erwidern, sparte mir jedoch die Mühe. Ich wollte so schnell wie möglich zu meiner Mom und Nox würde mich dorthin bringen. Alles andere war erst mal nebensächlich.

Ohne Helm, dafür aber mit einem mulmigen Gefühl stieg ich hinter Nox auf das Motorrad. Da es keine andere Möglichkeit zum Festhalten gab, schlang ich meine Arme um seinen Bauch und schmiegte meine Wange an seinen Rücken.

»Halt dich gut fest, Kleines. Ich will dich nicht auch noch von der Straße kratzen müssen.« Nox schloss das Visier, ohne auf meinen Laut der Verwirrung einzugehen, und sagte etwas zu Adam, was ich jedoch wegen des Helms und des aufheulenden Motors nicht verstand. Adam hingegen schien damit keine Probleme zu haben, denn er nickte knapp und trat einen Schritt zurück, als würde er uns Platz machen wollen. Anschließend machte das Motorrad einen Satz nach vorn und wir rasten in halsbrecherischem Tempo davon.

FÜNFZEHN

Das Saint Francis Memorial Hospital unterschied sich kaum von anderen Krankenhäusern in San Francisco. Der mehrstöckige Bau roch nach Desinfektionsmittel und versprühte bereits im Eingangsbereich diese bedrückende Atmosphäre von Leid und Schmerz. Dennoch rannte ich, so schnell ich konnte, zu dem Infoschalter und ließ mir die Wegbeschreibung zu der Station geben, auf der ich meine Mom finden würde. Dass man sie nicht auf die Intensivstation gelegt hatte, wertete ich als gutes Zeichen und meine Panik ebbte etwas ab.

Nachdem ich mich durch ein Labyrinth aus Aufzügen, Gängen und Fluren gearbeitet hatte, fand ich mich endlich vor dem Zimmer 5.35 ein. Die Tür war geschlossen, trotzdem hörte ich leise Stimmen aus dem Inneren. Leider verstand ich nicht, was gesagt wurde.

Ich hob die Hand, um anzuklopfen, doch mir kam eine Schwester zuvor, die in diesem Moment das Zimmer verließ. Sie erklärte mir, dass gerade ein Arzt bei meiner Mom sei, weshalb ich mich einen Moment gedulden müsse.

Mit wild pochendem Herzschlag kam ich der Aufforderung nach und lehnte mich an die gegenüberliegende Wand, wo ich erst einmal tief durchatmete. Zwar hatte die Motorradfahrt nicht sonderlich lange gedauert, trotzdem hatte sie mein Nervenkostüm ordentlich in Mitleidenschaft gezogen. Bereits die Erinnerung an die atemraubende Geschwindigkeit, mit der wir über die Straße geflogen waren, der peitschende Wind um uns herum und die Nähe zu Nox genügten, um das Adrenalin in meinen Adern erneut in Wallung zu bringen. Aus diesem Grund war ich froh, dass der Höllendiener mich vor dem Eingang des Krankenhauses abgesetzt hatte und nicht mit hereingekommen war. Natürlich fragte ich mich, wo er sich gerade herumtrieb, aber allzu lange wollte ich mich mit dieser Frage nicht beschäftigen.

Nach einigen Minuten, die sich wie Stunden angefühlt hatten, öffnete sich die Zimmertür ein weiteres Mal und eine Handvoll Leute trat heraus. Drei von ihnen trugen Krankenhauskleidung und gehörten somit zum Ärzte- oder Pflegepersonal, aber zwei Männer um die dreißig mussten dem Dienstoutfit nach Polizisten sein.

Da mich keiner von ihnen beachtete, nutzte ich die Gelegenheit und schlüpfte nach einem leisen Klopfen zu meiner Mom ins Zimmer. Der Raum war nur spärlich beleuchtet, wirkte aber freundlich und geräumig, was vermutlich dem Umstand geschuldet war, dass nur ein Bett darin stand. Ich fragte mich, ob es sich hierbei um eins dieser unbezahlbaren Privatpatientenzimmer handelte und weshalb meine Mom hier untergebracht worden war. Unsere Versicherung würde die Extrakosten sicherlich nicht übernehmen. Aber auch das war kein Thema, mit dem ich mich jetzt beschäftigen wollte. Im Augenblick galt meine gesamte Aufmerksamkeit meiner Mom, die schrecklich blass und zerbrechlich aussah, wie sie da mit geschlossenen Augen, bandagiertem Kopf und eingegipstem Bein im Bett lag.

»Mom!«, flüsterte ich mit tränenerstickter Stimme und schlich auf das Krankenhausbett zu. Ihr Anblick hatte meine durch den Schock betäubten Emotionen an die Oberfläche katapultiert.

»Avy-Spätzchen«, murmelte sie mit einem müden Lächeln und öffnete ihre Augen einen Spaltbreit. »Du bist hier. Wie schön!« Es war ersichtlich, wie viel Kraft und Qual es sie kosten musste, diese wenigen Silben auszusprechen.

»O Gott, Mom! Wie geht es dir? Hast du starke Schmerzen? Soll ich einen Arzt rufen?« Am liebsten hätte ich mich auf sie gestürzt und sie fest in den Arm genommen, aber unter ihrer Bettdecke lugten Kabel hervor, die zu irgendwelchen Maschinen und einem Infusionsbeutel führten, sodass ich es nicht wagte, meine Mom auch nur zu berühren. Stattdessen setzte ich mich auf den Stuhl neben ihrem Bett und rutschte so nah wie möglich an sie heran.

»Das ist nicht nötig«, antwortete Mom mit dünner Stimme. »Ich bekomme bereits Schmerzmittel.« Sie versuchte ihren Oberkörper aufzurichten, verzog dabei aber schmerzverzerrt das Gesicht. Reflexartig sprang ich auf, legte meine Hände auf ihre Schultern und drückte sie zurück auf die Matratze.

»Mom!«, sagte ich mit strenger Miene. »Bleib liegen und beweg dich nicht. Sonst lasse ich dich fixieren!«

Sie lächelte und schloss erschöpft die Augen. Wahrscheinlich hielt sie meine Drohung für einen Spaß. Dabei meinte ich jedes meiner Worte todernst.

»Was ist überhaupt passiert?«, fragte ich nach einem Moment der Stille. »Und was sagen die Ärzte, was dir fehlt?«

Mom antwortete nicht sofort und ich nahm an, die Medikamente hätten sie ins Traumland entführt, so entspannt wirkte ihre Mimik auf einmal. Doch sie öffnete ein weiteres Mal die Augen und sah mich mit dem Anflug eines Lächelns an.

»Sie sagen, dass wir unsere Frühstücksverabredung für morgen wohl hierher verlegen müssen«, versuchte sie es mit einem Witz. Aber als ich nicht darauf einging, seufzte sie leise, schloss erneut die Augen und beichtete mir die Wahrheit. »Mein Bein ist gebrochen ebenso wie drei meiner Rippen. Meine Milz ist beschädigt und ich habe ein leichtes Schädel-Hirn-Trauma erlitten. Ich werde die nächsten Tage zur Beobachtung hierbleiben müssen, um sicherzugehen, dass keine Operation notwendig ist.«

»Oh, Mom!«, schluchzte ich und ein Beben ging durch meinen Körper. Auch wenn ich mit eigenen Augen sah, dass es ihr den Umständen entsprechend gut ging, war der Gedanke, was ihr alles hätte passieren können, unvorstellbar.

»Schon gut, Spätzchen. Alles wird gut, versprochen.« Mom schob ihre Hand unter der Decke hervor und versuchte nach meinen Fingern zu greifen.

Mit zitternden Händen kam ich ihr entgegen und umschloss ihre eiskalten Finger. Dass sie das bisschen Kraft, das ihr geblieben war, darauf verwendete, mich zu trösten, ließ meine Selbstbeherrschung in sich zusammenfallen. Heulend warf ich mich auf die Bettkante, um beruhigenden Körperkontakt bemüht.

Ich wusste nicht, wie lange wir auf diese Art beieinandersaßen, aber als sich die Zimmertür öffnete, schreckte ich hoch. Zum Glück war es nur eine Schwester, die sich nach dem Wohl meiner Mom erkundigte und anschließend einige Werte kontrollierte, ehe sie einen der Apparate neu einstellte. Danach verabschiedete sie sich mit einem Lächeln und ließ uns wieder allein.

»Mom? Was ist eigentlich passiert? Wie kam es zu dem Unfall?«, rollte ich das Thema von vorhin noch einmal auf. Ich wollte sie nicht quälen, aber diese Frage ließ mir einfach keine Ruhe. Vor allem der Umstand, dass Nox in der Nähe gewesen war, beunruhigte mich. Zwar glaubte ich nicht, dass er etwas mit dem Unfall zu tun hatte, aber seine Anwesenheit war sicherlich nicht rein zufällig gewesen.

Mom starrte an die Zimmerdecke und schien meinen Blick zu meiden. Auch hatte sie die Lippen fest zusammengepresst, was nicht den Anschein erweckte, als würde sie mir auf meine Frage antworten wollen.

»Ich kann mich nicht erinnern«, sagte sie schließlich mit tonloser Stimme. »Die Ärzte sagen, dass das nach einem solchen Unfall normal ist.«

Ich nickte, auch wenn mich Mom nicht ansah. Dabei hatte ich große Mühe, nicht erneut in Tränen auszubrechen. Mir war bewusst, dass ein solches Erlebnis sowohl körperlich als auch seelisch äußerst schmerzhaft sein musste. Aber ich wusste auch, dass Mom eine noch schlechtere Lügnerin war als ich.

»Ja, kann sein«, erwiderte ich leise. »Nur will mir einfach keine Verkehrssituation in den Sinn kommen, mit der du überfordert gewesen sein könntest. Ich meine, du fährst immer vorausschauend, rechnest mit allen möglichen Fehlern der anderen Fahrer und verfügst dazu über bessere Reflexe als eine Katze.« Mit gesenktem Kopf zuckte ich die Schultern. »Ich würde es einfach nur gerne verstehen.«

Ein leises Schluchzen ließ mich aufschauen und ich sah Mom stumme Tränen vergießen. Sofort plagten mich Schuldgefühle.

»Es tut mir leid, Mom. Ich hätte nicht nachhaken sollen. Vergiss meine Frage einfach.« Am liebsten hätte ich mich selbst geschlagen. Wie unsensibel konnte ein Mensch nur sein?

»Bitte! Es tut mir leid!«, versuchte ich es erneut, als sie sich nicht beruhigen ließ. Ihr gesamter Körper bebte und das Piepsen einer Maschine beschleunigte seinen Rhythmus. »Ich wollte dich nicht …«

»Ich glaube, ich verliere den Verstand«, unterbrach mich meine Mom mit zitternder Stimme. Als sie mich ansah, wirkte sie völlig verängstigt. »Ich habe etwas gesehen, was gar nicht möglich ist!«

Die Panik in ihren Augen sowie ihre Worte kamen mir derart vertraut vor, dass mein Pulsschlag augenblicklich sein Tempo verdoppelte und ich in kalten Schweiß ausbrach.

»Was, Mom? Was meinst du gesehen zu haben?«, fragte ich, besorgt über die Vielfalt der möglichen Antworten.

Meine Mom blickte mich mit zusammengepressten Lippen an, als wöge sie ab, ob sie sich mir anvertrauen sollte. Glücklicherweise überwog ihr Mitteilungsbedürfnis ihre Angst für verrückt gehalten zu werden.

»Ich habe Adams Bruder gesehen. Diesen Nox. Er war bei mir, als der Krankenwagen eintraf. Dabei hat er golden geleuchtet und er hatte riesige, strahlend weiße Flügel. Wie ein Engel.«

***

Das Brummen der Maschine, als die heiße Schokolade in den Pappbecher floss, hatte etwas zutiefst Beruhigendes. Wenn ich die Augen schloss und mich nur darauf konzentrierte, konnte ich für einen kurzen Moment ausblenden, was mir meine Mom anvertraut hatte, ehe eine Schwester ins Zimmer gekommen war und mich rausgeschmissen hatte. Moms vermeintliche Beichte hatte ihr Herz so rasant schlagen lassen, dass ein Alarm losgegangen war und man ihr zugunsten ihrer Genesung vorerst die Besucherrechte abgesprochen hatte.

Nach einer eiligen Verabschiedung und dem Versprechen, am nächsten Tag wiederzukommen, hatte ich mich aus dem Krankenzimmer gerettet, bevor meine Mimik meine Gedanken und Emotionen verraten konnte.

Das ist völlig unmöglich! Das kann einfach nicht sein! Nein! Auf keinen Fall!

Mit zitternder Hand nahm ich das Getränk aus der Halterung und schloss die Finger um die wohltuende Wärme, während ich gedankenversunken durch die Cafeteria in Richtung Ausgang schritt.

Nox war am Unfallort. Okay. Und vielleicht hat Mom ihn sogar dort gesehen. Einverstanden. Aber er hat bestimmt nicht golden geleuchtet oder Engelsflügel besessen! Dieser Teil muss ihrer Fantasie entsprungen sein.

Zwar konnte ich mich nicht daran erinnern, jemals mit Nox über das Thema »himmlische Gaben« gesprochen zu haben, aber ich hatte den Höllendiener oft genug unbekleidet gesehen, um sicher sein zu können, dass er keine Flügel besaß.

Außerdem kann Mom auf keinen Fall Nox' Aura gesehen haben. Falls sie überhaupt golden ist.

Wer wusste schon, wie sich die Seelenfarbe eines verstoßenen Engels veränderte, wenn er auf einmal für die Hölle arbeitete.

Adam weiß es sicherlich, kam es mir in den Sinn. Doch da ich weder eine Ahnung davon hatte, wo sich mein Schutzengel augenblicklich herumtrieb, noch wie ich ihn ohne Handy kontaktieren konnte, musste die Beantwortung dieser Frage noch etwas warten. Ebenso wie die Wahrheit darüber, was am Unfallort geschehen war.

Auf meinem Weg zum Krankenhausausgang musste ich irgendwo falsch abgebogen sein, denn auf einmal fand ich mich in einem schwach beleuchteten und verlassenen Gang wieder. Baumaterialien und Werkzeuge lagen auf dem Boden verstreut und ich hegte den Verdacht, dass Besuchern der Zutritt zu diesem Teil des Krankenhausgebäudes untersagt war.

In dem Versuch, einen Weg zurück in Richtung Ausgang zu finden, drehte ich mich hin und her. Doch ich konnte keine Hinweisschilder oder andere Hilfsmittel entdecken, weshalb ich kurzerhand beschloss dem Gang weiter zu folgen.

Meine Schritte hallten gespenstisch von den nackten Wänden wider und mein Herz raste. Immer wieder blickte ich über meine Schulter nach hinten, weil mich bescheuerte Hollywoodfilme gelehrt hatten, dass einen an solchen Orten meist nichts Gutes erwartete. Aber natürlich war niemand hinter mir her und ich verfluchte meinen Verstand für seine Einfältigkeit.

In dem Vorhaben, möglichst schnell, aber gleichzeitig unauffällig und leise diesen unheimlichen Flur hinter mich zu bringen, schlich ich auf Zehenspitzen weiter. Plötzlich hörte ich eine mir bekannte Stimme durch den Flur schallen und mir gefror das Blut in den Adern.

»Du hast versagt, Kegan! Du hattest eine präzise Aufgabe und bist gescheitert!« Gabriel klang erbost, was so gar nicht zu seinem sonst so freundlichen Erscheinen passte. »Dafür sollte ich dich bestrafen und zurückschicken!«

»Es tut mir leid, okay? Ich weiß, dass ich Scheiße gebaut habe«, antwortete eine weitere mir bekannte Stimme. Auch wenn ich sie erst einmal gehört hatte, würde ich ihren Klang immer und überall wiedererkennen.

Key!

Mein Puls hämmerte, Blut rauschte mir in den Ohren und meine Hände waren schweißnass. Alle meine Sinne waren aufs Äußerste geschärft und ich musste den Impuls unterdrücken, die Flucht zu ergreifen.

Was machen die beiden hier? Und woher kennen sie sich überhaupt?

Doch die wohl wichtigste Frage war, worüber sie miteinander sprachen.

»Bestraf mich von mir aus, aber schick mich nicht zurück!«, sprach Kegan weiter. Er klang verzweifelt. »Ich schwöre, ich mache es wieder gut. Gib mir noch eine Chance!«

Entweder antwortete Gabriel nicht oder ich konnte seine Erwiderung nicht hören, denn für mehrere Sekunden war mein Herzschlag das einzige wahrzunehmende Geräusch.

»Hey! Sie! Was machen Sie hier unten? Unbefugten ist der Zutritt in diesen Bereich untersagt!« Die polternde Stimme gehörte einem älteren Mann um die sechzig, wie sich herausstellte, als ich zu Tode erschrocken herumwirbelte. Ich vermutete, es mit dem Hausmeister zu tun zu haben, denn der füllige Körper steckte in einem verschmutzten Blaumann.

»Entschuldigung«, erwiderte ich reflexartig und ging auf den Mann zu. Ich wollte weg von den beiden Kreaturen am anderen Ende des Ganges. »Ich war auf dem Weg zum Ausgang und hab mich verlaufen«, sagte ich demütig, während ich an dem Mann vorbeiging, ohne ihn direkt anzusehen. Er sollte meinen panischen Gesichtsausdruck nicht sehen, sonst hielt er mich womöglich für eine Patientin, die aus einer der gesicherten Abteilungen geflohen war.

»Der Ausgang befindet sich zwei Stockwerke höher. Nimm das linke Treppenhaus, dann gelangst du nach oben«, rief mir der Mann hinterher, aber ich hörte ihm nicht mehr zu. Ich war bereits losgelaufen und würde erst wieder anhalten, wenn ich das Krankenhaus weit hinter mich gebracht hatte.

SECHZEHN

Nach einer gefühlten Ewigkeit erreichte ich endlich unsere Einfahrt, wo mich gleich die nächste – zur Abwechslung mal positive – Überraschung erwartete. Mein mitternachtsblauer Hyundai Sonata stand dort, als wäre er nie weg gewesen.

Wie kommt der denn hierher?

Ich bezweifelte, dass Mom ihre Meinung geändert und die Strafe beglichen hatte. Da ich jedoch zu erschöpft war, um dieses Geschenk infrage zu stellen, freute ich mich einfach darüber.

Mit dem letzten bisschen Kraft, das ich noch besaß, schleppte ich mich die Stufen zum Hauseingang hinauf, schloss die Tür auf, knipste das Licht an und stieß einen spitzen Schrei aus.

»Was zur Hölle machst du denn hier?«, fragte ich Adam, nachdem der erste Schock überwunden war und mein Herz mir nicht länger im Hals pochte. Er hatte auf der untersten Stufe der Treppe gesessen, die ins Obergeschoss führte, war jetzt aber aufgesprungen und kam auf mich zu.

»Ich hab auf dich gewartet!«, lautete die harsche Antwort. »Wo in aller Erzengel Namen hast du gesteckt? Als ich im Krankenhaus ankam, sagte man mir, dass du bereits vor über einer halben Stunde gegangen seist. Ich hab daraufhin versucht dich anzurufen, aber du bist nicht rangegangen. Dann habe ich dich gesucht, aber auch das war nicht von Erfolg gekrönt. Also bin ich hergekommen, um auf dich zu warten. Jetzt geistert Nox irgendwo in der Stadt herum, um dich zu suchen.«

Auch wenn mich Adams Bemühungen und seine Sorge rührten, war ich zu müde, um darauf zu reagieren. Stattdessen begab ich mich in Richtung Wohnzimmer.

»Ich musste den Bus nehmen, weil ich weder mein Handy dabeihatte, um dich anzurufen, noch genügend Geld für ein Taxi«, sagte ich. Mit einem Stöhnen ließ ich mich auf die Couch fallen. Es fühlte sich so unbeschreiblich gut an, meinen ermatteten Körper endlich zur Ruhe zu betten, dass meine Augen von selbst zufielen und ich Gefahr lief, jeden Moment einzuschlafen.

»Gut, aber jetzt bist du ja hier. Am besten, ich gebe Nox Bescheid, dass er die Suche nach dir einstellen kann.« Adam setzte sich neben mich und ich warf ihm aus halb geöffneten Augen einen flüchtigen Blick zu. Er hatte sein Handy gezückt und tippte mit geübten Bewegungen auf dem Display herum.

Einige Minuten schwiegen wir beide und außer meinem gleichmäßigen Atem war nichts zu hören. Ich hoffte, die Stille würde meine umherwirbelnden Gedanken zur Ruhe bringen, denn bereits den gesamten Nachhauseweg über hatte ich über die Ereignisse des Tages gegrübelt und dabei nicht nur Kraft und Nerven eingebüßt.

Mir entfloh ein Stöhnen und ich rieb mir mit beiden Händen über das Gesicht. Ich war immer noch fassungslos darüber, in welcher Geschwindigkeit sich ein einzelner Nachmittag in eine riesige Katastrophe verwandeln konnte.

»Was ist?«, fragte Adam und sah von seinem Handy auf.

»Nichts«, erwiderte ich und setzte mich ächzend auf. »Ich habe mich gerade nur daran erinnert, dass ich noch Moms Sachen packen muss, bevor ich morgen zu ihr fahre.« Ich wollte mich gerade von der Couch erheben, als mir ein Gedanke kam und ich mich mit gerunzelter Stirn an Adam wandte. »Apropos fahren. Sag mal, hast du etwas mit meinem Auto zu tun, das in der Einfahrt steht?«

Adam blickte mich an, als hätte ich ihn auf frischer Tat ertappt. »Wieso fragst du? Freust du dich etwa nicht, dass es wieder da ist?«

»Doch, natürlich«, antwortete ich und runzelte die Stirn. Adams Reaktion verunsicherte mich, und fast hatte ich den Eindruck, als wäre es falsch von mir, Freude zu empfinden.

»Gut, denn es wäre ärgerlich gewesen, wenn ich meinen Gefallen bei dem Justizmitarbeiter umsonst eingefordert hätte.« Adam zuckte mit den Schultern. »Außerdem habe ich Joleen vorhin eine Tasche mit Kleidung, Hygieneartikeln und etwas Entertainment vorbeigebracht. Das ist auch der Grund, weshalb ich erst so spät im Krankenhaus war und wir uns verpasst haben.«

»Oh, okay. Danke.« Noch immer wusste ich nicht, welche Reaktion angebracht war. »Das war sehr nett von dir. Aber irgendwie werde ich den Verdacht nicht los, dass du mir etwas verheimlichst. Du guckst so, als hättest du den Wagen geklaut und ihn nicht auf legalem Weg beschafft.«

Auf einmal wandelte sich Adams Miene und er presste die Lippen fest aufeinander. Verärgerung blitzte in seinen Augen auf und auch wenn ich nicht wusste, was ich falsch gemacht hatte, fühlte ich mich plötzlich schuldig. Bevor ich jedoch etwas sagen konnte, stieß Adam seinen Atem geräuschvoll aus, warf die Hände in die Luft und verschränkte die Finger im Nacken. Mit dem Blick eines getretenen Hundes sah er mich an.

»Ich hab den Wagen nicht geklaut, aber etwas ähnlich Dämliches getan!« Er ließ den Kopf hängen und strich sich mit den Händen durch seine goldblonden Strähnen. »Ich habe das Auto bereits seit Mittwochabend. Aber weil ich nach unserem Streit so wütend auf dich war, habe ich es dir nicht vorbeigebracht. Deswegen musstest du heute Nacht diese unnötigen Strapazen erleiden. Von der Todesfahrt auf Nox' Motorrad ganz zu schweigen.« Ein freudloses Lachen erklang und Adam schüttelte schwach den Kopf. Als er wieder aufsah, lag Reue in seinem Blick. »Bin ich nicht ein toller Schutzengel?«

Verdutzt über Adams Worte wusste ich nicht sofort, was ich erwidern sollte. Klar war es ärgerlich gewesen, heute Abend kein Auto gehabt zu haben. Aber wenn man es realistisch betrachtete, war ich nach dem Anruf des Arztes sowieso nicht in der Verfassung gewesen, ein Fahrzeug zu lenken. Und abgesehen von der nervigen Busfahrt nach Hause war ich auch ohne eigenen Wagen ganz gut zurechtgekommen.

»Du bist wirklich ein toller Schutzengel«, antwortete ich und legte Adam lächelnd meine Hand auf den Arm. »Andernfalls hättest du dich gar nicht erst darum bemüht, mein Auto wiederzubekommen. Und du hättest Mom auch keine Sachen ins Krankenhaus gebracht. Aber dir habe ich es zu verdanken, dass ich wieder mobil bin und Mom sich trotz aller Umstände einigermaßen wohlfühlen kann.«

Auf Adams Gesicht stahl sich ein schwaches Lächeln und die Selbstvorwürfe in seinem Blick schienen zu schwinden. Für einen langen Moment sahen wir uns schweigend an. In meinem Inneren entstand ein warmes und friedvolles Gefühl, das sämtliche negativen Gedanken und Emotionen in den Hintergrund drängte und die betrunkenen Schmetterlinge in meinem Bauch aus ihrem Winterschlaf erweckte.

Ungewollt huschte mein Blick von Adams Augen zu seinen Lippen. Noch nie hatte ich den Wunsch verspürt, sie berühren zu wollen, doch auf einmal musste ich unbedingt erfahren, wie sie sich anfühlten. Wie sie schmeckten.

»Wenn ich Nox das nächste Mal sehe, werde ich ihn umbringen«, wisperte Adam mit rauer Stimme und ich fragte mich, wieso er ausgerechnet jetzt an den Höllendiener dachte. War ich etwa die Einzige, die diese unglaubliche Verbundenheit zwischen uns beiden spürte? Wohl kaum! »Dass er es ernsthaft gewagt hat, dich auf seiner Maschine mitzunehmen, obwohl eine Kugel in seiner Schulter steckt. Dafür hat er ein One-Way-Ticket in die Hölle verdient!«

Als hätte mir jemand einen Eimer Eiswasser über den Kopf gekippt, erloschen schlagartig alle sinnlichen Empfindungen in mir und ich starrte Adam mit weit aufgerissenen Augen an.

»Was?« Meine Stimme schrillte um zwei Oktaven höher. »In Nox' Schulter steckt eine Kugel?« Meine Echauffiertheit rührte weniger von der Sorge her, dass ich auf einem Motorrad mitgefahren war, dessen Fahrer körperlich beeinträchtigt war, als vielmehr von dem Umstand, dass Nox offensichtlich angeschossen worden war und niemand es für nötig befunden hatte, es mir mitzuteilen. »Wie zur Hölle ist das passiert?«

Adams Miene verdüsterte sich ein weiteres Mal und seine Augenbrauen zogen sich zusammen. Er machte nicht den Eindruck, als würde er mir diese Frage beantworten wollen.

»Adam«, sagte ich warnend und blickte mein Gegenüber mit ernstem Blick an. »Du sagst mir jetzt sofort, was heute Nacht passiert ist, oder ich schwöre dir, ich werde ...«

»Okay, ich erzähle es dir«, unterbrach mich Adam und richtete seinen Oberkörper auf. »Aber nur, weil ich nicht will, dass du dich erneut aus Unwissenheit in Gefahr begibst.« Er atmete tief durch und begann anschließend zu erzählen. »Vor ein paar Tagen habe ich Killian nach der Schule abgefangen und wollte mit ihm reden. Aber er ist einfach gegangen. Also bin ich ihm gefolgt, um ihn mit meiner Engelszunge dazu zu bringen, mir wenigstens zuzuhören. Ich dachte, auf diese Weise dringe ich zu ihm durch. Allerdings ...« Adam senkte den Blick, als könnte er mir nicht mehr in die Augen sehen. »Es hat nicht funktioniert, Ave.«

»Was? Aber wieso denn nicht? Bei dem Typen auf dem Festival und Mom hat es doch auch geklappt.« Jetzt verstand ich gar nichts mehr. Hatte Adam nun seine Engelsfähigkeit zurückerhalten oder nicht?

Er hob den Kopf und sah mich an. Schmerz spiegelte sich in seinen Augen. »Genau. Bei ihnen hat es funktioniert. Und dass es bei Killian nicht der Fall war, lässt nur eine Schlussfolgerung zu.« Adam schluckte hart und ich sah seinen Kehlkopf auf und ab hüpfen. »Wenn ein Mensch nicht auf die Fähigkeiten eines Engels reagiert, bedeutet das, dass ein Dämon seine Seele infiltriert hat.«

***

»Wie bitte? Ians Seele wurde von einem Dämon infiltriert?« Ich wiederholte Adams Worte, ohne selbst glauben zu können, was ich da sagte. Doch Adam nickte und löschte damit jeden Zweifel aus.

»Ja, und es muss sich um einen ranghohen Dämon handeln, denn der Bann ist unheimlich stark.« Adam legte seine Hand auf meine, die noch immer auf seinem Arm ruhte. »Aber das ist noch nicht alles, Ave. Als ich Nox davon erzählte, sagte er mir, dass er ebenfalls etwas Interessantes herausgefunden hatte.« Er verschränkte unsere Finger miteinander, was mir einen wohligen Schauder durch den Körper jagte und die drohende Kälte in meinem Inneren zurückdrängte. »Einige seiner Dämonenkollegen haben ihm dasselbe erzählt, was wir heute in der Bibliothek von David erfahren haben. Die Unterwelt ist gespalten und immer mehr Dämonenblütler agieren auf eigene Faust.«

Meine Augen wurden mit jedem Wort größer. Abgesehen von dem Umstand, dass sich mein Verdacht bezüglich des Unfalls meiner Mom erhärtete, schien es meine Schuld zu sein, dass ein Dämon Besitz von Killians Seele ergriffen hatte.

»Wir müssen ihn retten!«, rief ich. Tränen traten mir in die Augen. Meine anfängliche Erschöpfung war wie weggeblasen und neue Energie erfasste meinen Körper. Am liebsten hätte ich auf der Stelle Killian aufgesucht und ihm diesen Dämon eigenhändig ausgetrieben.

»Das ist nicht so einfach«, gestand Adam. »Je nachdem, um welchen Dämon es sich handelt, kann nur seine eigene Magie den Bann lösen, ohne Ian zu töten. Wir müssen also als Erstes herausfinden, wer genau hinter dem Angriff steckt. Und aus dem Grund wollte ich mir diesen Key vorknöpfen, von dem du erzählt hast. Aber bis zum heutigen Tag war er unauffindbar.«

»O mein Gott!«, stieß ich hervor, entriss Adam meine Hand und schlug mir beide Hände vor den Mund. In meinem Kopf überschlugen sich die Gedanken, wirbelten umher und begannen sich wie Puzzleteile zusammenzufügen, bis ein fast vollständiges Bild vor meinem geistigen Auge erschien.

»Ich weiß, das Ganze sieht ziemlich schlimm aus«, sagte Adam, der meine Reaktion missinterpretiert hatte.

»Darum geht es nicht, Adam!«, sagte ich aufgeregt und mein gesamter Körper kribbelte, als hätte ich an eine Hochspannungsleitung gefasst. »Ich glaube, ich weiß, was hier los ist!« Reflexartig griff ich nach Adams Händen. Prompt spürte ich, wie mich diese besondere Ruhe erfasste. »Als ich im Krankenhaus war, habe ich Key getroffen. Zusammen mit Gabriel.« Ich erzählte von dem Gespräch, das ich belauscht hatte, ehe mich der Hausmeister entdeckt und verjagt hatte. Meinen Bericht beendete ich mit meiner eigenen Schlussfolgerung. »Ich glaube, die beiden haben über den gescheiterten Versuch geredet, meine Mom umzubringen und es wie einen Unfall aussehen zu lassen.« Erst als die Silben meinen Mund verlassen hatten, wurde mir bewusst, was ich da gerade gesagt hatte und welch katastrophales Ausmaß meine Worte besaßen, falls sie der Wahrheit entsprachen.

Vor Entsetzen schnappte ich nach Luft, doch es half nicht. Der Schock raubte mir den Atem und mein gesamter Körper begann zu zittern. Wie bei einem heftigen Schüttelfrostanfall klapperten meine Zähne aufeinanderund selbst als ich meine Arme um meinen Oberkörper schlang, verspürte ich keinerlei Wärme.

»Avery, beruhige dich«, sagte Adam mit einfühlsamer Stimme und rutschte dicht an mich heran. Ich spürte seine Hände an meinem Körper und kurz darauf saß ich auf seinem Schoß. Wie von selbst schmiegte ich mich an seine Brust, während er mir beruhigend über den Rücken strich. »Alles wird gut, das verspreche ich dir.«

Unaufhaltsam flossen mir Tränen über die Wangen und wurden von Adams Shirt aufgesaugt. Doch er beschwerte sich nicht. Stattdessen wisperte er immer wieder im zärtlichen Ton, dass alles gut werden würde.

Es bedurfte einiger Zeit, aber irgendwann begann ich an seine Worte zu glauben. Das half mir mich zu beruhigen. Mein Puls normalisierte sich, ich konnte wieder atmen und mein Tränenstrom versiegte.

»Sie wollten sie umbringen«, flüsterte ich kaum hörbar und hob den Kopf, um Adam ansehen zu können. Ein Blick in seine warmen, braunen Augen war genau der Balsam, den ich jetzt brauchte. »Sie wollten meine Mom töten! *Meine Mom,* Adam!« Erneut wurden meine Augen feucht und meine Lippen begannen zu beben. »Warum nur? Warum ausgerechnet sie?«

»Das weiß ich nicht«, antwortete Adam mit sanfter Stimme, ohne mit dem Streicheln aufzuhören. »Aber wir finden es heraus und ich schwöre dir, wir werden die Täter dafür bestrafen.« Er besiegelte seinen Schwur mit einem zärtlichen Kuss auf meine Stirn.

Prompt beschleunigte sich der Schlagrhythmus meines Herzens und in meinem Bauch breitete sich wieder dieses warme Kribbeln aus, das sich zu einem regelrechten Brand auswuchs, als Adam mir ein weiteres Mal in die Augen sah. Nun war in seinem Blick mehr als nur Zuneigung und freundschaftliche Liebe zu erkennen.

»Wir dürfen nicht zulassen, dass ihr etwas geschieht«, wisperte ich und hob eine Hand. Ohne zu wissen, was ich hier tat, legte ich meine Fingerspitzen an Adams Lippen. »Ebenso wie Killian.«

»Wir werden sie beide retten und beschützen«, versprach Adam und sein Blick huschte zwischen meinen Augen und meinem Mund hin und her.

Die Spannung zwischen uns verstärkte sich immer mehr, bis ich sie kaum noch ertragen konnte.

»Avery, wir sollten das lassen«, sagte Adam plötzlich und lehnte sich ein wenig zurück. Ich hatte gar nicht mitbekommen, dass ich mich zu ihm vorgebeugt hatte, doch seine Worte erweckten mich aus einer Art Trance und ich richtete mich auf.

»Sorry, ich wollte nicht ...«, begann ich, schüttelte jedoch irritiert den Kopf. Ich wusste nicht, was geschehen war, aber ich war mir sicher gewesen, dass Adam diesen Kuss ebenso gewollt hatte wie ich. Doch offenbar hatte ich mich getäuscht.

»Nein, entschuldige dich bitte nicht. Und sei auch nicht sauer. Es ist nur, ich will weder dich noch die Situation ausnutzen. Wenn ich diesen Kuss jetzt aber zulasse, missbrauche ich dein Vertrauen. Und das würde ich mir nie verzeihen.« Nun beugte sich Adam zu mir vor und lehnte seine Stirn gegen meine. Während er mir fest in die Augen sah, sagte er: »Ich verspreche dir, wenn du mich jemals wieder küssen willst, werde ich dich nicht erneut abweisen. Ein zweites Mal überlebe ich diesen Fehler nicht.«

Trotz meines angeknacksten Egos musste ich lächeln. Auch wenn es schwerfiel zuzugeben, hatte Adam recht. Im Augenblick war ich derart mit meinen Gedanken und Gefühlen überfordert, dass es unfair wäre, Adams Zuneigung für mich auszunutzen, nur um mich für kurze Zeit besser zu fühlen.

»Du bist wahrlich ein Engel, Adam Hill«, erwiderte ich schmunzelnd und hauchte ihm einen Kuss auf die Wange. »Aber um uns beide nicht noch einmal in Versuchung zu führen, setze ich mich lieber wieder auf die Couch.«

Adam nahm meine Worte mit einem traurigen Blick zur Kenntnis, hinderte mich jedoch nicht daran, es mir am anderen Ende des Sofas gemütlich zu machen.

Nach einem Moment des Schweigens nahm er das Gespräch mit neutraler Miene wieder auf. »Ich weiß, jetzt ist nicht der beste Zeitpunkt für diese Beichte, aber Joleen hat mir das Versprechen abgenommen, während ihrer Abwesenheit hier bei dir zu wohnen. Ich hoffe, das ist okay für dich?«

Verblüfft von dem abrupten Themenwechsel brauchte ich ein paar Sekunden, um über die Frage nachzudenken. Seit ich mich erinnern konnte, hatten in diesem Haus immer nur Mom und ich gelebt. Und jetzt sollte plötzlich ein Mann einziehen? Die Vorstellung hatte etwas Surreales. Aber in Anbetracht der jüngsten Geschehnisse wäre es sicherlich nicht dumm, Adam in meiner Nähe zu wissen. Immerhin bestand die Gefahr, dass nach Killian und meiner Mom ich das nächste Opfer eines heimtückischen Angriffs werden konnte. Außerdem hatte Adam nach eigenen Worten bereits eine ganze Zeit lang hier gewohnt. Und auch meine Gefühle für ihn hatten sich in den letzten Tagen grundlegend gewandelt. Hatte ich zu Beginn unseres Kennenlernens nicht gewusst, wie ich mich ihm gegenüber verhalten sollte, so hatten wir inzwischen lebhaft miteinander gestritten, geflirtet und auch ernste Gespräche und Geheimnisse geteilt.

Ich wollte ihn gerade sogar küssen! Da werde ich es wohl überleben, wenn er ein paar Tage in seinem alten Zimmer wohnt.

Lächelnd schüttelte ich den Kopf. »Nein, das ist kein Problem. Dann hast du auch noch genug Zeit, mir zu erzählen, wie es dazu kam, dass Nox angeschossen wurde.« Auch wenn wir heute Nacht bereits viel gesprochen und geklärt hatten, war die eigentliche Frage nach dem Hergang von Moms Unfall bisher unbeantwortet.

Adams Miene schlug ein weiteres Mal um und er sah mich mit gerunzelter Stirn an. »Du lässt einfach nicht locker, oder? Egal, was und wie viel du heute bereits durchmachen musstest, du willst unbedingt mehr, nicht wahr?«

Anstatt zu antworten, zuckte ich mit den Schultern. »Lieber erfahre ich alles auf einmal, als mir jeden Tag aufs Neue den Boden unter den Füßen wegreißen zu lassen.«

Adam erwiderte meinen Blick mit verengten Augen, dann seufzte er und gab sich geschlagen. »Gut, wie du willst. Aber ich warne dich. Es wird dir nicht gefallen, was ich zu erzählen habe.«

Ein freudloses Lachen perlte über meine Lippen, während ich die Beine an die Brust zog und sie mit meinen Armen umschlang. »Hat es das jemals? In Bezug auf die Prüfungen, meine ich?«

»Auch wieder wahr«, gestand Adam. »Dennoch: Ich will hinterher keine Beschwerde hören, verstanden?« Als ich mit einem Augenrollen einwilligte, sprach er weiter. »Nox hat Killian die letzten Tage beschattet in der Hoffnung, auf Key – Kegan – zu stoßen. Heute war es endlich so weit. Während wir in der Bibliothek waren, hat Killian seinen vermeintlichen Kumpel an einem verlassenen Jahrmarkt im Norden abgeholt, ehe sie zusammen Essen gefahren sind. Nox hat mich per SMS auf dem Laufenden gehalten und berichtet, dass Kegan ebenfalls keine sichtbare Aura besitzt.«

»Das passt ja zu dem, was ich heute im Krankenhaus mitbekommen habe«, sagte ich. »Gabriel und Kegan arbeiten zusammen.«

»So sieht es aus. Und deiner Erzählung nach muss Gabriel der Boss und somit auch das ranghöhere Wesen sein«, erwiderte Adam. »Vermutlich hat er Kegans Aura verborgen, um sämtliche Spuren, die zu ihm führen könnten, zu vertuschen. Was auch immer er plant, er will offenbar unerkannt bleiben.«

»Also war es gar nicht Kegan, der Killians Erinnerungen manipuliert und seine Seele infiltriert hat. Sondern Gabriel.« Mein Magen verkrampfte sich und mir wurde schlecht. Ich hatte von Anfang an kein gutes Gefühl bei Gabriel gehabt, doch dieses Ausmaß an dämonischer Kriminalität überwältigte mich.

Und ausgerechnet in ihn musste sich Mom vergucken? Klasse!

Kaum war mir dieser Gedanke gekommen, zweifelte ich auch schon daran, dass es sich bei ihrer Sympathie um Zufall handelte. Ich hielt es für viel wahrscheinlicher, dass dieser Umstand ebenfalls auf Gabriels Kappe ging.

»Okay, und was ist dann passiert?«, fragte ich Adam, während ich versuchte, die neuen Informationen zu verarbeiten und abzuspeichern. Leider fühlte sich mein Kopf bereits wie ein zu prall gefüllter Luftballon an und ich hegte den Verdacht, dass es nicht mehr viel bedurfte, bis mein Verstand wegen Überarbeitung den Geist aufgab und ich als schiefgelaufenes Lobotomie-Experiment endete.

»Nox schrieb, dass die beiden gegen fünf vom Dinner losgefahren und anschließend ziellos umhergeirrt sind«, erzählte Adam weiter. »Aber inzwischen wissen wir, dass sie das JPMorgan Chase Building umkreist haben.«

»Was? Aber Mom arbeitet in dem Gebäude!« Mich beschlich eine böse Vorahnung, in welche Richtung die Geschichte weitergehen würde, und eine schmerzhafte Gänsehaut überzog meinen Körper. Nun bereute ich es, nicht auf Adams Warnung gehört und ihn stattdessen zum Berichterstatten genötigt zu haben. Leider war es für einen Rückzieher zu spät und ich musste mich der Wahrheit stellen, auch wenn sie mich meine seelische Unversehrtheit kosten würde.

»Genau. Sie haben auf Joleen gewartet und sind ihr, nachdem sie vom Firmenparkplatz auf die Hauptstraße gebogen war, gefolgt«, sagte Adam mit ernster Miene. In seinen Augen sah ich lodernde Emotionen aufblitzen.

»War Gabriel auch irgendwo?«, fragte ich mit belegter Stimme.

»Leider ja. Und als Nox klar wurde, dass sich gleich zwei auralose Wesen in Joleens Nähe aufhielten, rief er mich an. Er sagte, Gabriel wäre zwar gemeinsam mit deiner Mom aus dem Gebäude gekommen, aber während sie zu ihrem Wagen ging und davonfuhr, war er dort geblieben, um zu telefonieren.«

»Bestimmt hat er Kegan angerufen, damit sie ihren perfiden Plan abstimmen konnten«, sagte ich und meine Worte ähnelten einem Knurren.

»Das war auch mein Gedanke«, antwortete Adam, dessen Stimme ebenfalls angespannt klang. »Leider konnte Nox nicht verstehen, worüber Gabriel gesprochen hat. Wir denken, er hat einen Zauber um sich gelegt, um unerwünschte Zuhörer abzuschirmen.«

Auch wenn ich es nicht gerne zugab, musste ich Gabriel Anerkennung zollen. Er war wirklich gerissen und wusste genau, worauf er achten musste, um unentdeckt zu bleiben. Trotzdem dominierte Zorn mein Innerstes. Um meine Gefühle unter Kontrolle zu halten, ballte ich immer wieder meine Hände zu Fäusten.

»Und wie genau kam es jetzt zu dem Unfall?«, hakte ich nach, als Adam keine Anstalten machte, von sich aus weiterzusprechen.

Der Engel musterte mich, als wäre er sich nicht sicher, ob er seine Erzählung fortsetzen sollte, aber bevor ich ihn darum bitten konnte, nahm er den Gesprächsfaden mit einem Seufzen wieder auf.

»Was danach passierte, weiß ich auch nur in groben Zügen. Nox hat es mir in einer kurzen, oberflächlichen Zusammenfassung berichtet, als ich ihn anrief, weil ich dich nicht finden konnte.«

»Dann weißt du, was Nox gemacht hat, nachdem er mich am Krankenhaus rausgelassen hat?«, fragte ich. Zwar erklärte die Kugel in seiner Schulter, weshalb der Höllendiener derart schlechte Laune gehabt hatte, aber warum er keine medizinische Hilfe in Anspruch genommen hatte, wenn er schon mal vor Ort gewesen war, verstand ich trotzdem nicht.

»Er war auf dem Weg zurück zum Jahrmarktsplatz«, antwortete Adam. »Er hatte gehofft, dort Killian und Kegan zu finden, die er im Chaos aus den Augen verloren hatte. Als ich ihm berichtete, dass du verschwunden warst, kam er sofort zurück, um mir bei der Suche zu helfen.«

Trotz der Eiseskälte in meinem Inneren weckten Adams Worte einen Funken Rührung in mir. Der Gedanke, dass Nox alles stehen und liegen gelassen hatte, um nach mir zu suchen, war wie ein schillernder Lichtstreif am sternlosen Firmament. Nicht zuletzt die Gewissheit, dass es dem Höllendiener trotz Schusswunde den Umständen entsprechend gut ging, ließ mich erleichtert aufatmen.

»Okay, wir schweifen wieder ab«, sagte ich und konzentrierte meine Gedanken auf das Wesentliche. »Wie kam es zu dem Unfall?«

»Nachdem Nox eingesehen hatte, dass er bei Gabriel nichts Nützliches in Erfahrung bringen konnte, ist er Killian und Kegan nachgefahren«, erklärte Adam weiter. »Als er sie eingeholt hatte, bekam er mit, wie Kegan immer wieder versuchte ins Steuer zu greifen. Offenbar hatten er und Killian Streit, wodurch Killians Wagen ins Schlingern geriet und sie das Heck von Joleens

Auto erwischten. Dann verlor deine Mom die Kontrolle über ihren Wagen, kam von der Straße ab und prallte gegen einen Ampelmast.«

»Was?« Trotz der Gewissheit, dass Adam nicht lügen konnte, und dem Umstand, dass ich ihm inzwischen vertraute, konnte ich kaum glauben, was er mir da erzählte. Wieso sollte Kegan Killian beim Fahren behindern? Selbst wenn er ein unsterblicher Dämon war und er sich keine Sorgen um sein eigenes Leben zu machen brauchte, hatte er bei diesem Manöver Killians Kopf riskiert. Aber noch viel wichtiger als diese Frage war für mich die Ungereimtheit, warum meine Mom wegen eines simplen Auffahrunfalls die Kontrolle über ihren Wagen verloren haben sollte.

Das ist unmöglich! Da muss etwas anderes dahinterstecken!

Mit gerunzelter Stirn stützte ich mein Kinn auf die Knie. »Gut, das erklärt den Unfall, aber wie kam es zu der Schießerei?«, fragte ich in der Hoffnung, weitere Puzzleteile aufdecken zu können. Noch waren die Lücken zu groß, um ein verständliches Bild zu erhalten.

»Als Joleens Wagen zum Stehen kam, hielt auch Killian sofort an und lief zu ihr«, antwortete Adam. »Nox wollte sich währenddessen um Kegan kümmern, aber der war Killian nachgeeilt, um ihn von Joleen fernzuhalten.«

»Ian wollte Mom helfen und dieser dämonische Abschaum hat ihn daran gehindert?« Noch nie hatte ich einen derartigen Hass verspürt wie in diesem Augenblick. Mein Innerstes schien in Brand zu stehen und es fühlte sich an, als wollten die Flammen alles Gute in mir auslöschen. Sämtliche Moral schwand aus meinem Verstand und der Wunsch, Kegan eigenhändig den Hals umzudrehen, dominierte meine Gedanken. Gleich neben dem, Gabriel in die Hölle zurückzuschicken.

»Das dachte ich anfangs auch«, gestand Adam. »Aber Nox hat ein paar Gesprächsfetzen aufgeschnappt, während er sich um Joleen kümmerte. Demnach wollte Kegan Killian nicht allein von ihr fernhalten, sondern ihn unbedingt von dem Unfallort weglotsen – warum auch immer.«

Die Sorge, was Kegan meinem Kumpel angetan hatte, wurde von der Bestätigung in den Hintergrund gedrängt, dass es tatsächlich Nox gewesen war, der sich bei meiner Mom befunden hatte, bis der Krankenwagen eingetroffen war. Doch anstatt mich darüber zu freuen, dominierte die Frage meinen Verstand, ob sich Mom den goldenen Schein und die weißen Engelsflügel womöglich doch nicht eingebildet hatte.

O mein Gott! Kann das wirklich sein?

Die Vorstellung war völlig verrückt, aber meine Mom gehörte nicht gerade zu der fantasiereichen Sorte Mensch. Wenn sie der Meinung war, etwas Derartiges gesehen zu haben, musste es dafür einen Grund geben.

»Ave? Ist bei dir alles klar?« Adam sah mich mit gerunzelter Stirn an. Sicherlich dachte er, die Geschichte hätte mich völlig aus den Socken gehauen.

Schnell verdrängte ich meine Überlegungen und konzentrierte mich stattdessen wieder auf mein Gegenüber.

»Ja! Sorry, ich war in Gedanken«, antwortete ich, unfähig, ein Lächeln hervorzubringen.

Adam musterte mich noch einen Augenblick lang, dann glättete sich seine Miene und er fuhr in seiner Erzählung fort. »Während Nox den Notruf verständigte, traf Killian hinter Nox ein. Als der seine Anwesenheit bemerkte und sich zu ihm herumdrehte, zielte Killian bereits mit einer Waffe auf ihn.«

»Was?«, spie ich entsetzt hervor und hoffte, mich verhört zu haben. »Killian hat eine Waffe?« Auch wenn dem rationalen Teil in mir klar war, dass dieser Killian nichts mehr mit dem jungen Mann zu tun hatte, den ich vor wenigen Wochen verstört auf dem Boden seines Zuhauses zurückgelassen hatte, wollte mein Herz das Gesagte nicht wahrhaben.

»Es tut mir leid, Ave, aber so ist es leider.« Adam wirkte ehrlich mitgenommen. Es musste auch für ihn hart sein mitzuerleben, wie sehr sich sein ehemaliger Kumpel verändert hatte. »Aber das ist nicht einmal das Schlimmste. Nox erzählte, dass Killian, bevor er die Kugel abfeuerte, von ihm verlangt hatte, dir etwas auszurichten.« Adam rutschte nah an mich heran und nahm meine Hände in seine. Ich hatte gar nicht bemerkt, wie sehr ich zitterte, bis sich Adams Ruhe auf mich übertrug. »Nox sollte dir sagen, dass du der Grund bist, weshalb Killian ohne Schwester leben muss. Also wird er der Grund sein, weshalb du ohne Mutter leben wirst.«

SIEBZEHN

01:31 Uhr hatte mein Handy angezeigt, als ich es aus dem Zimmer meiner Mom geholt hatte und damit ins Bett gegangen war.

04:23 Uhr zeigte es jetzt an.

Seit fast drei Stunden lag ich auf meiner Matratze, die Arme hinter dem Kopf verschränkt, die Füße gekreuzt, und starrte an die Zimmerdecke. Immer wieder musste ich daran denken, was Adam mir erzählt hatte.

Mom ist nur noch am Leben, weil Nox sie gerettet hat!

So qualvoll und verwirrend die Beziehung zwischen dem Höllendiener und mir auch war, ich würde ihm für diese Tat bis in alle Ewigkeit dankbar sein.

Grübelnd drehte ich mich auf die Seite, zog die Beine an den Bauch und machte mich klein. In den vergangenen Stunden hatte ich geweint, mir die Seele aus dem Leib geschrien – was Adam in regelmäßigen Abständen auf meine Türschwelle gelockt hatte – und die ganze Welt verflucht. Jetzt herrschte in meinem Inneren eine kalte Leere, die mich, ebenso wie die Gewissheit, dass es allein meine Schuld war, dass die Menschen in meinem Umfeld leiden mussten, zum Zittern brachte.

Ich habe Harmony an das Feenreich verloren, Killian ist von einem Dämon besessen und auf Mom wurde geschossen! Genügt es nicht, dass sich auf meiner Stirn ein Fadenkreuz befindet? Müssen unbedingt andere Leute gefährdet werden, nur damit ich um mein Leben kämpfen kann?

Ein unerwartetes Klopfen riss mich aus meinen Gedanken und ich schreckte wie ein Springteufel hoch. Mit weit aufgerissenen Augen starrte ich in Richtung des Fensters, wo das Klopfen seinen Ursprung hatte. Doch anstatt unseres nächtlichen Gartens erblickte ich ein vertrautes Gesicht, das sich kontrastreich von seiner Umgebung abhob.

Nox?!

Beim Anblick des Höllendieners vergaß ich schlagartig alle vorherige Besorgnis und sprang reflexartig aus dem Bett. Wenn Nox mitten in der Nacht herkam, musste etwas Schlimmes vorgefallen sein. Ich konnte nur hoffen, dass es nicht erneut meine Mom betraf.

»Was machst du hier?« Ich öffnete das Fenster und trat zur Seite, um Nox ins Zimmer zu lassen. »Ist etwas passiert? Geht es um meine Mom? Ist bei ihr alles in Ordnung?«

Mit der Anmut einer Katze sprang der Höllendiener von der Fensterbank und landete trotz seiner Bikerstiefel geräuschlos auf dem Holzboden. Anstatt auf meine Fragen zu antworten, sah er sich wie bei seinem ersten Besuch in aller Seelenruhe in meinem Zimmer um. Anschließend lenkte er den Fokus seiner Aufmerksamkeit auf mich.

»Nein, es ist nichts passiert«, sagte er und ließ seinen Blick langsam, ja, fast schon taxierend, über meinen Körper gleiten. »Ich wollte nur nach dir sehen. Sichergehen, dass du unversehrt bist.«

Die Antwort verblüffte mich dermaßen, dass ich einen Moment brauchte, um deren Bedeutung zu realisieren. Doch dann durchflutete mich Erleichterung, die kurz darauf einem Gefühl von Verlegenheit wich. Obwohl ich mir zum Schlafen Sweatshorts und ein weites T-Shirt angezogen hatte, vermittelte mir Nox' Musterung das Gefühl, als stände ich in Spitzenunterwäsche vor ihm. Um mir meine Emotionen nicht anmerken zu lassen, verschränkte ich die Arme schützend vor meiner Brust und wandte den Blick ab. Das letzte Mal, als ich mit dem Höllendiener allein in meinem Zimmer gewesen war, hatten meine Hormone die Kontrolle über mein Denken und Handeln übernommen. Das würde sich dieses Mal nicht wiederholen.

»Was ist, Kleines?« Nox klang amüsiert. »Freust du dich gar nicht mich zu sehen?« Er nahm mein Kinn zwischen Daumen und Zeigefinger. Als er meinen Kopf sanft zu sich herumdrehte, sah ich ihm unweigerlich in die Augen. »Nach dem, was heute Abend passiert ist, hatte ich angenommen, du würdest mich mit offenen Armen begrüßen.«

Ich erwiderte Nox' Blick, ohne zu wissen, was ich antworten sollte. In meinem Inneren herrschte das reinste Chaos und es war nicht abzusehen, ob mein Ärger über unseren letzten Streit oder meine Dankbarkeit für seine Heldentat die Oberhand gewinnen würde.

»Wieso bist du wirklich hier, Nox?«, fragte ich. Dem rationalen Teil in mir war klar, dass es klüger wäre, die Berührung zwischen uns zu beenden. Aber das konnte ich nicht. Der gesamte Abend war so emotional und anstrengend gewesen, dass ich mich nach Nox' Nähe sehnte wie ein Junkie nach dem nächsten Schuss. »Wir wissen beide, dass du dich nicht um mein Wohl gesorgt hast. Schließlich bin nicht ich diejenige, die angeschossen wurde.« Automatisch wanderte mein Blick zu seiner Schulter, aber ich konnte weder ein Einschussloch noch Blutflecken auf dem Leder seiner Motorradjacke entdecken.

»Du glaubst mir nicht, dass es Sehnsucht war, die mich zu dir geführt hat?« Den Blick fest auf mich gerichtet, zeigte sich ein feines Lächeln auf seinen Lippen und Nox beugte sich mir entgegen, bis sein Oberkörper meine Arme streifte.

»O doch, ich glaube dir, dass du Sehnsucht hattest«, antwortete ich mit dünner Stimme. Obwohl der vertraute Sog ausblieb, der mich normalerweise längst in seinen Bann gezogen hätte, war ich unfähig den Blick abzuwenden. »Aber bestimmt nicht nach mir. Du sehnst dich nur nach einer Ablenkung, um den Irrsinn des heutigen Abends zu vergessen. So erging es mir vorhin selbst«, gab ich ungewollt zu, woraufhin sich das Grün in Nox' Augen verstärkte. »Aber das ist jetzt vorbei«, sprach ich schnell weiter. »Wenn du also gekommen bist, um deinen Lohn für die Rettung meiner Mom einzufordern, und das, nachdem du mir so oft das Herz gebrochen hast, dass ich nicht einmal weiß, wie es überhaupt noch schlagen kann, muss ich dich leider enttäuschen.«

Lächelnd strich Nox mir mit einer zärtlichen Geste eine Haarsträhne aus dem Gesicht. Dabei sah er mir fest in die Augen. »Du lügst, Kleines. Dein Herzschlag verrät dich.« Seine Stimme war zu einem sinnlichen Singsang geworden. »Ebenso wie deine Augen. Aber sagen wir mal, dein Verdacht wäre nicht völlig aus der Luft gegriffen. Was wäre daran so schlimm? Hast du etwa

Angst, nicht auf deine Kosten zu kommen?« Sein Gesicht näherte sich meinem, bis ich seinen Atem auf meiner Haut spürte und mein Herz wie ein ganzer Bienenschwarm wummerte. Gleichzeitig stieß mir ein Duft in die Nase, den ich jedoch nicht unmittelbar mit dem Höllendiener in Verbindung brachte. »Die Sorge ist unbegründet, Avery. Ich versichere dir: Bei mir ist noch nie eine Frau unbefriedigt geblieben.«

Die knisternde Situation trocknete meine Kehle aus und ich musste hart schlucken. So sehr ich den Höllendiener auch dafür verabscheute, dass er immer wieder mühelos von kalter Abweisung zu verführerischer Sinnlichkeit wechseln konnte, verabscheute ich mich noch mehr für meinen schwachen Geist und mein verräterisches Herz. Anstatt an meinen eigenen Worten festzuhalten und endlich die trügerische Hoffnung ziehen zu lassen, ein glückliches Ende für Nox und mich zu finden, verfiel ich jedes Mal aufs Neue der Aussicht auf Liebe, Glück und innerliche Zufriedenheit. Doch in Wahrheit handelte es sich dabei nur um einen Deckmantel für Schmerz, Kummer und Leid.

»Wieso tust du das, Nox?«, fragte ich, statt auf seine Worte einzugehen. »Willst du beweisen, dass ich gelogen habe und ich dir noch immer willenlos gehöre? Brauchst du die Bestätigung, dass du meinen Körper bereits durch eine bloße Berührung in Flammen aufgehen lassen kannst? Dass allein ein Blick von dir ausreicht, um mein Herz zum Rasen zu bringen?« Obwohl ich die Worte kraftvoll hatte hinausbrüllen wollen, waren sie so zart über meine Lippen gekommen wie die Flügelschläge eines Schmetterlings. »Was ist es, was du willst?«

»Dich, Avery!«, spie Nox aus und die Intensität dieser beiden Worte ließ mich zusammenzucken. Gleichzeitig trat er einen Schritt zurück, was sich wie ein Schlag ins Gesicht anfühlte. »Verstehst du das denn nicht? Du bist das Einzige, wonach ich mich sehne, seit die erste Prüfung bestanden ist.«Verblüfft über die Antwort wusste ich im ersten Moment keine Erwiderung. Doch der Schock ließ schnell nach, sodass mir einige unbedachte Silben über die Lippen sprudelten.

»Ach ja? Benimmst du dich deshalb so, als hättest du eine gespaltene Persönlichkeit?« Ungewollt war auch meine Stimme angeschwollen und ich rechnete jeden Augenblick mit einem vom Lärm angelockten Adam im Türrahmen. Aber das hielt mich nicht davon ab weiterzureden. Ebenso wenig wie die aufsteigenden Tränen, die meine Stimme belegt klingen ließen. »Mal behandelst du mich wie Dreck und trampelst absichtlich auf meinen Gefühlen herum, nur um in der nächsten Minute mit mir zu flirten. Dann rettest du mir das Leben und behauptest kurz darauf, dass du die Tat bereust, aber sobald mir jemand zu nah kommt, prügelst du auf denjenigen ein!« Ich hatte den Kampf gegen die Tränen verloren und das salzige Nass floss mir ungehindert aus den Augenwinkeln. »Wie zum Teufel soll mir dieses Verhalten zeigen, dass du Gefühle für mich hast?«

Für einen Augenblick schien die Welt still zu stehen. Nox und ich stierten uns an, beide mit hastig schlagendem Herzen und beschleunigter Atmung, doch keiner von uns wagte es, ein Wort zu sagen oder auch nur mit der Wimper zu zucken.

Und dann geschah das Unvermeidliche.

In einer fließenden Bewegung beugte sich Nox zu mir herunter, legte seine Hände in meinem Nacken und presste seine Lippen auf meine. Ich hatte keine Möglichkeit, einzuatmen oder die Augen zu schließen, zumal bereits im nächsten Moment seine Zunge Einlass in meinen Mund forderte. Der Druck wurde immer stärker, je länger ich an meinem Widerstand festhielt, doch in Wirklichkeit dauerte es keine volle Sekunde, bis Nox' unnachahmliches Talent zum Einsatz kam und das Mauerwerk, das ich zum Schutz um mein Herz errichtet hatte, sich in einer feuerwerksähnlichen Explosion auflöste.

Meine Hände landeten auf seiner Taille und ich spürte weiches Leder unter meinen Fingerspitzen, während meine Zunge der verlockenden Einladung folgte, die Nox' Lippen versprachen.

Der Kuss war süß und leidenschaftlich und trotzdem fühlte sich irgendwas nicht richtig an. Normalerweise fanden unsere Zungen sofort zu einem harmonischen Rhythmus, doch dieses Mal wollte sich dieser nicht einstellen. Ich nahm an, das lag an meinem inneren Zweifel, den ich trotz aller Sehnsucht nicht ausblenden konnte.

Als wüsste Nox genau, was ich dachte, fanden seine Finger den Weg unter den Saum meines Shirts und trafen auf nackte Haut. Ein Beben ging durch meinen Körper und eine Gänsehaut überzog mich von den Zehen bis zu den Haarspitzen, als seine Lippen von meinem Mund zu meinem Hals wanderten, wo sie sich Millimeter für Millimeter zu meinem Schlüsselbein vorarbeiteten.

Nox wusste genau, wie und wo er mich anfassen musste, um meinen Körper in weiches Wachs zu verwandeln. Seine Berührungen waren zart und seine Bewegungen geschickt.

Ich war völlig in Ekstase und bemerkte nicht einmal, wie Nox mein Shirt zerriss und er den Stoff achtlos zu Boden fallen ließ. Für den Bruchteil einer Sekunde war ich froh meinen BH angelassen zu haben, doch genauso schnell, wie der Gedanke gekommen war, verflüchtigte er sich bereits wieder. Ebenso wie jeder noch so winzige Zweifel an dieser Situation. Zwar wusste ich nicht, was wir hier taten oder warum ich Nox gewähren ließ, aber jetzt war es zu spät, um darüber nachzudenken.

»Du ekelhaft brave Klosterschülerin«, schnurrte Nox, während er mit seinen Lippen über meinen Rippenbogen fuhr, wo sich mein neues Tattoo befand. »Es sind erst zwei der sieben Äpfel zu Boden gefallen. Sogar die Schlange von Eden hat noch nicht einmal den Baumstamm erreicht. Tze, tze, tze. Das kann ich nicht akzeptieren.«

Den Kopf in den Nacken gelegt und die Augen geschlossen, gab ich mich ganz meinen Empfindungen hin, als Nox an dem Bund meiner Shorts zupfte. Von daher hörte ich kaum, was er da sagte. Trotzdem drang ein »Hm?« aus meiner Kehle, als ich meine Finger in seinen seidigen Strähnen vergrub und gelegentlich daran zog, was dem Höllendiener ein sinnliches Knurren entlockte.

»Die Äpfel«, sagte Nox und strich neckisch mit seiner Zungenspitze die Konturen des Tattoos nach. »Jedes Mal, wenn du dich deiner Begierde hingibst, fällt einer zu Boden. Du verbrauchst gerade erst deinen dritten Freischein.«

Ich hätte gerne nachgehakt, woher Nox auf einmal dieses Insiderwissen besaß, aber dafür hätte mein Verstand ordnungsgemäß funktionieren müssen. Und das tat er nicht. Aus diesem Grund streifte Nox' Erklärung auch nur für einen winzigen Moment mein Bewusstsein, ehe sie im Niemandsland meines Unterbewusstseins verschwand.

Nox' Lippen verharrten für einen Moment auf meinen Rippen, ehe er seine Liebkosung einstellte und sich erhob. Ich spürte seine Bewegung unter meinen Fingern und zwang mich widerstrebend zur Konzentration. Als ich die Lider öffnete, rechnete ich damit, in ein kantiges Gesicht mit Dreitagebart und smaragdgrünen Augen zu blicken. Stattdessen schwebten vor mir feminin geschnittene Gesichtszüge und amethystfarbene Iriden.

»Ich dachte, die ultimative Strafe für Nightingale wäre es, wenn ich dir deine Jungfräulichkeit nehme, ehe er die Gelegenheit dazu hat«, sagte David und sah mich mit gerunzelter Stirn und nachdenklichem Blick an. »Aber um wie viel süßer wäre mein Sieg, wenn ich ihm das Mädchen, das ihm das Herz gestohlen hat, ganz raube. Und das nicht durch einen Trick, sondern aus freien Stücken. Oh, wie wunderschön zerstörend doch sein Schmerz wäre, wenn der Bastard seine erste aufrichtige Liebe verlieren würde.«

***

Am nächsten Morgen betraten Adam und ich, so früh es die Besuchszeiten zuließen, das Krankenhaus. Den ganzen Morgen hatten wir eher schweigend verbracht und ich fragte mich, ob die ungewohnte Wortkargheit des Engels etwas mit unserem gestrigen Beinahe-Kuss zu tun hatte.

»O Mann, bei so viel Zeit, wie ich sie momentan hier verbringe, lohnt die Überlegung, ein Zimmer anzumieten«, sagte Adam, als hätte er meine Gedanken erraten. Gähnend trat er in den Aufzug, dessen Türen sich soeben vor uns geöffnet hatten.

»Du hättest doch zu Hause bleiben und weiterschlafen können«, erwiderte ich und musste ebenfalls gähnen. Auch ich war hundemüde und fühlte mich völlig erschlagen. Ich wusste nicht, wie oder wann Nox und ich unsere Knutscherei beendet hatten, aber glücklicherweise war mein zerrissenes T-Shirt das einzige Kleidungsstück gewesen, das ich heute Morgen auf meinem Zimmerboden entdeckt hatte. Aber auch wenn es gestern nur eine Beinahe-Entjungferungs-Situation gewesen war, hatte es gereicht, um mich die restliche Nacht wachzuhalten. Dies hatte allerdings auch zum Teil an meinem neuen Tattoo gelegen, das unentwegt gekribbelt hatte. Letzte Nacht war mir dafür noch keine Erklärung in den Sinn gekommen, aber vorhin unter der Dusche hatte ich den Grund dafür entdeckt. Nach dem tagelangen Stillstand waren über Nacht plötzlich drei Äpfel aus der Baumkrone verschwunden. Und auch die Schlange hatte ihre Posten verlassen und war bis zum Baumstamm vorgerückt.

»Als ob ich dich allein aus dem Haus lassen würde, nach dem was momentan los ist«, sagte Adam mit einem Für-wen-hältst-du-mich-Blick und verschränkte seine Arme vor der Brust. Er hatte die gravierende Veränderung am Tattoo ebenfalls zähneknirschend hingenommen, da auch er keine mögliche Erklärung für den schlagartigen Wandel wusste. »Außerdem kann ich den fehlenden Schlaf heute Nacht nachholen. Noch einmal werde ich Nox vermutlich nicht ins Krankenhaus zerren müssen, damit er sich eine Kugel aus der Schulter entfernen lässt.« Den Rücken gegen die verspiegelte Wand des Aufzugs gelehnt, als könnte er nicht mehr ohne Hilfe stehen, überkreuzte er die Beine. »Ich will mir gar nicht vorstellen, wie viel Stress wir gehabt hätten, wenn ich meine Engelszunge nicht hätte einsetzen können.«

Mein Blick huschte zu Adam und meine Stirn legte sich in Falten. »Ihr wart gestern im Krankenhaus?«, fragte ich. »Wann denn?« Nox hatte überhaupt nichts davon erwähnt, aber wenn es vor unserem Tête-à-Tête gewesen war, würde das zumindest seine gute Laune erklären.

Bestimmt war er mit Schmerzmitteln vollgedröhnt und weiß inzwischen nicht mehr, dass er bei mir gewesen ist.

Auch wenn mich diese Aussicht hätte erleichtern sollen, tat sie es nicht. Stattdessen ließ sie Nox' Liebesgeständnis wie eine Lüge und mich wie ein billiges Flittchen dastehen, das zunächst mit dem einen Typen rumknutschen wollte und sich bei der erstbesten Gelegenheit dem nächsten Kerl an den Hals warf.

Die Fahrstuhltüren öffneten sich und wir traten gemeinsam heraus.

»Ich weiß nicht, wie spät es war«, sagte Adam auf dem Weg zum Zimmer meiner Mom. »Aber du warst endlich eingeschlafen und ich wollte dich nicht wecken. Und wenn es nicht unbedingt nötig gewesen wäre, hätte ich dich auch nicht allein gelassen. Leider war Nox' Verletzung ziemlich gravierend und da wir nicht mehr unsterblich sind, wollte ich kein Risiko eingehen und mich auf seine Selbstheilungskünste verlassen.«

Ich nickte mechanisch, ohne Adam richtig zugehört zu haben. Gedanklich war ich bereits wieder bei der gestrigen Nacht und den Problemen, die ich mir damit aufgehalst hatte.

Adam blickte mich von der Seite an. Offenbar hatte er meine Mimik missdeutet, denn er sprach bereits weiter. »Du musst keine Angst haben, Ave. Zu Hause bist du in Sicherheit, auch wenn ich nicht da bin. Dämonenblütler können ein Haus, das von Menschen bewohnt wird, nur auf deren Einladung hin betreten. Solange du also niemanden verbal oder mit einer eindeutigen Geste hereinbittest, kann dir auch niemand etwas tun. Deswegen sollten wir hoffen, dass Joleen Gabriel noch nicht über die Schwelle gelassen hat.«

Auch wenn meine Anspannung nichts mit Adams eingeschlagener Gesprächsrichtung zu tun hatte, beruhigten mich seine Worte. Bisher hatte es nicht den Anschein gehabt, als hätte Gabriel Zugang zu unserem Haus, und ich würde alles daransetzen, dass dies auch so blieb.

Da kann er so viel Hühnersuppe vorbeibringen, wie er will!

»Apropos Gabriel«, sagte Adam nach einem Augenblick des Schweigens und unterbrach damit meine Überlegungen. »Ich habe Nox erzählt, was du im Krankenhaus mitbekommen hast, und wir hatten den Gedanken, dass Kegan vielleicht nicht der einzige Dämon ist, der für Gabriel arbeitet. Es besteht die Möglichkeit, dass David ebenfalls ein Teil des Teams ist. Das würde zum einen seinen völlig untypischen Wagemut erklären und zum anderen sein Angebot, uns zu helfen. Wenn Gabriel nämlich wirklich der ist, für den wir ihn halten, erscheint es sinnvoll, dass er dich durch die Prüfungen bringen will – zumindest durch ein paar.«

»Was? Gabriel soll ein Interesse daran haben, dass ich die Prüfungen bestehe? Bist du völlig durchgeknallt?« Ich musste mich verhört haben. Das konnte Adam unmöglich ernst meinen. »Er hat versucht Mom umbringen zu lassen, Adam! Ganz sicher will er mir nicht helfen. Das ist völliger Schwachsinn!«

Wir erreichten das Zimmer meiner Mom, doch anstatt anzuklopfen und einzutreten, griff Adam nach meinem Ellbogen und zog mich in die gegenüberliegende Personalküche. Nachdem er die Tür hinter uns geschlossen hatte, stellte er sich vor mich und sah mich mit ernster Miene an.

»Wir wissen, dass die Unterwelt in Aufruhr ist, Avery. Dämonen schließen sich zu Gruppen zusammen und uns wurde von verschiedenen Quellen bestätigt, dass Luzifers Söhne dahinterstecken.«

»Ach, und deswegen denkt ihr, dass Gabriel Luzifers Sohn ist?« Ich rollte mit den Augen und verschränkte meine Arme vor der Brust, um mein schnell schlagendes Herz zu verbergen. So bescheuert und unsinnig ich dieses Gespräch auch fand, war nicht auszuschließen, dass Adam und Nox mit ihren Überlegungen richtiglagen.

»Wir wissen es nicht mit Sicherheit, aber es wäre eine Möglichkeit«, erwiderte Adam. »Lilith, die Mutter aller Dämonen, hat Luzifer sechs mächtige Söhne versprochen, damit er sie verschont und am Leben lässt. Mammon, Asmodis, Leviathan, Beelzebub, Satan und Belphegor. Die sechs Fürsten der Hölle. Sie sind alle unheimlich mächtig, gerissen und sehnen sich seit Jahrtausenden nach einer Chance, der Knechtschaft ihres Vaters zu entkommen und selbst über die Unterwelt zu regieren.«

Die Ernsthaftigkeit in Adams Worten löschte das letzte bisschen Skepsis in mir.

»Du meinst, wenn Gabriel tatsächlich einer dieser Höllenfürsten ist, spielt ihm mein Erfolg bei den Prüfungen in die Karten und er will mir deswegen helfen?« Die Vorstellung bereitete mir Übelkeit. Dieser dämonische Bastard hatte meinen Kumpel beinahe zu einem Mörder und mich zur Halbwaisen gemacht. Trotzdem hatte es den Anschein, als würden wir dasselbe Ziel verfolgen.

»So sieht es aus«, sagte Adam und nickte. »Je länger du lebst und je mehr Prüfungen wir bestehen, desto größer ist Luzifers Schmach und dementsprechend geringer sein Einfluss auf die Unterwelt.«

Mein Kopf schien jeden Moment zu explodieren und ich musste mich an der Wand hinter mir abstützen, um nicht umzufallen. Meine Knie wurden weich und mein gesamter Körper begann zu zittern. Wenn Adam und Nox recht hatten, würde es alles bisher Geschehene in einem völlig neuen Licht erscheinen lassen.

»Das ist doch …« Ich schüttelte kraftlos den Kopf. Mir fehlten die Worte und meine Gedanken überschlugen sich so heftig, dass mir übel wurde. »Hat Gabriel etwa deswegen die Erinnerungen von Killian und seiner Mutter manipuliert? Um mir zu helfen? Aber wieso hat er dann Ians Seele infiltriert? Und wozu braucht er Kegan? Oder ist er auch einer dieser Fürsten?« Fragen über Fragen ploppten auf, ohne dass ich ihre Antworten mit Adams Verdacht in Einklang bringen konnte. »Und was ist mit meiner Mom? Wieso wollte Gabriel«, ich beschloss, diesen Namen weiterhin zu verwenden, bis ich wusste, wie er wirklich hieß, »ihren Tod? Es hatte bisher eher den Anschein, als wollte er, dass sie sich in ihn verliebt.«

Adam legte mir eine Hand auf den Arm und prompt spürte ich, wie ich ruhiger wurde. Mir war gar nicht bewusst gewesen, wie aufgelöst ich war.

»Ich weiß es nicht, Ave«, sagte Adam mit einfühlsamer Stimme. »Aber ich könnte mir vorstellen, dass Killian als eine Art Ablenkung dienen sollte, um dich derart in Sorge um ihn und Joleen zu versetzen, damit du auch bestimmt Davids Hilfe annimmst. Und Kegan, tja, der ist vermutlich nicht mehr als ein Aufseher, der sichergehen soll, dass alles nach Plan verläuft – was offenbar mit dem Unfall nicht der Fall war.«

Ich ging Adams Erklärung immer wieder im Kopf durch, aber so sehr ich es mir auch wünschte, ich konnte keinen Logikfehler entdecken. Alles passte haargenau zusammen.

Unvermittelt stiegen mir Tränen in die Augen und ich schluchzte auf. Die Vorstellung, meine Mom und mein Freund wären nur Bauern auf dem Schachbrett eines übermächtigen Höllenfürsten, war zu viel für mich. Ich verbarg mein Gesicht hinter den Händen und rutschte langsam zu Boden.

Prompt kam Adam zu mir, kniete sich neben mich und schlang seine Arme um meinen Oberkörper. Obwohl ich nach dem gestrigen Abend niemals darum gebeten hätte, war ich ihm für seine Nähe dankbar. Wenn er mich umarmte, hatte ich stets das Gefühl, als würde ein Feuer in mir entfachen, das selbst die dunkelste und hoffnungsloseste Finsternis erhellte.

»Gott, Adam! Was sollen wir nur tun?« Ich hob den Kopf und blickte in seine warmen, braunen Augen, die mich gequält ansahen. Auch für ihn konnte die Situation nicht leicht sein.

»Es gibt nur eins, was wir tun können.« Adam strich mir in einer zärtlichen Geste mit seinem Daumen die Tränen von den Wangen und blickte mich mit gerunzelter Stirn an. »Ich habe das bereits mit Nox besprochen und wir sind uns einig, dass wir endlich Informationen brauchen. Uns läuft die Zeit davon, ohne dass einer von uns weiß, wie viel wir davon überhaupt noch haben. Heute Morgen waren es nur noch vier Äpfel am Baum. Vier, Ave! Das ist fast gar nichts, solange wir nicht wissen, worum es überhaupt in der zweiten Prüfung geht.« Sein Blick fand den meinen und sein Gesichtsausdruck änderte sich. Auf einmal meinte ich darin Kälte und Härte zu erkennen, ebenso wie Schuldgefühle. »Ich hasse mich dafür, dich in eine solche Lage zu bringen, aber wenn wir unser aller Leben retten wollen, bleibt uns nichts anderes übrig, als Davids Angebot anzunehmen.«

ACHTZEHN

»Und vergiss nicht, was ich dir gesagt habe«, bemerkte Adam, als wir die Personalküche verließen und den Gang überquerten, um zum Zimmer meiner Mom zu gelangen. Wir hatten uns so lange zurückgezogen, dass wir von einer Krankenschwester erwischt worden waren, die uns nur dank Adams Engelszunge nicht die Hölle heißgemacht hatte. »Pass in Davids Gegenwart besonders gut auf. Es kann sein, dass Gabriel ihn mit Magie ausgestattet hat, damit er seinen Dienst besser erfüllen kann. Du bist zwar gegen seinen magischen Glanz immun, aber sicher nicht gegen derart ranghohe Magie.«

Zum wiederholten Male nickte ich schweigend. Meine Tränen waren versiegt und das Zittern in meinem Körper hatte aufgehört, dennoch traute ich meiner Stimme nicht. Ich wusste ja nicht einmal, wie ich mich Mom gegenüber verhalten sollte, damit sie nicht bemerkte, was in meinem Inneren vor sich ging.

»Adam?« Ich griff nach seinem Ellbogen und hielt ihn davon ab, mit den Fingerknöcheln seiner erhobenen Hand an die Tür zu klopfen. Ich wusste selbst nicht, was das sollte, aber vermutlich wollte ich noch etwas Zeit schinden, um mich auf die Begegnung mit meiner Mom vorzubereiten. »Darf ich dich noch was fragen?«

Mit gekrauster Stirn wandte sich Adam zu mir herum. »Natürlich. Du darfst mich alles fragen – jederzeit.«

»Welche Farbe hat Nox' Aura?«

Die Falten auf Adams Stirn vertieften sich. »Wie kommst du ausgerechnet darauf?«

Um meine Nervosität bezüglich der Antwort zu verbergen, zuckte ich mit den Schultern. »Nur so. Du sagtest mal, die Aura eines Dämons sei bordeauxrot. Aber Nox ist ja kein richtiger Dämon. Deswegen …«

Adam musterte mich kritisch, ehe er meine Frage beantwortete. »Nox ist kein gebürtiger Dämon, das stimmt. Durch seine Adern fließt noch immer himmlisches Blut. Als er jedoch zum ersten Mal ein Menschenleben beendete, wurde er zum Mörder. Das hätte seine Aura blutrot gefärbt, wäre er ein Mensch. Als Engel jedoch dominiert sein himmlischer Glanz, wodurch seine Aura einen Farbton annimmt, der am ehesten an helle Bronze erinnert.«

»Bronze?«, wiederholte ich verblüfft. Darauf wäre ich gewiss nicht gekommen. »Heißt das, wenn man Auren sehen könnte, würde man bei Nox nicht darauf kommen, dass seine golden ist?«

»Vermutlich nicht«, erwiderte Adam und seine Irritation verstärkte sich. »Aber je nachdem, wie genau man hinsieht oder unter welchen Umständen man die Aura wahrnimmt, könnte man sie im ersten Augenblick für golden halten.« Er legte eine Hand auf meine und drückte sie sanft, während er mich mit liebevollem Blick ansah. »Hör zu, Ave, ich werde nicht nachfragen, warum du das wissen willst. Aber wenn dir etwas auf dem Herzen liegt, kannst du jederzeit mit mir reden, egal worum es dabei geht. Das weißt du, oder?«

»Ja, das weiß ich«, antwortete ich mit einem aufrichtigen Lächeln und mein bereits hastig schlagendes Herz legte noch einen Zahn zu. Es war nicht zu leugnen, dass ich Adam vertraute und er mich auf eine Art berührte, wie es niemandem sonst gelang. Nicht einmal Nox. Dennoch konnte und wollte ich dem Engel nicht von Moms Erscheinung erzählen. Sie hatte sich mir anvertraut und ich würde sie nicht hintergehen, solange es nicht zwingend notwendig war. »Komm, wir gehen rein.« Ich klopfte an die Tür und öffnete sie. Lächelnd begrüßte ich Mom, die in ihrem Bett lag und eine Zeitschrift las. Heute wirkte sie um einiges fitter als gestern, was mich innerlich aufatmen ließ. Anstatt des lindgrünen Krankenhaushemdchens, das selbst den gesündesten Menschen wie einen Zombie aussehen ließ, trug sie einen schicken Seidenpyjama. Auch das leichte Tages-Make-up, das sie aufgelegt hatte, wirkte Wunder. Ihre Augen strahlten und ihre Wangen zierte ein zartes Rosé.

»Hallo, ihr beiden.« Mom legte die Zeitschrift auf das Tischchen neben sich und begab sich an dem erhobenen Kopfteil ihres Bettes in eine bequemere Position. »So früh hatte ich gar nicht mit euch gerechnet.«

»Du kennst doch Ave«, sagte Adam mit einem vernehmbaren Schmunzeln in der Stimme. Er trat an das Krankenbett, um Mom mit einem Kuss auf die Wange zu begrüßen. »Wenn es nach ihr gegangen wäre, hätte sie heute Nacht vor dem Krankenhaus campiert, um bloß pünktlich zum Beginn der Besuchszeit hier zu sein.«

Mom kommentierte Adams Worte mit einem warmherzigen Lachen, doch von mir erntete er nur einen bösen Blick – auch wenn er mit jeder Silbe recht hatte.

»Wie geht es dir, Mom?«, lenkte ich das Gespräch von mir ab und setzte mich auf den gleichen Stuhl wie gestern. Er war warm, woraus ich schloss, dass wir an diesem Morgen nicht die ersten Besucher waren.

»Schon sehr viel besser«, antwortete sie. »Der Arzt meinte, meine Werte hätten sich überraschend gebessert, und wenn ich weiterhin so vorbildlich genese, darf ich bereits am Freitag nach Hause.«

»Das ist großartig!«, stießen Adam und ich gleichermaßen euphorisch hervor. Anschließend blickten wir uns mit einem überrascht-amüsierten Grinsen an.

»Ja, das finde ich auch. Besonders ...« Weiter kam Mom nicht. Ein Klopfen unterbrach sie, woraufhin eine junge Krankenschwester das Zimmer betrat und einen gigantischen Blumenstrauß vor sich hertrug, der ihr halbes Gesicht verdeckte.

»Es war gar nicht so einfach, eine passende Vase zu finden«, flötete die Pflegekraft und stellte das farbenfrohe Blumenpräsent auf den bisher ungenutzten Besuchertisch. »Ich musste mir eine aus dem Kreißsaal leihen. Offenbar ist dort der einzige Ort, an dem Männer derart imposante Blumenarrangements verschenken.« Mit einem herzlichen Lachen wandte sie sich an meine Mom: »Sie können sich glücklich schätzen einen solch charmanten Mann in Ihrem Leben zu haben, Miss Harper.« Mit diesen Worten ließ sie uns allein.

Verblüfft starrte ich auf den riesigen Blumenstrauß. Er hatte einen Durchmesser von mindestens vierzig Zentimeter und musste ein Vermögen gekostet haben.

»Von wem ist der denn?«, fragte ich, auch wenn mich nach den Worten der Schwester ein Verdacht beschlich.

»Von Gabriel«, antwortete Mom verlegen. »Er macht sich Vorwürfe wegen des Unfalls.«

Adam und ich wechselten einen raschen Blick. Ich hatte bereits befürchtet, dass Gabriel herkommen und nach meiner Mom sehen würde. Aber weshalb er ihr Blumen mitbrachte und vorgab bezüglich des Unfalls Schuldgefühle zu haben, war mir ein Rätsel.

»Warum macht er sich Vorwürfe?«, fragte Adam und setzte sich zu meiner Mom auf die Bettkante.

»Ach, das ist albern.« Sie schüttelte den Kopf und machte eine wegwerfende Handbewegung. Dennoch konnte sie ihre wahren Gefühle hinter der fröhlichen Fassade nicht verbergen. Ihre Augen wurden feucht, als sie weitersprach: »Reden wir nicht darüber. Erzählt mir lieber, was es bei euch so Neues gibt. Steht das Haus noch?«

»Mom.« Ich griff nach ihrer Hand. Ihre Finger waren kalt und ich spürte ein sanftes Zittern. »Bitte erzähl uns, wie es zu dem Unfall kam. Wir wissen, dass ein anderes Auto deinen Wagen von hinten gerammt hat. Aber ich verstehe nicht, warum du deswegen die Kontrolle über das Fahrzeug verloren hast. Hatte Gabriel etwas damit zu tun?«

»Nein! Es war allein mein Fehler!« Mom sah mich mit tränenfeuchten Augen an. »Gabriel hat mich angerufen, aber ich hätte nicht rangehen sollen. Ich weiß, es war dumm, und wenn ich dich jemals mit einem Handy am Steuer erwischen sollte, verpasse ich dir Hausarrest, bis du neunzig bist! Aber ...« Sie verstummte. Salziges Nass rann ihr aus den Augenwinkeln. »Bitte denk nicht schlecht von ihm, Avy. Gabriel ist ein guter Mann und er bedeutet mir sehr viel. Er hat mir geholfen, nach meinem Alkoholrückfall wieder in die Spur zu finden. Er ist ... er ist einfach ein Heiliger!«

***

»Was hältst du von der Sache?«, fragte ich Adam, nachdem meine Mom von einer Schwester für ein CT abgeholt worden war und wir allein in ihrem Zimmer zurückgeblieben waren. Ich saß noch auf dem Besucherstuhl, während Adam an eine Wand gelehnt stand, die Arme hinter dem Rücken verschränkt.

»Ich weiß es nicht.« Adam blickte mich mit nachdenklicher Miene an. »Sein Verhalten erscheint mir vollkommen widersprüchlich. Aber das ist vermutlich Absicht.«

Ich nickte und stieß die angehaltene Luft aus meinen Lungen. Dann fuhr ich mir mit beiden Händen durch die Haare. »Verdammt, es ist so ätzend, dass sie auf diesen Kerl steht! Das macht die Sache noch viel komplizierter!«

Adam stimmte mir wortlos zu und wir verfielen in Schweigen.

»Und was wäre, wenn wir uns in Gabriel täuschen und er gar kein Dämon ist?«, sprach ich einen der vielen Gedanken aus, die mir durch den Kopf schossen. »Vielleicht liegen wir völlig falsch und er ist ihr Schutzengel oder so?«

Adam hob ruckartig den Kopf und bedachte mich mit einem Blick, als hätte ich den Verstand verloren. Was vermutlich nicht ganz unrealistisch war.

»Ave, ich verstehe ja, dass du dir wünschst, die Sache würde anders aussehen«, sagte er mit einfühlsamer Stimme. »Aber Gabriel kann unmöglich ein Seraph sein. Glaub mir, das wüsste ich. Engel können ihre Auren nicht voreinander verbergen. Deswegen dürfen wir auf keinen Fall den Fehler begehen und die Augen vor der Wahrheit verschließen. Auf diese Weise gefährden wir nicht nur unser Leben, sondern auch das von Joleen, Killian und vielen anderen unschuldigen Menschen.«

»Ich weiß!« Mit einem genervten Stöhnen raufte ich mir die Haare. Meine Laune war auf dem Nullpunkt angelangt. »Trotzdem ist es unfair! Wieso darf ich einen persönlichen Schutzengel haben und Mom nicht? Wer trifft solche Entscheidungen?«

Adams Miene wurde weich. Ein melancholisches Lächeln zeigte sich auf seinen Lippen. »Tut mir leid, ich vergesse immer, dass du dich an keins unserer früheren Gespräche erinnern kannst. Klar, dass dir das Ganze so frustrierend erscheint.« Er stieß sich von der Wand ab und kam auf mich zu. Vor mir hockte er sich hin, legte seine Hände auf meine Knie und blickte zu mir auf. »Joleen hat einen persönlichen Schutzengel. Jeder Mensch bekommt bei seiner Geburt einen an die Seite gestellt. Und Elyon ist wirklich sehr gut in seinem Job, das musst du mir glauben. Ich habe ihn früher ein paar Mal getroffen. Und auch wenn er sich momentan vielleicht etwas rarmacht, versichere ich dir, dass deine Mom in guten Händen ist.« Ein warmes Lächeln stahl sich auf sein Gesicht und seine Augen funkelten spitzbübisch. »Außerdem bin ich ja auch noch da, um auf meine zwei Lieblingsfrauen aufzupassen.«

Ich erwiderte Adams Lächeln, wenn auch nicht vollkommen aufrichtig. Zwar erleichterte mich die Gewissheit, dass Mom ebenfalls von einem Engel beschützt wurde, trotzdem wäre es mir lieber gewesen, wir hätten eine Lösung für das Gabriel-Problem gefunden. Denn wie es den Anschein hatte, bedeuteten Hilfsangebote eines Höllenfürsten nicht zwangsläufig, dass nahestehende Familienangehörige und Freunde unbeschadet am Leben blieben.

***

Am Montagmorgen betrat ich mit rasendem Herzen und einem medizinballgroßen Bleiklumpen im Magen das Schulgebäude. Ich hatte die ganze Nacht darüber gegrübelt, wann und wie ich David am besten von unserer Entscheidung erzählen sollte, war jedoch zu keinem befriedigenden Ergebnis gekommen. Vermutlich würde ich einfach improvisieren, sobald sich eine passende Gelegenheit bot.

Ich bog in den Gang ein, in dem sich mein Schließfach befand, und stieß prompt auf den Inkubus, der gegenüber meines Spinds an die Wand gelehnt stand. Zuerst hatte ich angenommen, er würde absichtlich auf mich lauern, aber dann entdeckte ich seine beiden Bandmitglieder, die sich lachend mit ihm unterhielten und mich gar nicht zu beachten schienen. Stattdessen schnappte ich auf dem Weg zu meinem Schließfach Killians Namen in Kombination mit einem Gesprächsfetzen auf, der stark nach »lebenslänglich Knastfutter« klang.

Ich hatte bereits am Samstagmorgen in den Nachrichten gehört, dass sich Killian nach seinem versuchten Mordanschlag der Polizei gestellt hatte, weshalb ich mich jetzt zum Weghören zwang. Stattdessen widmete ich mich betont konzentriert der Zahlenkombination meines Schließfaches. Das Letzte, was mir im Augenblick widerfahren durfte, war ein Nervenzusammenbruch, weil ich meine Gedanken und Emotionen nicht im Griff hatte.

Ich hatte gerade die Metalltür geöffnet, als ich ein Kribbeln im Nacken spürte, als würde mich jemand beobachten. Auch ohne mich umzudrehen, wusste ich, wessen Aufmerksamkeit ich erregt hatte. Augenblicklich beschleunigte sich mein Puls und meine Handflächen begannen zu schwitzen.

Gott, wenn die Woche schon so losgeht, lande ich schneller in der Klapse, als mir lieb ist!

Ich zwang meinen Herzschlag zur Ruhe und atmete ein paarmal tief durch. *Los, mach schon, dann hast du es hinter dir!*, versuchte ich mir selbst Mut zuzusprechen, was jedoch nur bedingt klappte. Trotzdem drehte ich meinen Kopf herum und begegnete prompt Davids Blick, der von einem freundlichen Lächeln begleitet wurde.

Anstatt seine Geste zu erwidern, nickte ich David zu. Ich hoffte, er würde die mitschwingende Botschaft verstehen, ohne dass ich zu ihm gehen oder explizit mit ihm darüber reden musste.

Davids Mimik veränderte sich. Überraschung stahl sich auf seine Züge. Er hob die Augenbrauen und sah mich einen Moment lang verblüfft an, dann neigte er den Kopf zur Seite und nickte ebenfalls.

Er hatte mich verstanden.

Der Deal war besiegelt.

TEIL 2

NEUNZEHN

Viereinhalb Tage.

Einhundertzwei Stunden.

Sechstausendeinhundertzwanzig Minuten.

Vierhundertneunundachtzigtausendsechshundert Herzschläge.

So viel Zeit war vergangen, seit ich David mitgeteilt hatte, dass wir sein Angebot annehmen würden.

Vierhundertneunundachtzigtausendsechshundert Herzschläge.

Sechstausendeinhundertzwanzig Minuten.

Einhundertzwei Stunden.

Viereinhalb Tage.

So lange hatte ich mich gedulden müssen, bis ich am Freitagnachmittag einen anthrazitfarbenen Briefumschlag in meinem Spind entdeckte, auf dessen Front mein Name in blutroter Tinte stand. Auch wenn die Zeit des Wartens einer quälenden Folter gleichgekommen war, hatte mir David mit seinem Zögern einen Gefallen getan. So hatte ich mich völlig auf meine Abschlussklausuren konzentrieren können, sodass ich jetzt nur noch bis nächste Woche Freitag überleben musste, um meinen Highschoolabschluss in einer feierlichen Zeremonie offiziell zu machen.

> Der Blutkarneval öffnet um Mitternacht seine Tore. Komm und erhalte die Antworten, die du dir ersehnst.

Wieder glitten meine Gedanken zu der edel wirkenden Karte, die ich wie einen Drohbrief in meiner Hosentasche mit mir herumführte. Ich hatte die Worte bereits so oft gelesen, dass ich sie auswendig kannte. Und trotzdem hatte ich keine Ahnung, was dieser Blutkarneval war, wo er sich befand oder was uns dort erwarten würde.

»Ist alles okay bei euch, Kinder? Ihr seid so ungewohnt ruhig.« Meine Mom sah mit sorgenvollem Blick zwischen Adam und mir hin und her. Sie war heute Vormittag aus dem Krankenhaus entlassen worden, da ihre Verletzungen vorbildlich verheilt waren. Der Gips an ihrem Bein war die letzte sichtbare Erinnerung an ihren Unfall. »Macht ihr euch Gedanken wegen eurer Abschlussprüfungen?«, hakte sie nach, als weder Adam noch ich reagierten. Wir saßen beim Abendessen, gefühlt die gesamte Speisekarte unseres Lieblingsitalieners als dampfende Gerichte vor uns auf dem Tisch verteilt, und trotzdem wollte sich keine Euphorie einstellen. Viel eher glich die Stimmung der einer Beerdigung.

»Nein, die liefen ganz gut, denke ich«, erwiderte ich und spähte aus den Augenwinkeln zu Adam. Ich wusste genau, dass er meinen Blick bemerkte. Trotzdem schaute er nicht auf, sondern stach hoch konzentriert seine Gabel in die Lasagne, die vor ihm stand, als wollte er sie in ihre Bestandteile zerlegen.

»Was liegt euch dann auf dem Herzen?«, fragte Mom weiter. Ihre Stimmung hatte sich unserer angepasst, sodass auch sie eine gewisse Unruhe ausstrahlte. »Und sagt nicht, es ist nichts. Ich sehe doch, dass euch etwas bedrückt.«

Da ich meine Mom nicht anlügen wollte, hielt ich den Mund und widmete mich ebenfalls dem Essen. Dennoch quälte auch mich die Frage, was der Grund für Adams Schweigsamkeit war. Bereits seit seiner Ankunft heute Morgen in der Schule hüllte er sich in Schweigen. Sogar Davids Karte, die ich ihm auf dem Nachhauseweg gezeigt hatte, hatte ihm nur eine dürftige Reaktion entlockt. Mehr als »Um zehn Uhr brechen wir auf« hatte er nicht erwidert.

»Gut, dann behaltet eure Geheimnisse eben für euch.« Meine Mom erhob sich sichtbar enttäuscht von ihrem Platz und griff nach ihren Krücken. »Solltet ihr es euch anders überlegen und doch reden wollen, ich bin oben in meinem Zimmer.«

»Warte, Mom!«, sagte ich und hob den Kopf. Ich wusste selbst nicht, wieso ich den Mund aufgemacht hatte, da ich unmöglich die Wahrheit über unsere Pläne für heute Nacht erzählen konnte. Aber ein weiteres Mal ohne Erklärung und Verabschiedung aufbrechen wollte ich auch nicht. Wer wusste schon, wann oder in welchem Zustand wir zurückkommen würden. Und dieser Gesichtsausdruck sollte nicht das Letzte sein, was ich von meiner Mom gesehen hatte. »Heute Abend ist da so eine Sache«, sprach ich weiter und spürte Adams Blick in meinem Nacken. Offenbar war der Engel ebenso gespannt darauf zu hören, was ich meiner Mom erzählen wollte, wie ich selbst. »Und ich weiß, ich habe noch Hausarrest, aber Adam und ich müssen da unbedingt etwas erledigen. Das ist unheimlich wichtig und du musst mir glauben, wenn ich dir sage, dass wir keine andere Wahl haben.«

»So eine Sache?«, wiederholte Mom und musterte mich mit erhobener Augenbraue. Ihr Blick schien mich regelrecht durchbohren zu wollen, doch ich hielt ihm tapfer stand. Ich hatte ihr versprochen, dass es keine Lügen mehr zwischen uns geben würde, und daran wollte ich mich halten. Daher hoffte ich, dass sie meine Ehrlichkeit als das sah, was sie war. Ein Zeichen des Respekts in Zeiten des Ungehorsams.

Als Antwort brachte ich nur ein Nicken zustande, während das Herz in meiner Brust galoppierte und mein Atem immer flacher wurde.

»Erfahre ich wenigstens dieses Mal, worum es geht oder wohin ihr wollt?«, fragte Mom weiter.

»Es wäre besser, wenn du so wenig wie möglich darüber weißt«, erwiderte ich und verabscheute mich selbst für diesen Spruch. Doch leider entsprach er der Wahrheit. Wer zu viel wusste, wurde zur Zielscheibe. Und dieses Schicksal wollte ich meiner Mom unbedingt ersparen.

Missbilligend presste sie die Lippen aufeinander und ihre Augen sprühten vor Groll. Wir wussten beide, dass sich unsere Beziehung an einer Weggabelung befand und in diesem Moment die Entscheidung fiel, ob wir in Zukunft eine gemeinsame Richtung einschlagen oder getrennte Wege gehen würden.

»Und du wirst heute Abend dabei sein?«, fragte Mom nach einem Moment des Nachdenkens und nahm Adam ins Visier.

»Ich werde Avery nicht von der Seite weichen. Das verspreche ich.« Die Ernsthaftigkeit, die er in seine Stimme legte, ließ seine Worte wie einen Schwur klingen. Eine plötzliche Gänsehaut kroch über meinen Körper. Die Gewissheit, Adam heute Abend bei mir zu haben, war der einzige Grund, weshalb ich noch nicht vollends durchgedreht war.

Mom sah abwechselnd zwischen Adam und mir hin und her. Dann wurden ihre Augen feucht und ihre Lippen begannen zu zittern. »Erfahre ich wenigstens, wann ihr vorhabt wiederzukommen?«

»Das wissen wir selbst nicht, Mom. Ich hoffe, es wird nicht lange dauern und wir liegen beim Morgengrauen wieder in unseren Betten.«

Eine Mischung aus Sorge und Wut blitzte in Moms Augen auf und sie hob drohend ihren Zeigefinger. »Ich schwöre euch, wenn ihr etwas Dummes oder Gefährliches plant, bringe ich euch um!« Tränen rannen ihr aus den Augenwinkeln und verursachten auch mir einen dicken Kloß im Hals. »Und wenn die Polizei wieder vor meiner Tür auftaucht – oder noch schlimmer, die Drogenfahndung oder das FBI –, dann überlegt lieber gleich, ob ihr euch nicht stellen wollt. Denn wenn ich euch erst mal in die Finger kriege, werden euch keine Engel dieser Welt mehr beschützen können!«

Wäre die ganze Situation nicht derart heikel und angespannt, hätte mich die Ironie ihrer Drohung zum Schmunzeln gebracht. Doch so konnte ich nur schlucken, bevor ich den Rest beichtete, der mir noch auf dem Herzen lag.

»Noch eins, Mom. Nox wird heute Abend auch dabei sein. Aber bevor du jetzt ausflippst, denk bitte an das, was du mir im Krankenhaus anvertraut hast. Er ist nicht der Verbrecher, für den du ihn hältst. Es würde mir viel bedeuten, wenn du ihm die Chance gibst, dir das zu beweisen.«

Die tränennassen Augen verengt, blickte Mom mich an. Ihr Gesicht war rot gefleckt und es tat mir im Herzen weh, dass ich ein weiteres Mal der Grund für ihren Schmerz war. Gleichzeitig war ich erleichtert, zumindest einen Teil der Wahrheit gesagt zu haben.

»Dann hoffe ich, mich wirklich in ihm getäuscht zu haben.« Mit diesen Worten wandte sich meine Mom ab und stakste mithilfe ihrer Krücken hinauf ins Obergeschoss.

Adam und ich sahen ihr nach, bis das Schließen einer Tür zu hören war. Dann widmete ich mich wieder meinem inzwischen erkalteten Essen.

»Verrätst du mir, was du gerade meintest?«, fragte Adam mit leiser Stimme, als wäre er sich nicht sicher, ob er das Recht hatte, diese Frage zu stellen. »Was hat dir Joleen im Krankenhaus anvertraut?«

Ich hob den Kopf, um seinen Blick zu erwidern. »Verrätst du mir, weshalb du heute den ganzen Tag rumläufst, als hättest du dein Haustier zu Grabe getragen?«

Anstatt einer Antwort setzte Adam schweigsam das Sezieren seiner Lasagne fort und ich tat es ihm mit meinen Spaghetti gleich.

***

Gegen halb zehn verließ ich, in ein Handtuch gewickelt, die Dusche. Adam war nach Hause gefahren, um ein paar Dinge vorzubereiten, und meine Mom schlief friedlich in ihrem Zimmer. Niemals wäre mir der Gedanke gekommen, dass es eine dumme Idee sein könnte, halb nackt durch das Haus zu wandern, um mich in aller Ruhe in meinem eigenen Zimmer anzuziehen. Doch kaum hatte ich die Schwelle in mein Reich passiert, entfloh mir ein leiser Aufschrei und ich umklammerte das Frottee, als hinge mein Leben davon ab.

»Was zur Hölle machst du denn hier?«, fragte ich Nox, der auf meinem Bett saß. Er trug seine Motorradkleidung, was entweder bedeutete, dass er mit seiner Maschine hergekommen war oder dass so seine Vorbereitung auf unseren Ausflug aussah.

»Ich bin deiner Einladung gefolgt, holde Julia.« Der Höllendiener sah in Richtung meines geöffneten Fensters, ehe er mich wieder ins Visier nahm. »Oder galt sie gar nicht mir und jeden Moment stürmt dein Romeo herein, um mich zum Duell aufzufordern?« Ein spottendes Lächeln umspielte seine Lippen. »Das wäre aber nicht sehr ladylike, gleichzeitig zwei Männern Avancen zu machen.«

»Was willst du hier, Nox?«, wiederholte ich meine Frage, ohne auf seinen feixenden Kommentar einzugehen. Ich hatte gewusst, dass ich mich dem

Höllendiener heute zum ersten Mal seit unserem Kuss neulich Nacht stellen musste. Doch in meiner Vorstellung war ich dabei angezogen und gewappnet gewesen. Ich hatte genau gewusst, wie und womit ich ihn begrüßen würde, und war auf mögliche Sprüche vorbereitet gewesen. Aber jetzt und hier war ich weder das eine noch das andere. »Ich dachte, ihr kommt erst um zehn«, sprach ich weiter und verstärkte den Griff um mein Handtuch. Auf einmal erschien mir der gewaltige Stoff viel zu knapp für meinen Körper.

»Goldlöckchen kommt um zehn. Ich wollte dich vorher sehen.« Nox erhob sich von meinem Bett und kam auf mich zu. Sein Tonfall mochte sachlich klingen, aber in seinen Augen lag ein Blick, der mein Herz zum Wummern brachte. »Es wird Zeit, die Sache zwischen uns ein für alle Mal zu klären.« Seine Worte ließen die Frequenz meines Pulses weiter ansteigen, und ich hegte die Sorge, irgendwann wegen Herzrhythmusstörungen ins Krankenhaus eingeliefert zu werden, sollte Nox' Wirkung auf mich nicht irgendwann nachlassen.

»Du willst reden?« Meine Stimme klang dünn und unsicher. Ein deutliches Zeichen dafür, dass *Reden* das Letzte war, wonach mir momentan der Sinn stand.

Nox trat so dicht an mich heran, dass das kühle Leder seiner Jacke meine erhitzte Haut berührte und sich eine Gänsehaut über meinen gesamten Körper zog. Zwar mochte die Kraft seiner Anziehung bei unserem letzten Treffen eine kleine Pause eingelegt haben, dafür war der Sog jetzt umso stärker.

»Du würdest dich nicht wehren, wenn ich dich jetzt küsse, oder?« Nox' Stimme war zu einem sinnlichen Raunen geworden und während er mir in die Augen sah, hob er eine Hand und strich mit seinen Fingerspitzen über meine Wangen. Die Berührung war so sanft und zärtlich, dass meine Lider zu flattern begannen. »Du würdest dich nicht wehren, obwohl du weißt, dass das zwischen uns keine Hoffnung hat.« Er senkte seinen Kopf, bis unsere Nasenspitzen nur noch wenige Millimeter übereinander schwebten und das schimmernde Grün seiner Iriden das Einzige war, was ich noch wahrnahm.

Meine Lippen teilten sich, ohne dass ich sagen konnte, ob sie es taten, um etwas zu erwidern, oder ob es in sehnsuchtsvoller Erwartung des erwähnten Kusses geschah.

»Dein Puls beschleunigt sich jedes Mal, wenn ich in deiner Nähe bin. Deine Augen beginnen zu funkeln und du gibst mir das Gefühl, als wäre ich das Einzige auf der Welt, was du wirklich wahrnimmst, während alles andere von einem trüben Grauschleier verdeckt ist.« In einer unerträglich sanften Geste schlang er seinen freien Arm um meine Taille und zog mich noch näher an sich heran. Bei jedem seiner Worte streifte sein Atem meine Lippen und ich wünschte mir, er würde nicht aufhören zu sprechen. »So hast du noch nie für jemanden empfunden, habe ich recht?«

Als Antwort schüttelte ich schwach den Kopf. Träge schwang er von einer Seite zur anderen, ohne dass auch nur eine Silbe über meine Lippen kam.

»Und genau darin liegt das Problem, Kleines.« Nox' Lippen näherten sich meinen, bis ich meinte, eine winzige Berührung zu spüren. Wie bei einem elektrischen Schlag zwickte es und die Empfindung verwandelte meine Muskeln in Wackelpudding. »Du verstehst nicht, wie gefährlich das hier ist.« Seine Lippen, so sanft und zart, strichen über meine und ich sog seinen Atem in mich auf. »Wie gefährlich *ich* bin.«

»Das ist mir egal«, wisperte ich, die Augen geschlossen. »Das alles ist mir egal, Nox. Ich will dich. Ganz gleich, was das bedeutet.«

Nox reagierte nicht sofort und die Zeit, die er sich nahm, fühlte sich wie eine Ewigkeit an. Doch schließlich spürte ich, wie sich seine Lippen bewegten und seine raunende Stimme ein weiteres Mal meinen Gehörgang passierte.

»Du hast keine Ahnung, was du da sagst, Kleines. Aber in drei Teufels Namen, ich kann nicht gehen, ohne diesen Fehler ein letztes Mal begangen zu haben.«

***

In der Sekunde, als sich unsere Lippen endlich vereinigten, wusste ich, dass es das letzte Mal sein würde. Ich wusste nicht, woher ich es wusste, aber ich wusste es mit absoluter Sicherheit. Vielleicht lag es an Nox' vorherigen Worten. Vielleicht aber auch an der Art, wie er mich küsste. So hart und fordernd und dabei gleichzeitig sanft und sinnlich. Leidenschaftlich und mit einem Hauch Schmerz. Als wollte er, dass wir beide diesen Kuss niemals vergaßen. Als wollte er ihn für alle Zeit in unsere Köpfe prägen.

Wie eine Ertrinkende, die nach Luft gierte, gierte ich nach diesem Kuss. Ich genoss jede qualvolle Sekunde, jede Berührung unserer Zungen und Lippen. Mir war bewusst, wie dumm es war, mich derart in diesen Moment fallen zu lassen, aber ich hatte mir bereits früh eingestanden süchtig zu sein. Und wie jeder Abhängige war ich zu schwach, ein solches Angebot auszuschlagen. Stattdessen nahm ich, so viel ich kriegen konnte, und verdrängte die Konsequenzen meines Handelns auf einen Zeitpunkt fernab vom Hier und Jetzt.

Nox löste sich von mir und trat gleich mehrere Schritte zurück. Dabei fuhr er sich mit beiden Händen durch die Haare, während ein unausgesprochener Fluch auf seinen Lippen weilte. Fast musste ich lachen. Ausgerechnet dieses Mal beherrschte er sich, obwohl einer seiner typischen Ausbrüche zu diesem Zeitpunkt passender denn je gewesen wäre.

»Verrätst du mir, wieso du deine Meinung geändert hast?«, fragte ich leise. Jetzt, da der lebenserhaltende Kuss beendet war, fühlte ich mich taub und leer.

Die Finger weiterhin in seinen Strähnen vergraben, sah mich Nox an. Ich konnte verschiedenste Emotionen in seinen Augen aufblitzen sehen, doch keine davon würde mir meine Frage beantworten.

»Wieso ich meine Meinung geändert habe?« Nox ließ seine Arme sinken und verschränkte sie vor seiner Brust. Er hatte sich wieder hinter seiner Fassade aus Arroganz und Kälte verschanzt, was mich dieses Mal jedoch nicht störte. Im Gegenteil sogar. Die Geste bewies, was ich tief in meinem Herzen gehofft hatte. Die Situation war auch für den Höllendiener alles andere als leicht. »Die Frage sollte eher lauten, wieso ich erst jetzt den Mumm dafür aufgebracht habe. Schließlich bin ich kein Mensch, der darauf gepolt ist zu vertrauen und zu lieben. Ich erkenne die Gefahr, egal hinter welcher Maske sie sich versteckt. Aber ihr …«, er lachte trocken. Kalt. Emotionslos. »Ihr Menschen begrüßt den Tod mit offenen Armen, nur weil er sich hinter netten

Worten, zärtlichen Berührungen oder einem rosaroten Namen wie ›Liebe‹ verbirgt.«

»Das ist nicht wahr«, erwiderte ich. »Ich weiß, warum du so denkst, aber es stimmt nicht, Nox. Liebe bedeutet nicht zwangsläufig Leid und Schmerz. Und schon gar nicht den Tod. Liebe macht uns …«

»Schwach!«, unterbrach mich Nox mit energischer Stimme und löste seine Arme. Er hatte seine Hände zu Fäusten geballt und kam schnellen Schrittes auf mich zu. »Sie macht uns schwach, blind und unzurechnungsfähig! Sie ist eine Krankheit! Ein Parasit! Wieso sonst hättest du dein Herz ausgerechnet an einen Dämon verschenken sollen? An ein übernatürliches Wesen, mit dem du niemals glücklich werden kannst? Wieso?« Als ich nichts erwiderte, unfähig eine Antwort auf seine Frage zu finden, beruhigte sich Nox und öffnete seine Fäuste. »Ich sage dir wieso, Kleines. Weil du ein Mensch bist! Es liegt in deiner Natur, dich nach dem Glanzvollen zu sehnen, egal wie trügerisch oder gar zerstörerisch es in Wahrheit sein mag. Aber wie ich es dir schon einmal sagte, werden deine Gefühle für mich unseren Tod bedeuten.«

»Nein! Du irrst dich! Nur eine unerwiderte Liebe endet tödlich! Das hast du mir selbst gesagt.« Ungewollt stiegen mir Tränen in die Augen. Ich hätte sehr viele Gründe für Nox' Entscheidung akzeptiert. Aber nicht diese fadenscheinige Lüge. Nox hatte mir inzwischen mehrfach gesagt, dass er Gefühle für mich hegte. Das letzte Mal sogar erst vor wenigen Tagen genau hier in diesem Zimmer.

»Davon rede ich doch!«, konterte Nox zornentbrannt. »Hast du wirklich geglaubt, dass ich dich jemals auf die gleiche Art ansehen würde wie du mich?« Er stieß ein bellendes Lachen aus, das verbittert klang. »Ich bin ein Dämon, Kleines! Ein gefallener Engel! Ich wurde aus dem Himmel verstoßen, weil ich einen Menschen kaltherzig umgebracht habe. Seitdem habe ich das mehrere Hundert Jahre lang getan. Täglich. Das war mein *Job*! Und ich tat es gerne! Ja, ich liebte es sogar! Denkst du ernsthaft, so jemand ist in der Lage aufrichtig zu lieben?«

Sein Ausbruch erweckte auch meinen Zorn zu neuem Leben und verdrängte gleichzeitig die Lethargie aus meinem Körper. Ich konnte und wollte einfach nicht glauben, was er hier von sich gab. Hatte er etwa alles vergessen, was ich ihm in Mabs Verlies gesagt hatte? Was er mir gesagt hatte? Waren seine Erinnerungen daran einfach so verschwunden wie meine an Adam?

Er meinte, dass ich das erste Mädchen wäre, in das er sich aufrichtig verlieben könnte. Wieso weiß er das denn nicht mehr?

Dann kam mir ein Gedanke. Hatte er seine Meinung etwa wegen dem geändert, was er am Festivalsamstag zwischen Adam und mir mitbekommen hatte? Aber wieso war er dann am Abend nach dem Unfall hergekommen? Er hätte die Sache zwischen uns bereits dann für beendet erklären können. Dass er damit ausgerechnet bis heute Abend gewartet hatte, konnte kein Zufall sein.

»Es ist deine Aufgabe, nicht wahr?!« Die Frage war kaum hörbar über meine Lippen gekommen. »David hat dir die Aufgabe gestellt, mir das Herz zu brechen, stimmt's?« Ungewollt entflammte ein Funken Hoffnung in meinem Inneren und meine Tränen versiegten. Gleichzeitig machte ich einen kleinen Schritt auf Nox zu. Ich verspürte den brennenden Wunsch, ihn zu berühren. Ihm zu zeigen, dass ich an ihn glaubte. An uns glaubte.

»Siehst du, Kleines. Genau das ist dein Problem.« Obwohl Nox blanke Wut ins Gesicht geschrieben stand, war seine Stimme völlig klar und ruhig. »Du suchst nach Ausreden, um die Wahrheit nicht akzeptieren zu müssen. Selbst dann, wenn ich sie dir vor die Füße spucke! Deswegen sage ich es dir noch einmal in aller Deutlichkeit: Ich. Liebe. Nicht. Ich. Begehre! Und wenn ich diesem egoistischen Wunsch nachgebe und zulasse, dass du auch noch den letzten Funken deines Herzens, deiner Seele an mich verlierst, werden wir an deinem Liebeskummer zugrunde gehen, noch bevor die zweite Prüfung uns dahinrafft!«

Ein Mix der verschiedensten Emotionen durchfuhr mich. Ich wusste nicht, was ich denken, sagen oder fühlen sollte. Das war alles zu viel für mich. Die Anspannung unseres nächtlichen Vorhabens, Adams abweisende Haltung am heutigen Tag, die Sorgen meiner Mom. Und jetzt auch noch das hier.

Wie in Trance schüttelte ich den Kopf. Ich konnte und wollte einfach nicht wahrhaben, dass Nox wirklich so dachte und fühlte.

»Du glaubst, du kannst uns nur retten, indem du mich von dir stößt? Weil du der Meinung bist, deine Gefühle wären nicht aufrichtig genug? Verdammt, Nox, wir sind hier nicht in einem beschissenen Buch, in dem diese Heldennummer womöglich sexy ist! Das hier ist das wahre Leben!«

»Genau dieses Leben versuche ich zu retten!«, fluchte Nox und sein vor Zorn verzerrter Gesichtsausdruck ließ mich verstummen. »Und das, obwohl deine Gedanken von schwachsinnigen und betrunkenen Schriftstellern verkorkst worden sind. Nur deswegen bildest du dir ein, ich wäre der Held in dieser Geschichte. Aber weißt du was? Das bin ich verdammt noch mal *nicht.* Ich agiere nicht aus Großherzigkeit, wie du dir einzureden versuchst. Ich kämpfe auch nicht gegen irgendwelche inneren Dämonen an, die mir deiner Meinung nach auf der Seele lasten.« Seine Mimik wurde schlagartig dunkel, während seine Augen zu leuchten begannen, als würden sie von innen heraus beschienen werden. »Ich *bin* der Dämon. Ich bin das Gift, das deine Helden tötet. Schmerzhaft. Qualvoll. Und mit einem Lächeln im Gesicht.«

»Du täuschst dich«, wagte ich einen letzten Versuch, auch wenn meine Stimme kaum mehr als ein Wispern war und mir die Kraft fehlte, meinen Worten den Nachdruck zu verleihen, den sie benötigten, um auch nur den Hauch einer Chance zu haben, von Nox vernommen zu werden.

»Nein, Kleines.« Nox blickte mich auf eine Art an, wie er es noch nie getan hatte. Wie ein verlorener Junge ohne jegliche Zukunft oder Hoffnung. Sogar diese spezielle Anziehung, die mich jedes Mal, wenn ich ihm in die Augen sah, in ihren Bann zog, war verschwunden. »*Du* täuschst dich. In mir. In meinen Gefühlen für dich. In dem Glauben, dass ich ein Engel bin wie Adam. Goldlöckchen hat es dir bereits einmal gesagt. Nicht jeder, in dessen Körper ein Herz schlägt, hat auch Gefühle.«

ZWANZIG

Die mehr als einstündige Autofahrt verlief in angespannter Stille. Weder Adam, der hinter dem Steuer saß, noch Nox auf der Beifahrerseite sagten ein Wort, sodass das gleichmäßige Brummen des Motors das einzige vernehmbare Geräusch im Auto war. Ich hatte es mir auf der Rückbank gemütlich gemacht und genoss den Luxus, mich meinen Gedanken hingeben und die vorbeiziehende Dunkelheit betrachten zu können. Dabei fuhren meine Finger den Schnittrand der Karte entlang, die Nox beim Verlassen meines Zimmers kommentarlos auf meinen Schreibtisch hinterlassen hatte.

Zeig Avery den wahren Nicholas Nightingale.

Das war Nox' Aufgabe gewesen. Wie David zugesichert hatte, war sie leicht zu erfüllen gewesen, doch welche Auswirkung sie auf mein Leben haben würde, war dem Inkubus offenbar egal.

»Wir sind da«, sagte Adam und parkte meinen Wagen auf einem Schotterfeld. Nach dem langen Schweigen klang seine Stimme kratzig und seine Bewegungen wirkten steif, als er wortlos aus dem Wagen stieg.

Nox und ich folgten ihm. Da ich offenbar als Einzige nicht wusste, wo wir uns befanden, musterte ich als Erstes die Umgebung. Um uns herum entdeckte ich längst verlassene und zum Teil eingestürzte Gebäude, die den Verdacht aufkommen ließen, dass dieses Grundstück einst ein Industriegebiet gewesen sein musste. In der Mitte des frei stehenden Platzes verlief eine mehrere Meter hohe Mauer, die mit alten, teils verblichenen oder ramponierten Plakaten und Graffitischmierereien besudelt war und keinerlei Rückschlüsse auf ihr Innerstes zuließ.

»Wo sind wir hier?«, fragte ich und vermied dabei jeglichen Blickkontakt zu Adam oder Nox. Zwar grollte ich ihnen nicht – ich hatte während der Fahrt genügend Zeit gehabt, meine Emotionen in die hinterste Ecke meines Bewusstseins zu sperren, um mich mit klarem Verstand auf unsere Mission zu konzentrieren –, trotzdem schmerzte mich ihr Anblick. In den letzten Wochen hatte ich sowohl meine körperlichen als auch die mentalen und emotionalen Grenzen überwinden müssen, nur um am Ende mit diesem verhassten Gefühl von Einsamkeit zurückzubleiben.

»Beim Blutkarneval«, antwortete Nox, den Blick ebenfalls auf die heruntergekommene Mauer gerichtet. »Früher war das ein begehrter Treffpunkt bei Dämonenblütlern, aber das ist viele Jahrzehnte her. Ich hatte nicht einmal gedacht, dass er überhaupt noch existiert.«

Ungewollt glitt mein Blick zu Nox. Seit er mein Zimmer verlassen hatte, trug er diese gleichgültige Miene zur Schau, die mir inzwischen bestens vertraut war. Doch anstatt wie gewöhnlich vor Arroganz zu strotzen, wirkte sie irgendwie künstlich. Falsch. Als hätte der Höllendiener beim Verlassen meines Zimmers nicht nur seine Aufgabenkarte, sondern auch einen wesentlichen Teil seines Charakters zurückgelassen.

Eine Bewegung am Auto lenkte meine Aufmerksamkeit auf sich und ich entdeckte Adam, wie er einen Rucksack aus dem Kofferraum holte und ihn anschließend schulterte. Mit dieser Ausrüstung und der dunklen, funktionalen Kleidung wirkte er wie ein Profieinbrecher auf einem Raubzug.

»Wo ist der Eingang?«, fragte er an Nox gerichtet.

»Auf der anderen Seite«, lautete die Antwort, ehe der Höllendiener zielstrebig losmarschierte, ohne sich zu vergewissern, ob wir ihm folgten.

Wir liefen nur ein paar Minuten, bis wir ein schmiedeeisernes Flügeltor erreichten, dessen oberer Rand mit Pfeilspitzen besetzt war. Die Seiten mündeten in Mauerpfosten, deren Plateau einige verwitterte Steinfiguren zierte, und die kauernde Haltung der Skulpturen sowie die schemenhafte Andeutung von Flügeln erinnerte an Wasserspeier, wie es sie auf der Notre Dame in Paris gab.

Neugierig warf ich einen Blick zwischen die Stäbe, konnte jedoch trotz des leuchtenden Vollmondes über uns nicht das geringste Bisschen erkennen. Fast schien es, als würde das Innere der Mauer den natürlichen Lichtverhältnissen strotzen und ihren ganz eigenen Regeln folgen.

»Was befindet sich hinter dem Tor?«, fragte ich und drehte mich zu meinen beiden Begleitern um. Diese hatten es sich auf den Boden gemütlich gemacht, als würden sie mit einer längeren Wartezeit rechnen.

Anstatt mir zu antworten, kramte Adam Wasserflaschen, Obst und Energieriegel aus seinem Rucksack. Wortlos reichte er Nox einen Teil davon, ehe er sich selbst über einen Apfel hermachte.

»Setz dich, Kleines, und schone deine Kräfte. Du wirst sie noch brauchen«, sagte Nox – auch er ignorierte meine Frage – und legte das Essen neben sich auf den Boden.

Ich folgte seiner Aufforderung, obwohl mich meine Nervosität kribbelig machte und ich am liebsten wie ein Eichhörnchen durch die Gegend gerannt wäre. Aber vermutlich hatte der Höllendiener recht und es wäre dumm, die letzten Momente der Ruhe nicht zu nutzen.

In einem vertretbaren Abstand zu den beiden Engeln setzte ich mich auf den Boden, zog die Beine an die Brust und umschlang sie mit meinen Armen, während ich mein Kinn auf die Knie legte. Für Mitte Juni war die Nacht ungewöhnlich frisch und ich bedauerte es, nur ein Longsleeve und Cargohosen angezogen zu haben.

»Hier.« Adam reichte mir ein Sweatshirt, als wüsste er mal wieder ganz genau, was mir fehlte.

»Nein, danke«, sagte ich und schüttelte den Kopf. Für unsere Mission brauchte ich einen klaren Verstand und Adams Pullover anzuziehen, der sicherlich mit seinem persönlichen Duft durchtränkt war, hatte etwas derart Intimes an sich, dass mein Herz bereits bei der Vorstellung aus dem Takt geriet.

Um nicht zu intensiv über Adam nachzudenken, lenkte ich mich ab, indem ich immer mal wieder über meine Schulter in Richtung Eisentor blickte. Ich hegte die Hoffnung, vielleicht doch noch einen Hinweis zu entdecken, der mir dabei half, entweder meine Neugier oder die Nervosität zu besänftigen.

»Ungeduld ist keine Tugend, Kleines«, sagte Nox, ohne mich anzusehen, jedoch mit dem Anflug eines traurigen Lächelns auf den Lippen.

Ich öffnete den Mund, um etwas zu erwidern, wurde aber jäh unterbrochen, als ein ohrenbetäubender Knall die nächtliche Ruhe durchbrach und mich vor Schreck einen Meter in die Luft springen ließ. Wenig katzenhaft landete ich auf meinen Beinen und blickte mich panisch um, ohne jedoch den geringsten Hinweis auf den Lärm zu entdecken.

»Was war das?«, fragte ich mit wild pochendem Herzen. Ich war mir sicher, dass mein Puls soeben einen neuen Rekord in der Kategorie Höchstgeschwindigkeit aufgestellt hatte.

»Das war das Startsignal, vermute ich«, sagte Nox und erhob sich gemeinsam mit Adam in aller Seelenruhe vom Boden. »Es ist Mitternacht. Der Blutkarneval öffnet seine Tore.«

***

Elf weitere Detonationen donnerten durch die Nacht und ließen mich jedes Mal aufs Neue zusammenfahren, als würde eine Schusswaffe unmittelbar neben meinem Ohr abgefeuert werden.

»Da steht wohl jemand auf große Shows«, sagte Nox nach dem zwölften Knall, während sich das riesige Eisentor, begleitet von einem lautstarken und nervenzerfetzenden Kreischen, öffnete, als würde man einen Menschen bei lebendigem Leib rösten.

»Gehört das zur typischen Eröffnung?«, fragte Adam und beobachtete mit gerunzelter Stirn den dichten, weißen Rauch, der über den Boden kroch, sich vermehrte und auftürmte, bis schließlich der gesamte Eingang hinter einem undurchsichtigen Schleier verborgen war.

»Keine Ahnung«, antwortete Nox und verschränkte seine Arme vor der Brust. »Ich habe den Start des Karnevals nie mitbekommen. Normalerweise komme ich spät und gehe noch später.«

»Das heißt also, wir wissen nichts über diesen Nebel.« Auch Adam verschränkte seine Arme vor der Brust und schürzte die Lippen.

»Nope«, erwiderte Nox.

»Klasse. Das bedeutet, der Rauch könnte gefährlich sein. Er könnte uns zum Beispiel beim Durchschreiten durch Verbrennungen oder Gift in den Atemwegen schwächen.«

»Womöglich tötet er uns auch ganz einfach«, erwiderte Nox mit einem amüsierten Lächeln auf den Lippen. »Aber das ist eher unwahrscheinlich. Kein Höllenfürst würde auf die Chance verzichten, unser Ende so lang und qualvoll wie möglich zu gestalten.«

Fassungslos blickte ich zwischen den beiden Männern hin und her. Ich hatte Verständnis dafür, wenn Leute in gefährlichen Situationen zu Galgenhumor neigten – das tat ich selbst hin und wieder. Aber das hier drohte ein nahezu krankhaftes Ausmaß anzunehmen.

Nox bemerkte meinen Blick und wandte träge seinen Kopf zu mir herum. »Was ist, Kleines? Hast du etwa Angst, wir zwingen dich als Erstes hindurchzugehen?« Ein Brummen erklang, was man mit viel Fantasie als Lachen interpretieren konnte. »Keine Sorge, das würde der Harfenquäler nicht zulassen. Für solche Dinge hat er mich.«

Ehe ich verstand, was Nox damit meinte, war er bereits losgegangen und steuerte zielstrebig auf die weiße, sich bewegende Wand zu.

Mit schockgeweiteten Augen und offen stehendem Mund sah ich dem Höllendiener nach. Es dauerte einen Augenblick, bis ich fähig war zu reagieren, doch dann stieß ich ein lautes »Nox! Nicht!« aus und wollte ihm nacheilen. Aber Adam kam mir zuvor und packte meinen Ellbogen.

»Was hast du vor?«, fragte er mit Erheiterung in der Stimme. »Du glaubst doch nicht ernsthaft, dass sich Nox in Gefahr begibt? Du kennst doch den Höllenhund und seine große Klappe.«

Mein Blick glitt zu Adam. Zu gerne hätte ich ihm gesagt, dass ich mir nach den Geschehnissen heute Abend in meinem Zimmer nicht mehr sicher war, ob ich Nox wirklich so gut kannte, wie ich bisher geglaubt hatte. Und dass mir sein verändertes Verhalten regelrecht Sorge bereitete. Aber da ich nicht wusste, wie ich all meine Gedanken und Empfindungen in Worte kleiden sollte, schwieg ich stattdessen und lenkte meine Aufmerksamkeit zurück auf den Höllendiener, der wenige Schritte vor dem Eingang zum Stehen gekommen war und nun mit schräg gelegtem Kopf den sich lichtenden Nebel betrachtete.

»Was ist *das?*«, fragte ich, nachdem sich der Dunst fast vollständig zurückgezogen hatte und etwas zum Vorschein brachte, was auf den ersten Blick wie ein Jahrmarkt aussah. Stimmungsvolle Musik, das Aufblitzen von farbenfrohen Lichtstrahlen und ein Meer aus sich bewegenden Körpern verstärkten diesen Eindruck.

»Das ist der berühmt-berüchtigte Blutkarneval. Ein krankes und abartiges Freudenfest für Dämonen.« Adam verstärkte seinen Griff, als einige der Wesen sich zu uns herumdrehten und ihre Münder zu angsteinflößenden Fratzen verzogen, als könnten sie es kaum erwarten, bis wir uns ihrem Fest anschlossen.

Adam musste meinen rasenden Puls und die geweiteten Augen bemerkt haben, denn er ließ meinen Arm los und griff stattdessen nach meiner Hand. »Solange du bei Nox und mir bist, solltest du in Sicherheit sein. Trotzdem bitte ich dich, direkten Blickkontakt sowie jegliches Handeln, das uns unnötige Aufmerksamkeit bescheren könnte, zu vermeiden. Menschen und Engel haben normalerweise auf dem Karneval nichts zu suchen, weshalb unsere Anwesenheit als Provokation aufgefasst werden könnte.«

Obwohl mich die Aussicht, einen Dämonenjahrmarkt zu betreten, in Angst und Schrecken hätte versetzen müssen, verspürte ich dank Adams Berührung eine gewisse Ruhe, wodurch es mir leichter fiel, seiner Bitte mit einem Nicken zuzustimmen.

»Gut. Und jetzt komm. Das Tor bleibt sicherlich nicht die ganze Nacht geöffnet.« Mit einer sanften, aber bestimmten Geste schob mich Adam vorwärts.

Wir erreichten Nox und betraten anschließend, ohne viele Worte zu verlieren, den Blutkarneval. Dabei erklang eine Stimme in meinem Kopf, die definitiv nicht mir gehörte.

Herzlichen Glückwunsch, Avery. Du hast mich mit deinem Erfolg bei der ersten Prüfung überrascht. Aber mach dir keine falschen Hoffnungen. Deine Reise endet noch heute Nacht. Ihr habt keine Chance, den Blutkarneval zu überleben.

EINUNDZWANZIG

Es gab Situationen im Leben, die einem immer wieder aufs Neue bewiesen, wie beschränkt der menschliche Verstand war. Dies hier war so eine Situation. Als ich zum ersten Mal den Begriff »Blutkarneval« gelesen hatte, waren mir gewisse Bilder und Vorstellungen in den Sinn gekommen, was sich hinter dieser Bezeichnung verbergen könnte. Doch die Realität – sofern man hierbei überhaupt von Realität sprechen konnte – sah um ein Vielfaches grauenerregender aus, als ich es mir jemals hätte ausmalen können.

Dabei lag das nicht einmal an dem Umstand, dass die eigentliche Größe des Blutkarnevals nichts mit dem von außen betrachtet überschaubaren Mauerumfang zu tun hatte. Unterbewusst hatte ich bereits damit gerechnet, dass jeder Zentimeter dieses Ortes vor Magie strotzte, sodass es mich nicht weiter verwunderte, als ich verschiedenste Bauten entdeckte, die sich über eine Fläche von mehreren Hektar verteilten und dabei ein mächtiges Schloss umringten, das hoch oben auf einem Berggipfel thronte.

Als viel verstörender empfand ich den Umstand, dass es sich bei den Bauten um keine gewöhnlichen Ess- oder Spielbuden handelte, wie ich anfangs angenommen hatte. Hier konnte man kein überteuertes Fast Food kaufen oder sein Geld in Gummimunition investieren, um auf Plastikfiguren zu schießen und dadurch irgendwelchen billigen Kitsch zu gewinnen. Nein, bei diesen frei zugänglichen und öffentlich einsehbaren Hütten handelte es sich um perfide Folterkammern, die ihre Besucher unterhielten, indem sie unter Einsatz grausamster Methoden irgendwelchen bereits bis zur Unkenntlichkeit verstümmelten Kreaturen Angst- und Schmerzensschreie entlockten, die mich mit hoher Wahrscheinlichkeit bis an mein Lebensende in Albträumen verfolgen würden.

»Halte den Blick gesenkt und versuch nicht hinzuhören«, wisperte mir Adam ins Ohr und drückte sanft meine Hand. Doch sein Ratschlag kam zu spät. Mit Augen so groß wie Untertassen starrte ich einen hochgewachsenen Mann an, der Hörner auf der Stirn und neongelbe Katzenaugen besaß und mithilfe seiner messerscharfen Klauen einer nackten Frau bei vollem Bewusstsein die Haut vom Körper schälte.

Gelähmt vor Entsetzen war ich nicht einmal in der Lage zu schreien.

»Wehe, du kippst gleich um, Kleines. Wir erregen auch ohne Ohnmachtsanfälle bereits viel zu viel Aufmerksamkeit«, sagte Nox in gedämpfter Tonlage, als würde ich die Blicke der vorbeiziehenden Dämonen nicht selbst spüren. Jedes Augenpaar, das sich in mich bohrte, fühlte sich wie ein glühender Schürhaken an, der mich ausweiden wollte.

»Das liegt an unseren Auren«, sagte Adam und drückte meine Hand noch fester. »Wir fallen auf wie bunte Hunde in einem Schwarz-Weiß-Film.«

Wäre ich nicht derart erstarrt gewesen, hätte ich vermutlich genickt. Doch im selben Augenblick erklang eine dramatische Melodie, die die allgemeine Aufmerksamkeit auf sich lenkte und mir eine kurze Verschnaufpause bescherte.

»Seid willkommen, Brüder und Schwestern.« Eine unsichtbare Stimme, die mir vage vertraut erschien, dröhnte im Dolby-Surround-Sound über unsere Köpfe hinweg. Leider konnte ich aufgrund des mitschwingenden Halls nicht heraushören, wem sie gehörte. »Viel zu lange mussten wir auf unseren Blutkarneval verzichten. Viel zu lange existieren wir bereits unter der Knechtschaft meines Vaters. Aber das ist ab sofort vorbei. Wir werden uns nicht länger dem Regiment des Luzifer Morgensterns unterwerfen, sondern die Unterwelt nach unseren Regeln und Vorstellungen neu aufleben lassen! Und zur Ehre dieses geschichtsträchtigen Meilensteins wird es eine besondere Überraschung geben. Ganz im Zeichen des Blutkarnevals habe ich drei Schlüssel verteilt, die es zu finden gilt. Der Seele, die alle drei Schlüssel – bestehend aus Obsidian, Pyrit und Feueropal – findet und sie mir ins Schloss bringt, gewähre ich einen Wunsch. Ohne Bedingungen oder Einschränkungen.«

Einhergehend mit dem letzten Wort brandete ein ohrenbetäubendes Getöse auf, das alle anderen Geräusche samt unsichtbarer Stimme übertönte und mir vermutlich einen lebenslangen Tinnitus bescherte. Dieser Unannehmlichkeit schenkte ich jedoch keine Beachtung. Viel zu sehr hatten mich die Worte der unsichtbaren Stimme vereinnahmt.

Adam und Nox schien es ebenso zu ergehen, wie ich an ihren bedeutungsvollen Blicken bemerkte.

Wir müssen diese Schlüssel finden! Und zwar vor allen anderen!

***

»Warum noch mal, denkst du, befindet sich einer der Schlüssel hier?«, fragte ich Nox, so leise ich konnte. Wir standen in einer Schlange vor einem fensterlosen, rechteckigen Gebäude, dessen Eingang ein Dämon bewachte, der mich sowohl aufgrund seiner Statur als auch wegen der zwei Hörner in seinem Gesicht an ein Rhinozeros erinnerte.

»Wie oft soll ich es dir noch erklären, Kleines?« Nox wandte sich mit deutlich genervter Miene zu mir herum. Seit Betreten des Blutkarnevals hielt er seine Arme vor der Brust verschränkt und lief mit diesem Sprich-mich-an-und-ich-töte-dich-Blick herum, womit er genauso düster und angsteinflößend aussah wie seine dämonischen Kollegen. »Oder hat sich deine Goldlöckchen-Amnesie jetzt auch auf dein Kurzzeitgedächtnis ausgeweitet? Dann kann ich mir die Mühe sparen, dir immer wieder dieselbe Frage zu beantworten.«

Erbost funkelte ich den Höllendiener an, obwohl sich mein Groll gegen meine eigene Unkonzentriertheit richtete. Seit die unsichtbare Stimme verkündet hatte, dass dem Finder aller Schlüssel ein Wunsch erfüllt würde, konnte ich an nichts anderes mehr denken als an die Chance, meine Seele zurückzufordern, ohne länger diesen Prüfungen ausgesetzt zu sein.

»Einer der Schlüssel ist aus Obsidian«, erklärte Adam mit Engelsgeduld und blickte mir zum ersten Mal am heutigen Tag in die Augen. »Angeblich gibt es hier einen VIP-Raum, der aus demselben Gestein gebaut ist. Es könnte sich dabei zwar um Zufall oder um eine absichtlich falsch gelegte Fährte handeln, aber irgendwo müssen wir ja mit der Suche beginnen.«

Ich nickte gedankenversunken. Dank Adams Erklärung konnte ich mich wieder an Nox' Ausführungen über das unscheinbare Gebäude mit dem wenig einladenden Namen »Pandemonium« erinnern. Dabei sollte es sich laut dem Höllendiener um einen exklusiven Nachtclub handeln, dessen Gästeliste vom Inhaber selbst geführt wurde.

»Und was machen wir, wenn wir nicht reingelassen werden?«, fragte ich und versuchte weiterhin die bohrenden Blicke der Dämonen um uns herum auszublenden. Aber es war zwecklos. Wie Adam bereits gesagt hatte, waren unsere Auren zu plakativ, als dass wir unauffällig in der Menge abtauchen konnten.

Nox sah mich mit einer angehobenen Augenbraue an und ich meinte, ein winziges Zucken seiner Mundwinkel zu bemerken. »Wenn wir nicht reingelassen werden? Verdammt, Kleines! Du vergisst offenbar, mit wem du hier sprichst! Mir wurde noch nie irgendein Zugang verwehrt.«

Glücklicherweise rückten wir in diesem Moment an die Spitze der Warteschlange vor, sodass ich keine Zeit hatte, auf Nox' Worte zu reagieren. Stattdessen widmete ich mich dem Türsteher-Dämon, der uns mit kleinen Schweinsäuglein musterte, als könnte er nicht glauben, wen er hier vor sich hatte.

»Was machst du denn hier, du hässlicher Schweinepriester?« Der Dämon nahm Nox in den Fokus seiner Aufmerksamkeit. »Ich dachte, du würdest längst im tiefsten Höllenkreis vor dich hinrotten, du Bastard eines räudigen Ghuls. Aber scheinbar«, sein Blick glitt zu Adam und mir, ehe er wieder Nox ins Visier nahm, »ist an den kursierenden Gerüchten tatsächlich etwas dran. Verdammte Dämonenkrätze. Dann schulde ich Damyjen wohl doch drei Nymphen.«

»Du wettest gegen mich, Raq?« Nox bedachte sein Gegenüber mit einem grimmigen Lächeln und seine Augen leuchteten gespenstisch grün auf. »Und das für drei Nymphen? Offenbar bist du noch sehr viel dämlicher, als ich bisher angenommen habe. Aber was sollte ich schon von einem Macal erwarten, der dumm genug ist sich mit einem Bifron anzulegen?!«

Der Türsteher-Dämon – oder Macal, wie Nox ihn bezeichnet hatte – stierte sein Gegenüber an, die Lippen zu einer bösartigen Fratze verzogen, und ich rechnete damit, dass die legendäre Klappe des Höllendieners uns mal wieder in Teufels Küche gebracht hatte. Aber entgegen meinen Befürchtungen erklang ein tiefes Lachen und der Macal nickte Nox anerkennend zu.

»Deine Zunge war schon immer so scharf wie Luzifers Schwert, du dreckige Missgeburt. Das ist vermutlich auch der Grund, weshalb so viele Leute den Wunsch verspüren, sie dir eigenhändig rauszureißen. Mich eingeschlossen.«

Nox entlockte die offenkundige Drohung nur ein feines Lächeln. »Ich weiß natürlich, dass sich dein schwefeliges Herz nach mir verzehrt, Raq, Sohn einer Ziege und eines Maulfrosches, aber ich habe weder die Zeit noch die Muße, länger deinem stinkenden Atem ausgesetzt zu sein. Deswegen wäre ich dir zutiefst verbunden, wenn du deinen parasitenverseuchten Arsch zur Seite bewegen würdest, damit wir endlich hier wegkommen. Die Nacht ist nicht mehr lang genug, um genügend Alkohol in mich reinzuschütten, damit ich die Erinnerung an diese Unterhaltung aus meinem Schädel spülen kann.«

»Du willst, dass ich dich ins Pandemonium lasse?«, fragte Raq aufrichtig verblüfft. »Mit einem Seraph und einem Menschen? Hast du endgültig beschlossen, der meistgehasste Dämon in der Geschichte der Unterwelt zu werden?« Noch bevor Nox Gelegenheit hatte, auf diese Worte zu reagieren, schüttelte der Macal den Kopf. »Vergiss es! Deinetwegen wird mein Name nicht auf der Henkersliste des Bosses landen.«

»Ach komm schon, Raq. Als ob Dhiram dich dafür exekutieren würde. Du bist hier schon länger Rausschmeißer, als ich für die Hölle arbeite. Außerdem schuldet mir Dhiram noch einen Gefallen. Und jetzt beweg dich endlich, bevor ich dich töten muss, um reinzukommen.«

Auch wenn es den Anschein hatte, als meinte Nox seine Drohung ernst, wich der Macal keinen Zentimeter zur Seite. Stattdessen schlich sich ein bedauernder Ausdruck in seinen Blick. »Die Zeiten haben sich geändert, Nightingale. Dhiram leitet den Laden nicht mehr. Asmodis ist unser neuer Herrscher.«

Für den Bruchteil einer Sekunde blitzten in Nox' Augen Emotionen auf, die nichts Gutes verhießen. Doch der Höllendiener hatte seine Gefühle beneidenswert schnell unter Kontrolle gebracht und reckte statt einer Erwiderung nur das Kinn vor, während seine Lider sich ein wenig verengten.

»Asmodis mag der Anführer eurer kleinen Rebellion sein, aber noch sitzt Luzifer auf dem Flammenthron. Und du willst sicher nicht, dass er von deiner Teilnahme an diesem lächerlichen Putschversuch erfährt, habe ich recht?«

Die Hörner des Macals verfärbten sich pink, und auch wenn ich kein Spezialist in Dämonenkunde war, wusste ich mit Sicherheit, dass es sich dabei um kein gutes Zeichen handelte. Daher überraschte es mich nicht sonderlich, als die Stimme des Macals ein gefährliches Zischen annahm und ihm beim Sprechen bläulicher Rauch aus dem Maul stieg.

»Mögen Blutschleicher deine Eingeweide befallen und dich langsam und qualvoll von innen heraus auffressen, du ehrlose Kreatur. Und wenn es so weit ist und du wieder in der Hölle landest, wo du hingehörst, so schwöre ich dir, Nicholas Nightingale, werde ich mich der Reihe deiner Feinde anschließen und dich bis zu deinem letzten Atemzug heimsuchen.« Begleitet von diesen Worten schwang die Eingangstür des Pandemoniums auf und zeigte dasselbe undurchdringliche Nichts wie der Blutkarneval, bevor er seine Tore um Mitternacht geöffnet hatte.

ZWEIUNDZWANZIG

Nox trat ohne Erwiderung an seinem Dämonenkollegen vorbei und wurde kurz darauf von der Finsternis verschluckt.

Mein Mund öffnete sich automatisch, doch noch bevor der erste Ton über meine Lippen kommen konnte, war Adam dicht hinter mich getreten und drückte fest meine Hand.

»Sag kein Wort, sondern hör mir gut zu!«, raunte er mir mit fordernder Stimme ins Ohr. »Jeder unserer Schritte wird genau beobachtet, deswegen müssen wir besonders behutsam agieren. Aus diesem Grund geh ich vor und du folgst mir sofort. Hast du verstanden? Du siehst niemanden an, hörst nicht auf das, was man vielleicht zu dir sagt, und am wichtigsten ist, dass du mich auf keinen Fall loslässt.«

Mit einem Nicken stimmte ich Adams Bitte zu.

»Danke.« Adam hauchte mir einen sanften Kuss auf den Kopf und trat anschließend an mir vorbei durch die offen stehende Tür.

Der winzige Moment, nachdem Adam in der Finsternis verschwunden und ich mit den Dämonen allein war, erschien mir wie eine halbe Ewigkeit. Mein Herz pochte wie wild und meine Finger wurden feucht, weshalb ich Adams Hand so fest packte, als wollte ich ihm die Knochen brechen.

Tief durchatmen! Was auch immer mich da drinnen erwartet, ich muss mich ihm nicht allein stellen!

Dieses Mantra wiederholend und gleichzeitig die gierigen Blicke der Kreaturen um mich herum ignorierend, folgte ich Adam in die Dunkelheit. Doch kaum hatte ich die Schwelle ins Pandemonium überschritten, erfasste mich eine unbarmherzige Böe, so unerträglich süß im Gestank, als wäre das Lager einer Parfümfabrik explodiert. Der Wind zog und zerrte an meiner Kleidung, meinen Haaren und meinem Körper, bis ich den Kontakt zu Adam verlor.

Von Panik erfasst, öffnete ich blinzelnd die Augen, nur um gleich darauf verblüfft innezuhalten.

Wo zur Hölle bin ich hier?

Auf der Suche nach einer Antwort ließ ich meinen Blick umherschweifen, doch meine Konzentration wurde von Adam und Nox abgelenkt, die ich unweit von mir entdeckte. Mit gerunzelter Stirn und einem amüsierten Grinsen auf den Lippen musterten sie mich intensiv.

»Was ist?«, fragte ich und war selbst überrascht, wie erheitert ich klang. Auf einmal hatte ich das Gefühl, als wären alle meine Sorgen und Ängste wie weggeblasen, sodass mich nichts außer blendender Laune umgab.

Adams Lippen bewegten sich, als würde er auf meine Frage antworten, aber ich verstand kein Wort. Viel zu sehr lenkte mich sein Anblick ab. Während Nox noch immer seine Lederklamotten anhatte, trug Adam eine eng anliegende schwarze Hose und ein weinrotes Hemd. Auch wenn ich nicht wusste, wann er Zeit für einen Outfitwechsel gehabt hatte, musste ich zugeben, dass ihm die Sachen verboten gut standen. Vor allem das Hemd war ein echter Hingucker, was nicht zuletzt daran lag, dass die geöffneten Knöpfe einen freien Blick auf seinen muskulösen Oberkörper zuließen.

Adam, der offenbar bemerkt hatte, dass ich ihm nicht zuhörte, sondern ihn wie ein köstliches Stück Torte während der Fastenzeit anstarrte, kam langsam auf mich zu und legte seine Hand auf meinen unteren Rücken. Ich spürte seine warmen Finger auf meiner nackten Haut und erschauderte unweigerlich bei der Berührung.

»Die Luft hier drin ist mit dämonischem Catuaba angereichert«, sagte er, seine Lippen dicht an meinem Ohr, während seine Finger zärtlich über meinen Rücken fuhren. »Die Droge wirkt wie ein Aphrodisiakum. Je mehr du davon einatmest, desto drängender wird dein Verlangen, bis du völlig den Bezug zur Realität verlierst.« Seine Berührungen entlockten mir ein aufgeregtes Kribbeln im Bauch. »Deswegen müssen wir so schnell wie möglich den ersten Schlüssel finden und von hier verschwinden.«

Ich hatte mich wirklich auf Adams Worte konzentrieren wollen, anstatt in Fantasien zu schwelgen, die nicht jugendfrei waren. Aber seine Nähe hatte mich derart abgelenkt, dass ich nur Bruchstücke seiner Erklärung mitbekommen hatte. Erst als er den Schlüssel erwähnte, fiel mir wieder ein, wo wir uns befanden und was wir hier zu tun hatten.

Unter Aufbietung all meiner mentalen Kraft brachte ich ein Nicken zustande als Zeichen, dass ich verstanden hatte. Anschließend trat ich einen Schritt von Adam weg in der Hoffnung, dass ich dadurch meine Gedanken wieder unter Kontrolle bekam. Leider trat genau der gegenteilige Effekt ein und der Wunsch, Adam wieder unanständig nah zu kommen, verstärkte sich.

Konzentrier dich, verdammt! Jetzt ist wirklich nicht der richtige Zeitpunkt für irgendwelche unpassenden Tagträume!

Um meine Gedanken nicht erneut abdriften zu lassen, lenkte ich meine Konzentration auf meine Umgebung. Bisher hatte mich Adam in seinen Bann gezogen, aber jetzt registrierte ich nach und nach, wo ich mich befand. Als Erstes fielen mir die unzähligen Dämonen auf, die nur wenige Meter vor uns ihre Leiber aneinanderrieben, als würden sie miteinander verschmelzen wollen. Dazu mischten sich ein lauter, unbarmherziger Beat und das ständige Aufblitzen des Stroboskoplichtes, das der Szenerie den Eindruck eines lebendigen Daumenkinos verlieh.

Als Nächstes bemerkte ich weißen Nebel, der knöchelhoch über den Boden kroch und den Eindruck vermittelte, als stände man mitten im Moor. Das stellte jedoch einen absurden Kontrast zu den Metallkäfigen dar, die von der Decke hingen und in ihrem Inneren Frauen in knappen Bikinis und Overknee-Stiefeln beheimateten, die um ihr Leben zu tanzen schienen.

»Hier, zieh das an!« Nox war vor mich getreten und reichte mir mit feurig lodernden Augen seine Lederjacke.

»Was? Wieso soll ich deine Jacke anziehen?«, fragte ich verdutzt und senkte den Blick. Wenn meine Gedanken bereits bei Adam denen eines sexsüchtigen Flittchens gleichkamen, wollte ich lieber nicht herausfinden, welche Wirkung ein Kleidungsstück des Höllendieners auf mich haben würde.

»Weil dein Anblick meine Selbstbeherrschung in ein ausgehungertes Tier verwandelt.« Die Worte waren nicht mehr als ein sinnliches Knurren, was meine Knie zu Wackelpudding werden ließ. Doch das war nichts im Vergleich zu der Empfindung, als Nox mit seiner freien Hand meinen Arm packte und mich um hundertachtzig Grad drehte. Als ich mit dem Rücken gegen seinen Rumpf stieß und daran haften blieb, als wären wir zwei Magnete, die nicht voneinander getrennt werden konnten, erstarrte mein gesamter Körper und ich vergaß für einen Moment das Atmen. »Ich habe mich getäuscht«, wisperte er mir unmittelbar ins Ohr. »Nicht deine Gefühle für mich werden unseren Untergang bedeuten, sondern die Vorstellung, dass du einen anderen Mann als mich auf diese ganz besondere Art ansehen könntest.«

Bei Nox' Worten beschleunigte sich mein Puls, bis er regelrecht vibrierte und alle meine Sinne bis auf das Äußerste geschärft waren. Ich wollte auf keinen Fall auch nur eine dieser kostbaren Sekunden verpassen, doch eine Bewegung unmittelbar vor mir lenkte mich ab.

»Wie sehe ich denn aus?« Mit geweiteten Augen starrte ich die leicht bekleidete Frau in Nox' Armen an. Die Wand uns gegenüber wirkte wie ein Spiegel, sodass ich mit erschreckender Genauigkeit jedes Detail meines Makeovers präsentiert bekam. Wegen der schwarzen Plateau-High-Heels an meinen Füßen war ich auf einmal ein ganzes Stück größer, was in Kombination mit dem unanständig kurzen Lederminirock meine Beine unnatürlich lang erscheinen ließ. Auch meine Taille, Bauch und Busen wirkten durch das hautenge Nietenbustier schmaler, flacher und praller, als es von Natur aus der Fall war. Nur meine Haare, die zu einem rockigen Irokesen mit bunten Farbsträhnen gestylt waren, und mein Gesicht, das mit einem verruchten Smokey-Eyes-Make-up und blutroten Lippen in Szene gesetzt worden war, kamen mir noch vage vertraut vor. Ebenso wie das Tattoo auf meinem Rippenbogen. Doch dieses hatte sich erneut verändert, und anstatt vier Äpfel, wie ich vorhin noch unter der Dusche gezählt hatte, hingen inzwischen nur noch drei Früchte in der Baumkrone. Dafür hatte die Schlange mit mehr als der Hälfte ihres Körpers den Baumstamm passiert und befand sich auf direktem Weg zu Eva, die ihre betende Haltung aufgegeben und sich stattdessen neugierig dem Kriechtier zugewandt hatte.

»Deswegen sollst du meine Jacke anziehen!« Nox strich mit seinen Lippen über meine Schläfe. »Niemand außer mir soll dich so sehen dürfen. In diesem speziellen Fall ist es sogar für mich von Nachteil, wenn ich dich so sehe. Denn anstatt mich zu konzentrieren, will ich dich küssen, ausziehen und dich hier mitten auf der Tanzfläche nehmen.« Achtlos ließ er seine Jacke zu Boden fallen und legte seine Hand auf meinen Bauch. Seine Finger glitten bis an den Bund meines Rockes und bahnten sich anschließend einen Weg darunter, was meinen Unterleib in Flammen aufgehen ließ und mir vollends den Atem raubte. »Vergiss alles, was ich heute zu dir gesagt habe, Kleines. Dein Platz ist genau hier. Bei mir, an meiner Seite.«

Obwohl Nox leise gesprochen hatte, war jede seiner Silben wie ein Feuerwerkskörper in meinem Kopf explodiert und hatte mein Innerstes mit bunten Funken erfüllt. Völlig berauscht von seiner Nähe, seinen Berührungen und Worten hätte ich alles dafür gegeben, um den Moment mit all den dazugehörigen Emotionen für immer einzufrieren.

Doch die Innigkeit des Moments währte nicht lange, denn urplötzlich, als wäre Nox erst jetzt aufgefallen, was er da tat, ließ er mich los und taumelte laut brüllend von mir weg.

Überrascht starrte ich den Höllendiener an, ohne zu wissen, was ich tun oder sagen sollte. Bereits unter normalen Umständen bereiteten mir seine abrupten Stimmungsschwankungen Probleme. Aber in diesem Augenblick glich sein Handeln dem einer Person mit Schizophrenie.

»Scheiße, verdammt!« Nox fuhr sich mit den Fingern durch die Haare, während er immer wieder von mir zu Adam sah und dabei wie ein wild gewordener Büffel schnaufte. »Ihr bleibt beide hier unten und wartet! Ich geh den Schlüssel allein suchen!« Der Höllendiener machte auf dem Absatz kehrt, hob seine Lederjacke auf und verschwand kurz darauf zwischen den anderen Dämonen.

Einen Moment lang schaute ich Nox hinterher und wagte es nicht einmal Luft zu holen. Doch dann übermannten mich meine zurückgehaltenen Emotionen und ein lautstarkes Prusten drang über meine Lippen. Ich wusste nicht, wieso mich sein Ausbruch derart amüsierte, aber ich konnte nichts gegen das kribbelige Gefühl in meinem Inneren unternehmen, das sich wie Sektperlen auf nackter Haut anfühlte und mich in eine völlig unpassende Hochstimmung versetzte.

»Ich glaube, Nox ist echt sauer«, sagte Adam und trat wieder dicht an mich heran, ein lausbübisches Grinsen im Gesicht. »Vielleicht wäre es besser, wenn wir ihm folgen und ihn bei seiner Suche unterstützen.« Er griff nach meinen Händen und seine Finger verschränkten sich wie selbstverständlich mit meinen. Dabei blickte er mich auf eine Art und Weise an, die es mir unmöglich machte, seinem Charme zu widerstehen. Wie beim Wechsel von einem Fernsehsender zum nächsten verschwand Nox einfach aus meinem Verstand und Adam übernahm seinen Platz.

»Das ist bestimmt eine ganz tolle Idee«, stimmte ich dem Engel kichernd zu. »Aber vorher musst du mir noch mal sagen, wonach wir eigentlich suchen. Irgendwie habe ich das vergessen.«

Adams Grinsen wurde eine Spur breiter und ich hörte trotz der lauten Musik sein klangvolles Lachen. »Das liegt an der Luft. Die Droge ist sehr viel stärker, als ich gedacht habe. Sogar ich habe Probleme, dagegen anzukommen. Deswegen hoffe ich, dass Nox möglichst schnell findet, wonach er sucht. Was auch immer das noch mal war.«

Obwohl ich das Gefühl hatte, dass das, was Adam gerade gesagt hatte, eigentlich Sorgen in mir hätte wecken müssen, konnte ich nichts gegen sein ansteckendes Grinsen ausrichten.

»Gut, dann ist das ja jetzt geklärt«, erwiderte ich völlig zusammenhanglos, da ich bereits wieder vergessen hatte, worüber wir eigentlich gesprochen hatten, und gab mich ganz dem Beat hin, der immer stärker Besitz von mir ergriff und mich unbarmherzig auf die Tanzfläche lockte. Aber zuvor wollte ich unbedingt noch etwas gegen meine trockene Kehle unternehmen.

»Komm, wir holen uns etwas zu trinken«, flötete ich und zog Adam in Richtung Bar, die ich am linken Rand des Clubs entdeckte.

»Du willst was trinken?«, fragte Adam lachend, während er sich widerstandslos mitschleifen ließ. »Ich weiß nicht warum, aber irgendetwas sagt mir, dass ich das für keine gute Idee halten sollte.« Doch entgegen seiner eigenen Aussage machte er mit einem schrillen Pfiff auf sich aufmerksam, kaum dass wir den schwarz glänzenden Tresen erreicht hatten.

»Fangen so nicht die besten Geschichten an?«, konterte ich mit einer Gegenfrage und strahlte mein Gegenüber an. Adam hielt noch immer unsere Finger ineinander verschränkt und seine Daumen strichen unentwegt über meine Handrücken, was das Kribbeln in meinem Inneren derart verstärkte, dass ich drohte vor Endorphinen den Verstand zu verlieren.

Adams Miene wandelte sich und sein überbreites Grinsen wurde zu einem feinen, charismatischen Lächeln. Auch hatte er seine zärtlichen Liebkosungen eingestellt und war stattdessen dichter an mich herangetreten, sodass ich nun meinen Kopf anheben musste, um ihm weiterhin ins Gesicht blicken zu können.

»Jede Geschichte, die damit anfängt, dass du mich mit diesem Verlangen im Blick ansiehst, kann nur zu einer der besten meines Lebens werden.«

Mein Puls schlug Purzelbäume vor Aufregung, als er seine Lider senkte und sich langsam zu mir herüberbeugte. Ich hatte nicht gedacht, dass mir meine Sehnsucht derart offensichtlich ins Gesicht geschrieben stand. Aber eigentlich war es nur von Vorteil. So musste ich nicht erneut die Initiative ergreifen, sondern konnte die süße Folter in vollen Zügen genießen, während ich darauf wartete, dass Adam mich endlich von meiner sinnlichen Qual erlöste.

»Hier! Nehmt die und verschwindet!« Mit einem lauten Poltern landeten zwei Gläser direkt neben uns auf dem Tresen und zerstörten den spannungsgeladenen Moment. Der Dämon, der sie so grob abgestellt hatte, dass sogar etwas von den Flüssigkeiten übergeschwappt war, sah uns mit grimmiger Miene an und verschränkte abwehrend die Arme vor der behaarten Brust. Auf den ersten Blick wirkte er wie ein normaler, leicht bekleideter Barkeeper, doch dann entdeckte ich die aus seiner Stirn ragenden Hörner, die gespaltene Zunge und die violetten Lippen, die er sich fortwährend leckte. Auch die dunklen Lederflügel hinter seinem Rücken und der zuckende Eselsschwanz deuteten darauf hin, dass es sich hierbei um einen Inkubus in seiner wahren Erscheinungsform handeln musste.

»Was ist das?«, fragte Adam den Lustdämon. »Wir haben noch gar nichts bestellt.«

»Das sind die einzigen Getränke, die ihr von mir kriegen werdet. Also nehmt sie und verschwindet von hier.« Der Inkubus wollte sich bereits abwenden, doch dann richtete er ein weiteres Mal das Wort an uns. »Sagt dem Seelenjäger, dass hierdurch meine Schuld bei ihm beglichen ist. Und sagt ihm ebenfalls, dass ich ihn, wenn er hier noch einmal mit einem Seraph und einem Menschen aufkreuzt, samt seinen Begleitern zu Asmodis bringen und voller Zufriedenheit mit ansehen werde, wie der Bastard endlich seine gerechte Strafe erhält.«

Nachdem der Inkubus uns endgültig den Rücken gekehrt hatte, verlor ich schlagartig das Interesse an ihm und widmete mich stattdessen den bereitgestellten Getränken. Die Gläser erinnerten an Reagenzgläser aus dem Chemieunterricht, nur mit dem Unterschied, dass sie um einiges größer waren und von allein stehen konnten.

»Ich denke, der hier ist für dich«, sagte Adam, ließ eine meiner Hände los und reichte mir eins der Getränke. Die Flüssigkeit war neonpink und im Inneren wirbelte eine Art Sturm aus silbernen Glitzerpartikeln, während von der Oberfläche Blasen aufstiegen, die in der Luft zerplatzten und als winzige, brennende Funken auf meiner Haut landeten. Überraschenderweise tat der Kontakt damit überhaupt nicht weh, sondern verstärkte nur das erregende Kribbeln in meinem Körper.

Adam erhob sein Glas – ein gewöhnliches Getränk in den Farben Senfgelb und Moosgrün – und grinste wieder auf diese frech-verwegene Art. »Stoßen wir an. Auf eine unvergessliche Nacht voller Sehnsüchte, die endlich gestillt werden.«

Der Toast, gepaart mit Adams lüsternem Blick, bewirkte bei mir eine Art gedanklichen Kurzschluss und mein Verstand schaltete endgültig in den Standby-Modus. Dafür übernahm mein Körper die Regie, woraufhin der dämonische Cocktail ohne weitere Bedenken an meinen Lippen landete.

»Auf eine unvergessliche Nacht«, wiederholte ich und leerte zeitgleich mit Adam mein Getränk. Zuerst war ich überrascht von der samtigen Konsistenz der Flüssigkeit, dann jedoch überwog die Geschmacksexplosion auf meiner Zunge. Extreme Süße mischte sich mit einer dezenten Schärfe, ehe sie von einer angenehmen Bitterkeit abgelöst wurde und meinen Mundinnenraum zu betäuben begann. Schnell schluckte ich und spürte sogleich, wie eine zarte Wärme mein Innerstes erfasste.

»Wow!« Lachend stellte ich mein Glas auf den Tresen und strahlte Adam begeistert an. »Ich habe keine Ahnung, was da drin war, aber ich will definitiv mehr davon!«

Auch Adam hatte sein Glas abgestellt und blickte mich nun mit einer Mimik an, die weniger euphorisch als vielmehr verführerisch wirkte. Seine Lider waren halb geschlossen, seine Lippen zu einem sinnlichen Lächeln verzogen. In seinen Augen funkelte ein Ausdruck, der mir durch Mark und Bein ging und Fantasie in mir erweckte, die ich niemals für möglich gehalten hätte.

»Ich will dich. Jetzt!« Ohne mir die Chance einer Erwiderung zu geben, zog mich Adam von der Bar auf die Tanzfläche, wo wir im Zentrum des Geschehens zum Stehen kamen. Prompt waren wir von Dämonen jeglicher Art und Rasse umringt.

Ohne mich aus den Augen zu lassen, schlang Adam seine Arme um meine Taille und positionierte seine Hände auf meinem unteren Rücken. Doch dort blieben sie nicht lange, denn Adam zog mich dichter an sich heran, während seine Finger unaufhaltsam tiefer glitten, bis sie schließlich meinen Po erreichten und diesen wie selbstverständlich umfassten.

Völlig hypnotisiert von Adams durchdringendem Blick landeten meine Hände in seinem Nacken und mein Körper schmiegte sich im Takt der Musik an ihn.

»Niemals hätte ich es für möglich gehalten, dass ich irgendwann glücklich sein könnte Teil des Blutkarnevals zu sein. Aber im Augenblick will ich nirgendwo anders sein.« Adam raunte mir die Worte ins Ohr, wodurch sein Atem meinen Nacken streifte und eine Gänsehaut auf meinen Körper zauberte. Diese verstärkte sich um ein Vielfaches, als der Engel mit seiner Zungenspitze meinen Hals entlangfuhr und dabei sein Becken an mir rieb.

Völlig berauscht von meinen Empfindungen konnte ich nicht denken, nicht reden, nicht handeln.

»Ich war mir so sicher, dass du niemals auf diese Art für mich empfinden würdest. Besonders als Nox in dein Leben getreten war, hatte ich meine Hoffnungen endgültig begraben.« Adams Finger erreichten den Saum meines Rockes und verschwanden darunter, was mir in Kombination mit seinem sinnlichen Biss ins Schlüsselbein ein heiseres Stöhnen entlockte. »Aber jetzt sind wir hier und ich weiß, dass du mich genauso sehr willst wie ich dich.« Er packte meinen Po und hob mich an, woraufhin ich meine Beine automatisch um seine Hüften schlang und meine Finger in seinen Haarsträhnen vergrub.

Ich verzehrte mich nach jeder Berührung, jedem Wort und jeder einzelnen verdammten Sekunde, die ich hier mit Adam teilte. Mein Körper war von Empfindungen erfüllt, die ich nie zuvor gespürt hatte oder auch nur im Geringsten beschreiben konnte.

Mein Mund öffnete sich, doch anstatt Töne und Silben glitt meine Zunge hervor und fuhr gierig über meine Lippen, um das brennende Verlangen zu lindern, das Adam in mir entfacht hatte.

Ein wildes Knurren war zu hören und ich war mir sicher, dass es von Adam kam. Doch stattdessen landete eine Pranke auf meiner Schulter und riss meinen Oberkörper nach hinten, bis ich das Gefühl hatte zu fallen. Aber anstatt auf dem Grund des Nebels aufzuschlagen, fingen mich heiße, verschwitzte Arme auf und erstickten den Schrei, der mir soeben über die Lippen hatte kommen wollen. Über mir schwebend entdeckte ich ein vertrautes Gesicht, das vor Zorn verzerrt und mit Blut und Wunden übersät war.

»Es ist mir scheißegal, ob ihr mit eurem Trockenfick fertig seid oder nicht. Wir verschwinden auf der Stelle, bevor es Tote geben wird!« Nox ließ mich unsanft auf meine eigenen Beine herunter und wandte sich anschließend an Adam. »Und du wirst als Erstes dran glauben müssen, *Bruder*!« Das letzte Wort hatte er wie eine wüste Beschimpfung ausgespien und war anschließend mit einem schmalen, länglichen Gegenstand in seiner Hand davongestürmt, dessen Konturen ich nur aufgrund der aufblitzenden Lichtreflexe erkennen konnte. Das ungefähr zehn Zentimeter lange und in Gestalt eines altmodischen Schlüssels geformte Material erinnerte an verfestigtes Benzinöl und glänzte trotz seines dunklen Grundtons.

Nox verschwand durch eine bis zu dem Zeitpunkt für mich unsichtbare Tür und erst dann erwachte ich aus meiner Starre. Der Gedanke, dass Nox tatsächlich erfolgreich gewesen war und den ersten Schlüssel, den aus Obsidian, gefunden hatte, wurde von der Erkenntnis verdrängt, was gerade geschehen war und wobei der Höllendiener Adam und mich unterbrochen hatte.

Oh. Mein. Gott. Was habe ich nur getan?

DREIUNDZWANZIG

Wir liefen schweigsam durch den Blutkarneval, ohne dass ich wusste, was unser nächstes Ziel war oder wo es sich befand. Vielleicht hätte ich nachgefragt, wenn es mich interessiert hätte, aber die Auswirkungen unseres Besuches im Pandemonium steckten mir noch in den Knochen und ich war nicht sonderlich scharf darauf, mich gleich in das nächste dämonische Abenteuer dieses Höllenfestes zu stürzen. Da das jedoch unumgänglich war, wollte ich wenigstens versuchen, das Chaos in meinem Kopf zu sortieren, um nicht erneut einen derart dummen Fehler zuzulassen. Ich fokussierte mich auf die zwei einzigen Aspekte, die in der aktuellen Situation als positiv gewertet werden konnten.

Punkt eins: Ich sehe nicht länger aus wie ein Pornostar!

Begleitet von diesem Gedanken musterte ich meine Chucks, die schwarze Cargohose und mein Langarmshirt, das mir sowohl das Gefühl von Wohlbefinden als auch das einer schützenden Rüstung vermittelte. Dennoch hielt sich meine Freude in Grenzen. Seit wir den Club verlassen hatte, spürte ich mein Tattoo verdächtig kribbeln, weshalb sich in meinem Inneren Neugier und Furcht einen unerbittlichen Kampf lieferten. Aber auch wenn mich die Aussicht auf einen weiteren fehlenden Apfel ängstigte, wollte ich Gewissheit. Aus diesem Grund verlangsamte ich meine Schritte, bis Adam und Nox vor mir herliefen, und warf unbemerkt einen kurzen Blick auf meinen Rippenbogen.

Tatsächlich.

Eine weitere Frucht war verschwunden. Inzwischen befanden sich nur noch zwei Äpfel in der Baumkrone und die Schlange war gefährlich nah an Eva herangekommen.

Uns rennt die Zeit davon!

Zwar hegte ich den Verdacht, dass es sich bei dieser Prüfung nicht wirklich um Stunden und Tage handelte, die gegen uns spielten, aber war das überhaupt von Bedeutung, wenn Nox kurz davor stand Adam und mich wegen der Aktion gerade im Pandemonium eigenhändig umzubringen?

Dieser Gedanke führte mich zu dem anderen positiven Aspekt unserer Situation: *Nox hat tatsächlich den ersten Schlüssel gefunden!*

Eigentlich hätte mich dieser Gedanke in euphorische Stimmung versetzen sollen, aber seit wir den Club verlassen hatten, war es mir unmöglich, Freude oder Glück zu empfinden. Fast kam es mir so vor, als hätte mich der Aufenthalt im Pandemonium für den Rest meines Lebens sämtliche Endorphine gekostet.

Ungewollt huschte mein Blick zu Nox, der wortlos vor uns hermarschierte und dabei die Menge teilte, als wäre er Moses am Roten Meer. Brodelnder Zorn sprühte ihm aus jeder Pore, aber wer konnte es ihm verübeln? Adam und ich hatten echt Scheiße gebaut, als wir den Höllendiener allein nach dem Schlüssel hatten suchen lassen. Wir waren schuld daran, dass Nox sich einem Kampf hatte stellen müssen, der ihm eine Vielzahl von Wunden und Verletzungen zugefügt hatte, während wir wie zugedröhnte Sexsüchtige übereinander hergefallen waren.

Ich fühlte mich entsetzlich schuldig und hätte mich am liebsten irgendwo versteckt, bis Gras über die Sache gewachsen war. Doch stattdessen musste ich an all die Schnittwunden, Kratzer und blutenden Stellen an Nox' Körper denken, die er unter seiner Kleidung verbarg. Nur seine blutverklebten Haare, die aufgeplatzten und blutverkrusteten Fingerknöchel sowie die dicke Lippe und das zugeschwollene Auge hatte er nicht verbergen können, sodass ich mit jedem Blick in Nox' Richtung an meinen beschämenden Fehler erinnert wurde.

In dem Versuch, meinen Schuldgefühlen zu entfliehen, richtete ich meine Aufmerksamkeit auf Adam, der meine Abwesenheit bemerkt hatte und sich zu mir hatte zurückfallen lassen. Seit Verlassen des Nachtclubs hatte er ebenfalls kein Wort gesagt oder mich eines Blickes gewürdigt, weshalb ich wieder meine Schuhe ins Visier nahm, als wären sie das Wichtigste in meinem Leben.

»Wohin gehen wir eigentlich?«, fragte ich nach einigen schweigsamen Minuten, als ich weder die angespannte Stimmung noch die Last meiner Schuldgefühle länger ertrug. Wenn ich mich nicht schnellstmöglich mit etwas ablenkte, und sei es mit der Sorge um den potenziellen Aufenthaltsort des zweiten Schlüssels, würde ich noch den Verstand verlieren.

Leider blieb meine Frage unbeantwortet.

»Die Frage war an dich gerichtet, Nox«, startete ich einen weiteren Versuch und schloss zu dem Höllendiener auf. Doch Nox strafte mich weiterhin mit konsequenter Ignoranz.

Groll mischte sich unter meine Schuldgefühle und ein Kloß bildete sich in meinem Hals. Mir war bewusst, dass ich einen Fehler gemacht hatte, aber Nox gab mir nicht einmal die Gelegenheit, mich zu erklären, geschweige denn zu entschuldigen. Da ich jedoch der festen Überzeugung war, dass wir, um den Blutkarneval zu überstehen, als Team zusammenhalten mussten, blieb mir nichts anderes übrig, als in die Offensive zu gehen.

»Du bist wütend, okay, das habe ich verstanden.« Ich stellte mich dem Höllendiener demonstrativ in den Weg, um ihn dadurch ebenfalls zum Anhalten zu bewegen. »Und ja, es war scheiße von uns, dir die Suche nach dem Schlüssel zu überlassen. Aber du hast uns selbst befohlen, dort unten auf dich zu warten.«

Ein winziges Zucken in Nox' unversehrter Gesichtshälfte zeugte davon, dass der Höllendiener mich gehört hatte. Da er jedoch außer dem Ballen seiner Fäuste und dem Zusammenpressen seines Kiefers keine weitere Regung zeigte, nutzte ich die Chance und sprach weiter.

»Können wir die Sache nicht wenigstens für die Zeit unseres Aufenthalts hier vergessen und uns auf das Wesentliche konzentrieren? Bitte!«

Nox hüllte sich weiterhin in Schweigen, weshalb ich hilfesuchend zu Adam blickte. Wir hatten beide Mist gebaut und es wäre nett gewesen, wenn mein Schutzengel mich jetzt unterstützen würde. Aber offenbar hatte er dasselbe Schweigegelübde abgelegt wie Nox, denn auch der Engel dachte nicht daran, den Mund aufzumachen.

Mein Groll verstärkte sich und richtete sich nicht länger gegen mich allein. Ich konnte es nicht leiden, wenn man mich ignorierte. Vor allem dann nicht, wenn ich versuchte, mich erwachsen zu verhalten und Verantwortung für mein Handeln zu übernehmen.

»Herrgott noch mal, Nox! Rede mit mir! Zum Teufel, wenn es dir dann besser geht, kannst du mich auch anschreien und beleidigen. Aber hör auf mich wie Luft zu behandeln. Du weißt selbst, wie stark die Drogen waren. Auch du hattest Probleme, dagegen anzukommen.« Ungewollt blitzten Erinnerungen an seine Worte und Berührungen auf, kurz bevor er mich und Adam allein gelassen hatte. Ich konnte sogar noch das Wispern seiner Stimme in meinem Ohr hören und den Weg seiner Finger auf meinem Körper spüren. »Keiner von uns wusste, was er da tat«, fügte ich leise hinzu.

Nox' glühender Blick schnellte zu mir herab, als würde er mich erst jetzt wahrnehmen. Dabei strahlte das Grün seiner Iriden auf unnatürliche Art. »Du glaubst, keiner von uns wusste, was er da tat? Zur Hölle mit dir, Kleines! Du hast doch keine Ahnung! Aber ich beneide dich um dein Talent, dir Dinge schönzureden, nur um weiterhin in den Spiegel schauen zu können!« Der Höllendiener beugte sich mir entgegen und senkte seine Stimme auf ein bedrohliches Niveau. »Denn nichts anderes tust du gerade. Die Drogen, die du dir so herrlich als Alibi heranziehst, um dein Handeln vor dir selbst zu rechtfertigen, wirken nicht auf diese Weise. Sie können keine Gefühle oder Sehnsüchte hervorrufen, die nicht existieren. Sie verstärken nur das, was bereits vorhanden ist. Das heißt«, bei dem Versuch süffisant zu grinsen, verzog sich nur einer seiner Mundwinkel, was das Gesicht des Höllendieners noch verzerrter und angsteinflößender wirken ließ, »dein Verlangen für den Harfenquäler ist genauso echt wie seins für dich.«

»Und wie deins für mich«, erwiderte ich mit leiser Stimme und geweiteten Augen, als mir klar wurde, was Nox soeben deutlich gemacht hatte. Auf einmal hatte ich das Gefühl, alles glasklar erkennen zu können und gleichzeitig nicht wahrhaben zu wollen, dass es sich dabei leibhaftig um die Realität handelte. »Du bist gar nicht sauer, weil wir dir nicht bei der Suche nach dem Schlüssel geholfen haben, oder? Du bist sauer, weil du eifersüchtig bist!« Ein zögerliches Lächeln breitete sich auf meinen Lippen aus und ein Hoffnungsschimmer explodierte in meinem Inneren. »Natürlich! Du bist eifersüchtig! Gott, wieso bin ich nicht sofort darauf gekommen?« Ein heiseres Lachen perlte mir über die Lippen und meine Hände griffen nach Nox'. »Ist dir klar, was das bedeutet? Du hast mir gesagt, dass du niemals in der Lage sein würdest, meine Gefühle zu erwidern, weil du nicht liebst, sondern begehrst. Aber das ist nicht wahr! Reine Begierde würde niemals eine derartige Eifersucht entfachen können!« Die glückselige Wendung dieser ansonsten total beschissenen Situation machte mich ganz schwindelig und meine Hände begannen zu zittern. »Alles, was du im Pandemonium zu mir gesagt hast, war echt, Nox. Dass dich der Gedanke verrückt macht, ich könnte irgendwann jemand anderes lieben. Genauso wie dein Wunsch, mich an deiner Seite haben zu wollen.«

So trunken vor Glück, wie ich mich momentan fühlte, konnte ich den gewandelten Ausdruck in Nox' Blick nicht sofort richtig einordnen. Erst als der Höllendiener seine Hände aus meinen löste und einen winzigen Schritt zurücktrat, wurde mir bewusst, dass ich mich irrte. Dass ich mich die ganze Zeit seit unserer Rückkehr aus dem Feenreich geirrt hatte, weil ich zu feige gewesen war, die Wahrheit zu akzeptieren.

»Aber das ist für dich nichts Neues, habe ich recht? Das alles weißt du längst selbst. Nur wolltest du nicht, dass ich es ebenfalls erfahre.« Wie bei dem Kinderspiel »Zahlen verbinden« glitten meine Gedanken von einem Geschehnis zum nächsten, bis ein vollständiges Bild entstand und mir das gesamte Ausmaß meiner Dummheit offenbarte. In den letzten Wochen hatte ich Unmengen an Kraft, Energie und Nerven darauf verwendet, mir Nox' Handeln immer wieder zurechtzubiegen, damit ich es irgendwie vor mir selbst rechtfertigen konnte. Und das nur, weil ich Angst davor hatte, die letzte Brücke hinter mir abzubrechen, die zu meinem Wunsch-Happy-End mit Nox führte.

Dabei hatte diese Brücke nie existiert.

Zumindest nicht, wenn es nach dem Höllendiener ging. Und wenn ich jetzt rational darüber nachdachte, hatte er mir das auch mehr als deutlich zu verstehen gegeben.

Aber ich wollte es einfach nicht glauben.

Wäre die ganze Situation nicht derart niederschmetternd und erniedrigend gewesen, hätte ich vielleicht darüber lachen können. Doch Lachen war im Moment so ziemlich das Letzte, wonach mir der Sinn stand.

Nox erwiderte meinen Blick. Offen. Ehrlich. Gnadenlos. In seinen Augen spiegelten sich all jene Emotionen wider, die mich eigentlich hätten durchfluten sollen, die aber wegen des großen, schwarzen Nichts in meinem Inneren keine Chance auf eine Existenz hatten.

»Es tut mir leid, Avery«, sagte Nox aufrichtig.

Und dieses Mal glaubte ich ihm sofort.

***

Ich hatte keine Erfahrungen mit Liebeskummer. Deswegen wusste ich nicht, ob die Leere in meinem Inneren, die Gleichgültigkeit mein Leben betreffend, normal war oder ob es daran lag, dass ich mein Herz einem gefallenen Engel – einem Dämon, wie Nox nicht müde wurde zu betonen – geschenkt hatte, der trotz offenkundiger Gefühle nicht mit mir zusammen sein wollte.

Ja, ich hatte keine Erfahrungen mit Liebeskummer. Und wenn es nach mir ginge, hätte ich auch liebend gern auf diese qualvolle Erfahrung verzichtet. Doch dieses Glück war mir nicht vergönnt und so blieb mir nichts anderes übrig, als mich der neuen Situation zu stellen und das Beste daraus zu machen. Aus diesem Grund sah ich meine mentale und emotionale Taubheit als eine Art verkorkstes Geschenk an, das es mir ermöglichte, in Nox' Nähe zu sein, ohne dabei einem tränenreichen Zorn-Trauer-Selbstmitleidsausbruch zum Opfer zu fallen, der unsere Mission nur unnötig verkompliziert hätte.

Auf diese Weise erreichten wir ohne weitere Unterbrechungen unser vermeintliches Ziel, das aus einem kleinen Friedhof mit einem guten Dutzend Gräbern und einer baufälligen Holzhütte bestand. Die Tür der Hütte hing schief, die Wände waren marode und das Dach wirkte instabil. Und da weder Licht noch Musik vom Blutkarneval her bis zu diesem Ort drangen und die Szenerie sehr an den Schauplatz eines Horrorfilms erinnerte, hegte ich den

Verdacht, dass sich nicht allzu oft jemand in diesen Bereich des dämonischen Festes verirrte.

»Du denkst, hier könnte sich ein weiterer Schlüssel befinden?«, fragte Adam und musterte die Hütte mit gerunzelter Stirn. Seit Verlassen des Pandemoniums waren das die ersten Worte, die der Engel gesprochen hatte, weshalb mich der Klang seiner Stimme zusammenzucken ließ.

»Nein, ich war nur scharf darauf, euch dieses architektonische Meisterwerk zu zeigen«, erwiderte Nox mit grantiger Miene und verschränkte seine Arme vor der Brust, während auch er seinen Blick stur nach vorne gerichtet hielt.

Früher, als mein Innerstes noch keinem schwarzen Loch geglichen hatte, hätte mich dieser Kommentar vermutlich zum Lachen gebracht. Doch jetzt befand ich mich im Danach. Und im Danach waren Gefühlsregungen jeglicher Art unmöglich.

»Und wieso denkst du, dass sich hier ein weiterer Schlüssel befinden könnte?«, fragte Adam mit bemüht ruhiger Stimme. Es war offensichtlich, wie viel Anstrengung es ihn kostete, nicht auf Nox' Provokation einzugehen.

Der Höllendiener wandte seinen Kopf herum und musterte den Engel mit abschätzigem Blick. Anschließend nahm er wieder die Holzhütte ins Visier und schürzte die Lippen. »Wenn du, anstatt deine kleine Freundin zu befummeln, mit mir gegen die …« Er verstummte und presste die Lippen zusammen. Dann verzog er das Gesicht und schüttelte sacht den Kopf. »Vergiss es. Lasst uns einfach die anderen beiden Schlüssel finden, damit wir endlich aus diesem Vertrag befreit werden und jeder seiner Wege gehen kann.« Ohne uns eines Blickes zu würdigen, steuerte er die Hütte an und verschwand kurz darauf in ihrem Inneren.

Die Tür war noch nicht wieder zugefallen, als ich Nox bereits hinterherging. Zwar verspürte ich kein allzu großes Bedürfnis, mich ein weiteres Mal in ein dämonisches Kabinett zu begeben, aber der Höllendiener hatte recht. Je schneller wir die Schlüssel fanden und sie zum Schloss brachten, desto eher würde ich meine Seele zurückerhalten und dieser ganze Irrsinn hatte ein Ende. Für den Fall meines Zögerns hatte ich zudem Sorge, dass Adam den Moment nutzen würde, um die Sache zwischen uns im Pandemonium anzusprechen. Und für diese Art von Gespräch hatte ich momentan so was von überhaupt keinen Nerv.

An der Hütte angekommen, ergriff ich die Tür. Sie hing nur lose an einem Scharnier und drohte bei einer zu groben Bewegung abzufallen.

Bitte keine Ratten! Alles, nur nicht diese ekelhaften Nager!, wagte ich einen kleinen Wunsch und öffnete mit angehaltenem Atem die Tür. Ebenso wie im Pandemonium begrüßte mich undurchdringliche Schwärze.

Hey, super! Wieder ein Überraschungsei.

Über meine eigenen Gedanken grummelnd, atmete ich ein letztes Mal tief durch, ehe ich die Schwelle passierte und in die Holzhütte trat.

Ich war noch keine zwei Schritte weit gekommen, als unmittelbar hinter mir ein lautes Donnern ertönte, das mich erschrocken herumwirbeln ließ. Panisch blickte ich mich um, doch aufgrund der mich umgebenden Finsternis konnte ich nichts erkennen. Nicht einmal Schemen oder die Umrisse des Eingangs waren noch auszumachen.

»Seid willkommen, Schlüsselanwärter«, erklang dieselbe Stimme, die uns bereits zu Beginn des Blutkarnevals begrüßt hatte. »Ihr habt Willensstärke bewiesen und dadurch den Obsidian in euren Besitz gebracht. Ich gratuliere. Doch besitzt ihr auch den Mut, euch eurer Begierde zu stellen und den Pyriten zu finden? Oder erliegt ihr der Last eures Verlangens und findet hier und jetzt euer Ende?«

Wie ein Blitzschlag mitten in der Nacht erhellte gleißendes Licht die pechschwarze Dunkelheit und blendete mich. Auch wenn ich meine Augen reflexartig schloss, war es zu spät. Weiße Punkte tanzten auf der Innenseite meiner Lider und ein unangenehmes Brennen machte sich bemerkbar.

Klasse! Kaum bin ich drei Sekunden allein, verliere ich sowohl die Orientierung als auch mein Augenlicht. Wenn das keine perfekten Voraussetzungen für ein grandioses Scheitern sind, weiß ich auch nicht!

Die Verlockung, mich geschlagen zu geben, war unbeschreiblich. Ich befand mich am Ende meiner physischen und psychischen Kräfte und hegte keine Hoffnung, dass es sich in absehbarer Zeit bessern würde. Zudem hatte ich mich noch nie in meinem Leben derart allein und verlassen gefühlt wie in dem Moment, als mir klar geworden war, dass es für Nox und mich niemals eine Zukunft gegeben hatte.

Nein! Ich gebe nicht auf!

Ich hatte einen Schwur abgelegt und würde mich daran halten. Meine Mom brauchte mich und für sie würde ich bis zum bitteren Ende kämpfen.

Ich muss einfach nur Nox finden! Gemeinsam haben wir es bereits aus Mabs Verlies geschafft! Da werden wir diesen Kinderkarneval auch gelevelt kriegen!

Der Versuch, meine Augen zu öffnen, war mit Fluchen, mehrfachem Blinzeln und einigen Tränen verbunden, doch dann gelang es mir, mich an die neuen Lichtverhältnisse zu gewöhnen, und ich wagte einen Blick nach vorne.

Nur gab es dort leider nichts zu sehen.

Überhaupt rein gar nichts.

Nicht einmal die rudimentärsten Dinge wie einen Fußboden, Wände oder eine Decke konnte ich entdecken.

Hier gab es nichts außer endlosem Weiß. Als wäre ich Teil einer unendlichen Leinwand, die nur darauf wartete, mit Farbe und Leben gefüllt zu werden.

Okay, das ist abgefahren. Aber immerhin gibt es keine Ratten!

Ich schluckte den Kloß in meinem Hals herunter und drehte mich mehrmals um meine eigene Achse. Doch der Anblick blieb derselbe.

Jetzt nur schön ruhig bleiben. Irgendwie muss ich Nox finden. Das ist momentan das Wichtigste.

Mit geballten Fäusten, um das Zittern meiner Finger zu unterbinden, atmete ich ein weiteres Mal tief durch.

»Nox? Bist du hier irgendwo?« Ich rief, so laut ich konnte, aber merkwürdigerweise kam nur ein Flüstern über meine Lippen. Irritiert runzelte ich die Stirn und startete gleich einen weiteren Versuch. »Nox? Kannst du mich hören?« Doch auch dieses Mal war es egal, wie laut ich die Worte hinausbrüllen wollte. Mehr als ein heiseres Wispern war nicht zu hören.

Trotz sämtlicher Vorsätze keimte Panik in mir auf. Vielleicht waren die weiße Bildfläche und meine eingeschränkte Stimme Hinweise darauf, dass ich den Verstand verloren hatte. Vielleicht fand das Ganze hier nur in meinem Kopf statt, während ich in einer Gummizelle saß und wie ein zahnendes Baby alles vollsabberte. Aber würden mir dann solche Gedanken in den Sinn kommen? Konnten sich psychisch gestörte Leute für verrückt halten?

Bevor ich mich länger mit derart philosophischen Fragen beschäftigen konnte, entdeckte ich Nox' Profil einige Meter von mir entfernt. Seinen Blick in die Ferne gerichtet, trug er anstatt der gewohnten Ledermontur eine weiße Leinenhose mit dazugehörigem Hemd. Seine Füße waren nackt, was ihn ein wenig wie einen Sektenanführer aussehen ließ.

»Nox?!« Erleichterung durchströmte mich und ich wollte bereits auf den Höllendiener zueilen, doch noch bevor ich den ersten Schritt getan hatte, erschien urplötzlich eine weitere Person unmittelbar vor ihm und ich vergaß mein Vorhaben.

Mit einer Mischung aus Irritation, Neugier und Verwunderung musterte ich die mir unbekannte Frau. Sie war ungefähr so groß wie der gefallene Engel, hatte schokobraune Haare, die sie zu einer komplizierten Hochsteckfrisur trug, und einen elfengleichen Körper. Dieser steckte in einem weißen Sommerkleid, der ihre Figur betonte und sie dadurch gleichzeitig unschuldig und sexy aussehen ließ. Aber all das war nicht der Grund, weshalb ich sie und Nox mit Augen so groß wie Autoreifen anstarrte. Der Grund dafür war der Umstand, dass sich die beiden offenkundig zu kennen schienen, denn sie begrüßten sich mit einem leidenschaftlichen Kuss.

VIERUNDZWANZIG

Wie erstarrt sah ich die beiden an. Abgesehen von dem Umstand, dass ein solches Handeln in der aktuellen Situation mehr als unpassend war, wusste ich nicht, wie ich auf diesen Anblick reagieren sollte. Noch vor wenigen Stunden hätte ich den Höllendiener für diese Aktion zur Schnecke gemacht. Aber jetzt? Jetzt spürte ich anstatt glühender Eifersucht nur ein dumpfes Pochen an der Stelle, wo einst mein Herz geschlagen hatte.

Glücklicherweise wurde mir die Entscheidung abgenommen, wie ich mich verhalten sollte, als der Kuss ein Ende fand und die Frau sich mit einem Lächeln von Nox löste.

»Ich habe immer gedacht, dass das Gerede über deine Künste als Liebhaber übertrieben wäre. Aber die letzte Nacht hat mir bewiesen, dass es nicht einmal ansatzweise an die Realität heranreicht.« Die Worte wurden von einem mädchenhaften Kichern unterstützt, während die Frau mit ihren Fingernägeln sanft über Nox' Brust strich. »Das müssen wir unbedingt wiederholen. Und zwar bald.«

Verlegen lächelnd senkte Nox den Blick. Noch nie hatte ich an ihm eine derartige Regung gesehen.

»Danke für das Kompliment. Aber ich denke nicht, dass es gute Idee wäre, wenn wir die letzte Nacht wiederholen, Emilia.«

Emilia?!

Meine Augen weiteten sich und ich war mir sicher mich verhört zu haben. *Das kann unmöglich die* Emilia *sein, von der mir Nox im Feenreich erzählt hat!*

Zum einen war die Frau seit fast drei Jahrhunderten tot, zum anderen hatte Nox gesagt, er hätte für sie reine Geschwisterliebe empfunden.

Er hat aber auch gesagt, dass er Gefühle für mich hat, und will trotzdem nicht mit mir zusammen sein.

Meine Aufmerksamkeit wurde zurück auf das Paar gelenkt, als mir ein Gedanke kam. Vielleicht handelte es sich hierbei gar nicht um die Realität, sondern um eine Art Illusion oder ein Erinnerungsflashback. Das würde zumindest erklären, weshalb Emilia hier war, obwohl sie längst tot war.

Mit gerunzelter Stirn und zusammengezogenen Augenbrauen blickte Emilia Nox an. »Du willst die letzte Nacht nicht wiederholen?« Enttäuschung schwang in ihrer melodiösen Stimme mit. »Wieso denn nicht? Hattest du etwa keinen Spaß? Ich weiß, dass ich keinerlei Erfahrung in diesem Bereich habe, aber gestern machtest du nicht den Eindruck, als hättest du dich gelangweilt.« Sie stellte ihre Liebkosung ein und ließ die Arme sinken. »Bereust du etwa, was passiert ist?«

Nox griff nach Emilias Händen. Widersprüchliche Emotionen spiegelten sich in seinem Blick wider, als er seine Finger mit ihren verwob. »Du weißt, du bedeutest mir sehr viel. Zu viel, als dass ich unsere Freundschaft wegen etwas Spaß aufs Spiel setzen will. Du bist neben Adam die wichtigste Person in meinem Leben.«

Nox' Worte glätteten Emilias Züge und sie schenkte dem Höllendiener ein strahlendes Lächeln.

»Ach, Nicholas, du bist wirklich zu süß! Denkst du wirklich, ich würde unsere vierhundert Jahre alte Freundschaft einfach so riskieren? Für Sex?« Sie schüttelte lächelnd den Kopf. »Ich kenne dich besser, als es dir vermutlich recht ist. Und ich weiß genau, wie du tickst. Also zerbrich dir nicht dein hübsches Köpfchen, sondern genieße einfach unsere gemeinsame Zeit. Und ich verspreche dir, alles wird sich so fügen, wie es vorherbestimmt ist.«

Kaum waren die Silben über Emilias Lippen gekommen, begannen sie und Nox zu verblassen, als wären sie eine Traumsequenz in einem Hollywoodfilm. Zwei Wimpernschläge später waren sie verschwunden.

Einige Sekunden lang blickte ich das grenzenlose Weiß vor mir an, während sich mein Verstand zu gern an die Analyse des eben Gesehenen machen würde. Aber genau das musste ich verhindern. Nichts, was den Höllendiener betraf, ging mich länger etwas an. Und auch wenn diese Gewissheit schmerzhaft war, würde sie mir auf lange Sicht das Leben retten.

Meinen Blick stur geradeaus gerichtet, begab ich mich auf die Suche nach dem echten Nox – oder wenigstens nach irgendwelchen Hinweisen, die mich zu ihm oder dem zweiten Schlüssel führen würden.

Wie lange ich gewandert war, konnte ich nicht sagen. Auch nicht, ob ich mich überhaupt vom Fleck bewegt hatte. Aber irgendwann traf ich auf einen vertrauten Haarschopf, der unweigerlich Erleichterung in mir auslöste.

»Gott sei Dank! Adam!« Überschwänglich eilte ich auf den Engel zu. Doch je näher ich ihm kam, desto größer wurde die Enttäuschung, die mich einholte. Nicht nur, dass Adam bis auf Jeansshorts unbekleidet war, er war auch nicht allein. Eine Frau mit hüftlangem, silberblondem Haar lehnte mit dem Rücken an seine Brust und schmiegte sich in seine Arme, die Adam um ihre Taille geschlungen hielt. Die Pose wirkte derart vertraut und intim, dass es mir unangenehm war, die beiden zu beobachten.

»Was bedrückt dich, Adelus?« Die Stimme der Frau erinnerte an ein wunderschönes Glockenspiel. Wie Emilia trug auch sie ein weißes Sommerkleid, das jedoch lang genug war, um ihre Fußknöchel zu umwehen. »Seit Tagen läufst du mit dieser nachdenklichen Miene herum. Wenn ich es nicht besser wüsste, würde ich denken, du hast deine Meinung wegen der Zeremonie morgen geändert.«

Adams zuvor ernste Mimik wich einem Lächeln. »Wie gut, dass meine zukünftige Sanprada ebenso klug wie wunderschön ist«, erwiderte er und stützte sein Kinn auf den Kopf der Frau.

»Damit hast du natürlich recht, aber das ist keine Antwort auf meine Frage.« Die Frau legte den Kopf in den Nacken, um Adam in die Augen sehen zu können. »Also? Verrätst du mir, was dich bedrückt, oder muss ich raten? Denn abgesehen von der Sache zwischen Nicholas und Emilia, die dir Kopfschmerzen bereiten könnte, müsste ich dir wohl Versagensängste wegen unserer bevorstehenden ersten gemeinsamen Nacht unterstellen.«

Ein Lachen perlte Adam über die Lippen, ehe er sich vorbeugte und der Frau einen Kuss auf die Stirn hauchte. In seinem Blick meinte ich reine und grenzenlose Liebe zu erkennen.

»Ich werde wohl noch ›Frechdachs‹ zu deiner Persönlichkeitsbeschreibung hinzufügen müssen, meine geliebte Hope. Aber vorher solltest du eins wissen. Wenn du dir schon Sorgen bezüglich der morgigen Nacht machen willst, dann solltest du lieber Angst haben, dass dein frisch angetrauter Sanprado seine Finger nicht lange genug bei sich behalten kann, sondern noch während der Zeremonie über dich herfällt. Denn mit jeder Stunde, die ich darauf warten muss, dich endlich mein nennen zu können, wird mein Verlangen nach dir verzehrender.« In einer fließenden Bewegung drehte Adam die Frau – Hope – zu sich herum, bis sie mit einem glockenhellen Lachen wieder an seiner Brust landete und mit verliebtem Blick zu ihm aufschaute.

»Zwei Körper«, sagte Hope.

»Eine Seele«, erwiderte Adam und unterstrich die Worte mit einem innigen Kuss, der mir ungewollt einen Stich der Eifersucht versetzte. Zu gerne wäre ich in diesem Moment an Hopes Stelle gewesen.

Mit diesem Kuss verblassten auch Adam und Hope und vor mir breitete sich erneut nichts außer grenzenloses Weiß aus.

Seufzend setzte ich meinen Weg fort, während ich mich mit der Frage beschäftigte, was zwischen Adam und Hope vorgefallen war. Im Gegensatz zu Nox und Emilia wirkten die beiden hoffnungslos verliebt.

Ob Adam mir jemals die Geschichte erzählen wird?

Vielleicht hatte er das sogar bereits getan, nur konnte ich mich nicht mehr daran erinnern.

Gedankenversunken wanderte ich umher, bis eine vertraute Stimme meine Aufmerksamkeit auf sich lenkte.

Und zwar meine eigene.

»Hilfe! Ad! Bitte komm schnell, ich stecke fest!« Entgegen der Bedeutung meiner Worte schwang in meiner Stimme ein hörbares Lachen mit.

Verwirrt drehte ich mich um die eigene Achse, bis ich mich selbst entdeckte. Auch wenn ich bereits viele merkwürdige und Gänsehaut erregende Dinge gesehen hatte, war ich nicht auf den sich mir bietenden Anblick gefasst gewesen. Ich sah meinen Körper in einem rosafarbenen Cocktailkleid stecken, dessen ausladender Tüllrock die untere Hälfte meines Körpers wie explodierte Zuckerwatte aussehen ließ. Adam stand zwei Schritte vor mir, die Arme lässig in den Taschen seiner Jeans vergraben, und grinste mich auf freche Art an.

Ich erinnerte mich genau an den Moment, als ich diesen Albtraum aus Polyester angezogen hatte. Es war kurz vor dem Abschlussball gewesen, als Harmony und Killian beschlossen hatten, dass wir unbedingt als Gruppe dorthin gehen sollten. Damals hatte mir Harmony diesen abscheulichen Fetzen angedreht. Und in meiner Erinnerung war es auch sie gewesen, die mich anschließend daraus befreit hatte.

»Wieso willst du es denn ausziehen?«, fragte Adam mit einem Lausbubengrinsen. »Du siehst super aus. Wie eine riesige Kaugummiblase.« Trotz seiner feixenden Worte kam er mir zu Hilfe und befreite meinen Körper innerhalb von Sekunden aus der paillettenbestickten Grausamkeit.

Mein Kopie-Ich zog sich den kratzigen und schlecht verarbeiteten Stoff über den Kopf und stand kurz darauf in Unterwäsche vor Adam. Aber offenbar schien das keinen der beiden zu stören.

»Manchmal hasse ich dich in derselben Intensität, wie ich dich liebe.« Mit einem kindischen Zungerausstrecken wandte ich mich von Adam ab und zauberte das nächste Kleiderungetüm aus dem Nichts hervor. Während ich in den kanariengelben Bleistiftrock stieg, sprach ich weiter. »Wenn ich Mony nicht so gut kennen würde, könnte ich fast denken, sie hat mir diese Kleider nur ausgesucht, weil sie will, dass ich mich auf dem Abschlussball blamiere.«

Mit unergründlichem Blick beobachtete Adam mein Kopie-Ich. Doch als ich mich zu ihm herumdrehte, pappte er sich blitzschnell ein unbekümmertes Lächeln ins Gesicht und schloss den Reißverschluss am Kleid. Dabei sagte er: »Selbst mit einem alten Kartoffelsack am Leib wärst du die schönste Frau auf dem Ball.«

Seine Worte waren so liebevoll und einfühlsam, dass nicht nur mein Kopie-Ich eine Gänsehaut bekam und Adam mit verträumtem Blick ansah.

Einen langen Moment sah ich mir selbst dabei zu, wie ich Adam anhimmelte. Der Augenblick war so eindeutig, dass ich mehr als überrascht war, dass Adam von mir wegtrat und mir gleichzeitig den Rücken kehrte. Anschließend begann er geschäftig das rosafarbene Kleid zu falten, während er mit belustigter Stimme etwas sagte. Doch ich beachtete die Worte nicht, sondern war völlig von dem Schmerz in seinem Blick getroffen, den ich aus dieser Perspektive deutlich erkennen konnte.

Mein Kopie-Ich rollte lachend die Augen und die Szenerie begann zu verblassen.

Selbst Sekunden später, als bereits nichts mehr außer das ewige Weiß zu sehen war, stand ich noch immer stocksteif da und starrte vor mich hin. Vielleicht mochte die Szene zwischen Adam und mir auf den ersten Blick harmlos erscheinen, aber mich hatte sie hart getroffen. Es war schlimm genug, etwas gezeigt zu bekommen, was man selbst völlig anders in Erinnerung hatte. Aber wenn dieses Etwas auch noch mehr Fragen und verwirrende Gefühle aufkommen ließ als je zuvor, konnte das einen schon mal aus der Bahn werfen.

Leider blieb mir nicht genügend Zeit, über das Gesehene nachzudenken, denn wenige Augenblicke später erschien eine weitere Kopie meiner selbst. Dieses Mal trug ich Sweatshorts und ein weites Shirt und war allein.

»Was machst du hier?«, fragte mein Kopie-Ich, und im ersten Moment dachte ich, es würde mit mir reden. Doch bevor ich den Mund öffnen konnte, um zu antworten, sprach es selbst weiter. »Ist etwas passiert? Geht es um meine Mom? Ist bei ihr alles in Ordnung?«

Irritiert krauste ich die Stirn. Die Worte kamen mir vertraut vor und wenn ich mich nicht täuschte, hatte ich ebendiese Fragen an Nox gestellt, als er am Abend von Moms Autounfall zu mir gekommen war.

Aber wo war der Höllendiener?

Genau in dem Moment, als sich der Gedanke gebildet hatte, erschien David vor meinem Kopie-Ich. Er trug dunkle Jeans, ein farblich passendes Shirt und eine Lederjacke.

Vor Schreck schnappte ich nach Luft, doch das Gefühl, als hätte mir jemand in den Magen geboxt, blieb.

»Nein, es ist nichts passiert«, antwortete der Inkubus. »Ich wollte nur nach dir sehen. Sichergehen, dass du unversehrt bist.«

Mit jedem Wort verstärkte sich meine Übelkeit, bis meine Knie weich wurden und es mich schwindelte. Zwar hatte ich keine Ahnung, was hier los war oder warum David anstatt Nox in dieser Sequenz auftauchte, aber wenn alles ganz genauso ablief wie an dem Abend selbst, würde mir das Ende dieser Begegnung ganz und gar nicht gefallen.

»Du glaubst mir nicht, dass es Sehnsucht war, die mich zu dir geführt hat?«, fragte David und beugte sich zu meinem Kopie-Ich herunter.

Sämtliche Härchen meines realen Ich standen stramm und ich wollte mich zum Wegsehen zwingen. Aber ich war unfähig, den Blick abzuwenden. Wie bei einem grausamen Unfall musste ich trotz Ekel und Scham mit ansehen, wie die Stimmung zwischen David und meinem Kopie-Ich immer knisternder wurde. Dabei hegte ein Teil von mir noch immer die Hoffnung auf ein Happy End, während sich der Rest meines Verstandes mit der Frage beschäftigte, welche Version eigentlich die richtige war.

Ich versuchte die Antwort mit Rationalität zu ergründen, aber egal welche Begründung ich für die Nox-Version zur Hand hatte, meine sadistische Seite lieferte prompt ein Gegenargument für die David-Version.

Das sah in etwa so aus:

Adam hat gesagt, dass Lustdämonen keine Magie besitzen. David kann sich also unmöglich als Nox ausgegeben haben.

Adam sagte aber auch, dass die Chance besteht, dass David für Gabriel arbeitet und dieser dem Inkubus magische Kräfte verliehen hat.

Dämonenblütler haben aber keinen Zutritt zu unserem Haus.

Es sei denn, man lädt sie ein.

Und genau das habe ich getan, als ich mein Fenster geöffnet habe.

Aber ich hätte doch merken müssen, wenn nicht der echte Nox bei mir gewesen wäre.

Das habe ich ja auch. Mir sind der fehlende Sog und der merkwürdige Kuss aufgefallen.

Mit jedem Für und Wider verstärkte sich die Gewissheit, dass es tatsächlich David gewesen sein könnte, der anstatt Nox in jener Nacht bei mir gewesen war.

Schwarze Punkte begannen vor meinen Augen zu tanzen, als mir bewusst wurde, dass es nur noch wenige Momente dauerte, bis die Begegnung zwischen David und meinem Kopie-Ich ihren vermeintlichen Höhepunkt erreichte.

O Gott! Bitte nicht!

Aber natürlich wurde mein Wunsch nicht erhört und die Situation spitzte sich weiter zu.

»Wieso tust du das?«, fragte mein Kopie-Ich den Inkubus. »Willst du beweisen, dass ich gelogen habe und dir willenlos gehöre? Brauchst du dic Bestätigung, dass du meinen Körper bereits durch eine bloße Berührung in Flammen aufgehen lassen kannst? Dass allein ein Blick von dir reicht, um mein Herz zum Rasen zu bringen?« Jedes Wort fühlte sich wie eine Ohrfeige an und wenn ich nicht genau gewusst hätte, an wen das Gesagte in Wahrheit gerichtet war, würde ich selbst dem Eindruck erliegen, dass ich David hemmungslos verfallen war.

Wenn Nox oder Adam das sehen ...

Ich wagte es nicht, diesen Gedanken zu beenden.

»Was ist es, was du willst?«, fragte mein Kopie-Ich.

»Dich, Avery!«, spie David energisch aus. Bittere Galle krampfte sich meine Speiseröhre empor. Ich musste die Faust gegen meine Lippen drücken, um mich nicht zu übergeben. »Verstehst du das denn nicht? Du bist das Einzige, wonach ich mich sehne, seit die erste Prüfung bestanden wurde.«

So intensiv und verheißungsvoll diese Worte noch vor wenigen Tagen geklungen hatten, so grausam und verspottend erschienen sie mir nun. Tränen stiegen mir in die Augen und ich drohte die Kontrolle über meine Emotionen zu verlieren, als mir klar wurde, dass die Liebeserklärung, die ich dachte von Nox erhalten zu haben, in Wahrheit von David gekommen war.

So unsagbar gedemütigt und verraten ich mich in diesem Moment fühlte, wusste ich dennoch, dass mir das Schlimmste noch bevorstand. Und als würde mir das Schicksal ebendiesen Gedanken bestätigen wollen, geschah just in dieser Sekunde genau das, was ich auf keinen Fall hatte erleben wollen.

Vor emotionaler Energie übersprudelnd, eilten David und mein Kopie-Ich aufeinander zu, um sich in dem leidenschaftlichen Kuss zu vereinen, der in Wahrheit für jemand ganz anderes bestimmt gewesen war.

***

Unter Aufbietung all meiner Willensstärke gelang es mir, mich von der Szenerie abzuwenden. Ich wollte nicht dabei zusehen, wie David und mein Kopie-Ich miteinander knutschten. Vor allem aber wollte ich nicht daran erinnert werden, dass es der Inkubus war, der meinen Körper mit seinen Lippen erforscht hatte, während ich dachte, dass es Nox gewesen war.

Wie konnte das nur passieren? Wie konnte ich das zulassen?

Die Handballen gegen meine Schläfen gepresst, versuchte ich das sinnliche Stöhnen zu überhören, das mein Kopie-Ich ausstieß.

Das ist die leibhaftige Hölle! Schlimmer kann es nicht mehr werden!

Ein ohrenbetäubender Aufschrei, gefolgt von einer Detonation, als würde ein Wolkenkratzer einstürzen, strafte meine Gedanken Lügen. Ruckartig wirbelte ich herum, brauchte jedoch ein paar Sekunden, ehe ich die Quelle für den Lärm ausmachen konnte.

Nox?!

Ich traute meinen Augen nicht. Auch wenn ich bereits auf schmerzhafte Weise hatte erfahren müssen, dass meine Erinnerungen an die Nacht des Autounfalls nicht der Wahrheit entsprachen, so war ich mir dennoch zu hundert Prozent sicher, dass keine dritte Person in meinem Zimmer gewesen war. Und vor allem kein zweiter Nox, der dem vermeintlich ersten mit seinen Fäusten ein neues Gesicht modelliert hatte.

»Du elender Bastard! Damit hast du dein Todesurteil unterschrieben!« Mit jedem Wort schlug Nox – und zwar der echte, dessen war ich mir unumstößlich sicher – auf David ein, bis dessen Gesicht blutüberströmt war und sein Kopf wie ein nasser Sandsack hin und her rollte.

Trotzdem lachte David.

Der Klang echote von den nicht vorhandenen Wänden wider und wurde immer lauter, bis das höhnische Kreischen jede Zelle meines Körpers erfasste und ihn zum Vibrieren brachte.

»Sieh es ein, Nightingale. Du hast verloren. Avery hat sich entschieden. Und zwar für mich!« Mit diesen Worten verpufften David und mein Kopie-Ich samt dem grenzenlosen Weiß, als hätte nichts davon jemals existiert. Dafür fand ich mich plötzlich in einer maroden Holzhütte wieder, in unmittelbarer Nähe zu einem gefallenen Engel, der am ganzen Leib bebte und wie ein angriffswütiger Stier schnaufte. Seine Fäuste waren leuchtend rot und erst jetzt wurde mir klar, dass er auf den Hüttenboden eingeschlagen hatte und es sein eigenes Blut war, das ihm von den Fingern tropfte.

»Nox!« Ich hob meine Hand, als wollte ich den Höllendiener berühren. Aber meine Angst vor seiner Reaktion war so groß, dass ich mich nicht traute ihm näher zu kommen.

Nox hob den Kopf. Seine Körpersprache strahlte Aggressivität und unbändigen Hass aus, aber seine Augen, diese wunderschönen smaragdgrünen Augen, zeugten von einem Schmerz, den ich noch nie an dem Höllendiener wahrgenommen hatte und von dem ich mir nicht sicher war, ob er ihn überstehen würde.

Einen Moment lang sahen wir uns an, ohne dass einer von uns etwas sagte. Dabei lagen mir unzählige Worte auf der Zunge. Aber wenn ich ehrlich war, glaubte ich nicht daran, dass es auch nur eine Silbe auf der Welt gab, die diesen Augenblick weniger zerstörend gemacht hätte.

Offenbar war Nox derselben Meinung, denn er wandte sich von mir ab und stürmte wie eine Dampflok bei voller Fahrt aus der Hütte.

»Gib ihm Zeit«, hörte ich auf einmal Adam sagen. Der Engel stand auf der anderen Seite des Raumes und musste ebenfalls die gesamte Zeit anwesend gewesen sein, so mitgenommen wie er aussah. »Er kommt schon zurück, wenn er sich beruhigt hat.«

FÜNFUNDZWANZIG

Adam und ich verließen die Hütte, jeder in seine eigenen Gedanken vertieft. Wir hatten uns nicht abgesprochen, trotzdem peilten wir beide den kläglichen Rest einer eingestürzten Mauer an, die sich unweit der Hütte befand und vermutlich einst zum Schutz des Friedhofs errichtet worden war. Dort angekommen, setzten wir uns ins vertrocknete Gras und lehnten uns mit dem Rücken gegen die mit Moos bewachsenen Steine. Keiner von uns wusste, wie lange Nox verschwunden bleiben würde, aber ohne den Höllendiener konnten wir unmöglich weiterziehen. Nicht dass wir das vorgehabt hätten. Wir wussten ja nicht einmal, wo oder was unser nächstes Ziel sein würde.

»Was meinst du?«, richtete ich nach einigen Minuten das Wort an Adam, den Blick weiterhin auf die Grabsteine vor uns geheftet. »Haben wir versagt und den zweiten Schlüssel deswegen nicht bekommen oder hat er sich gar nicht dort befunden und wir haben uns grundlos quälen lassen?«

»Ich weiß es nicht«, erwiderte Adam und zog seine Beine in einem Fünfundvierzig-Grad-Winkel an. Anschließend verschränkte er die Finger beider Hände ineinander und legte die Unterarme auf seine Knie. »Aber eigentlich will ich es auch gar nicht wissen. Fakt ist, dass wir den zweiten Schlüssel nicht haben und wir uns beeilen müssen, wenn wir vor den anderen Teilnehmern erfolgreich sein sollen.«

Darauf wusste ich nichts zu erwidern. Adam hatte das Problem treffend zusammengefasst.

»Nox weiß, dass David dich reingelegt hat.« Dieses Mal wandte sich Adam beim Sprechen zu mir herum. »Wir beide wissen das. Nur bin ich mir nicht sicher, ob Nox sich wünscht, dass David sich für ihn oder für mich ausgegeben hat.«

Die Worte überraschten mich derart, dass ich mich reflexartig zu Adam herumdrehte. Doch ehe mir die erste Silbe über die Lippen kommen konnte, schüttelte Adam den Kopf und sah wieder nach vorne.

»Nein, bitte sag nichts. Ich meine die Antwort bereits zu kennen und eine Bestätigung würde die Sache nicht unbedingt besser machen.«

Der Kummer in Adams Stimme war nicht zu überhören und mir wurde das Herz schwer. Um mir das jedoch nicht anmerken zu lassen, lenkte ich das Gespräch auf ein anderes Thema.

»Wusstest du das von Nox und Emilia?« Ich hatte keine Ahnung, wieso ich ausgerechnet diese Frage gestellt hatte. Ich hatte beschlossen, dass mich Nox' Leben nichts mehr anging. Dennoch waren mir die Worte entflohen und ich wollte mir nicht die Blöße geben und sie zurücknehmen.

Anstatt zu antworten, atmete Adam tief durch. »Ja, ich wusste von ihnen. Zumindest habe ich das all die Zeit angenommen. Aber jetzt, nach Nox' Erinnerungssequenz, bin ich mir nicht mehr sicher, ob das der Wahrheit entspricht.« Seine Stirn krauste sich und der Engel begann seine Finger zu kneten. »Die letzten dreihundert Jahre war ich der felsenfesten Überzeugung, dass Nox unsere Freundschaft für bedeutungslosen Sex verraten hatte. Doch inzwischen ...« Sein Blick glitt in meine Richtung. »Nox hat dir die Geschichte von Emilia erzählt, nicht wahr?«

Ich nickte. Die Gewissheit, dass der Höllendiener mich in Bezug auf seine Beziehung zu Emilia belogen hatte, schnürte mir die Kehle zu und ich traute meiner Stimme nicht.

»Deiner Mimik nach zu urteilen hat er aber ihre Affäre verschwiegen. Das wundert mich nicht. Vermutlich wünscht er sich, er könnte die Zeit weit genug zurückdrehen, um die Vergangenheit zu ändern.« Adam wandte sich wieder nach vorne und ließ seinen Blick mit verengten Augen schweifen. »Es ist uns Engeln nicht untersagt, rein körperliche Beziehungen einzugehen. Es wird aber auch nicht gerne gesehen. Natürlich war das Nox immer egal und eigentlich hatte ich nie ein Problem mit seinem ausschweifenden Liebesleben. Als Emilia jedoch eines Tages verkündete, sie und Nox hätten sich ineinander verliebt und wären nun ein Paar, war ich, gelinde gesagt, geschockt.

Ich hatte angenommen, dass es mir mein bester Freund schon erzählen würde, wenn er vorgehabt hätte, seine Meinung über seinen Lebensstil zu ändern und sesshaft zu werden. Aber als Emilia die Bombe platzen ließ, war Nox bei seinem Schützling in Griechenland.« Die Falten auf Adams Stirn vertieften sich. »Im Nachhinein betrachtet, hätte mir bereits damals klar sein müssen, dass Emilia den Moment für diese Neuigkeit absichtlich gewählt hatte. Sie war schon immer eine Drama Queen gewesen, die Aufmerksamkeit jeglicher Art liebte. Deswegen hätte es keine Überraschung sein dürfen, dass die Honeymoonphase der beiden nur bis zu Nox' nächstem Besuch in den Staaten anhielt. Während seines Aufenthalts hatte Emilia ihm immer wieder vorgeworfen, er würde seine Zeit lieber mit mir und Hope verbringen als mit ihr. Und da Nox sich keiner Schuld bewusst war, kam es, wie es kommen musste. Es knallte gewaltig zwischen den beiden und Emilia zog sich zutiefst gekränkt von uns allen zurück.«

»Wow!« Ich sah Adam von der Seite an. »Deine Erzählung passt so gar nicht zu dem Bild, das Nox' Geschichte von Emilia erschaffen hat.«

Adam lachte traurig und erwiderte meinen Blick. »Das wundert mich noch weniger. Emilia war sehr charismatisch und einnehmend. Man hatte sie gerne um sich und vor allem Nox hatte einen Narren an ihr gefressen.« Mit einem melancholischen Gesichtsausdruck wandte er sich wieder nach vorne. »Wenn ich so darüber nachdenke, ist das vermutlich auch der Grund, weshalb sich der Höllenhund trotz aller Warnzeichen auf sie eingelassen hat. Emilia war schon immer verrückt nach ihm gewesen und er wollte sie nicht verletzen.«

Nachdenklich wandte auch ich mich wieder den Grabsteinen zu. Adams Erklärung ergab einen Sinn, trotzdem linderte sie nicht den Schmerz, den Nox' Lüge verursacht hatte.

»Und wie kam es dann, dass Emilia sich in Richard verliebt hatte?« Eigentlich interessierte mich die Antwort gar nicht, aber irgendwie mussten wir die Zeit totschlagen. Und lieber sprach ich über verstorbene Ex-Freundinnen, als mich mit meinen eigenen Gefühlen auseinanderzusetzen.

»Emilia war nie wirklich in Richard verliebt gewesen. Das hat sie nur so dargestellt, um Nox eifersüchtig zu machen. Aber ihr Plan ging nach hinten los, denn anstatt eifersüchtig zu werden, gönnte er Emilia ihr Glück und zog sich immer mehr von ihr zurück. Zumindest bis Richards Machenschaften kriminell wurden und er damit begann, Frauen wehzutun. Ab dem Zeitpunkt konnte Nox nicht länger den Mund halten und forderte von Emilia, sich eines anderen Schützlings anzunehmen. Leider interpretierte Emilia Nox' Forderung als Bestätigung für seine Gefühle. Als Nox daraufhin jedoch keine Anstalten machte, Emilia zurückzuerobern, verstärkte sie ihre Bemühungen und fing eine Beziehung mit Richard an. Nox war außer sich vor Wut und wollte bereits zu unserem Boss gehen und Emilia zwangsversetzen lassen.«

»Wieso hast du Nox nichts davon erzählt?«, unterbrach ich Adam und wandte mich ihm ein weiteres Mal zu. »Ich meine, wenn du Emilias Pläne so genau kanntest, hätte man die Katastrophe vielleicht abwenden können.«

Adam erwiderte meinen Blick. Schmerz spiegelte sich in seinen Augen wider. »Ich konnte es ihm nicht sagen! Ich durfte nicht!« Seufzend fuhr er sich mit den Fingern durch die Haare. »Ich hatte Hope versprochen mich nicht einzumischen. Sie war Emilias beste Freundin und hat mir all diese Dinge im Vertrauen erzählt.« Weniger kraftlos fügte er hinzu: »Ich konnte sie unmöglich hintergehen. Aber genauso wenig konnte ich dabei zusehen, wie mein Bruder litt. Also versuchte ich Nox davon zu überzeugen, dass Emilia einen freien Willen besaß, den wir zu akzeptieren hatten. Dabei hatte ich gehofft, dass dem Idioten klar war, dass er mit seinem temperamentvollen und unbedachten Handeln nicht nur die Freundschaft zu Emilia aufs Spiel setzen würde, sondern auch unsere.«

Ich betrachtete Adams Profil, bis der Kummer, den er mit jeder Faser seines Körpers ausstrahlte, auch mich zu übermannen drohte. Mal wieder wurde mir mit Erschrecken bewusst, wie stark Adams Einfluss auf meine Gefühlswelt war.

»Okay, und wieso hat Emilia schließlich doch ihren Status für Richard aufgegeben? Ich meine, wenn sie eigentlich in Nox verliebt gewesen war?«

Kraftlos ließ Adam die Arme sinken. »Emilia hat nicht Nox geliebt, sondern die Vorstellung von einer Beziehung mit ihm. Sie wollte die Anerkennung, die Bewunderung und ja, vermutlich auch den Neid der anderen Frauen. Aber als ihr bewusst wurde, dass sie gescheitert war, sah sie keinen anderen Ausweg, als ihr Leben als Seraph zu beenden und ihre vermeintliche Liebe für Richard als Grund vorzuschieben. Auf diese Weise verließ sie die Goldene Stadt als liebestrunkene Märtyrerin.«

Adams Geschichte entfachte in mir eine Gefühlsachterbahn der Extraklasse. Dabei konnte ich unmöglich sagen, welche Emotion mich am meisten erschütterte. Neben den widersprüchlichen Empfindungen für den Höllendiener – es war kein Wunder, dass Nox eine derart verkorkste Einstellung zur Liebe hatte, wenn er in der Vergangenheit auf so hohem Niveau manipuliert worden war – brannte auch unbändiger Zorn in mir, den ich Emilia zuschrieb. Adams Erzählung nach war diese Frau ein egoistisches, egozentrisches und kontrollsüchtiges Miststück gewesen, das genau das erhalten hatte, was es verdient hatte.

Sie hat nicht nur Nox' Leben zerstört, sondern auch die Freundschaft zwischen ihm und Adam! Und wofür?

Fassungslos schüttelte ich den Kopf. Doch mir blieb keine Gelegenheit, länger meinen zornigen Gedanken nachzugehen, denn Adam lenkte meine Aufmerksamkeit auf sich, als er in einer geschickten Bewegung etwas aus seiner Hosentasche hervorholte.

Um nicht allzu neugierig zu erscheinen, wagte ich nur einen flüchtigen Blick, aber als ich das anthrazitfarbene Papier in seinen Händen entdeckte, wusste ich sofort, worum es sich dabei handelte.

»Ich gebe es nicht gerne zu, aber ich habe David unterschätzt«, sagte Adam mit leiser Stimme und reichte mir die Karte, ohne mich anzusehen. Sein Blick hatte einen Ausdruck angenommen, den ich nicht beschreiben konnte, der in mir jedoch den Verdacht aufkommen ließ, dass mir nicht gefallen würde, was ich als Nächstes zu hören bekam. »Es ist ihm tatsächlich gelungen, die einzige Sache aufzudecken, die mich nicht nur treffen und verletzen, sondern mich wahrhaftig zerstören kann.«

Rein intuitiv nahm ich Adam die Karte ab und überflog die Zeile mit gerunzelter Stirn.

Gestehe Avery, wem dein Herz gehört.

Ich las den Satz. Mehrmals. Doch selbst beim fünften Mal wollte sich mir nicht der Grund erschließen, weshalb David ausgerechnet *das* von Adam verlangen sollte. Was hatte der Inkubus davon, wenn Adam mir von Hope erzählte? Sollte Adam einfach nur leiden oder verfolgte David ein tiefergehendes Ziel?

Ehe ich intensiver über die Frage nachdenken konnte, lachte Adam trocken auf und wandte sich mir mit trauriger Miene zu.

»Ist dir mal aufgefallen, wie unterschiedlich man Zeit wahrnehmen kann? Ich lebe seit fast zweitausend Jahren. Ich habe Menschen, Reiche, ja ganze Dynastien kommen und gehen sehen, weshalb Zeit für mich eine völlig andere Bedeutung hat als für dich.« Sein Blick glitt auf die Karte in meiner Hand. »Aber in diesem speziellen Fall fühlt sich jeder einzelne Tag der letzten zwei Jahrzehnte an, als stecke ich in einer Endlosschleife fest. Eine Endlosschleife, die es mir unmöglich macht zu vergessen.«

Der Kummer, den Adam empfand, musste unbeschreiblich sein. Sein Körper schien in sich zusammengefallen zu sein, seine Stimme hatte ihren besonderen Klang verloren und seine sonst warm schimmernden Augen wirkten auf einmal trüb und leblos.

Adam so leiden zu sehen war die pure Qual. Und am liebsten hätte ich darauf bestanden, dass er die Karte nahm und sie David dort hinsteckte, wo gewöhnlich keine Sonne hinkam. Aber natürlich war das unmöglich. Wir brauchten Davids Hilfe. Und damit der Inkubus seine Informationen mit uns teilte, mussten wir seine bescheuerten Aufgaben erfüllen. So grauenvoll peinigend sie auch sein mochten.

»Es tut mir leid, Adam«, wisperte ich mit belegter Stimme und legte meine Hand auf seinen Arm. Ich wusste nicht, ob ich ihm mit der Geste half oder die Situation nur schlimmer machte, aber wenn die Lage anders herum gewesen wäre, hätte ich mich über seine Nähe gefreut.

Adams Blick veränderte sich minimal und ein melancholisches Lächeln breitete sich auf seinen Lippen aus. »In gewissen Situationen ähnelst du Hope so sehr, dass ich mir fast einbilden könnte, sie säße hier bei mir.«

Ich wusste nicht, wie ich auf diese Worte reagieren sollte, daher lächelte ich nur unverfänglich und gab dem Engel die Zeit, die er benötigte, um sich zu sammeln.

Adam betrachtete mich einen langen Moment, ehe er sich mit einem kaum hörbaren Seufzen wieder nach vorne wandte. »Hope und ich haben uns vor etwas über achthundert Jahren in Spanien kennengelernt. Mein damaliger Schützling Enrique war ganz vernarrt in Valentina Garcia, aber viel zu schüchtern, um sie anzusprechen. Also half ich ihm ein wenig auf die Sprünge. Damals wusste ich nicht, wer Valentinas Genius – ihr Schutzengel – war, aber als ich es herausfand und das erste Mal auf Hope traf, war es um mich geschehen.« Seine Lippen verzogen sich zu diesem warmen Lächeln, das ihn als hoffnungslos verliebt outete. »Du würdest diesen Moment vermutlich als ›Liebe auf den ersten Blick‹ bezeichnen. Aber es war so viel mehr. Von der ersten Sekunde an hat zwischen uns eine Energie und Verbundenheit geherrscht, die mit nichts zu vergleichen war.« In jeder seiner Silben schwangen bedingungslose Liebe und Hingabe mit, ebenso wie unglaublicher Stolz eine derartige Frau gekannt zu haben.

Zu gerne hätte ich über die Größe und Reife verfügt, Adams Empfindungen zu teilen. Aber das war mir nicht möglich. Neben kindischer und unpassender Eifersucht dominierten andere hässliche Gefühle mein Innerstes, die drohten mich von innen heraus zu vergiften. Denn auch wenn die Gewissheit schmerzte, dass Adam derart intensive Gefühle für eine andere Frau hegte, grenzte es an seelische Folter ihn genau wegen dieser Emotionen leiden zu sehen.

»Was ist passiert?«, hörte ich mich fragen, ohne zu wissen, wie es mir gelang, meine Stimme derart ruhig klingen zu lassen.

Adams Lächeln verblasste schlagartig und er wandte sich wieder den Grabsteinen zu. »Genau das ist mein Problem, Ave. Ich weiß es nicht.« Erneut begann er seine Finger zu kneten, weshalb ich meine Hand sinken ließ. Ich hatte nicht den Eindruck, als würde ihm meine Nähe Trost spenden. »Wir waren so glücklich miteinander, dass es schon fast gespenstisch war. Niemals hätte ich gedacht, dass ...« Er schüttelte den Kopf, anstatt den Satz zu beenden, und sah mich wieder an. »Hope war nicht nur wunderschön, Ave. Sie war auch klug, warmherzig und besaß die am stärksten strahlende Aura, der ich jemals begegnet bin. Sie war meine beste Freundin, Geliebte und Vertraute. Sie war mein Seelenzwilling. Für sie hätte ich alles getan. Sogar meinen Status aufgegeben, wenn es nötig gewesen wäre. Und bis zu jenem schicksalhaften Abend war ich mir unumstößlich sicher, dass es ihr ebenso erging.« Irgendetwas in seinen Worten musste ihn getriggert haben, denn auf einmal schien sein gesamter Körper unter Spannung zu stehen. Mit steifen Gliedern begann er mit den Füßen zu wippen, als wüsste er nicht, wohin mit der Energie. »Es gibt eine Zeremonie in der Goldenen Stadt, die der menschlichen Eheschließung ähnelt. Sie wird von einem Erzengel durchgeführt und anstatt einem Ringtausch als Zeichen der Verbundenheit werden die Seelen der beiden Seraphe miteinander verwoben. Das bedeutet, dass man buchstäblich Teil des jeweils anderen ist. Die Erinnerungssequenz, die du vorhin von Hope und mir gesehen hast, geschah am Abend vor dieser Zeremonie.«

»Was?« Ich hoffte inständig, dass Adam sich einen geschmacklosen Witz mit mir erlaubte. »Du bist verheiratet?« So absurd diese Frage auch war, brachte sie meinen Körper zum Reagieren. Mein Herz pochte wie wild, während meine Hände schweißfeucht wurden und eine Gänsehaut jeden Zentimeter meines Körpers überzog.

Adam ist verheiratet? V-e-r-h-e-i-r-a-t-e-t? Ich habe beinahe einen verheirateten Mann geküsst? Wie konnte er das nur zulassen? Wieso hat er bei all den knisternden Momenten zwischen uns seine Ehe nie auch nur mit einem Wort erwähnt?

Zwar war mir bewusst, dass Adam, wenn er über Hope sprach, die Vergangenheitsform verwendete, sodass man denken könnte, die Ehe der beiden hätte keinen Bestand mehr. Trotzdem gelang es mir nicht, das Gefühl von Verrat zu leugnen, das sich gemeinsam mit Scham und Selbstekel in mir zu einem Molotowcocktail zusammenbraute.

»Ich bin nicht verheiratet, Ave«, erwiderte Adam ungeduldig, als ärgerte er sich über meine Reaktion. »Die Vereinigung zweier Seraphe nennt sich ›Seelenbund‹ und ist um ein Vielfaches stärker und intensiver als die menschliche

Ehe.« Nun sah Adam mich wieder an und ich stellte erleichtert fest, dass sein Blick von Leben erfüllt war. »Im Gegensatz zur Ehe endet ein Seelenbund nur durch den Tod eines Seraphs. Dabei stirbt jedoch auch der Seelenteil des anderen, was mit unermesslichen Schmerzen und Qualen verbunden ist. Aus diesem Grund hätte ich es gespürt, wenn Hope tot wäre. Aber wenn sie tatsächlich noch lebt, wieso nimmt sie keinen Kontakt mit mir auf?« Glücklicherweise erwartete Adam keine Antwort auf seine Frage, sondern vergrub mit einem Wutschrei seine Finger in den Haaren. »Das ist die reinste Höllenfolter! Nicht zu wissen, was mit der eigenen Sanprada geschehen ist!«

Schlagartig waren meine eigenen Gedanken und Gefühle vergessen und mein Fokus lag einzig und allein auf Adam. Auch wenn mich seine Offenbarung wie ein Tornado umgerissen hatte und ich vermutlich noch einige Zeit daran knabbern würde, konnte ich ihm jetzt unmöglich grollen. Adam brauchte mich und ich würde für ihn da sein!

»Es tut mir schrecklich leid, Adam.« Wie von einem Magneten angezogen, landete meine Hand erneut auf ihm. Dieses Mal jedoch auf seinem Rücken, wo ich ihn sanft zu streicheln begann. Ich wusste nicht, was ich sagen oder tun konnte, um sein Leid zu lindern, aber er sollte spüren, dass ich für ihn da war. Bedingungslos.

Als hätte jemand bei Adam einen Schalter umgelegt, wich plötzlich sämtliche Energie aus seinem Körper und er ließ seufzend die Arme sinken. Sein Blick ähnelte dem eines getretenen Hundes, der nicht verstand, was er falsch gemacht hatte.

»Am Abend des 31. Oktober 2001 kam Hope zu mir und sagte, sie müsse dringend mit mir reden. Zu der Zeit lebten wir gemeinsam in Paris, wo auch unsere damaligen Schützlinge beheimatet waren. Bereits seit Tagen hatte ich den Eindruck gehabt, dass sie etwas bedrückte, aber immer, wenn ich sie darauf angesprochen hatte, war sie mir ausgewichen.

An jenem Abend jedoch vertraute sie sich mir an. Ich erfuhr, dass sie eine biologische Familie besaß und nicht wie alle anderen Engel von Gott erschaffen worden war. Aber genau wegen dieser familiären Besonderheit musste sie sofort die Goldene Stadt verlassen.

Zuerst verstand ich nicht, was sie mir damit sagen wollte, denn egal wo ihr Ziel lag, ich hätte sie begleitet. Sogar als Mensch. Aber sie beharrte darauf, dass sie allein gehen musste.

Ich war wütend, traurig und verletzt, weil sie mir einfach nicht sagen wollte, wohin sie ging oder ob und wann wir uns wiedersehen würden.« Tränen bildeten sich in seinen Augen, was die Intensität des Karamellbrauns verstärkte. »Daraufhin hat sie die Wohnung – hat sie mich – verlassen und ich habe nie wieder von ihr gehört.«

Vor Entsetzen und Fassungslosigkeit schlug ich die Hände vor den Mund. »Oh, Adam! Das ist ja grausam!« Auch meine Augen füllten sich mit Tränen, wobei ich nicht sagen konnte, ob es aus Mitgefühl oder aus brodelndem Zorn geschah. Zwar hatte ich bereits angenommen, dass diese Geschichte mit Leid und Kummer verbunden war, aber niemals hätte ich mit diesem Ausmaß gerechnet. Dabei stellte sich mir immer wieder die Frage, wie Hope Adam einfach hatte verlassen können. Er war nicht nur ein Engel mit Herz und Ehre, nein, die beiden hatten auch eine Liebe geteilt, die man nur einmal im Leben erlebte. Wenn überhaupt!

Als hätte Adam meine Gedanken erraten, quoll ihm je eine einzelne Träne aus den Augenwinkeln und rann ihm über die Wange. »Wieso, Ave? Wieso habe ich diese Strafe verdient? Was habe ich so Grausames getan, dass ich diesen Schmerz erleiden muss?«

Die Intensität seines Kummers musste jenseits aller erträglichen Grenzen liegen, denn es gelang ihm, sogar die Mauern meines Zorns zu durchbrechen und tief in mein Herz einzudringen, bis ich selbst das Gefühl hatte, dass es jeden Augenblick vor Leid zerbrechen würde.

In einer ungeschickten Bewegung schlang ich meine Arme um Adams Schultern und vergrub mein Gesicht an seinem Hals. Es war mir egal, ob ich das Recht hatte, dies zu tun, oder ob ich für Adam stark sein musste. Aber in diesem Augenblick gab es nichts und niemanden, das oder der mich davon hätte abhalten können, Adam nah zu sein.

Der Engel erwiderte meine Umarmung und ich spürte seine Finger an meiner Taille. Seine Bewegungen waren überraschend ruhig und sanft ebenso wie der Kuss, den er mir auf den Scheitel hauchte, ehe er sein Kinn auf meinen Kopf stützte.

»Nachdem Hope gegangen war, hätte ich niemals für möglich gehalten, jemals wieder Glück und Liebe empfinden zu können. Ich war mir sicher, noch innerhalb der nächsten Monate an dem Schmerz zugrunde zu gehen.« Der Druck seines Griffs verstärkte sich, was meinen Puls beschleunigte. Gleichzeitig erfüllte mich eine tiefgehende Ruhe, die mir, gepaart mit Adams Duft, ein Gefühl von Geborgenheit und Herzenswärme vermittelte, sodass ich automatisch den Kopf hob, um Adam ansehen zu können. »Aber du, Avery Marie Harper, hast mich von der ersten Sekunde an auf eine Art und Weise berührt, wie es zuvor nur Hope gelungen war.« Sein Blick nahm einen zärtlichen Ausdruck an und seine Lippen formten sich zu einem sanften Lächeln. »Du hast mich vor der Finsternis bewahrt, Ave. Und auch wenn es nichts auf der Welt gibt, was ich tun kann, um dir zu zeigen, wie dankbar ich dir bin, werde ich bis zu meinem letzten Atemzug alles dafür tun, es wenigstens zu versuchen.«

Mit großen, tränennassen Augen sah ich Adam an. Noch nie hatte ich etwas so Schönes gehört und wusste deshalb nicht, wie ich darauf reagieren sollte. Mein Körper jedoch schien anderer Meinung zu sein und handelte völlig losgelöst von meinen sich im Kreis drehenden Gedanken. Wie von selbst wanderten meine Hände hinauf zu Adams Nacken, während ich mich in dem samtweichen Braun seiner Augen verlor. Die Distanz zwischen uns verringerte sich, während meine rationale Gehirnhälfte empört sämtliche Warnsirenen losschrillen ließ. Doch ich ignorierte den immer lauter werdenden Ruf, dass dies hier der mit Abstand schlechteste Augenblick für den bevorstehenden Kuss war, und gab mich stattdessen völlig der Sehnsucht meines Herzens hin. Denn dieser Teil meines Ichs war sich unumstößlich sicher, dass nur Adam und ich in der Lage waren, einander den Trost zu spenden, den wir beide im Augenblick so dringend brauchten.

»Willst du das wirklich?«, wisperte Adam. In seine Augen trat ein Funkeln, das ich zuvor noch nie bewusst bei ihm wahrgenommen hatte. Zeitgleich spürte ich seine Finger am Saum meines Longsleeves, wo sie verharrten, als warteten sie nur auf eine Erlaubnis, sich einen Weg unter den Stoff zu bahnen. »Wie ich dir bereits sagte, werde ich dich kein weiteres Mal abweisen.«

»Das hoffe ich«, erwiderte ich und überbrückte die letzten Zentimeter, bis unsere Lippen so dicht voreinander schwebten, dass sich Adams warmer Atem mit meinem vermischte. »Denn ich war mir in meinem Leben nie sicherer gewesen etwas so sehr zu wollen wie diesen Kuss.«

Adams Erwiderung bestand in einem breiten Grinsen, ehe sich unsere Lippen fanden und sich endlich vereinigten.

SECHSUNDZWANZIG

Ich hatte mir zuvor keine Gedanken gemacht, wie es wohl wäre, Adam zu küssen. Daher war ich im ersten Augenblick ein wenig mit den vielen Sinneseindrücken überfordert, die alle um den ersten Platz meiner Aufmerksamkeit buhlten. Adams Lippen waren so sanft und weich wie die Liebkosung einer Daunenfeder, während seine Kusstechnik ihn als geübten Liebhaber entlarvte. Sein Duft, der in Kombination mit dem Geschmack seiner Lippen meine Synapsen an ihre Grenzen brachte, war so viel intensiver, als ich bisher wahrgenommen hatte. Und als sich unsere Zungen das erste Mal berührten, durchzuckte mich ein Blitzschlag, als hätte ich an einer Autobatterie geleckt.

Mit einem Mal erschien ein Bild in meinem Kopf, das mir vage vertraut vorkam, aber gleichzeitig so fremd war, dass ich mich ablenken ließ. Ich sah einen kleinen Jungen, vielleicht fünf oder sechs Jahre alt. Er hatte dunkelbraune Locken und trug eine farblich passende Latzhose. Seine Augen schimmerten in einem warmen Braunton und er lächelte mit einem Zahnlückenlächeln.

Ich bin dein neuer bester Freund. Und beste Freunde machen alles zusammen!, sagte er.

Ehe ich mir Gedanken machen konnte, wer dieser Junge war oder was er mit seinen Worten meinte, wurde das Bild von einem anderen ersetzt. Erneut sah ich den Jungen, doch dieses Mal hielt er einen Stift in der Hand und hatte seine Zunge konzentriert zur Seite gestreckt. Es hatte den Anschein, als würde er schreiben oder malen wollen, aber ehe ich erkennen konnte, in welchem Kontext dieses Bild erschien, wurde es von einem neuen ersetzt. Die Abstände zwischen den einzelnen Bildern wurden von Mal zu Mal kürzer, weshalb ich immer weniger erkennen konnte. Einzig und allein die warmen braunen

Augen des immer älter werdenden Jungen bemerkte ich sofort. Das Tempo steigerte sich, bis die einzelnen Bilder nicht mehr voneinander zu unterscheiden waren. Sie fügten sich zu einer gewaltig umherwirbelnden Farbmischung zusammen, bis sich mein Magen anfühlte, als hätte er das Schleuderprogramm unserer Waschmaschine durchlaufen.

Mir ist schlecht!

Reflexartig beendete ich den Kuss und lehnte mich zurück. Meine Lippen kribbelten ebenso wie mein Tattoo und mein Herz pochte wie wild. Doch das war nichts im Vergleich zu dem Moment, als ich meine Augen öffnete und mir mit erschreckender Klarheit bewusst wurde, was ich soeben getan hatte.

»O mein Gott, Ad! Bist du verrückt geworden?« Entsetzt sprang ich auf die Füße und brachte zwei Meter Abstand zwischen uns, während ich mir mit dem Handrücken über den Mund fuhr. Mein Magen rumorte wie ein aktiver Vulkan und ich war mir sicher mich jeden Moment übergeben zu müssen. Glücklicherweise wusste ich zumindest, woher meine plötzliche Übelkeit rührte. »Wieso hast du zugelassen, dass ich dich küsse? Verdammt, ich dachte, wir hätten die Experimentierphase hinter uns!«

Adams Blick vermittelte eine Mischung aus Verwirrung, Kränkung und Verlegenheit, als er sich mit geröteten Lippen und Wangen erhob. Seine Augen funkelten, doch angesichts der gefurchten Stirn und der zusammengezogenen Augenbrauen war ich mir nicht sicher, welche Emotion sich hinter seinem Blick verbarg.

»Tut mir leid«, erwiderte er unbeholfen. »Ich dachte, du wolltest es auch. Ich habe dir noch extra gesagt, dass …« Er verstummte mitten im Satz und seine Augen weiteten sich eine Spur. Schnellen Schrittes trat er auf mich zu, packte grob meinen Ellbogen und beugte sich mir dicht entgegen. Mit gefährlich leiser Stimme zischte er: »Was hast du gerade gesagt?«

Hä?

Perplex erwiderte ich Adams Blick. Hatte mein Schutzengel auf einmal den Verstand verloren oder war ich diejenige, die schlussendlich lala geworden war?

»Ich habe gesagt, dass ich dachte, wir hätten die Experimentierphase hinter uns. Hat dir die Knutscherei auf Lucys Silvesterparty nicht …« Der restliche Satz blieb mir im Hals stecken, als mir klar wurde, was ich soeben hatte sagen wollen. »O mein Gott!« Erneut schlug ich mir die Hände vor den Mund, während sich meine Augen vor Unglauben weiteten. Vergessen war sämtlicher Ärger.

Auch Adam schien nicht fassen zu können, was hier gerade geschah. Aus diesem Grund verstärkte er seinen Griff, als hätte er Angst, ich würde ihm einfach weglaufen. Dabei sah er mich mit kritischem Blick und verengten Augen an.

»Was ist auf der Grillparty zu Sandy Lous siebtem Geburtstag passiert?«, fragte er mit strenger Miene, während sich seine Finger wie Metallhaken in meine Haut gruben. Doch anstatt mich über den Schmerz oder über Adams Militärton zu ärgern, beantwortete ich pflichtbewusst seine Frage.

»Ich hab zu viel Süßkram gegessen und mich später in den Pool übergeben. Aber dank deiner Engelszunge hast du alle davon überzeugt, dass es Sandys Katze war, und mich damit vor einer sozialen Katastrophe gerettet. Als Dankeschön wollte ich dir Moms Schoko-Bananen-Kuchen backen, aber stattdessen haben wir uns eine beträchtliche Mehlschlacht geliefert, die mir eine Woche Fernsehverbot eingehandelt hat.«

Adam reagierte nicht sofort, sondern starrte mich weiter an, als wäre ich der Staatsfeind Nummer eins im Kreuzverhör. Als er schließlich das Wort ergriff, klang seine Stimme immer noch ernst. »Ich werde dich mein restliches Leben lang hassen, wenn du mich jetzt anlügst. Also überdenke deine Antwort gründlich, bevor du sie laut aussprichst.« Irgendwie gelang es ihm, seinen durchdringenden Blick noch weiter zu intensivieren. »Kannst du dich wirklich wieder erinnern? An mich? An uns? An *alles*?«

Ich sah Adam lange und tief in die Augen. Ich respektierte meinen besten Freund viel zu sehr, um seine Bitte nach einer bedachten Antwort einfach zu übergehen. Aber ich musste nicht über eine Erwiderung nachdenken. Die Antwort war eindeutig.

»Als wir elf waren, haben wir versucht, Moms Auto kurzzuschließen, weil wir zuvor einen Agentenfilm gesehen hatten. Mit dreizehn haben wir ein

Wassermelonenwettessen veranstaltet und uns hinterher übergeben. Als ich das erste Mal hinter dem Steuer saß, hätte ich beim Ausparken fast unseren Briefkasten umgefahren, aber du hast noch rechtzeitig ins Lenkrad gegriffen. Und auf dem Abschlussball haben wir beide zu Lady Gagas ›Shallow‹ getanzt«, sagte ich mit belegter Stimme, weil meine Augen mit neuen Tränen gefüllt waren. »Dabei wollte ich gar nicht auf den Ball gehen. Aber du hast mich so lange damit genervt, bis ich eingeknickt bin.«

Adams Miene wandelte sich nur langsam, aber nach und nach schwand die Skepsis aus seinem Gesicht und das reinste Freudenfest der Erleichterung wurde sichtbar. Inklusive dem vertrauten Strahlemanngrinsen, das ich so an ihm liebte.

»Oh, Ave!« Ebenfalls mit feuchten Augen warf sich mir Adam an den Hals und überhäufte mich mit Küssen. »Ich kann's nicht glauben! Danke, Gott! Danke! Danke! Danke!« Mit jeder Silbe verstärkte er seine Umarmung, bis ich das Gefühl hatte, mit gebrochenen Rippen zu ersticken. Trotzdem hielt ich Adam nicht von seinem Tun ab. Ganz im Gegenteil sogar. Ich erwiderte seine Umarmung, so fest ich konnte, während ich meine unaufhörlich fließenden Tränen in dem Stoff seines Shirts ertränkte und jeden Glückskiekser voller Wonne genoss.

Ich habe meinen besten Freund wieder! In aller Engel Namen, ich kann mich wieder an mein Leben erinnern!

Zwar versuchten sich die katastrophalen Folgen meiner Amnesie in mein Bewusstsein zu drängen und diesen unbeschreiblich schönen und wichtigen Moment zu zerstören, aber ich ignorierte sämtliche Gedanken, die sich mit der Frage befassten, wie wir das grenzenlose Chaos kitten sollten, das meine verirrten Gefühle, Adams Beichte im Pandemonium und unserem Kuss gerade eben verursacht hatten.

»Dem Himmel sei Dank, dass dieser Spuk endlich vorbei ist.« Voll überschwänglicher Freude sah Adam mich an und das Glitzern in seinen Augen verdrängte für einen Moment alles um mich herum. Seit Wochen, ja sogar seit dem Abend vor meinem Geburtstag, hatte ich Adam nicht mehr derart euphorisch erlebt. Leider währte das Glück nicht lange und seine Mimik schlug rabiat um. »Hey, ist alles okay bei dir?«, fragte er mich mit gefurchter Stirn. »Du siehst auf einmal grauenvoll blass aus.«

Reflexartig öffnete ich den Mund, um zu antworten, aber anstatt Worte drangen Würgelaute über meine Lippen. Meine bis eben verdrängte Übelkeit war mit derart heftiger Intensität zurückgekehrt, dass ich nicht einmal mehr in der Verfassung war, einen klaren Gedanken zustande zu bringen. Die Welt um mich herum drehte sich wie auf einem viel zu schnell eingestellten Karussell und schwarze Punkte begannen vor meinen Augen zu tanzen, ehe ich wie eine leblose Marionette in mich zusammenfiel, als hätte mein Strippenzieher beschlossen, dass er jetzt lieber mit einer anderen Puppe spielen wollte.

***

Ich wusste, wie sich eine Ohnmacht anfühlte. Als Kind hatte ich regelmäßig Probleme mit dem Kreislauf gehabt, weshalb ich mir auch so sicher war, dass es sich hierbei um etwas anderes handeln musste. Dieser Gedanke bestätigte sich, als die Übelkeit ebenso schnell abflaute, wie sie gekommen war, und ich meine Augen öffnete. Denn anstatt auf dem kleinen Friedhof zu stehen, befanden Adam und ich uns in einem riesigen Saal, der sicherlich sieben oder acht Mal so groß war wie die Turnhalle meiner Highschool. Trotz des gedämpften Lichts konnte ich schwarz glänzenden Boden erkennen, der so brillant funkelte, als hätte man ihn auf Hochglanz poliert. Leider waren die Wände sowie die Decke zu weit weg, um sie auszumachen, aber vermutlich bestanden sie ebenfalls aus dem glänzenden Gestein wie der Fußboden und der Obsidianschlüssel, den Nox im Nachtclub in seinen Besitz gebracht hatte.

»Wo zur Hölle sind wir hier?«, kam es von einer reizend schlecht gelaunten Stimme zu meiner Linken. Auch ohne mich zu der Quelle herumzudrehen, wusste ich, dass es sich dabei um Nox handelte, der unfreiwillig zu uns gestoßen war.

»Vermutlich im Schloss«, antwortete Adam und ersparte mir damit die Unannehmlichkeit, mich dem Höllendiener zu widmen. Die unvorhergesehene Anwesenheit des gefallenen Engels hatte mich völlig überrascht und ich wusste nicht, wie ich mich ihm gegenüber verhalten sollte. Einerseits hätte ich mir am liebsten sämtlichen Ballast von der Seele geredet, der sich seit Betreten der Holzhütte in mir angestaut hatte – inklusive meiner wiedergekehrten Adam-Erinnerungen. Aber Nox machte nicht den Anschein, als wäre jetzt der richtige Augenblick, ihn mit einer Kussbeichte zu nerven. Deswegen lenkte ich meine Aufmerksamkeit auf mein Tattoo, nachdem ich den Stoff meines Shirts hochgeschoben hatte. Bevor ich das Bewusstsein verloren hatte, war das Kribbeln auf meinem Rippenbogen so stark gewesen, dass es sich fast wie eine Verbrennung angefühlt hatte.

Klasse! Es ist nur noch der rote Apfel am Baum, die goldenen sind alle weg. Und die dämliche Schlange hat sich vor Eva aufgetürmt und ihre Kobrahaube aufgespannt, als wollte sie sie jeden Moment angreifen!

Frustriert seufzend ließ ich den Saum meines Shirts sinken und erwiderte Adams besorgten Blick. Er hatte sich das farbenprächtige Kunstwerk auf meiner hellen Haut ebenfalls angesehen und schien über die weitere Veränderung der Abbildung keineswegs erfreut zu sein.

Da im Augenblick keiner von uns beiden etwas gegen den Wandel des Tattoos ausrichten konnte, wandten wir uns dem Saal zu auf der Suche nach Hinweisen, die uns bei der Beantwortung der Fragen halfen, wie wir hierhergekommen waren, wer dafür verantwortlich war und was uns hier erwarten würde. Dadurch entdeckte ich zu unseren Füßen einen Teppich, der geschätzte fünfzehn Meter lang und in einen satten Purpurton gehalten war. Er endete vor einer Reihe von Stufen, die zu einem riesigen, verlassenen Thron führten, der sicherlich sechs mal sechs Meter maß und ebenfalls aus Obsidian zu bestehen schien.

Gerade als ich den Mund öffnen und fragen wollte, ob jemand eine Idee hatte, wem dieser Herrschersitz gehören konnte, erklang eine dunkle, unheilvolle Melodie, die mit jedem Takt weiter anschwoll, bis ihre Töne von den Wänden widerhallten und mir einen unangenehmen Schauder durch den Körper jagten. Als dann auch noch weißer, undurchsichtiger Nebel über den Boden quoll, bis die gesamte Fläche samt Teppich ebenso wie unsere Füße bedeckt waren, konnte ich die schmerzhafte Gänsehaut, die jeden Zentimeter meines Körpers bedeckte, nicht länger ignorieren.

»Das fängt ja gut an«, murmelte Nox mit einem Augenrollen.

Ich beneidete den Höllendiener für seine scheinbare Gleichgültigkeit. Nach allem, was heute bereits geschehen war, verursachte mir diese Show ein ziemliches Bauchgrummeln. Ich hegte nämlich den Verdacht, dass uns die Vorliebe unseres Gastgebers für große Auftritte nicht zum Vorteil gereichen würde.

»Seid willkommen, liebe Freunde«, erklang auf einmal dieselbe unsichtbare Stimme, die auch den Blutkarneval eröffnet hatte. »Ich bin zutiefst verzückt, dass ihr meiner Einladung gefolgt seid und den weiten Weg auf euch genommen habt, um mich zu besuchen. Jetzt, da wir vollzählig sind, können wir mit der Party beginnen.«

Wie bei einem Profi-DJ wechselte die Musik übergangslos von düster-geheimnisvoll zu rockig-verrucht, während buntes Scheinwerferlicht erstrahlte und seine tanzenden Farben durch den Saal jagte, als befänden wir uns mitten in einem riesigen Tanzclub. Dieser Verdacht wurde durch ein halbes Dutzend Frauen bestärkt, die in Dessous und schwindelerregenden High Heels hinter dem Thron erschienen und sich leidenschaftlich rekelnd auf uns zu bewegten. Dabei sangen sie einen Song, der mir trotz seines Alters bestens vertraut war. »Big Spender« von Shirley Bassey.

Nox schnaubte abfällig und rollte ein weiteres Mal mit den Augen, als sich zwei Frauen an seine vor der Brust verschränkten Arme klammerten und sich an ihm rieben, als wären sie läufige Hündinnen. Auch Adam und ich wurden von je zwei Damen in Beschlag genommen, doch wir wanden uns aus ihren Griffen und gaben ihnen mit deutlichen Mienen zu verstehen, dass es in ihrem eigenen Interesse war, wenn sie uns in Ruhe ließen.

Nach einigen Minuten neigte sich die Showeinlage dem Ende zu und die Tänzerinnen stellten sich in erotischen Posen an den Stufen zum Thron auf, ehe ein lautstarker Knall ertönte, der den gesamten Thron in silberglitzernden Dunst hüllte.

Mein Herz pochte wie wild, als sich der Rauch zu lichten begann und jeden Augenblick das Geheimnis des Schlossherrn offenbaren würde.

Und dann war es so weit.

Hoch oben auf dem schwarz glänzenden Herrscherstuhl saß ein Mann in legerer Haltung. Er hatte sich zurückgelehnt, die Arme lässig auf den breiten Lehnen neben sich abgestützt und ein Bein über das andere geschlagen. Er trug einen schwarzen Anzug, der bei jeder noch so winzigen Bewegung glänzte, als wäre der Stoff mit Diamantstaub bedeckt, und auf seinem haarlosen Schädel befand sich ein altmodischer Glanzzylinder.

Das allein wäre jedoch kein Grund, den Mann mit großen Augen und offen stehendem Mund anzustarren. Dass ich es doch tat, war einzig und allein dem Umstand geschuldet, dass uns anstatt eines menschlichen Gesichts ein Totenschädel angrinste, dessen Augenhöhlen aus demselben durchdringenden Schwarz waren wie der Blutkarneval bei seiner Eröffnung.

»Asmodis«, sagte Nox mit reservierter Miene. »Es ist also wahr. Luzifers Söhne haben die Hölle verlassen und wandeln nun auf Erden. Ich würde ja gerne behaupten, dass mich diese Gegebenheit erfreut, aber wie du weißt, ist es mir unmöglich zu lügen.«

»Nicholas Nightingale«, erwiderte der Höllenfürst mit geneigtem Kopf und verengten Augenhöhlen, während sein angsteinflößendes Grinsen eine Spur breiter wurde. Ich wusste nicht, wie es möglich war, aber der Totenschädel verfügte tatsächlich über eine Mimik, die er nach Herzenslust verändern konnte. »Ich habe nie verstanden, warum mein Vater dich zu seinem Inneren Kreis zählte. Glücklicherweise muss ich mich mit dieser Frage nicht länger beschäftigen, denn sowohl deine Tage als auch die meines Vaters sind gezählt. Bald bin ich der neue Herrscher der Unterwelt und muss mich nur noch mit dir und Hill rumschlagen, um über euer Strafmaß zu entscheiden.« Ein irres Kichern erklang, das von den Wänden widerhallte und mich erschaudern ließ. Jedoch genügte das Geräusch nicht, um meinen Mund davon abzuhalten, die Silben hervorzubringen, die mir bereits auf der Zunge lagen.

»Ach, und was ist mit mir? Habe ich das große Los gezogen und darf gemeinsam mit meiner Mom und ihrem dämonischen Liebhaber auf der Erde verweilen und unschuldige Leute in ihr Verderben stürzen?« Ich wusste nicht, warum ich das gesagt hatte, aber vermutlich lag das an Nox' schlechtem Einfluss. Wir hatten in der Vergangenheit so viel Zeit miteinander verbracht, dass es unumgänglich war, mir irgendwann sein übersteigertes Ego anzugewöhnen. Außerdem befanden wir uns in einer Situation, aus der wir niemals lebend herausfinden würden. Dessen war ich mir sicher. »Muss ich Sie dann ›Daddy‹ nennen, Gabriel? Oder bleiben wir bei ›Asmodis‹? Ich weiß ja nicht, worauf Mister Höllenfürst so steht.«

Der Totenschädel verformte die schwarzen Augenhöhlen, als würde er seine nicht vorhandenen Augenbrauen zusammenziehen. »Ich bin mir nicht sicher, ob es an deiner Angst liegt oder ob du einen unerklärlichen Todeswunsch hegst, der dich dazu verführt, so mit mir zu sprechen, Avery. Aber eines ist gewiss.« Asmodis richtete seinen Skelettoberkörper auf und schnippte mit einer Hand, wodurch sich ein schwarz glänzender Gehstock aus dem Nichts materialisierte, dessen silberfarbener Kopf die Form einer Kobra besaß. Galant erhob sich der Höllenfürst und stieg die Stufen vor dem Thron hinab. Erst als er dicht vor mir zum Stehen kam und sich zu mir vorbeugte, sodass sein Atem mein Gesicht streifte, sprach er weiter. »Du hast offenbar immer noch keine Ahnung, wer hier vor dir steht.« Wie bei einem rückwärtslaufenden Video aus dem Biologieunterricht erschienen nach und nach Fleisch, Muskeln und Sehnen auf dem Knochenskelett, bis ein halbwegs vollständiges Gesicht zu erkennen war. Dieses wurde anschließend von einer Schicht sonnengebräunter Haut überzogen, während unter dem Glanzzylinder kurze, dunkle Haare hervorwuchsen und sich die vollen Lippen zu einem charismatischen Lächeln verzogen. Als dann auch noch zwei Augäpfel erschienen, die mich mit strahlend blauen Iriden voller Freude anfunkelten, war die Verwandlung perfekt. »Gefalle ich dir so besser, meine Schöne?«, fragte David Sinclaire.

SIEBENUNDZWANZIG

»Zur Hölle, das darf doch nicht wahr sein!«, donnerte Nox, und sprach damit exakt das aus, was uns vermutlich allen gerade durch den Kopf ging. Doch in meinem Fall war dies nur ein winziger Teil eines gigantischen Knotens, der mich vor Fassungslosigkeit lähmte.

David ist der Höllenfürst? Aber wie kann das sein? Wieso waren sich Adam und Nox sicher, dass er ein harmloser Lustdämon ist? Wieso haben sie die Wahrheit nicht ...

Die Fragen wurden von einem Gedanken ersetzt, der mich aufkeuchen ließ.

Oh mein Gott! Die Blackouts! Natürlich!

Von Anfang an waren mir die Erinnerungsausfälle bezüglich der Gespräche mit David verdächtig erschienen. Aber Adams und Nox' unumstößliche Gewissheit, dass mein Mitschüler ein magieloser Inkubus war, der mir nichts anhaben konnte, hatte meine Bedenken zerstreut.

Verdammt, verdammt, verdammt! Wieso habe ich nur auf die beiden anstatt auf meinen Instinkt gehört?

Am liebsten hätte ich mir selbst eine Ohrfeige verpasst. Aber diese Tat hätte nichts an unserer Lage geändert, weshalb ich den Wunsch mit ein paar tiefen Atemzügen verdrängte und mich stattdessen auf das Hier und Jetzt konzentrierte.

Okay, David ist ein Höllenfürst. Aber das war er auch schon während der letzten Wochen, als wir uns in der Schule begegnet sind. Wenn er sich also unseren Tod wünscht, hätte er dazu bereits jede Menge Möglichkeiten gehabt.

Er musste ein anderes Ziel verfolgen! Blieb nur die Frage welches.

David – solange der Höllenfürst wie mein Mitschüler aussah, war es mir unmöglich, ihn mit seinem wahren Namen in Verbindung zu bringen – trat ein paar Schritte zurück und wandte sich vor Selbstgefälligkeit strotzend an Nox.

»Was ist, Nightingale? Überrascht, dass ich derjenige bin, der euer Schicksal in den Händen hält? Tja, es ist nicht meine Schuld, wenn ihr zu dumm und blind gewesen seid, um all die Hinweise zu bemerken, die ich euch unter die Nase gerieben habe.« In einer geschmeidigen Bewegung hob David seine Hand und bewegte die Finger. Sofort erschienen violett leuchtende Punkte vor unseren Gesichtern, die sich aufblähten und verformten, bis sie zu Buchstaben wurden, die Davids Bandnamen ›A missdon' Kingdom‹ zeigten. »Ihr habt euch nie die Mühe gemacht, meine Band näher in Augenschein zu nehmen, nicht wahr?« Er wartete keine Antwort ab, sondern schüttelte den Kopf. »Natürlich nicht. Sonst wäre euch die hingebungsvolle, ja nahezu abhängige Loyalität aufgefallen, die Ethan und Gavin mir entgegenbringen. Aber gut, was kann ich schon von zwei Seraphen erwarten, die nicht einmal ein derart offensichtliches Anagramm erkennen.« Wie auf Kommando begannen die Buchstaben vor uns ihre Plätze zu tauschen, bis aus der Zeile ›A missdon' Kingdom‹ – ein misslungenes Königreich – etwas völlig anderes wurde.

Asmodis Demon King.

Jeder einzelne der violetten Buchstaben fühlte sich wie ein Boxhieb an und ich musste einfach sichergehen, dass es nicht nur mir so erging. Unauffällig warf ich Adam und Nox einen flüchtigen Blick zu. Der Höllendiener trug seine krampfhaft unterdrückten Emotionen deutlich zur Schau, indem er mit seinem Kiefer malmte, als würde er Patronenhülsen pulverisieren wollen. Gleichzeitig grub er seine Finger so fest in das Leder seiner Jacke, dass seine Hände vor Anstrengung zitterten. Adam hingegen schien die Ruhe selbst zu sein. Seine Mimik war ausdruckslos, seine Körperspannung beherrscht. Aber der Schein trog, das wusste ich genau. Hinter der konzentrierten Fassade brodelte es und mein bester Freund stand kurz vor einem gedanklichen Kurzschluss, so fokussiert dachte er nach.

»Wieso begibt sich ein Höllenfürst auf die Erde, um dort als Highschool-Schüler zu leben?«, fragte Adam nach einigen Sekunden mit kalter, emotionsloser Stimme. »Und das auch noch mit der Aura eines Inkubus? Das will sich mir einfach nicht erschließen.«

Mit gerunzelter Stirn drehte sich David langsam zu Adam herum. »Wie bitte? Du wolltest sicherlich sagen, dass es sich dir nicht erschließt, wie grenzenlos genial und fulminant erfinderisch meine Taktik ist.« Gemächlich schritt der Höllenfürst auf den Engel zu, die Hände locker in den Taschen seiner Anzughose vergraben. »Hast du eigentlich eine Vorstellung davon, wie unvorsichtig Wesen werden, wenn sie denken, ihnen steht jemand vermeintlich Minderwertiges gegenüber?« Sein Blick glitt vielsagend zu Nox, ehe er sich wieder mit einem selbstzufriedenen Lächeln an Adam wandte. »Es gibt keine bessere Möglichkeit, einen tiefgehenden Einblick in die Dynamik eines Reiches zu erhalten. Das Denken und Handeln seiner Untertanen in Erfahrung zu bringen. Ihre Wünsche, Hoffnungen und Ängste zu erfahren.« Mit einem theatralischen Seufzen kehrte uns David den Rücken und ging ein paar Schritte in Richtung Thron. »Genau das habe ich auch versucht meinem Vater näherzubringen. Aber natürlich hält sich der großartige Luzifer Morgenstern für allwissend und dachte gar nicht erst daran, seinen jüngsten Sohn anzuhören.« In einer geschmeidigen Drehung wandte sich der Höllenfürst wieder an uns. »Tja, und was hat er nun davon? Beinahe ein Drittel seines Reiches hat ihm bereits den Rücken gekehrt. Und weitere Dämonenblütler werden folgen, sobald sich herumgesprochen hat, dass ich, Asmodis Morgenstern, jüngster Sohn des Luzifer, in naher Zukunft die Macht meines Vaters um ein Vielfaches überragen werde.« Mit einem feinen Lächeln auf den Lippen trat David auf mich zu und packte mein Kinn, als er vor mir stand. Er strich mit seinem Daumen über meine Wange, während der Ausdruck in seinen Augen eine zärtliche Note annahm. »Gemeinsam mit meiner Königin werde ich eine neue Unterwelt erschaffen. Jede Kreatur, egal ob auf Erden, im Himmel oder in der Hölle, wird vor unserer Macht erzittern, Avery!«

***

Ähnlich wie bei dem Sunset Festival, als David uns seine Bedingungen genannt hatte, um unsere Fragen bezüglich der Prüfungen zu beantworten, war ich auch jetzt vor Überraschung, Scham und Ekel erstarrt. Sogar mein Verstand hatte seinen Dienst quittiert, sodass ich nicht sofort mitbekam, was Adam und Nox vorhatten. Denn im Gegensatz zu mir hatten die beiden weniger Probleme, auf die Situation zu reagieren. Während Adam vorpreschte, um sich zwischen David und mich zu stellen, setzte Nox zum Sprung an, um sich auf den Höllenfürsten zu stürzen. Doch noch bevor Adam seinen zweiten Schritt beenden oder Nox sich aus seiner gebeugten Haltung aufrichten konnte, hatte David bereits beide Hände erhoben und den beiden Engeln die Handflächen samt gespreizten Fingern entgegengestreckt. Sein Gehstock hatte sich dabei in Luft aufgelöst, während Davids Augen in einem satten Violett aufleuchteten, was trotz alles bisher Geschehenen ziemlich angsteinflößend wirkte.

»Ich habe es bereits einmal gesagt«, sprach der Höllenfürst mit autoritärer Stimme und blickte abwechselnd von Adam zu Nox, die beide in ihrer Bewegung erstarrt waren, als wären sie leblose Wachsfiguren in Madame Tussauds Kabinett. »Aber weil ihr anscheinend nicht verstehen wollt, in welcher Lage ihr euch befindet, wiederhole ich mich ausnahmsweise.« Langsam begann David seine Finger zu krümmen, als würde er sie zu Fäusten ballen wollen. »Ihr seid nur noch am Leben, weil euer Tod auch Averys Ende bedeuten würde. Wäre das nicht der Fall, hätte ich euch längst eliminieren lassen. Leider ist es mir selbst nicht gestattet, euch zu töten.« Während er sprach, bildete sich ein grausames Lächeln auf seinen Lippen. »Jedoch ist es mir nicht verboten, euch derartige Schmerzen zuzufügen, dass ihr euch den Tod als Erlösung wünscht.«

Wie aufs Stichwort erklangen Schmerzensschreie, die, gemischt aus Nox' tiefem Bariton und Adams hellerem Tenor, einen Klang ergaben, der mich wie giftiger Rauch umgab und es mir unmöglich machte ihm zu entkommen. Mit jedem Atemzug nahm ich mehr und mehr von ihm auf, spürte, wie er mich Stück für Stück erfüllte und dabei jede einzelne Zelle meines Körpers verätzte, bis ich drohte, vor Qual und Leid endgültig den Verstand zu verlieren.

Augenblicklich wandte sich mein Kopf herum und ich entdeckte die beiden auf dem Boden kauernden Engel, die Gesichter zu gänsehauterregenden Fratzen verzerrt. Die Farbe ihrer Haut wechselte sekündlich von einem satten Sonnenbrandrot zu einem tiefen Violett und es schien, als würden unsichtbare Hände ihre Kehlen zudrücken, denn ich konnte förmlich mit ansehen, wie ihre Hälse Stück für Stück schmaler wurden.

Ihr Anblick, gepaart mit den unbeschreiblichen Schmerzenslauten, war zu viel für meinen bereits aufgewühlten Magen. Bittere Galle krampfte sich meine Speiseröhre empor, bis sie in Flammen stand. Doch darauf nahm ich keine Rücksicht, als ich die Silben hinausbrüllte, die sich instinktiv auf meiner Zunge gebildet hatten.

»Aufhören! Bitte!« Ich warf mich gegen David, griff nach seinen Armen, zog und zerrte an ihnen, um ihn an seiner Folter zu hindern. Doch ebenso wie mein Angriff auf Shawn Taylor auf dem Schulhof blieb auch diese Tat ereignislos. »Ich flehe dich an! Bitte hör auf!« Ich wechselte meine Strategie und schlug mit den Fäusten gegen Davids Brust. Doch die fortwährenden Schreie der beiden Engel raubten mir sämtliche Kraft und Stärke. »Bitte! Lass sie in Ruhe! Bitte! Ich flehe dich an!« Meine Stimme verlor ebenso rasant an Intensität wie mein Bewusstsein den Bezug zur Realität und ich war mir sicher, dass es nicht mehr lange dauern würde, bis ich beides endgültig verlor.

Irgendwann – in meinem Wahn konnte ich unmöglich sagen, wie lange sich die Tortur hingezogen hatte – spürte ich, wie sich muskulöse Arme um meine Taille schlangen. Kurz darauf verstummten die Schreie, sodass sich im Saal gespenstische Stille ausbreitete.

Mein Herzschlag galoppierte mir in der Brust und ich bemerkte erst jetzt, wie stark sich die nervenaufreibende Situation auf meinen Körper ausgewirkt hatte. Meine Muskeln zitterten, als hätte man mich mit einer Elektroschockpistole getroffen, und meine Kleidung war schweißnass. Doch das alles drang in den Hintergrund, als ich mich erneut zu Adam und Nox herumdrehte und die beiden mit kreidebleichen Gesichtern und flacher Atmung auf dem Rücken liegend entdeckte, während sie mit zusammengepressten Augen nach Luft japsten. Es war offensichtlich, wie knapp sie dem Erstickungstod entkommen waren.

»Du musst nicht betteln, wenn du etwas von mir willst, meine Schöne.« David griff mit einer Hand nach meinem Kinn und drehte meinen Kopf zu sich herum, sodass ich ihm unweigerlich in die Augen sah. Mit dem anderen Arm hielt er mich an sich gedrückt, damit ich nicht ebenfalls zu Boden ging. »Ich will dich zu meiner Königin machen, Avery. Deshalb sind deine Wünsche ab sofort auch meine.«

Die Zärtlichkeit seiner Worte ließ mich den Atem anhalten, während ich in seinen inzwischen wieder blauen Augen nach einem verräterischen Funkeln suchte. Doch Davids Blick wirkte offen, ja regelrecht harmlos. Und in diesem Moment wurde mir etwas klar.

David meint das ernst. Er steht tatsächlich auf mich.

Die Erkenntnis traf mich wie ein ausgelöster Airbag bei einem Frontalzusammenstoß und verdrängte umgehend die Lethargie aus meinem Verstand. Sofort begann mein Hirn auf Hochtouren zu arbeiten und mein Körper wurde von einem aufgeregten Kribbeln erfasst.

David steht auf mich? Oookay. Das muss ich erst mal sacken lassen. Aber wenn er ernsthaft in mich verknallt ist und mich zu seiner Königin machen will, dann muss ich einen Weg finden, seine Zuneigung zu unserem Vorteil zu nutzen. Und das, ohne dass er etwas davon mitbekommt oder Adam und Nox mich für eine Verräterin halten.

Die plötzliche Wendung der Situation glich der Entschärfung einer Bombe und ich fühlte mich wie eine Agentin auf geheimer Mission, die als Einzige in der Lage war, sich und ihre Truppe aus einer scheinbar rettungslosen Situation zu befreien. Nur leider wollte mir auf Anhieb kein Masterplan einfallen, weshalb ich erst mal Zeit schinden musste.

»Wieso ausgerechnet mich, David?« Meine Stimme krächzte und quietschte, als hätte ich eine rostige Laubsäge verschluckt. »Wieso willst du mich zu deiner Königin machen?« Alles in mir schrie danach, mich aus Davids Umarmung zu lösen, aber ich widerstand dem Impuls und sah dem Höllenfürsten stattdessen weiter in die Augen. Wenn ich David zum Reden animieren wollte, musste ich ihn in dem Glauben lassen, dass ich seinem Angebot nicht gänzlich abgeneigt war – auch wenn die Wahrheit völlig anders aussah. »Du bist ein Höllenfürst mit ungeheuren magischen Kräften. Du bist der Sohn des leibhaftigen Teufels! Was kann ich dir als gewöhnlicher Mensch schon bieten?«

»Als gewöhnlicher Mensch? So siehst du dich?« Mit einem feinen Lächeln auf den Lippen schüttelte David den Kopf, während er seinen Griff um meine Taille verstärkte und mich dadurch noch näher an sich presste. »Wenn ich an dich denke, meine Schöne, fallen mir sehr viele Bezeichnungen ein, aber gewiss nicht ›gewöhnlich‹. Denn abgesehen von deiner einzigartigen Aura und dem Umstand, dass du gegen magischen Glanz immun bist, hast du auch Dinge bewerkstelligt, die niemandem sonst bisher gelungen sind. Und damit meine ich nicht einmal deinen mehrtägigen Aufenthalt im Feenreich oder dass du sowohl den Fängen des Winterprinzen und der Sommerhofprinzessin als auch König Mab entflohen bist. Nein, viel eher beziehe ich mich auf dem Umstand, dass du die Wintermagie im Schwert von Prinz Xantasan entfesselt hast und sie danach sogar kontrollieren konntest. Und als wäre all das noch nicht genug, hast du auch noch ausgerechnet diejenige Seelenprüfung bestanden, die mein Vater kreiert hat.« Das Lächeln auf Davids Lippen wurde eine Spur breiter. »Also sag mir, Avery, denkst du wirklich, ein *gewöhnlicher Mensch* wäre zu solchen Taten in der Lage?« Anstatt mir die Gelegenheit einer Erwiderung zu geben, antwortete der Höllenfürst selbst auf seine Worte. »Ich weiß nicht, welches Geheimnis du birgst, meine Schöne, aber ich bin mir sicher, dass deine schillernde Aura nicht zu einem Menschen gehört. Und wenn sich mein Verdacht erst mal bestätigt und wir dein wahres Potenzial offenbart haben, wird jeder Dämonenblütler unter unserer Herrschaft erzittern!«

Davids leidenschaftliche Rede beeindruckte mich im gleichen Maß, wie sie mich erschütterte. Denn auch wenn ich nachvollziehen konnte, wie der Höllenfürst auf die Idee kam, dass ich übermenschliche Kräfte besaß, kannte ich doch die Wahrheit. Und die sah nun mal völlig anders aus. Ohne Nox' Hilfe und einige glückliche Zufälle wären die erlebten Situationen völlig anders verlaufen – und ich wäre längst nicht mehr am Leben. Da David dies jedoch auf keinen Fall erfahren durfte, blieb mir nichts anderes übrig, als ihn vorerst in dem Glauben zu lassen, dass ich tatsächlich ein magisches Überraschungsei war.

»So habe ich die Sache noch gar nicht betrachtet«, erwiderte ich mit nachdenklicher Miene und senkte den Blick. »Aber dein Verdacht würde so vieles erklären.« Innerlich zählte ich langsam bis fünf, um den Eindruck zu erwecken, dass ich über Davids Theorie nachdachte. Doch in Wahrheit ging ich immer wieder einen Satz durch, den der Höllenfürst von sich gegeben hatte und der in mir die Hoffnung auf neue Informationen bezüglich des Seelenvertrages weckte. Bei fünf angekommen, hob ich mit großen Augen und unschuldigem Blick den Kopf, als wäre mir folgender Gedanke soeben erst in den Sinn gekommen. »Moment mal! Was hast du gerade gesagt? Ich habe diejenige Seelenprüfung bestanden, die dein Vater kreiert hat? Was meinst du damit? Hat sich Luzifer gar nicht alle Prüfungen ausgedacht?«

Davids Miene erstarrte. Sein Lächeln wirkte auf einmal steif und die Wärme in seinen Augen war erloschen. Sogar seine Umarmung erschien mir plötzlich gröber. »Ist das noch von Bedeutung? Sobald ich auf dem Flammenthron sitze, wirst du deine Seele zurückerhalten und die Prüfungen werden für alle Zeit der Vergangenheit angehören.«

Mein Puls beschleunigte sich weiterhin, obwohl mir das Herz bereits bis zum Hals schlug. So verlockend Davids Worte auch auf den ersten Blick erscheinen mochten, war mir die wahre Bedeutung hinter den Silben sehr wohl bewusst. Denn auch wenn der Höllenfürst zu seinem Wort stand und mir als neuer Herrscher meine Seele zurückgab, würde ich dadurch nur Adams und Nox' Todesurteil unterschreiben. Im Moment war die Verbindung unserer Leben der einzige Grund, weshalb die beiden Engel noch atmeten.

Um mir meine Gedanken und meine womöglich verräterische Mimik nicht anmerken zu lassen, schnaubte ich abfällig und rollte gleichzeitig mit den Augen.

»Klar, dass für dich Details bedeutungslos sind. Du weißt ja auch alles über die Prüfungen. Aber ich ...« In Ermangelung professioneller Schauspielkünste schüttelte ich den Kopf, ehe ich David wieder ansah. »Seit ich von dem

Seelenvertrag und den Prüfungen erfahren habe, lebe ich jeden Tag mit dem Gedanken, dass der nächste Morgen vielleicht mein letzter sein wird. Aber anstatt mit offenen Karten zu spielen, damit ich wenigstens den Hauch einer Chance habe, mein Leben zu retten, werde ich im Ungewissen gelassen. Niemand darf, kann oder will mir etwas erzählen, obwohl es mir von allen Seiten versprochen wird.« Bedeutungsschwanger verengte ich die Augen und funkelte David an. »Sogar Personen, die gemeinsam mit mir über die Unterwelt regieren wollen, lassen mich eiskalt abblitzen, obwohl zuvor alle vereinbarten *Aufgaben* erfüllt wurden.«

Meine wenig subtil angedeuteten Worte verfehlten ihre Wirkung nicht. Davids Miene wurde weicher, sein Lächeln taute auf, ebenso wie sein Blick. Sogar seine Arme entspannten sich wieder und sein Griff wurde lockerer.

»Du hast recht. Es ist in der Tat nicht fair, dir Antworten auf deine Fragen zu verweigern, zumal ihr euch an euren Teil des Deals gehalten habt.« Mit einem verführerischen Lächeln glitten Davids Hände über meinen Rücken, bis seine Fingerspitzen meinen Po berührten. »Außerdem haben wir noch die ganze Ewigkeit vor uns. Was ist da schon eine Nacht, die wir mit Reden verbringen, anstatt uns anderweitig zu amüsieren.«

Mein Verstand hatte Davids Worte noch nicht vollständig erfasst, als bereits ein lautstarkes Knurren erklang. Es war unmöglich zu sagen, von welchem Engel es kam, aber im Grunde spielte es keine Rolle. Wenn David beschloss, diese Unterbrechung mit einer weiteren Folterrunde zu vergelten, würden beide Seraphe darunter leiden.

Doch anscheinend hatte David einen anderen Plan, denn seine Lippen verzogen sich zu einem Haifischgrinsen, während seine Finger tiefer glitten, bis seine Hände meinen Po völlig umfassten. Die Berührung erinnerte mich an den Grapscher auf dem Sunset Festival, weshalb mein Magen zu rebellieren begann und ich mich beherrschen musste, um nicht Reißaus zu nehmen.

»Ich weiß, du bist noch unerfahren im Ausleben deiner Begierde«, schnurrte David und sah an mir vorbei in Richtung Adam und Nox, »aber ich kann dir versichern, dass Zuschauer einen äußerst erregenden Effekt bewirken können. Vielleicht testen wir das mal gemeinsam aus.«

Ich brauchte einen Moment, um zu verstehen, was David mit seinen Worten andeuten wollte. Dann brauchte ich einen weiteren Augenblick, um meinen Würgereflex unter Kontrolle zu bringen, damit man mir nicht ansah, wie grenzenlos abartig und abstoßend ich allein die Vorstellung fand, von David auf diese Weise angefasst zu werden. Und schließlich benötigte ich noch ein paar Sekunden, um meine Mimik zu einem Ausdruck zu formen, der nicht mein Innerstes widerspiegelte, damit ich nicht wie Chucky die Mörderpuppe dreinschaute.

»Du lenkst vom Thema ab«, antwortete ich mit heiserer Stimme, was David hoffentlich als Versuch meinerseits wertete, verführerisch klingen zu wollen. Gleichzeitig appellierte ich stumm an Adams und Nox' Vernunft, dass die beiden endlich die Klappe hielten, anstatt David unentwegt zu provozieren. Die Situation war auch ohne ihre Einmischung bereits verzwickt genug. »Wir hatten gerade über die Prüfungen gesprochen und du warst einverstanden, mir meine Fragen zu beantworten«, half ich dem Höllenfürsten auf die Sprünge. »Oder willst du mich absichtlich im Unklaren lassen, weil du mir nicht vertraust?«

David entfloh ein amüsiertes Lachen, ehe er seine Arme sinken ließ und einen Schritt zurücktrat. Den Kopf leicht zur Seite geneigt, schob er seine Hände zurück in die Taschen seiner Anzughose und bedachte mich mit einem charmanten Lächeln. »Vertrauen ist ein Gut, das man sich verdienen muss, meine Schöne. Aber du hast Glück. Ich bin ein Mann der Ehre und stehe zu meinem Wort. Deshalb werde ich meinen Teil der Vereinbarung ebenfalls einhalten und eure Fragen beantworten. Also? Was wollt ihr wissen?«

ACHTUNDZWANZIG

Mein Herz pochte wie eine Buschtrommel bei einer feierlichen Zeremonie. Sowohl Davids überraschende Kooperationsbereitschaft als auch die körperliche Distanz zu dem Höllenfürsten versetzten mich in nahezu ekstatische Erleichterung, wodurch sich zum ersten Mal seit Betreten des Schlosses ein aufrichtiges Lächeln auf meinen Zügen zeigte. Dennoch war ich nicht so dumm, sämtliche Vorsicht außer Acht zu lassen und David blind zu vertrauen. Schließlich war mir durchaus bewusst, dass der Höllenfürst im Gegensatz zu den beiden Seraphen in der Lage sein musste, nach Herzenslust zu lügen.

»Na ja, als Erstes könntest du mir sagen, ob es stimmt, dass dein Vater gar nicht für alle Prüfungen verantwortlich ist«, begann ich die Fragerunde und versuchte dabei nicht allzu neugierig zu klingen.

»Ja, das stimmt in der Tat.« David nickte. »Wie du sicherlich weißt, basieren die Seelenprüfungen auf den sieben Todsünden, die wiederum von uns sieben Höllenfürsten benannt wurden. Deshalb bestand mein Vater darauf, dass jeder von uns eine Seelenprüfung kreiert – ganz im Sinne der jeweiligen Todsünde. Gott war davon natürlich überhaupt nicht begeistert, aber mein Vater beharrte auf diese Raffinesse, wodurch sich ein gewisser Unterhaltungsfaktor ergibt, da sich die Prüfungen sowohl in den Aufgaben als auch in den Regeln voneinander unterscheiden. Das bedeutet, dass es kein Garant ist, auch die folgenden Prüfungen zu meistern, nur weil man einmal eine durchschaut hat.« Mit einem vielsagenden Lächeln zwinkerte er mir zu, doch sein Amüsement schlug unvermittelt in Unzufriedenheit um. »Nachdem alle Prüfungen erstellt worden waren und Gott sich vergewissert hatte, dass sie fair genug waren, um auch wirklich bestanden werden zu können – aus diesem Grund ist es uns auch untersagt, die betreffende Seele einfach zu töten –, wurde der Deal besiegelt. Natürlich verlangte mein Vater, dass seine Hochmutprüfung den Einstieg konstituierte. Zu Beginn haben meine Brüder und ich darin noch kein Problem gesehen, aber im Laufe der Zeit, als sich herauskristallisierte, dass keine Seele stark genug war, um Vaters Prüfung zu bestehen, mussten wir einsehen, dass er uns reingelegt hatte. Mit diesem taktischen Schachzug war es ihm gelungen, das herrschende Unterweltgesetz – nämlich dass derjenige Höllenfürst, dessen Prüfung eine Seele zum Scheitern bringt, den Flammenthron als Regent besetzt – für seinen Vorteil auszunutzen.«

Mit geweiteten Augen starrte ich David an. Wenn es stimmte, was er sagte, erschien alles, was ich bisher über die Seelenprüfungen und die Revolte in der Hölle gehört hatte, in einem völlig neuen Licht.

»Und wozu brauchst du dann Avery?« Die Frage kam von Adam, den ich angesichts Davids Ausführungen für einen Augenblick aus dem Sinn verloren hatte. Mein Verstand war voll und ganz mit der Verarbeitung all der neuen Informationen beschäftigt. »Wieso willst du sie zu deiner Königin machen, wenn du auch ohne sie auf den Thron gelangen kannst? Wozu der ganze Aufwand mit den Aufgaben und dem Blutkarneval? Hast du etwa Angst, dass deine Prüfung zu lasch ist? Wolltest du uns zuvor ein wenig quälen, um uns zu schwächen und dadurch deine Chancen zu erhöhen?«

David verengte seine Augen zu Schlitzen, als er über meine Schulter hinweg Adam anblickte. Ich konnte förmlich die spannungsgeladenen Funken spüren, die vom Höllenfürsten ausgingen. Doch als er mich ins Visier nahm, wurde seine Miene weich.

»Dass deine Begleiter meine Beweggründe nicht nachvollziehen können, wundert mich nicht. Aber du verstehst doch sicher, warum ich das alles getan habe, oder? Warum ich es tun *musste*? Die Prüfung hat in dem Moment begonnen, als das Tattoo auf deinem Körper erschienen ist. Deshalb kann ich keinen Einfluss mehr auf ihren Verlauf oder das Ende nehmen. Mir sind die Hände gebunden, bis ein Gewinner feststeht. Und da nur noch ein Apfel am Baum hängt – ansonsten wärt ihr nicht hierher teleportiert worden –, pochen meine Regeln auf die finale Begegnung. Aber wenn die Prüfung vorbei ist und ein Sieger gekürt wurde, können wir beide nicht mehr zusammen sein, Avery. Dann ist unsere Chance vorbei.«

Der Höllenfürst sah mich derart eindringlich an, dass ich das Gefühl hatte, er würde mir unbedingt etwas begreiflich machen wollen. Als wollte er, dass ich ihn verstand und ihm sein Handeln ... *verzieh*?

Wie ein Blitzschlag traf mich die Wahrheit. Für einige Sekunden wurden sämtliche Emotionen und Gedanken aus meinem überarbeiteten Verstand verdrängt, sodass ich mich einzig und allein auf Davids Beichte konzentrieren konnte. Denn wie mir just in diesem Augenblick bewusst wurde, ging es dem Höllenfürsten gar nicht allein um den Schmerz, den er uns durch seine Aufgaben zugefügt hatte. Seine Einflussnahme auf mein Leben ging sehr viel tiefer.

Er hat uns von Anfang an manipuliert! Alles, was er jemals gesagt oder getan hat, war nur dafür da, sein Ziel zu erreichen. Sogar diese bescheuerte Schlüsselsuche hat nur dazu gedient, uns durch die Qualen des Blutkarnevals zu führen! Vermutlich existiert nicht einmal mehr als der eine Schlüssel. Wir hätten niemals erfolgreich sein können!

So beschämend und erniedrigend diese Erkenntnis auch war, wurde sie von einer anderen übertrumpft.

Er war es, der Killians Seele infiltriert hat! Er hat meinen ehemaligen Kumpel beinahe zum Mörder und mich zur Halbwaisen gemacht! Er hat das Leben meiner Mom leichtfertig aufs Spiel gesetzt!

Eine neue Welle Fassungslosigkeit überkam mich, weshalb ich den Gedanken, dass Gabriel und Kegan nichts mit der Sache zu tun hatten, nur am Rande wahrnahm. Aber die beiden Wesen unbekannter Spezies waren im Augenblick die letzten Personen, an die ich kostbare Gehirnaktivität vergeuden wollte.

»Wieso, David?« Mein Mund hatte sich verselbstständigt, weshalb meine Stimme dumpf und leblos klang. Auch meinem erstarrten Körper war der Schock, unter dem ich stand, deutlich anzumerken. Gleichzeitig bildete sich in meinem Inneren ein Gefühlstornado, der über das Potenzial verfügte, meine Emotionen auf ein völlig neues Intensitätslevel zu katapultieren.

»Warum hast du das alles getan? Warum hast du versucht mein Leben zu zerstören?«

»Ich habe nicht versucht dein Leben zu zerstören!«, konterte David leidenschaftlich, packte grob meine Oberarme und zog mich zu sich heran. Offenbar war meine Reaktion nicht das, was sich der Höllenfürst erhofft hatte. »Ich wollte dir begreiflich machen, dass du zu mir gehörst! An meine Seite als meine Königin! Wieso verstehst du das denn nicht? Ich habe das alles für dich getan! Für *uns*!« Den Blick fest mit meinem verkeilt, beugte sich David zu mir herunter. Seine Stimme war ruhiger geworden und sein Atem strich beim Sprechen sanft über mein Gesicht. »Du bist zu wertvoll für das menschliche Leben, Avery. Das musstest du inzwischen doch selbst erkennen.« Er intensivierte seinen Blick, als würde er mir bis auf den Grund meiner Seele blicken wollen. »Überleg doch mal: Alle Personen, die dir wichtig sind, haben bewiesen, dass sie deiner nicht würdig sind. Sie haben dich belogen, hintergangen oder dich von sich gestoßen. Deine Freundin Harmony hat dich ausgenutzt und verraten. Ihr Adoptivbruder Killian hat versucht deine Mutter zu töten. Der Gefallene erwidert nicht deine Gefühle. Und dein Genius ...« David richtete sich auf, ohne mich loszulassen, und schüttelte sanft den Kopf. »Tja, Hill ist das einzige Manko in meinem Plan. Als ich erfuhr, dass du sämtliche Erinnerungen an ihn verloren hattest, nahm ich an, dass sich eure Verbindung von selbst lösen würde. Auch ohne mein Einschreiten. Aber dann seid ihr euch sehr schnell sehr nahgekommen und ich musste mir etwas überlegen, um deine frisch aufkeimenden Gefühle für ihn zu beenden. Und welche Möglichkeit war da naheliegender, als dich über seine Vergangenheit in Kenntnis zu setzen? Immerhin war vorherzusehen, dass seine Gefühle für dich niemals an die jahrhundertealte Liebe für Hope heranreichen würden.« Ein weiteres Mal schnalzte David mit der Zunge und die verzweifelte Hingabe in seinen Augen wich offensichtlichem Groll. »Leider habt ihr mir durch euren Kuss und deine wiedergekehrten Erinnerungen einen Strich durch die Rechnung gemacht.«

Ein Zischen hinter meinem Rücken unterbrach David und auch ohne mich herumzudrehen war ich mir sicher zu wissen, von wem der Laut kam. Nox war der Einzige, der nichts von meinem Kuss mit Adam und meinen zurückerhaltenen Erinnerungen wusste. Und wenn ich die Wahl gehabt hätte, hätte er es auch nicht auf diese Art erfahren sollen.

Den Blick stur auf David gerichtet, öffnete ich den Mund, ohne zu wissen, was ich auf seine Worte erwidern sollte. Das Ausmaß seiner Geistesgestörtheit verängstigte mich ebenso, wie sie mich erzürnte.

Er hat mir das Leben zur Hölle gemacht, damit er sich als Ritter in goldener Rüstung aufspielen kann? Wie abartig krank ist der Typ?

David schien meine Sprachlosigkeit missverstanden zu haben, denn er redete mit zärtlicher Stimme weiter, als dachte er, mir fiele vor ergriffener Bewunderung keine Erwiderung ein.

»Ich habe noch nie derart empfunden, Avery. Und ich weiß, dass es dir ebenso geht. Die Anziehung zwischen uns ist nicht zu leugnen. Denk nur mal an die Nacht zurück, in der ich dich in deinem Zimmer aufgesucht habe. Erinnerst du dich an die Emotionen, die ich in dir erweckt habe? An die Hitze, die von deinem Körper Besitz ergriffen hat?« Davids sanftes Lächeln wich einem anzüglichen Grinsen. »Und jetzt stell dir vor, dass es sich dabei nur um einen winzigen Vorgeschmack dessen gehandelt hat, was dich noch alles erwarten wird, wenn wir erst mal vereint sind.«

Mit jeder weiteren Silbe aus Davids Mund fiel es mir schwerer, mich für eine Erwiderung zu entscheiden. Mein Innerstes war wie das Bild eines Kaleidoskops gespalten und jeder Teil entsprach einer anderen Empfindung.

Einige Sekunden verstrichen, ehe ein leises Lachen erklang, das mit jedem Herzschlag lauter wurde. Im ersten Moment dachte ich, es wäre meine eigene Stimme, die durch den Saal echote und vor Spott und Hohn triefte. Aber in der nächsten Sekunde erkannte ich die dunkle Stimmfarbe und drehte mich zu der Quelle herum.

Ebenso wie David.

Adam und Nox hatten sich nebeneinander auf die Beine gestellt und die Arme vor der Brust verschränkt, während sie sich keine Mühe gaben, ihre Erheiterung zu verbergen.

»Verdammte Dämonenkrätze«, sagte Nox lachend. »Endlich ergibt dein

Geschwafel einen Sinn. Wir dachten schon, du willst uns so lange volllabern, bis wir uns gegenseitig an die Gurgel gehen, nur um dir nicht länger zuhören zu müssen.« Die Stimme des Höllendieners triefte vor Abschätzigkeit, was in Anbetracht der aktuellen Situation entweder unbeschreiblichen Wagemut oder grenzenlose Dummheit bedeutete. »Aber mal ehrlich, glaubst du ernsthaft, irgendjemand kauft dir diesen Schwachsinn ab, *Dandy*? Ich meine, wenn selbst Goldlöckchen und mir klar ist, was du für ein feiges Arschloch bist, wird es nicht lange dauern, bis auch die anderen Dämonenblütler dahinterkommen.«

»Schweig!« Das Wort grollte wie ein Donnerschlag durch den Saal und ließ sogar den Boden erbeben. »Schweig, du jämmerliche Kreatur, oder du wirst nie wieder auch nur einen Ton über die Lippen bekommen!«

»Du kannst uns foltern, so viel zu willst«, kam es auf einmal von Adam. »Aber das ändert nichts an der Tatsache, dass Nox recht hat. Und das weißt du.«

Entsetzt starrte ich die beiden Engel an. Ich versuchte herauszufinden, welchen Plan sie verfolgten. Jedoch erfolglos. Für mich hatte es einfach nur den Anschein, als hätten die beiden plötzlich den Verstand verloren.

»Du hegst überhaupt keine Gefühle für Avery«, fuhr Adam fort und sein Grinsen wurde breiter, während er mit jeder Faser seines Körpers pure Selbstzufriedenheit ausstrahlte. »Du willst sie nur zu deiner Königin machen, weil du Angst hast, dass wir deine Prüfung ebenso einfach bestehen wie Luzifers. Denn dann müsstest du wieder viele Jahrhunderte – wenn nicht gar Jahrtausende – warten, bis du erneut die Chance auf den Flammenthron erhältst.« Ein Glucksen entfloh dem Engel. »Nur deswegen hast du diesen ganzen Zirkus veranstaltet. Du wolltest Ave von ihrem menschlichen Leben lösen, weil du darin deine einzige Möglichkeit gesehen hast, sie auf deine Seite zu ziehen. Dass du dir damit ins eigene Fleisch schneiden würdest, hast du nicht bedacht, *Sinclaire*. Aber Ave wird niemals deine Königin werden. Und weißt du wieso? Weil sie dich verabscheut. Das hat sie bereits, als sie noch keine Ahnung von der magischen Welt hatte. Und jetzt, nach deinen hirnrissigen Bemühungen, hat sich ihre Abneigung gegen dich sogar verstärkt.«

Meine Augen weiteten sich im gleichen Maß, wie Davids Mimik von Silbe zu Silbe wütender wurde. Und obwohl die Gesichtsfarbe des Höllenfürsten bereits der des Teppichs zu unseren Füßen ähnelte, machte David keine Anstalten, die Spotttirade zu beenden oder sich dafür zu rächen.

Was zur Hölle ist hier los? Wieso provozieren sie David?

Als hätte Adam meine Gedanken vernommen, glitt sein Blick für eine hundertstel Sekunde in meine Richtung. Der Moment dauerte nicht länger als ein Wimpernschlag, aber er genügte, um den vertrauten Ausdruck in Adams Augen zu erkennen, der mir sagte, dass ich ihm vertrauen sollte.

Sie wollen David provozieren, damit er einen Fehler begeht, kam mir auf einmal die Antwort in den Sinn, als hätte Adam sie mir telepathisch mitgeteilt. *Sie wollen ihn zu der angesprochenen finalen Begegnung drängen, damit die Prüfung ihr Ende findet.*

Denn das war unsere einzige Möglichkeit zu siegen.

»Sieh es ein, Dandy«, nahm Nox den Gesprächsfaden wieder auf und lenkte meine Aufmerksamkeit auf sich. Seine vor Spott triefende Stimme hatte sich in etwas gewandelt, was man als vorgetäuschtes Mitleid bezeichnen könnte. »Selbst wenn es dir tatsächlich gelingen sollte, mit Averys Hilfe den Flammenthron zu besteigen, wirst du dich nicht nur vor der gesamten Unterwelt bis auf die Knochen blamieren, sondern auch mit der Angst leben müssen, dass deine Königin sehr viel mächtiger ist, als du es jemals sein wirst.« Nox erwiderte meinen Blick, als würde er seine nächsten Worte speziell an mich richten. »Denn die Kleine ist nicht nur verdammt heiß, gescheit und die süßeste Versuchung, seit Luzifer Eva den Apfel angeboten hat. Sie ist auch das einzige Wesen, das die Fähigkeit besitzt, einen Dämon in einen Engel zurückzuverwandeln – selbst wenn dieser längst vergessen hat, wer er in Wahrheit ist.«

Bei Nox' Worten schien die Welt für einen Moment still zu stehen, während mein Herz so schnell schlug, dass es sich wie ein Vibrieren in meiner Brust anfühlte. Vermutlich war es dumm und naiv zu glauben, dass mehr hinter der Aussage des Höllendieners steckte als die Absicht, David zu provozieren. Aber der Ausdruck in Nox' Augen machte es mir unmöglich, diese Hoffnung zu ignorieren.

Geh nicht. Verlass mich nicht.

Es hatte nicht viele Situationen gegeben, in denen mich der Höllendiener derart offen und verletzlich angesehen hatte. Aber ich konnte mich an jede einzelne erinnern. Und ich war mir sicher auch diese hier niemals wieder zu vergessen.

»Du denkst, du kennst Avery?«, sagte Adam. Seine Stimme war ebenso wie die von Nox schlagartig ernst geworden. »Du glaubst, sie wird sich auf dich einlassen, nur um ihre Seele zurückzuerhalten? Sich in dich verlieben, wenn du sie von ihrem bisherigen Leben abschottest und ihr genügend Zeit gibst?« Die Arme immer noch vor der Brust verschränkt, schüttelte er den Kopf. »Du hast keinen blassen Schimmer, wie Ave wirklich tickt! Sie ist eine starke Frau mit Prinzipien, Ehre und einer Seele, die so manchem Seraph Konkurrenz machen könnte. Wenn sie erst einmal jemanden in ihr Herz geschlossen hat, stößt sie einen nicht so schnell wieder raus. Ganz egal, welche Fehler diese Person auch haben mag.« Mit verengten Augen trat Adam einen Schritt auf David und mich zu. »Aus diesem Grund wird sie Harmony verzeihen, Killian vergeben und trotz ihrer Wut Nox weiterhin als den Engel ansehen, der er einst war. Und aus dem gleichen Grund wird sie auch meine beste Freundin bleiben, obwohl sie die Gefühle, die ich für sie empfinde, niemals erwidern wird. Denn *das* ist das Besondere an Avery. Sie braucht keine außergewöhnliche Aura, keine Magie oder übernatürliche Seele, um einzigartig zu sein. Und weil du genau das niemals verstehen wirst, hast du nicht das Recht, über eine vermeintliche Anziehung zu sprechen, in deren Genuss du nur gekommen bist, weil du dich für jemanden ausgegeben hast, der als Einziger in der Lage ist, derartige Gefühle in Avery auszulösen. Denn eines, das schwöre ich dir, Asmodis, ist über jeden Zweifel erhaben: Avery und Nox sind füreinander bestimmt. Und wenn sie sich das endlich selbst eingestanden haben, wird keine Macht dieser Welt sie jemals voneinander trennen können.«

***

Unbemerkt hatten sich meine Augen mit Tränen gefüllt, die mir nun über die Wangen rannen und meine Kehle vor Rührung eng werden ließen. Sowohl die Worte des Höllendieners als auch Adams liebevoller Freundschaftsbeweis und sein Segen für die nie zustande kommende Beziehung zwischen Nox und mir hatten mich auf einer Ebene berührt, die David mit seinen falschen Schmeicheleien oder großspurigen Versprechen niemals erreichen würde. Gleichzeitig hatten die beiden Seraphe eine Gewissheit in mir zum Vorschein gebracht, die ich wegen der stetig zunehmenden Dunkelheit in meinem Herzen völlig vergessen hatte.

Der kleinste Zwerg kann den größten Berg versetzen, wenn sein Herz rein, seine Absicht aufrichtig und sein Glaube unumstößlich ist.

Mit einem Lächeln auf den Lippen drehte ich mich zu David herum. Der Höllenfürst stierte noch immer die beiden Engel an, doch als er meinen Blick bemerkte, erwiderte er diesen mit hoffnungsvoller Miene.

»Du hast mal zu mir gesagt, dass nicht jeder Dämon von Grund auf schlecht ist«, begann ich. »Damit hast du zwar recht, aber die Aussage trifft nicht auf dich zu.« Schrittweise begab ich mich zu Adam und Nox, ohne David aus den Augen zu lassen. Dabei verschränkte auch ich meine Arme vor der Brust, um meine Worte visuell zu unterstreichen. »Du hast meiner Familie, meinen Freunden und mir unfassbares Leid zugefügt. Und das nur, um dein Ziel zu erreichen. Das macht dich zu einem Dämon, der es verdient hat, in der Hölle zu schmoren, anstatt über sie zu regieren.« Das Lächeln auf meinen Lippen wurde zu einem regelrechten Nox-Grinsen. »Und es wird uns dreien eine große Freude sein, für ebendieses Schicksal zu sorgen.«

Davids Erwiderung – sofern man den ohrenbetäubenden Wutschrei inklusive erdbebenähnlicher Erschütterung überhaupt so betiteln konnte – hatte kaum eine Möglichkeit, in mein Bewusstsein vorzudringen, als mich die bereits vertraute Übelkeit überkam, die mich überhaupt erst in dieses verdammte Schloss gebracht hatte. Von daher war ich nicht sonderlich überrascht, als wenige Sekunden später schwarze Punkte vor meinen Augen erschienen, ehe alles um mich in Dunkelheit versank.

NEUNUNDZWANZIG

Ich war inzwischen so oft ohne mein Einverständnis zwischen fremden Plätzen hin und her teleportiert worden, dass es mich nicht mehr überraschte, meine Augen an einem anderen Ort zu öffnen als an dem, wo ich sie wenige Sekunden zuvor geschlossen hatte. Und auch wenn mich dieser Umstand nicht mehr tangierte, konnte ich das von meiner neuen Umgebung nicht gerade behaupten. Anstatt mich in einem riesigen, aus schwarzem Obsidian erbauten und nur spärlich beleuchteten Thronsaal wiederzufinden, befand ich mich inmitten einer von Sonnenstrahlen durchfluteten Ruine, deren heller Steinboden eine Fläche von geschätzt fünfzehn mal fünfzehn Metern maß. Die Wände glichen explodierten Trümmern, waren teilweise nicht mehr als lose Brocken oder fehlten komplett. Auch die Decke schien schon lange nicht mehr zu existieren, denn in der Mitte des Bodens ragte ein riesiger Baumstamm empor, dessen Krone außerhalb meines Blickfelds endete.

Auf der Suche nach weiteren Details, die mir halfen herauszufinden, wo ich hier war oder wo David Adam und Nox hingebracht hatte, ließ ich meinen Blick umherschweifen. Dabei bemerkte ich zwei Dinge gleichzeitig. Zum einen hafteten an dem Baumstamm in unregelmäßigen Abständen Holzbohlen, als würden sie eine Art Kletterleiter ergeben, und zum anderen trug ich erneut Kleidung, die nicht meiner eigenen entsprach. Glücklicherweise war es dieses Mal kein weiteres Lack-und-Leder-Outfit wie im Pandemonium, sondern ein Ballkleid, das vermutlich einst Marie-Antoinette gehört hatte. Zumindest würde das den ausladenden Rock erklären, der mit seinen Reifunterröcken sicherlich an die zwanzig Pfund wog und wegen seines spitzenbesetzten Saums bis an den Boden reichte, sodass ich mir wie eine riesige Butterglocke vorkam. Jedoch eine ziemlich hübsche Butterglocke, wie ich zu meiner eigenen Überraschung zugeben musste. Das lag hauptsächlich an dem violetten Obermaterial, das nicht nur extravagant und edel aussah, sondern sich auch samtweich anfühlte, wenn ich mit den Fingern darüberstrich. Die Korsage, die mit rot- und goldglänzenden Verzierungen bestickt war und meinen Oberkörper um eine Kleidergröße schmaler und gleichzeitig meine Oberweite in eine nicht jugendfreie Position quetschte, tat ihr Übriges. Doch mein Highlight waren die farblich passenden Khussa-Schuhe, die ich an meinen Füßen entdeckte und die mich mit ihren hochgerollten Spitzen an Prinzessin Jasmin aus dem Disney-Klassiker »Aladdin« erinnerten. Glücklicherweise schienen zumindest meine Haare ihre ursprüngliche Form bewahrt zu haben, denn trotz ausgiebigen Abtastens konnte ich auf meinem Kopf nichts Ungewöhnliches bemerken.

Mit einem tiefen Atemzug beruhigte ich meinen beschleunigten Puls, um meine Gedanken sortieren zu können.

Jetzt nur keine Panik. Das ist nicht das erste Mal, dass ich in einer magischen Umgebung auf mich allein gestellt bin. Ich werde das schon schaffen. Aber zuerst muss ich herausfinden, wo ich bin.

Auch wenn es mich einige Überwindung kostete, tastete ich mich schrittweise über den Boden, bis ich den linken Rand der Ruine erreichte. Filme wie »Indiana Jones« hatten mich vorsichtig werden lassen, denn ich wollte keine Steine unter meinen Füßen wegbrechen sehen, ehe ich mehrere Meter tief in eine Schlucht fiel, wo mich Spinnen, Ratten und vielleicht sogar Skorpione erwarteten.

Als ich jedoch den Rand erreichte und einen Blick über die Steinfassade warf, erschien mir ein Bad inmitten tödlicher Krabbeltiere gar nicht mehr so grauenerregend im Gegensatz zu dem, was ich außerhalb der Ruinenwände entdeckte.

Unfähig, den Blick abzuwenden, wich ich mit zitternden Knien zurück, bis ich mit dem Rücken gegen den Baumstamm stieß. Mein Herz polterte mir in der Brust und Blut rauschte mir in den Ohren. Meine Augen waren so stark geweitet, dass der kräftige Wind sie zum Tränen brachte.

Das ist nicht gut. Ganz und gar nicht.

Obwohl mir dieser Umstand bewusst war und ich mich am liebsten nie wieder von dem rettenden Baumstamm wegbewegt hätte, war mein Körper offensichtlich der Meinung, dass ich unbedingt auch die andere Seite der Ruine sehen musste, und beförderte mich in Zeitlupentempo an die hüfthohe Steinwand.

Vermutlich hatte mein Unterbewusstsein gehofft, dass der sich mir bietende Anblick von dieser Seite weniger angsteinflößend war, aber meine Hoffnung war unbegründet, wie sich herausstellte, als ich einen Blick in die geschätzt hundert Meter Tiefe unter mir warf. Denn auch von hier aus war das gewaltige, kreisrunde und um dem Ruinenbaum herum angelegte Labyrinth zu sehen, dessen äußere Ränder weit außerhalb meines Sehvermögens lagen. Und auch wenn ich nicht ausmachen konnte, wie viele Tausend Hektar das Gelände maß, war es dennoch gewaltig genug, um unzählige Todesfallen zu beinhalten, deren bloßer Anblick in mir den Gedanken entfachte, dass es ein Fehler gewesen war, David zu provozieren und auf diesen Showdown zu pochen. Dabei war ich mir sicher, dass der aktive Vulkan, der neben schwarzen Rauchschwaden auch rot-orange glühende Lavatropfen ausspie, die auf engem Raum befindlichen und geschätzt dreißig Meter in die Höhe spuckenden Geysire sowie der Abschnitt mit dem herrschenden Taifun zwar zu den beeindrucktesten, aber nicht unbedingt auch zu den gefährlichsten Bereichen gehörte. Dieser Titel gebührte eindeutig der monumentalen Königskobra, die ihren geschätzt hundertfünfzig Meter langen violett-rot glänzenden Schuppenkörper wie eine Schutzmauer um den Ruinenbaumstamm im Zentrum des Labyrinths geschlungen hatte und ihren gigantischen Kopf, der durch die gespreizte Haube noch viel imposanter erschien, ununterbrochen hin und her wiegte.

Zur Hölle, wo sind Adam und Nox?

Ich fokussierte mich auf diese Frage, um mich von dem Anblick des Labyrinths samt seiner Gefahren und Hindernisse abzulenken. Doch egal, von welcher Seite der Ruine ich auch nach den beiden Engeln suchte, ich konnte sie nicht finden. Ebenso wie David.

Gerade, als ich der Versuchung erliegen und mich in eine ausgemachte

Panikattacke steigern wollte, ertönten Trommelschläge, deren rhythmischer Klang erst langsam begann, jedoch rasch an Tempo zunahm, bis er in einem regelrechten Hagelsturm endete.

»Ihr habt esss nicht andersss gewollt«, ertönte die unsichtbare Stimme, die uns bereits während des gesamten Blutkarnevals begleitet hatte. Jetzt, da ich wusste, dass David der Höllenfürst war, der hinter dem Blutkarneval steckte, fragte ich mich, warum ich seine Stimme nicht schon früher erkannt hatte. »Ihr wolltet die Cchanccce, um euer Leben zu kämpfen? Hier issst sssie.« Dass David seine S-Laute wie eine Schlange zischte, beantwortete die Frage, wo sich der Höllenfürst aufhielt und welche Rolle er in diesem Szenario innehatte. »Die Prüfung gilt alsss bessstanden, wenn esss euch gelingt, mich zzzu töten, bevor ihr ssselbssst sssterbt, oder eure Prinzzzessssin meinen Versssuchungen erliegt.« Zeitgleich mit der letzten Silbe verstummten die Trommelrhythmen und ein tiefer Glockendong ertönte, der vermutlich das Startsignal darstellte.

Mir schlug das Herz bis zum Hals, als ich einen weiteren Versuch startete, das Labyrinth nach Adam und Nox abzusuchen.

Irgendwo da unten müssen die beiden doch sein!

Leider herrschte auf der Erdebene ein derartiges Treiben, dass es mir unmöglich war, die beiden Engel zwischen den riesigen umherfliegenden Geiern, den sich fortwährend verändernden Labyrinthgängen oder den Krabbeltieren von der Größe eines Minivans auszumachen.

Verdammt, verdammt, verdammt!

Wütend presste ich die Lippen aufeinander und gleichzeitig die Fingernägel in meine Handflächen, um nicht vor Zorn lauthals loszubrüllen. Ich hasste es, zur Tatenlosigkeit verdonnert zu werden, während andere die ganze Drecksarbeit machen mussten.

Ich bin keine bescheuerte Prinzessin, die gerettet werden muss! Ich kann mich verdammt noch mal selbst befreien!

Zwar hatte ich keinen blassen Schimmer, wie ich diese Ruine verlassen sollte, ohne hundert Meter in den sicheren Tod zu stürzen, aber gewiss würde ich nicht hier oben rumsitzen und abwarten, bis wir entweder starben oder man mich wie ein verängstigtes Nervenbündel aus den Klauen eines Monsters auslöste.

Ein weiteres Mal sah ich mich auf der Steinruine um und dachte währenddessen darüber nach, was David über das Bestehen der Prüfung gesagt hatte.

Wir gewinnen, wenn die Schlange getötet wird, ehe wir selbst draufgehen, oder ich der Versuchung erliege? Welcher Versuchung denn? Hier ist doch gar nichts, was mich in Versuchung führen kann.

Augenblicklich kamen mir die Holzbohlen am Baumstamm in den Sinn. Es wäre ein ziemlich großer Zufall, wenn diese Möglichkeit, den Baum zu erklimmen, keine Bedeutung hätte. Und auch wenn es sich dabei mit hoher Wahrscheinlichkeit um eine Falle handelte, waren meine Neugier und mein Tatendrang zu ausgeprägt, um diesen offensichtlichen Wegweiser zu ignorieren.

Den Rock meines überdimensionalen Kleides angehoben, steuerte ich auf den Baumstamm zu. Doch bevor ich die erste Bohle ergreifen konnte, erklang hinter mir eine Stimme, die mir so vertraut war, dass sie jede Zelle meines Körpers durchdrang und mich auf der Stelle erstarren ließ.

»Du willst schon gehen? Wie schade. Ich dachte, wir beide nutzen die Zeit, um ein wenig zu plaudern. Immerhin hat sich seit dem Abend, als du meine Schwester ins Feenreich entführt hast, einiges verändert.«

Langsam, ja beinahe im Zeitlupentempo, drehte ich mich herum. Dabei konnte ich mich nicht entscheiden, ob ich mir wünschen sollte mir die Worte nur eingebildet zu haben, oder ob sich Killian tatsächlich hinter mir befand und die Wahrheit über Harmony zu kennen schien.

Bevor ich eine Wahl treffen konnte, blickte ich bereits in ein Paar blutunterlaufene Augen, deren mattbraune Iriden das hagere, kalkweiße Gesicht unterstrichen, das mich trotz blutleerer und spröder Lippen auf Serienkillerart anlächelte. Wie bei unserer letzten Begegnung dominierten tiefschwarze Augenringe Killians Antlitz und obwohl ich mir sicher gewesen war, dass sich sein Zustand unmöglich weiter verschlechtern konnte, ohne dass es ihn das Leben kosten würde, schien offenbar genau dieser Fall eingetreten zu sein. Wo neulich noch klägliche Reste von Muskeln und Fett Gesicht, Torso und

Extremitäten geformt hatten, bestand mein ehemaliger Kumpel inzwischen aus nichts anderem mehr als Haut und Knochen. Und zwar buchstäblich.

»Killian«, hauchte ich, entsetzt von seinem Anblick. Ich hatte mir nie die Zeit genommen darüber nachzudenken, ob ich Harmonys Adoptivbruder jemals wiedersehen würde oder ob seine Tat unentschuldbar gewesen war. Aber mal wieder hatte mir David eine wichtige Entscheidung mein Leben betreffend entrissen und meine Freunde und Familie für seine Zwecke missbraucht.

»Was machst du hier?«, fragte ich. »Ich dachte, du bist …«

»Im Gefängnis?« Killian lachte leise, doch der Ton hatte nichts Fröhliches oder Warmes an sich, sondern erinnerte an eine leere Blechdose, die man mit Steinen gefüllt hatte. Auch seine lockere Pose sowie die hinter dem Rücken verschränkten Arme wirkten irgendwie unnatürlich und gestellt. »Ja, da war ich auch ein paar Tage. Aber mein Meister hat mich rausgeholt, nachdem er erfahren hatte, dass dein Freund mich zu den Bullen gebracht hatte. Übrigens danke dafür. Ich weiß, dass das auf deinen Wunsch hin geschehen ist.«

Ich hatte keine Ahnung, was Killian damit meinte, aber unsere unvorhergesehene Begegnung, gepaart mit der Gleichgültigkeit, wie er über dieses Thema sprach, zwang Gedanken und Emotionen an die Oberfläche meines Bewusstseins, die ich bisher erfolgreich verdrängt hatte. Aus diesem Grund war ich machtlos gegen die Wut, gegen Fassungslosigkeit, Scham, Trauer, Verrat und Angst, die sich zu einem hochexplosiven Gefühlscocktail zusammenballten und meine Kehle eng sowie meine Augen feucht werden ließen. Mit einem Schlag waren die Prüfung, das Labyrinth und sämtliche Gefahr um mich herum vergessen und ich konnte an nichts anderes mehr denken als daran, dass einer meiner engsten Vertrauten versucht hatt, meine Mom zu töten. Und das nur, weil ein gottverdammter Höllenfürst Besitz von seiner Seele ergriffen hatte.

»Ian, ich weiß nicht, was David – ich meine Asmodis – dir erzählt hat, aber du darfst ihm kein Wort glauben!« Wäre ich nicht derart paralysiert gewesen, hätte mich Stolz ergriffen, trotz der heiklen Situation einen vernünftigen Satz über die Lippen gebracht zu haben. Denn eigentlich wusste ich noch immer nicht, ob ich Killian hassen, mich vor ihm fürchten oder Mitleid für ihn empfinden sollte, weil die Freundschaft zu Adam und mir ihn erst in diese Lage gebracht hatte.

»Ach, das darf ich nicht?« Killian lachte ein weiteres Mal und schüttelte dabei den Kopf. Seine Haare glichen fettgetränkten Strähnen und sein schwarzes T-Shirt war ihm geschätzt drei Nummern zu groß. »Das ist aber blöd. Denn er war bisher der Einzige, der mich nie belogen hat. Im Gegenteil sogar. Er hat mir die ganze Wahrheit erzählt. Über dich. Adam. Seinen Bruder. Und natürlich über Harmony.«

Vor Verblüffung weiteten sich meine Augen, aber ich hatte mich überraschend schnell wieder unter Kontrolle.

»Es tut mir ehrlich leid«, startete ich einen weiteren Versuch, zu meinem ehemaligen Kumpel vorzudringen. Auch wenn sein Mordversuch unverzeihlich war, klammerte ich mich an den Umstand, dass es nicht sein eigener, freier Wille gewesen war, der ihn zu diesem Handeln getrieben hatte. »Ich wollte dir nicht wehtun, Ian. Wirklich nicht. Aber ich hatte anfangs schreckliche Angst. Die ganze Sache mit dem Seelenvertrag, der magischen Welt und …« Ich seufzte leise. »Das alles war einfach zu viel für mich. Und als sich dann auch noch rausstellte, dass Mony im Sterben lag, mussten wir einfach handeln. Wir wollten sie doch nur retten.«

»Du lügst!« Killians Stimme schrillte wutentbrannt durch die Luft und ließ seine Miene zu einer zornverzerrten Maske mutieren. Seine Lippen wurden zu einem zähnefletschenden Maul, seine Augen leuchteten rot glühend auf und mit seinen Händen, die er hinter seinem Rücken hervorgezogen hatte, zielte er mit einem Kurzschwert auf mich. »Ihr wolltet nicht Mony retten, sondern euch selbst!« Er machte einen Schritt auf mich zu. »Deswegen war es euch auch egal, als sie von König Mab gefangen genommen und in ein Verlies gesteckt wurde, in dem sie jetzt vor sich hinrottet, bis man sie hinrichtet.«

Ich öffnete reflexartig den Mund, um zu widersprechen, brachte jedoch kein Wort über die Lippen. Stattdessen plagte mich die Frage, ob es stimmte, was Killian gerade gesagt hatte, oder ob diese Geschichte nur eine weitere List von David war.

Killian machte zwei weitere Schritte auf mich zu, während ihm Tränen in die Augen stiegen und unbändige Trauer in jeder seiner Silben zu vernehmen war. »Ihr habt sie umgebracht! Ihr habt Mony die Möglichkeit auf eine Zukunft geraubt. Hätte ich früher erfahren, wer sie in Wirklichkeit war und in welcher Klemme sie steckte, hätte ich sie gerettet. Ich hätte etwas unternehmen können, verdammt!« Ein weiterer Schritt folgte und nun befand sich Killians Schwertspitze nun noch eine Armlänge von meinem Brustkorb entfernt. »Ihr Blut klebt an deinen Händen, Avery«, raunte er seine Worte mit einem unterschwelligen Knurren. »Und genau deswegen werde ich dich jetzt töten. Auf diese Weise bekomme ich nicht nur meine wohlverdiente Rache, sondern auch meine Schwester zurück!«

DREISSIG

Dass Killian kein Mann leerer Drohungen war, wusste ich schon lange. Deswegen hätte mich sein Angriff, den er zeitgleich mit Aussprechen seiner letzten Silbe verübte, nicht wirklich überraschen dürfen.

Aber ich war überrascht.

Und wie!

Vermutlich lag das daran, dass ich trotz allem, was Killian in den letzten Wochen getan hatte, weiterhin fest an meinen Freund und seine pazifistische Einstellung geglaubt hatte. Aber natürlich zeugte das von reiner Naivität, und ebendiese rächte sich bereits in der nächsten Sekunde. Da ich nicht mehr ausweichen konnte, hob ich reflexartig meine Arme, wodurch die messerscharfe Klinge meinen Oberarm traf. Zwar war es nur eine Streifwunde, aber der Schnitt brannte höllisch, als wäre das Schwert mit Säure benetzt gewesen.

Mit vor Entsetzen weit aufgerissenen Augen blickte ich auf den schmalen, aber erstaunlich langen Schnitt, der sich augenblicklich rot verfärbte, ehe ein feines Rinnsal Blut hervorquoll, das anschließend über meine helle Haut floss.

»Zur Hölle, Ian! Bist du verrückt geworden?« Fassungslos riss ich meinen Kopf hoch und starrte mein Gegenüber an. »Du kannst mich doch nicht einfach mit einem Schwert angreifen!«

»Ach nein? Und wieso kann ich das nicht?« Auf Killians Lippen zeigte sich ein grausames Lächeln und in seine Augen trat ein Ausdruck, der mir das Blut in den Adern gefrieren ließ. »Wäre es dir lieber, wenn ich dich erschießen würde? So wie ich es mit Joleen vorgehabt hatte?« Ohne eine Antwort abzuwarten, setzte er zum nächsten Schlag an, dem ich dieses Mal geistesgegenwärtig auswich, indem ich meinen Oberkörper nach hinten bog. Der einzige positive Aspekt in der aktuellen Situation bestand darin, dass Killian noch immer ein schlechter Kämpfer war, sodass wir uns auf einem ähnlich miserablen Kampfniveau befanden.

»Verdammt, Killian! Hör auf mit dem Scheiß!«, rief ich panisch, während mein Herz hämmerte und mir das Blut in den Ohren rauschte. Ich war nass geschwitzt und gleichzeitig war mir eiskalt. Killians gravierende Wesensveränderung hatte mich in eine regelrechte Starre versetzt, obwohl ich gerade jetzt einen klaren, kühlen Kopf gebraucht hätte.

»Wieso sollte ich?«, höhnte Killian. Er schwang das Schwert, als hielte er sich für einen Ninja. Dabei traf er mich fast ein zweites Mal, doch ich konnte meinen Kopf rechtzeitig zwischen die Schultern ziehen. »Du hast keine Chance gegen mich. Du bist weder bewaffnet, noch gibt es hier eine Versteck- oder Fluchtmöglichkeit für dich. Und auf deine beiden Bodyguards solltest du besser auch nicht hoffen. Selbst wenn es ihnen gelingen sollte, das Todeslabyrinth zu überstehen, werden sie niemals an meinem Meister vorbeikommen, um dir zu Hilfe zu eilen.« Das Serienkillerlächeln auf seinen Lippen flößte mir Angst ein ebenso wie sein mordlüsterner Blick. »Tut mir leid, Avery, aber du bist ganz auf dich allein gestellt.«

Ich erwiderte Killians Blick, ohne zu wissen, was ich auf seine Worte antworten sollte. Abgesehen von dem Umstand, dass er mit jedem der genannten Punkte recht hatte, wurde mir auch in diesem Moment bewusst, dass dieser Killian hier rein gar nichts mit dem Jungen zu tun hatte, den ich seit Jahren kannte und den ich stets zu meinen engsten Freunden gezählt hatte.

Er meint das wirklich ernst. Er wird mich umbringen, wenn es mir nicht gelingt, ihn aufzuhalten.

Aber was konnte ich schon tun? Auch ohne die Beeinträchtigung, die mir mein Kleid bescherte, hatte ich keine Chance gegen Killian. Er mochte zwar kein muskelbepackter Footballspieler sein, trotzdem verfügte er über deutlich mehr Kraft als ich. Zudem schürte Davids Energie seinen Hass, was Killians Denken und Handeln unberechenbar machte.

Auf der Suche nach Inspiration ließ ich meinen Blick unauffällig über die

Ruine gleiten. Leider konnte ich nichts Hilfreiches entdecken, da bis auf den Baumstamm, die eingestürzten Wände sowie vereinzelte Steinbrocken, die in unterschiedlichen Größen auf dem Boden lagen, das Plateau leer war.

Verdammt, verdammt, verdammt!

Mein Puls beschleunigte sich weiter und ich konnte nur noch flach atmen. Eine unerträgliche Last drückte auf meine Schultern, während sich mein Kopf leer und leicht anfühlte.

»Ich werde nicht gegen dich kämpfen«, hörte ich mich sagen, ohne zu wissen, warum ich diese Worte laut ausgesprochen hatte. »Im Augenblick bist du nicht du selbst, Ian. Deswegen werde ich nicht gegen dich kämpfen.« Meine Kehle wurde eng und in meine Augen traten Tränen, während ich zögerlich einen Schritt zur Seite machte, um mich bei passender Gelegenheit hinter den Baumstamm zu retten. »Ich weiß, dass du meiner Mom nicht wehtun wolltest. Und ich weiß auch, dass du mir nicht wehtun willst.« Salziges Nass rann mir aus den Augenwinkeln und brachte meine Stimme zum Zittern. Gleichzeitig wagte ich einen weiteren Schritt zur Seite, sodass ich fast neben dem Baum stand. »Das alles weiß ich, Ian. Und ich weiß auch, dass es für dich noch nicht zu spät ist! Wir können dich retten.« Das Beben in meiner Stimme hatte sich auf meinen Körper ausgeweitet. »Wir werden Asmodis besiegen und dich damit retten. Das verspreche ich dir!«

»Ihr wollt mich retten?« Killian lachte höhnisch auf. »Ihr wollt meinen Meister besiegen und mich retten?« Sein Lachen wurde lauter, während er den Kopf schüttelte. »Du hast doch keine Ahnung, Avery! Weder könnt ihr meinen Meister besiegen noch will ich von euch gerettet werden. Im Gegenteil sogar! Ich *will*, dass ihr versagt. Ich *will* euren Tod! Denn nur auf diese Weise bekomme ich meine Schwester zurück!« Killian machte einen Schritt auf mich zu und verringerte dadurch die Distanz zwischen uns auf ihr ursprüngliches Maß. »Nur wenn ihr tot seid, wird mein Meister zum Herrscher über die Unterwelt und alle Dämonenblütler. Dann wird Königin Mab keine andere Wahl haben, als Harmony freizulassen.«

Jedes von Killians Worten traf mich wie ein Boxhieb. So falsch und verquer sein Denken war, erklärte es doch sein Handeln und bestätigte meine

Hoffnung, dass tief in seinem Inneren noch ein Funken Menschlichkeit steckte, den es zu retten und zu erhalten galt. Gleichzeitig betete ich dafür, dass Killian an eine Lüge glaubte und Harmony, während wir hier über sie sprachen, irgendwo mit Marron durch das Feenreich streifte und frei und glücklich war.

»Hat dir das Asmodis zugesagt?«, fragte ich und wich einen weiteren Schritt zurück, was mein ausladender Rock glücklicherweise ein wenig kaschierte. »Hat er dir gesagt, dass er Harmony befreit, wenn er auf dem Flammenthron sitzt?« Nun war ich es, die den Kopf schüttelte. »Du darfst diesem miesen Dreckschwein kein Wort glauben, Ian. Er manipuliert dich nur für seine Zwecke. Er lässt dich die ganze Drecksarbeit machen. Aber wenn er erst mal bekommen hat, was er will, wird er dich tö...«

»Halt die Klappe!«, kreischte Killian zornentbrannt und seine tränenfeuchten Augen glühten feuerrot auf. »Halt einfach die Klappe! Du bist hier diejenige, die ständig lügt und alle manipuliert. Mony und ich haben gedacht, du wärst unsere Freundin. Wir haben dir vertraut! Aber diesen Fehler werde ich nie wieder begehen. Und jetzt sprich deine letzten Worte, ehe ich dich ein für alle Mal zur Strecke bringe!«

Unaufhaltsam rannen mir Tränen über die Wangen, während ich Killians kummervollen Blick erwiderte. So schwer es mir auch fiel, ich musste einsehen, dass es ein sinnloses Unterfangen war, an seine Moral oder unsere frühere Freundschaft zu appellieren. Ich musste einen anderen Weg finden, meinen besessenen Kumpel zu retten. Zur Not eben mit einer List.

In einer blitzschnellen Drehung kehrte ich Killian den Rücken, raffte meine unzähligen Röcke und lief, so schnell ich konnte, los. Ich hatte keine Ahnung, was ich da tat oder wie es weitergehen sollte, wenn ich die Ruinenmauer erreicht hatte, aber ich konnte unmöglich nur dastehen und Killian unser aller Leben beenden lassen.

Killian folgte mir mit einem Wutschrei und einer zornverzerrten Miene, wie ich mit einem Blick über meine Schulter feststellte. Sein Schwert schwang er dabei wie eine Steinschleuder über seinem Kopf, was mich auf eine verrückte, ja geradezu durchgeknallte Idee brachte.

Ich muss Killian nur lange genug außer Gefecht setzen, bis wir Asmodis besiegt haben.

Mein Plan mochte moralisch fragwürdig erscheinen, aber unter den gegebenen Umständen hatte ich keine andere Wahl.

Die kleinen Steinchen ignorierend, die auf dem Boden verteilt lagen und sich in die hauchdünnen Sohlen meiner Schuhe bohrten, schlug ich einen Haken und lief zurück in die Richtung, aus der wir gekommen waren. Dabei achtete ich darauf, dass sich der Baumstamm als schützender Puffer zwischen Killian und mir befand.

An der hüfthohen Mauer angekommen griff ich mir so viele Steine, wie meine Hände fassten. Zwar hätte ich mir größere Wurfgeschoße gewünscht, für mein Vorhaben mussten sie jedoch reichen.

»Du kannst so lange weglaufen, wie du willst«, zischte Killian hinter mir, während ich mich aus meiner gebückten Haltung aufrichtete und mich zu ihm herumdrehte. »Aber irgendwann wirst du keine Puste mehr haben und dich ergeben müssen. Also spar dir die Kraft und gib lieber gleich auf.«

Killian stand knapp zwei Meter vor mir, was eine perfekte Entfernung darstellte. Zwar missfiel mir der Gedanke, einem Kumpel Schmerzen zufügen zu müssen, aber da meine Tat aus freundschaftlichen Gründen geschah, hielt sich mein schlechtes Gewissen in Grenzen.

»Vielleicht ist meine Kondition nicht so ausgeprägt wie Adams«, erwiderte ich mit verheulter Miene und belegter Stimme, während mir das Herz bis zum Hals schlug, »aber im Vergleich zu dir Stubenhocker bin ich eine wahre Athletin. Außerdem scheinst du zu vergessen, dass ich aus unserer Gruppe die Einzige bin, die jedes Mal beim Dosenwerfen abräumt.« Okay, diese Aussage war haushoch übertrieben, aber ich hoffte, dass ich Killian mit meinem Gerede genügend ablenkte, sodass er nicht mitbekam, wie ich mich in Position brachte, ehe ich in einer geschickten Bewegung sämtliche Steine auf ihn warf.

Wie erhofft, drehte Killian seinen Kopf zur Seite, während er schützend seine Arme anhob. Dadurch war er für einen kurzen Augenblick abgelenkt – ein Umstand, den ich wiederum nutzte, um den ziegelsteingroßen Brocken hochzuheben, den ich unter meinem Rock versteckt hielt. Trotz meines vor Angst und Anspannung zitternden Körpers warf ich den Stein gegen Killian genau in der Sekunde, als dieser sich wieder mir widmete. Eigentlich hatte ich auf seine Kronjuwelen gezielt, aber ich hatte mich verschätzt und so traf ich sein Schienbein.

»Du dämliches Miststück!«, rief Killian erbost und rieb sich mit seiner freien Hand die getroffene Stelle, während er mit der anderen den Knauf seines Schwertes umklammerte, sodass seine Fingerknöchel weiß hervorstachen. »Jetzt bist du fällig!«

Da mein Vorhaben nicht ganz nach Plan verlaufen war, kreierte ich kurzerhand einen neuen, während Killian auf mich zustürmte. Wie ich es im Sportunterricht gelernt hatte, sank ich auf alle viere, presste mein Kinn gegen die Brust und stieß mich gleichzeitig mit meinen Beinen ab. Sicherlich sah mein Purzelbaum alles andere als elegant aus, aber er erfüllte seinen Zweck und ich fegte Killian, als wäre ich eine lebende Bowlingkugel, vom Boden. Meine Hoffnung bestand darin, dass Killian sich bei seinem Sturz ein paar Knochen anknackste oder mit dem Kopf aufschlug und das Bewusstsein verlor. Niemals hätte ich mir gewünscht, dass er sich ernsthaft verletzte oder in Lebensgefahr geriet.

Doch genau das geschah in diesem Moment, wie ich mit weit aufgerissenen Augen erkannte, als ich meinen Kopf ruckartig zu ihm herumwirbelte. Anstatt einfach auf den Boden zu stürzen, war Killian auf den Beinen gelandet und stolperte nun über die herumliegenden Steine direkt auf die niedrige Mauer zu.

»Ian! Vorsicht!«, kreischte ich, paralysiert von dem Anblick. Aber es war zu spät. Mit dem Kopf voran fiel Killian von der Ruine und war innerhalb von zwei Herzschlägen aus meinem Blickfeld verschwunden.

Ich brauchte einen Moment, um zu realisieren, was ich gerade mit angesehen hatte, doch dann sprang ich auf die Beine und lief zu der Mauer. Ich wusste nicht, warum ich es tat, aber meine Bewegungen liefen rein instinktiv ab. Ohne auch nur einen Gedanken im Kopf.

Wie ferngesteuert kniete ich mich vor die Mauer und streckte meinen Kopf über sie hinweg, um in den hundert Meter tiefen Abgrund zu blicken, von dem ich angenommen hatte, dass er Killians Ende besiegelt hatte. Doch anstatt des grauenerregenden Labyrinths sprang mir ein dunkler, von fettigen Strähnen überzogener Kopf ins Blickfeld, der eine Armlänge unter dem Ruinenboden schwebte, weil sich die Finger des dazugehörigen Körpers verzweifelt an einem hervorstehenden Steinbrocken festklammerten.

»O Gott! Ian!« Gedankenlos beugte ich mich weiter vor, um seine Hände zu erreichen. Aber es fehlten ein paar Zentimeter. Wenn ich nicht Gefahr laufen wollte, ebenfalls über die Mauer zu stürzen, hielt ich mich besser zurück. Trotzdem rief ich: »Hier, nimm meine Hand! Halt dich an mir fest!« Adrenalin rauschte mir durch die Adern und schärfte jeden meiner Sinne. Schweiß rann mir über das Gesicht. Über den Nacken. Den Rücken. Auch meine Arme und Hände fühlten sich feucht an, aber ich war mir sicher, wenn ich Killians Finger erst mal ergriffen hatte, würde es mir irgendwie gelingen, ihn hochzuziehen. Immerhin konnten Mütter ganze Autos anheben, wenn ihr Kind sich darunter befand.

Killian hob den Kopf an und unsere Blicke trafen sich. Seine Miene wirkte offen, verletzlich und ich musste an all die Jahre unserer Freundschaft denken. Es war nicht fair, wenn dieser gutherzige, loyale und aufrichtige Mann nur wegen der Freundschaft zu mir sein Leben verlor.

»Bitte, Ian!«, flehte ich. Neue Tränen rannen mir aus den Augen. »Ich hab schon Mony an die magische Welt verloren. Ich will nicht auch noch dich verlieren!«

Auf Killians Lippen breitete sich ein warmes Lächeln aus, das ihm ein wenig von der Härte nahm, die ihm seine schlechte körperliche Verfassung verlieh. »Ach, Avery. Ich wünschte, die Sache wäre anders gelaufen. Trotz allem wünsche ich dir von Herzen, dass du in der Hölle schmorst, du dämonische Hexe!« Schlagartig verblasste sein Lächeln und er ließ den rettenden Stein los.

***

Stumm, ohne auch nur den geringsten Ton über die Lippen zu bringen, stürzte Killian in den sicheren Tod. Dabei wandte er nicht ein einziges Mal den Blick ab, als würde er sich meinen Anblick für alle Ewigkeit einprägen wollen.

Auch ich sah nicht weg, während sich Killians Körper immer weiter entfernte, dabei kleiner und kleiner wurde, bis er irgendwann zwischen den Schuppen der gigantischen Königskobra verschwand.

Gelähmt vor Entsetzen hätte ich sicherlich noch Stunden damit zugebracht, mich über die Mauer zu beugen und die Stelle anzustarren, an der ich Killian aus den Augen verloren hatte. Doch eine Bewegung, die ich aus den Augenwinkeln bemerkte, zog meine Aufmerksamkeit auf sich und ich wandte mechanisch den Kopf herum.

Auf der Suche nach der Quelle glitt mein Blick über das Labyrinth, aber ich konnte nichts Verdächtiges entdecken. Im ersten Moment dachte ich sogar, mein Verstand hätte mir einen Streich gespielt, aber dann wiederholte sich die Regung und dieses Mal erkannte ich, worum es sich handelte. Ein Pfeil, der aus dem Labyrinth herausgeschossen worden war, flog unmittelbar auf mich zu. Zwar genügte seine Kraft bei Weitem nicht, um mich zu erreichen, aber ich verstand auch so, welche Botschaft er mir senden sollte.

Wir sind hier! Uns geht es gut! Wir sind am Leben!

Ich wusste nicht, ob es Adam oder Nox gewesen war, der den Pfeil abgeschossen hatten, aber es musste einer von ihnen gewesen sein. Hätte David mich treffen wollen, würde der Pfeil jetzt in meiner Halsschlagader stecken, anstatt kraftlos zu Boden zu segeln.

Wir sind hier. Uns geht es gut. Wir sind am Leben.

Dieser Gedanke nistete sich in meinem Kopf ein und bekämpfte voller Inbrunst die Schockstarre, die mich ergriffen hatte. Herzschlag für Herzschlag lockerten sich die unsichtbaren Fesseln, die sowohl mein Innerstes als auch meinen Körper unter Kontrolle gezwungen hatten, bis ich wieder atmen, meinen Verstand benutzen und sogar meine Gliedmaßen bewegen konnte.

Wir sind hier! Uns geht es gut! Wir sind am Leben!

Je öfter ich diese Worte in Gedanken wiederholte, desto stärker wurde das Kribbeln, das meine Paralyse ersetzte und sich wie ein gefräßiges Monster durch meine Adern schlich. Dabei heizte es meinen immer schneller werdenden Puls an, bis ich mich selbst dabei erwischte, wie ich mit weit aufgerissenen Augen den Bereich des Labyrinths absuchte, aus dem der Pfeil abgeschossen worden war. Auch wenn es im Grunde keine Relevanz besaß, welcher Engel sich so tapfer durch den Irrgarten gekämpft hatte, dass er nur noch ein Hindernis von der Schlange entfernt war, wäre es dennoch verlogen, meine Neugier zu ignorieren.

Nach einigen Sekunden entdeckte ich zwei sich bewegende Punkte. Einer von ihnen war strahlend weiß, der andere pechschwarz. Beide befanden sich am Rand eines leuchtend blauen Sees, der auf den ersten Blick gespenstisch harmlos wirkte, was jedoch den Grund für seine Gefahr darstellte, wie ich inzwischen aus eigener leidvoller Erfahrung wusste.

»Sie sind da«, flüsterte ich mit tränenerstickter Stimme. »Es geht ihnen gut und sie sind noch am Leben.« Meine Worte wurden von einem Schluchzen begleitet, das mir ungewollt entfloh. Trotzdem lächelte ich. Nach allem, was wir heute Nacht hatten durchleiden müssen – wobei sich die Begegnung mit Killian soeben an die Spitze meiner seelischen Qualen befördert hatte –, glich es einem Wunder, dass ich noch in der Lage war, so etwas wie Glück und Hoffnung zu empfinden.

»Sie sind hier!«, wiederholte ich, dieses Mal jedoch lauter und euphorischer. »Es geht ihnen gut und sie sind noch am Leben!«

Ein völlig unangebrachtes Lachen perlte mir über die Lippen. Es verfügte über die Kraft alles zu verdrängen, was ich gerade hatte erleben müssen.

»Sie sind noch am Leben! *Wir* sind noch am Leben!« Als hätte ich eine magische Formel gesprochen, richtete sich mein Körper wie von selbst auf und begab sich in Richtung Baumstamm.

Ja, wir sind noch am Leben. Aber damit das auch so bleibt, muss ich Adam und Nox helfen. Wir sind ein Team!

Begleitet von diesem Gedanken begann ich mit dem Aufstieg.

EINUNDDREISSIG

Bohle um Bohle kämpfte ich mich trotz meines Monsterkleids den Baumstamm empor. Ich ignorierte zahnstochergroße Splitter, extrem klebrigen Harz, krampfende Fußspitzen und eingerissene Fingernägel. Nichts konnte mich von meinem Ziel abhalten. Auch nicht der hartnäckige Zweifel, dass womöglich am Ende dieser provisorischen Leiter der sichere Tod auf mich warten könnte.

Wie eine Besessene kämpfte ich mich zweiundfünfzig Bohlen hinauf, bis ich die Endstation erreichte. Zumindest nahm ich an, dass es sich bei der opulenten Astgabelung um das Ende meiner Reise handelte, denn es gab keine weiteren Holzlatten, die ich hätte hinaufklettern können. Dabei hätte ich mich sehr gerne weiterhin körperlich betätigt. Die kräftezehrende Anstrengung half mir dabei, meine Gedanken auf mein Ziel zu fokussieren und auszublenden, was mit Killian geschehen war. Mir war bewusst, dass ich mich irgendwann der Wahrheit samt all meinen verdrängten Gedanken und Emotionen würde stellen müssen. Aber jetzt war nicht der richtige Moment dafür und ich dankte meinem Verstand und meinem Körper dafür, dass sie es ebenso sahen und die Kontrolle übernommen hatten.

Mit konzentrierter Miene sah ich mich um. Die imposante Astgabelung hätte man prima als Hängemattenhalterung nutzen können, wenn sie nicht bereits als Eingang in eine andere, wunderschöne Welt gedient hätte. Unzählige Äste, die aus ihr herauswuchsen, hatten sich zu einer Art Gerüst verflochten, das von sattem, leuchtend grünem Laub umgeben war, dessen Farbe mich an sonnenbeschienene Smaragde erinnerte. Dazu mischte sich lieblicher Vogelgesang, der von sanftem Blätterrauschen begleitet wurde und einen dezenten Blumenduft mit sich führte, der mir vage vertraut erschien.

Doch ehe ich darüber nachdenken konnte, wo ich diesen Duft bereits wahrgenommen hatte, verstärkte sich der Vogelgesang und meine Gedanken drifteten zurück zu den Tieren, die ich zwar nicht sehen konnte, die aber vermutlich bildschön und exotisch waren.

Je länger ich mich in diesem Naturrefugium befand, desto schwerer fiel es mir, mich auf den eigentlichen Grund meiner Anwesenheit zu konzentrieren. Mein körperlicher Schmerz war wie weggeblasen und meine Gedanken schienen ein Eigenleben entwickelt zu haben. Bereits zum zweiten Mal erwischte ich mich dabei, wie ich verträumt durch die Gegend blickte, anstatt meine Umgebung unter die Lupe zu nehmen.

Mit einer innerlichen Ohrfeige startete ich einen weiteren Versuch, meine Gedanken zu fokussieren, und entdeckte ein Vogelnest, das auf den ersten Blick überraschend gewöhnlich wirkte. Da es sich jedoch um den einzigen Gegenstand handelte, den ich im Moment ausmachen konnte, überwand ich meine stetig intensiver werdende Geistesabwesenheit und begab mich zwei Astetagen höher, um mir das Nest genauer anzusehen. Verblüfft betrachtete ich den Inhalt. Anstatt Vogeleier entdeckte ich zwei Äpfel, die unterschiedlicher nicht hätten sein können. Während der linke einen verlockenden Goldton besaß und unheimlich aromatisch duftete, sodass sogar eine eingefleischte Obsthasserin wie ich Lust bekam, in sein saftiges Fleisch zu beißen, wirkte der rechte mit seiner verdreckten gelb-braunen Farbe, der schrumpeligen Schale und dem unangenehmen Geruch alles andere als appetitlich.

Es war nur ein Wort, das in blutroter Schrift auf einer anthrazitfarbenen Karte geschrieben stand:

Wähle!

Schlagartig war der Nebel aus meinem Kopf verschwunden und mein Verstand wieder bei Sinnen. Sämtliche vergessene Schmerzen kehrten zurück und wurden durch die Anstrengung meines Aufstiegs weiter verstärkt. Aber all das war mir egal, denn das vertraute Kribbeln, das meinen Körper erfasste, als würden unzählige Ameisen über mich hinwegkrabbeln, verdeutlichte, dass ich mich am richtigen Ort befand.

Mein Blick huschte von einem Apfel zum anderen, während ich überlegte, welche Wahl ich treffen sollte. Der rationale Teil meines Verstandes drängte mich dazu, den linken Apfel zu nehmen. Er sah lecker aus, roch appetitlich und wenn ich mich schon überwinden musste, etwas zu essen, was sich mir an diesem Ort präsentierte, sollte mir nicht bereits bei dessen Anblick übel werden.

Leider sah meine emotionale Gehirnhälfte die Sache völlig anders. Nicht nur in zahlreichen Märchen führte der Verzehr von verlockend gut aussehenden Äpfeln zum Verderben. Auch Eva hatte den Biss in diese Frucht sicherlich für den Rest ihres Lebens bereut. Da ich mich jedoch nur zwischen zwei Äpfel entscheiden konnte, würde ich wohl – und zwar im wahrsten Sinne des Wortes – in den verdorbenen Apfel beißen müssen.

Um nicht Gefahr zu laufen, vor Ekel meine Meinung zu ändern, griff ich nach dem runzeligen Exemplar und führte es an meine Lippen. Mit geschlossenen Augen biss ich hinein und das Schmatzgeräusch, das ich beim Verzehr von Obst am meisten verabscheute, verursachte mir eine Gänsehaut. Doch es gelang mir, den faulig-bitter schmeckenden Bissen hinunterzuschlucken und ihn bei mir zu behalten.

Mein Magen rumorte protestierend, aber ich schüttelte mich nur angewidert und öffnete anschließend die Augen. Prompt zuckte ich verdutzt zurück.

Unmittelbar vor mir hing eine Sprossenleiter.

Ich konnte nicht erkennen, wie sie hierhergekommen war, woran sie befestigt war und wo sie endete, aber ich nahm an, dass sie eine Art Belohnung darstellte, weil ich die richtige Wahl getroffen hatte.

Tja, David. 1:0 für mich würde ich sagen.

Zwar war ich nicht sonderlich erpicht darauf, dieses gemütliche Plätzchen zu verlassen, aber meine Neugier, was mich weiter oben erwarten würde, war groß genug, um mich erneut an den Aufstieg zu machen.

Nach vierundsiebzig Sprossen – trotz des Leitergewackels, des Umfangs meines opulenten Kleides sowie meiner schmerzenden Hände und Füße war dieser Aufstieg verhältnismäßig leicht zu bewerkstelligen gewesen – erreichte ich eine exakte Kopie der vorherigen Ebene. Alles sah haargenau so aus wie zuvor. Die Astgabelung, der schimmernd grüne Kokon, der Vogelgesang sowie der Blumenduft. Die einzigen erkennbaren Unterschiede bestanden in dem Standort des Vogelnestes und der Stärke des Blumenduftes. Während Letzterer mir diesmal eine Nuance intensiver erschien, lag das Vogelnest auf der anderen Seite der Gabelung.

Da ich inzwischen den Verdacht hegte, dass alles an diesem Ort ausschließlich dazu diente, mich abzulenken, bis ich vergaß, weshalb ich hier war, verlor ich keine Zeit und begab mich zum Vogelnest. Wie erwartet befanden sich dort wieder zwei Äpfel, die, ähnlich den beiden vorherigen, nicht gegensätzlicher hätten sein können. Das goldene Exemplar war noch prachtvoller und aromatischer als das vorige, während der gelbe Apfel längst auf dem Weg zur Kompostanlage hätte sein müssen. Der Schrumpelgrad seiner Schale war um einiges stärker und an einer aufgeplatztzten, daumennagelgroßen Stelle trat Fruchtsaft aus, was einige Fliegen angelockt hatte.

Mein Ekel verstärkte sich weiter, als ich die beiden anthrazitfarbenen Karten entdeckte, die jeweils vor den Äpfeln lagen.

Die Karte vor dem goldenen Apfel enthielt den folgenden Text:

Wähle mich und ich mache dich zur begehrtesten Person der Welt. Du wirst dich vor Verehrern nicht mehr retten können.

Die Nachricht auf der Karte vor dem gelben Apfel verhieß das Gegenteil:

Wähle mich und du wirst unsagbar hässlich werden.

Mit einem Augenrollen verfluchte ich David. Langsam verstand ich, welche Art von Spiel er mit mir trieb. Auch was seine Andeutung bezüglich der Versuchungen anging, lichtete sich meine Verwirrung.

Mit einer Handbewegung verscheuchte ich die Fliege von dem Ekelapfel und nahm ihn zwischen die Finger. Sicherlich hatte David gedacht, mir würde die Wahl schwerfallen, aber da hatte er sich getäuscht. Abgesehen davon, dass ich wusste, welche Entscheidung ich treffen musste, um diese Runde zu gewinnen, waren sowohl das Versprechen als auch die Drohung nicht von Bedeutung für mich. Bereits vor meiner Kenntnisnahme des Seelenvertrages war ich nicht auf eine Vielzahl von Verehrern aus gewesen. Und auch wenn ich der Meinung war, dass Schönheit im Auge des Betrachters lag, konnte ich mir Schlimmeres vorstellen, als hässlich zu sein. Zum Beispiel für alle Ewigkeit in der Hölle schmoren zu müssen.

Mit einem tiefen Atemzug zwang ich meinen Widerwillen gegen den Apfel nieder und biss in das verdorbene Obst. Der faulige Geschmack war diesmal noch intensiver und ich hatte Mühe, das Fruchtfleisch runterzuschlucken. Doch wieder gelang es mir nach einiger Zeit, und als ich anschließend die Augen öffnete, befand sich eine weitere Sprossenleiter vor mir, die mich dazu einlud, an ihr emporzuklettern.

Sofort wollte ich mich an den Aufstieg machen, aber als ich nach einer der Sprossen griff, zuckte ich bei dem Anblick meiner Hände zusammen. Meine Haut war zäh wie Leder, hatte eine blau-graue Farbe angenommen und war von Falten, borstigen Haarbüscheln und bräunlichen Flecken übersät. Meine Finger hatten sich in knorpelige Stummel mit giftgelben Nägeln verwandelt und ein miefender Geruch stieg mir in die Nase.

Was zur Hölle soll das?

Entsetzt über meine Verwandlung griff ich mir ins Gesicht. Meine Haut fühlte sich hügelig und schleimig an und in der Mitte ertastete ich eine dicke, mit Warzen bedeckte Knollennase.

Ist das sein verdammter Ernst?

Zwar war mir bewusst, dass ich meine Wahl aus freien Stücken getroffen hatte und meine Meinung auch nicht revidieren würde, selbst wenn ich es gekonnt hätte, trotzdem verfluchte ich David ein weiteres Mal. Dass mir sein Spiel nicht gefallen würde, hatte ich bereits geahnt. Aber dass es solche Ausmaße annehmen würde, war mir nicht in den Sinn gekommen.

Mit einer letzten wüsten Beschimpfung, die ich an den Höllenfürst adressierte, startete ich einen weiteren Versuch des Aufstiegs. Dabei wollte es mir mit meinen ungelenken Wurstfingern zunächst nicht gelingen die Sprossen zu ergreifen. Doch nach ein bisschen Übung hatte ich eine umständliche Möglichkeit gefunden und machte mich an die Arbeit. Gleichzeitig stieß ich ein stummes Gebet aus, dass mich bitte auf der nächsten Ebene niemand erwarten würde, den ich mit meinem aktuellen Aussehen zu Tode erschrecken könnte.

Ausnahmsweise schien das Glück auf meiner Seite zu stehen, denn als ich die dritte Ebene erreichte, stellte ich erleichtert fest, dass es sich erneut um eine exakte Abbildung der vorherigen beiden Etagen handelte. Dadurch fiel es mir wesentlich leichter, meine Umgebung zu ignorieren und stattdessen zielstrebig das Vogelnest anzusteuern, das sich diesmal fast direkt vor meinen Füßen befand. Da ich bereits wusste, welchen Apfel ich nehmen würde, wollte ich gar nicht erst lesen, was auf den beiden Karten stand. Da ich jedoch Sorge hatte, dass es wieder etwas sein könnte, das direkten Einfluss auf meine aktuelle Lage haben würde, war es besser, vorbereitet zu sein.

Wähle mich und du wirst niemals endende Lusthöhepunkte empfinden.

Der Text auf der Karte, die zu dem goldenen Apfel gehörte, entlockte mir ein abfälliges Schnauben, ehe ich die andere Karte studierte.

Wähle mich, und sämtliche Dinge, die du in den Mund nimmst, werden nach Asche schmecken.

Ohne zu zögern schnappte ich mir den zur Hälfte aus matschigem Fruchtfleisch bestehenden gelben Apfel und biss in eine halbwegs akzeptable Stelle. Ich konnte mir nicht vorstellen, dass Asche wesentlich ekelhafter schmeckte als verdorbenes Obst, und behielt damit glücklicherweise recht.

Nach diesem Muster absolvierte ich Ebene für Ebene, wobei es jedes Mal schwerer wurde. Der Blumenduft intensivierte seinen Einfluss auf meine Konzentration und das Verfallsstadium der gelben Äpfel verschlimmerte sich derart drastisch, dass ich irgendwann einen kackbraunen, von Maden und Würmern befallenen Matschklumpen in der Hand hielt, dessen Konsistenz an verkochte Nudeln erinnerte. Hinzu kam, dass ich mit jeder getroffenen Wahl weitere Teile meiner motorischen sowie kognitiven Fähigkeiten einbüßte, bis ich neben meinem fragwürdigen Äußeren und dem andauernden Geschmack eines vollen Aschenbechers auf der Zunge auch eine undeutliche und schwer verständliche Aussprache bekam. Dazu klingelte es in meinen Ohren, als würde eine ganze Horde Footballfans mit ihren Vuvuzelas hineintröten, und meine Sehstärke hatte stark nachgelassen, sodass ich die siebte Ebene, die ich soeben verschwitzt, schnaufend und mit dem kläglichen Rest meiner physischen und psychischen Kräfte erreichte, nur noch unscharf erkennen konnte.

Allein meiner Loyalität Adam und Nox gegenüber hatte ich es zu verdanken, überhaupt so weit gekommen zu sein. Die Gewissheit, dass sich die beiden durch einen lebensgefährlichen Parcours gekämpft hatten und nun vor einer unbezwingbaren Bestie standen, hatte mich angespornt durchzuhalten.

Mit meiner eingeschränkten Sehkraft suchte ich nach dem Vogelnest, aber entweder war ich bereits zu blind, um es ausfindig zu machen, oder es gab hier oben keins.

Na toll! Und wie geht's jetzt weiter?

Als hätte eine höhere Macht meine Gedanken vernommen, tauchten urplötzlich zwei weitere Äpfel auf. Wie von Zauberhand bewegt schwebten sie durch die Luft, drehten sich um ihre eigene Achse, tanzten vor meinem Gesicht. Dabei unterschieden sie sich grundlegend von den sechs vorherigen Paaren. Anstatt in einem Gold- und einem ehemaligen Gelbton strahlten diese Äpfel in einem satten Purpur und funkelten wie frisch polierte Christbaumkugeln. Auch waren sie deutlich größer als ihre Vorgänger und bestanden aus einem durchsichtigen Material, weshalb ich in ihrem Inneren etwas entdecken konnte, was mich auf den ersten Blick an Parfümflakons erinnerte.

»Du hast dich tapfer geschlagen, Avery«, erklang auf einmal Davids normale

Stimme in meinem Kopf, weshalb ich vor Schreck beinahe von der Astgabelung gerutscht wäre. *Aber wirst du auch der letzten Versuchung widerstehen können?*

Wie aufs Stichwort klappten beide Äpfel in der Mitte auf, als wäre ihre Hülle nur Dekoration und allein ihr Inhalt von Relevanz.

»*Die linke Tinktur befreit deine Seele und beendet umgehend die Prüfung*, sprach David weiter. *Die rechte Tinktur hingegen verursacht einen qualvollen Tod, der unmittelbar in den tiefsten Höllenkreis führt. Wofür entscheidest du dich?*«

Die Erleichterung, nicht erneut Kompostmüll in mich hineinstopfen zu müssen, ließ meinen Herzschlag wie eine Dampflok rasen und meinen Verstand in ein glorreiches Siegergeschrei verfallen, während meine Hand zielstrebig auf den linken Flakon zuglitt. Gleichzeitig verspürte ich einen Anflug von Enttäuschung. Tatsächlich hatte ich für die letzten Runde dieses Spiels – wovon ich aufgrund der deutlich geänderten Situation ausgegangen war – ein großes Finale mit viel Qual und Schmerz erwartet. Doch diese Wahl erweckte beinahe den Eindruck, als hätte David nicht damit gerechnet, dass ich so weit kommen würde, und sich deshalb keine Mühe gegeben.

Er verschenkt seinen Sieg ja regelrecht.

Wenn ich es nicht besser wüsste, könnte man fast dem Verdacht erliegen, dass der Höllenfürst mich wegen seiner angeblichen Zuneigung gewinnen ließ.

Diese Runde ist fast schon zu *einfach*, dachte ich lächelnd und bewegte mich weiterhin wie magisch angezogen auf den violett glänzenden Kristallflakon zu. Doch dann wurde mir bewusst, was mir eben durch den Kopf geschossen war, und meine ledrigen Stummelfinger stoppten wenige Millimeter vor dem Flakon.

Diese Runde ist *zu einfach!*

Wie ein flitschendes Gummiband zog ich meine Hand ruckartig zurück, ehe ein Windstoß das Kristallgefäß in meine Richtung neigen und ich einen überdimensional großen Fehler begehen konnte.

Was zur Hölle … Bin ich jetzt völlig durchgeknallt?

Entsetzt darüber, dass es dem blumigen Duft beinahe doch noch gelungen war, meine Gedanken zu vernebeln, wich ich einen Schritt von den beiden Kristallgefäßen zurück und zwang mich zur Konzentration.

Was hat David gesagt? Der linke Flakon befreit meine Seele und beendet die Prüfung? Das muss nicht zwangsläufig bedeuten, dass ich meine Seele zurückerhalte und die Prüfung als bestanden gilt.

Mein Blick huschte zu dem bordeauxroten Kristallflakon.

Wenn ich aber die rechte Tinktur wähle, werde ich auf qualvolle Art sterben und in der Hölle landen. Es sei denn ...

Ein wahnwitziger Gedanke entsprang meinem Kopf und formte sich binnen Sekunden zu einem riskanten Plan, der jedoch bei Gelingen für unseren Sieg sorgen würde – zumindest in meiner Vorstellung.

Aus Furcht, irgendwer oder irgendwas könnte mein Vorhaben vereiteln, griff ich zielstrebig nach dem rechten Flakon. Meine Finger berührten das kühle Glas und ein kurzes Schaudern durchfuhr mich. Da das jedoch die einzige wahrnehmbare Reaktion auf meine Entscheidung war, ignorierte ich die Gänsehaut, die meine blau-graue Lederhaut überzog, und klammerte meine klobigen Stummelfinger um das filigrane Fläschchen. Dabei verspürte ich den immer stärker werdenden Wunsch, den Flakon zu öffnen und ihn an meine Lippen zu führen. Ich war mir sicher, dieser Drang rührte von dem penetranten Blumenduft her, der mit jeder Sekunde stärker wurde, in der ich mich hier oben aufhielt. Deshalb begab ich mich so schnell wie möglich zurück zur Sprossenleiter und begann mit dem Abstieg.

ZWEIUNDDREISSIG

Der Rückweg hinab zur Steinruine verlief problemloser und zügiger, als ich erwartet hatte. Das lag vermutlich daran, dass ich zum ersten Mal, seit ich mich in dieser Welt befand, genau wusste, was ich zu tun hatte. Adrenalin durchflutete meine Adern und schärfte meine Sinne. Gleichzeitig pochte mir das Herz bis zum Hals. Aufregung ließ jede einzelne Zelle meines Körpers vibrieren.

Wir können es wirklich schaffen! Wir haben eine reelle Chance!

Noch immer fiel es mir schwer, diesen Gedanken wahrhaftig zu akzeptieren. Doch das hinderte mich nicht daran, mit dem Flakon zwischen meinen Lippen die Füße auf dem Steinboden abzusetzen und mich anschließend auf dem Plateau umzusehen.

Ich muss irgendwie hier runter und Adam und Nox finden.

Die beiden befanden sich hoffentlich in einer besseren körperlichen Verfassung als ich und würden einen Weg kennen, wie wir meinen Plan in die Tat umsetzen konnten.

Mein Blick blieb an der Stelle hängen, an der ich mit Killian gekämpft und ihn anschließend verloren hatte. Die Erinnerung daran bildete einen dicken Kloß in meinem Hals und meine Brust zog sich schmerzhaft zusammen. Aber ich verdrängte die Bilder an seinen fallenden Körper, ignorierte das Echo seiner letzten Worte an mich und fokussierte mich stattdessen voll und ganz auf mein Ziel.

Schritt für Schritt bewegte ich mich über die Ruine, während Steine unter meinen Fußsohlen knirschten. Mir war bewusst, wie waghalsig und riskant mein Plan war und dass wir zur Erreichung eine ordentliche Portion Glück gebrauchen würden. Aber wie hieß es so treffend? Wer nicht wagt, der nicht gewinnt! Und wir mussten unbedingt gewinnen. Es war eine Sache, während der Prüfungen zu versagen und in der Hölle zu landen. Aber mit der ewigen Gewissheit leben, dass es ausgerechnet bei Davids Todsünde geschehen war? Nein, diese Schmach würde mein Ego – und vermutlich das der beiden Engel – niemals verkraften.

Als ich mir sicher war, wirklich jeden Zentimeter der Ruine abgegrast und dabei keine Möglichkeit für einen ungefährlichen Abstieg gefunden zu haben, musste ich mir schleunigst einen Plan B überlegen. Leider war die einzige Möglichkeit, die mir einfiel, dieses Plateau zu verlassen, so verrückt und geisteskrank, dass der Buchstabe B in diesem Fall für »bescheuert« stand. Trotzdem steuerte ich eine der unbedenklicheren Ecken der Ruine an und warf einen Blick über den kläglichen Rest der einstigen Mauer. Der Anblick ließ mich vor Schreck zurücktaumeln, wodurch ich beinahe über den Saum meines Kleides gestolpert wäre.

Verdammt! War das beim letzten Mal auch schon so tief?

Vermutlich. Aber da hatte ich auch nicht vorgehabt, den Körper einer gigantischen Schlange als Rettungsrutsche zu missbrauchen.

Die Augen geschlossen, atmete ich mehrmals tief durch. Auch wenn meine Hände schweißnass waren, meine Knie zitterten und ich den drängenden Wunsch verspürte, mich zurück in das sichere Naturrefugium oben in der Baumkrone zu verziehen, hielt ich an meinem Plan fest. Niemals würde ich es mir verzeihen, Adam und Nox im Stich gelassen zu haben, obwohl ich womöglich den einzigen Gegenstand besaß, der David zur Strecke bringen könnte.

Nach einem letzten beruhigenden Atemzug öffnete ich die Augen und begab mich wieder an den Rand der Ruine. Zwar schwindelte mich der Blick in die Tiefe noch immer, trotzdem zwang ich mich, an Ort und Stelle zu bleiben und nach dem gigantischen Schlangenkopf Ausschau zu halten, den ich für meinen Plan benötigte.

Glücklicherweise musste ich trotz meines beeinträchtigten Sehvermögens nicht lange suchen, denn genau in diesem Moment erschien die ellenlange, rosafarbene und an der Spitze gespaltene Zunge, die wie eine vibrierende

Peitsche aus Davids Maul hervorschoss, ehe der Rest des länglichen Kopfes ungefähr fünfzig Meter unter mir folgte.

Verdammt, ist David noch größer geworden?

Entweder das oder meine Erinnerung hatte mich erneut getäuscht. Doch dieses Mal spielte mir Davids vermeintliche Machtdemonstration sogar in die Karten. Ich hegte die Hoffnung, dass sich meine Chance, unbemerkt auf seinem Rücken zu landen, erhöhte, je größer das Tier war.

Gerne hätte ich noch das Labyrinth nach Adam und Nox abgesucht, um zu wissen, in welche Richtung ich mich begeben musste, wenn ich erst einmal auf dem Boden angekommen war. Doch das hätte mich weitere kostbare Sekunden gekostet und ich wollte nicht das Risiko eingehen, ebendiese Augenblicke zu spät zu kommen. Also verkniff ich mir den Wunsch und raffte stattdessen mit einem letzten Atemzug all meinen Mut zusammen, ehe ich meiner Mom ein stummes »Ich liebe dich!« schickte und anschließend vom Steinplateau hinabsprang.

***

Obwohl das nicht mein erster und auch nicht der weiteste meiner bisherigen Sprünge in lebensbedrohliche Tiefen gewesen war, würde ich mich vermutlich niemals an den Schmerz gewöhnen, der mit einem anschließenden Aufprall einherging. Trotz der unzähligen Stofflagen meines Kleides war meine Landung alles andere als angenehm. Davids Schuppen funkelten nicht nur wie Diamanten, sie waren auch ebenso hart.

Der dumpfe Schmerz, der meinen gesamten Körper durchfuhr und meine Knochen zum Vibrieren brachte, trieb sämtlichen Sauerstoff aus meinen Lungen. Sterne begannen vor meinen Augen zu tanzen, doch leider war ich noch nicht am Ende meiner Reise angekommen. Da ich beide Hände zum Schutz um den Kristallflakon gelegt hatte, blieb mir keine Möglichkeit, mich irgendwo an David festzuklammern, weshalb ich wie auf einer gigantischen Abenteuerrutsche an dem Schlangenkörper entlangglitt, bis ich irgendwann unsanft auf dem Boden landete – oder zumindest auf etwas, was ich für den Boden hielt. Denn kaum hatte ich es gewagt, den angehaltenen Atem samt einem Schmerzenslaut auszustoßen, begann sich der Grund unter mir zu bewegen und ich rutschte unsanft weiter.

Als ich erneut mit dem Hintern auf harten, diesmal jedoch grasbewachsenen Boden stieß, sah ich mich mit schreckgeweiteten Augen um. Ich entdeckte Davids minivan-dicken, rot-violett geschuppten Körper unmittelbar hinter mir und wurde kurz darauf von einem riesigen Schatten überdeckt, den eindeutig David warf. Schließlich war es sein Kopf, der wie ein imposanter Zeppelin über mich hinwegschwebte, sodass ich nur die cremefarbene Unterseite seines Körpers erkennen konnte.

»Sssorry, Avery«, dröhnte die zischende Schlangenstimme des Höllenfürsten über das Labyrinth hinweg und zerstörte meine Hoffnung, dass es mir tatsächlich gelungen war, unbemerkt von der Steinruine zu fliehen. »Du hattessst deine Cchance, mir nah zzzu sssein. Nur weil du endlich eingesssehen hassst, dassss ihr unmöglich gegen mich gewinnen könnt, brauchssst du deinen Körper jetzzzt nicht mehr an meinem zzzu reiben.« Die Worte wurden von einem eindeutig doppeldeutigen Unterton begleitet, der meinen Fluchtversuch in einem völlig falschen Licht und mich wie eine illoyale Verräterin dastehen ließ.

Du mieses Arschloch!, fluchte ich gedanklich, während ich mich über den Boden rollte, um nicht von dem enormen Leib zermalmt zu werden, der sich unaufhörlich auf mich zu bewegte. Dabei bemerkte ich nicht den Abhang, den ich Sekunden später erreichte und unweigerlich hinunterrollte, bis ein Strauch meine Reise beendete.

Desorientiert, schwer atmend und mit weiteren schmerzvollen Verletzungen blickte ich mich um. Aus meiner aktuellen Perspektive konnte ich nur die dunkelbraune Erdwand zu meiner Rechten sowie den giftgrünen Strauch zu meiner Linken erkennen, der sich bei genauerer Betrachtung als Labyrinthhecke entpuppte, die geschätzt acht bis zehn Meter in die Höhe ragte und mit fiesen kleinen Nadeln ausstaffiert war, die sich unbarmherzig durch den Stoff meines Kleides bis in meine Lederhaut gruben.

Verdammt, wo bin ich denn jetzt gelandet?

Doch anstatt mich mit der Beantwortung dieser Frage zu beschäftigen, lenkte ich meine Aufmerksamkeit zurück auf mein eigentliches Vorhaben. Ich musste Adam und Nox finden. Und zwar schleunigst. Immerhin war davon auszugehen, dass David nicht allzu viel Zeit verstreichen lassen würde, ehe er mit seinem nächsten Schachzug gegen uns antrat, jetzt da er wusste, dass ich nicht länger oben auf dem Steinplateau festhing.

Umständlich erhob ich mich aus meiner Liegeposition, doch ich konnte mich gerade mal in die Hocke begeben, weil sich Teile meines Kleides in den Dornen der Hecke verheddert hatten und es mir unmöglich machten, mich vollends aufzurichten. Erst nach einer Vielzahl unchristlicher Flüche, die ich in Gedanken lauthals herausbrüllte, und einigem Hin und Her gelang es mir, den Stoff zu befreien und mich den steilen Abhang emporzukämpfen. Dabei verlor ich meine Schuhe, zog mir einige Schürf- und Schnittwunden zu und riss mir beinahe zwei Fingernägel ab. Aber am Ende erreichte ich mit einem Kleid, das nicht mehr war als ein zerrissener Fetzen und das ebenso wie ich von Dreck und Heckengras übersät war, die Ebene, auf der sich Davids mächtiger Schlangenkörper befand.

Schnaufend, mit bebenden Gliedmaßen und von glühendem Zorn erfasst sah ich mich ein weiteres Mal um. Ich befand mich am äußersten Rand des Labyrinthzentrums, der von Hecken umgeben war. Den Durchmesser dieses Platzes schätzte ich auf achtzig bis hundert Meter und der Baumstamm, der sich in der Mitte befand und dessen unteres Drittel zum Teil von der gigantischen Schlange umschlungen war, besaß sicherlich einen Umfang vom dreißig Metern.

Da sich Davids Kopf gerade auf der anderen Seite des Baumes befand und er mich offenbar nicht weiter beachtete, wagte ich es, meine Suche nach den beiden Engeln zu starten. Dafür eilte ich auf den erstbesten Labyrinthausgang zu und rettete mich hinter die schützenden Hecken.

Wie lange ich durch das Labyrinth wanderte, konnte ich schwer sagen, aber ich musste mich zwei Mal vor gefährlich aussehenden Kreaturen verstecken – einer türkis-blau leuchtenden Spinne, die die Größe eines Wohnmobils besaß, und einem Landoktopus, der nicht nur über acht, sondern über zwölf messerscharfe Tentakel verfügte. Doch irgendwann drangen Kampfgeräusche durch das unentwegte Pfeifen in meinen Ohren.

So schnell mich mein lädierter Körper trug, eilte ich steifbeinig und unbeholfen auf die Geräusche zu. Dabei musste ich mir eingestehen, dass mich der vorgegebene Labyrinthweg niemals zu meinem Ziel führen würde. Also beschloss ich, mir einen anderen, direkteren Weg zu suchen. Dafür nahm ich auch die schmerzhaft brennenden Kratzer sowie einen weiteren erheblichen Teil meines Kleides als Opfer billigend in Kauf.

Nachdem ich drei der meterhohen und sicherlich halb so dicken Gestrüppwände durchquert hatte, entdeckte ich endlich meine beiden Engel. Sie befanden sich mit dem Rücken zu mir in ungefähr fünf Metern Entfernung und lieferten sich einen erbarmungslosen Schwertkampf mit irgendwelchen konturlosen Lichtwesen, die ich noch nie zuvor gesehen hatte.

Für einen kurzen Moment keimte in mir die Frage auf, ob David ihnen die Waffen von Anfang an gestellt hatte oder ob Adam und Nox erst im Laufe der Zeit in ihren Besitz gelangt waren. Aber im Grunde war die Antwort irrelevant. Die Hauptsache war, dass die beiden Krieger nicht mehr mit bloßen Händen kämpfen mussten.

Adam, der einen hellen Kampfanzug trug, hatte als Erster seine Gegner niedergestreckt und war im Begriff Nox zu Hilfe zu eilen, als er offenbar meine Anwesenheit bemerkte. Mit grimmiger Miene und entschlossenem Blick drehte er sich zu mir herum, während ich mit vor Freude ausgestreckten Armen auf ihn zu humpelte.

»Adam! Gott sei Dank!«, rief ich. Trotz tränenbelegter Stimme klang mein Ausruf euphorisch. Nach allem, was ich in den letzten Stunden hatte durchmachen müssen, war der Anblick meines ebenfalls ziemlich mitgenommenen, aber eindeutig lebendigen Freundes Balsam für meine geschundene Seele.

Leider schien Adam die Sache anders zu sehen, denn statt mir freudestrahlend zu begegnen, verstärkte er seinen Griff um das Schwertheft und ging in Kampfposition.

Im ersten Moment war ich zu verwirrt und zu verletzt, um zu verstehen, was das sollte. Aber nach einem Moment machte es *Klick* und mir wurde klar, dass mein vor Glück überquellendes »Adam! Gott sei Dank!« laut ausgesprochen eher wie »Hrmpf! Schrubbl dib Wombl!« geklungen haben musste. Zudem sah ich nicht im Entferntesten aus, wie Adam mich zuletzt gesehen hatte, und bewegte mich vermutlich wie eine weibliche und hochschwangere Version des Frankensteinmonsters auf Ecstasy. Von daher wäre es unfair gewesen, ihm seine Reaktion übel zu nehmen.

Bei Nox hingegen sah die Sache anders aus.

Nachdem der Höllendiener seinen Kampf ebenfalls beendet hatte, folgte er Adams Beispiel und wandte sich zu mir um. Seine Miene, die einer zornigen Kriegermaske glich, verzog sich vor Ekel und animierte ihn dazu, sein Schwert in die Halterung an seiner Hüfte zu stecken und stattdessen Pfeil und Bogen von seinem Rücken zu holen. Binnen eines Wimpernschlags zielte die glänzende Spitze des Pfeils auf meinen Hals und würde mich auf der Stelle töten, wenn Nox die gespannte Sehne tatsächlich losließ.

Vor Schreck hielt ich inne und hob reflexartig meine Hände, als stände ich vor der Polizei. Mein Herz galoppierte in meiner Brust und Schweißperlen bildeten sich auf Stirn und Nacken. Obwohl mir bewusst war, wie unsinnig mein Handeln war, konnte ich meinen Mund nicht davon abhalten, wild draufloszuplappern.

»Ich bin's! Avery! Bitte! Ihr dürft nicht schießen!«, wollte ich sagen, doch heraus kam etwas wie »Grmpf Soms! Migglar! Krpft! Hramg quöm grumpf hydramk!« Gleichzeitig schossen mir Tränen der Angst und der Verzweiflung in die Augen und mein Körper begann zu beben. Der Gedanke, all diese Schmerzen und Qualen durchlitten zu haben, nur um am Ende doch zu sterben – und das ausgerechnet durch Nox' Hand, nachdem der Höllendiener mir oft genug mit dem Tod gedroht hatte –, ließ in mir den letzten Funken Selbstbeherrschung erlöschen. »Bitte, ihr dürft mich nicht erschießen!«, flehte ich und meine Stimme klang so weinerlich, dass ich mir nicht einmal sicher war, ob man diesen Satz auf Englisch verstanden hätte.

»Hast du eine Ahnung, was der Troll da macht?«, fragte Adam an Nox gewandt und sah dabei nicht weniger verwirrt aus als sein Bruder.

»Nope«, antwortete der Höllendiener und korrigierte die Haltung seines Bogens, ehe er die Sehne weiter zurückzog. »Aber Trolle sind nicht gerade für ihre Intelligenz bekannt. Von daher wird sein Tod kein großer Verlust für die magische Welt sein.«

Dass ich verloren hatte, wusste ich in derselben Sekunde, als Nox die Sehne losließ. Unmöglich hätte ich dem Pfeil ausweichen können, weshalb ich nicht einmal auf die Idee kam, es überhaupt zu versuchen. Einzig meine Augen hatte ich fest zusammengepresst, um den heranfliegenden Tod nicht sehen zu müssen.

Fünf Herzschläge zählte ich, ehe mir der ausbleibende Schmerz auffiel. Zuerst war ich irritiert, dann verwundert. Schließlich dominierte Neugier und ich wagte es, ein Auge einen Spaltbreit zu öffnen. Als ich Adam und Nox in derselben Position wie zuvor entdeckte, mit dem einzigen Unterschied, dass Nox die Bogensehne tatsächlich losgelassen, Adam jedoch den Pfeil in der Luft abgefangen hatte, fiel mir eine ganze Lkw-Ladung Steinbrocken vom Herzen und ich musste auflachen, während sich ein Schluchzen über meine Lippen bahnte.

»Hat dich der Sturz in die Schlangengrube etwa härter am Kopf verletzt, als wir anfangs dachten, Goldlöckchen? Oder wieso hinderst du mich daran, diese extrem abartige Version eines Zwergtrolls zu Luzifer zurückzuschicken?«

Trotz der Umstände warf ich Nox einen vernichtenden Blick zu. Er sah mit seinem blutüberströmten und von zahlreichen Wunden übersäten Gesicht auch nicht gerade wie Mister Universe aus – auch wenn ich zugeben musste, dass ihm der schwarze Kampfanzug unheimlich gut stand.

»Es scheint so«, erwiderte Adam, während er mich mit gerunzelter Stirn und verwirrtem Blick musterte. »Denn ich habe gerade ernsthaft gedacht, der Troll wäre Avery.«

Meinen Namen aus Adams Mund zu hören, ließ für den Bruchteil einer Sekunde das Pfeifen in meinem Ohr verstummen und mich vor Glück aufjaulen. Zur Bestätigung nickte ich wie bescheuert und wedelte mit meinen erhobenen Händen, wobei ich penibel darauf achtete, den Kristallflakon nicht zu verlieren. Ich umklammerte ihn immer noch, als wäre er der einzige Grund, weshalb ich noch am Leben war.

»Was?«, spie Nox ungläubig aus. »Du glaubst, *das* ist unsere Kleine? Wie kommst du denn auf diesen ausgemachten Schwachsinn?«

»Ich weiß es nicht.« Adam ließ seinen Arm samt Pfeil sinken und trat einen Schritt auf mich zu. »Aber irgendetwas in seinen Augen kommt mir vertraut vor.«

Während ich weiter wie ein hyperaktiver Hampelmann auf und ab hüpfte, zermarterte ich mir das Hirn, wie ich Adams Zweifel entkräften konnte, ehe Nox ihn in die andere Richtung manipulierte und die beiden mich doch noch umbrachten.

Und tatsächlich kam mir die rettende Idee.

Sie war mehr als demütigend und wenn ich mich nicht in einer derart ausweglosen Lage befunden hätte, wäre ich niemals so weit gegangen. Aber verzweifelte Situationen bedurften nun mal eines verzweifelten Handelns.

Begleitet von einem tiefen Atemzug stoppte ich meine Sporteinlage und stellte mich mit über Kopf ausgestreckten Armen gerade hin. Mein Kinn auf die Brust gepresst, spreizte ich die Finger wie einen aufgeschlagenen Fächer. Dann wippte ich mit dem rechten Fuß im Takt der Melodie, die ich in meinem Kopf summte.

Einige Sekunden beobachteten mich die beiden Männer mit sichtbarer Irritation. Nox hatte sogar seinen Bogen sinken lassen, als hätte auch er endlich eingesehen, dass ich keine unmittelbare Gefahr darstellte.

»Verdammte Dämonenkrätze, was treibt der Troll da?«, fragte der Höllendiener.

»Ich bin mir nicht sicher«, erwiderte Adam. »Aber ich glaube, er tanzt.«

»Was?« Nox' Kinnlade klappte herunter, ehe er seinen Kopf zu Adam herumwandte. »Hast du gerade ernsthaft gesagt, der Troll *tanzt*? Zu welchem Lied denn? Dem Titelsong von Spongebob Schwammkopf?«

Auf Adams Lippen zeigte sich der Anflug eines Lächelns, doch anstatt Nox' Blick zu erwidern, ließ er mich nicht aus den Augen, sondern studierte jede meiner ungelenken und steifen Bewegungen.

»Nein, ich vermute, dass es Queen sein soll. ›We will rock you‹, um genau zu sein.«

Die Verwirrung auf Nox' Zügen verstärkte sich. »Jetzt mal im Ernst, Adam. Wie stark hast du dir *tatsächlich* den Schädel angeschlagen? Ich weiß, du hast ziemlich viel Blut verloren, aber du sagtest, es ginge dir gut. Oder bin ich derjenige, der nicht alle Zacken an der Krone hat, weil mich die letzte Nymphe erwischt hat, ehe ich ihr den Kopf abtrennen konnte? Das Biest war nämlich ziemlich zäh.« Die Stirn des Höllendieners runzelte sich. »Aber wenn das der Fall ist, flehe ich dich an, mich auf der Stelle hinzurichten. Auf keinen Fall will ich in einer Welt leben, in der Trolle tanzen. Ganz gleich zu welchem Song.«

In einer anderen Situation – obwohl ich dann sicherlich niemals in den Genuss dieser Unterhaltung gekommen wäre – hätte ich bereits lachend auf dem Boden gelegen. Doch anstatt mich vor Erheiterung auf den Rücken zu werfen und meinen Bauch zu umklammern, tanzte ich mir die Seele aus dem Leib.

»Nach der Trennung von James hatte Joleen ein ernsthaftes Alkoholproblem«, erklärte Adam. »An den meisten Tagen war es nicht ganz so schlimm, aber hin und wieder verlor sie die Kontrolle und zerstörte wahllos alles in ihrer Nähe. An solchen Tagen habe ich Ave in ihr Zimmer gebracht, die Tür abgeschlossen und Freddie Mercury in voller Lautstärke sämtlichen Lärm übertönen lassen. Irgendwann, als Ave etwas größer geworden war, fing sie an, sich Choreografien zu den Songs auszudenken. Und das da«, er deutete mit einem Kopfnicken auf mich, »erinnert mich an ihren We-will-rock-you-Tanz.«

Adams Worte rührten mich ungemein, während sie mich an eine sehr dunkle und traurige Zeit meiner Kindheit erinnerten. Eigentlich hatte ich nicht gewollt, dass Nox von der Vergangenheit meiner Mom erfuhr, aber ich war meinem Freund auch nicht böse, dass er dieses Thema angesprochen hatte.

Nox wandte sich genau in dem Moment wieder nach vorne, als mein Tanz sein Ende fand und ich wild schnaufend und mit bebenden Gliedmaßen zum Stillstand kam.

Einige Sekunden geschah nichts und die beiden Männer beobachteten mich weiter schweigend. Da mir nichts mehr einfiel, was ich noch hätte tun können, um sie von der Wahrheit zu überzeugen, stand auch ich einfach nur bewegungslos da.

»Gib mir Rückendeckung«, sagte Adam und trat selbstbewusst auf mich zu. »Wenn ich mich irre, musst du schnell sein.«

»Ernsthaft?« Nox seufzte, folgte jedoch Adams Wunsch. »Und wie willst du herausfinden, ob das da wirklich unsere Kleine ist und kein extrem hässlicher Zwergtroll?«

»Ich habe keine Ahnung«, gestand Adam. »Aber woher sollte ein Zwergtroll Aves Tanz kennen und können?«

»Wie hat Asmodis von Hope erfahren?«, konterte Nox mit einer berechtigen Gegenfrage, die Adam jedoch geflissentlich ignorierte, als er mit einem Sicherheitsabstand von zwei Metern vor mir zum Stehen kam.

Mit verengten Lidern sah mir der Engel prüfend in die Augen. Sein Blick war durchdringend und intensiv, aber gleichzeitig sanft und liebevoll. Seine karamellbraunen Augen funkelten trotz der zahlreichen Blessuren in seinem Gesicht und strahlten einen unbeugsamen Kampfwillen aus.

Wie jedes Mal, wenn Adam mich derart intensiv ansah, beschleunigte sich mein Puls, während mich eine angenehme Ruhe erfasste und das Gefühl von Sicherheit jede noch so tief liegende negative Emotion im Keim erstickte.

Sekunden, Minuten oder vielleicht auch Stunden zogen ins Land, während Adam und ich uns einfach ansahen. Dann plötzlich keuchte er entsetzt auf.

»Im Namen des Erzengels Michael, du bist es wirklich!« Binnen eines Wimpernschlages stand Adam dicht vor mir, packte sanft meine Schultern und musterte mich von Kopf bis Fuß. »Was ist passiert, Ave? Heiliges Kruzifix, bist du verletzt? Hast du Schmerzen?«

Die Erleichterung, dass Adam mich tatsächlich erkannt hatte, machte mich ganz schwindelig. Sämtliches Adrenalin, das mich zuvor aufrecht gehalten hatte, wich aus meinem Körper. Tränen rannen mir aus den Augenwinkeln und mir wurden die Knie weich. Wie selbstverständlich warf ich mich gegen die steinharte Brust meines besten Freundes.

Adam schlang seine Arme um mich und drückte mich fest an sich. Während er mir zärtlich über den Rücken strich, wisperte er mir mit sanfter Stimme Dinge ins Ohr, die ich zwar nicht verstand, die aber mein Gefühl bestätigten, dass mit Adam an meiner Seite alles gut werden würde.

Nachdem ich mich wieder gefasst hatte, löste ich mich aus Adams Umarmung und richtete mich auf. Dabei fiel mein Blick auf Nox, der einen Schritt hinter Adam stand und mich mit gefurchter Stirn, aber auch einem Lächeln auf den Lippen musterte.

»Zur Hölle, Kleines. Ich bin mir nicht sicher, ob ich wissen will, was du verbockt hast, um dir einen solchen Fluch aufzuhalsen.«

Da ich Nox nicht verbal antworten konnte, ohne wie ein brunftiger Wildhirsch zu klingen, begnügte ich mich damit, dem Höllendiener meine Erwiderung in Form eines lang gestreckten Mittelfingers zu präsentieren – und erwiderte gleichzeitig sein Lächeln.

»Bist du verletzt?«, wiederholte Adam seine Frage, und ich lenkte meine Konzentration wieder auf ihn. »Ich sehe zwar viel Blut, aber welches davon ist deins? Und wie zum Heiligenschein ist es dir überhaupt gelungen, den Baum zu verlassen? Wir haben nach einer Möglichkeit gesucht, zu dir zu gelangen, aber nichts gefunden.«

Gerne hätte ich Adam die ganze Geschichte erzählt, aber zum einen ging das nicht, zum anderen hatten wir keine Zeit zu verlieren. David hatte sich bereits beängstigend lange ruhig verhalten, weshalb ich annahm, dass wir jeden Moment mit einem Überraschungsangriff rechnen mussten.

Aus diesem Grund beantwortete ich Adams Fragen mit einer wegwerfenden Handbewegung, ehe ich den Kristallflakon in meiner anderen Hand hochhob und ihn den beiden Männern präsentierte.

»Was ist das?«, fragte Adam und nahm mir das Fläschchen aus der Hand, um es genauer in Augenschein zu nehmen. Anschließend reichte er es an Nox weiter, der es ebenfalls mit kritischer Miene betrachtete, ehe er es mir zurückgab.

Als Antwort auf Adams Frage führte ich den Flakon an meine Lippen und tat so, als würde ich den Inhalt trinken, ehe ich das Gesicht verzog und mir mit meiner freien Hand an die Kehle griff. Ich wollte ein Röcheln vortäuschen, aber es kam ein Grunzlaut hervor, der jedoch dasselbe bewirkte. Daraufhin neigte ich mit geschlossenen Augen den Kopf zur Seite und ließ als Zeichen dafür, dass ich tot war, betont kraftlos meine Zunge aus dem Mund baumeln. Als ich sicher sein konnte, dass Adam meine schauspielerische Darbietung verstanden hatte, erwachte ich wieder zum Leben und wandte mich herum, bis ich den Labyrinthbaum entdeckte, dessen unterer Teil von der gigantischen Schlange verdeckt war.

»Du meinst also, der Inhalt dieses Fläschchens wird Asmodis töten?«, meldete sich Nox zu Wort und sah mich mit zweifelnder Miene an. »Und wie kommst du auf diese Idee? Woher hast du das Ding überhaupt?«

Nox' Fragen und Bedenken waren zwar durchaus berechtigt, aber ich hatte weder die Möglichkeit noch Zeit oder Lust, sie in aller Ausführlichkeit zu beantworten, weshalb ich mich Hilfe suchend an Adam wandte.

Ihr müsst mir einfach vertrauen!, versuchte ich ihm mit meinem Blick zu signalisieren, während ich nach seinen Fingern griff.

Adams Fassade, die zuvor hoch konzentriert gewirkt hatte, begann zu bröckeln und sein Blick huschte immer wieder zwischen dem Kristallflakon in meinen Fingern und meinen Augen hin und her. Ihm war deutlich anzumerken, in welchem Zwiespalt er steckte.

Nach einem Moment seufzte er und wandte sich an den Höllendiener. »Sie würde es nicht behaupten, wenn sie sich nicht zu hundert Prozent sicher wäre, Nox. Ich kenne Ave. In solchen Dingen geht sie kein Risiko ein. Wir müssen ihrem Instinkt vertrauen.«

Nox schnaubte abfällig und verschränkte die Arme vor der Brust. Seine Freude über meine Anwesenheit schien wie weggeblasen. »Ihrem Instinkt vertrauen? Verdammt, Goldlöckchen, hast du eigentlich eine Ahnung, was du da von mir verlangst? Du warst nicht dabei, als wir uns durch das Feenreich kämpfen mussten. Du hast nicht miterlebt, wie sie von einer Nahtoderfahrung zur nächsten gerannt ist, nur weil sie ihren Sturkopf durchsetzen musste. Du weißt nicht, wie oft ich ihr das Leben retten musste, nur um anschließend mit ansehen zu müssen, wie sie meine Arbeit leichtfertig aufs Spiel setzte. Selbst jetzt …« Er schüttelte träge den Kopf. »Wer weiß, was sie angestellt hat, um in einen Troll verwandelt zu werden. Vielleicht hat Asmodis ihr auch eine Gehirnwäsche verpasst und ihr eingeredet, dass dieses Fläschchen seinen Tod bedeutet. Wenn wir Glück haben, passiert gar nichts. Wenn wir aber Pech haben, kostet uns der Versuch, dieses Ding in Asmodis' Maul zu befördern, das Leben!«

»Und wie lautet dein Gegenvorschlag?«, konterte Adam überraschend impulsiv und entzog sich meinem Griff, um sich ganz zu Nox herumzudrehen. »Hast du einen besseren Plan? Wir haben bereits versucht ihn anzugreifen. Aber weder mit unseren Schwertern noch mit den Pfeilen konnten wir seine Schuppen durchbrechen.«

Nox öffnete den Mund, um etwas zu erwidern, doch er wurde von einer ohrenbetäubenden Stimme unterbrochen, deren Echo quer über das gesamte Labyrinth hinwegschallte.

»Aber, aber, meine Freunde! Ihr müsssst doch nicht ssstreiten. Ssschliessssslich habt ihr esss entgegen meinen Erwartungen bereitsss sssehr weit gessschafft. Doch keine Sssorge, dasss bedeutet nicht, dassss ihr in Sssicherheit ssseid. Ganzzz im Gegenteil sssogar. Ich habe noch eine kleine Überrassschung für euch vorbereitet, die euch sssicherlich ebenssso gefallen wird wie mir.« Begleitet von einem schrillen und eindeutig größenwahnsinnigen Lachen begann die Erde unter unseren Füßen zu beben.

DREIUNDDREISSIG

Wenn man in San Francisco aufwuchs, erlebte man zwangsläufig das ein oder andere Erdbeben. Und auch wenn ich mich an zwei Erschütterungen erinnern konnte, die ziemlich heftig gewesen waren und einen beträchtlichen Schaden an unserem Haus verursacht hatten, war Davids Beben um ein Vielfaches beeindruckender. Ähnlich einem Springseil, das man ruckartig hoch und runter schlug, durchliefen Wellen den grasbedeckten Boden und machten es fast unmöglich, auf den Beinen zu bleiben. Wie sturmgebeutelte Schiffe auf hoher See wankten wir, unser Gleichgewicht suchend, umher, während ich reflexartig meine Finger um den Kristallflakon klammerte, als würde ich ohne ihn auf der Stelle tot umfallen.

Doch das Erdbeben sollte nicht Davids einzige angedrohte Überraschung bleiben. Tief hängende, dunkelgraue Gewitterwolken zogen am strahlenden Sommerhimmel auf und verwandelten nicht nur das Tageslicht in einen frühen Herbstabend, sondern brachten auch Sturmböen, sintflutartige Regenfälle sowie Blitzschläge und Donnergrollen mit sich.

Durch den starken Wind hämmerte der Regen beinahe diagonal auf uns herab, sodass es kaum einen Zentimeter meines Körpers gab, der nicht von den hagelkorngroßen Regentropfen malträtiert wurde. In weniger als einer Minute war ich völlig durchnässt, meine Haare klebten mir im Gesicht und das eisige Wasser hatte den Stofffetzen, der einst ein wunderschönes Kleid gewesen war, zu einer zentnerschweren Last verwandelt, die wie eine zweite Haut an mir haftete und meine Bewegungen zunehmend beeinträchtigte. Wie ein steifes Brett torkelte ich über den nass-glitschigen Matschboden, der in Kombination mit den Erdwellen jede noch so geringe Chance vereitelte, aufrecht stehen zu bleiben.

Um den Kristallflakon zu schützen, presste ich ihn mit beiden Händen fest an meine Brust, sodass ich meinen Sturz nicht abfangen konnte und mit einem Großteil meines Körpers im Schlamm landete. Sowohl neuer als auch bereits vergessener Schmerz flammte auf, doch ich ignorierte ihn ebenso wie die ungewollte Schönheitsbehandlung und blickte mich stattdessen suchend nach Adam und Nox um, die ich in dem aufkommenden Chaos aus den Augen verloren hatte.

Tosender Lärm mischte sich unter das Donnergrollen und lenkte mich von meiner Suche ab. Die Quelle war schwer auszumachen, da der Krach offenbar aus allen Richtungen des Labyrinths zu kommen schien.

Was ist das denn jetzt schon wieder?

Mit verengten Augen blickte ich mich um. Doch sowohl meine eingeschränkte Sehkraft als auch der vorhangdichte Regenschauer erschwerten mir die Sicht, weshalb ich erst nach einigen Augenblicken den Grund für den Lärm erkannte.

Das Labyrinth spielt verrückt!

Alle lebensbedrohlichen Fallen, die der Irrgarten zu bieten hatte, schienen ein Eigenleben entwickelt zu haben und begannen völlig unkontrolliert auszuticken. Dabei war der weit entfernte, riesige Vulkan, der unaufhörlich frisches, rot-orange glühendes Magma in die Atmosphäre spie, ehe sich dieses zu meterbreiten Flüssen sammelte und am Steinkoloss in Richtung Labyrinthboden hinabrann, nur eins der kleineren Probleme. Viel bedrohlicher erschien mir der Tornado, der zielstrebig auf uns zu pflügte und dabei alles mit sich riss, was sich ihm in den Weg stellte – sogar die hohen Labyrinthhecken.

Verdammt! Verdammt! Verdammt!

Natürlich hatte ich damit gerechnet, dass David nicht einfach abwarten würde, bis wir uns in aller Seelenruhe einen Plan zurechtgelegt hatten, wie wir ihn zur Strecke bringen konnten. Aber ich war vom Einfallsreichtum des Höllenfürsten beeindruckt. Da er uns nicht einfach selbst umbringen konnte, hatte er sich genügend andere Möglichkeiten ausgedacht, um dieses Manko auszugleichen.

Ich muss Adam finden!

Im Gegensatz zu Nox glaubte er mir, dass das Kristallgefäß unsere einzige Chance war, David aufzuhalten. Und irgendwie würden wir schon eine Möglichkeit finden, unser Ziel zu erreichen.

Unbeholfen rollte ich mich hin und her, aber egal aus welcher Perspektive, ich konnte keinen der beiden Engel entdecken.

Verdammt, wo sind sie?

In meinem Suchwahn hatte ich nicht sofort registriert, dass die Bodenwellen aufgehört hatten und durch Risse ersetzt worden waren, die sich wie Spinnennetze über den Rasen zogen. Doch anstatt mir Gedanken über die möglichen Folgen dieser Veränderung zu machen, begab ich mich so schnell wie möglich auf die Beine und eilte mit nackten, halb erfrorenen Füße Adam hinterher, der mit hoher Wahrscheinlichkeit auf direktem Weg zu David war.

Glücklicherweise hatten die Bodenwellen und -risse Teile der Hecken entwurzelt und sie umgeworfen, sodass es mir wesentlich leichter fiel, einen Weg zurück ins Labyrinthzentrum zu finden, wo ich auch sofort Adam entdeckte. Dieser lief mit gezücktem Schwert und geschickten Bewegungen auf die gigantische Schlange zu. Nox befand sich ebenfalls in der unmittelbaren Todeszone, doch er stand näher am Rand und hatte Pfeil und Bogen gezückt.

»Adam!«, rief ich, doch der Sturmwind riss mein lautstarkes »Grmpfl!« an sich, ehe es meine Lippen verlassen und zum Engel vordringen konnte. Dafür schien Nox meine Anwesenheit bemerkt zu haben. Kaum hatte der von ihm eingelegte Pfeil den Bogen in Richtung David verlassen, wandte sich der Höllendiener zu mir herum. Sein Schuss hatte zwar das feuchtglänzende Schuppenkleid getroffen, war aber wirkungslos daran abgeprallt.

»Verschwinde, Kleines!«, schrie Nox und trotz des herrschenden Lärms und meines Tinnitus konnte ich ihn deutlich hören. »Versteck dich irgendwo! Hier ist es zu gefährlich!«

Zu gerne hätte ich Nox gezeigt, wo er sich seine Befehle hinstecken konnte, aber sein Anblick hatte in mir eine Bilderlawine ausgelöst, als hätte mein Verstand ein Daumenkino betätigt. Auf einmal wusste ich genau, wie wir den Kristallflakon in Davids Maul befördern konnten. Doch bevor ich Gelegenheit hatte, die triefenden Schichten meines Kleides zu raffen und zum Höllendiener zu laufen, um mir seinen Bogen zu schnappen, erbebte die Erde ein weiteres Mal.

Im ersten Moment dachte ich, die Bodenwellen wären zurückgekommen, aber als ich reflexartig hinabschaute, sah ich, wie der zeigefingerbreite Riss im Boden ächzend und krachend größer wurde, bis meine Beine unaufhaltsam auseinanderdrifteten. Ehe ich in einen Spagat fiel, von dem ich mich vermutlich niemals wieder erholen würde, rettete ich mich mit einem Hechtsprung zur Seite. Gerade noch rechtzeitig, wie sich herausstellte, denn binnen Sekunden war aus dem winzigen Spalt ein zwei Meter breiter und geschätzt zwanzig Meter tiefer Graben geworden, der sich nach und nach mit Regenwasser, Schlamm und allem möglichen anderen Unrat füllte.

Aber Nox und ich waren nicht die Einzigen, die voneinander getrennt worden waren und nun auf drei mal drei Meter breiten Inseln feststeckten. Sämtliche Risse, die zuvor den Labyrinthboden überzogen hatten, waren weiter aufgerissen und hatten die Erde verschoben, bis das gesamte Zentrum rund um den Baum einem Schachbrett ähnelte, dessen dunkle Felder in Wahrheit metertiefe Fallgruben waren.

»Habt ihr Ssspassss?«, zischte David gut gelaunt und schlängelte sich weiter den Baum empor. Dabei hatte er das obere Drittel seines Körpers zu uns herumgedreht, sodass ich neben seiner cremeweißen Unterseite zum ersten Mal sein Gesicht in vollem Ausmaß sehen konnte. Die Mundwinkel des wie ein Y geformten Mauls reichten beinahe über die gesamte Breite des beeindruckenden Kopfes und die pechschwarz glänzenden Augen erinnerten an kürbisgroße Perlen, die einen mit ihrer Schönheit blendeten, ehe die zaunpfahldicken, aber messerscharfen Giftzähne einem das Leben raubten. »Bitte sssagt mir, dassss ihr euch ebenssso kösstlich amüsssiert wie ich.«

Ohne Davids schrilles Lachen zu beachten, das sogar das stetig näher kommende Donnergrollen übertönte und mir eine fette Gänsehaut bescherte, ließ ich meinen Blick in kauernder Haltung umherschweifen. Einerseits suchte ich nach einer Möglichkeit, zu Nox zu gelangen, um mir seinen Bogen unter den Nagel zu reißen, andererseits wollte ich sichergehen, dass es den beiden Engeln gut ging und keiner von ihnen in einem Schlund verschwunden war.

Den Höllendiener entdeckte ich sofort. Er hatte sich ebenfalls in Sicherheit bringen können, war dadurch aber noch weiter von mir abgerückt, was mein Vorhaben unnötig erschwerte.

Während er unablässig und immer noch wirkungslos das Schuppenkleid der Schlange mit seinen Pfeilen befeuerte, setzte ich meine Suche nach Adam fort.

Doch mein bester Freund war unauffindbar.

Panik drohte mich zu erfassen, aber ich rang sie nieder, um einen kühlen Kopf zu bewahren. Wenn Adam tatsächlich etwas Schlimmes widerfahren wäre, wären wir jetzt alle tot. Doch ich erfreute mich noch einer halbwegs passablen Gesundheit, weshalb ich alles dafür geben wollte, damit das auch so blieb. Leider waren meine Möglichkeiten begrenzt. Selbst ohne meine eingeschränkte körperliche Verfassung, meinen zentnerschweren Kleiderballast und die stürmischen Windböen, die mich wie einen betrunkenen Seemann umhertaumeln ließen, wäre ein zwei Meter weiter Sprung auf einem derart rutschigen Untergrund und ohne ausreichend Anlaufmöglichkeit äußerst gewagt. In diesem Fall kam jedoch auch noch der Druck hinzu, was im Falle meines Versagens auf dem Spiel stand.

Was soll ich nur tun?

Ehe ich mir Gedanken über einen Lösungsweg machen konnte, erweckte eine Bewegung, die ich aus den Augenwinkeln bemerkte, meine Aufmerksamkeit. Ruckartig wandte ich meinen Kopf herum und entdeckte Adam, der sich mit bebenden Gliedmaßen aus einer Schlucht emporkämpfte, indem er seine Schuhe und die geballten Fäuste wie Kletterhaken in die matschige Erdwand stieß. Ich wusste nicht, ob er bei dem Versuch ausgerutscht war, näher an David heranzukommen, oder ob ihn etwas abgelenkt und er den aufklaffenden Boden zu spät bemerkt hatte, aber so oder so befand er sich auf demselben Bodenstück wie der Höllenfürst.

»Langsssam wirssst du lässstig, Hill«, zischte David und nahm Adam ins Visier, der sich breitbeinig und mit gezücktem Schwert vor der Schlange platziert hatte. Im Vergleich zu dem imposanten diamantförmigen Kopf wirkte Adam geradezu winzig. »Ssschade, dassss ich dich nicht einfach auffressssen darf. Aber glücklicherweissse gibt es noch unzählige andere Möglichkeiten, deinen Lebensssfunken aussszulösssschen.« Zur Demonstration einer der genannten Möglichkeiten fegte der Höllenfürst seinen geschuppten Schwanz über den Boden und riss Adam binnen eines Wimpernschlags aus meinem Blickfeld.

Mein Angstschrei blieb mir im Hals stecken, als ich Adam entdeckte, wie er sich tapfer an David festklammerte, während dieser sein Schwanzende hin und her peitschte in dem Versuch, den ungewollten Passagier loszuwerden.

Wir müssen Adam helfen!

Dieser Gedanke schoss mir ebenso blitzartig durch den Kopf wie die Gewissheit, dass ich aus meiner aktuellen Position nichts unternehmen konnte. Selbst Nox, der versuchte, Adam zu unterstützen, indem er einen Pfeil nach dem anderen auf das mächtige Tier abfeuerte, war chancenlos.

Verdammt! Verdammt! Verdammt!

Hilflosigkeit gepaart mit Wut und Angst durchfluteten meinen Körper und lähmten ihn. Einzig und allein mein Verstand war noch in der Lage, seine Arbeit fortzusetzen.

»Nox!«, schrie ich so laut, dass sogar meine Stimmbänder schmerzten. »Nox! Zur Hölle, beachte mich endlich! Nox!« Die unverständlichen Laute, die mir über die Lippen kamen, wurden immer lauter, bis sie schließlich den Höllendiener erreichten und ihn seine Bemühungen einstellen ließen.

Als ich endlich Nox' Aufmerksamkeit auf mich gelenkt hatte, hob ich die Hand mit dem Kristallflakon und wedelte damit umher.

Zwar konnte ich Nox' Mimik nicht erkennen, spürte stattdessen aber seinen bohrenden Blick, als er sich mit einer Hand die triefnassen Haarsträhnen aus dem Gesicht strich. Offenbar wägte er noch immer ab, ob er meinem Instinkt vertrauen konnte.

Bitte, Nox! Ich weiß, was ich tue! Du musst mir vertrauen, wie ich bisher immer dir vertraut habe!

All das versuchte ich dem Höllendiener mit meinen Augen zu sagen. Ebenjene Augen, die in dem gefallenen Engel immer mehr gesehen hatten, als er selbst wahrhaben wollte.

Ein, zwei, drei Sekunden verstrichen, ehe Nox seinen Arm sinken ließ und mit hängenden Schultern nickte, als hätte er soeben sein Todesurteil anerkannt.

Gerne hätte ich vor Freude einen Luftsprung gemacht, stattdessen erhob ich mich auf die Beine und stellte mich, den Windböen trotzend, in Wurfposition. Wie ein Pitcher beim Baseball atmete ich mehrmals tief durch und bewegte den Flakon zwischen meinen Fingern, bis er gut in der Hand lag.

Dann warf ich.

***

Niemals im Leben hätte ich gedacht, dass mich meine fehlenden Talente im Bereich der Leichtathletik irgendwann das Leben kosten würden. Doch genauso war es. Auch wenn ich all meine verbliebene Kraft zusammengesammelt und sie in meinen Wurf gelegt hatte, reichte sie bei Weitem nicht aus, um das Kristallgefäß auch nur in Nox' Nähe zu befördern. Nach gerade mal der Hälfte des Weges segelte der Flakon in Richtung Boden, geradewegs auf einen der Abgründe zu.

Auf meiner Zunge bildete sich ein entsetzt-qualvolles »Neeeeiiiiinnnnnnn!«, als mir bewusst wurde, dass ich versagt und damit unseren Tod besiegelt hatte.

Doch ehe der Laut einen Weg über meinen Lippen fand, tauchte wie aus dem Nichts eine Hand über dem Rand des Abgrunds auf und fing den Flakon in allerletzter Sekunde auf.

Erstarrt angesichts der plötzlichen Wendung huschte mein Blick den lang gestreckten Arm entlang, der zu der Hand gehörte, bis er an einem dunkelblonden Haarschopf hängen blieb, dessen nasse Strähnen zum Teil von Schlamm verdreckt waren.

»Ich hoffe für dich, Kleines, dass ich mir gerade nicht umsonst ein paar Rippen gebrochen habe!« Die geknurrte Drohung wurde von einem wild funkelnden Blick begleitet, der mich aus meiner Starre löste und mich vor Freude weinend auf die Knie zwang. Währenddessen riss Nox ein Stück dunklen Stoffes von seinem Anzug ab und band den Flakon um einen seiner Pfeile. Als er damit fertig war, legte er diesen zur Seite und erhob sich auf die Beine. Anschließend zückte er einen neuen – leeren – Pfeil und spannte diesen in den Bogen.

Ich beobachtete jede von Nox' Bewegungen ganz genau und hoffte inständig, dass mich meine tränenverschleierte Sicht täuschte und Nox mehr als nur noch diese vier leeren Pfeile besaß.

Aber selbst wenn er noch hundert Stück hätte, würde das keinen Unterschied machen. Der einzige Pfeil, der zählt, ist der mit dem Flakon. Und der Schuss muss sitzen!

Nox musste sich des Drucks seiner begrenzten Munition ebenfalls bewusst sein, denn sein gesamter Körper wirkte angespannt, seine Miene hoch konzentriert. Die Augen verengt, presste er seine Lippen fest aufeinander und wagte einen weiteren Schuss.

Ich war mir nicht sicher, wohin Nox gezielt hatte, aber da der Pfeil ein ganzes Stück an Davids Kopf vorbeiging, hatte er sein Ziel definitiv verfehlt.

Dieser Gedanke bestätigte sich, als der Höllendiener einen lautlosen Fluch ausspie und seinen Kopf nach hinten drehte, als würde er dort den Grund für sein Versagen finden.

Automatisch tat ich es ihm gleich und entdeckte den Tornado, der bereits gefährlich nah gekommen war und offenbar Einfluss auf die Flugbahn von Nox' Pfeilen nahm.

Uns läuft die Zeit davon!

Vermutlich dauerte es nur noch wenige Minuten, bis uns der Wirbelsturm eingeholt hatte.

Diesen Gedanken musste Nox ebenfalls gehabt haben, denn er wandte sich umgehend wieder seinen Pfeilen zu und setzte zum nächsten Schuss an. Dieser kam seinem Ziel etwas näher als der Vorherige und traf zumindest Davids Hals. Doch die gepanzerten Schuppen verhinderten ein Eindringen der Spitze und der Pfeil prallte erneut wirkungslos ab.

Du musst auf die helle Unterseite zielen!, versuchte ich Nox gedanklich mitzuteilen. Irgendwo hatte ich mal aufgeschnappt, dass Schlangen an ihrer Unterseite am verletzlichsten waren. Ob das jedoch der Wahrheit entsprach, konnte ich nur hoffen.

Nox legte den dritten und damit vorletzten leeren Pfeil in den Bogen und spannte die Sehne. Jeder Handgriff wirkte routiniert und souverän, weshalb ich mir die Frage stellte, welche verborgenen Talente der Höllendiener wohl noch besaß und ob ich jemals in die Verlegenheit kommen würde, ihn danach zu fragen.

Kurz bevor Nox die Sehne losließ, verstärkte sich der Wind drastisch und ich blickte erneut über meine Schulter. Der Tornado näherte sich unaufhaltsam, was meinen Pulsschlag in Höhen jenseits aller messbaren Bereiche trieb.

Bitte, Nox! Beeil dich!

Just in der Sekunde, als ich mich wieder zum Höllendiener herumdrehte, flog der Pfeil los und die glänzende Metallspitze bohrte sich tief in das weiche Schlangenauge.

»Aaaaarrrrrggggghhhhhh!« Davids Schmerzensschrei dröhnte wie eine Schallwelle über uns hinweg, deren Druck sogar Nox auf die Knie trieb. Der gigantische Schlangenkopf und auch der Schwanz zuckten unkontrolliert hin und her, was mich daran erinnerte, dass sich Adam immer noch wie ein adrenalinbesessener Rodeoreiter an David geklammert hielt.

Während David mit weit aufgesperrtem Maul versuchte die beiden Fremdkörper von sich zu schütteln, hatte Nox bereits nach dem flakonbesetzten Pfeil gegriffen und ihn in den Bogen gelegt. Ohne auch nur eine wertvolle Sekunde zu vergeuden, ließ er die gespannte Sehne los und besiegelte damit unser Schicksal – wie auch immer dieses aussehen würde.

***

Wie in Zeitlupe segelte der Pfeil durch die Luft und trotzte Wind und Regen. Vor Anspannung hatte ich die Luft angehalten, was sich nun rächte. Schwarze Punkte begannen vor meinen Augen zu tanzen und mir wurde schwindelig. Reflexartig sog ich frischen Sauerstoff in meine Lungen genau in dem

Moment, als die messerscharfe Spitze des Pfeils ihr Ziel erreichte und sich widerstandslos in das rosige Fleisch des Schlangengaumens bohrte.

Gelähmt verfolgte ich während der nächsten Sekunden Davids Bemühungen, den Pfeil mit seiner Zunge zu entfernen. Anfangs machte es nicht den Eindruck, als würde er das Geschoss überhaupt erreichen können, aber schließlich gelang es ihm doch und das dünne Holz zerbrach.

Verzweiflung übermannte mich und mein Kampfeswille drohte mich endgültig zu verlassen. Aber bevor meine Knie einknicken und ich kraftlos zu Boden sinken konnte, registrierte ich eine Veränderung in Davids Bewegungen. Der Reptilienkörper begann zu beben und zu zucken, als leide er unter einem epileptischen Anfall. Gleichzeitig, als würde jemand die Lautstärke an einem Radio nach und nach höher drehen, drangen Schreie zu mir durch, die sowohl von Schmerz als auch von Qual und Wut zeugten.

»Aaaarrrggghhhh! Nein! Dasss darf nicht passssieren! Wie konntet ihr gewinnen? Aaaaarrrggghhhh! Neeeiiiinnnn!«

Gefesselt von dem Anblick konnte ich nicht wegsehen. Selbst dann nicht, als mich buchstäblich eine Abrissbirne zu treffen schien und ein harter Schlag im Rücken mich bäuchlings zu Boden warf. Wie eine leblose Puppe rollte ich zur Seite und wurde direkt danach wieder in die Luft gehoben, noch bevor ich auch nur die Gelegenheit hatte, den Angriff zu realisieren.

Im ersten Augenblick war ich mir sicher, dass es der Tornado war, der uns eingeholt hatte. Doch dann traf mein Blick auf zwei schimmernd-grüne Smaragde, die mich in einer Intensität musterten, wie ich sie noch nie zuvor gesehen hatte, und meine Arme schlangen sich wie von selbst um einen breiten Nacken, um nicht von den Armen zu rutschen, die mich festhielten.

»Du hattest recht!«, schrie mich Nox an, obwohl seine Miene kein bisschen zornig wirkte. Ganz im Gegenteil. Der Höllendiener strahlte mich auf eine Art und Weise an, die in mir widersprüchliche Gefühle weckte, weshalb ich Schwierigkeiten hatte, seine Worte in Einklang mit seiner Stimme zu bringen. »Wir haben es geschafft! Wir haben gesiegt!«

Perplex starrte ich Nox an. Sekunde um Sekunde verstrich, doch egal, wie lange ich mein Gegenüber anstierte, ich konnte nicht glauben, was er da von sich gab. Erst als mir der vertraute Duft von Feuer und Rauch in die Nase stieg, der vom Regen verstärkt wurde, begannen meine Gehirnzellen wieder zu arbeiten.

Wir haben es geschafft?!

Wie von selbst wandte sich mein Kopf in Richtung der gigantischen Schlange, um sich davon zu überzeugen, dass Nox nicht urplötzlich die Fähigkeit erlernt hatte zu lügen.

Doch der Höllendiener sagte die Wahrheit.

Das Beben und Zucken von Davids Tierform wurde immer stärker, während sich sein aufgerissenes Maul schwarz zu verfärben begann. Erst nach einigen Augenblicken erkannte ich, dass David, als er mit seiner Zunge den Pfeil zerbrochen hatte, auch den Glasflakon zerstört hatte. Und nun fraß sich die dunkle Tinktur wie ein umgestoßenes Tintenfass auf einem roten Tischtuch durch seine Schleimhäute.

Wir haben es geschafft! Wir haben es tatsächlich geschafft!

Nur langsam realisierte ich, was diese Silben bedeuteten. Doch mit jeder Sekunde, die es mir bewusster wurde, wurde das Lächeln auf meinen Lippen breiter und die Hoffnungslosigkeit in meinem Inneren wich einem Gefühl puren Glücks.

Wir haben es wirklich geschafft!

Tränen der Freude stiegen mir in die Augen und rannen mir aus den Augenwinkeln, weshalb ich mein Gesicht an Nox' Brust schmiegte.

Doch meine Freude währte nicht lange. Bereits im nächsten Augenblick wurde mir bewusst, dass wir noch nicht über den Berg waren.

Noch sind wir nicht in Sicherheit! Apropos … wo ist Adam?

Den Blick suchend umherschweifend blieb meine Aufmerksamkeit an dem Tornado haften, der unaufhaltsam näher kam und dessen Sog bereits so stark war, dass selbst Nox Schwierigkeiten hatte, ihm zu entkommen.

»Wir müssen von hier verschwinden!«, rief der Höllendiener und stemmte sich gegen die Windkraft.

Mit einem Nicken stimmte ich ihm zu. »Aber nicht ohne Adam!«, erwiderte ich reflexartig, obwohl klar war, dass mich Nox sowieso nicht verstehen würde.

Nox' Augen weiteten sich und ich brauchte eine Sekunde, um den Grund dafür zu realisieren. Anstatt unverständlicher Laute, wie sie mir während der letzten Stunden über die Lippen gekommen waren, war meine eigene Stimme klar und deutlich auf Englisch zu hören gewesen.

»Zur Hölle, Kleines! Kaum sprichst du wieder in einer verständlichen Sprache, handeln deine ersten Silben von Goldlöckchen!« Dass Nox' harsch klingende Worte nicht ernst gemeint waren, verdeutlichte sein freches Grinsen, ehe er sich ebenfalls suchend nach Adam umsah. »Na schön, aber wo steckt der Harfenquäler?«

Die Antwort auf die Frage wurde uns nur wenige Sekunden später präsentiert, als Davids Zuckungen so stark wurden, dass Adam keine Chance mehr hatte, sich länger an dem Schlangenschwanz festzuklammern. Wie das Geschoss eines Katapultes flog der Engel durch die Luft, geradewegs auf die Schlucht vor unserer Erdinsel zu.

Vor Entsetzen erstarrt, war ich nicht in der Lage, auch nur einen Muskel zu bewegen. Nicht einmal einen Schrei hatte ich hervorbringen können. Glücklicherweise sah das bei Nox anders aus. Geistesgegenwärtig ließ er mich zu Boden fallen und sprang selbst auf die Schlucht zu. Genau in dem Moment, als Adam im Schlund zu verschwinden drohte, erreichte der Höllendiener seinen Freund und packte dessen Hand.

Nachdem ich sowohl Schmerzen als auch mein Entsetzen abgeschüttelt hatte, kämpfte ich gegen den stetig stärker werdenden Wind an und robbte so schnell wie möglich zu den beiden Engeln hinüber.

»Danke, Bruder!«, hörte ich Adam rufen, gerade als ich zu ihm und Nox stieß. Mit meinen warzenübersäten Stummelfingern ergriff ich seine zweite Hand, um Nox bei seiner Rettungsmission zu unterstützen.

»Das war ich dir schuldig, Bruder.« Mit einem aufrichtigen Lächeln auf den Lippen verstärkte Nox seine Bemühungen, sodass es uns schließlich gelang, Adams obere Körperhälfte auf die Erdinsel zu ziehen.

Gerade noch rechtzeitig, wie sich herausstellte, denn bereits im nächsten

Augenblick war der Tornado so nah herangekommen, dass wir ihm nicht mehr entkommen konnten. Mit aller Kraft, die ich noch aufbringen konnte, umklammerte ich mit beiden Händen Adams Finger, um nicht erneut von ihm getrennt zu werden. Dabei spürte ich eine vertraute Übelkeit in mir aufkommen, die von schwarzen Punkten in meinem Blickfeld begleitet wurde.

»Es geht nach Hause, Jungs«, nuschelte ich, unfähig lauter oder deutlicher zu sprechen, und ergab mich meinem Schicksal. Im selben Moment, als mich meine Kraft verließ und ich ein weiteres Mal den Kontakt zu Adam verlor, schlossen sich meine Augen. Doch dieses Mal begrüßte ich die Dunkelheit mit offenen Armen.

VIERUNDDREISSIG

Ich lag mit geschlossenen Augen und hinter dem Kopf verschränkten Armen auf meinem Bett und genoss die angenehm kühle Brise, die durch das offene Fenster wehte. Es war Samstagmorgen, der Blutkarneval lag eine Woche zurück und gestern hatte ich in einer feierlich-sentimentalen und tränenreichen Zeremonie das Ende meiner Highschoolzeit gefeiert. Zwar war es ein komisches Gefühl gewesen, diesen Tag ohne Harmony und Killian zu erleben, aber mit Adam an meiner Seite war es mir trotzdem gelungen, ein wenig Spaß zu haben.

Ein dumpfes Geräusch am anderen Ende meines Zimmers lenkte meine Aufmerksamkeit auf sich und ich öffnete lächelnd die Augen. Zwar hatte ich gehofft, dass jemand Gewisses heute Morgen um unser Haus schleichen und dabei mein offenes Fenster entdecken würde, aber damit gerechnet hatte ich nicht.

»Gilt deine Einladung mir, holde Julia?« Nox, der mal wieder mit katzenhafter Eleganz mein Zimmer betreten hatte, schritt langsam auf mich zu. Seine Hände hatte er locker vor seiner Brust verschränkt und auf seinen Lippen lag dieses vertraute schiefe Grinsen. Doch das Einzige, was mich wirklich interessierte, war das einmalige Funkeln in seinen Augen, das mir versicherte, dass es sich bei meinem Besucher um den echten Nox handelte. Diese Sorge hatte mich nämlich, seit ich wusste, dass es Wesen gab, die die Fähigkeit besaßen, sich in vertraute Personen aus meinem Leben zu verwandeln, am meisten beunruhigt. Mich hatte sogar Panik befallen, erneut auf einen solchen Trick reinzufallen, sodass ich mich nach unserer Rückkehr zunächst geweigert hatte mit irgendjemandem zu reden. Aber Adam hatte mich auf seine ganz spezielle Art daran erinnert, dass eine Täuschung nur auf optischer Ebene funktionierte und ich einfach nur auf mein Herz zu hören brauchte, um die Wahrheit herauszufinden.

»Wenn du dich mit dieser Vorstellung besser fühlst, darfst du das gerne glauben«, erwiderte ich grinsend und setzte mich in meinem Bett auf. In der Hoffnung auf diesen morgendlichen Besuch hatte ich mich bereits umgezogen und trug nun anstatt meines Schlafshirts Jeansshorts und ein weißes T-Shirt, was überraschenderweise exakt Nox' Outfit glich, als hätten wir uns abgesprochen.

Der Höllendiener lachte leise und ich meinte Anerkennung in seinen Augen aufblitzen zu sehen, als er mich mit zur Seite geneigtem Kopf betrachtete. »Die Schülerin fordert den Meister heraus. So, so.«

Ich erwiderte Nox' Grinsen ebenso wie seinen Blick. Es hatte ein wenig gedauert, bis ich durchschaut hatte, wie es ihm gelang, ein Gespräch nach seinen Wünschen zu manipulieren, aber jetzt wusste ich Bescheid und würde mich nicht mehr so leicht aus der Ruhe bringen lassen.

»Warum bist du gestern nicht zum Essen gekommen?«, fragte ich nach einem Moment der Stille, den Nox dazu genutzt hatte, sich in meinem Zimmer umzusehen, als wäre er zum ersten Mal hier. Zu gerne hätte ich ihn gefragt, weshalb er das immer tat. Aber ich glaubte nicht daran, eine Antwort zu erhalten, also sparte ich mir die Mühe. »Es gab eine Menge zu feiern. Für uns alle, meine ich. Und Mom hat dich sogar persönlich eingeladen.«

Bei der Erinnerung an diesen Moment musste ich wieder grinsen. Es war im Krankenhaus gewesen, in dem ich die ersten Tage nach unserer Rückkehr hatte verbringen müssen. Nachdem wir David besiegt und allesamt in luftiger Höhe das Bewusstsein verloren hatten, waren wir erst wieder vor den Mauern des Blutkarnevals zu uns gekommen. Durch die Teleportation von der magischen Welt zurück in die reale hatte ich zwar mein menschliches Aussehen sowie alle kognitiven und motorischen Fähigkeiten zurückerlangt, aber die Verletzungen, die ich mir während unseres Abenteuers zugezogen hatte, waren nicht verschwunden. Deshalb hatten Adam und Nox darauf bestanden, dass mich ein fähiges Ärzteteam gründlich untersuchen sollte, ehe ich mein gewohntes Leben wieder aufnehmen durfte.

Durch meinen Aufenthalt im Krankenhaus hatte ich leider die letzte Woche als Highschoolschülerin verpasst, trotzdem wollte ich mich nicht beschweren. In den Tagen, die ich von der Außenwelt mehr oder weniger abgeschirmt gewesen war, hatte ich so viel friedvollen Schlaf bekommen wie schon lange nicht mehr. Und auch wenn ich dadurch in der Schule einige tolle Erfahrungen verpasst hatte, waren mir andere, sehr viel wertvollere Dinge widerfahren.

Zum Beispiel hatte Nox während der gesamten Zeit mein Krankenzimmer kein einziges Mal verlassen. Stunde um Stunde hatte er wie ein dunkler Engel über mich gewacht und auch wenn wir die Zeit nicht dazu genutzt hatten, über die Dinge zu reden, die in der Nacht des Blutkarnevals geschehen waren, hatte mir Nox' Anwesenheit viel bedeutet.

Ein weiteres Geschenk, das ich durch meinen Krankenhausaufenthalt erhalten hatte, war das Versprechen meiner Mom, mehr Zeit miteinander zu verbringen. Nachdem sie von den Ärzten erfahren hatte, dass es mir den Umständen entsprechend gut ging und ich einfach nur Ruhe und Erholung benötigte, damit die Verletzungen verheilen konnten, die ich mir zugezogen hatte, als ich während einer Schlägerei am Pier zwei betrunkene Idioten auseinanderbringen wollte, hatte meine Mom vor Erleichterung zu weinen begonnen und mir versprochen, sich ein paar Tage freizunehmen, um sich in aller Ausführlichkeit um mich zu kümmern.

Doch das Beste an meiner kleinen Zwangspause war die geschichtsträchtige Essenseinladung gewesen, die meine Mom gegenüber Nox ausgesprochen hatte. Es war am Abend vor meiner Entlassung geschehen, kurz bevor sie nach Hause gegangen war. Mom hatte die gesamte Woche so erschöpft gewirkt, dass ich ihr gegenüber immer wieder beteuert hatte, dass sie nicht jeden Tag nach der Arbeit herkommen müsse. Aber natürlich wollte sie nichts davon hören, sondern quälte sich fast eine Stunde durch den Feierabendverkehr, nur um dann bis zweiundzwanzig Uhr an meinem Bett zu sitzen. Am Mittwoch hatte ich schließlich behauptet, dass man mir neue Medikamente verabreicht hätte, die mich äußerst müde machten. Anschließend hatte ich die Augen geschlossen und so getan, als wäre ich eingeschlafen. Mom hatte noch einige Zeit schweigend bei mir gesessen und mich beobachtet, doch irgendwann hatte offenbar die Vernunft gesiegt und sie hatte sich von ihrem Stuhl erhoben. Ich hatte angenommen, ihre Schritte würden sie zur Zimmertür führen, doch nachdem ich meine Augen einen Spaltbreit geöffnet hatte, entdeckte ich sie bei Nox.

»Seit Sie in das Leben meiner beiden Kinder getreten sind, erkenne ich sie kaum wieder. Sie benehmen sich sonderbar, haben Geheimnisse und geraten immer wieder in Schwierigkeiten. Und ich gebe zu, anfangs habe ich Sie dafür verantwortlich gemacht, Nicholas. Aber«, an dieser Stelle hatte sie Nox' Hand ergriffen, »Avery betont immer wieder, dass Sie ein Held sind. Dass Sie ihr mehrfach das Leben gerettet haben. Und auch wenn ich ihr zu Beginn nicht glauben wollte, habe ich meine Meinung inzwischen revidieren müssen. Aus diesem Grund würde ich mich gerne bei Ihnen entschuldigen. Sie haben nicht nur meiner Tochter, sondern auch mir das Leben gerettet. Dafür werde ich Ihnen immer dankbar sein.« Mit feuchten Augen und zittriger Lippe hatte sie Nox angelächelt. »Und wenn Sie morgen noch nichts vorhaben, würde ich mich sehr freuen, wenn Sie uns nach der Zeugniszeremonie zum Essen begleiten. Adam ist Ihr Bruder und er möchte diesen besonderen Tag sicherlich im Kreis seiner gesamten Familie verbringen.«

Noch nie hatte ich den Höllendiener sprachlos erlebt. Aber in diesem Moment hatten ihm die Worte gefehlt. Dafür war ein Lächeln über seine Lippen gehuscht, das zwar ein wenig verwirrt und unsicher gewirkt, gleichzeitig aber verdeutlicht hatte, wie viel ihm die Worte meiner Mom bedeuteten.

»Hast du inzwischen ein neues Tattoo?«, fragte Nox auf einmal und beförderte mich damit zurück in die Gegenwart. Er war vor meinem Kleiderschrank getreten und musterte den marineblauen Umhang samt Talar und gelber Schärpe, den ich gestern getragen hatte.

»Nein«, erwiderte ich und erhob mich von meinem Bett. »Aber das weißt du selbst, sonst hätte ich euch längst Bescheid gesagt.« Dieses Versprechen hatte ich den beiden Engeln geben müssen, als am dritten Tag nach der bestandenen Prüfung noch immer kein neues Tattoo erschienen war. Aber ich hatte es nicht eilig mit der nächsten Prüfung. Noch immer haderte ich mit den zwei bisherigen Bildern auf meiner Haut – obwohl ich zugeben musste, dass der finale Stand des Baumtattoos ziemlich cool war. Die Schlange war verschwunden, der purpurfarbene Apfel hatte sich vervielfältigt, sodass die gesamte Baumkrone von den Früchten übersät war, und Eva schien mitten in einer glückseligen Tanzpose für alle Ewigkeit erstarrt zu sein. »Also? Wieso bist du tatsächlich hier?«, führte ich das Gespräch fort. Ich war hinter den Höllendiener getreten und musste dem Impuls widerstehen, ihn zu berühren. Unsere Beziehung war seit dem Blutkarneval um ein Vielfaches komplizierter geworden und ich wusste nicht, wie ich mich Nox gegenüber verhalten sollte.

Langsam drehte er sich zu mir herum. Er hatte seine Arme noch immer vor der Brust verschränkt, aber in der Geste lag nichts Arrogantes oder Provokatives. Auch wirkte sein Blick überraschend offen. »Ich wollte dich einfach sehen.«

»Du wolltest mich einfach sehen, hm?« Ich hob eine Augenbraue. »Und verrätst du mir auch den Grund?«

Nox erwiderte meinen Blick, ehe er ein leises, trauriges Lachen erklingen ließ, das verdeutlichte, dass er nicht hergekommen war, um eine weitere Runde unseres persönlichen Spielchens einzuleiten.

»Weißt du, Kleines, ich lebe bereits seit fast zweitausend Jahren. In dieser Zeit habe ich mehr Seelen getroffen, als ich zählen kann.« Begleitet von diesen Worten ging Nox an mir vorbei in Richtung Bett, wo er sich auf die Kante setzte und seine Unterarme auf den Knien abstützte. Dabei blickte er mich mit unergründlicher Miene an. »Von all diesen Seelen hat mir aber nur eine Handvoll wirklich etwas bedeutet. Vorneweg Adam, der immer mehr für mich war als nur mein bester Freund. Wir waren Brüder. Wir wären füreinander gestorben. Aber dir muss ich diese besondere Verbindung nicht erklären, oder? Du verstehst diese Art von Freundschaft besser als jeder andere.«

Nox rieb sich die Hände und ließ seinen Nacken geräuschvoll knacken, ehe er weitersprach. »Nach meinem Rauswurf aus dem Himmel glaubte ich nicht daran, dass Adam mir jemals verzeihen würde. Ich hatte mich bereits mit dem Gedanken abgefunden, meinen besten Freund für alle Ewigkeit verloren zu haben. Aber dann, in Galoai, als wir von Mab und der Sommerhofprinzessin angegriffen wurden, hat Adam mir das Leben gerettet. Er hat sich vor mich gestellt, als mich ein Feenritter hinterrücks erstechen wollte. Dabei hat er selbst den Tod gefunden.«

Perplex klappte mein Mund auf und meine Augen weiteten sich. Diesen Teil der Geschichte kannte ich noch gar nicht. Aber wenn ich genauer darüber nachdachte, hätte mich diese Offenbarung nicht überraschen dürfen. So war Adam nun einmal. Und nach dem, was er mir auf dem Friedhof über Nox und ihre gemeinsame Vergangenheit erzählt hatte, war seine Tat sogar noch besser nachvollziehbar.

»In diesem Moment wusste ich, dass Adam mir verziehen hatte«, erzählte Nox weiter und furchte seine Stirn. »Nach all der Zeit hatte ich meinen Bruder wiederbekommen. Und das ausgerechnet in der Sekunde, in der wir auf dem Schlachtfeld hätten krepieren und zur Hölle fahren sollen.«

»Aber dazu ist es nicht gekommen«, warf ich leise ein. Ich hatte keine Ahnung, in welche Richtung sich dieses Gespräch entwickeln würde oder warum sich Nox mir ausgerechnet jetzt anvertraute, aber ich wollte auf keinen Fall riskieren, dass er seine Meinung änderte und sich wieder hinter unüberbrückbaren Mauern verschanzte.

»Genau, Kleines. Aber ebendies ist das Problem.« Nox' Stimme klang plötzlich dumpf und ich meinte den Anflug von Tränen in seinen Augen zu erkennen. »Wegen dieser überraschenden Fügung habe ich zum ersten Mal seit Jahrhunderten etwas empfunden, was ich längst vergessen geglaubt hatte. Hoffnung.«

Die Art, wie Nox die Worte betonte, jagte mir einen Schauder über den Rücken und eine Gänsehaut überzog meinen Körper. Noch nie hatte ich den Höllendiener so sprechen hören. Dementsprechend wusste ich nicht, wie ich darauf reagieren sollte.

»Kannst du dir das vorstellen?«, sprach Nox weiter und lachte traurig. »Ich hatte ernsthaft gedacht, Gott hätte mir den Mord an Richard verziehen. Wie bescheuert bin ich eigentlich? Nur weil ich endlich meinen besten Freund wiederbekommen und ein Mädchen gefunden habe, das mich auf eine Art und Weise berührt, wie es sonst noch niemand geschafft hat, habe ich tatsächlich geglaubt endlich glücklich sein zu dürfen?«

Der Ausdruck in seinen Augen brach mir das Herz und löschte den winzigen Lichtschimmer in meinem Inneren, den seine Worte hatten entstehen lassen. Stattdessen spürte ich meine eigenen Augen feucht werden. Ein Kribbeln erfasste meine Lippen, weil mir so viele ungesagte Silben auf der Zunge lagen. Aber keine Erwiderung dieser Welt hätte die Qual des Höllendieners gelindert. Das wusste ich genau. Ich kannte diese Art von Schmerz selbst. Dieses Leid konnte kein Außenstehender lindern.

»Ich lebe seit fast zweitausend Jahren«, wiederholte Nox, dieses Mal jedoch gedanklich abwesend, als würde er die Worte nicht an mich, sondern an sich selbst richten. »Und in all dieser Zeit gab es nur eine Sache, die unumstößlich in der Geschichte der Menschheit verankert ist. Und zwar den Fakt, dass Gott nicht verzeiht. Niemandem. Nicht einmal seinem eigenen Sohn, seinem *Lichtbringer,* hat er in all den Äonen verziehen. Wie also, in drei Teufels Namen, konnte ich glauben eine Ausnahme zu sein?«

Jedes von Nox' Worten trieb mich Schritt für Schritt näher zu ihm hin, bis ich schließlich neben ihm auf meinem Bett saß und wie ferngesteuert meine Hand auf seinen Unterarm legte.

»Wieso hast du mir nicht früher davon erzählt?« Meine Stimme klang dünn und meine Finger zitterten. Nox so zu sehen, warf mich völlig aus der Bahn, aber ich bemühte mich, die Fassung zu bewahren. »Du hättest diese Qualen nicht allein durchmachen müssen. Wenn du anstatt deines knallharten G.I.-Joe-Images zu deinen Gefühlen gestanden hättest, wäre ich für dich da gewesen. Und wer weiß, vielleicht wäre dann die Sache zwischen uns auch anders gelaufen.«

Langsam drehte Nox seinen Kopf zu mir herum. Sein Blick wirkte leer und das Lächeln auf seinen Lippen freudlos. »Selbst wenn ich mich dir anvertraut hätte, Kleines, wäre es zwischen uns nicht anders gelaufen. Die Sache, wie du unsere Gefühle füreinander bezeichnest, hatte nur auf diese Art enden können.« Er legte seine Hand auf meine und unsere Finger verschränkten sich wie von selbst ineinander. Diese Berührung fühlte sich so unglaublich gut und richtig an, dass es einem grausamen Witz gleichkam, dass es sich hierbei um ein Ende und nicht um einen Anfang handelte. »Unser Schicksal wurde in dem Moment besiegelt, als du deine Erinnerungen an Adam verlorst.«

Irritiert runzelte ich die Stirn, doch Nox gab mir keine Gelegenheit, über seine Worte nachzudenken. Stattdessen lenkte er meine Aufmerksamkeit auf unsere Hände, indem er damit begann, mit seinem Daumen über meine Haut zu streichen.

»Dass Goldlöckchen dich liebt, wusste ich vom ersten Tag an. Nur deswegen hat er dir überhaupt von den Prüfungen erzählt. Aber du hast seine Gefühle nie erwidert. Irgendwie schien er darüber sogar erleichtert zu sein, zumal er sich auf diese Weise nicht zwischen dir und Hope entscheiden musste.« Den Blick ebenfalls auf unsere Finger gerichtet, runzelte Nox die Stirn. »Aus diesem Grund war es für mich auch okay, mich auf dich einzulassen. Zwar bin ich nicht sonderlich stolz darauf, aber ich muss zugeben, dass ich dich anfangs nur rumkriegen wollte, um Adam eins reinzuwürgen. Er hatte mich damals mit Emilia im Stich gelassen und ich dachte, es wäre eine passende Rache, ihm das Mädchen wegzunehmen, das er wollte, aber nicht haben konnte.« Ein tonloses Lachen erklang. »Verdammt, ich war echt ein riesengroßes Arschloch! Aber wie hätte ich ahnen sollen, dass wir es über die erste Prüfung hinaus schaffen und sich alles zwischen uns ändert?«

Ich hörte Nox aufmerksam zu, auch wenn es schmerzte. Natürlich wusste ich selbst, dass unsere Geschichte keine typische Liebe-auf-den-ersten-Blick-Story war. Aber daran erinnert zu werden, dass das anfängliche Interesse des Höllendieners nur auf Rachegefühlen basierte, war ein Schlag unter die Gürtellinie.

Als würde sich der Höllendiener für seine Worte schämen, löste er seine Finger aus meinen und erhob sich vom Bett. Anschließend begann er wie ein eingesperrtes Tier durch mein Zimmer zu wandern. »Der Abend, an dem wir aus dem Feenreich zurückkamen, war der intensivste, den ich jemals erlebt hatte. Von himmelhochjauchzend bis hin zu höllischen Folterqualen in weniger als fünf Stunden. So etwas hatte ich noch nie durchstehen müssen. Und genau deswegen kann ich mich auch bis heute nicht entscheiden, was an dem

Abend das Schlimmste war. Mit ansehen zu müssen, wie mein bester Freund kurz davor war, den Verstand zu verlieren, oder die Gewissheit zu haben, dass meine Gefühle für dich seinen Schmerz verstärkten.«

Nox hatte seine Wanderung unterbrochen und war in der Nähe meiner Zimmertür stehen geblieben. Als er mich ansah, wirkte er wie ein Junge, der dabei erwischt worden war, wie er für seine hungernden Geschwister Brot vom Wochenmarkt klauen wollte. »Er hatte gerade seine beste Freundin verloren, Kleines. Und jetzt sollte er auch noch das Mädchen verlieren, das er liebte?« Er schüttelte den Kopf und setzte seinen Marsch fort. »Nein, das konnte ich ihm unmöglich antun. Nicht nachdem er gerade mal wenige Stunden zuvor sein Leben für mich geopfert hatte.«

Mit gefurchter Stirn beobachtete ich Nox, wie er in stoischer Geschwindigkeit immer wieder mein Zimmer durchquerte und dabei auf den Boden blickte. Die Szenerie wirkte sowohl verstörend als auch irgendwie beruhigend.

»Ich wollte warten, bis deine Erinnerungen zurückgekehrt waren«, erklärte Nox in sachlichem Ton. »Oder zumindest bis sich die Gemüter etwas entspannt hatten. Wer hätte voraussagen können, dass ein paar Wochen alles zerstören würden?«

»Du spielst auf das Sunset Festival an, oder?«, fragte ich. »Du hast Adam und mich beobachtet und daraus den Schluss gezogen, dass ich mich in ihn verliebt habe.« Ein freudloses Lachen perlte mir über die Lippen, als mir klar wurde, dass all die Schmerzen und Qualen, die ich wegen Nox hatte durchleiden müssen, auf einem blöden Missverständnis beruhten. »Verdammt, Nox! Wieso hast du nicht mit mir gesprochen? Wieso hast du deine große Klappe nicht ein einziges Mal für etwas wirklich Wichtiges genutzt?« Mein Mitgefühl war in Groll umgeschlagen und meine Stimme schallte durch den Raum. Für einen kurzen Moment musste ich daran denken, dass wir nicht allein im Haus waren, doch mein Ärger war zu groß, als dass ich mir Sorgen darüber machen wollte, ob Adam oder meine Mom uns hören konnten.

Nox war erneut stehen geblieben und funkelte mich mit erbostem Blick an. Offenbar hatten sich auch seine Emotionen verändert. »Warum hätte ich das tun sollen? Verflucht, Avery! Du verstehst es einfach nicht! Ich wollte nicht, dass du eine Wahl zwischen Adam und mir treffen musstest. Ich habe dir die Entscheidung absichtlich abgenommen!«

»Ach, wie nobel von dir!« Wütend verschränkte ich die Arme vor der Brust und rollte mit den Augen. »Meine Dankeskarte erhältst du nächste Woche per Post.«

Auch Nox' Blick nahm an Intensität zu, was das Grün seiner Iriden verstärkte und ein wildes Funkeln zum Vorschein brachte. Aber darauf nahm ich keine Rücksicht. Nox und ich hatten uns inzwischen so oft gestritten, dass ich den Eindruck gewonnen hatte, dies wäre die einzige Art von aufrichtiger Kommunikation, zu der wir in der Lage waren.

»Weißt du was, Nox? So ein egoistisches und feiges Verhalten hätte ich dir niemals zugetraut. Aus Sorge, meine Wahl könnte auf Adam fallen, einfach aufzugeben ist ...« Mir fehlten die Worte und ich schüttelte entrüstet den Kopf. Ich wollte nicht wahrhaben, dass Nox derart unsicher bezüglich meiner Gefühle für ihn war. Hatte ich ihm nicht immer wieder deutlich gemacht, dass ihm mein Herz gehörte?

Dieses Verhalten passt überhaupt nicht zu dem Nox, den ich kenne. Egoismus und Narzissmus? Absolut! Aber Unsicherheit?

Schlagartig kam mir ein Gedanke, der wie eine Stange Dynamit in meinem Verstand detonierte und mich keuchend zurücktaumeln ließ.

»O mein Gott! Du hattest gar keine Angst, dass ich mich für Adam entscheide, oder? Du wolltest verhindern, dass ich mich für *dich* entscheide. Weil das Adam verletzt hätte. Du hast mir keine Wahl gelassen, weil du selbst längst eine Wahl getroffen hattest. Und zwar für Adam.«

Nox' Mimik, die eben noch Wut ausgestrahlt hatte, veränderte sich augenblicklich und der Höllendiener wirkte schlagartig um Jahre gealtert.

»Es tut mir leid, Kleines. Ich weiß, es ...«, begann er, doch ich unterbrach ihn. Er hatte bereits genug gesagt. Jetzt war ich an der Reihe.

»Nein, Nox, du weißt gar nichts! Du hast keine Ahnung, was ich in den letzten Wochen durchgemacht habe. Wie einsam und verlassen ich mich gefühlt habe. Du wolltest Adam schützen, weil er seine beste Freundin verloren hat? Wie großherzig von dir! Aber ist dir nie in den Sinn gekommen, dass Adam nicht der Einzige war, der einen Verlust erlitten hatte? Früher hatte ich Freunde. Eine Familie. Aber mit einem Mal waren alle weg. Adam! Harmony! Killian! Mein Innerstes war plötzlich nur noch ein riesiges schwarzes Loch. Verdammt, du Blödmann! Ich hätte dich gebraucht! Wenigstens als Freund. Aber du hattest nichts Besseres zu tun, als mich bei der erstbesten Gelegenheit ebenfalls zu verlassen.« Tränen des Zorns und der Verzweiflung stiegen mir in die Augen und rannen mir über die Wangen. Aber ich machte mir nicht die Mühe, sie wegzuwischen. Sie waren der sichtbare Beweis dafür, dass mich Nox mit seinem Handeln an einen Abgrund getrieben hatte, an dem ich nicht länger entlangbalancieren konnte. Stattdessen fiel ich nun in die erbarmungslose Tiefe meiner Emotionen. »Du hast uns aufgegeben, um deine Freundschaft mit Adam zu retten. Du hast alles zerstört, was David nicht gelungen war! Und jetzt stehst du hier und erwartest *was* von mir? Verständnis? Vergebung?«

»Ich erwarte gar nichts«, konterte Nox energisch und eilte mit leidenschaftlichem Blick auf mich zu. Dicht vor mir kam er zum Stehen und packte grob meine Oberarme. »Ich *bitte* um eine Chance, meinen Fehler wiedergutzumachen. Verstehst du denn nicht, was ich dir die ganze Zeit zu sagen versuche? Zur Hölle noch mal! Ich brauche dich, Avery! Du siehst etwas in mir, was es längst nicht mehr gibt, was ich aber für dich zurückholen will. Du weckst in mir das Bedürfnis, zu dem Engel zu werden, der es wert ist, von dir auf diese besondere Art angesehen zu werden. Und das alles nur, weil ich im Begriff bin, mich in dich zu verlieben!« Ohne mir die Gelegenheit einer Erwiderung zu geben, beugte sich Nox zu mir herunter und presste seine Lippen auf meine.

FÜNFUNDDREISSIG

Nox hatte mich schon viele Male geküsst. In Mabs Verlies, als uns Begierde und der Gedanke an unseren bevorstehenden Tod handeln ließen. Zum Abschied, kurz bevor ich in den Feensee gesprungen war. Bei unserer Rückkehr aus Galoai, als niemand von uns genau wusste, wie wir hierhergekommen waren. Und natürlich hier in meinem Zimmer, bevor wir zum Blutkarneval aufgebrochen waren.

Jeden dieser Küsse hatte ich mit all meinen Sinnen genossen.

Ich hatte Nox' Lagerfeuerduft eingeatmet, seinen Körper mit meinen Fingern erkundet, sein lustvolles Stöhnen vernommen, seine Lippen geschmeckt und mich schließlich in seinen Augen verloren. Dabei war es mir völlig egal gewesen, ob es sich bei dem jeweiligen Kuss um eine unschuldige Liebkosung oder eine heftige Knutscherei gehandelt hatte.

Ich hatte sie alle genossen.

Jeden einzelnen Kuss.

Bis auf diesen hier.

Zwar bestand mein erster Impuls auch bei diesem Kuss darin, ihn zu erwidern, vor allem als Nox' Hände meine Arme losließen und dafür sanft mein Gesicht umfassten, aber ich drängte diesen Wunsch zurück und löste mich stattdessen von ihm.

Mit stoßweisem Atem und wild rasendem Puls starrte ich Nox an. Meine Gedanken überschlugen sich, bis es mich schwindelte und ich nur auf eine einzige Art und Weise reagieren konnte.

Der Knall, als meine Handfläche Nox' Wange traf, schallte durch den Raum und klingelte mir selbst dann noch in den Ohren, als brennender Schmerz meine Finger überzog und mir weitere Tränen voller Wut und

Scham in die Augen trieb. Ich konnte nicht glauben, dass ich den Höllendiener wirklich geohrfeigt hatte. Als noch viel verstörender empfand ich den Umstand, dass er den Schlag zugelassen hatte. Unter normalen Gegebenheiten hätte ich gegen seine Reflexe keine Chance gehabt.

»Geht's dir jetzt besser?«, fragte Nox mit einem Knurren und wild funkelndem Blick. Seine Frage erinnerte mich an meinen Ausraster in Mabs Verlies. Dabei hatten diese beiden Situationen gar nichts gemein.

Anstatt auf Nox' Frage zu antworten, trat ich, so weit ich konnte, von ihm weg. Ich wollte einen möglichst großen Abstand zwischen uns bringen, stieß jedoch bereits mit meinen Beinen gegen das Bett.

»Tu. Das. Nie. Wieder!«, presste ich die Worte gedämpft zwischen meinen zusammengebissenen Zähnen hervor. Dennoch machte ich mir keine Sorgen, dass Nox mich nicht verstanden haben könnte. Vermutlich hatte er bereits gewusst, was ich sagen würde, noch bevor ich die Silben über die Lippen gebracht hatte.

»Was meinst du genau? Den Kuss oder die Möglichkeit, deine Wut an mir auszulassen?« Auf Nox' Zügen bildete sich dieses nervtötende und zugleich verflucht sinnliche Grinsen, das meinen Herzschlag jedes Mal aus dem Takt brachte. »Denn ich weiß mit Sicherheit, dass du beides wolltest. Und auch beides genossen hast. Obwohl ich deine Krallen ja lieber auf meinem Rücken als in meinem Gesicht spüre.«

Grenzenloser Zorn lähmte meine Gedanken und ich wusste nicht, was ich sagen sollte. Dabei lagen mir unendlich viele Erwiderungen auf der Zunge.

»Du bist wirklich ...«, begann ich mit verengten Augen und gefährlich drohender Stimme, doch Nox drehte den Spieß um und schnitt mir das Wort ab.

»Unglaublich attraktiv? Genial? Der Grund für deine erotischen Träume?« Sein arrogantes Grinsen wurde immer breiter, bis pure Selbstzufriedenheit aus all seinen Poren strahlte.

»Egoistisch, egozentrisch und narzisstisch!«, konterte ich in ohrenbetäubender Lautstärke und ballte meine Hände zu Fäusten, um meine Emotionen zu kanalisieren. Dass der Höllendiener die Dreistigkeit besaß, mich nach allem, was er mir angetan hatte, jetzt auch noch zu verspotten, sprengte meine Vorstellungskraft und meine Selbstbeherrschung. »Und ich muss echt bescheuert gewesen sein mich in dich zu verlieben. Du bist ein Großkotz, ein selbstverliebter und arroganter Arsch und du hast mich nicht verdient. Nicht einmal als Freund. Und wenn das zwischen uns nicht bereits beendet wäre, hätte ich es spätestens jetzt ein für alle Mal für erledigt erklärt!«

Nox' einzige Reaktion auf meinen Ausbruch bestand in einem feinen, siegessicheren Grinsen, das meinen Zorn nur noch weiter anfachte. Doch ehe ich erneut aus der Haut fahren und den Höllendiener aus meinem Zimmer werfen konnte, klopfte es an der Tür.

Wer auch immer es wagte, ausgerechnet jetzt zu stören, sollte entweder einen wirklich triftigen Grund oder schon mal sein Testament geschrieben haben.

»Was?«, schrie ich voller Inbrunst und versteckte meine bebenden Fäuste unter den Armen. In diesem Augenblick war ich so geladen, dass nichts und niemand vor mir sicher war.

Die Tür öffnete sich einen winzigen Spaltbreit. Gerade genug, um den Störenfried zu hören, ihn aber nicht sehen zu müssen.

»Das Frühstück ist fertig«, sagte Adam in gelassenem Ton, als hätte er den Streit zwischen Nox und mir nicht vernommen. Aber das war unmöglich. Ich war mir sicher, dass die gesamte Straße unsere Auseinandersetzung mitbekommen hatte. »Und Joleen hat für sechs Leute eingedeckt, also bekommen wir wohl gleich Besuch. Deswegen würde ich vorschlagen, dass ihr langsam zum Ende kommt. Sonst wird die Zeit knapp, Nox' Leichnam verschwinden zu lassen.«

Der Höllendiener schnaubte und rollte mit den Augen, während ich mir ein Zucken der Mundwinkel nicht verkneifen konnte. Mein Groll war für einen kurzen Moment in Vergessenheit geraten und ich dankte Adam im Stillen für seine Loyalität.

»Ich komme gleich«, erwiderte ich knapp. Ich hatte zwar überhaupt keine Lust auf irgendwelche Nachbarn, die sich verpflichtet fühlten mir zum Abschluss zu gratulieren, aber meiner Mom schien es wichtig zu sein, also würde ich mich ihr zuliebe zusammenreißen.

»Gut. Ich bin unten, wenn du mich brauchst. Und Nox?! Dir soll ich ausrichten, dass Joleen dich ebenfalls zum Frühstück erwartet. Sie sagt, sie will endlich den Mann kennenlernen, der wie Spiderman an ihrer Hauswand rumklettert, anstatt seinen Mann zu stehen und die Haustür zu benutzen.« Mit diesen Worten zog Adam die Tür ins Schloss und trat pfeifend den Rückweg ins Erdgeschoss an.

Ich wartete noch einige Sekunden, ehe ich mich dem Höllendiener widmete. Mein Zorn war noch längst nicht verraucht, aber ich hatte auch keine Lust, mich länger mit ihm zu streiten.

»Ich weiß nicht, wie ich dir nach all dem noch vertrauen kann, Nox. Wer sagt denn, dass du deine Meinung nicht wieder änderst? Dass du nicht erneut einen Grund findest, mich von dir zu stoßen?« Ich schüttelte den Kopf, ohne ihm die Gelegenheit zu geben zu antworten. »Sorry, aber ...«

Nox unterbrach meinen Satz, indem er auf mich zukam und sich so dicht vor mich stellte, dass ich meinen Kopf in den Nacken legen musste, um ihm weiterhin in die Augen sehen zu können. Dabei hob er seine Hand und legte sie an meine Wange. Seine Berührung war sanft, als er mit seinem Daumen über meine Unterlippe strich.

»Ich weiß, ich habe Scheiße gebaut. So richtig. Und du hast keine Ahnung, wie sehr ich es bereue. Aber du musst mir glauben, wenn ich sage, dass ich diesen Fehler niemals wiederholen werde. Es gibt nichts und niemanden auf dieser Welt, im Himmel oder in der Hölle, der mich noch einmal von dir abbringen wird. Nicht einmal du selbst. Denn Adam hat recht, Kleines. Wir sind füreinander bestimmt! Und ich werde uns nicht kampflos aufgeben. Unter keinen Umständen. Die Sache hier ist nicht vorbei. Sie fängt gerade erst an. Und solange sich jeder widerspenstige, trotzköpfige und wunderschöne Zentimeter deines Körpers nach mir sehnt, werde ich alles dafür tun dich davon zu überzeugen, dass wir zusammengehören. Aus diesem Grund solltest du dir die Energie deines Widerstandes sparen und mir gleich verzeihen. Denn gegen einen egoistischen, egozentrischen und narzisstischen Seelenfänger wie mich bist du machtlos.« Nox beugte sich zu mir herunter und ich spürte seinen Atem über meine Wange streichen, als er leise in mein Ohr sprach. »Du gehörst mir, Avery. Ebenso wie ich dir gehöre. Das ist unser Schicksal. Und das werde ich dir beweisen, koste es, was es wolle.«

***

»Und, Nicholas, wie gefällt Ihnen San Francisco?« Meine Mom schenkte dem Höllendiener ein freundliches Lächeln und startete damit einen weiteren Versuch, die angespannte Stille am reich gedeckten Frühstückstisch aufzulockern. Seit alle Anwesenden ihre Plätze eingenommen hatten, war sie die einzige Person, die immer wieder zum Small Talk ansetzte, um das vermeintlich gemütliche Beisammensein auch wirklich gemütlich zu gestalten.

»Es besitzt gewisse Vorzüge.« Begleitet von seinen Worten zwinkerte mir Nox zu. Anschließend widmete er sich mit ausdrucksloser Miene dem Rest der Frühstücksgesellschaft. Entgegen meiner Vermutung waren die Überraschungsgäste keine nervigen Nachbarn, die sich selbst zum Essen eingeladen hatten, sondern die letzten beiden Personen, die ich jemals in diesem Haus hatte sehen wollen.

Gabriel und Kegan.

Immer wieder huschte mein Blick ungewollt in ihre Richtung. Gabriel trug ein blau-kariertes Freizeithemd, das seine silbergrauen Augen sowie das Lächeln auf seinen Lippen betonte. Kegan hingegen, den uns Mom als Gabriels Sohn vorgestellt hatte, obwohl ich den Titel »Mister Ich-bin-zu-cool-für-diese-Welt« als wesentlich zutreffender empfunden hätte, trug passend zu seinem schwarzen Spruchshirt und der zerfetzten Jeans eine Mimik zur Schau, als befände er sich bei einem Casting für eine Rolle als Axtmörder.

»Gewisse Vorzüge?«, hakte Mom lächelnd nach. »Dann hatten Sie wohl bereits Gelegenheit, eine Stadtrundfahrt zu unternehmen.« Den Blick fortwährend auf Nox gerichtet, nippte sie an ihrer Lieblings-XXL-Kaffeetasse.

Ich war immer noch erstaunt darüber, wie mühelos es dem Höllendiener gelungen war, meine Mom für sich zu einzunehmen. Dabei war ich mir sicher, dass er seinen rasanten Erfolg nur zu einem geringen Teil seinem Heldenruf zu verdanken hatte. Viel eher glaubte ich, dass Nox' magischer Glanz sowie sein subtiler, aber äußerst wirkungsvoller Charme die Hauptarbeit übernommen hatte.

Nox zuckte als Erwiderung leger mit den Schultern. »Nein, eigentlich nicht. Ich bin kein Freund von klassischen Sehenswürdigkeiten. Viel interessanter finde ich es, die Einwohner des jeweiligen Landes zu studieren.« Sein Blick glitt erneut in meine Richtung und auf seinen Lippen zeigte sich ein vielsagendes Lächeln.

Ungewollt zuckten meine Mundwinkel, während ich demonstrativ mit den Augen rollte. Ich wusste nicht, ob ich mich über Nox' schamlose Andeutungen ärgern oder den Höllendiener für seine Contenance bewundern sollte, die er trotz der angespannten Lage beibehielt. Denn seit wir mein Zimmer verlassen hatten und ins Erdgeschoss gekommen waren, schwebte eine dunkle Gewitterwolke über dem Frühstückstisch, die meine Mom offenbar als Einzige nicht wahrnahm.

Dabei hatte der Morgen so harmonisch begonnen. Selbst als Nox und ich nach unserer Auseinandersetzung ins Erdgeschoss gekommen waren und wir meine Mom, Adam, Gabriel und Kegan entdeckt hatten, schien es, als hätten sich die vier blendend unterhalten. Doch bereits in der nächsten Sekunde war deutlich geworden, dass der Schein trog. Während Mom und Gabriel tatsächlich miteinander geplaudert hatten, waren Adam und Kegan wie zwei gereizte Nattern umeinander herumgeschlichen und hatten sich mit stummen Blicken duelliert, als würden sie jeden Augenblick mit einem Angriff der Gegenseite rechnen.

Mich hatte die Anwesenheit der beiden Wesen ohne bekannte Aura derart aus der Bahn geworfen, dass ich mich an Nox' Arm hatte festklammern müssen, um nicht die Treppe herunterzufallen. Als mich der Höllendiener kurz darauf zu Adam geführt hatte, war ich so frei gewesen, meinen besten Freund gleich mit einem Blick zu konfrontieren, der in etwa Folgendes ausgesagt hatte: *Was zur Hölle ist hier los? Wieso hast du Mom nicht daran gehindert, die beiden ins Haus zu lassen?*

Adams Erwiderung hatte in einem affektierten Lachen bestanden, als hätte er soeben den besten Witz des Jahres gehört. Anschließend hatte er mich freundschaftlich in den Arm genommen und mir die passenden Worte ins Ohr gewispert. »Was hätte ich denn tun sollen? Ihr die Wahrheit sagen? Die kenne ich selbst nicht! Lass uns abwarten, was passiert, und achtsam bleiben!«

Da mir kein vernünftiger Gegenvorschlag eingefallen war, hatte ich mich Adams Aufforderung widerwillig beugen müssen.

»Ja, Adam sagte bereits, dass Sie viel reisen«, führte Mom das Gespräch mit Nox fort und lenkte sämtliche Aufmerksamkeit auf sich. »Darf ich fragen, womit Sie Ihr Geld verdienen? Da Sie nicht sehr viel älter zu sein scheinen als Ihr Bruder, gehe ich nicht davon aus, dass Sie studieren.«

»Sie sind wirklich sehr aufmerksam, Joleen.« Nox präsentierte ein perfektes Schwiegersohnlächeln, als er sich meiner Mom widmete. »Ich bin tatsächlich nur unwesentlich älter als Adam. Dennoch unterscheiden sich unsere Lebensläufe erheblich voneinander. Das liegt daran, dass ich vor einiger Zeit eine Entscheidung getroffen habe, die es mir unmöglich macht, nach Hause zurückzukehren.« Sein Blick glitt für den Bruchteil einer Sekunde zu Adam, der diesen mit andächtiger Miene erwiderte, ehe beide sich wieder meiner Mom zuwandten. »Aber wie heißt es so treffend? Die Wege des Herrn sind unergründlich. Und so habe ich trotz längerer Abwesenheit wieder Kontakt zu meinem Bruder aufbauen und gleichzeitig die Bekanntschaft Ihrer Tochter machen dürfen, die mich seit unserem Kennenlernen jeden Tag aufs Neue durch ihre ganz besondere Art herausfordert.«

Erneut musste ich ungewollt grinsen, was ich jedoch schnell mit einem Schluck Kakao aus meiner Tasse kaschierte. Nur weil der Höllendiener auf einmal so tat, als wäre er handzahm wie ein neugeborenes Rehkitz, sollte er nicht glauben, dass das etwas an meiner Meinung über uns änderte.

»Ach, ich liebe solche Geschichten.« Mom seufzte verträumt. »Sie geben einem den Glauben an das Gute auf der Welt zurück.« Für einen Moment schienen ihre Gedanken abzudriften und ich war mir sicher, dass sie an ihren Autounfall zurückdachte. Doch kurz darauf schüttelte sie sacht den Kopf und war mit ihren Gedanken wieder in der Gegenwart. Mit einem aufrichtigen Lächeln sah sie Nox an. »Jetzt haben Sie mich aber wirklich neugierig gemacht,

Nicholas. Welchem Job haben Sie denn nun diese glückliche Familienzusammenführung zu verdanken?«

Nox' Blick verhärtete sich und das Lächeln auf seinen Lippen erstarrte. Offenbar hatte er nicht damit gerechnet, dass meine Mom nachhaken würde und wusste nicht, wie er reagieren sollte.

»Er ist eine Art Privatdetektiv«, eilte ich zu Hilfe und hoffte dadurch die Neugier meiner Mom einzudämmen. »Er ist darauf spezialisiert, Menschen zu finden. Und eigentlich darf er auch gar nicht darüber reden, nicht wahr?!« Mit dem Ellbogen stieß ich dem Höllendiener in die Seite, was ihm ein Husten entlockte, das eindeutig nur dazu diente, sein Lachen zu überdecken. »Du verstehst schon, Mom. Schweigepflicht und so ein Kram«, fügte ich hinzu, während Nox brav nickte und verschmitzt grinste.

»Ja, natürlich. Das verstehe ich selbstverständlich. Entschuldigen Sie bitte, Nicholas. Ich wollte Sie nicht in eine unangenehme Situation bringen.« Mom wirkte verlegen.

»Kein Problem. Ihre Neugier ist durchaus berechtigt. Immerhin verbringen Avery und ich viel Zeit miteinander.« Nox warf mir ein weiteres Lächeln zu, das ich jedoch ignorierte. Stattdessen widmete ich mich Adam, der mir im selben Moment eine Hand aufs Bein legte. Sein unnachahmlicher Blick vermittelte mir jedes Mal ein Gefühl von Wärme und Liebe. Und auch wenn wir seit der Rückkehr meiner Erinnerungen nicht über die Geschehnisse der letzten Wochen gesprochen hatten, wusste ich auch so ganz genau, was mein bester Freund dachte oder fühlte. Dank unserer besonderen Freundschaft bedurfte es nicht vieler Worte, um dem anderen zu signalisieren, wie viel wir einander bedeuteten – unerwiderte Gefühle hin oder her.

Ein leises Räuspern erklang und lenkte meine Aufmerksamkeit von Adam auf Gabriel, der uns unverhohlen beobachtete. Seine silbergrauen Augen, die etwas zutiefst Altes und Mächtiges ausstrahlten, verursachten mir noch immer ein derart ungutes Gefühl, dass es mir fast unmöglich war, seinen Blick zu erwidern. Daran hatte leider auch die Gewissheit nichts geändert, dass er und sein vermeintlicher Sohn nichts mit dem Autounfall meiner Mom zu tun gehabt hatten.

»Ich habe gehört, du hattest großen Erfolg bei deinen Prüfungen, Avery. Ich gratuliere. Sicherlich war es nicht leicht, so weit zu kommen. Du kannst wirklich stolz auf deine bisherigen Leistungen sein.«

Seine Wortwahl ebenso wie die Art und Weise, wie er mich ansah, weckte in mir den Gedanken, dass er nicht von meinen Highschool-Abschlussprüfungen sprach.

»Ja, es war wirklich nicht leicht«, erwiderte ich mit betont selbstbewusster Stimme und bemühte mich um eine ausdruckslose Miene. Dabei pochte mir das Herz bis zum Hals und meine Hände waren eiskalt und schweißnass. »Aber ich bin niemand, der aufgibt, wenn es schwer wird. Ich kämpfe bis zum bitteren Ende.« Unter dem Tisch verschränkte ich meine Finger mit Adams und warf gleichzeitig Nox ein aufrichtiges Lächeln zu, ehe ich an Gabriel gewandt weitersprach. »Außerdem habe ich diese Leistungen nicht allein vollbracht. Ich hatte die beste Unterstützung, die man sich wünschen kann.«

Auf Gabriels Lippen bildete sich ein Lächeln, das ich nicht recht einzuordnen wusste. »Nichts anderes habe ich erwartet.« Mit einem Kopfnicken wandte er sich an Kegan, der die Geste erwiderte.

»Yo, Jo«, sagte Mister Ultracool. »Wo finde ich euer Bad?«

»Die Treppe rauf, erste Tür links«, antwortete meine Mom mit einem Lächeln.

Kegan erhob sich geräuschvoll von seinem Stuhl und machte sich auf den Weg.

Augenblicklich versteifte sich jede Zelle meines Körpers. Es war eine Sache, dass dieser Möchtegernrebell meine Mom bei einem Spitznamen nannte, der eindeutig viel zu intim war. Aber die Vorstellung, dass dieses vermutlich magische Wesen mit unbekannten Absichten allein durch unser Haus spazierte und womöglich sogar mein Zimmer betrat, bereitete mir heftige Übelkeit.

Adam und Nox schien es nicht anders zu ergehen, denn auch sie verfolgten jede von Kegans Bewegungen mit Argusaugen. Wie gespannte Sprungfedern saßen sie da und warteten nur auf ein falsches Zucken, um einen Grund zu haben, sich auf den Langhaarzottel zu werfen.

Doch in der Sekunde, als wir tatsächlich hätten einschreiten müssen, ging alles so schnell, dass keiner von uns rechtzeitig reagieren konnte.

SECHSUNDDREISSIG

Auf halbem Weg in Richtung Küchentür blieb Kegan stehen. Und zwar genau hinter meiner Mom. Dann hob er seine Hände und legte sie mit geschlossenen Augen an ihre Schläfen.

Im selben Moment sprangen Adam, Nox und ich auf.

Aber es war zu spät.

Binnen einer Sekunde hatte der Blick meiner Mom einen leeren Ausdruck angenommen, ihre Lider hatten sich geschlossen und ihr Kopf war kraftlos auf ihre Brust herabgesackt.

Wie von Sinnen kreischte ich los, während Adam, der direkt neben Mom gesessen hatte, Kegan packte und ihn von ihr wegriss. Der Schwung katapultierte die beiden Männer gegen die Kühlschranktür, die einen lauten Knall von sich gab und plötzlich einen formpassenden Abdruck von Kegans Rücken besaß. Doch darauf nahm Adam keine Rücksicht. Er fixierte Kegan mit seinem Körper und drückte den Unterarm gegen die Kehle seines Gegners, um ihn bewegungsunfähig zu machen.

Nox hatte derweil versucht sich auf Gabriel zu stürzen, war jedoch auf Höhe von Kegans leerem Stuhl mitten in der Bewegung erstarrt, als hätte jemand bei einem Film den Pause-Knopf betätigt.

»Was im Namen des allmächtigen Herrn ist hier los?«, grollte eine Stimme durch den Raum, als würde der personalisierte Donner sprechen. Sogar das Geschirr auf dem Tisch klapperte verhalten.

Schlagartig verstummte ich und starrte stattdessen von Panik ergriffen Gabriel an, der mit weiß glühendem Blick, zornverzerrter Miene und erhobenen Händen von seinem Platz aufgestanden war und der Reihe nach jeden von uns anstierte, als würde er uns ohne mit der Wimper zu zucken umbringen, wenn wir es wagten, auch nur Luft zu holen.

»Ich hätte die Frage nicht besser formulieren können«, erwiderte Adam unwirsch. Dabei bewegte er nichts als seine Lippen, was entweder an seiner tadellosen Körperkontrolle oder an Gabriels Einfluss lag, dem er vermutlich ebenso unterlag wie Nox. »Was habt ihr mit Joleen gemacht?«

»Gar nichts«, brachte Kegan mit hochrotem Kopf schwer verständlich hervor. »Sie schläft nur. Und jetzt lass mich los, ehe ich dir wehtun muss. Ich krieg keine Luft mehr!«

Gabriel bewegte minimal seine Finger, wodurch Adam schlagartig von Kegan abließ und dieser, an den Kühlschrank gelehnt, keuchend zu Boden glitt. Gleichzeitig kamen Adam und Nox wie ferngesteuerte Roboter zurück zu ihren Plätzen.

»Ich wiederhole mich nicht gerne«, donnerte Gabriel von Neuem los, doch dieses Mal hatte er die Intensität seiner Stimme angepasst, sodass zumindest die Hauseinrichtung nicht länger in Gefahr schwebte. »Wieso greift ihr uns an?«

»Dasselbe könnten wir euch fragen«, konterte Adam. Obwohl sein Körper völlig entspannt wirkte, war sein Gesicht wutverzerrt. »Aber die viel wichtigere Frage lautet wohl: Wer seid ihr und was wollt ihr?«

Gabriel betrachtete Adam einen Moment lang mit seinem Todesblick, ehe er sich mit geschürzten Lippen an Kegan wandte und gleichzeitig Adam und Nox mit einer weiteren Bewegung seiner Finger aus ihrer Starre entließ. »Hast du während deiner Mission irgendetwas in Erfahrung gebracht, was diese Situation erklären könnte, Kegan?«

Der Angesprochene erhob sich ungelenk vom Boden. Wieder auf den Beinen stehend, wischte er seine Handflächen an seinem T-Shirt sauber, das den Slogan trug: »Gott schuf Gräser und Wiesen. Ebenso wie Marihuana. Also lasst uns im Namen des Herrn einen durchziehen.«

Gabriel nickte, als hätte Kegan nicht geschwiegen, sondern seine Frage beantwortet. Anschließend widmete er sich wieder Adam. »Das ist nicht gut. Ganz und gar nicht. Aber zumindest erklärt sich dadurch euer Verhalten.« Ohne uns aus dem Blick zu lassen, ging Gabriel zu Kegan und legte diesem eine Hand auf die Schulter. »Daher wäre es in der Tat angebracht, zunächst einmal klarzustellen, wen ihr gerade angreifen wolltet.« Mit diesen Worten schloss er die Augen.

Im ersten Moment geschah nichts, doch dann begann die Luft um die beiden herum zu flimmern, bis mich der Anblick an die heißen Mittagsstunden erinnerte, wenn sich die Atmosphäre derart erhitzte, dass man sich kaum noch draußen aufhalten konnte. Dann wandelte sich das Flimmern in einen Lichtschimmer, der mit jedem Herzschlag an Intensität zunahm, bis ich die Augen zukneifen und den Kopf abwenden musste, um nicht wegen der unbarmherzigen Helligkeit meine Sehkraft einzubüßen.

»Das ist unmöglich«, kam es nach einigen Sekunden ungläubig, ja fast schon ehrfurchtsvoll von Nox, während es Adam offenbar die Sprache verschlagen hatte. Nur ein zögerliches Tasten seiner Finger nach meiner Hand deutete darauf hin, dass er noch zu einer Reaktion imstande war.

Unsicher, ob ich wirklich wissen wollte, was die beiden Männer derart aus der Fassung brachte, wagte ich einen vorsichtigen Blick. Doch kaum hatte ich mich aus meiner Deckung gewagt, wünschte ich mir, es nicht getan zu haben.

»Oh. Mein. Gott.« Ein weniger blasphemischer, wenn auch zutreffender Kommentar war mir nicht eingefallen. Aber ich war wie hypnotisiert von der goldenen Aura, die Gabriel und Kegan umgab. Zwar hatte ich mir nie wirklich Gedanken gemacht, wie die Seelenfarbe eines magischen Wesens tatsächlich aussah, aber meine Fantasien hätten sowieso niemals an die Realität herangereicht. Es war schier unmöglich, sich eine derart brillante Reinheit und prunkvolle Intensität auszumalen, wenn man sie nie zuvor erlebt hatte. Alle Farben des Universums, mochten sie in ihrem Kern auch noch so imposant und grell strahlen, kamen mir auf einmal trüb und verschmutzt vor. Sogar das bisher unvergleichliche Smaragdgrün in Nox' Augen wirkte plötzlich weniger außergewöhnlich.

»Präziser hättest du es nicht ausdrücken können, Kleines.« Auch der Höllendiener schien von dem sich bietenden Anblick überwältigt zu sein.

Mein Verstand war außerstande, die mannigfaltige Pracht in vollem Umfang wahrzunehmen, sodass ich gar nicht wusste, worauf ich mich bei den gut drei Meter breiten und sicherlich zwei Meter hohen, blendend weißen Engelsflügeln zuerst konzentrieren sollte, die aus Gabriels Rücken zu wachsen schienen. Ihre respekteinflößende Größe? Die einschüchternde Macht und Stärke, die sie ausstrahlten? Oder einfach nur ihre unbeschreibliche Schönheit, die mir bereits bei dem Versuch, sie in Worte zu fassen, einen gedanklichen Kurzschluss bescherte.

Was es auch war, es war der Grund dafür, dass sich mir nicht die Frage aufdrängte, wie diese kolossalen Schwingen überhaupt in unsere Küche passten, ohne irgendwas um- oder wegzustoßen. Aber vermutlich verfügten himmlische Insignien einfach über die Fähigkeit, physikalische Naturgesetze außer Kraft zu setzen.

»Erzengel Gabriel«, sagte Adam mit demütiger Stimme, legte seine rechte Faust auf sein Herz und neigte respektvoll den Kopf, während er auf ein Knie herabsank. »Wir hatten keine Ahnung, dass Ihr auf der Erde weilt. Bitte verzeiht uns unsere Ungehörigkeit. Wir wussten nicht mit wem wir es zu tun haben.«

Immer noch überwältigt von dem sich mir bietenden Anblick, nahm ich nur Bruchstücke von Adams Worten wahr. Aber der Begriff »Erzengel« hatte etwas in mir getroffen. Mein Mund begann zu arbeiten, während mein Verstand noch im Ruhemodus feststeckte.

»Erzengel Gabriel? Ist das etwa ...«

»Gottes Bote? Erklärer von Visionen und Verkünder der Ankunft Jesu?«, half mir Nox auf die Sprünge und klang dabei keinen Deut weniger fromm als Adam. »Und dazu noch Adams direkter Vorgesetzter? Ja, Kleines. Genau dieser steht hier vor dir.«

***

Seit ich am Tag vor meinem achtzehnten Geburtstag von dem Seelenvertrag erfahren hatte, waren mir viele Situationen widerfahren, bei denen ich mir sicher gewesen war, dass diese nicht hätten übertrumpft werden können. Doch dieser Augenblick hier stellte alles bisher Geschehene in den Schatten. Und auch wenn ich normalerweise zu der Fraktion der Zweifler und Ungläubigen gehörte, stand für mich außer Frage, dass es sich bei dem vermeintlichen Arbeitskollegen meiner Mom um den leibhaftigen Erzengel Gabriel handelte. Ich konnte nicht sagen, woran ich es festmachte, aber ich war mir so sicher, wie ich meinen eigenen Namen kannte.

»Erhebe dich, Adam. Eine formelle Begrüßung ist nicht nötig.« Auf Gabriels Lippen zeigte sich ein freundliches Lächeln. »Weder befinden wir uns in der Goldenen Stadt noch hege ich Zweifel an deinem Respekt. Lass uns lieber unsere knapp bemessene Zeit nutzen, um herauszufinden, warum du und dein verstoßener Bruder uns nicht als euresgleichen erkannt habt.« Mit einem Kopfnicken in Richtung Tisch ließ Gabriel Flügel und Aura verschwinden. »Kommt, setzen wir uns. Es gibt viel zu besprechen.«

Nach Gabriel und Kegan nahmen auch Adam, Nox und ich unsere Plätze ein. Dabei war mein Blick weiterhin einzig und allein auf Gabriel gerichtet, dessen Anblick kaum noch Ähnlichkeit mit seinem vorherigen Aussehen hatte. Die Schönheit seiner Aura und der Flügel hatte mich derart abgelenkt, dass ich zunächst nicht mitbekommen hatte, dass sich auch sein Äußeres verändert hatte. Seine kurzen, grau melierten Haare hatten sich in glänzende, pechschwarze Strähnen verwandelt, die dem Erzengel fast bis zum Kinn reichten. Seine silbergrauen Augen strahlten mittlerweile in einem satten Goldton und die Fältchen in seinem Gesicht, die ihn zuvor wie einen sympathischen Enddreißiger hatten aussehen lassen, waren verschwunden, sodass sein Gesicht den Eindruck erweckte, als hätte er persönlich für Michelangelos David-Statue Modell gestanden.

Ich hatte keinen blassen Schimmer, wie ich mich einem derart alten und mächtigen Engel gegenüber verhalten sollte. Aber glücklicherweise schien es Adam und Nox ebenso zu ergehen. Die beiden starrten Gabriel an, als hätten sie Sorge, auf der Stelle tot umzufallen, wenn sie ohne vorherige Erlaubnis auch nur blinzelten.

»Eigentlich wollte ich diese Ehrung bereits nach eurer Rückkehr aus Galoai vornehmen«, eröffnete Gabriel das Gespräch und legte seine ineinander verschränkten Finger auf den Tisch, »aber ich habe von eurem Erfolg erst erfahren, als ich Avery zufällig bei einem meiner Besuche bei Joleen begegnet bin. Zudem herrschen momentan große Unruhen in der magischen Welt, wie ihr sicherlich selbst mitbekommen habt. Der Verrat von Prinzessin Alyssandra Chiaralina Feodora vom Sommerhof hat die bereits jahrhundertealten Spannungen im Feenreich verstärkt. Das allein hätte normalerweise keinen Einfluss auf das Gleichgewicht der magischen Welt gehabt, aber als sich herausstellte, dass dies im Rahmen der Seelenprüfungen geschah und die amtierende Seele samt Begleiter daran mitwirkten, schworen zahlreiche Angehörige des Lichten Volks Rache. Sie sind der Meinung, dass die himmlische Gemeinschaft entgegen dem Regelwerk Einfluss auf den Verlauf der Prüfung genommen hat und dass es nur dadurch zu eurem – in ihren Augen unverdienten – Sieg gekommen ist.« Seine Stirn legte sich in Falten und die kurze Gesprächspause, die damit einherging, verursachte eine Stille, die der Atmosphäre eines Friedhofsbesuchs an Halloween glich.

»Zu Beginn haben wir diese Drohungen nicht ernst genommen«, fuhr Gabriel nach einigen Sekunden fort. »Luzifers Macht hätte bei einer Allianz mit dem Lichten Volk zwar an Stärke gewonnen, aber das hätte trotzdem nicht genügt, um die himmlische Seite auszubooten. Leider hat sich in der Zwischenzeit herausgestellt, dass sich die feindlichen Feen nicht dem Lichtbringer angeschlossen, sondern ihre Loyalität einer anderen, bisher unbekannten dritten Partei geschworen haben. Einer Partei, die nicht davor zurückschreckt, die auf der Erde stationierten Seraphe umzubringen, um die ungeschützten Seelen zu korrumpieren.«

»Was? Jemand tötet Schutzengel?« Mit schockgeweiteten Augen sah ich zu Adam und Nox, doch keiner der beiden beachtete mich. Sie selbst waren von Gabriels Worten derart entsetzt, dass sie kein Wort hervorbrachten. Zudem war Adam erblasst und sein Mund leicht geöffnet. Nox hingegen starrte mit glühendem Blick, zusammengepressten Lippen und malmendem Kiefer vor sich hin.

»Aber wie ist das möglich?«, brachte ich meine Verwirrung weiter zum Ausdruck. »Ich dachte, Engel seien unsterblich!«

»Wir sind in der Tat unsterblich, Avery. Unter bestimmten Voraussetzungen können wir jedoch verwundet und sogar getötet werden. Und genau dies geschieht gerade in großem Maß.« Gabriel räusperte sich leise. Ich sah ihm an, wie schwer es ihm fiel, über dieses Thema zu sprechen. »Aus diesem Grund habe ich eine Spezialeinheit Soldaten auf die Erde geschickt, um Klarheit in die aktuelle Situation zu bringen. Leider waren wir bisher erfolglos.«

»Deswegen kamst du mir nicht bekannt vor.« Adam nahm Kegan ins Visier. Auch wenn ich normalerweise die Gedanken meines besten Freundes sehr gut einschätzen konnte, war es mir momentan unmöglich herauszufinden, was in seinem Kopf vorging. »Du bist kein Genius, sondern Soldat.«

Kegan nickte. »Ich habe meinen Dienst hier unten erst vor wenigen Wochen angetreten, weil El sich bis zum letzten Atemzug geweigert hat seinen Schützling zu verlassen. Dabei wusste er, dass auf seiner Stirn ein Fadenkreuz haftete.«

»El? Meinst du Elyon? Er ist tot?« Der Schock über diese Nachricht stand Adam sichtbar ins Gesicht geschrieben. Auch wenn er den Schutzengel meiner Mom in meiner Gegenwart nur ein einziges Mal erwähnt hatte, war offensichtlich, dass sie sich nahegestanden haben mussten.

»Ja. Ebenso wie Seralin, Feyhan, Marcolin, Xenux, Leyandra und viele weitere unserer Brüder und Schwestern. Sie alle wurden kaltblütig ermordet.« Kegan verzog mit leidvoller Miene den Mund und senkte den Kopf auf die Brust. Gabriel und Adam taten es ihm gleich und erst als auch Nox seinen Blick zu Boden lenkte, wurde mir bewusst, was gerade offenbart worden war.

Jemand tötet Schutzengel? Das ist furchtbar! Grausam! Abartig!

Ich wollte mir gar nicht ausmalen, wie abgrundtief bösartig jemand sein musste, der so etwas fertigbrachte.

»Ist das der Grund, weshalb ihr eure Auren abgeschirmt habt?«, nahm Adam den Gesprächsfaden nach einer andächtigen Schweigeminute wieder auf und lenkte mich von einem wichtigen Gedanken ab, der sich soeben hatte bilden wollen. »Um unerkannt zu bleiben?«

Gabriel runzelte die Stirn. »Wieso denkst du, unsere Auren wären abgeschirmt? Ich habe die Seelenfarben meiner Soldaten denen von Menschen angeglichen, um unsere Feinde zu täuschen und dann angreifen zu können. Aber dieser Schein funktioniert nur bei Dämonenblütlern. Ihr hättet keinen

Unterschied bemerken dürfen. Seraphe können einander keiner Illusion unterwerfen.«

»Das dachten wir bisher auch«, erwiderte Nox und lehnte sich auf seinem Stuhl zurück, die Arme vor der Brust verschränkt, den Blick auf Gabriel gerichtet. »Deswegen waren wir uns auch sicher, dass ihr keine Engel seid. Bei euch konnten wir nämlich überhaupt keine Aura erkennen. Aber vermutlich gehört das zu dem Überraschungspaket, das wir zu Beginn der Prüfungen erhalten haben. Neben fehlenden Seraphenfähigkeiten und körperlichen Einschränkungen können wir uns jetzt nicht einmal mehr auf unseren Blick verlassen.«

»Dein Verstand ist noch immer so scharf wie deine Zunge, Nicholas«, erwiderte Gabriel mit einem Lächeln, dem es an Wärme fehlte. »Und wie ich dich kenne, wird sich das auch entgegen jeglicher Vernunft nicht ändern. Habe ich recht?!« Die Spannung zwischen den beiden Engeln war so offensichtlich, dass ich mich fragte, was in der Vergangenheit geschehen war, sodass sich Nox Stress mit Gabriel eingehandelt hatte. »Aber bedenke eins, Nicholas. Sowohl meine als auch die Magie von Asmodis ist eine der ranghöchsten, die es gibt. Dass es uns gelungen ist, euch zu täuschen, bedeutet nicht zwangsläufig, dass euer Blick geschädigt ist.«

Nox gab ein abfälliges Schnauben von sich. Ich kannte diese Geste und wusste, was darauf folgen würde, wenn wir nicht das Thema wechselten. Daher nahm ich ein weiteres Mal an diesem Morgen meine Rolle als noxianisches Navigationssystem ein und bemühte mich die Minenbomben dieser Gesprächsrunde zu umschiffen, um eine Auseinandersetzung zwischen dem Höllendiener und dem Erzengel zu vermeiden.

»Apropos Asmodis. Kann es sein, dass sich das Lichte Volk mit Luzifers Söhnen verbündet hat?«, fragte ich in die Runde. »Wir haben von Quellen aus der Unterwelt erfahren, dass sie gegen die Herrschaft ihres Vaters rebellieren. Asmodis selbst hat uns das bestätigt.«

»Das ist unwahrscheinlich, Ave«, richtete Adam das Wort an mich. Zum ersten Mal seit Gabriels Offenbarung sah er mich wieder an. »Auch wenn alle Fürsten das gleiche Ziel verfolgen, werden sie nicht zusammenarbeiten.

Dafür hält sich jeder von ihnen für zu gerissen und zu mächtig. Sie werden eher versuchen einander zu übervorteilen und sich gegenseitig zu sabotieren. Außerdem wissen sie, dass das Lichte Volk mindestens ebenso manipulativ und niederträchtig ist wie sie selbst. Deshalb werden sie eine Verbindung meiden, solange Luzifer noch auf dem Flammenthron sitzt.«

»Hinzu kommt, dass wir unsere Informationen neben Asmodis von einer Sukkubus bekommen haben. Eine Lustdämonin, die Asmodis untersteht«, fügte Nox hinzu und wandte sich mir ebenfalls zu. »Das bedeutet zwar nicht zwangsläufig, dass Neandora gelogen haben muss, trotzdem sollten wir nicht allzu sehr auf ihr Wort vertrauen.«

Adams und Nox' Worte hagelten auf mich nieder und vergruben jeden noch so winzigen Lichtschimmer in meinem Inneren. Jedes Mal, wenn ich gerade das Gefühl hatte, in dem ganzen magischen Irrsinn durchzublicken und die einzelnen Zusammenhänge zu verstehen, wurde mir erneut der Boden unter den Füßen weggerissen.

Hoffnungslosigkeit drohte mich zu übermannen, aber ich besann mich auf das Hier und Jetzt. Ich saß an einem Tisch mit vier Engeln, von denen einer die Geburt Jesu angekündigt hatte. Das Dümmste, was ich jetzt tun konnte, war, mich meinem Selbstmitleid hinzugeben, anstatt Fragen loszuwerden, die mir seit geraumer Zeit auf der Seele lasteten.

»Okay, Elyon wurde getötet. Bedeutet das, dass meine Mom im Augenblick keinen Schutzengel hat?«, begann ich meine Liste abzuarbeiten. So traurig diese Vorstellung auch war, würde sie zumindest erklären, wie es zu dem Autounfall gekommen war. Doch dann kam mir ein Gedanke, der mich erschaudern ließ, und mein Blick glitt umgehend zu Kegan. »Oder hast du diesen Job übernommen?« Die Vorstellung, dass es zu dem Unfall meiner Mom hatte kommen können, weil Kegan unfähig gewesen war entsprechend aufzupassen, verstärkte meine Abneigung gegen den Engel. Abgesehen von seinem Verhalten Killian gegenüber strahlte Kegan auch noch etwas zutiefst Unsympathisches aus, weshalb ich mir keinen unpassenderen Schutzengel für meine Mom hätte wünschen können.

»Kegan ist einer der besten Soldaten, die der Himmel zu bieten hat«, erwiderte Gabriel, noch bevor Kegan die Möglichkeit hatte, den Mund zu öffnen. Gabriels Tonfall mochte freundlich klingen, in seinen Worten jedoch schwang eine unüberhörbare Autorität mit. »Und er ist mit Abstand der beste Seraph seiner Einheit. Das sage ich dir nicht als sein Vater, sondern als Oberbefehlshaber sämtlicher Soldaten. Seiner ausgezeichneten Selbstkontrolle ist es zu verdanken, dass Adams Angriff ohne Blutvergießen vonstattenging. Andere Soldaten hätten in dieser Situation weniger Fingerspitzengefühl bewiesen.«

Vor Scham schoss mir Blut in die Wangen und brachte sie zum Glühen. Mein erster Impuls drängte mich dazu, den Blick abzuwenden, aber ich widerstand diesem Wunsch. Wenn ich in der Vergangenheit etwas gelernt hatte, dann, dass es tödlich sein konnte, Schwäche zu zeigen. Und auch wenn ich mir sicher war, dass Gabriel uns kein Leid zufügen würde, wollte ich mir in seiner Gegenwart keine Blöße geben.

»Aber um deine Frage zu beantworten«, sprach Gabriel weiter, »Kegan wurde nicht als Joleens Genius bestellt. Er ist ein brillanter Soldat, als Schutzengel jedoch völlig ungeeignet. Ihm fehlt es an Erfahrung im Kontakt mit Menschen, wie du bereits selbst erlebt hast. Aus diesem Grund wurde er mit einer Aufgabe von höchster Priorität betraut. Er sollte über die Seelenverbindung zwischen deinem Freund Killian und Asmodis an die Pläne des Höllenfürsten herankommen. Währenddessen stand Joleen die ganze Zeit unter meinem persönlichen Schutz.«

SIEBENUNDDREISSIG

»Wie bitte?« Die Silben waren mir einfach über die Lippen gekommen, ohne dass ich es verhindern konnte. Aber selbst wenn ich länger über eine Erwiderung nachgedacht hätte, wäre das Ergebnis dasselbe geblieben. »*Sie* beschützen meine Mom? Aber wieso? Ich meine ...« Meine Gedanken schlugen Purzelbäume und ich sah hilfesuchend zu Adam und Nox. Doch die beiden schauten nicht weniger perplex drein, weshalb ich mich wieder Gabriel widmete. »Wieso ausgerechnet Sie? Sie sind ein Erzengel! Haben Sie keine wichtigeren Aufgaben?«

Auf Gabriels Lippen zeigte sich erneut dieses warmherzige Lächeln, das mich an den Mann erinnerte, der meiner Mom Hühnersuppe vorbeigebracht hatte. »Ich verstehe deine Verwirrung, Avery. Und ich kann dir versichern, dass es in der Tat unüblich ist, dass ein Seraph meines Ranges auf der Erde lebt, um einen Menschen zu beschützen. Aber Joleen hat für mich einen besonderen Stellenwert, weshalb es mir ein persönliches Anliegen war, über sie zu wachen. Zudem hätte keiner der mir unterstellten Engel die Macht besessen, die Fehler und Probleme aufzulösen, die bei der Entführung deiner Feenfreundin Harmony entstanden sind. Dafür war das Ausmaß der Katastrophe zu gravierend.«

»Wie bitte?«, kam es mir erneut über die Lippen, während mein Herz wie wild in meiner Brust pochte und meine Beine weich wie Butter wurden. »Sie haben uns mit der Polizei und den Jaramangos geholfen?« Meine Stimme wurde mit jeder Silbe dünner und zittriger, bis ich selbst kaum noch in der Lage war, sie zu hören. »Sie haben den Abschiedsbrief und die Flugtickets gefakt? Das alles haben wir *Ihnen* zu verdanken? Aber wieso?« Es war mir egal, dass ich wie eine kaputte Schallplatte klang. Ich wollte endlich verstehen, was hier los war und warum Gabriel so erpicht darauf war, meiner Mom und mir zu helfen. Immerhin hatte er mit seiner Unterstützung einen Rauswurf aus dem Himmel riskiert. »Wieso haben Sie das alles getan?«

Als hätte Gabriel meine Gedanken gelesen – es würde mich nicht wundern, wenn er dazu tatsächlich in der Lage gewesen wäre –, wurde sein Lächeln eine Spur breiter. »Wie ich bereits sagte, Avery, deine Mom ist etwas Besonderes und sehr wertvoll für mich. Deshalb habe ich Gott um die Erlaubnis gebeten, hinter euch aufräumen zu dürfen. Joleens Erinnerungen an euch sollten nicht durch etwas beschmutzt werden, was ihr aus ehrenvollen Absichten getan habt. Schließlich – und dafür entschuldige ich mich aufrichtig – habe ich nach dem holprigen Start im Feenreich nicht mit eurem Erfolg gerechnet.«

Völlig überwältigt von Gabriels Worten lenkte ich meinen Blick auf den gedeckten Tisch vor mir. Ich wusste nicht, was ich sagen, denken oder fühlen sollte, weshalb ich jetzt unmöglich jemanden ansehen konnte.

Adam, der mal wieder genau wusste, was in meinem Inneren los war, legte seine Hand ein weiteres Mal auf mein Bein, und prompt durchströmte mich diese einmalige Ruhe, die nur er in mir hervorrufen konnte. Der Wirbelsturm in meinem Kopf verlangsamte sich ebenso wie mein rasender Puls und ich schaffte es, den Kopf zu heben, um den besorgten Blick meines besten Freundes zu erwidern.

»Vielleicht wäre es besser, wenn wir für heute aufhören, Ave«, begann Adam, aber ich gab ihm keine Chance, seine Bedenken weiter auszuführen. Stattdessen schüttelte ich vehement den Kopf.

»Auf keinen Fall!« Zum ersten Mal seit einer Ewigkeit hatte ich das Gefühl, die Wahrheit über mich und mein Leben erfahren zu können. Und Adam wollte, dass ich diese Chance einfach aufgab? »Nein, wir hören jetzt ganz bestimmt nicht auf!« Mit festem Blick sah ich Adam in die Augen. Ihm sollte klar werden, dass ich in dieser Situation keinen überfürsorglichen Schutzengel brauchte, sondern meinen besten Freund, der mich in jeder noch so gewagten Entscheidung unterstützte.

Nach längerem Blickkontakt gab Adam ein Seufzen von sich und nickte ergeben, was ich mit einem dankbaren Lächeln kommentierte. Dann wandte ich mich wieder an Gabriel.

»Der Autounfall …«, sprach ich das nächste Thema an, das mir auf dem Herzen brannte. »Wie konnte der ganze Abend derart ausufern, wenn ein Erzengel und der angeblich beste Seraphensoldat des Himmels die Obhut über die einzigen beiden Menschen besaßen, die an dem Unglück beteiligt waren?« Bei der Erinnerung an Adams Erzählung über den Verlauf des Abends stiegen mir Tränen in die Augen und mein Puls beschleunigte sich von Neuem. Ich wollte noch immer nicht wahrhaben, was passiert wäre, wenn Nox sich nicht in der Nähe aufgehalten hätte. »Mit wem haben Sie telefoniert, als meine Mom in ihr Auto gestiegen ist? Und wieso haben Sie sie angerufen, obwohl Sie wussten, dass sie am Steuer saß?« Ohne Gabriel die Möglichkeit einer Antwort einzuräumen, schnellte mein Blick zu Kegan. Brodelnde Wut übermannte mich. »Und du, Mister Supersoldat?! Wieso hast du meine Mom im Stich gelassen, als Killian seine Waffe gezückt hatte?« Erste Tränen stahlen sich aus meinen Augenwinkeln und rannen mir über die Wangen, während meine Stimme an Intensität zunahm. Die Erinnerung an meinen ehemaligen Kumpel fachte meinen Schmerz zunehmend an, der sich augenblicklich in Zorn verwandelte. »Wäre Nox nicht gewesen, wäre meine Mom jetzt tot! Ist dir das bewusst?«

Kegan, der zuvor kalt und emotionslos dreingeschaut hatte, wirkte mit einem Mal reumütig und verlegen. Dennoch war nicht er derjenige, der antwortete, sondern erneut Gabriel.

»Dein Zorn ist durchaus berechtigt, Avery. Aber Kegan wurde für sein fehlerhaftes Handeln bereits bestraft. Es obliegt also nicht dir, über ihn zu urteilen.« Der Erzengel fokussierte mich mit seinen goldenen Augen, als würde er bis auf den Kern meiner Seele blicken. »Und was die heldenhafte Tat unseres verstoßenen Bruders Nicholas angeht«, mit diesen Worten wandte sich Gabriel an Nox, »wird seine Leistung nicht unbelohnt bleiben. Das verspreche ich und dafür sorge ich höchstpersönlich.«

Nox schienen die Worte des Erzengels ebenso zu überraschen wie mich, denn sein Pokerface verblasste für einen Moment und gewährte einen kurzen Blick auf die wahren Gefühle des Höllendieners.

»Als Gabe und Jo das Büro verlassen haben, hat er mit mir telefoniert«, nahm Kegan das Gespräch mit starrem Blick und gerunzelter Stirn auf. »Wobei ich besser sagen sollte, dass er das Telefon als Tarnung genutzt hat, um mit mir auf telepathischem Weg zu kommunizieren. Ich hatte ihn nämlich kurz zuvor über unseren Aufenthaltsort in Kenntnis gesetzt, nachdem Kill mich an dem Abend zu Asmodis hatte bringen wollen. Als wir jedoch auf einmal vor Gabes menschlicher Arbeitsstätte lauerten, wurde mir klar, dass Kill seine Meinung geändert hatte. Normalerweise hätte ich an dieser Stelle meine Seraphenfähigkeiten benutzt, um an seine Gedanken zu kommen. Aber zu dem Zeitpunkt hatte ich längst keinen Einfluss mehr auf ihn. Seine Seele war völlig von Asmodis infiltriert, sodass mir nichts anderes übrig blieb, als neue Anweisungen von meinem Offizier anzufordern.«

Wie bei einem eingespielten Team übernahm Gabriel nahtlos die Erzählung. »Ich habe Kegan beauftragt Killian zu verlassen und sich stattdessen um Joleen zu kümmern, da ich zeitgleich mit Kegans Anruf eine Nachricht von einem anderen meiner Soldaten erhalten hatte. Es war ein Notfall, um den ich mich sofort kümmern musste. Und genau das hatte ich Joleen auf die Mailbox sprechen wollen, damit sie im Restaurant nicht auf mich wartet. Aber anstatt der Mailbox ...«

»Ging meine Mom selbst ran«, beendete ich den Satz.

Gabriel nickte. »Genau. Und während ich versuchte ihr die Situation zu erklären, kam es zu dem Unfall.«

»Mein Befehl war klar formuliert«, übernahm erneut Kegan die Erzählung. »Ich hätte mich auf der Stelle von Kills Wagen in Jos teleportieren müssen. Aber weil ich keinen Einfluss auf Kills Gedanken nehmen konnte, befürchtete ich, dass mein plötzliches Verschwinden bei ihm eine unvorhergesehene Reaktion auslösen und damit einen Massenunfall verursachen könnte. Deshalb versuchte ich, das Auto auf manuelle Art zum Stehen zu bringen. Aber meine Kenntnisse beziehen sich auf Dämonenblütler jeglicher Art und die verschiedenen Arten diese zu töten. Ich besitze keinerlei Wissen über eure

Technik. Deshalb kam es auch zu der Kollision mit Jo.« Kegans Blick fand meinen und mir schien, als würde er mich um Verzeihung bitten wollen.

Sämtlicher Groll, den ich gegenüber dem Seraphensoldaten zuvor verspürt hatte, verschwand nach und nach. Stattdessen keimte Mitgefühl in mir auf. Die Situation musste für Kegan ebenfalls ziemlich beschissen gewesen sein.

»Bei dem Aufprall hatte Kills Schädel eine unschöne Begegnung mit dem Lenkrad«, sprach Kegan weiter und der Ausdruck in seinen Augen nahm wieder Leere an, als würde er gedanklich zu dem Abend des Unfalls zurückreisen. »Er war für einen Moment ausgeknockt und ich hatte angenommen, die Zeit würde ausreichen, um mich um Jo zu kümmern. Aber gerade als ich den Wagen verlassen wollte, ist Kill wieder zu sich gekommen. Wir sind zur gleichen Zeit aus dem Auto geklettert und haben vermutlich auch im selben Moment Nox entdeckt. Zumindest geriet Kill kurz ins Stocken, was ich unter anderen Umständen ausgenutzt hätte, um ihn außer Gefecht zu setzen. Aber mitten in der Rushhour auf einer mehrspurigen Straße meine Engelskräfte einsetzen?« Der Seraph schüttelte sacht den Kopf und sein Blick klärte sich von Neuem. »Unmöglich! Dafür gab es viel zu viele Zeugen.« Der Anflug eines verhaltenen Lächelns umspielte seine Lippen. »Zum ersten Mal in meinem jahrhundertealten Dasein wusste ich nicht, wie ich mich verhalten sollte. Das war ein Scheißgefühl, sage ich dir.«

Ungewollt zuckten meine Mundwinkel. Auch Nox hatte Mühe, sich ein Grinsen zu verkneifen. Nur Adam schien der Selbstironie seines Engelskollegen nichts abgewinnen zu können.

»Ich beschloss Gabe zu informieren«, erklärte Kegan weiter. »Aber weil ich keine Verbindung zu ihm aufbauen konnte, musste ich ihn persönlich aufsuchen. Und weil Nox bei Jo war, wusste ich, dass sie sich in Sicherheit befand.« Mit dem Anflug eines Lächelns wandte sich der Seraphensoldat an den Höllendiener. »Ich weiß, was man sich so über dich erzählt, Luzifers Liebling. Aber ich habe dich einige Zeit mit Ad und Ave beobachtet und auch wenn du es nicht gerne hörst, muss ich dir sagen, dass dir dein schlechter Ruf nicht in allen Punkten gerecht wird.«

Nox' Grinsen wurde zu einem Haifischgrinsen, was wohl unter harten Kerlen das Äquivalent zu einem Friedenshandschlag darstellte.

Auch Adam konnte dieses Mal nicht ernst bleiben. Mit einem verhaltenen Lächeln wandte er sich an Nox. »Keine Angst, Höllenhund. Kegan wird seine Meinung sicherlich ändern, sobald er dich erst mal besser kennt.«

Dieser knappe Schlagabtausch der drei ungleichen und irgendwie doch harmonierenden Engel brachte mich ebenfalls zum Schmunzeln. Jedoch nur so lange, bis Gabriel den Gesprächsfaden ein weiteres Mal aufnahm und meine Gedanken zurück auf den eigentlichen Grund dieser Unterhaltung führte.

»Jetzt, da sich alles in Wohlgefallen aufgelöst hat, können wir erleichtert sein. Aber an dem Abend selbst sah die Lage nicht so entspannt aus. Nachdem Kegan bei mir gewesen war und mich ins Bild gesetzt hatte, eilte ich sofort zu der Unfallstelle. Aber ich kam zu spät. Killian hatte bereits geschossen und Nicholas getroffen.«

»Dann waren es Ihre Flügel, die meine Mom gesehen hat?«, unterbrach ich den Erzengel. Meine unbedachten Worte handelten mir verwirrte Blicke aller Anwesenden ein, weshalb ich die Situation in einem knappen Satz auflöste. Während Nox nur leise lachte, bedachte mich Adam mit einem Blick à la »Wieso hast du mir das nicht früher erzählt?«. Gabriel und Kegan hingegen wechselten bedeutungsvolle Blicke.

»Ich habe befürchtet, dass so etwas passiert sein könnte«, klärte uns Gabriel schließlich auf. »Als ich Joleen blutüberströmt und eindeutig traumatisiert im Wagen entdeckte, obwohl eigentlich ich derjenige hätte sein müssen, der sie beschützen sollte, habe ich für einen kurzen Augenblick die Konzentration verloren und meinen Unsichtbarkeitsschild vernachlässigt. Die darauf folgenden Tage habe ich mich umgehört, aber niemand schien meine Unachtsamkeit bemerkt zu haben. Niemand außer Joleen.« Gabriel schüttelte lächelnd den Kopf. »Wieso wundert es mich überhaupt? Jo ist mit Abstand der aufmerksamste Mensch, dem ich jemals begegnet bin. Aber wenn sie diesen Anblick ihrer Fantasie zuschreibt, ist alles in Ordnung. Vermutlich denkt sie nicht einmal mehr darüber nach und hat die Sache längst vergessen.«

Niemand widersprach Gabriel und so bildete sich eine angenehme Stille am Tisch, die die zuvor spannungsgeladene Atmosphäre ersetzte.

Jeder hing seinen Gedanken nach und ich konnte förmlich den Fragezeichen in meinem Kopf dabei zusehen, wie sie nacheinander zerplatzten, bis nur noch einige wenige übrig blieben.

»Dann haben Sie Killian zur Polizei gebracht?«, fragte ich Gabriel und griff nach meiner Kakaotasse. Jetzt, da sich die Situation langsam aufklärte, gewann ich allmählich meinen Appetit zurück.

Gabriel nickte und führte ebenfalls seine Tasse zum Mund. Nachdem er einen Schluck getrunken hatte, antwortete er: »Zuerst wollte ich zu Joleen, um meine Heilkräfte einzusetzen. Aber da kam bereits der Rettungswagen und mein Vorhaben musste warten, bis wir ungestört waren. Ich wollte deiner Mutter keine unnötigen Probleme bereiten.

Also beschloss ich mich um Killian zu kümmern. Ich brachte ihn zur Polizei, wo ich die Wahrnehmung der Beamten so manipulierte, dass die Worte aus Killians Mund ein Geständnis waren, egal was er tatsächlich sagte. Deshalb lautete die Anklage auch nicht Mord, sondern Totschlag unter Drogeneinfluss.«

Jedes Mal, wenn ich selbst oder jemand anderes Killians Name erwähnte, riss die schmerzende Wunde in meinem Herzen erneut ein Stück weit auf. Zwar war mir bewusst, dass sein Absturz aus einer unglücklichen Kombination aus einem Notwehrunfall und seinem Hass resultierte und deshalb nicht unmittelbar meine Schuld war, trotzdem konnte ich nicht glauben, dass ich nie wieder mit dem Jaramango-Jungen würde sprechen können. Selbst wenn er wie durch ein Wunder doch überlebt haben sollte, war ich mir sicher ihn nie wiederzusehen.

Trotz allem wünsche ich dir von Herzen, dass du in der Hölle schmorst, du dämonische Hexe.

Die letzten Worte, die Killian an mich gerichtet hatte, geisterten mir durch den Kopf und bescherten mir eine Gänsehaut. Doch inzwischen hatte ich gelernt mich von dem bedrückenden Gefühl zu lösen, indem ich mich der Frage widmete, ob Harmony wirklich in Mabs Verlies steckte und hingerichtet werden sollte. Dann nahm ich mir vor Adam bei Gelegenheit darauf anzusprechen.

Mit einem tiefen Atemzug lenkte ich meine Gedanken weg von der Vergangenheit und fokussierte mich stattdessen auf die Gegenwart.

Wer hätte gedacht, dass das ganze Chaos seit unserer Rückkehr aus dem Feenreich doch noch ein halbwegs gutes Ende nimmt? Ich habe meine Erinnerungen an Adam zurück. Die Wesen, die wir für Feinde gehalten haben, waren in Wahrheit die ganze Zeit auf unserer Seite. Und meine Mom wird bei der Erwähnung von Nox' Namen nicht länger ausflippen.

Ja, in diesem Augenblick überwogen eindeutig die guten Dinge des Lebens.

Trotzdem schämte ich mich dafür, den Streit zwischen Gabriel und Kegan im Krankenhaus missverstanden zu haben, auch wenn mir bewusst war, dass unter den gegebenen Umständen keine andere Schlussfolgerung möglich gewesen war. Dennoch war es ein Fehler gewesen, mich derart darauf zu versteifen. Immerhin hatte uns meine Einschätzung auf eine völlig falsche Fährte geführt und uns schlussendlich beinahe das Leben gekostet.

Mit einem innerlichen Kopfschütteln zwang ich meine Gedanken zurück auf die letzte große Frage, die mir noch auf der Seele lastete.

»Okay, aber eins verstehe ich immer noch nicht, Gabriel. Wieso haben Sie ein derart großes Interesse an meiner Mom? Weshalb ist sie Ihnen so wichtig?« Das Wort »Liebe« lag mir auf der Zunge, aber ich wollte dem Erzengel nicht vorgreifen und ihm damit womöglich zu nahetreten.

»Wie ich bereits sagte, Avery. Meine Gefühle für Joleen sind komplex«, erwiderte Gabriel. »Sie ist ...«

»Sie ist etwas Besonderes, ich weiß«, unterbrach ich den Seraph ungehalten und handelte mir damit einen warnenden Blick von Adam ein. »Aber wissen Sie, wie oft ich das bereits über mich gehört habe? Unzählige Male! Nur hab ich noch immer keinen blassen Schimmer, was das zu bedeuten hat! Denn niemand konnte es mir bisher erklären. Niemand außer Ihnen. Deswegen dürfen Sie mir die Wahrheit über meine Familie, über mein eigenes Leben nicht vorenthalten! Nicht, wenn Ihnen meine Mom wirklich so viel bedeutet, wie Sie sagen!«

»Ave«, zischte mich Adam von der Seite an, aber ich ignorierte ihn.

»Bitte, Gabriel«, sprach ich weiter, dieses Mal jedoch Adam zuliebe etwas ruhiger. »Sie können sich nicht vorstellen, wie grausam es ist, wenn das eigene Leben von einem Tag auf den anderen kopfsteht und man sich im Mittelpunkt von Wesen wiederfindet, deren Existenz man zuvor nicht einmal in seinen kühnsten Träumen in Erwägung gezogen hatte.« Entgegen all meinen Mühen bildete sich ein Kloß in meinem Hals und ich spürte erneut Tränen in meine Augen treten. »Es ist nicht fair, mir die Wahrheit zu verwehren, nur weil ... warum auch immer!«

Gabriel erwiderte meinen Blick mit undurchdringlicher Miene und ich war mir sicher zu weit gegangen zu sein. Doch als er seine ineinander verschränkten Hände vom Tisch nahm und andächtig zu lächeln begann, schöpfte ich neue Hoffnung.

»Du hast recht, Avery. Ich habe keine Vorstellung davon, wie sehr sich dein Leben verändert haben muss. Aber denkst du wirklich, es verhilft dir zu Normalität, wenn du die Wahrheit kennst? Viel Wissen geht auch mit viel Verantwortung einher. Das ist keine leere Phrase. Du solltest dir also unumstößlich sicher sein, dass du eingeweiht werden willst. Hinterher gibt es kein Zurück mehr.«

»Ich bin mir sicher!«, erwiderte ich übereifrig, aber aufrichtig. »Ich muss einfach wissen, wer ich bin, sonst verliere ich noch den Verstand!« Den Blick stur auf Gabriel gerichtet, blendete ich Adam und Nox neben mir aus. »Ich will endlich wissen, weshalb ich gegen magischen Glanz immun bin, warum ich nicht auf Adams und Nox' Engelsblut reagiert habe und was der Grund dafür ist, dass ich im Feenreich Wintermagie anwenden konnte. *Ich muss es einfach wissen!*«

Gabriel nickte, ehe er damit begann, die Finger einer Hand zu bewegen. »Hast du jemals deine eigene Aura gesehen?«, fragte er.

Verdutzt schüttelte ich den Kopf. Tatsächlich war mir diese Frage bisher nie in den Sinn gekommen, was mir, im Nachhinein betrachtet, ziemlich dumm vorkam. Aber es hatte immer so viele andere Probleme und Dinge zu klären gegeben, dass dieses Thema nie wirklich zur Sprache gekommen war.

»Das habe ich mir bereits gedacht.« Das Lächeln auf Gabriels Lippen wurde eine Spur breiter. »Dabei ist deine Aura im Vergleich zu der anderer Menschen wirklich einmalig. Sieh selbst.«

Im ersten Moment wusste ich nicht, was Gabriel meinte, aber dann …

»Was zur Hölle?« Fluchend ließ ich meine Tasse los und sprang vom Stuhl auf, als könnte ich dadurch Abstand zu den weiß glühenden Dingern gewinnen, die ich einst meine Hände genannt hatte. Doch jetzt erinnerten sie mit ihrem pulsierenden Lichtschein, der sich dem Takt meines stetig beschleunigenden Pulses anpasste, viel eher an Requisiten eines Sci-Fi-Films.

Mit einem Herzschlag, der jenseits aller messbaren Grenzen liegen musste, starrte ich den warm-weißen Lichtschein an, der meinen gesamten Körper zu umgeben schien.

»Heilige Scheiße!«, war mein zweiter, jedoch nicht wesentlich klügerer Kommentar, bevor ich völlig überwältigt loslachte, obwohl sich in meiner Brust bereits ein hysterisches Kreischen anbahnte. »Ich bin ein Alien!«

»Aber ein verdammt heißer«, erwiderte Nox mit einem anzüglichen Grinsen, während Adam »Red keinen Stuss, Ave« von sich gab, dabei jedoch ebenfalls amüsiert lächelte.

Anstatt auf die beiden einzugehen, betrachtete ich weiterhin den Schein, der bei genauerer Betrachtung nicht aus formlosen Lichtpartikeln bestand, wie ich zunächst angenommen hatte, sondern wie eine perlmuttfarbene, zähflüssige Masse um mich herumfloss.

»Das ist echt abgefahren!« Langsam gewöhnte ich mich an den Anblick, auch wenn ich immer noch Schwierigkeiten hatte, meine Gedanken und Emotionen vollends zu begreifen. »Sehe ich in euren Augen echt die ganze Zeit so aus?«, fragte ich Adam und Nox und wagte mich langsam zurück an meinen Platz.

»Ja, aber du darfst nicht vergessen, dass wir die Auren aller Seelen gleichzeitig sehen«, erwiderte Adam mit einem nonchalanten Schulterzucken und gleichzeitigem Lausbubengrinsen. »Du bist also gar nicht so außergewöhnlich, wie du dir jetzt vermutlich einbildest.«

Ich erwiderte Adams Grinsen mit einem kindischen Zungerausstrecken, ehe ich ein liebevoll gemeintes »Arsch!« hinterherschob. Dann unterbrach Gabriel unsere freundschaftliche Fopperei.

»Lass dir nichts einreden, Avery. Du bist über alle Maßen außergewöhnlich. Bei herkömmlichen Menschen ist die Aura am Tage der Geburt schneeweiß und entwickelt sich im Laufe der Zeit zu einer dominanten Farbe – je nachdem, wie sich der Charakter formt. Deine Seelenfarbe verfügte jedoch bereits von der ersten Stunde an über diese einzigartige Zusammenstellung und hat sie bis heute beibehalten.«

»Okay, und was bedeutet das im Klartext? Bin ich etwa kein Mensch?« Den Nachsatz hatte ich nur spaßeshalber angefügt, um die Ernsthaftigkeit der Situation etwas abzumildern, doch Gabriels Miene weckte in mir den Gedanken, dass ich womöglich gar nicht so falschlag.

»Du bist verwundbar und sterblich wie ein Mensch, Avery. Aber du besitzt auch gewisse Eigenschaften der magischen Gemeinschaft.« Gabriels goldfarbene Iriden hielten mich fest in ihrem Bann, während der Klang seiner Stimme das Kribbeln in meinem Inneren verstärkte. »Das liegt daran, dass durch deine Adern himmlisches Blut fließt. Mein Blut, um genau zu sein. Denn du bist kein gewöhnlicher Mensch, sondern ein Nephilim. Ein Halbengel.« Auf Gabriels Lippen breitete sich dieses spezielle Lächeln aus, das bisher allein meiner Mom vorbehalten gewesen war. »Du bist meine Tochter, Avery. Mein Fleisch und Blut.«

ACHTUNDDREISSIG

Es gab viele Möglichkeiten, wie man auf eine solche Offenbarung reagieren konnte. Ich hätte schreien, weinen und fluchen oder Gabriel entgegen jeder Vernunft als Lügner bezeichnen können.

Stattdessen lachte ich.

Es war kein trockenes oder sarkastisches Lachen. Vielmehr war es diese Art von Lachen, das einem Tränen in die Augen trieb und sich den Bauch umklammern ließ, weil man vor Überanstrengung Muskelkater bekam. Aus diesem Grund bemerkte ich es auch nicht, als ich buchstäblich vom Stuhl fiel und plötzlich auf dem Küchenboden saß.

»Avery! Beruhige dich!« Adams besorgte Stimme war trotz meines schrillen Gackerns deutlich zu hören. »Bitte hör auf! Du musst dich beruhigen!« Seine Hände umfassten mein Gesicht, doch als das nicht half, hob er mich vom Boden auf und platzierte mich auf seinem Schoß. Die Arme um meinen Körper geschlungen, zog er mich fest an seine Brust.

In den ersten Sekunden zeigte sein Handeln keine Wirkung. Doch je länger ich Adams Nähe und Wärme spürte, desto schwerer fiel es mir, an meinem hysterischen Lachflash festzuhalten, bis er allmählich nachließ. Schließlich kam nur noch ein gelegentliches Glucksen über meine Lippen.

»Ich bin ein Nephilim.« Meine Stimme klang leise und rau. »Hast du das gehört, Ad? Ich soll ein Halbengel sein. Weil mein Vater gar kein sex- und karrieregeiler Vollpfosten ist, sondern ein waschechter Erzengel.« Kaum hatten die Worte meinen Mund verlassen, spürte ich erneut ein unangebrachtes Lachen meine Kehle emporklettern. Schnell presste ich die Lippen aufeinander, aber es brachte nichts. Begleitet von einem explosionsartigen Prusten spie ich den nächsten Lachanfall hervor und mein Körper begann von Neuem zu beben.

»Ja, ich hab's gehört«, erwiderte Adam. Er verstärkte seine Umarmung und begann damit, mich wie ein Baby hin und her zu wiegen.

Wie lange es dauerte, bis auch der zweite Hysterieanfall abebbte, wusste ich nicht, aber anstatt einfach zu enden, glitt er nahtlos in eine Heulattacke über. Das Beben meines Körpers wurde zu einem Zittern und anstatt beunruhigende Lachlaute kam mir weinerliches Schluchzen über die Lippen, während mir salziges Nass aus den Augenwinkeln rann und Adams T-Shirt durchnässte.

»Ich will das nicht, Adam«, flüsterte ich und sah ihn an. Der braune Karamellton seiner Iriden war für mich schon immer ein sicherer Hafen gewesen. Ein Ort, der mir stets Hoffnung vermittelte, egal wie dunkel und ausweglos eine Situation auch erschien. »Ich will kein Halbengel sein. Ich will nicht, dass mein ganzes bisheriges Leben eine Lüge war.« Kraftlos klammerte ich mich an den weichen Stoff, der sich zwischen meinem Gesicht und Adams nackter Haut befand. »Ich will das alles nicht!«

»Ich weiß«, erwiderte Adam dicht an meinem Ohr und sein Atem kühlte meine nasse Haut. »Und ich wünschte, ich könnte dir sagen, dass das alles nicht wahr ist.« Unaufhörlich wiegte er mich hin und her und strich mir dabei zärtlich über den Rücken. »Aber wir haben schon viel Schlimmeres durchgestanden. Und gemeinsam kriegen wir auch das hin. Großes Engelehrenwort.«

Ich blickte Adam lange in die Augen und mit jedem Herzschlag beruhigte ich mich mehr und mehr. Irgendwann hatte ich mich so weit unter Kontrolle, dass ich mir mit einem letzten Schniefen die Tränenspuren von den Wangen wischte und Adam mit einem schwachen Lächeln zunicken konnte. Es war Zeit, mich wieder der Realität zu widmen.

Adam erwiderte mein Lächeln auf seine einmalige Art und stand gemeinsam mit mir auf seinen Armen auf. Nachdem er mich auf meinen Stuhl platziert und sich anschließend selbst hingesetzt hatte, ergriff er meine Hand und ließ sie selbst dann nicht los, als wir beide von Gabriel, Kegan und Nox gemustert wurden.

»Geht's wieder, Kleines?« Der Höllendiener beugte sich zu mir herüber und blickte mich mit zusammengezogenen Augenbrauen an. Sorge stand ihm ins Gesicht geschrieben und vielleicht hätte mir mein Ausbruch peinlich sein müssen, aber sowohl Adam als auch Nox hatten mich bereits in weitaus schlimmeren Verfassungen erlebt. Und bei Gabriel und Kegan war es mir ehrlich gesagt egal, was sie von mir dachten.

»Wird schon«, erwiderte ich und zwang mich zu einem Lächeln. So sehr mich Nox' Mitgefühl auch rührte, war ich augenblicklich nicht in der Stimmung, mich mit ihm zu befassen. Stattdessen widmete ich mich Gabriel, der mich mit einem undurchdringlichen Blick bedachte.

»Wie?« Ich fokussierte den Erzengel mit zorniger Miene. »Wie ist es dazu gekommen? Wie haben Sie – wie hast du – meine Mom kennengelernt? Und kennt sie die Wahrheit? Ich meine, weiß sie, wer du bist? Wer *ich* in Wirklichkeit bin?« Die Vorstellung, Mom könnte all die Jahre die Wahrheit gewusst, mich aber belogen haben, schnürte mir die Kehle zu. Zwar war ich in den letzten Wochen auch nicht immer aufrichtig gewesen, aber das war etwas anderes. Meine Geheimnisse bezogen sich auf *mein* Leben.

»Ich verstehe, dass du Fragen hast, Avery«, erwiderte Gabriel mit sachlicher Stimme. »Und ich werde sie dir nach Möglichkeit beantworten. Darauf gebe ich dir mein Wort. Aber zuvor muss ich euch dreien das Versprechen abnehmen, dass alles, was heute an diesem Tisch besprochen wurde und gleich noch angesprochen wird, unter uns bleibt. Das ist äußerst wichtig. Zu eurem eigenen Schutz und dem aller Seraphe.« Der Reihe nach blickte der Erzengel Adam, Nox und mich an.

»Ich schwöre es«, stimmte Adam der Forderung als Erster zu.

Von mir bekam Gabriel ein schlichtes »Okay«.

Nox hingegen stöhnte übertrieben genervt, ehe er antwortete. »Von mir aus.«

»Ich danke euch«, sagte Gabriel und nickte. »Und nun zu deinen Fragen, Avery.« Er legte die Handflächen beider Hände aneinander und tippte sich gedankenversunken mit den Fingern gegen die Unterlippe. »Als ich Joleen das erste Mal bewusst wahrnahm, war ihr der Name ›James Goose‹ noch völlig unbekannt. Damals war ihr Geist stark und unbeugsam, aber auch voller

Liebe und positiver Energie. Sie war so bezaubernd, dass ich selbst nicht verstand, weshalb sie mir nicht bereits früher aufgefallen war.« Seine Mundwinkel zuckten kaum wahrnehmbar, doch sofort wurde der Engel wieder ernst. »Aber der Moment, als ich mich ihr zeigte, war ungefähr drei Jahre später. Zu dieser Zeit hatte die damalige Joleen nichts mehr mit der Frau gemein, die mich einst derart beeindruckt hatte.« Die Falten auf Gabriels Stirn vertieften sich und der Ausdruck in seinen Augen zeugte von Schmerz. »Ich weiß nicht, wie viel du über die voreheliche Beziehung zwischen Joleen und James weißt, aber sicherlich ist es für dich nichts Neues, wenn ich sage, dass James deine Mom nie wirklich gut behandelt hat. Immer wieder hat er sie belogen und betrogen und nur sie selbst kennt die Antwort auf die Frage, warum sie bei ihm blieb. Nach drei Jahren jedoch hatte sie sich endlich eingestanden, dass James sich trotz seiner zahlreichen Versprechungen nicht ändern würde. Sie zog von New York nach Kalifornien, um hier ein neues Leben zu beginnen. Aber dafür war es zu spät. James hatte ihr alles genommen. Ihre Familie. Ihre Freunde. Ihren Spirit und ihre Leidenschaft. Sie war nur noch ein Schatten ihrer selbst. Eine gebrochene Frau.«

Wie gebannt hing ich an Gabriels Lippen, während mir erneut Tränen über die Wangen liefen. Ich hatte zwar gewusst, dass meine Mom in der Vergangenheit eine Zeit lang keinen Kontakt zu ihrer Familie gehabt hatte, aber den Grund dafür hatte ich nie erfahren. Und wenn ich ehrlich war, wünschte ich mir die Unwissenheit zurück.

Oh, Mom! Wie konntest du nur dieses Monster heiraten, wenn er dir immer wieder so wehgetan hat?

»Joleen so zu sehen brach mir das Herz«, sagte Gabriel nach einer kurzen Pause. »Und obwohl ich gewusst hatte, dass ich mich nicht in ihr Leben hätte einmischen dürfen, konnte ich nicht anders. Sie brauchte jemanden, der ihr das zurückgab, was James ihr drei Jahre lang Stück für Stück geraubt hatte. Liebe, Hingabe und das Gefühl, etwas Besonderes zu sein.« Ein leises Räuspern erklang. »Unsere Zeit war begrenzt, aber sehr erfüllend. Joleen blühte jeden Tag mehr auf und ich hätte nicht glücklicher sein können. Doch irgendwann musste ich zurück in den Himmel und so war die Zeit des

Abschieds gekommen. Damals wussten wir beide nicht, dass sie schwanger war. Als Joleen es herausfand, war ich schon weg. Stattdessen war James wieder in ihr Leben getreten. Bereits vier Wochen nach ihrer Versöhnung heirateten sie und ich beschloss, dass es Joleens Leben leichter machen würde, wenn sie und James dachten, dass du ihr gemeinsames Kind wärst.«

Silbe für Silbe brannte sich die Geschichte in mein Herz, bis es von unzähligen Wunden übersät war und zu verbluten drohte. So romantisch und bittersüß die Erzählung auch auf den ersten Blick erscheinen mochte, erweckte sie in mir nicht ausschließlich sentimentale Gefühle für die betreffenden Personen.

»Ungewollt sprach es sich herum, dass ich mit einer menschlichen Frau zusammen gewesen war und dass sie mein Kind erwartete«, führte Gabriel seine Erzählung fort und zog mich damit ein weiteres Mal in seinen Bann. »Immer wieder wies man mich auf die Verpflichtung hin, die ich dir durch mein unbedachtes Handeln auferlegt hatte. Ebenjene Verpflichtung, vor der ich dich und Joleen hatte bewahren wollen.« Auf meinen irritierten Blick hin seufzte Gabriel und schenkte mir ein wehmütiges Lächeln. »Tut mir leid, ich habe für einen Moment vergessen, dass du nicht in der Goldenen Stadt aufgewachsen bist und dort ausgebildet wurdest. Ich sollte wohl etwas weiter ausholen, damit du verstehst, was ich meine.« Er räusperte sich erneut. »Seit Luzifer als Strafe für seine Rebellion aus der Goldenen Stadt verbannt wurde, wütet ein grausamer Krieg zwischen Himmel und Hölle, der viele Seraphe das Leben kostet. Der einzige Weg dieses Blutvergießen zu beenden liegt in Luzifers Tod. Jedoch kann nur ein Erzengel oder Gott persönlich den Lichtbringer aufhalten. Da aber Luzifer sein Reich niemals verlässt und es uns Himmelswesen strengstens untersagt ist, die Unterwelt zu betreten, sind uns die Hände gebunden. Zumindest war es so, bis die Seelenprüfungen eingeführt wurden. Gott und Luzifer haben sich auf ein Regelwerk geeinigt, in dem klar formuliert ist, dass eine Seele, der es gelungen ist, allen sieben Todsünden zu widerstehen, den König der Unterwelt herausfordern darf. Der Sieger dieses letzten Kampfes wird als Herrscher über die Hölle und alle Dämonenblütler regieren.«

»Und kann damit den himmlischen Krieg beenden«, fügte Adam nachdenklich hinzu. Gabriel nickte. Offenbar hörte mein bester Freund diesen Teil des Regelwerks zum ersten Mal.

Vor Entsetzen klappte mir der Mund auf. Dabei rührte diese Empfindung nicht von Gabriels Erwähnung her, dass ich Luzifers Platz als Herrscher der Unterwelt einnehmen sollte, wenn ich alle Prüfungen erfolgreich hinter mich gebracht hatte. Nein, diese Information blendete ich einfach aus. Zum einen hatten wir noch einen weiten Weg vor uns und wer wusste schon, ob wir es überhaupt bis zum Treffen mit dem Teufel schaffen würden. Zum anderen standen die Chancen sehr gut, dass ich doch noch den Verstand verlor und in der Klapsmühle landete, wenn ich mich bereits jetzt mit dieser möglichen Zukunft auseinandersetzte.

»Versteh ich dich richtig?«, übernahm ich das Gespräch und widmete mich einer Frage, die mir gerade erst in den Sinn gekommen war, die sich aber sogleich an die Spitze meiner Prioritäten katapultiert hatte. »Nur weil ich ein Halbengel bin, ist dieser ganze Irrsinn mein Schicksal?« Ich wusste nicht, ob mich diese Erkenntnis trösten oder erzürnen sollte. Aber dann kam mir ein anderer Gedanke und löste diese Frage ab. »Moment! Wenn das der Fall ist, würde das im Umkehrschluss doch bedeuten, dass andere Nephilim ebenfalls die Prüfungen angetreten haben müssen. Wieso war niemand von ihnen erfolgreich?« Mir kam ein grauenvoller Verdacht, der die feinen Härchen in meinem Nacken strammstehen ließ und meine Brust so fest zusammendrückte, dass ich kaum noch Luft bekam. »Ist es, weil ich von einem Erzengel abstamme? Macht mich das zu der besten Chance, die der Himmel hat?« Die Aussicht, dass die Zukunft der gesamten Menschheit in meinen Händen lag, war eine Last, die ich unmöglich tragen wollte oder konnte.

»Du vergisst eines, Avery«, erwiderte Gabriel mit ruhiger Stimme. »Die Seelenprüfungen sind keine Herausforderung, der man sich freiwillig stellt, um Ruhm und Anerkennung zu erhalten. Sie sind ein Ausweg aus einer Lage, in die man nur durch fremde Hand gelangen kann. Nephilim jedoch werden direkt nach der Geburt ihren menschlichen Müttern entrissen und in der Goldenen Stadt zu Soldaten herangezogen. Ebenso wie Seraphe besitzen sie keinerlei enge Verbindung zu Menschen, weshalb ihre Seele nicht verkauft werden kann. Also selbst wenn eine himmlische Seele das Bedürfnis verspüren sollte, sich diesem Kampf stellen zu wollen, hat sie dazu keine Befugnis.« Er sah mir fest in die Augen. »Doch bei Joleen liegt die Situation anders. Ich dachte, egal welchen Lebensweg James einschlagen würde, deine Mom würde dank dir mindestens achtzehn Jahre voller Glück und Liebe erhalten. Und nicht weniger hatte sie verdient.« Ein erschöpftes Seufzen drang Gabriel über die Lippen und er wirkte schlagartig um Jahrhunderte gealtert. »Als James dann tatsächlich mit Luzifer einen Deal geschlossen und deine Seele verkauft hatte, war ich nicht sonderlich überrascht oder gar erzürnt. Ich wusste, dass es so gekommen ist, wie du es vorhergesehen hast. Deshalb tat ich genau das, was du von mir gefordert hattest. Ich gab dir Adam als deinen Genius an die Seite. Und je länger ich euch beide seitdem miteinander beobachtete, desto besser konnte ich verstehen, warum du ihn unbedingt bei dir haben wolltest. Ihr beiden seid in der Tat füreinander bestimmt. Seelenverwandte, wie es hier auf Erden heißt.«

Perplex blickte ich zu Adam, der wiederum seinen Boss mit gerunzelter Stirn betrachtete. Glücklicherweise war ich dieses Mal nicht die Einzige, die kein Wort verstand.

»Was meinst du damit, dass du das getan hast, was ich von dir gefordert habe?« In meinem Kopf dominierte ein riesiges »Hä?!«. Ich war mir unumstößlich sicher, dass ich den Erzengel erstmals nach meiner Rückkehr aus dem Feenreich gesehen hatte. »Und wie soll ich mir Adam als meinen Schutzengel gewünscht haben, wenn ich ihn mit fünf Jahren im Kindergarten kennengelernt, aber erst zwölf Jahre später von dem Seelenvertrag erfahren habe? Das ergibt alles überhaupt keinen Sinn.«

Gabriels Mundwinkel verzogen sich zu einem Lächeln, das ich unmöglich deuten konnte, das mir jedoch einen unangenehmen Schauer über den Rücken jagte.

»Es ist nur verständlich, dass dir diese Unterhaltung im Augenblick wirr erscheint. Aber lass mich dir sagen, dass wir heute nicht zum ersten Mal zusammensitzen und über dieses Thema sprechen. Als dein menschlicher

Körper ungefähr die Größe eines Tennisballs hatte, lebtest du als Seraph gemeinsam mit deinem Bruder Kegan und mir in der Goldenen Stadt. Nachdem dir zu Ohren gekommen war, dass ich ein weiteres Kind gezeugt hatte und dass dieses auf der Erde aufwachsen würde, warst du total aufgebracht. Immer wieder hast du mir eingeredet, welche Chance sich dadurch für den Himmel bot, weil die Wahrscheinlichkeit, dass James dem dunklen Pfad folgen und irgendwann einen Pakt mit Luzifer eingehen würde, immens hoch war. Und als ich dir schließlich zustimmte, hast du darauf bestanden, dass es deine Seele sein sollte, die bei der Geburt in den Körper des Nephilim geschickt werden sollte. Denn du wolltest unbedingt auf der Erde aufwachsen, um dich den Prüfungen zu verpflichten, wenn es die Situation ergeben sollte.«

»Nein!«, donnerte Nox auf einmal lauthals, noch bevor ich überhaupt die Gelegenheit nutzen konnte, Gabriels Worte richtig zu verstehen. »Nein! Das darf nicht sein! Verflucht! Nein!« Neben unbändigem Zorn schwang Verzweiflung in seiner Stimme mit, weshalb ich mich reflexartig zu dem Höllendiener herumdrehte. Doch dieser stierte mit blasser Gesichtsfarbe und geweiteten Augen Adam an.

Von Panik ergriffen wandte ich mich zu meinem besten Freund um und erblickte einen Adam Hill, wie ich ihn noch nie erlebt hatte. Sämtliches Leben schien ihm abhandengekommen zu sein, denn er saß da, steif wie ein Holzbrett und weiß wie eine Kalkwand, und blickte mit leblosen Augen Gabriel an, als hätte ihn dieser soeben zum Tode verurteilt.

»Was ist hier los, Ad? Was hat das zu bedeuten?« In meiner Sorge drückte ich Adams Finger so fest ich konnte, doch auch das löste meinen Schutzengel nicht aus seiner Starre. »Bitte, Adam, rede mit mir!« Als sämtliches Bitten und Flehen unbeachtet blieb, wandte ich mich hilfesuchend an den Höllendiener. »Nox! Dann sag du mir, was hier los ist! Was hat Adam?«

»Deine Seele«, erwidert Nox und drehte sich langsam, ja beinahe im Zeitlupentempo, zu mir herum. Seine Augen waren so groß wie Untertassen und sein Mund stand einen Spaltbreit offen. »Du bist ...« Doch die Worte wollten dem Höllendiener nicht über die Lippen kommen. Wie ein Traumaopfer blickte er mich an, ohne den Eindruck zu erwecken, mich wirklich wahrzunehmen.

»Du bist Hope«, sagte Adam, der aus seiner Starre erwacht zu sein schien. »Du bist Hope. Meine Sanprada.«

ENDE von Band 3

Impress
Die Macht der Gefühle

Impress
Ein Imprint der CARLSEN Verlag GmbH
Mai 2020

Lektorat: Birgit Rentz
Umschlagbild: shutterstock.com / © 55th / © BoxerX / © ptashka
Umschlaggestaltung: formlabor
Satz und Umsetzung: readbox publishing, Dortmund
Druck und Bindung: CPI Books GmbH, Birkach
ISBN 978-3-551-30258-8
Printed in Germany
www.carlsen.de/impress

Alle Bücher im Internet: www.carlsen.de